慈禧全傳典藏版 2

玉座珠簾

【上】

高陽——著

〈代序〉神交高陽

二月河

《康熙大帝》四卷書出齊時，我已小有名氣。有一天，一位讀者問我：『先生讀沒讀過高陽的書？』我一下子笑起來，高陽的書豈但『讀過』，且是見一本買一本，買一本讀一本。我自家作品中頗多技巧性的做法，還是拜賜了老先生的作品啓發。他的前後慈禧傳、《玉座珠簾》，以及後來才讀到的《乾隆韻事》，其中對皇帝對后妃的心理及行爲的描摹，和我所讀史的印證，也有頗多的溝通。我算是高陽先生不錯的一位神交呢！次後的日子裏，台灣一家文學機構多次邀我赴台一訪。就我的心情，即使見一見高陽，去一趟也是值得的，卻因俗事冗繁未能成行。忽然有一天，台灣『二月河讀友會』的盧淦金先生來電話，說『高陽先生今天去世了……』一驚之下一陣悵然，轉思人世緣分無常，心中又復悲淒。從茲失一神交，無法彌補渴見情懷了……

辛亥革命清室鼎謝。當時的口號裡有『驅逐韃虜，光復中華』的話頭。其實這口號還可以按時序上溯，直至皇明甲申之變。滿洲人入關殺漢人，入主中央執天下太阿，漢人幾百年沒有服氣過，也沒有停止過這種民族反抗。盤踞台灣的鄭家政權，朱三太子，還有吳三桂興的『三藩之亂』以及次後難以數計的小大起義，義軍會口號都和這個話頭差不多。錯話說幾百年說一千遍，似乎成了對話。其實只要靜心一想就明白了。『韃虜』也好、『夷狄』也好，難道不是『中華』之一部分？這口號自相矛盾了。實際這只是漢人極狹隘的情緒弘揚——也不能說全然沒道理，畢竟滿人入關嘉定三屠、揚州十日殺戮慘烈，眞的仇深似海。但從歷史的角度，從整個文明的角度審視，這口號是大可挑剔的。由於後來的革命變遷、人事轉換，人們又去想更新的事了，所以這口號的毛病也不大有人提起了。

然而當下的文化徵候還在繼續流播。反滿的文化傳統並未受到傷損。這種傳統影響到史學界，雖無法迴避這二百多年的『正統』，但對其研究中帶了『排滿』便言語失卻公允。這還只是少數人的事，帶到文學界，帶進民間口傳文學，這個因喪權辱國給民族帶來奇恥大辱的清室統緒，簡直是『洪桐縣中無好人』了。

高陽的多部作品都是反映晚清風貌風情的，連同近來三聯書店推出的《大野龍蛇》，風格都是那麼一致，那麼『如實』，不事誇飾，那麼娓娓綿綿情懷寬博和平，讀來如同剪燭良宵對友長談，就我的經驗，如無絕寬的襟懷，無絕大的學問作底蘊，無論怎樣的才華橫溢都是決計做不來的。

文學當然是觀念形態的東西，是人本位的張揚，每一個作者自己的政治、理想形態肯定要在他的作品中自覺或不自覺地流露。我以爲：既然如此，何必故意做張做智？比如說極峰之作《紅樓夢》，裡頭如果串上一段黃世仁楊白勞的情節，況味若何？一些非常了不起的作家，因了力氣去圖解自家的意識形態立場，結果如何？我常笑讀，心中想『這寫的眞是聲嘶力竭，氣急敗壞』。

看遍高陽的書，沒有這樣的玩藝。即使寫很慘酷、很壯烈激切的情事，也沒有張牙舞爪、歇斯底里的『作家意識』。我很疑這先生是舊八旗子弟，那份聰穎從容學不來。後來盧湊金先生告訴我，居然這是眞的。他的書讀起來平中有奇，有的處則寓平於奇，有點像與作者牽手而行於山陰道，由他指點譬話，評說侃語——這不是寫作的本事，這是天分了。

淦金先生和高陽是朋友，和我也是朋友，他曾約我到台北和高陽『一道兒喝老燒刀子』，可惜了沒這緣分。但高陽的書還在，不是麼？還可以侃下去的。

二〇〇一年五月下浣

飛騎報捷

同治三年六月二十，深夜。

京師正陽門東的兵部街，由南口來了一騎快馬，聽那轡鈴叮噹，便知是外省的摺差到了；果然，那騎快馬，越過兵部衙門，直奔各省駐京提塘官的公所。到了門前，驀地裡把馬一勒，唏哩哩一聲長嘶，馬上那人被掀了下來，一頂三品亮藍頂子的紅纓涼帽，滾落在一邊；那人掙扎著爬起身，踉踉蹌蹌走了兩步，還未踏進門檻，一歪身又倒了下去，口中直吐白沫。

公所裡的人認得他，是江寧來的摺差；姓何，是個把總。何把總原是曾九帥的親兵，打一次勝仗保升一次，積功升到三品的參將，但無缺可補，依舊只好當那在他做把總時就當起的摺差。

一看這樣熱天，長途奔馳，人已昏倒，大家七手八腳把他抬了進去；一面撬牙關，把整瓶的『諸葛行軍散』，往他嘴裡倒，一面把摺包從他的汗水濕透了的背上卸下來。江蘇的提塘官，拆開包裹，照例看一看兵部所頒的『勘合』；然後順手一揭，看到油紙包外的『傳票』，不由得大吃一驚。

傳票上蓋著陝甘總督的紫色大印，寫明是陝甘總督楊岳斌、兵部侍郎彭玉麟、浙江巡撫曾國荃，會銜由江寧拜發；拜摺的日期是六月十六，卻又用核桃大的字特別批明：『八百里加緊飛奏，嚴限六月二十日到京。』

那提塘官趕緊取出一個銀錶來看了看，長短針都指在洋字的十一上，只差幾分鐘，一交午夜子時，便算違限，軍法從事，不是當耍的事！怪不得何把總不顧性命地狂奔趕遞。

現在責任落到自己頭上了！一想到『八百里加緊』那五個字，提塘官猛然省悟，失聲喊道：『莫不是江寧克復了？』

這一喊，驚動了別省的幾個提塘官，圍攏來一看，個個又驚又喜——驛遞是有一定規矩的，最緊急的用『六百里加緊』，限於奏報督撫、將軍、學政，在任病故；以及失守或者光復城池，不得濫用。現在江寧軍次負責水師的楊、彭二人，以及攻城的曾九帥，聯銜會奏，可知不是出了甚麼大將陣亡的意外；而且，破例用『八百里加緊』，剋期到京，則不是江寧克復，不必如此嚴限。

『快遞進去吧！』有人說道：『江寧到此，兩千四百四十五里，三伏天氣，四天功夫趕到，簡直是玩兒命！可不能在你那裡耽誤了。』

『是，是！我馬上進宮去遞。』江蘇的提塘官拱拱手說：『這位何總爺，拜託各位照看。眞虧他！』說完，他匆匆穿戴整齊，出門上馬，往西而去。

照規矩，緊急軍報遞外奏事處，轉內奏事處，逕上御前。這樣層層轉折，奏摺到安德海手裡，已經是清晨兩點鐘了。

『甚麼？「八百里加緊」！哪兒聽見過這個名目，可不是新鮮事兒嗎？』

見安德海有不信之意，內奏事處太監不能不正色說明：『我也問過外奏事處，沒有錯兒！江蘇的提塘官親口說的；還說江寧來的摺差，爲了趕限期，累得脫力了，從馬上摔了下來，昏倒在那兒。』

說得有憑有據，不由人不信，但安德海仍在沉吟著，天氣太熱，慈禧太后睡得晚；天色微明，又得起身，準備召見軍機，也就只有這夜靜更深，稍微涼快的時候才能睡兩三個時辰。突然請駕，擾了她的好夢，說不定又得挨罵。

內奏事處的太監有些著急，他不肯接那個黃匣子，自己的責任未了；而這個延誤的責任，萬萬擔當不起，所以催促著說：『你把匣子接過去吧！』等把黃匣交了出去，他又加了一句：『快往裡送，別耽誤了！』

安德海正在不痛快，恰好發洩到他身上，『耽誤不耽誤，是我的事兒！』他偏著頭把微爆的那雙金魚眼一瞪，神情像個潑辣的小媳婦，『你管得著麼？』

『我告訴你的可是好話！這裡面說不定就是兩宮太后日夜盼望的好消息。要耽誤了，你就不用打算要腦袋了！』

安德海又驚又喜：『甚麼？你說，這是江寧克復的捷報？』

『我可沒有這麼說。反正是頭等緊要的奏摺。』

『何必呢？』安德海馬上換了副前倨後恭的神色，陪著笑說：『二哥，咱們哥兒倆還動真的嗎？有消息，透那麼一點半點過來；有好處，咱們二一添作五。』

一則是不敢得罪安德海，再則也希望報喜獲賞；奏事處的太監，把根據奏摺傳遞遲速的等次，判斷必是奏捷的道理，約略告訴了他。

『慢著！』安德海倒又細心了，『怎麼不是兩江總督出面奏報？別是曾國藩出了缺了？』

『曾國藩在安慶，又不在江寧。再說，曾國藩出缺，該江蘇巡撫李鴻章奏報，與陝甘總督楊岳斌何干哪？』

『對，對！一點都不錯。』

於是，內奏事處的太監，由西二長街出月華門回去；安德海命小太監依舊關好敷華門，繞著四壁繪滿了紅樓夢故事的迴廊，到了長春宮後殿，喚起坐更的太監，輕輕叩了兩下門。

等宮女開了門，安德海低聲說道：『得要請駕，有緊要奏摺非馬上回明不可。』

那宮女也是面有難色，但安德海已是長春宮的首領太監，正管著她；他的話就是命令，不敢不依，只好硬著頭皮去喚醒了慈禧太后。

『跟主子回話，安德海說有緊要奏摺，叫奴才來請駕。』

『人呢？』

慈禧太后剛問得一聲，安德海便在外面大聲答道：『奴才有天大喜事，跟主子回奏。』

一聽這話，慈禧太后睡意全消，卻不作表示，先吩咐：『拿冰茶來喝！』

等宮女把一盞出自太醫院特擬的方子，用袪暑消火、補中益氣的藥材，加上蜂蜜香料所調製的冰鎮藥茶捧了來；她好整以暇地啜飲著——其實她急於想知道那個好消息，卻有意作自我的克制；臨大事必須鎮靜沉著，她此刻正在磨練著自己。

喝完了冰茶，由宮女侍候著洗了臉，她才吩咐：『傳小安子！』

安德海應召進入寢殿，望著坐在梳妝檯前的慈禧太后，把個黃匣子高舉過頂，直挺挺地跪了下去，低著頭說道：『主子大喜！江寧克復了！』

『你怎麼知道？』

冷冷的一句話，把安德海問得一楞，好在他會隨機應變，笑嘻嘻地答道：『主子洪福齊天；奴才猜也猜到了。』

『猜得不對，掌你的嘴。打開吧！』

於是安德海打開黃匣，取出奏摺，拆除油紙；夾板上一條黃絲繩挽著，結成一個龍頭，只輕輕一扯，就鬆了開來；從夾板中取出黃紙包封，裡面是三黃一白四道奏摺。黃的是照例的請安摺，兩宮太后和皇帝每人一份；慈禧太后丟在一邊，只看白摺子。看不到兩行，嘴角便有笑意了。

安德海便悄悄退了出去，輕輕拍了兩下手掌，等召來所有的太監、宮女，才又重新進屋，一跪上奏：『請主子升座，奴才們給主子叩賀大喜！』

慈禧太后沒有理他，只這樣吩咐：『你到「那邊」去看看，如果醒了，就說請在養心殿見面。』

『喳！』

『還有，派人通知值班的軍機章京，去告訴六爺，說江寧有消息來了！』

安德海答應著飛奔而去。慈安太后住在東六宮的鍾粹宮，繞道坤寧宮折入東一長街，第一座宮殿就是；原叫他看一看，他卻叩開了宮門，自作主張告訴那裡的總管太監，說有緊要奏摺，請慈安太后駕臨養心殿見面。

兩三年來一直如此，凡事以『西邊』爲主，『東邊』成了聽召。慈安太后不敢怠慢；但梳洗穿戴，也得好一會功夫，及至到了養心殿，天色已明，皇帝已上書房，慈禧太后也等了一會了。

先在西暖閣見過了禮，慈禧太后很平靜地說：『我唸江寧來的奏摺妳聽。』接著朗聲唸了其中最要緊的一段：

十五日李臣典地道告成，十六日午刻發火，衝開二十餘丈，當經朱洪章、劉連捷、伍維壽、張詩日、熊登武、陳壽武、蕭孚泗、彭毓橘、蕭慶衍，率各大隊從倒口搶入城內。悍賊數千死護倒口，排列逆眾數萬，捨死抗拒。經朱洪章、劉連捷，從中路大呼衝殺，奮不顧身，鏖戰三時之久，賊乃大潰……

唸到這裡，慈安太后打斷她的話，急急問道：『妹妹，是奏報江寧克復了嗎？』

『才克復了外城。不過外城一破，想來內城一定也破了。』

這是應該高興的絕大喜事，但慈安太后深深地嘆了口氣，忽然傷感了，卻又不肯讓眼淚流落，只拿著一塊繡花絹帕，不住揉眼睛、擦鼻子。這個舉動，把侍候的太監們，弄得驚疑不定，但誰也不敢去探問；站得遠些的便竊竊私議，長春宮傳來的消息不確，江寧來的奏摺，怕不是甚麼好事，否則，『東邊』何以傷心呢？

慈禧太后是了解她所以傷心的原因的；必是由這個捷報想到了先帝。十一年的皇帝，幾乎沒有一天不是在內憂外患之中；由得病到駕崩，雖說是溺於酒色所致，但那種深夜驚醒，起身看各省的軍報，不是這裡兵敗，便是那裡失守，儘是些令人心悸的消息；加以要餉要錢，急如星火，這樣的日子，也真虧他挨了過去。

『唉！可憐！』慈安太后終於抒發了她的感慨，『盼望了多少年，等把消息盼到了，他人又不在了！』

『過去的，過去了！姊姊，今天有許多大事要辦，妳別傷心了。』

就這一句話，把慈安太后的心境，暫且移轉。她的傷感來得驟然，去得也快，歡喜讚歎地說：『皇天不負苦心人，曾國荃到底立了大功，也真虧他！』

慈禧太后的想法有些不同，她認為江寧的克復，不應該遲到現在。曾國荃早就下了決心，要達直搗金陵的殊勳；四月裡李鴻章收復常州，朝命進軍江寧會剿，李鴻章遷延不進，理由是兵士過勞，需得休息，其實是不願去分曾國荃的功。倘或沒有這些打算，會師夾攻，江寧早就該拿下來了。

『看這樣子，仗打得很兇！可不知道人死得多不多？』

『那還少得了嗎？』

『咳！』慈安太后又憂形於色地，『仗是打勝了，收拾地方，安撫百姓，以後這副擔子還重得很吶！』

這又與慈禧太后的看法不盡相同，但一時也無法跟她細談；此刻要召見細談的是軍機大臣。

『叫起吧！』她說了這一句，便即站起身來；略停一停，等慈安太后走到她旁邊，才一起緩步到了東暖閣，升上御座。

全班軍機大臣，恭王、文祥、寶鋆、李棠階、曹毓瑛早就在軍機處待命，喜訊雖好，苦於未見原奏，不知其詳，內城破了沒有？洪秀全雖已於四月下旬，服毒自殺；他的兒子，被『擁立繼位』的洪福瑱，算是元兇，可曾擒獲？尤其是僞『忠王』李秀成，此人雄才大略，不可一世；如果他漏網了，太平天國便不算全滅。

大家正這樣談論著，寶鋆忽然想起一件事，『今天該遞如意吧？』

『啊呀！這倒忘了。』恭王說：『趕快派人去辦。』

這是多少年來的規矩，凡是國家有大喜慶，臣下照例要向皇帝遞如意；像今天這種日子，如意是非遞不可的。

就在這時候，軍機處的『蘇拉』來稟報：兩宮太后已臨御養心殿，傳旨即刻進見。時間倉促，即使像恭王那樣，府裡有現成的如意，也來不及取用，只好作罷。

如意雖不遞，頌聖之詞不可少，所以一到養心殿東暖閣，恭王首先稱賀。兩宮太后自然也有一番嘉慰之詞，然後把原奏發了下來；殿廷之上，不便傳觀，由寶鋆大聲唸了一遍，殿中君臣，殿外的侍衛、太監，一個個含著笑容，凝神靜聽。

由於慈安太后不明白江寧的地勢，於是籍隸江陰的曹毓瑛，作了一番『進講』。他爲兩宮太后指陳，曾國荃奏摺內所稱的『外城』，就是明朝洪武年間所建的都城；原有十三個城門，本朝封閉其四，剩下正陽、通濟、聚寶、三山、石城、儀鳳、神策、太平、朝陽等九門；用火藥轟開的倒口，是在太平門，正當玄武湖東南。再往東去，就是鍾山；洪軍在此築了兩個石壘，稱爲『天保城』、『地保城』。這年春天，曾國荃奪下『天保城』，江寧合圍之勢已成；五月間再奪下『地保城』，則江寧的克復，不過遲早間而已。

『那麼內城呢？』慈安太后又問。

『內城就是明太祖的紫禁城，本朝改爲駐防城，那是不相干的！外城周圍九十六里，城基是花崗石，城牆是特製的巨磚，外面再塗上用石灰和江米飯搗成的漿，堅固無比；這一破了外城，江寧就算克復了。』曹毓瑛以他在軍機處多年的經驗，復又指出：『想必就在這一兩天，曾國藩還有奏摺來，那時候克復江寧的詳情，就全都知道了。』

『那麼，』慈禧太后問道：『咱們眼前該怎麼辦呢？』

『當然是先下個嘉慰的上諭。論功行賞，總要等曾國藩把名單開了來，才好擬議。』恭王這樣答奏。

『好！馬上寫旨來看了，讓江寧的摺差帶回去。』

於是曹毓瑛先退了出去，擬寫諭旨，除了對曾國荃所部不滿五萬，在兩年的功夫中，將江寧城外的『賊壘』，悉數蕩平，現在復於『炎風烈日之中，死亡枕藉之餘』，力克堅城，歸功於曾國藩的調度有方，曾國荃及各將士的踴躍用命，表示建此奇勳，異常欣慰以外，特別許下諾言：『此次立功諸臣將僞城攻破，巨憝就擒，即行渥沛恩施，同膺懋賞。』寫完送進殿去，先交恭王看過，然後呈上御案，兩宮太后一字未動，原文照發。

『江寧克復，差不多就算大功告成了。』慈禧太后看著恭王說道：『這幾年的軍餉，全是各省自籌。現在要辦善後，可不能再叫地方上自己籌款了，戶部該有個打算！』

『臣已經打算過了。』恭王答道：『僞逆這幾年搜括得不少，外間傳言，金銀如海；只要破了他的僞府，辦理善後的款項，自有著落。』

『怕不能這麼打算吧？』慈禧太后疑惑地。

『現在只好先這麼打算。』恭王極快地回答，語氣顯得很硬，『戶部跟內務府，每個月都是窮打算，京裡的開銷也大，還得想辦法省！』

內務府只管支應宮廷的用度，說內務府還要節省，等於要求宮廷支用，還要撙節。慈禧太后已不只一次聽得安德海報告，說長春宮向內務府要東西要錢，恭王難得有痛痛快快撥付的時候。她雖也知道，恭王不是肅順，並非有意跟她爲難；但是，他也並不見得如何尊崇太后！

最使她耿耿於懷的是，上個月裡，有個名叫賈鐸的御史，上了個摺子，說風聞有太監演戲，一賞千金；並且用庫存的綢緞，裁製戲衣，請速行禁止，以期防微杜漸。這是哪裡的話？自從國喪孝服滿了，每月初一十五在漱芳齋唱唱戲是有的，何至於『一賞千金』？既然演戲，就得要行頭，不能像道光年間那樣，戲台上不管帝王將相，還是才子佳人，都穿的是破破爛爛的行頭，身上東一片，西一片，滿台搖晃，簡直就是花子打架，那又何必唱戲？因此，慈禧太后覺得賈鐸是吹毛求疵，非常不滿；但恭王卻維護著他，不能下個否認的批諭。

這些回憶加在一起，愈覺恭王剛才說的話刺耳；不過在今天這樣的日子，那份不快很容易掩沒，對恭王的芥蒂也不難容忍，所以還附和著他說：『是啊，該省的一定要省。大亂一平，那就要「百廢俱舉」了，處處都要花錢。而況捻匪還在鬧，軍費也少不了的。』

聽得慈禧太后如此明理，軍機大臣們無不心悅誠服。退出養心殿後，又到軍機處集議，把曾國荃的原奏，重新細細研究；得出一個相同的看法：曾軍圍城已久，糧道久絕，城內餓死的人，不知其數，卻拼死頑抗，鬥志不衰；而曾軍在炎暑烈日下，圍攻四十餘日，死亡枕藉，艱苦萬狀，則一破城以後，必然是一場窮砍猛殺的惡鬥，地方糜爛，難以善後。

因此，這個捷報對執掌國柄的軍機大臣來說，眞是一則以喜，一則以憂。但無論如何，這是開國以來第一場大征伐，也是第一場大功勳——乾隆朝的『十全武功』，固然瞠乎其後，就是康熙朝的平三藩之亂，論規模、論艱難，也都不如。戡平這場大亂，自然要數曾國藩的功勞第一，眞値得封一個王。可是沒有人肯作此倡議。

這時外面也已經得到消息了，起初還將信將疑；等軍機大臣和軍機章京退値回家，紛紛都來打聽，正式證實有此捷報，於是奔相走告，傳遍九城；這天晚上從王公府第到蓬門華竇，在納涼閒談時，無不以此作爲話題。

當然，對此捷報的想法，因人而異。流寓在京的江南人，念切桑梓，自然欣喜若狂。再有是兵部和戶部的司官，特別興奮；功成行賞，六部中兵部的司官，直接參預軍務，升官一定有望。戶部的司官和書辦，則可以發財；軍務結束，要辦報銷，江南大營的老帳，且不去算它，光是曾國藩弟兄經手的軍費，何止數千萬兩；不管這些軍費來自何處？總要奏銷奉准，才可卸除責任，那時要好好講它個斤頭。

自然也有些比較冷靜，同時了解戰局的人，覺得總要等兩江總督節制四省軍務的曾國藩，出面奏捷，勝局始定。而且就算江寧完全克復；大江南北，還有數十萬洪軍，江西和皖南，局勢仍然吃緊；浙江湖州，亦久攻未復，則雖得一江寧，洪軍仍有捲土重來的可能，何況江寧外圍，像下關等處駐屯的洪軍，也儘有反撲的機會，這樣一打濫仗，局勢如何演變，也眞難逆料。

在興奮焦灼的心情中，等到月底，曾國藩的捷報終於到了。出人意料的是，領銜的不是一手料理軍務，主持全般戰局的曾國藩，而是坐鎭長江上游，因爲倚任胡林翼而得克保富貴的協辦大學士湖廣總督官文——曾國荃拚命爭功，而他的長兄則刻意謙讓，這兩兄弟的性情，何以如此大異其趣，一時都不免困惑。

金陵血戰

由官曾會銜的奏摺中，和摺差所談，京中知道了當時克復江寧的詳情。自龍膊子掘地道，轟出太平門二十餘丈的倒口，是李臣典的倡議，而且就由他在『地保城』與江寧城上，清軍與洪軍炮火互轟、晝夜不絕的苦戰中，加緊開挖。到六月十五，地道完工，隨即塡上六百多袋火藥。這天早晨，『忠王』李秀成，還抽調了一批死士，出城猛撲，湘軍幾乎支持不住，功敗垂成。

第二天，也就是六月十六，在直射的烈日之下，引發了藥線。事先由曾國荃召集部下諸將，徵詢志願，排定衝鋒的序列；原籍貴州黎平的朱洪章打頭陣，第一隊從倒口衝上去；『忠王』李秀成親自領兵攔截，四百多人，全數陣亡；等前仆後繼的第二隊兩千多人，一鼓作氣衝了上去，才算站住腳；於是後隊續上，分成三路，中路猛衝，左右兩路繞城抄襲後路，洪軍始有崩潰之勢。

血戰到夜，只見各處僞王府，紛紛起火，據說『幼主』洪福瑱閤門自焚；而『忠王』李秀成卻是被擒了。

曾國藩所開的立功將領名單，李臣典第一，他不在『先登九將』之列，只以挖掘地道成功，爲大勝的關鍵所在，因而論功居首；其次是蕭孚泗，因爲李秀成是他部下抓住的。至於首先登城，首先入『天王府』並擒獲洪秀全次兄洪仁達的朱洪章，列名第四。

這個捷報一傳，又一次震撼了九城。不但江寧盡歸掌握；洪福瑱焚死，李秀成被擒，大江南北的洪軍雖多，失卻憑依，不戰自潰，是這樣才可以說一句洪楊已平，必無後患。

於是許多寄寓京師，有家難歸的江南人，記起陸游『家祭毋忘告乃翁』的詩，特爲設祭，焚香祝告，宮內也是如此；當捷奏遞到的那一刻，兩宮太后所決定的第一件事，就是派醇王奕譞，恭詣文宗陵寢，申告其事。

第二天七月初一，王公親貴，一品以上的大臣，進宮叩賀，各遞如意。然後就要論功行賞了——恭王與軍機大臣已經密議了好幾次，用本朝從無文臣封王封公的先例爲理由，封曾國藩爲一等侯，錫以佳名，號爲『毅勇』，這卻又不像文臣的稱號了。

曾國荃的爵位次一等，封爲威毅伯；李臣典是一等子爵，蕭孚泗是一等男爵。此一役中，獲『五等封』的，就只這侯、伯、子、男四個人。曾國藩的侯爵『世襲罔替』，其餘的都是及身而止；李臣典甚至一天的『爵爺』都沒有當過，恩封詔旨到日，他已經在七月初二病故了。

此外東南各路統兵大帥及封疆大臣，普加異數，官文和李鴻章也封了伯爵；獨獨浙江巡撫左宗棠和江西巡撫沈葆楨，不在其內，因爲浙贛兩地，尙未敉平，封賞不能不緩。但有江寧克復的煌煌恩典在，左宗棠和沈葆楨自然會格外奮勉。這是朝廷一番策勵的深心。自然，京內軍機大臣，軍機章京，各衙門有功的人員，亦都論功行賞。大致說來，賞得其平，人心大悅；但朱洪章僅得五等封外的一個騎都尉，頗有人爲他不平，認爲曾國荃因爲他不是湘軍將領而有意歧視，李臣典的那個子爵，得來未免容易。

過不多久，曾國藩從安慶到江寧親自視察以後，奏報絡繹，詳情愈明；同時也有許多人從前方到京，細談起來，連蕭孚泗的那個男爵，封得也叫人不服。他的得膺上賞，是爲了生擒李秀成的緣故，但不是力戰屈人，只不過李秀成逃到山上破廟裡，爲鄉民掩護藏匿，他以隨身所攜珠寶作酬謝，不料另有一批鄉民，見利相爭，結果李秀成倒楣，被捆送到官軍營裡，這一營正是蕭孚泗的部下。所謂『生擒』的眞相是如此。

另有許多人相信這一個說法，曾國荃的厚愛蕭孚泗，別有緣故。當城破之時，首先衝入的朱洪章，由中路直攻『天王府』，生擒洪仁達，其時已將黃昏；朱洪章進府搜殺，封閉府庫，緊閉轅門，派兩營兵守護，等待曾國荃來處理。隨後，蕭孚泗便來接防，這一夜功夫，把『天王府』中所積聚的財貨，搜劫一空；到了第二天中午，不知如何，一把火起，『天王府』燒得乾乾淨淨；因為蕭孚泗對曾九帥有這番大功勞，所以借生擒偽『忠王』為名，奏報時列名在第二，恰好輪到一個男爵。

這些話雖言之鑿鑿，到底是道路傳聞，可能出於妒嫉曾國荃勳業的有意中傷，但不久有曾國藩的一個奏摺，似乎證實了道聽塗說，不為虛言。

他的奏摺上說：

歷年以來，中外紛傳，逆賊之富，金銀如海，乃克復老巢，而全無貨財，實出預計之外。目下籌辦善後事宜，需銀甚急，為款甚巨，如撫恤災民，修理城垣駐防滿營，皆善後之大端。其餘百緒繁興，左支右絀，欣喜之餘，翻增焦灼。

恭王看到這個奏摺，大為不悅；而且也像曾國藩那樣，『翻增焦灼』。慈禧太后曾經提醒過他，大亂一平，百廢俱舉，要早早準備款項；而他想用接收而得的財貨，用於辦理善後的打算，如今是完全落空了！

不過，恭王在眼前還沒有功夫去追究這一層；在同一個摺子中，曾國藩奏報：『洪秀全、李秀成二賊酋分別處治』的情形——洪秀全的屍體，在『天王府』的一個假山洞中發現，經曾國藩親自檢驗後焚毀；李秀成，則在七月初六黃昏處決。上諭原命戮洪秀全的屍『傳首東南』；李秀成則解到京城行『獻俘禮』，曾國藩都未照辦。還有『偽幼主洪福瑱查無實在下落』，尤其不能令人安心，不得不拿曾國藩抄送軍機處的，李秀成的供詞來好好研究一下。

為了天氣太熱，也為了格外保密，恭王把軍機大臣們邀到他的別墅『鑑園』去小飲；傳觀李秀成的供詞，一共一百三十頁，兩萬八千多字，頗花了一些時間；可是這還不是供詞的全部。

曾國藩到江寧，曾親自提審李秀成一次，隨後便委交他的幕僚主審；而實際上所謂審問，只是讓李秀成在『站籠』中書寫親供，從六月廿七寫到七月初六，也不知寫了多少字？寫完就送了命。因爲李秀成幾乎是洪軍中唯一能得到百姓同情的一個人，爲了他的被俘，江寧鄉民甚至於捉了蕭孚泗的一個親兵去殺掉，彷彿是要爲他報仇似地；同時，李秀成雖然已成『籠』中之囚，而洪軍將領見了他，依然長跪請安，曾國藩『聞此二端，惡其民心之未去，黨羽之尙堅』，怕解到京師的迢迢長途，出了甚麼意外，所以未遵朝命，就地正法。

就因爲如此，李秀成的供詞，便顯得特別重要；洪福瑱的脫逃，在供詞中就有詳細的透露——城破之日，李秀成奉『幼主』，偕諸王眷屬，在數千死士護衛之下，準備突圍。由於江寧九門都有湘軍把守，不得已暫且隱藏，到了夜半，剝下陣亡清軍的制服，全體改裝，由太平門倒口衝出。李秀成以他的一匹駿馬，供『幼主』乘騎，自己騎了一匹不良於行的劣馬，竟致落後被俘。

這當然情眞事確，但此外可信的有多少呢？供詞的抄本，曾經曾國藩刪節；特別是最後一段，李秀成自言，他可以隻手收齊長江南北兩岸，數十萬洪軍投降清朝。收齊部眾後，正蔓延於中原的捻匪，可以舉手而平。又說『招降事宜有十要』，洪秀全有『十誤』；這『十要』和『十誤』是甚麼？鑑園的主賓都不知道，因爲已『全歸刪節』了。

『何必如此？』恭王搖著頭說：『莫非有甚麼礙語？』

『諸公請聽此一段。』寶鋆大聲唸著李秀成的供詞：『「李巡撫有上海，關稅重、錢多，故招鬼兵與我交戰。」』

這是指李鴻章用上海的關稅，招募洋人戈登・華爾的『常勝軍』而言。在座的人都隱約聽說過，上海的關稅是李鴻章的一大利藪；現在從敵人口中得到證實。由此來看，李秀成的供詞，另有一種可藉以考察東南統兵大臣的作用，便越發需要閱看全文了。

於是在席間商定，用諭旨飭知曾國藩兩事，一是補送李秀成原供刪節的部分；再是查詢洪福瑱的實在下落。

『李秀成既已伏法，洪福瑱一個乳臭小兒，不足爲患。』文祥的思考，一向比較深遠，此時提出了一個極現實的顧慮：『大亂將次戡平，用不了這麼多兵力，湘軍如果不裁，不但坐糜糧餉，而且各處散兵游勇，勢將騷擾地方，需早自爲計。』

在座的人，都以他的話爲然，唯有李棠階例外，『不要緊！』他說，『我料定不必朝廷有何指示，曾滌生自己就會有處置。』

『啊，啊！』恭王像是被提醒了甚麼，雙目灼灼地看著李棠階說：『你早年跟曾滌生是講學的朋友，對於曾氏弟兄，知之甚深。曾老九這個人，到底怎麼樣？』

話題就這樣輕輕一轉，到了曾國荃身上。李棠階回憶著二十多年前的往事，徐徐答道：『曾沅甫那時只有十八九歲，在他老兄京寓中住了不到兩年；功名之士的底子，與他老兄的方正謹飭，根本是兩路。不過曾滌生的品鑒人物，確有獨到的眼光。我記得他送沅甫回湖南，有兩句詩：「辰君平正午君奇，屈指老沅眞白眉」，辰君、午君是指他另外兩個兄弟，國潢和國華——沅甫如今建此殊勳，眞是他曾家的「白眉」。不過，可惜了！』

『怎麼呢？』

李棠階搖頭嘆息：『百世勳名，都爲僞「天王府」一把火燒得大打折扣了！』

這一說，正觸及恭王不滿曾國荃的地方，頓時把一雙長眉皺緊了。

大家都不作聲，論人的操守，發言要愼重含蓄，只有寶鋆是個欠深沉的人，大聲說道：『是啊，這些日子南方有人來，說得可熱鬧啦！』

『怎麼說？』

『不但曾老九，湘軍人人都發了大財。僞「王府」，無不燒得乾乾淨淨，只有陳玉成的「英王府」因爲空著，沒有燒。』寶鋆又說：『就算全燒了，多少也剩下一點兒，「金銀如海」，一下子化爲烏有，這也太說不過去了。』

『奇就奇在這兒。到底是燒掉的呢，還是叫人劫走了？似乎不能不追究一下。』

『怎麼是燒掉的？眞金不怕火燒！』

持重的文祥作恕詞：『也許是逃走的那些個「王」，自己帶走了，亦未可知。』

『不對，不對！』寶鋆使勁搖著頭說：『倉卒之間，哪帶得完？沒有看見李秀成的供詞，他逃命都是騎的一匹劣馬，可以想見騾馬極少。憑手提肩挑，能拿得走多少？』

這樣一分析，除非承認『天王府』原就一無所有，否則就不能不坐實了曾國荃一軍破江寧以後，搜括一空；而江寧被圍四十幾天，交通斷絕，『天王府』的財貨無從私運出城，然則怎會『原就一無所有』？

『唉！』恭王重重地嘆口氣，站起身來，走了兩步，倏地住腳，滿臉懊惱地說：『我眞不知道該怎麼辦了？如果國庫充裕，也就算了；偏偏又窮得這個樣子，大亂戡平竟無以善其後，咱們對上對下，怎麼交代？』

在座的人都同情恭王的煩惱，然而不免對他的近乎天眞的打算，有自尋煩惱的感想。這也怪不得他——以宣宗的愛子，爲先帝的同乳，其間雖有猜嫌，而清議認爲他是受屈的一方；三年前的一場政變，對社稷而言，正統不墮，有旋乾轉坤之功；這三年來，敬老尊賢，嚴明綱紀，而信任曾國藩，比起肅順來有過之無不及。就因爲有此一份魄力，內外配合，各盡其善，得收大功，這是恭王的人所難及的機會與長處。

然而天潢貴胄，不管天資如何卓絕，閱歷到底非可強致，這倒不關乎年齡，在於地位和見聞。他的地位無法接觸到末秩微祿的官吏；他的見聞限於京畿以內的風土人情。因此，他用看曾國藩的眼光來看曾國荃，便構成了絕大的錯誤。

除了恭王以外，在座的人都覺得李棠階指曾國荃爲『功名之士』，是個相當含蓄的好說法；因爲，不便說他所學的是五代的藩鎭，打勝仗只爲佔城池，佔城池只爲封官庫；封了官庫，然後藉故回鄉，求田問舍——在京的湖南人都知道，早在咸豐九年，曾國荃在家鄉構建大宅，前有轅門，內有戲台，搞不清他是總督衙門，還是王府？這個荒謬的笑話，恭王應該知道；李鴻章看他老師曾國藩的面子，賣曾國荃的交情，既克常州，按兵不動，讓『老九』獨成復金陵之功，好爲所欲爲，這不過是兩三個月前的事，恭王更應該知道。然則看了《宋史》和《十國春秋》上的記載，以爲曾國荃克金陵，會像曹彬下江南，收金陵那樣，躬自勒兵守宮門，嚴申軍紀，秋毫無犯，然後把南唐二主之遺，自金銀珠寶到古玩書畫，盡行捆載而北，悉數點交內府。那不是太天眞了嗎？

這些想法自然不便說出口，那就只有解勸了；只苦於不易措詞，說是百戰艱難，說是不世勳名，都可以作爲恕詞，但有曾國荃的那位老兄，擺在一起，相形之下，反顯得曾老九的不可恕。因此，所有的勸慰，都成了不著邊際的閒話，談得倦了，紛紛告辭。

只有寶鋆留了下來，換了一個地方陪恭王消磨長日。那是竹蔭深處，做成茅屋似的一個書齋；彼此脫略形跡，科頭短衣，在一班慧黠可人的丫頭侍奉之下，隨意閒談；從宮闈到市井，想到甚麼便說甚麼，不用修詞，也不用顧忌。

這一天談的，比較算是正經話；話題依然是在恭王的煩惱上，國庫支絀，而曾國藩要錢辦善後。寶鋆到底比恭王的閱歷要深些，『理他那些話幹甚麼？曾滌生說偽「王府」一文不名，也不過替他那位老弟，作一番掩耳盜鈴的說詞而已！』寶鋆以戶部尚書的地位又說：『你以爲他眞會到我這兒來要錢嗎？不會！曾滌生的理學，不是倭艮峰的理學。他是胸有邱壑，是絕大經濟的人；打了這麼多年仗，要兵要餉，還不是他自己想辦法！如今辦善後，本該借助於地方的，難道他倒非要朝廷撥款，才會動手？你想想嘛，這話是不是呢？』

恭王笑了：『你這話，剛才當著那麼多人，爲甚麼不說？』

『我爲甚麼要說這話？洩了底兒，對我有甚麼好處？』寶鋆又說：『戶部的堂官，實在難當，裡裡外外都不體諒，眞是有苦難言。』

恭王聽他的語氣中帶著牢騷，不由得把他的話又玩味了一遍；管錢的衙門，局外人所求不遂，自有怨言，是可想而知的；似乎內部也不體諒堂官，那是怎麼回事呢？

於是他問：『甚麼叫「裡裡外外」？你部裡怎麼啦？』

『還不是爲了慈安太后萬壽那天的那一道恩旨。』

這一說，恭王明白了。慈安太后萬壽那一天，特頒上諭一道，軍興以來，各省的軍需支出，無需報銷；但自本年七月初一以後，仍按常規辦理。這道諭旨，表面說是從戶部所請，實際上是恭王的決定。他的想法是，歷年用兵，都是各省自己籌餉；縱有所謂『協餉』，由未被兵災的各省，設法接濟，一半也是靠統兵大員的私人關係，婉轉情商得來。朝廷既未盡到多大的力量，此時自不宜苛求；而且一筆爛帳，不知算到甚麼時候才能了結？倒不如索性放大方些，快刀斬亂麻，一了百了，倒也痛快。

這是個頗爲果敢的決定，不但前方的將帥，如釋重負，激起感恩圖報之心；就是不相干的人，也覺得朝廷寬厚公平，顯得是有魄力的宏遠氣局。然而戶部、兵部的司員書吏，正摩拳擦掌，要在這一筆上萬萬兩銀子的軍需奏銷案中，狠狠挑剔指駁，不好好拿個成數過來，休想過關。這一來，萬事皆空，自然要大發怨言。

寶鋆看到恭王的臉色，猜到他的心情，隨又說道：『我也不理他們。這也好，正因爲他們大失所望；愈見得這件事辦得漂亮！眞的，背地裡談起來都這麼說：除了恭王，誰也沒有這麼大的擔當。上萬萬兩的軍費支出，說一聲算了就算了，這是多大的手面哪？』

隨便幾句話，把恭王心中的不快，一掃而空；代之而起的是貴介公子，脫手萬金，引人嘖嘖驚羨的那種得意的感覺。

初議修園

自從金陵捷報到京，在內務府的人看，天下太平，好日子已經到了。打了十幾年的仗，凡事從簡，大家都苦得要命；如今大亂平定，兩宮皇太后還不該享享福？出於這一份『孝心』，於是想到了一個極好的題目。

內務府向來弄錢的花樣，最要緊的就是找題目；有了好題目，把『上頭』說動了心，只需點一點頭，便不愁沒有好文章。現在大功告成，奉養太后，這個題目太冠冕堂皇了！接下來那篇好文章的內容，便是重修圓明園。

自從咸豐十年，英法聯軍一把火燒了圓明園；幾乎『撫局』剛剛有了成議，內務府便在打它的主意了。等了三年，終於等到了機會；這個重修的工程一動，內務府上上下下都有好處，而且好處還不小，因此，這一陣子都在談著這件事。

當然，也不是沒有難處；事實上也只有一個難處，內務府窮，戶部也窮；這個園工一動，起碼得幾百萬兩銀子，從何處去生發？

有個管庫的包衣，想出一條路子；跟他的同事一談，大家都認爲很好。於是擬了一個『條陳』，一層層呈了上去，到了掌管印信，負責日常事務的『堂郎中』那裡，又作了一番修正，恭楷謄清，興匆匆地揣在懷裡，去見內務府大臣明善。

明善已經從寶鋆口中，得到恭王的警告，一聽說是建議重修圓明園，連條陳都不看，便搖著手斷然拒絕。

不想這一條妙計，連內務府的大門都出不去。奏事有體制，堂官不肯代遞，便不能越級妄奏，但又不肯死心作罷；聚在一起談論了半天，有個高手提議，找一位『都老爺』代遞，同時最好先在太后面前『打個底兒』。

這個『打底』的任務，自然落在安德海肩上。這天他趁慈禧太后晚膳已畢，輕搖團扇在走廊上『繞彎兒』消食的那一刻，跟在身後，悄悄說道：『奴才有兩件事跟主子回奏。』

『嗯。』慈禧太后應了一聲，『說吧！』

『頭一件……』安德海裝模作樣地停了一下，『奴才先不說，怕惹主子生氣，飯後不宜；先回第二件吧——那倒是內務府的一番孝心，說全靠主子，才能平定大亂，操了這麼幾年心，皇上也該孝順孝順太后。』

慈禧太后覺得這話很動聽，雖未開口；卻不自覺地點了點頭。

有了這個表示，安德海的膽更大了：『內務府天天在琢磨，得想個甚麼法兒，不動庫銀，能把圓明園修起來，好讓兩位太后也有個散散心，解解悶的地方。』

『這個……』慈禧太后站住了腳，『有這麼好的事？能不動庫銀，就把圓明園修了起來？倒是怎麼修啊？』

『當然是按著原樣兒修。』安德海挺一挺胸，加強了語氣說：『偏要爭口氣給燒圓明園的「鬼子」看看！你們不是逞強嗎？現在要修得比從前還要好！』

就這兩句狂言，合了慈禧太后爭強好勝的性格；而且圓明園四十景，洞天福地，也眞令人嚮往，所以很高興地吩咐：『明天叫他們把那個條陳送上來看看！』

『是。』安德海答應著，心裡在考慮，要不要把明善不肯代奏的話說出來？

這時慈禧太后又在往前走了；安德海急忙跟了上去，回到殿裡，她又問道：『到底是個甚麼條陳？』

『那……』安德海不願在此時說破——因爲他怕說得不清不楚，反爲不美，『奴才一時也說不上來，反正是不必宮裡操心，不動庫款，挺好挺好的辦法。』

『噢？』慈禧太后欲待不信，卻又不肯不信，『內務府居然還有挺能幹的人！你告訴他們，只要肯巴結差使，實心辦事，一定會有恩典。』

安德海倒像是他自己受了褒獎似地，笑嘻嘻答應著，請了一個安。

『我記得曾見過一本圓明園的圖。你到敬事房去問一問，叫他們找來我看。』

安德海看她的心如此之熱，大事可成，興奮萬狀；趕緊到敬事房傳旨，把乾隆御製的『圓明園圖詠』以及圓明、長春、萬春三園的總圖，都找了出來，拂拭乾淨，攜回宮來，在一張花梨木的大書桌上鋪開；又取來西洋放大鏡，一一安排妥帖，才去覆旨，請慈禧太后來看。

這一看直看到晚上。抛下當年在圓明園『天地一家春』備承恩寵的回憶；模擬著未來修復以後，花團錦簇的光景，一顆心熱辣辣地，彷彿沒個安頓之處，恨不得立刻傳旨，剋日興工。

這一夜魂牽夢縈，都在圓明園上。因爲沒有睡好，所以第二天起身，昏沉沉地覺得有些頭痛；但是她不願意讓慈安太后一個人臨朝，還是強打精神同御養心殿。

恭王奏事完畢，太監抬來一張茶几，面對御案放下；李棠階把一冊抄本的《治平寶鑑》展開，用銀尺壓好，然後先磕頭，後進講。

『臣今日進講〈漢文帝卻千里馬〉；請兩位太后，翻到第三十五頁。』

兩宮太后面前各有一本黃綾封面，恭楷抄繕，紅筆圈點的《治平寶鑑》。等翻到三十五頁，慈安太后先問：『漢文帝是漢朝第幾代的皇帝啊？』

『他算是漢朝第五代的皇帝，實在是第二代，他是漢高祖劉邦的兒子。』

於是李棠階先從呂后亂政講起，介紹了諸劉誅諸呂以及文帝接統大位的經過，說他是自古以來，最好的一個皇帝；『文景之治』是眞正的太平盛世。

一口氣講下來，要喘一喘氣息一下，就這空隙中，慈安太后又問了：『漢文帝比唐太宗怎麼樣？』

『這兩位聖主是兩路人物，漢文帝仁厚，唐太宗英明。不過，』李棠階加重了語氣說：『嘉納忠言，節用惜物，這些地方是一樣的，所以文景之治和貞觀之治，都成美談。』

漢文帝卻千里馬的故事，正好接著進講。他反覆申述，人主不可有嗜好：說天子富有四海，服御器用，不論如何珍貴，國庫總負擔得起，但在上者一言一動爲天下法，『上有好者，下必甚焉』，必由此而造成奢靡的風氣。宋徽宗不過喜愛奇花異石，結果『花石綱』弄得舉國騷亂，終於召來外禍；這因爲人主一有明顯的嗜好，則左右小人，爲希榮固寵起見，一定乘機迎合，小小一件無益之事，可以弄成妨害國計民生的大禍。這絕非人主的本意，可是一到發覺不妙，往往已難收拾，就算殺了奸佞小人，究無補於實際，所以倒不如愼之於始，使小人無可乘之機，才是爲君之道。

這番話在慈安太后聽來，頭頭是道；慈禧太后卻有警惕，知道修園之議，是不可能的了。

『我也聽先帝講過，』慈安太后說：『漢文帝就跟道光爺一樣，省儉得很。』

『是。』李棠階答道：『漢文帝身衣弋綈；寵姬愼夫人，衣不曳地，帷帳無錦繡。可是他馭下極寬，省只是省自己。』

『話又得說回來，』聽了半天的恭王，突然接口，『上行則下效，做臣子的，感念聖主，自然不敢也不忍靡費了！這就是君臣交儆的道理。』

『是啊！』慈安太后點著頭說：『凡事總要互相規勸才好。』說著，她偏過頭來，向她身旁的人看了一眼。

這也許是無意間的一個動作，慈禧太后卻有心了，認爲慈安太后和恭王是齊了心來說她的；她不願再聽下去，便把話題扯開。

於是隨意一問：『漢文帝在位幾年啊？』

『在位二十三年，享年四十六歲。』李棠階奏答。

『才四十六歲？可惜了！』

『不過他的太子，教養得很好，』恭王又開腔了，『所謂「文景之治」，景就是景帝。』

『可見得皇帝的書房很要緊。』慈禧太后又問：『六爺，你這一陣子也常到弘德殿去看看嗎？』

恭王一直被命照料弘德殿，監督皇帝上學，現在問到這一層，是他職司所在，便把最近所看到的情形，詳細陳奏；說皇帝的用功不用功，要看時候，大致初二、十六上學，精神總不大好。

慈禧太后馬上就明白了；偏偏慈安太后懵懂，張口就問：『這是甚麼道理啊？』

話還未說完，慈禧太后悄悄扯了她一下，這是示意她不要多問，但話已出口，來不及了。

恭王不即回奏，停得一息才從容答道：『兩位太后聖明，總求多多管教皇上。』

這話在慈禧太后聽來，大有把皇帝不肯用功讀書的過失，推到自己頭上的意味，所以立刻『回敬』了過去：『你分屬尊親，皇帝有甚麼不守規矩的地方，我們倆看不見，你也可以說他。而況你原來就有「稽察弘德殿」的差使。』

『是！』恭王答了這一聲，卻又表白：『臣奉旨「稽察弘德殿」，不是常川照料的人。而且事情也多，難免稽察不周；加以惠親王多病，奉旨不需經常入直，所以，臣請兩位太后傳旨惇親王，讓他多管點兒事。此外，總還要請兩位太后，格外操心。』

說了半天，依舊把責任都架到別人頭上，慈禧太后心裡很不舒服；但慈安太后對於他們暗中針鋒相對的爭辯，似乎絲毫不曾看出——這使得慈禧太后生了這樣一個想法：應該在她面前下一番功夫；讓她知道恭王的不對，將來遇到要緊關頭，才可以取得她的助力。

等養心殿聽政事完，兩宮太后照例在漱芳齋傳膳休息。七月底的天氣，晚膳過後，將次黃昏，正是一天最好的時候；皇帝帶著小太監到御花園掏蟋蟀去了，但有十一歲的大公主——恭王的大格格，和十歲的公主，兩個冰雪聰明的女孩兒，承歡膝下，慈禧太后總在這時候看奏摺；不相干的便逕自掐指痕作了處理，有出入的順便告訴慈安太后一聲；遇到特別重要的，就要把奏摺唸給她聽，彼此作個商量。

這天因爲有心要跟慈安太后打交道，所以事無巨細，一概商量著辦。偏偏的奏摺也多，第一件是本年正逢甲子年，刑部請停秋審勾決，慈安太后一聽案由便說：『這是好事嘛！』

『當然是好事！今天李棠階不是講漢文帝，一即了位，就下旨減輕刑罰嗎？咱們學他吧！』

慈安太后沒有聽出她話中諷刺的意味，只不斷點頭；於是慈禧太后伸出纖纖一指，用極長的指甲，在原摺上刻了一道掐痕，那是表示『應如所請』。

第二件是恭親王的摺子，請重定朝會的班次。他以『議政王』的身分，一直居於王公大臣的首位，現在自請列班在惇親王之次。

『六爺這是甚麼意思啊？』慈安太后詫異地問。

『這也沒有甚麼！』慈禧太后故意淡淡地說：『本來就該按著長幼的次序來嘛。』

『不過……』慈安太后沉吟著；她心中有一番意思，總覺得恭王應該與眾不同，但拙於口才，這番意思竟無法表達。

『准了他吧！』

『看看，看看！』慈安太后想了想說：『我看交議的好。』

『不然。』慈禧太后搖著頭，『本來是件小事，一交議變成小題大作，倒像是他們手足不和，明爭暗鬥似地。多不合適啊！』

『啊，啊！』慈安太后馬上變了主意：『妳這話不錯。』

說服了這位老實的『姊姊』，慈禧太后感到小小的報復的快意。這幾年她已深切了解，做官的人，對國計民生，或者不甚措意，但於權貴的榮辱得失，十分敏感；恭王的『聖眷』，一直甚隆，凡有恩典，他自然亦總以『謙抑爲懷』，辭親王世襲，襲親王雙俸，不管到最後的結果如何，一開始總是『優詔褒答』。所以這個朝會班次自請退居惇王之後的奏摺，如果依然給他面子，至少應該『交議』，暗示出不以爲『五爺』的地位應在『六爺』以上的意思；而現在一請就准，少不得會有人猜疑，恭王的聖眷不如從前了！

讓他們這樣猜去！慈禧太后嘴角掛著微笑。撿起第三件摺子，那是曾國藩所上，接到錫封侯爵的恩旨，專摺奏謝；同時陳明在僞天王府所獲『玉璽』兩方、『金印』一方，已經另行諮送軍機處。

她把這個摺子唸完，不屑地冷笑一聲，做了一個閱過的記號，隨手放在一旁，是預備交到軍機處去處理的，但慈安太后卻有話要說。

『這可有點兒奇怪。』她說：『曾國藩上一次奏報，說那個「天王府」裡，甚麼也沒有；另外一個摺子上又說，李秀成身上帶著許多金子，這不就是在說「天王府」一無所有，是全讓他們那些個「王」，自己帶走了嗎？』

『對了，那意思是燒掉的燒掉了，帶走的帶走了！』

『不對！』慈安太后搖著頭說：『玉璽金印，是多要緊的東西；又不累贅，爲甚麼倒不帶走呢？』

慈禧太后笑了，『姊姊，』她說：『連妳這麼忠厚的人，都把曾家兄弟——不，曾國荃的毛病看出來了！無怪乎外面有話，說湘軍都在罵曾國荃。說句老實話吧，長毛的玉璽、金印，他是怕砍腦袋，不敢拿回湘鄉；不然，連這兩方玉，一把金子也不會給留下。』

慈安太后覺得她的持論太苛，但不便再爲曾國荃辯護；因爲他的封爵，原是她的主張；替別人辯護似乎是爲自己辯護，那是用不著的，只要自己問心無愧就行了。

『還有，洪家的那個小孩子，到底怎麼樣了呢？』慈禧太后憂慮地說：『非得要把下落找出來不可！不然，總是個禍根！』

將帥不和

洪福瑱的行蹤，大致是清楚的，由金陵走廣德，經皖南走江西，由新城到石城，江西臬司席寶田，窮追不捨。據說洪軍殘部保護著他們的『幼主』，雜在難民叢中，白天休息，夜裡燃香爲呼應的記號，摸黑而行，蹤跡極其隱密。

上諭一再追索，始終沒有好消息來。到了九月裡，京城裡忽有流言，說洪福瑱已爲湘軍營官蘇元春所生擒；席寶田得到消息，派了專差去要人，蘇元春不肯交出，直到席寶田自己去要才要了來。

當時有人爲席寶田指出，蘇元春難道不知道這是大功一件，爲甚麼有放掉洪福瑱的意思？他是不求有功，但求無過；曾氏兄弟的提報中，大張其詞，說僞『幼主』已『闔門自焚』，現在又出來一個僞『幼主』，朝廷追究其事，曾氏兄弟必然遷怒，隨便找個題目，就可致人於死地。因此勸席寶田不要多事。

席寶田默不作聲，把洪福瑱解到南昌，由巡撫沈葆楨親自審問。這已是瞞不了的一件大案，等沈葆楨奏報到京，朝廷不知作何處置？那些對曾國藩、曾國荃不滿或者心懷妒嫉的京官，都在談論此事。旗人中的許多武官，尤其起勁；湘軍的聲名，早成他們痛心疾首的根源，自然是抱著幸災樂禍之心，期待著曾氏兄弟會獲嚴譴。

消息證實了。十月初，沈葆楨派專差賷摺到京，奏摺裡沒有提到蘇元春的名字，說是席寶田部下的游擊周家良——據傳就是奉席之命到蘇元春那裡去要人的那個武官，於『石城荒谷中將洪幼逆拿獲』。這自是一件值得慶幸的事，恭王和軍機大臣們心裡的一塊石頭可以放下了。

但是，在表面上，恭王把江西的奏摺看得似乎無關緊要似地；這是他故意要沖淡其事，好爲曾國藩留下開脫的餘地。他的想法沒有錯，誇大其詞的是曾國荃；曾國藩既未親臨前敵，又何從去考察他老弟的話是眞是假？只是依體制上來說，要譴責曾國荃，那曾國藩就逃不掉『失察』之咎。投鼠忌器，爲了保全曾國藩，不得不便宜他那個老弟，把金陵城破之日，曾國荃和他的部下，忙著劫取財物，致使首逆漏網的大過失，置而不問。

『曾國荃可以不問，沈葆楨不能不賞。』慈禧太后問道：『該怎麼樣獎勵，你們計議過沒有？』

『該獎的人還很多。』恭王答道：『像鮑超，他是曾國藩手下第一名驍將；在江西打得很好，也該封個爵。』

『封爵？』

『是，封爵。李臣典都封了子爵，鮑超自然也值。』

『朝廷的恩典，實在要愼重。』慈禧太后慢條斯理地，是準備發議論的神氣，『曾國藩封侯，應該。另外那些伯、子、男，可就太濫了一點兒。你看，那個姓洪的小孩子……』

『是！』恭王搶過她的話來說，想用快刀斬亂麻的辦法，一言表過：『曾國荃告病回籍；李臣典已經病故；蕭孚泗丁憂開缺；事情都已過去，請太后不必追究了。』

這種陳奏的態度，慈禧太后大爲不快。但不快又如何呢？難道還能放下臉來說他幾句？只好隱忍在心裡。

『現在東南軍務，大功告成；浙江全省的恢復，左宗棠的功勞，絕不下於李鴻章，應如何激勵之處，請旨辦理。』

慈禧太后不即答話，先看了看慈安太后——曾國荃封伯一半是她的主張；自覺做錯了一件事，所以這時不肯開口。

於是慈禧太后故意這樣答覆：『你瞧著辦吧！』

『臣擬了個單子在這裡。』恭王把早捏在手裡的一張紙，呈上御案。

慈禧太后看著唸道：『江西巡撫沈葆楨，一等輕車都尉，世職，並賞給頭品頂戴；署浙江提督鮑超，一等子爵；閩浙總督兼署浙江巡撫左宗棠，一等伯爵；浙江布政使蔣益澧，騎都尉世職。』

唸著單子，慈禧太后在想，恭王原來已有了安排，如何又說『請旨辦理』？這不是明顯著殿廷奏對，不過虛應故事？甚麼恩出自上，都是騙人的話！

心裡有氣，臉上便不大好看，拿起『同道堂』的圖章，在白玉印泥盒裡蘸了一下，很快地在那四個名字下面，蓋了過去，鈐印不甚清楚，她也不管了，只把單子往左首一推。

慈安太后倒是很細心地蓋了她那個『御賞』印；同時問道：『席寶田呢？也該有恩典吧？』

『那在曾國藩另保的一案之中。』恭王答說，『臣等擬的是，記名按察使席寶田，賞黃馬褂；游擊周家良賞「巴圖魯」的名號，都給雲騎尉的世職。另外江西全境肅清的出力人員，應該如何議敘，正在辦理。』

『江西是肅清了，』慈禧太后緊接著他的話說：『福建可又吃緊了！』

『這是洪軍餘孽的竄擾。左宗棠已經進駐衢州，他一定辦得了。』

『湖北呢？安徽呢？河南呢？』一聲比一聲高，責難之意顯然。

御案下的軍機大臣們，心裡都有些嘀咕，第一次感受到慈禧太后的『天威』；只有恭王不同，他所有的只是反感。

『那還有新疆、陝西、甘肅的回亂。』他索性針鋒相對地頂了過去，『朝廷只要任用得人，自可漸次敉平，不煩聖慮。』

『這也得拿辦法出來，空口說白話，不管用。』

淡淡的一句話，分量很重；中原和西北的情勢十分複雜，一時哪裡拿得出統籌全面的辦法出來？

不過恭王自然也不是沒有跟他的同僚和有關部院的大臣們商量過，所以想了想，先提綱挈領說了用兵的方針。

『向來邊疆有事，總要先在內地抽調勁旅，寬籌糧餉，方能大張撻伐。所以平新疆先要平陝甘，平陝甘得先要把竄擾湖北、安徽、河南一帶的捻匪肅清。物有本末，事有終始，不是一下子就可以成功的。』

『那麼就說捻匪吧，』慈禧太后用極冷峻的聲音問道：『那兒怎麼樣了呢？僧格林沁和官文都在湖北，一個王、一個大學士，不能辦不了捻匪；你們該想一想，到底是甚麼緣故？』

其中的緣故是知道的，官文因人成事，根本不管用；僧格林沁驕矜自喜，部下已有暮氣，而且軍紀極壞，所以時勝時敗，不能收功。但恭王不肯說這話；一說就要論處分。僧王是國戚，威名久孚；官文則是平洪楊中唯一封了爵的旗人——外間本有流言，說恭王過分倚重曾國藩，蔑視旗將；倘或僧王和官文受了處分，蒙古、滿洲各旗必定大起反感，眾矢所集，首當其衝，這關係太重大了。

因此，他疑心慈禧太后的咄咄相逼，怕是一條借刀殺人之計，自己萬不能上她的當。這樣，就只好先虛幌一招了。

『聖母皇太后說得是！』他說：『等臣等研議有了結果，再跟兩位太后回奏。』

等跪安退出，恭王的神氣很難看，說在總理各國事務衙門，約了英國公使有『教案』要談；已坐上轎子，又掀開轎簾，囑咐寶鋆約軍機大臣到鑑園吃晚飯，商量剿捻的軍務。

寶鋆答應一聲，匆匆回到軍機處；小陽春的天氣，衣服又穿得多了些，他把暖帽往後掀了掀，從聽差手裡接過手巾，在臉上一陣亂抹——一面抹汗，一面向坐在椅上沉思的文祥，吐一吐舌頭，輕聲說道：『沒有想到，碰「西邊」這麼大一個釘子！』

文祥沒有答腔。他的心境很沉重，隱隱然感到不安，覺得像今天這種君臣相處的態度，不是國家之福；以後辦事，怕會越來越不順手。

寶鋆看出他的神色，與平日不同；也知道這是因何而起？但他沒有再談下去，只把恭王的邀請，轉達了文祥；接著又到外屋，一一通知，約定了從軍機處退值，大家一起赴鑒園之約。

未到鑑園之前，各人都做了一番準備工作，有的叫人檢了檔案來看；有的在口頭上細問了湖北的近況；也有的，就像文祥，只是悄悄地在思考。

因此，下午一到恭王那裡，談入正題，發言極其熱烈。寶鋆的聲音最大，也最率直，『僧王不比從前了！』他說：『他的那一套一成不變的辦法，也叫人看穿了；蒙古馬隊雖快，捻匪也機警飄忽得很，你來我走，你走我來，永遠在人家後面攆，永遠攆不完！』

『僧王的用兵，與曾滌生正好相反；不甚明白以靜制動的道理。』李棠階慢條斯理地，說了與寶鋆約略相同的看法，『但也難怪，他的精銳是馬隊，又來自大漠，追奔逐北，是其所長。叫他擺在那兒不動，那怎麼行呢？』

『照這一說，是人地不宜。可是，怎麼能把僧王調開？調開了又叫誰去？官文絕不能獨當一面。我看……』恭王靈機一動，毫不考慮地就說了出來：『非曾滌生不可！』

他的話剛完，寶鋆脫口喊一聲：『好！而且，曾滌生在江寧也沒有甚麼事了。』

『怎麼能說沒有事？』文祥立即糾正他：『江南的善後，百端待理，繁重得很呢！』

『這有李少荃在那裡，他也辦得了。』

恭王揮一揮手，阻止他們有所爭執；等大家靜了下來，他用正式作了決定的語氣說：『我想，讓曾滌生以欽差大臣，駐紮鄂皖邊境，剿辦捻匪；李少荃暫署兩江，不必兼江蘇巡撫，那個缺……』他微微冷笑了一下，『有人等了很久了。』

大家都明白，那是指吳棠；沒有一個人願意說破。

『你們看，這樣子辦，如何？』

李棠階和文祥不以爲這是最好的辦法，但一時未有更佳的建議；就這沉默間，曹毓瑛說話了。『這是正辦！』他說：『湘軍正在裁遣，淮軍代興，兩江交給李少荃，最妥當不過，此其一。湘軍劉銘傳、劉連捷，已派到湖北會剿，有曾滌生去坐鎭，指揮靈活，加上僧王的馬隊爲奇兵，雙管齊下，形勢必可改觀，此其二。』

事情就這樣定局了。第二天面奏其事，恭王自覺如此調度，面面俱到，所以在御案前侃侃而談，意氣發舒，顯得相當得意。

慈禧太后與他的態度，正好相反；表面彷彿默許，心中不以爲然。這三年來她把曾國藩的奏摺看得多了，字裡行間，另有一番認識；曾國藩這個人最謹愼，總記著『滿招損，謙受益』這句話，功名太盛，唯恐遭忌，金陵克復，推官文領銜會奏，就可以看出他的戒愼恐懼之心。目前又亟亟乎裁遣湘軍，爲曾國荃奏請開缺回籍養病，處處顯出急流勇退的決心；然則讓他到安徽、湖北邊境去坐鎭，使得僧格林沁在面子上很難看，他肯嗎？他是不肯的。

再說僧格林沁，一向自視甚高，自以爲他的威名所播，小丑會聞風而竄；現在派曾國藩去幫他的忙，就跟當初命令在常州的李鴻章領軍赴金陵會剿一樣，其中不獨關乎面子，也怕別人來分功勞；曾國荃所不願見的事，僧格林沁怎會願意？

這話她不願說破，說破了讓恭王學個乖——哼！她在心裡冷笑；恭王自以爲本事大得很，讓他去碰兩個釘子，殺殺他的氣燄也好！而且，這對僧格林沁也是一種鞭策：就像當初詔令李鴻章會剿，曾國荃深感刺激一樣，會策勵將士格外用命。既然此舉於國家有益，那就越發不必多說了。

於是兩宮太后認可了恭王的建議；吳棠調署江蘇巡撫，算是慈禧太后意外的收穫。這道旨意連同左宗棠封爵的上諭，定在十月初十頒發，作爲慈禧太后聖壽節的一項恩典。

歌舞昇平

慈禧太后今年三十正壽，安德海早就在宮內各處發議論了，說她操勞國事，戡平大亂，皇上崇功報德，該顯一顯孝心；而況天下太平，正該好好熱鬧一下。慈禧太后本人也被說動了心，有意鋪張一番。但這樣的事，臣下無人奏請，自己就不便開口——當然，有『孝心』的人是有的，只是恭王口口聲聲要省儉，沒有人敢貿然提議。

因此，以國服雖除，文宗的山陵未曾奉安的理由，國家的大慶典，依然從簡。十月初十這一天，跟去年一樣，皇帝一早由御前大臣扈從著，到長春宮來請安，侍奉早膳；然後於辰正時分，臨御慈寧宮，由皇帝率領王公大臣，在慈寧門外，恭行三跪九叩的大禮。叩賀聖壽的儀典，就算告成了。

當然，宮內有小規模的慶賀節目，在粹芳齋接受福晉命婦的叩祝，接著開戲，皇帝親侍午膳；這一頓飯在戲台前面吃了三個半時辰，從午前十點，到午後五點才罷。

福晉命婦磕頭辭出，兩宮太后命駕還宮；秋深日短，已到掌燈時分，慈禧太后累了一天，原想早些休息，但人聲一靜，一顆心倒反靜不下來了。

在粹芳齋是百鳥朝拱的鳳凰，回到寢宮便是臨流自憐的孤鸞；每到此刻，便是她把『太后』的尊銜，看得一文不值的時候！三年來養成的習慣，凡是遇到這樣的心境，她就必須找一件事來做——甚麼事都好，只要使她能轉移心境；有個最簡單的方法，挑個平日看得不順眼的太監或宮女，隨便說個錯，把他們痛罵一陣，或者『傳杖』打一頓，借他人的哀啼，發自己的怨氣，最見效不過。

但這一天不行，大好的日子，不爲別人，也得爲自己忌諱。正在躊躇著，不知找個甚麼消遣好的當兒，一眼望了出去，頓覺心中一喜。

是大公主來了！她今年十一歲，但發育得快，娉娉婷婷，快將脫卻稚氣，而說話行事，更不像十一歲的小姑娘。慈禧太后十分寵她；不但寵，甚至還有些忌憚她，因爲她有時說的話，叫人駁不倒，辯不得，除掉依她，竟無第二個辦法。

於是慈禧太后自己迎了出去；大公主一見，從容不迫地立定，嬝嬝娜娜地蹲下身子去，請了個極漂亮的安；然後閃開，讓跟著來的一名『諳達』太監，兩名『精奇媽媽』跪安。

『諳達』太監張福有，手裡捧著個錦袱包裹的朱紅描金大漆盒，慈禧太后便即問道：『那是甚麼呀？』

『我奶奶……』這是指她的生母，恭王福晉；大公主說：『今兒進宮拜壽，又給我捎了東西來；我拿來給皇額娘瞧瞧。』

『好的，我瞧瞧！』

進屋把漆盒打開，裡面花樣極多，一眼看不清；只覺得都是些西洋玩藝，慈禧太后拿起一具粉紅羊皮鑲裹的望遠鏡朝窗外看了看，隨手放下；又撿起一個玻璃瓶，望著上面的外國字問：『這是甚麼玩藝？』

『香水兒！』大公主答道：『是法國公使夫人送的。』

『送給誰啊？』

『送給我奶奶。』

『噢！』慈禧太后又問：『送得不少吧？』

『就這麼一瓶。』

聽說就這一瓶，她心裡的感覺就不同了。如果京城裡就這獨一無二的一份；這應該歸誰所有呢？她在心裡這樣想著，大公主已經開口了：『我奶奶說，這瓶香水兒不敢用，叫我也留著玩兒，別打開。』

『為甚麼？』慈禧太后愕然相問。

『說是不莊重。讓人聞見了香水味兒，說用鬼子的東西，怕皇額娘會罵。』

『小東西！』慈禧太后笑道：『妳捨不得就捨不得，還使個花招兒幹甚麼？』

『我捨得，我也不會使花招，拿這些東西來給皇額娘瞧，就打算著孝敬皇額娘的。』

聽得這話，慈禧太后十分高興，把漆盒丟在一邊，拉著她的手要跟她閒話。

『今兒的戲，妳看得懂嗎？』

『看，怎麼看不懂啊？』

語氣未完，慈禧太后隨又問道：『今天的戲不好？』

『我也不知道好不好？反正我不愛聽。』

這話奇了！從去年十月孝服一滿，初一、十五常在漱芳齋演戲，聽了這麼多天，竟說『反正不愛聽』，那麼：『我看妳每一趟都是安安穩穩坐著，彷彿聽得挺得勁兒似地，那是怎麼回事啊！』

『那是規矩啊！』大公主把臉一揚，越顯得像個大人了。

對了，規矩，在太后面前陪著聽戲，還能懶懶地，顯出不感興趣的樣子來？她這一說，慈禧太后倒覺得自己問得可笑了。

『照這一說，妳是根本不愛聽戲？』

『也不是。』大公主說：『我不愛聽崑腔——崑腔沒有皮黃好聽。』

『妳說說，皮黃怎麼好聽？』

慈禧太后自然不會沒有聽過皮黃，但宮裡十幾年，聽的都是昇平署太監扮演的崑腔，偶有皮黃戲也不多；近年『三慶』、『四喜』兩班，名伶迭出，王公府第每有喜慶堂會，必傳此兩班當差——名爲當差，賞賜極豐，演出自然特別賣力；名伶秘本，平日輕易不肯一露的，亦往往在這等大堂會中獻技。大公主從小跟著恭王福晉到親友家應酬；兼以她的外祖父桂良，父子兩代都久任督撫，起居奢華，凡有小小的喜慶，都要演戲，所以大公主在這方面的見聞，比慈禧太后廣得多。

她的領悟力高，記性又好，口齒又伶俐，講劉趕三的丑婆子、講盧勝奎的諸葛亮，把個慈禧太后聽得十分神往；一直到上了床，還在回味。

怎麼能夠聽一聽那些個戲才好！慈禧太后心裡只管在轉念；要把外面的戲班子傳進來，自然不可，聽說那家王公府第有堂會，突然臨幸，一飽耳福，更是件不可思議的事。看起來在宮裡實在無趣！

丟下這件事，她又想到大公主；那模樣兒此刻回想起來，似乎與平日的印象不同。仔細一琢磨，才確確實實發覺，果然有異於別的十一歲的女孩子。麗太妃生的公主，才小她一歲；但站在一起來比，至少要相差三、四歲。不能再拿大公主當孩子來看了！

不知將來許個甚麼樣的人家？此念一動；慈禧太后突然興奮，有件很有趣的事，在等著自己去做：指婚！

大清朝的規矩，王公家的兒女婚配，不得自主；由太后或皇帝代爲選擇，名爲『指婚』。爲大公主指婚，便等於自己擇婿，更是名正言順的事；不妨趁早挑選起來。

心裡一直存著這樣一個念頭，第二天與慈安太后閒話時，就忍不住提了起來，『姊姊，』她問：『妳知道哪家有出色的子弟沒有？』

慈安太后聽她沒頭沒腦這一句話，一時倒楞住了，『問這個幹嘛？』她問：『是甚麼人家啊？』

『咱們那個大妞，不該找婆家了嗎？』

原來如此！慈安太后笑了：『妳倒是眞肯替兒女操心。』

『六爺夫婦，把他們那個孩子給了咱們，可不能委屈人家。我得趁早替她挑。』

『到底還小。不過……』慈安太后停了一下說：『大妞還眞不像十一歲的人。』

『就是這話囉。早年儘有十三四歲就辦喜事的。』慈禧太后自言自語地，『早早兒的抱個外孫子，也好！』

『想得這麼遠！』慈安太后笑了笑；又說：『咱們自己那一個呢？』

『那一個』是指麗太妃所出的公主，慈禧太后的笑容慢慢收斂：『這個，當然也得替她留心。』

『嗳！』慈安太后點點頭：『總歸還不忙，慢慢兒留心吧！』

這一番閒話，說過也就擱置了。哪知旁邊聽到了的太監和宮女，卻當作一件極有趣的事，在私底下紛紛談論。消息傳到宮外，家有十餘歲未婚子弟的八旗貴族，無不注意，但心裡的想法不同，有些人家認爲『尙主』是麻煩不是榮耀；有些人家則怦然心動，頗想高攀這門親事。

想高攀的自然佔多數；其中有個都統，尤其熱中。他在想，大公主既爲兩宮太后所寵愛，又是恭王的嬌女，這比正牌的公主還尊貴，一旦結成這門婚事，成了恭王的兒女親家，外放『將軍』，調升總督，不過指顧間事。這個機會無論如何錯不得！

當然，他所以有此想法，是因爲有條路子在那裡。這個都統是鑲黃旗的，名叫託雲保，在密雲捉拿肅順時，很出過一番力，因此爲醇王所賞識。託雲保家世習武，醇王又頗想『整軍經武』以自見；便常找他談兵說劍，漸漸把交情培養得很厚了。託雲保心想，醇王福晉是慈禧太后的胞妹；隔不了幾天就要進宮，姊妹的情分，非比尋常，這一條路是一定走得通的。

於是他整肅衣冠，到了宣武門內太平湖的醇王府——來慣的熟客，醇王只是便衣接見，說不到三句話，託雲保站起來請了個安說：『七爺栽培！』

醇王趕緊扶住他，詫異地問道：『這是怎麼說？』

『聽說太后要爲大公主指配。七爺總聽說了？』

『是啊！我聽說了。怎麼樣？』

『我那個孩子……』託雲保又請了個安，『七爺是見過的，全靠七爺成全了。』

醇王啞然。心裡在想，託雲保雖隸『上三旗』，家世平常；他那個獨子阿克丹，人品倒還不壞，也生得很雄偉，像是個有福澤的，只是生來結巴，說話說不俐落，這個毛病就注定了不能在『御前行走』；國戚而不能近天顏，還有甚麼大指望？

『七爺！』託雲保又說：『我知道七爺聖眷極厚，天大的事，只憑七爺一句話。只要七爺肯點個頭，我那小子的造化就大了。』

醇王讓託雲保這頂足尺加二的高帽子扣住了，心裡迷迷糊糊地，彷彿也覺得這件事並不難；於是慨然答應了下來。

等託雲保千恩萬謝地辭別而去，他一個人盤算了一會，想好一套話教會了他的妻子；第二天醇王福晉便進宮去做說客。

在長春宮閒敘了一會家常，因爲有宮女在旁邊，不便深談。慈禧太后對察言辨色的本事，幾乎是與生俱來的；一見她妹妹那種心神不屬的神氣，心知有甚麼私話要說，便給她一個機會：『走！咱們蹓躂蹓躂去！』

姊妹倆一前一後走出殿來，宮女一大群，當然捧著唾盂、水壺之類的雜物跟在後面；慈禧太后揮一揮手：『妳們不必跟著！』

宮女們遵旨住足；慈禧太后走得遠遠地，才放慢了腳步，回頭看著醇王福晉。

『聽說太后要給大公主指婚？』

『妳怎麼知道？聽誰說的？』慈禧太后很有興味地問。

『外面都傳遍了。』醇王福晉又說：『七爺有幾句話，讓我當面說給太后聽。』

『怎麼著？他想做這個媒？』

『是！』醇王福晉笑著回答；然後把託雲保父子形容了一番；自然是怎麼動聽怎麼說。

『託雲保這個人我倒知道。不過……』

『太后是嫌他家世平常？』

『可不是嗎？』慈禧太后說：『那麼多王公大臣的子弟，怎麼輪得到他家。那阿克丹現在幹著甚麼？』

『是個三等「蝦」。』

『可又來，連個藍翎侍衛都沒有巴結上！且不說委屈了孩子；叫我跟老六夫婦怎麼交代？』

『上頭的恩典，六爺、六嫂子也不能說甚麼！』醇王福晉思索了一會說：『當年雍正爺還把包衣家的女兒，指給了那一位「鐵帽子王」做嫡福晉呢！』

『雍正爺怎麼會做這種事？』慈禧太后近來常看歷朝實錄和起居注，笑著糾正了她的錯誤，『那是康熙爺，把織造曹寅的女兒，指了給平郡王做嫡福晉。這種事兒少見，當不得例！』

這一句話把她的嘴封住了，她還有些話在肚裡，但對不上榫，便接不下去，只站著發楞。

慈禧太后又看出來了，為她開路：『七爺還說些甚麼？』

『七爺是為太后打算。』醇王福晉趕緊答道：『他說：太后給人的恩典不少，可是得了恩典的人，也不怎麼感激，就像是分內應該似地。這都因為那些人本來就挺好的了，把上頭的恩典，看得不過如此。若是託雲保那種人，能夠高攀上了，那份兒感恩圖報之心，格外不同。』

慈禧太后默不作聲。遇到她這樣的神態，不是大不以爲然，便是深以爲然。姊妹相處這麼多年，醇王福晉自然知道她的意思；偷眼看了一下，知道回家向丈夫交得了差了。

『擱著再說吧！』慈禧太后對籠中那頭善於學舌的白鸚鵡，望了一會，終於作了這樣的表示。

醇王福晉知道她姊姊的性格，對自己娘家的人，總是說得少，給得多。所以能有這樣的表示，已經很不錯了，欣然辭別，回家告訴她丈夫：『八成兒是行了！』

這個看法沒有錯，慈禧太后心裡確已有了八分允意。過了幾天，找個空跟慈安太后又提到了這件事。

『託雲保，噢，我知道這個人。』慈安太后娘家與託雲保同旗，所以她知道，『他家上代，是從吉林「挑好漢」挑來的。』

『那好啊……』

才說了這一句，慈安太后就攔她的高興：『不！我看，要愼重。又不是功臣之後，又不是人才出眾，也許大妞不願意，還是先問問她自己的好。還有六爺、六奶奶！』

這話讓慈禧太后聽不入耳，不過商量家事不能硬不講理，說指婚原是太后的特權，願意怎麼辦就怎麼辦。

看看她不作聲，慈安太后知道她心裡不舒服，怕自己的話說得過分了，倒覺得老大過意不去，於是笑了笑自己轉圜。

『我看先把那個孩子找來看一看再說吧！』

『是的。』慈禧太后在語氣中也作了讓步，『先找來看一看再說。』

不過，就這一句話，也不容易實現；阿克丹是個三等侍衛，不在乾清宮當差，就在乾清宮當差，品級甚低，輕易到不了御前，如今忽然說要召見，會引起許多無謂的猜測——果眞人才出眾，一見就能中選，倒也罷了；事或不成，留下個給人在背後取笑的話柄，對誰來說，都是件很不合適的事。

這一下，慈禧太后的一團高興，大打折扣，擱下此事，好久不見提起。託雲保『佇候好音』有如熱鍋上的螞蟻；等了半個月不見動靜，又來見醇王府探問消息。

他倒也懂竅，輕易不肯開口；只是醇王年輕好面子，也沉不住氣，知道他的來意，心裡拴了個疙瘩，反倒自己先表示，就在這一兩天替他再去進言。

醇王福晉再度進宮回來，才知道了慈禧太后的想法；醇王踱來踱去思索了好一會，突然喜逐顏開地說道：『有了，有了！咱們請太后來玩兒一天；把阿克丹找來，就在這兒見太后，不就行了嗎？』

這一策很不壞！慈禧太后欣然接納，並且很坦率地指明，臨幸的那一天要聽戲，得把盧勝奎和劉趕三傳來侍候。

於是醇王府裡大大地忙了起來，一面裱糊房子，傳戲班，備筵席；一面定了日子，具摺奏請，並且親自通知近支王公和內務府，準備接駕扈從。

到了這一天清早，內務府、順天府、步軍統領衙門，紛紛派出官兵差役，在宣武門內清掃蹕道，驅遣閒人，展開警備，靜待兩宮太后和皇帝駕到。

這一天慈禧太后遣安德海到弘德殿傳懿旨，皇帝的功課減半；到了九點鐘左右，便已回到宮內。兩宮太后一早召見軍機，也只把特別緊要的政務問了問，匆匆退朝，重新更衣梳妝，準備妥當；等皇帝一到，立即吩咐起駕。

領侍衛內大臣、御前大臣、鑾儀衛和內務府的官員，一大清早就在侍候了——即使事先有旨，儀從特簡，依舊擺了一條長街，一共三乘明黃大轎，慈安太后帶著公主坐第一乘，慈禧太后帶著大公主坐第二乘；皇帝坐最後一乘。由西華門出宮，沿長安街迤邐而西，直到正在內城西南角上的太平湖。

前引大臣和侍衛，一撥一撥來到醇王府前下馬；等大轎剛入街口，諸王貝勒已經在站班侍候，都是皇帝的胞叔和嫡堂兄弟，由惇王領頭，然後是恭王、醇王、鍾王、孚王；再以下是宣宗的長孫載治、惇王的長子載漪、恭王的長子載澂、次子載瀅。頭兩乘大轎，將次到門，大家一起在紅氈條上跪下；這是接太后的駕，太后的大轎一過，惇王五弟兄隨即起身，扶著轎槓，一直進門。『載』字輩的小弟兄依舊跪著，等接了皇帝的駕；三乘大轎都到二廳停下，這裡才是諸王福晉接駕的地方。

廳上已經設下御座，但兩宮太后吩咐只行『家人之禮』，略敘一敘家常；慈安太后便向慈禧太后說道：『妳快辦事吧！等妳來就開戲。』

這是預先說好了的，要辦的事就是召見阿克丹。爲了不願張揚，只由慈禧太后一個人召見；醇王早就秉承懿旨預備好了，在西花廳設下一張御座，等御前侍衛用個銀盤，托上一支粉底綠頭籤來，她接在手裡，把寫在上面的阿克丹的履歷略看一看，說了一聲：『叫起！』

託雲保早就帶著兒子在等著了，但他本人不在召見之列；等『帶引見』的御前大臣伯彥訥謨祜走了來，還未開口，他先笑臉迎著，兜頭請了個安說：『爵爺！你多栽培。』說著又叫阿克丹行禮。

伯彥訥謨祜爲人厚道謙虛，趕緊還了一揖，把阿克丹上下看了一轉，微笑著誇獎：『大姪兒一表人才。好極了，好極了！』

一聽這話，託雲保喜逐顏開，不住關照阿克丹：『好好兒的，別怕，別怕！』

越是叫他『別怕』，阿克丹越害怕；跟在伯彥訥謨祜後面，只覺得兩手捏汗，喉頭發乾；等到了西花廳，只見靜悄悄地，聲息不聞，及至侍衛一打簾子，才看出花翎寶石頂的一群王公，侍奉著一位雍容華貴，雙目炯炯的盛裝貴婦──太后原來這麼年輕！阿克丹似乎有些不能相信似地；動作便遲鈍了。

『行禮！』伯彥訥謨祜提醒他。

見太后的儀注，早在家裡演習了無數遍，但此時不知忘到哪裡去了？阿克丹一直走到太后面前，才撲通一聲跪下。

照規矩應該一進門就跪請聖安，然後趨行數步，跪在一個適當的地點奏對，他這樣做法，已經算是失儀；等到一開口奏報履歷，說了個『臣』字，下面『阿克丹』那個『阿』字是張口音，要轉到『克』字特別困難，於是：『臣阿、阿、阿……。』越急越結巴，連伯彥訥謨祜都替他急壞了。

侍立的大臣面面相覷，尷尬萬分；慈禧太后卻是硬得下心，有意要看阿克丹出醜，聲色不動地靜靜等著。直到阿克丹急得滿臉通紅，幾乎喘不過氣時，她才輕輕說了一聲：『叫他下去吧！』

於是伯彥訥謨祜伸手把他的頭一揿，同時說道：『給太后跪安吧！』

這一下阿克丹如逢大赦，摘掉暖帽，磕了個頭；等抬起臉來，只看到了慈禧太后的一個背影。

『唉！』伯彥訥謨祜嘆口氣說：『滿砸！』

他在外面嘆氣，慈禧太后在裡面冷笑；雖無怪醇王的意思，醇王卻覺得異常窩囊。又因爲大公主就在旁邊，也不便多說。因此本應很熱鬧、很高興的一個場面，突然之間變得冷落了。

小皇帝卻不知道有這件事，跟他那班堂兄弟玩了一會，忽然問道：『怎麼還不開戲？』

開戲要請懿旨，由張文亮轉告安德海，安德海去請示，慈安太后一疊連聲地說：『開，開！』這下才把那一段不愉快揭了過去。醇王引領著兩宮太后和皇帝，到了戲廳——戲台朝北，戲廳朝南，五開間的敞廳，槅扇都已拆除；當中設一張御案，是皇帝的：後面用『地平』墊高，東西分設兩張御案，是兩宮太后的。兩面用黃幔隔開，是諸王、貝勒、貝子、公主以及扈從大臣的席次。

未曾開戲，醇王先奏，這天的戲是由皀保和崇綸提調；這兩個人都是內務府出身，現在都在當戶部的滿缺侍郎，京城裡出名有手面的闊客；於是傳了這兩個人上來，並排跪下，由崇綸陳奏戲目。

『今兒侍候兩位皇太后、皇上五齣戲。』他把手裡的一個白摺子打開來，一面看，一面說：『第一齣「四郎探母」。春台班掌班余三勝的四郎，胡喜祿的公主。京城裡頭一份。』

一聽這話，慈禧太后把從阿克丹那裡惹來的氣，消失得乾乾淨淨；因爲大家都知道她最愛聽『四郎探母』，於今首演的就是此戲，不但投了所好，而且也見得她比慈安太后更受人尊敬。

『第二齣是齣玩笑戲，劉趕三的「探親相罵」；這也是頭一份。』崇綸略停一停說：『第三齣是盧台子的「空城計」；慶四給他配司馬懿。這又是頭一份。』

『你倒是有多少「頭一份」哪？』慈禧太后說了這一句，又問：『盧台子是誰？』

『喔。盧台子就是盧勝奎。』

『原來盧台子就是盧勝奎。』慈禧太后問：『還有呢？』

『盧勝奎跟劉趕三，今兒個都是雙齣。』崇綸答道：『「空城計」下來，先墊一齣小戲，好騰出功夫來讓盧勝奎卸裝，扮下一齣戲。這墊的一齣戲，也是京城裡的頭一份。』

崇綸是有意帶些『耍貧嘴』的意味，好博太后一笑；果然，連慈安太后都被逗樂了：『怎麼全是頭一份啊？』她忍俊不禁地問。

『不是頭一份，不敢侍候兩位太后和皇上。』崇綸精神抖擻地說：『這齣戲叫「時遷盜甲」。』

『那不是崑戲嗎？』

『是。唱這齣「盜甲」的，就是個「蘇丑」，叫楊鳴玉；他的絕活挺多，這一齣「盜甲」是專爲給皇上預備的。再下來就是大軸子了，「群英會」！程長庚的魯肅、盧勝奎的諸葛亮、徐小香的周瑜、劉趕三的蔣幹。』

『程長庚！』慈安太后以略帶訝異的聲音問道：『他還在京裡？』

『他還在京裡，還是「三慶徽」班的掌班。』崇綸又把一個戲摺子高捧過頂：『還留著敷餘的功夫，預備兩位太后點戲。』

『這樣就很好了！』慈禧太后說：『傳膳開戲吧！』

於是，一面是太監遞相傳呼，搭膳桌，抬食盒，依上方玉食的規矩供膳；一面是笙簧並奏，鑼鼓齊鳴，由昇平署的太監演唱吉祥例戲，滿台神佛仙道，只是熱鬧而已。兩宮太后和皇帝，把這些戲都看得厭了；但規矩必須如此，便只好由他們去。

『趁這會多吃一點兒！』慈禧太后向跟她在一桌的大公主說：『吃飽了好聽戲——妳不是說不愛聽崑腔，愛聽皮黃嗎？』

『是！』大公主很馴順地答應著；把一碟蜜汁火方移到慈禧太后面前。

這是她喜愛的一樣食物；爲了酬報大公主的『孝心』，她先嘗了一片火腿，然後轉臉對侍立在旁的安德海說道：『拿這個送給六爺。不必謝恩！』

話是這麼說，並不用在御案上撤走這個菜，御膳照例每樣兩份，一份御用，一份備賞；備賞的一份，送到黃幔外面，恭王聽說不必謝恩，也就坦然接受了。

等安德海回到慈禧身邊，例戲已經唱完，台上貼出一張黃紙，大書：『奉懿旨演「四郎探母」』。然後是內務府的兩名司員，從『出將』、『入相』的上下場門走了出來，在台柱前相向而立，這是內廷的規矩，名謂『帶戲』。

『討厭！』慈禧太后輕輕咕噥了一聲。

這兩個字只有大公主聽見——好好一齣戲，有這兩個官員站在那裡，搞成格格不入的場面，確是討厭。大公主懂得她的意思，便招一招手把安德海叫到跟前，有話吩咐。

『這兒不是宮裡，用不著「帶戲」。讓他們走開！』大公主極有決斷地吩咐。

『是。』安德海答道：『我馬上去告訴他們。』

他用不著去看臉色，就知道大公主的話，必是慈禧太后的意思。他在宮裡，連皇帝都要欺侮，就只忌憚大公主。她說話厲害，不問在甚麼地方，更不管他面子上下得來、下不來；若惱了她時，憑藉身分，佔住道理，一頓申斥讓人無法申辯。當然，那是由於慈禧太后的寵愛；而照安德海的想法，大公主的得寵，是因爲恭王掌權；如果做父親的垮了下來，做女兒的那也神氣不到哪兒去了。

他一路走，一路這樣在想；尋著了崇綸，傳到了話，台上的兩名內務府官員，隨即悄悄退下，剩下楊四郎與鐵鏡公主，從容自在地去『猜心事』。

『這才好！』慈禧太后越發高興了，聚精會神地看完這齣戲，回頭說一聲：『賞！』

安德海是帶了銀子來的，賞了一個五十兩的『官寶』。於是余三勝與胡喜祿到台前來謝了賞；接著便是劉趕三的『探親相罵』；盧勝奎和旗人慶四的空城計，兩宮太后，無不有賞。第四齣『時遷盜甲』，楊鳴玉那翻騰跌撲，落地無聲的武功，把個小皇帝看得幾乎在御座上都坐不住，也放了一回賞。

大軸上場，天將黑了，明晃晃點起無數粗如兒臂的紅燭和明角宮燈。程長庚的魯肅和盧勝奎的孔明，固然各擅勝場；但慈禧太后激賞的卻是徐小香的周瑜，扮出來一望，不但丰神俊朗；一舉手、一投足，才看出別具風流；開到口時清剛絕俗；轉眼神、舞翎子，竟活畫出睥睨一世的公瑾當年。慈禧太后心醉不已，『甚麼叫儒將？這就是！』她這樣跟大公主說，也不問她懂不懂『儒將』這兩個字。

慈安太后所欣賞的，卻是與李鴻章並稱『皖中人傑』的程長庚；其實這一半也出於念舊之情，程長庚早在咸豐年間，就被好聲色的文宗召爲『內廷供奉』，所以在『群英會』唱完，放賞之時，特別吩咐，召見程長庚。

程長庚曾被賞過『六品頂戴』，備有一份朝冠補服；他爲人謹飭識大體，平日絕不敢穿來炫耀，但預料到這天要謝恩見駕，自然要衣冠整肅，所以把那套『行頭』也在衣箱裡帶著。此刻穿戴整齊，『做此官、行此禮』，況是扮慣了王侯大臣的，加以在宮中見過世面，所以趨蹌拜起，氣度雍容，比由軍功保升到二三品大員的湘軍將領，更像個官兒。

當然，所謂『召見』也不過跪得近些，自陳一些感激天恩的話；慈安太后拙於言詞，又是在這樣的場合中，也眞沒有甚麼好跟人說的。所以應個景，便由崇綸帶了下去。

這該起駕回宮了。就在兩宮太后要離座的那一刻，安德海走過來，悄悄奏報：『啓奏兩位主子，五爺有事要面奏。』

『好，好！』慈安太后對這幾個小叔子最客氣，『請過來吧！』

惇王已經在廳前聽到了，不等召喚，自己便走了上來；這時兩宮太后已起身離座，惇王請個安說：『臣請兩位太后賞個面子。』

兩宮太后都知道這個小叔子賦性粗荒，書也讀得不好，說話常是沒頭沒腦的，所以慈安太后便問一句：『倒是甚麼事兒啊？』她還不敢隨便答應，『說出來咱們商量著辦。』

『也沒有別的事兒，臣想跟老七今兒個一樣；奉請兩位太后，到臣那兒玩兒一天。』

原來如此！兩宮太后相視一笑，但彼此的表情不同；慈安太后笑雖笑，卻是微皺著眉，略有難色——歷朝的規矩，要是太后親生之子，封了王分府在外，可以常常奉迎太后臨幸，以敘母子之情；不然就除非有喜慶大事，太后輕易不幸王府。這一天算是偶一爲之，且有『相親』的作用在內，猶有可說；但如接著再臨幸惇王府，演戲作樂，則與上年所下的上諭，說喪服雖滿，而文宗顯皇帝尚未安葬，『遙望殯宮，彌深哀慕；若將應行慶典，一切照常舉行，於心實有未忍』。所以『昇平署歲時照例供奉』，等大行皇帝安葬後，再『候旨遵行』的話，大相違背，怕又引起御史的議論。

慈禧太后卻是根本就不曾想到這道上諭，她笑是笑惇王眼皮子淺，看見醇王的這番榮耀，忍不住要學樣。這也好，有人尊敬，並且有好戲可看，何樂不爲？所以看著慈安太后說道：『咱們不能不給五爺這個面子吧？』

聽了這話，慈安太后如果不允，便是不給惇王面子，她只好也點一點頭。

『那麼，』惇王緊接著說：『請兩位太后賞日子下來，臣好預備。』

這一下，慈安太后搶在前面說了：『不忙，不忙！年下的事兒多，慢慢兒再看。』

惇王心想；照這口氣，就算年內不行，一過了年，必可如願；大年正月，能把兩位太后迎請到府，這就更有面子了，因而欣然答聲：『是！臣另外具摺奏請。』

宮廷暗鬥

於是兩宮太后帶著皇帝和兩位公主，由原路啓駕回宮；一路上燈籠火把，照耀如同白晝。出警入蹕，常在日間，像這樣的現象，甚爲罕見，因此第二天頗有人議論其事；等一傳入宮中，安德海自然要獻殷勤去說給慈禧太后聽。

她心裡當然不高興，寒著臉問：『倒是些甚麼人在嚼舌根子啊？』

一問到此，安德海計上心來，說了幾個御史和翰林的名字——這些人，慈禧太后是約略知道的，平時常站在恭王那一面。

『不過也就是那幾個人。』安德海又說：『別人可不像那些人這麼糊塗，都說兩宮太后操勞國事，教養皇上，比誰都辛苦！七爺跟五爺，奉請兩位太后到府，不過聽個戲，這如果算過分；王府裡三天兩頭擺酒或者唱戲，那該怎麼說呢？』

『喔！』慈禧太后很注意地問：『哪個王府常常擺酒唱戲呢？』

『哪個王府都一樣。』

慈禧太后有句話在心裡盤旋又盤旋，終於問了出來：『六爺呢？』

安德海早在等著她問這句話，隨即以毫不經意的語氣答道：『六爺不在府裡玩兒。』

『在哪兒？』

『主子沒有聽說過？』安德海故意訝異地問：『六爺有個園子。』

『是「鑑園」嗎？』

『就是鑑園，大著哪──在後湖，大小翔鳳胡同；鑑園有一寶，宮裡連熱河行宮算上，全都給比下去了。』

『噢！』慈禧太后越發注意了，『是甚麼寶啊？』

『好大好大的一面水晶鏡子，擱在樓上；鏡子裡船啊、人啊、水啊，清清楚楚的，簡直就是把個後湖搬到六爺園子裡去了。』

慈禧太后想像著那鏡中的景致，心裡說不出的一種酸酸的滋味，同時嘴角現出冷笑；那雙鳳眼，看上去也格外地往鬢邊拉長了。

『又是王府、又是園子，給他「雙俸」可又不肯要，我就不明白了，他怎麼才夠開銷？』

『六爺就要了「親王雙俸」，可也不夠開銷啊！』安德海慢吞吞地說：『那就不如不要，還落個名兒。』

話中有話，而且所關不細，慈禧太后不免考慮，是開口問他，還是讓他自己說？

自然是讓他自己說！但這得有個駕馭的方法；略想一想，她說：『你也別聽那些人的謠言。』

小小的一條激將之計，就把安德海的話都擠出來了。他把恭王府『提門包充府用』的公開秘密，加油加醬地形容了一遍──事情是有的，當國的恭王，有許多意外的支出，尤其是三天兩頭就有的恩賞，哪怕是御膳房所裝的四樣點心，太監奉旨頒到府裡，就算一大恩典，必須厚犒使者；因此，恭王常苦財用不足。他的老丈人桂良，出了個主意，把來謁見恭王的官員，賞賜王府門上的『門包』，提出一個成數繳到帳房裡，補助王府的開支。這一來，『門包』自然加大了，成爲變相的納賄。

慈禧太后對此原有所聞，現在知道了詳情，不住冷笑。快過年了，她在心裡想，且擺著，慢慢兒來，總有一天要讓恭王知道厲害。

這一個年自然過得特別起勁；宮中歲時令節，原有許多熱鬧好玩的節目，往年喪服未滿，大難未除，一概蠲免，這一年可得好好鋪張一番了。

安德海當然要抓住這個機會，借著過年添新換舊爲名，開了長長的一張單子，去找內務府的官員要東西。

單子打開來一看，把內務府的司官嚇了一大跳，『我的安二爺，』他苦著臉說：『這差使叫我們怎麼當。』

『怎麼？是多了不是？』他很輕鬆地說：『好辦得很，你拿筆畫一條紅槓子，我把單子拿回去跟兩位太后交了差，不就沒事了嗎？』

這明明是拿『大帽子』壓人，內務府的司官，不敢答腔；唯有忍氣吞聲，跟他慢慢兒磨。但一場冗長的談判，幾乎並沒有甚麼結果，安德海口口聲聲『太后交代的』，所作的讓步，非常有限。承辦的司官無可奈何，只能好茶好煙奉承，先把安德海穩住了，然後拿了那張單子去見堂官——內務府大臣明善。

明善也感到爲難，但他能作的主，又非司員可比；指示了一個宗旨，凡是庫裡現成，不必支款購置的，不妨儘量撥給。於是又要先查庫帳；正搬出一大堆帳簿與單子上所開列的品目數量在查對時，有個蘇拉來報告明善，說恭王來了。

恭王兼領著『管理內務府銀庫』的差使，實際上等於內務府的第一號權力人物。當明善起身迎接，還未出屋時，他已走上了台階，從窗戶中，一眼望見大批帳簿，便不回自己屋裡，一腳跨了進來；卻又不問帳簿，只說：『我看見小安子在外面大模大樣坐著。他來幹甚麼？』

明善不敢隱瞞，照實答道：『他奉了懿旨，來要過年的東西。已經商量了半天了，商量不通。』

『怎麼叫商量不通？』恭王心裡已有些冒火了，『他要甚麼東西？拿單子來我看！』

語氣冷峻嚴厲，明善頗爲失悔；他不想得罪安德海，但話已出口，再要爲他迴護，那是欲蓋彌彰，不但沒有效果，而且可能會引起恭王的懷疑，把自己牽連在內，太不智了。

於是他把單子送了上去；恭王接在手裡一看，臉上越繃越緊；雖未發怒，卻比發出怒聲更令人畏懼。

『拿「則例」來！』他說。

各衙門都有『則例』，詳細記明本衙門的職掌和辦事的程序；內務府的則例中，有太后、皇帝、皇后、妃嬪和皇子、皇女按日、按月、按年所應得到的供給；恭王等把則例拿了來，看著單子一款一款地問，該給的畫個圈，不該給的，老實不答氣，取筆一槓子把它勾銷。這樣親自處理完了，把筆一擲，吩咐明善：『照這個數給！有例不減，無例不興。你告訴小安子，他再要借事生非，小心他的腦袋！』

明善和他的屬官，不敢把恭王的話照實傳給安德海聽；反倒賠上不少好話。同時看庫中有敷餘的東西，悄悄地又添上些，但是恭王大刀闊斧地刪減得太多了，小小的添補，無濟於事。

安德海心裡雖有些懊悔，順風旗不該扯得太足，搞出這麼一場沒趣；可是這絲悔意，一現即沒，接下來便是又氣、又恨、又著急。

著急的是，第一，在慈禧太后面前交不了差，要東西要不來，顯得不會辦事；其次是已經在宮裡誇下海口，說只要他到一趟內務府，不怕他們不給。而現在呢？依然只是一份任何人都可以要得到的例規；這面子可丟得大了！

這一急非同小可！而且因爲恭王還在內務府，他也不敢發牢騷，說氣話；只鐵青著臉，連連冷笑，把恭王親自勾過的單子，拿了就走。

剛走出大門，只聽得有人在喊：『安二爺，安二爺！』一面喊，一面已走上來拉住了安德海的衣服。

回頭一看，是內務府一名打雜的筆帖式，名叫德祿，也算熟人；安德海便皺著眉問：『幹嘛？』

『知道你今兒不痛快，』德祿陪笑道：『想請安二爺喝一盅。』

『哪兒有跟你喝酒的功夫？』

『我知道。不是這會兒。』德祿把聲音放低了說：『快到年下了，不弄兩子兒，這個年可怎麼過呀？』

這句話說到了他心裡，想了想問道：『甚麼事兒？費挺大的勁，弄不著幾兩銀子，我可不幹。』

『當然不是百兒八十的。也不費勁，只要安二爺你到一到，就有這個數！』說著，伸出一個手指來。

『一百？』

德祿使勁地搖著頭，並且矜持地微笑著；彷彿覺得他所見太小似地。

『一弔？』

『對了！』

『一弔』就是一千；只到一到就掙一千兩銀子，世上哪有這樣的好事？安德海不由得也搖頭。

『安二爺你不信是不是？那也不要緊，今兒晚上咱們「老地方」見；喝著酒，我細細說給你聽，你要覺得不行，就算我沒說。反正喝酒消寒，總是個樂子。』

聽他的語氣，看他的神色，是那種極有把握的泰然；安德海心想：管他呢？且擾他一頓，聽他說些甚麼再作道理。

於是點點頭說：『好，今兒晚上，老地方。你要冤我，你看我可饒得了你！』

德祿笑笑不答，安德海也管自己走了。因爲有了這一個意外的機會，同時打了一會岔，心裡便覺得好過得多。回至長春宮，先不到慈禧太后那裡，在宮後自己起坐休息的那間屋子裡，找了個小太監來，先打聽打聽慈禧太后在幹些甚麼？

『主子上「東邊」去了。怕得到晚上才會回來。』

『怎麼啦？』

『咦！』那小太監詫異地問道：『怎麼，二爺你還不知道嗎？「東邊」娘家的老太太，今兒個沒了。』

『啊！我眞還不知道。』說著，已把身子站了起來，『我到「東邊」去看看。』

『二爺！』小太監拉住他說：『我還告訴你，老五太爺也差不多了，外面傳進來的話，只不過拖日子，拖一天是一天，反正是年裡的事。主子直嘆氣：『好好一個年，都叫喪事給攪了！』看樣子心裡挺不痛快的，你上去可當心點兒！』

明明是一番好意，安德海覺得最後兩句話不中聽，倒像受了侮辱似地，一口唾沫吐在他臉上罵道：『去你娘的，你可當心一點兒！』

小太監捱了罵，還不知道他的氣從何而來？望著他的背影，咬著牙低聲罵道：『不知好歹的東西！走著瞧吧，總有一天，皇上要你的腦袋！』

安德海卻是揚長去了。到了『東邊』，剛一踏入綏履殿，便聽見哭聲，殿外太監、宮女一個個神情哀戚；他也被提醒了，趕緊拉長了臉，悄悄捱近東暖閣。從窗戶中望進去，只見慈安太后掩臉大哭，慈禧太后拿著手絹，正在陪淚；兩位公主也是眼淚汪汪地，卻不斷勸慰慈安太后；唯有小皇帝沒有掉眼淚，站在一邊，怔怔地望著，彷彿還不解出了甚麼事似地。

這時候內務府大臣明善也已得到消息，趕來照應。太后的寢宮，不得擅入，只在門外候旨；讓那裡的總管太監進去奏報。

於是慈禧太后出臨，就在廊上吩咐，召見明善。

安德海一見這情形，搶步上前，請著安說：『奴才早在這兒侍候了。』

『嗯。』慈禧太后問道：『去過內務府了？』

『是！』

『怎麼樣啊？』

安德海不便在這時候多說，而且知道她這時也無心細聽他的話，所以這樣答道：『回頭等奴才細細回奏。』

這時明善已奉召而至，跪在院子裡聽慈禧太后問道：『榮敬公夫人故世了。該怎麼辦吶？』慈安太后的父親，曾任廣西右江道的穆揚阿；被追封爲『三等承恩公』，諡『榮敬』，所以慈禧太后稱慈安太后的母親爲『榮敬公夫人』。太后、皇后的父母去世，該有甚麼恤典，明善已查了舊例來的，當即把前朝的成例，一一說了給她聽。

別的都沒有甚麼，只另撥治喪銀兩一千兩，慈禧太后覺得太少了，『多送點兒行不行呢？』她問。

明善不敢說不行，也不敢說行；怕凡事撙節之際，恭王會責備他慷公帑之慨。所以想了想答道：『那全在皇上的孝心！』

『這樣吧，』慈禧太后想了想說：『送三千兩好了。廣科沒有當過甚麼闊差使，境況也不怎麼好。』

『是！』明善答應著。看看沒有別的指示，便跪安退了出去。回到內務府立刻通知『廣儲司』，打了張三千兩銀子的銀票，親自送給慈安太后的哥哥，襲封承恩公的廣科。

在綏履殿的慈禧太后，忽然想起，太后的尊親病故，皇帝該有優詔。於是招招手把安德海叫來吩咐：『你到軍機處去看看，有誰在？』

『是！』安德海問道：『主子在哪兒「叫起」，是養心殿還是這兒？』

『就在這兒好了。』

安德海便又趕到軍機處，沒有軍機大臣，卻有值班的軍機；他本想把慈禧太后的話，傳了下去，但又轉念，不如趁此機會先替恭王找點小麻煩！

這樣想定了，轉身便走，回到綏履殿向慈禧太后稟報：『甚麼人也沒有！』

『奇怪啊！知道這也算一件「大事」，必有旨意，怎麼不見人呢？難道是不知道消息嗎？』

『六爺就知道。』安德海極有把握地說。

『怎麼呢？』

『六爺在內務府。』安德海說：『奴才打內務府來，親眼得見。』

這就不對了，慈禧太后有些不平，不論如何，太后是他的嫂子，哪怕就是民間，嫂子娘家父母去世，姻親晚輩也該來慰問一番，看看有甚麼事可以效勞奔走？這樣子不聞不問，未免差點理！

已是對恭王深爲不滿了，當天晚上又聽到安德海的報告，說送到內務府要東西的單子，爲恭王絲毫不留情面地大事刪減。這一下把多少天來所積在心裡的怨恨，化成熊熊的怒火；肝氣雖不曾發，卻也氣得一夜不曾好睡。

第二天起身，自然精神不振，肝火上升，引起了偏頭痛，脾氣越發不好，遷怒到太監、宮女身上；爐火不旺、茶水不燙，都受了責罰，甚至有個鄉音未改的太監，在被問到天氣時，說了句『今兒個生冷生冷的』，嫌他『生冷生冷』不中聽，也挨了一頓板子。以至於長春宮裡的太監、宮女，個個惴惴不安。

這驟然而臨的脾氣從何而來？安德海心裡明白，也暗暗高興；但他又怕此時發作，變成打草驚蛇，無益有害，得要設法先壓一壓。

於是在傳早膳時，他親自盛了一碗蓮子粥，捧到慈禧太后面前，輕聲說道：『主子也犯不著爲他生氣。只看著好了，三年前不有個樣子擺著嗎？』

『三年前？』慈禧太后看著他問。

『是！』安德海聲音很輕，但相當清晰：『三年前，在熱河。』

這是非常明白了！慈禧太后把雙金鑲牙筷放了下來，剔著牙細細在想；想當初制裁肅順的經過。將及三年半的時間，想到肅順便會冒火的情形，早就消失了；此刻就像想別人的事那樣，極冷靜，也看得極清楚，當初那種動輒衝突，公然不滿的態度，實在太危險了！如果不是天譴肅順，叫他驕狂自大，從未認眞想過她與恭王聯結在一起所能發生的作用，只怕眞有不測之禍。

於是她懂得自己該怎麼做了。依然扶起筷子，等從從容容把一碗蓮子粥吃完，臉色不但變得和緩，而且看上去顯得很愉悅似地。

『你到東邊去看看！』她向安德海說：『就說我說的，要是今兒精神不好，就不必到養心殿來了。好在今天也沒有要緊事。』

果然沒有甚麼要緊事。慈禧太后單獨召見恭王和軍機大臣，倒是把慈安太后娘家的喪事談了半天；說起后父封爲『三等承恩公』的由來，恭王回明了這個典故：后父封爲『承恩公』是雍正年間的事；到了高宗晚年，把這個例封的公爵，定爲『三等』，理由是不勞而獲的『承恩公』，與櫛風沐雨，出生入死，在軍功上得來的公爵，不可同日而語。

在說這個典故的同時，恭王附帶提到了本朝對於外戚宦官之禍，特加警惕，以及高宗多方裁抑后族的故事。

這些故事雖然說得隱隱約約，不露痕跡，但慈禧太后聽入耳中，自然惱在心頭，只不過表面一絲不露；不但不露，還顯得比平時親切，絮絮地問起老五太爺的病情，也問起皇帝在書房的功課；甚至還問起各人家中過年的情形和用度。

恭王只當她想要有所賞賜，趕緊攔阻；卻不明言，只說財政困難，找到個談及軍務的機會，提高了聲音說：『目前新疆、甘肅兩處，只要糧餉不斷，軍務一定會有起色。甘肅的協餉，山西負擔最重，「解池」的鹽課四十幾萬，掃數撥歸慶陽糧台，另外還有各省的協餉——各省的協餉，亦不盡是甘肅一處；新疆南北兩路，亂勢猖獗，派兵出關，也要各省籌撥。』他不自覺地微喟著，『噯！眞是難得很。』

他說難，是籌餉的困難，慈禧太后卻故意裝作不解，當他是說難以調兵，於是問道：『不是已有定議了嗎，派鮑超的「霆字營」出關？』

『是。』恭王答道：『鮑超所部，原有八千多人，另調川兵四千，再招募步勇、馬隊，總得要兩萬人。這筆糧餉，每月就是十幾萬。臣想由各省自行認定數目，按月如數撥解。』

他根本未說『請旨辦理』的話，慈禧太后也就不置可否，含含糊糊地點一點頭。

『還有定陵的工程；盛京太廟和福陵的工程，處處要錢！各省也很爲難，唯有精打細算，能省一文就省一文。』

又說到慈禧太后不愛聽的話了！不過這一天與往常不同；她覺得不愛聽便不作聲，不是一個好辦法，至少應該問問各省的情形，誰好誰壞，心裡也有個數。

因此她說：『各省督撫，官聲不一，到底實心辦事的有哪幾個？』

這話大有出入，恭王想了想才回答：『最得力的自然是山西。』

『嗯！聽說沈桂芬清廉得很。不過，』慈禧太后說：『這也是山西地方好，沒有遭甚麼兵災，當然應該多出點兒力。還有呢？』

是問還有甚麼好督撫，恭王卻突然想起了兩廣總督毛鴻賓和廣東巡撫郭嵩燾，心裡仍不免生氣——毛鴻賓和郭嵩燾，曾捐俸助餉，同時聲明，不敢接受任何獎勵，事情做得很漂亮，話說得更漂亮，所以恭王與軍機大臣商量的結果，依舊『交部從優議敘』；另外前任學政王某捐的銀子，則移獎其子弟，以為激勸。

哪知上諭一下，毛鴻賓和郭嵩燾奏請仿照王某的例子，所得的『優敘』也移獎其子弟。這一下，不但顯得他們以前的漂亮話，言不由衷；而且是變相的為其子弟捐官。恭王一時發了大爺脾氣，拍桌大罵：『誰希罕他們那幾個臭錢，還了給他們！』當然，不光是『發還』；毛郭二人以『所見甚為卑陋』和『不知大體』的理由，『交部議處』。

吏部已經議定，尚未奏報，恭王忽然想起，特為在這時先作面奏。

吏部擬的處分是，照『不應重私罪例，降三級調用，無庸查級紀議抵』。這就是說平時有『加級』和『紀錄』的獎勵，可以抵銷而不准抵銷。

等恭王陳奏了這個擬議，慈禧太后心想，降三級調用，則兩廣總督和廣東巡撫便都要開缺；也許恭王夾袋中有人在圖謀這兩個肥缺，所以借故排擠。偏要教他不能如願！

於是她說：『郭嵩燾這個人，我是知道的，他雖跟肅順有往來，可不是肅順一黨，前兩年在兩淮整頓鹽務，很有點兒勞績；在廣東跟英國人打交道，也虧他肯爭。』

說到這裡，她看著恭王沒有再說下去。這不贊成如此處分郭嵩燾的態度，是很顯然的。恭王原也很欣賞郭嵩燾是個洋務人才，所以退讓一步，應聲：『是！』

『毛鴻賓這個人怎麼樣呢？』

『這個人，才具不怎麼樣。』恭王答道：『聽說他在廣東，官聲也不好。』

『他是甚麼出身？』

『道光十八年的翰林……』

『那不是寶鋆的同年嗎？』慈禧太后打斷了他的話，直接向寶鋆垂詢：『你這個同年，居官如何？』

寶鋆不能不出班回奏，毛鴻賓是山東人，憑藉湘軍大老起家，爲人實在不堪當封疆之任，但既爲同年，不便說他的壞話，只好這樣答道：『臣與毛鴻賓雖是同年，平素不大往來。曾國藩也是道光十八年戊戌正科出身，毛鴻賓跟他拜過把子，常在一起。』

『跟曾國藩一起的人，大概錯不到哪兒去。』慈禧太后很容易地否定了恭王的本意，『不過處分當然該有，我看，改爲革職留任吧！』

『革職留任』只需遇到機會，或者國家的慶典，大沛恩綸，或者本人的勞績，照例議敘，一道上諭便可消除處分，絲毫無恙；倘是降三級調用，從一品的總督，外用則降爲掌理一省司法的臬司，內調則爲『三品京堂』，也只有通政使，大理寺正卿這少數幾個缺好補，那時再要爬到原來的位子，可就得要大費氣力，所以輕重出入之間，關係甚大。但有『革職』的字樣，也算『嚴譴』；恭王沒有理由堅持非降調不可，只好遵旨辦理。

退朝以後，慈禧太后回想經過，十分得意。同時也有了極深的領悟，話要說在前面，才不致受制於人；以太后的地位，就算稍微過分些，臣下也一定勉強依從——如果有人反對，一定要在他們把反對的話說出口以前，便設法消弭；這個方法就是像這天利用寶鋆那樣，以甲制乙，以乙制丙。每個人都有愛憎好惡，可以用他人所憎攻自己所惡；也可以用他人所愛成自己所好，只在自己細心體察，善爲運用，一定可以左右逢源，無往不利。

此刻她才眞正了解了『政柄操之自上』這句話的意思！甚麼叫『政柄』？就是進退刑賞的大權。錢，誠然在別人手裡，不容易要得到；但只要用人的權在自己手裡就行了！要用自己沒有主張，唯命是聽的人；那一來要甚麼有甚麼，豈僅止於錢而已？

如果恭王不聽話，就讓他退出軍機，找肯聽話的人來。他絕不會比肅順更難對付。她這樣在想。

小人得志

德祿的約會，安德海不曾忘記；但一則是眞抽不出空，二則也要擺擺架子，所以那天說定以後，結果讓德祿白等了一晚上。第二次再有機會遇到他，已是臘月十幾的事了。

『我的安二大爺，你寃得我好苦！今兒個讓我逮住，可不放你了！』

德祿當時拉住他，就要找地方去細談。安德海奉了懿旨到內務府來辦事，哪有功夫跟他糾纏？說好說歹，賭神罰咒，一準這天夜裡赴約，德祿才肯放手。

這一次他未再爽約，倒不是想補救信用，是看德祿如此認眞，可見得他所說的『弄幾兩銀子過年』的話，不是胡扯；而且，看樣子要弄這幾兩銀子，還非自己出面不可。看錢的份上，且走這一遭。

一到起更，六宮下鑰，安德海便趁這空檔，向屬下的太監，悄悄囑咐了一番，從後門溜出長春宮，迤邐而至內務府後身，西華門以北的地方——那裡有一排平房，作爲內務府堆積無用雜物，以及吏役値班食宿之處；西六宮的太監也常在那裡聚會消遣。等他推門進去，只見屋裡生著好大一個火盆，桌上有酒有菜；還有幾個素來跟他接近的太監和內務府的筆帖式，散坐在四周。一見他到，紛紛起身招呼，看樣子是專等他一個，安德海心裡歡喜，對德祿的詞色便大不相同了。

『來吧，來吧！喝著，聊著！』安德海一面說，一面把腿一抬，老實不客氣高踞上座，順手把帽子摘了下來，往旁邊一伸；有人巴結他，慌忙接了過去，放在帽架上。

這算是做太監的，一天最輕鬆的一刻；但得有頭有臉的『人物』，才有資格在宮門下鑰之後，到這裡來喝喝酒，聊聊天，推幾方牌九，擲兩把骰子。可是也不能太肆無忌憚，鬧出事來，處分極重。

這天因爲有事談，不賭錢；起初談的也不是『正事』，想到哪裡，聊到哪裡，眞正是『言不及義』；這不盡關乎太監的智識，而是他們的秉性與常人不同，天生就歡喜談人的陰私，最通行的話題是談宮女；誰跟誰爲了一隻貓吵架，誰偷了誰一盒胭脂，誰臉上長了疙瘩，甚至於誰的月經不調，談來無不津津有味。若是哪個宮女認了哪個太監做『乾哥哥』，更是一件談不完的新聞。

就這樣胡言亂語耗了有個把時辰，德祿向安德海使了個眼色；趁大家正在談放出宮去的雙喜，特爲進宮來叩見慈安太后，談得十分起勁時，兩個人一先一後，溜了出來，在廊上密語。

『有個土財主——也不怎麼有錢，想弄一張太后賞的「福」字，肯出四十兩銀子。』

『就爲這個啊？』安德海訝然相問；毫不掩飾他的失望的態度。

『這不相干！能辦就辦，不能辦就算了。』

『不是不能辦。』安德海說：『我不少這四十兩銀子花。』

『那就說正經的吧！』

德祿所說的『正經』事，是爲人圖謀開復處分。有個姓趙的候補知縣，在咸豐九年分發江蘇，奉委辦理釐捐；第二年閏三月，洪軍十餘萬猛撲『江南大營』，官軍四路受敵；提督張國樑力戰不支，與欽差大臣和春退保丹陽，在城外遇敵；官軍因爲欠餉緣故，士氣不振，一戰而潰，張國樑策馬渡河，死於水中。和春奪圍走常州，督兵迎戰受了重傷，死在無錫滸墅關。

『江南大營』就此瓦解，常州、蘇州，相繼淪陷，於是由蘇而浙，東南糜爛。地方官吏死的死，逃的逃，倒楣的自然不少，但也有混水摸魚，就此發了財的，那姓趙的候補知縣，就是其中之一。

辦釐捐並無守土之責，姓趙的原可到新任兩江總督曾國藩的『安慶大營』去報到，聽候差遣。只以他原有一件勒索商民的案子在查辦之中，同時還有十幾萬銀子的釐捐，未曾解繳，所以不敢露面。等江南的戰局告一段落，曾國藩與新任江蘇巡撫薛煥，清查官吏軍民殉難逃散的實況，那姓趙的經人指證，攜帶了大筆稅款，逃往上海，於是被列入『一體緝拿，歸案訊辦』的名單之內。可是在上海，在他的原籍，都不曾抓到這個人。

『你知道他逃到哪兒去了？』德祿說：『嗨！就逃在京裡。你說他膽子大不大？』

『這小子挺聰明。他逃對了！』安德海點點頭，頗爲欣賞其人，『天子腳底下，紅頂子得拿籮筐裝；誰會把這麼個人看在眼裡，去打聽他的底細？不是逃對了嗎？』

『對了，這小子是聰明。他看這半年，好些個受了處分的，都開復了；他也想銷銷案，出出頭；然後再花上一兩萬銀子，捐個「大八成花樣」，新班「遇缺先補」，弄個實缺的縣太爺玩兒玩兒。』德祿緊接著又說：『二爺，這小子手裡頗有幾文，找上了咱們哥兒，不是「肥豬拱門」嗎？』

『嗯。你說，怎麼樣？』

『能把他弄得銷了案，他肯出這個數。』德祿放低了聲音說，伸出來兩個手指。

『兩萬？』

『兩萬。』德祿說：『二爺，辦成了你使一半；我們這面還有幾個經手的，一起分一半。』

一萬兩銀子不是個小數目，安德海怦然心動！但是這幾年他侍候慈禧太后看奏摺，對這些情況已頗有了解，心裡在想，當時的兩江總督何桂清，已經因失地潛逃，砍了腦袋；江蘇巡撫徐有壬早就殉了難，能夠出面替姓趙的說話的人，一個都沒有，這就難以措手了。

『他打過仗沒有？』安德海問；如果打過仗，有統兵大員為他補敘戰功，奏保開復，事情也好辦些。

『沒有。從沒有打過仗。』

『那……』安德海突然靈機一動，『吳棠一直在江蘇辦「江北糧台」，那跟辦釐捐的可以扯得上關係；吳棠的面子好大好大的，能讓他給上個摺子，一定管用。』

德祿苦笑了：『第一個要抓那姓趙的，就是吳棠。』

『這可難了！』安德海使勁搖著頭，『一點兒辦法都沒有。』

『不管它了，揭過這一篇兒去；沒有辦法也能掙他一弔銀子。』

『噢！』安德海詫異，『有這麼好的事？』

於是德祿又說了第二個計劃。這就完全是騙局了！德祿也跟人請教過，知道開復處分這一層，不容易辦到，所以對安德海並未存著多大的希望。剛才只不過把前因後果談一談，倘或安德海能辦得到，自然最好；辦不到再講第二個計劃也不遲——這個計劃非安德海不可，而且他也一定辦得到。

『現在外面都知道，西邊的太后掌權；也都知道你安二爺是西太后面前，一等一的大紅人。』

『好了！好了！不用瞎恭維人！』安德海其詞若有憾地揮著手說：『談正經的吧！』

德祿尚未開口，只覺眼前一亮——門簾掀開，有人走出來大聲說道：『怎麼回事？我們酒都喝完了，你們還沒有聊完？來，來，我做寶，來押兩把。』

『不行！』德祿答道：『你們玩兒去吧，我跟安二爺還有事要談。』

『有事要談，也何妨到屋子裡來？外面挺冷的。』

不說還好，一說果然覺得腳都凍麻了。好在別人要賭錢，不會注意他們談話；德祿和安德海便進屋來，就著剩酒殘肴，繼續密議。

德祿能從姓趙的那裡，兜攬上這筆買賣，就因為有安德海這條路子；而姓趙的並不懷疑安德海的神通，卻懷疑德祿是不是走得通安德海的路子？所以只要證明了這一點，姓趙的便會上鉤。

『二爺！』德祿說明了經過，問一句：『你看怎麼樣？』

安德海把事情弄清楚了，通前徹後想了一遍，唯有一層顧慮，『拿了他的錢，事情沒有辦成，他不會鬧嗎？』他說，『這一鬧出來，可不是好玩兒的事。』

『你放心，他不敢！他是一個「黑人」，一鬧，他自己先倒楣。再說，咱們用他的錢也不多，他這個啞巴虧吃得起！』

『嗯，嗯！』這一下提醒了安德海，別有會意，但在德祿面前，絕不肯說破；簡簡單單答了一個字：『行！』

『那麼，二爺你哪一天有空，說個日子，我好讓他請客。』

『請客不必了。後天下午，我到一到，照個面兒就得走。那一天我要上珠寶市。』

『上珠寶市幹嗎？』

『上頭有幾件首飾，在那兒改鑲；約了後天取。』

『好極了！』德祿高興異常，『二爺，事兒準成了！你先上珠寶市，取了首飾就到我家來。』

事情說停當了，安德海不肯虛耗功夫，忙著要睡一會，好趁宮門剛開，就回長春宮去當差。可是心裡是這樣打算，歪在裡間的一張匟床上，卻是怎麼樣也睡不著；他是在想著那一萬兩銀子！倘或不是恭王掌權，憑自己在慈禧太后面前的『面子』，這樣的事一定辦得成功。而現在，就算『上頭』給面子答應了，依然無用；因爲恭王那一關，必定闖不過去。

安德海越想越不服氣，但又無可如何，只好強自爲自己解勸：恭王的人緣不好，老是得罪慈禧太后，風光的日子想來也不久了，且等著看他的。

拋開了恭王，又想自己，瞻前望後，忽然興起一種百事無味，做人不知爲了甚麼的感想。他在想：妻財子祿，第一樣就落空！雖聽說過，有些太監照樣娶了妻妾，那也不過鏡花水月的虛好看；不如沒有倒還少些折磨。他又在想：也不知從前是誰發明了太監這麼個『人』？這個混帳小子！他在心裡毒罵：活著就該千刀萬剮；死了一定打入十八層地獄，永世不得超生。

頭一天晚上萬念俱灰；第二天早晨卻又精神抖擻，把夜來的念頭，拋到九霄雲外。等兩宮太后退了朝，在長春宮侍候著傳過中膳，慈禧太后問道：『我的月例關來了沒有？』

『早關來了，還有年下分外的一千兩銀子，都收了帳了。』

『你到方家園去一趟。』

這是她對娘家又有賞賜；安德海最樂於當這種差，可以借此機會在外面散散心，辦一辦自己的事，同時打聽些消息來報告，博得慈禧太后的歡心。但年下雜務甚多，這一天到了方家園，第二天又要出宮到珠寶市，再赴德祿之約，耽誤的時間太多，不如併在一起辦，豈不省事？

既然如此，又不如索性回一趟家；他想定了主意，等慈禧太后把賞賜的銀兩、衣飾、食物等等打發下來，便即說道：『跟主子回話，送去改鑲的首飾，原約了明兒取，也許今天就好了，奴才順便去看一看，把它取了回來，也省得明兒再走一趟。』

『好啊。』

『要是今兒還沒有好，奴才就在那兒坐催；讓他們連夜趕工，明兒一早，奴才帶回來。』

『你說在那兒坐催，是在那兒坐一夜嗎？』

安德海話裡玩弄的花樣，又讓她捉住了，趕緊跪下來答道：『快過年了，奴才家裡有些個帳要料理，原想請主子賞一天假；看宮裡事兒多，不敢開口。今兒奉旨辦事，奴才求主子准奴才抽個空兒回家看一看。』

『那自然可以。你要請假回家，哪一次我沒有准你？爲甚麼要撒謊？』慈禧太后罵道：『下賤東西，滾吧！』

安德海一向以爲挨『主子』的罵，是看得起他的表示，所以高高興興地磕了頭；一面派人挑了東西，先到敬事房領了攜物出宮的牌票，一面又通知德祿，把約會的日期，提前一天，並且說明了要到德祿家吃晚飯。

坐車出宮先到方家園，把慈禧太后的賞賜，一一交代清楚；遣回了跟去的小太監和蘇拉，然後趕到珠寶市——慈禧太后討厭綠的顏色，因爲通常嫡室穿紅，側室著綠，所以綠色在她成爲忌諱；所有鑲翡翠的首飾，都改鑲紅寶石，卻又嫌內務府的工匠，墨守陳規，變不出新樣，特意命安德海拿到外面來鑲。宮裡的委任，又是御用的珍飾；珠寶舖一點不敢馬虎，早已趕辦完工，安德海一去就取到了手；工價到內務府去領，二八回扣卻先上了他的腰包。

由珠寶市到德祿家並不遠，安德海散著步就走到了；進胡同不遠，遙遙望見德祿在迎候，彼此目視招呼，德祿快步迎了上來，極高興地說：『好極了，好極了！我就怕你來得晚了費手腳。』

『怎麼回事？』

德祿朝他頭上望了一下，低聲答道：『我給你預備了一支花翎。』

安德海會意，是要叫他裝得闊些；裝窮非本心所願，或者不容易，裝闊在他來說，是不必費心的，肚子裡裝滿了說出來可以擺闊的珍聞軼事，隨便談幾件就能把人唬倒。

一到德祿家，就聞見一股油漆味道；大廳剛剛修過，新辦了一張紅木大匟床，牆上一面是張大壁畫，畫的一株楓樹，樹下繫一匹白馬；樹上有隻猴子，正伸下長臂，在撩撥那匹白馬，角上題了四個大字：『馬上封侯』。這面牆上是四張條幅，眞草隸篆四幅字，上款題的是『祿翁大兄大人法正』，下款署名：潘祖蔭、許彭壽、李文田、孫詒經。

『乖乖！』安德海做個鬼臉，指著牆上說：『這都是頂兒尖兒的名翰林，三個在南書房，一個是左副都御史，這四條字，名貴得很吶！靠得住嗎？』

德祿臉一紅：『我哪知道靠得住靠不住？廠甸的榮胖子給我找來的。一共才花了八兩銀子。』

『不貴。』安德海笑一笑，『只怕是衝那姓趙的小子，趕著辦來的吧？』

德祿也報以一笑，領著他到了『書房』；從抽斗裡取出一支花翎，替他把暖帽上的藍翎換了下來。又取一面鏡子照著，『侍候』安德海『升冠』——太監戴花翎，連安德海自己都覺得好笑；但關起門來，不怕有人看見，只要能把姓趙的唬住就行了。

『姓趙的甚麼時候來？』

『還有一會兒。』德祿答道：『我特意叫他晚一點兒來，咱們倆好先商量商量。』

『對了！我該談些甚麼啊？』

『那還用我說嗎？反正一句話，要叫他相信，天大的事，只要錢花夠了就有辦法。』

話中有了漏洞，安德海趕緊問道：『他倒是預備花多少錢吶？』

『我不早說過了，要真能辦成了，他肯出二萬。現在，只好先叫他付一成定——也只能用他這麼點兒錢，心太狠了會出事。』

安德海不甚相信他的話，但此時也無從究詰；心裡想，先不管它，把一千兩銀子弄到了手再說。倘或德祿有不盡不實之處，隨後再跟他算帳。還有姓趙的是個『黑人』，看情形另外可以設法敲一筆。這件『買賣』，油水甚厚，值得好好花些心思在上面。

『安二爺！』德祿問道：『明兒把銀子拿到了，我打一張銀票，送到府上；還是等你來取？』

『我到內務府找你去好了。』安德海又問：『這姓趙的住在哪兒？』

『啊！住得可遠著吶。』德祿顧而言他地說：『安二爺，你坐會兒，我到外面去看看。』

兩個人都是『狠人』，一個想探出了姓趙的住處，好直接打交道；一個猜到了心思，偏不肯說。這一下安德海越發懷疑，認定了德祿另有花樣。

坐不多久，聽得腳步聲響，抬眼望去，只見德祿陪著一個四十多歲的胖子走了進來，那自然是姓趙的；他生得極粗濁，青衣小帽，外套一件玄色摹本緞的羊皮坎肩，那樣子就像油鹽店管帳的，怎麼樣看，也不像能拿出兩萬銀子來打點官事的人。

推門進來，德祿爲姓趙的引見：『這位是長春宮的安總管。』

『安總管！』姓趙的異常恭敬，請個安說：『你老栽培。』

『不敢，不敢！』安德海大剌剌地，只拱拱手就算還了禮；接著轉臉來問德祿：『這位怎麼稱呼？』

『姓趙，行四；趙四爺。』

『喔，趙四爺。台甫是哪兩個字？』

『不敢，不敢！』不知是他有意不說，還是聽不懂『台甫』這兩個字，只說：『安總管叫我趙四好了。』

安德海作了個曖昧的微笑，轉臉對德祿說道：『你說趙四爺有件甚麼事來著，得要我給遮句話，自己人不必客氣，就說吧！』

『不忙，不忙，咱們喝著聊著。』

於是就在德祿的『書房』裡，搭開一張方桌，上菜喝酒；安德海上坐，德祿和趙四左右相陪，敬過兩巡酒，德祿開始爲他吹噓。

『趙四爺，今兒算是你運氣好，也是安總管賞我一個面子，才能把他請了來。』他向趙四說，『你從沒有到宮裡去過，哪知道安總管在裡頭那個忙呀，簡直要找他說句話都難。我說，安總管，』轉過臉來，他向安德海努一努嘴，『你讓趙四爺開開眼！』

安德海會意，矜持地笑道：『能拿到外面來拾奪的，還不是甚麼好東西。也罷，拿來給趙四爺瞧瞧吧！』

於是德祿去把安德海帶來的那個布包捧了過來，打開來，裡面是個黃緞包袱，包著個紫檀嵌螺鈿的首飾盒；大盒子裡又是許多小錦盒；安德海一一把它揭開，寶光耀眼，美不勝收，趙四臉上，頓時有了肅然起敬的神色。

『請教安總管？』趙四指著一盒翡翠說：『這全是上好的玻璃翠，怎麼，一塊沒有用上？』

『我們太后不愛綠顏色的東西。』

『喔，爲甚麼呢？』

『這……』安德海又是一個矜持的微笑，『這可不便跟你說了。』

『宮裡有許多機密，連我們在內廷當差的都不知道。』德祿向趙四湊過臉去，放低了聲音，顯得極鄭重似地，『趙四爺，你回頭聽安總管跟你說說兩宮太后跟皇上的事；不過，你可得有點兒分寸，別在外面多說，那可不是好玩兒的事。』

『是，是！』趙四拼命點頭，『我知道，我知道。』

於是由德祿穿針引線，很巧妙自然地讓安德海得以大談宮闈秘辛。一開始就很成功，因爲談的是肅順的往事，安德海是身歷其境，而且發生過作用的人。談到與慈安太后的心腹宮女雙喜，合演『苦肉計』那一段，連德祿在內務府多年，也還是初聞，所以停杯不飲，聚精會神地傾聽——這樣一襯托，越發顯出安德海的『權威』。趙四大爲興奮，自以爲找到了一條最靠得住的路子。

『你看！』等他談得告一段落，德祿指著放在茶几上的暖帽，對趙四說：『就爲了安總管立下這麼一件大功，恭王面奏兩宮太后，賞了咱們安二爺一支花翎。』

轉眼望去，金翠翎羽中，燦然一『眼』；花翎比藍翎不知好看多少倍！趙四做過官，知道它的身分；對安德海越發仰之彌高了。

『這也不過虛好看！不掌實權，甚麼也沒有用。』安德海說：『譬如兩位太后吧，不管是口頭上，還是字面上，東邊的那位太后一定在前，可是，誰也不怕她。』

『外面都這麼說，實權在西太后手裡。我就不明白了，』趙四問道：『東太后難道就那麼老實？眞個一點兒都不管？』

『也要管得了才行啊！』

趙四對這句話非常重視，因爲袪除了他心中的一個疑團；怕兩宮太后中慈禧太后畢竟是『西邊』的，凡事落後一步，外面的傳說，不盡可信。現在聽安德海的解釋，是慈安太后根本就管不了事；那就只從這條路子上下功夫就是了。

於是談到正文，但已不是甚麼光采的事，所以提到他在江蘇的情形，吞吞吐吐，不能暢所欲言。好在有德祿作必要的補充。而安德海亦根本未打算替他從『正路』上去辦，所以就有不明白的地方，也不必去多問，唯唯然裝作已懂了的樣子，才得略減趙四所感到的，不能畢其詞的爲難。

『你老哥的事兒，我算是明白了。麻煩是有點麻煩，不過……』

安德海故意頓住，讓德祿去接下文；四目相視，會心不遠，該接話的人便說：『不過——，總有辦法好想是不是？』

『走著瞧吧！』安德海說：『反正我有多大能耐，你總也知道。』

德祿點點頭，裝得面有喜色，卻故意轉臉看著趙四，遞過去的那個表情是：事情成了！等趙四點了頭，答以笑意；他才向安德海使個眼色：『請到這面來，咱們說句話。』

兩人站起身來，在遠處的椅子上坐下，隔著一張茶几，把頭湊在一起，低聲密語；在趙四看，他們是在爲他籌劃路子，其實全不是那回事。

『看樣子，這小子是死心塌地了。』德祿問道：『你看，我該怎麼跟他說？』

這一問，安德海不免發楞，他原以爲德祿早已想好一套話，只不過叫自己出面裝一裝幌子，誰知臨時問計，這倒把人難住了。

『我倒有個主意，』德祿的聲音越發低了，『就說走的曹大人的路子，你看行不行？』

『曹大人』是指曹毓瑛；安德海心想，要讓趙四心甘情願地捧銀子出來，自然得要個有名望、有實力的人作號召；假借軍機大臣的名義，當然最好，就怕風聲傳到曹毓瑛耳朵裡，必然追究，那時可就吃不完兜著走了。

因此，他搖搖頭說：『不妥，不妥！』

既然別人的辦法不妥，那自己得拿出辦法來！德祿心裡的這個意思，在他的沉默中就充分表示了；安德海心裡有數，骨碌碌轉著眼珠，苦苦思索要找個能叫趙四相信，卻又無可對證眞假，能爲自己脫卸責任的人。

『有了！』他終於想到，情不自禁地一拍茶几，大聲叫了出來；惹得趙四格外矚目。

看到他渴望得到結果的眼色，德祿揚一揚手笑道：『你先別忙，等我聽聽咱們安二爺的高招。』

『是這一個人，』安德海舉手遮著嘴唇說：『吳棠！你就這麼跟他說，他這個案子要從吳棠那兒報上來，才是釜底抽薪的辦法！吳棠不是正跟他作對嗎？不要緊，有我。吳棠常從清江浦派親信來給我們太后進東西，歸我接頭；太后有話給吳棠，也是我傳給來人，讓他帶回去。個把候補知縣開復處分，事兒太小了，算不了甚麼！』

一面聽，德祿已忍不住一面浮露了笑容；當下回到席面上，把安德海的話，照樣說了給趙四聽；唯一的改動，是把『吳棠』稱作『漕運總督吳大人』。

趙四一聽這話，又興奮又憂慮。興奮的是，這樣辦等於有慈禧太后仗腰，眞正是『天大的面子』；憂慮的是，這一來把行蹤洩漏了出去，而吳棠是恨極自己的人，萬一指名索捕，豈非惹火燒身？

看他遲遲不語，德祿倒奇怪了，『怎麼樣，趙四爺？』他忍不住催問。

『我是怕，怕吳大人知道了，會不會行文到順天府衙門……』

『這甚麼話？』安德海臉色一沉，似乎生了極大的氣，『是太后的面子不夠，還是不相信我？』

太后的面子是一定夠的，只要交代下去，吳棠不敢不遵；就怕安德海沒有那麼大面子，所傳的話，吳棠不相信出於太后之口——這是很明白的道理。德祿便埋怨趙四，趙四便急忙賠罪。而經過這一番做作，趙四的疑慮反倒消失了。

『那麼，』等安德海氣平，趙四看著德祿問道：『總該……』

『我知道，我知道。』德祿亂以他語，『咱們回頭談。』

過了第二天下午，安德海抽個空到內務府；德祿把他邀到僻處，遞給他一個封套，裡面是一張銀票，他略微抽出來瞄了一眼，不多也不少：一千兩整。

『我是這麼跟他說的，』德祿低聲說道：『安總管不要錢，軍機處先要鋪排一下，不然，就吳棠的奏摺來了，照例批駁；太后也不能爲一個候補知縣掃軍機大臣的面子。』

安德海始終有這樣一個成見，認爲德祿從趙四那裡拿的錢，絕不止二千兩；現在聽他又搬出軍機處的招牌，這個地方豈是二千兩銀子所鋪排得了的？越發可見自己的看法不錯。不過他也知道，即令直言說破，德祿也絕不肯承認，徒然傷感情而已！這樣，就只好旁敲側擊來套他的底細了。

他的心思極快，念頭轉定，隨即問道：『兩千銀子不是一個小數目；那小子總有一番話要說吧？』

『還就是以前那些個話，把他身子洗乾淨了，出兩萬銀子。』說著，德祿把一個『節略』遞了給他。

『那麼兩千就是一成。』安德海緊接著說：『這算是咱們收他的「定錢」？』

『不是，不是！』德祿很得意地笑道：『這兩千是額外的。我跟他說，這不算正項；馬上過年了，得先送年禮。他問要多少錢？我說兩千，他就給了兩千。』

錢來得容易呀！安德海心裡在想，那趙四的荷包跟他的人一樣，肥得很；只弄他一千銀子，實在不能甘心。不管它，他對自己說：先把網撒出去再作道理。

於是他問德祿：『你可知道吳棠的事兒？』

『怎麼不知道？有西太后就有他；好比有西太后就有你安二爺一樣。』

『你知道就好，我告訴你吧，吳棠快當總督了……』

『他本來就是漕運總督嘛！』

『我是說有正式地盤兒的總督。我看……』他想了想說：『多半還是兩廣。毛鴻賓差不多了。』

『喔！』德祿不解地問：『吳棠調了兩廣怎麼樣呢？』

安德海把早想好了的一句話，放著不說，作出鄭重考慮的神氣，好半天，彷彿下定了決心，很有把握地說：『你跟他說，如果他想到廣東去補個實缺，連開復處分在內，一共叫他拿三萬銀子來。我全包了。』

德祿一聽這話，再看一看他的臉色，不由得又驚又喜：『安二爺，你，你眞能辦成？』

『你不信就等著瞧！』

『我信，我信。就這麼說了。明天就有回話。』

話是說出去了，安德海回來想一想，事情也眞的大可以辦得。吳棠在江蘇的官聲，好不到哪裡去，常有人告他的狀，那些劾奏的摺子，往往留中不發，這是一個可以利用的機會；如果能讓吳棠知道，他的官運亨通，雖由於慈禧太后的特加眷顧，卻也因爲有人幫著他在慈禧太后面前說好話，幫著他凡事遮蓋，這一來，吳棠必存著感激圖報之心，自己爲趙四說話就有效用了。

這算是安德海自己琢磨出來的，『交通外官』的訣竅。想到就辦，第一步是到內奏事處查檔；把歷年來參劾吳棠的奏摺，都摘錄了事由，或『留』或『交』，一一說明。『留』是留中，不必再問；『交』是交到了軍機處，自然還有下文，得要往下再查。好在『交』的不多；很快地都查明白了。

這時德祿也有了回話，趙四願意照辦，但銀子一時還湊不齊；好在等託好了吳棠，奏報到京，一來一往也得一兩個月的功夫，到那時一定籌足了數目送上來，不會耽誤。安德海心裡明白，這是託詞；趙四要等有了眞憑實據，才肯付款。照這樣看，就全在自己了，有辦法，還有上萬的銀子進帳，否則就只是這一千兩。

過年只有半個月了，快到『封印』的那幾天，大小衙門，無不格外忙碌。各省的專差，也絡繹到京，年下的『公事』與平日不同，第一樣是『進貢』，都歸內務府接頭；第二樣是『送節禮』，王公大臣的府第，特別是恭王府，眞個其門如市，大致各省凡是要進貢的特產，恭王那裡照樣有一份；第三樣是『送炭敬』，翰林、御史，不管事的各部司員，那些窮京官，全靠各省督撫司道，按時脂潤，夏天『冰敬』，冬天『炭敬』，名目甚多，數目不一，看各人的力量、身分、交情而定；最闊的是閩浙總督左宗棠送工部右侍郎潘祖蔭的『炭敬』，每年照例一千兩；這因爲當年官文參劾駱秉章『一官兩印』，左宗棠獲罪，是潘祖蔭所力救的緣故。

當然，還有些饋贈，近乎賄賂，或者另有作用，贈者受者都諱言其事的，吳棠就是這樣；爲了報答慈禧太后的特達之知，逢年過節，必有上萬銀子送到方家園『照公府』。巧得很，他派的差官到方家園時，恰好安德海在那裡『傳懿旨』；一談起來，那差官自然知道慈禧太后面前有這麼個得寵的太監，頓時肅然起敬，說了許多恭維仰慕的話。

安德海覺得這意外的邂逅，也有不巧的地方；如果事先知道有這麼個差官到京，可以經過德祿的安排，裝一番場面，使他望之儼然，說話就比較顯得有力量。現在憑空要把自己的架子裝點起來，倒是件不容易的事。

因此，他一面聽那差官在恭維，一面在心裡轉念頭，想來想去總覺得先要用個甚麼手段，把他唬住了，下面的戲才好唱。

於是他先按兵不動，甚至連那差官的住處都不問；等從方家園回宮，他在路上想好了一條移花接木之計，他告訴慈禧太后，說吳棠的差官遇見了他，異常高興，那人正不知如何來找他。

『找你幹甚麼？』慈禧太后訝然相問。

『也不是他找奴才，是吳棠有一番孝心要上達；叫他找著了奴才轉奏給主子聽。』

『喔，』慈禧太后很感興趣地問：『吳棠有甚麼話？』

『吳棠說，太后的恩典，天高地厚，不知怎麼樣報答？除了照例的貢品以外，太后想吃點兒甚麼，用點兒甚麼，儘管吩咐下去；他盡心盡力辦了來孝敬太后。』

『難爲他，算是個有良心的。』

就這一句話，不能達成他的效用；所以安德海便慫恿著說：『難得他這番孝心，主子倒不可埋沒了他。』

慈禧太后想了想，隨口說了句：『「蘇繡」不是挺有名的嗎？看有新樣兒的衣料沒有？』

『是！奴才馬上傳旨給他。』

有了太后的這一句話，安德海便是『口啣天憲』了！按著規矩來辦，先到敬事房傳旨『記檔』，接著派一個蘇拉到內務府通知，傳喚漕運總督衙門的差官，第二天一早到隆宗門前來聽宣懿旨。

那是『官面』上的一套，另外他還有一套；找到德祿，悄悄囑咐，要他設法把那傳喚的差使討了下來。這件事不難，德祿回到內務府，不需稟明司官，找著被派去傳喚的同事，私底下就把那個差使討過來了。

到了兵部街提塘公所，尋著那名差官，德祿交代了公事；那差官大爲緊張，『請教，』他問：『不知道是甚麼事兒？』

德祿歉意地搖搖頭：『那可誰也不知道了。再老實說一句吧，這種事兒，我們內務府也是第一次遇見。那當然是因爲「上頭」對你們吳大人，另眼看待的緣故。』

『是，是！』聽得這句話，那差官放了一半的心；爲了想多打聽些內廷的情形，他跟德祿大套交情，彼此通了姓名、職銜，這差官自道姓吳，是個漕標的記名守備。

德祿也是有意結納，出以誠懇謙虛的態度，頗有一見如故之感。他爲吳守備說了許多宮內的規矩禮節，附帶也大捧了安德海一番，說慈禧太后對他，言聽計從；最後還加了句：『甚麼事兒你只聽他的，準沒有錯！』

吳守備自然深深受教。第二天一大早到內務府，由德祿領著，到了隆宗門外，找間僻靜的朝房，德祿把他一安頓下來就先走了。殿閣巍巍，氣象森嚴，吳守備第一次深入大內，怕錯了規矩，一步不敢亂走；這樣等了有個把時辰，不見德祿來招呼，心裡正焦灼不安時，一個拖著藍翎的侍衛走了進來，神色凜然地揚著臉問道：『你是幹甚麼的？』

『我是漕運總督衙門的差官，來聽宣懿旨。』

『誰帶你進來的？』

『內務府的德祿德老爺。』

『德祿？』那侍衛皺著眉，斜著眼想了想：『沒有聽說過這個人。』

『是，是，安總管派人來通知的，說到這兒來等。』

『喔，喔，』臉色和聲音馬上不同了，『原來是安總管，那就不錯了。你等著吧，他的事兒多，只怕還得有一會兒才能來。』

說完，那侍衛管自己走了。吳守備算是又長了一層見識，原來安德海在宮裡有這麼大的氣派！這個長得像個小旦似的太監，眞正不可以貌相。

這樣又等了好一會，終於把安德海等到了；他是由德祿陪著來的，吳守備一眼瞥見，慌忙迎了出去，遠遠地就垂手肅立，等他走近了，親熱而恭敬地叫一聲：『安總管！』

『喔，原來是你。』安德海看著他點一點頭，管自己走了進去，往上一站，說一聲：『有懿旨！』

吳守備從未有過這種經驗，也不明瞭這方面的儀注，心裡不免著慌，便有些手足無措的神氣；德祿趕緊在他身邊提了一句：『得跪下接旨！』

等他直挺挺地跪了下來，安德海不徐不疾地說道：『奉慈禧皇太后懿旨：著漕運總督吳棠，採辦蘇繡新樣衣料進呈。欽此。』唸完了又說一句：『你起來吧。』

吳守備不勝迷惘，站起身來把安德海口傳的旨意，回想了一遍，開口問道：『請安總管的示下，太后要些甚麼樣的蘇繡衣料？』

『那可不知道了！』安德海慢吞吞地，撇足了京腔，『上頭交代的就這一句話，你回去告訴你們大帥，讓他瞧著辦吧！』說完，甩著衣袖，揚長而去。

吳守備望著他的背影發楞，想上去拉住他問個明白，卻又不敢；回過頭來一見德祿，不由得哭喪了臉，『我的德大爺，你看這差使怎麼辦？』他微頓著足說，『也不知道要甚麼花樣，甚麼顏色，甚麼料子？還有，到底是要多少呢？不問明白了，我回去跟我們大帥怎麼交代？』

『你別急，你別急！』德祿拍著他的背安慰；想了想，作出濟人於危的慷慨神情：『你等著，我替你去問一問。』

這一下，吳守備眞個從心底生出感激，一揖到地：『德大爺，你算是積了一場陰德。』

德祿謙虛地笑了笑，匆匆離去。這樣又等了有半個時辰，才見他回來；招一招手，等他走了過去，便一路出宮，一路低語。

『安總管的話也不錯，傳旨向來就是這個樣，上面怎麼說，怎麼照傳，多一句，少一句，將來辦事走了樣，誰也負不起這個責任。不過……』

德祿是有意頓住，吳守備便急急追問：『不過怎麼樣？德大爺，你老多開導。』

『太后的意思，安總管當然知道；不過，在御前當差，第一就是要肚子裡藏得住話，不然，太后怎麼會相信？怎麼會言聽計從呢？』

『是，是！』吳守備欣然附和；他心裡在想，只要安德海能知道太后的意思，事情就好辦了，且先聽德祿說下去，再作道理。

『安總管說，上頭對你們大帥另眼看待，除了多少年以前，雪中送炭的那一檔子事兒以外，當然還有別的道理，也有許多話想要叫你們大帥知道，可就是一樣，得要見人說話。』

『請問，怎麼叫見人說話？』吳守備問道，『難不成是說，非我們大帥到京裡來了，安總管才能說嗎？』

『這倒也不是。』德祿遲疑了一會才說：『老實告訴你吧，安總管是不知道你老哥的身分；不敢跟你說。』

『那，那……』吳守備頗有受了侮辱的感覺，卻又不知如何辯白以及表示自己的不滿？所以訥訥然不能畢其詞。

『這不是安總管看不起你老哥。』德祿暗中開導他：『他不知道你在你們大帥面前，到底怎麼樣？你也是官面兒上的人物，總該知道，有些話是非親信不能說的！』

吳守備這時才恍然大悟，繼以滿心的歡悅，因為得到了一個絕好的立功自見的機會。各省的差官為長官辦私事，無非跟王公大臣府第的『門上』打交道；只有自己結交上了慈禧太后身邊的安總管，為『大帥』與深宮建立了一條直通的橋樑，這是何等關係重大的事！回到清江浦，怕大帥不另眼看待？

福至心靈，他的表現不再是那種未曾見過世面，動輒張皇失措的怯態了，用很平靜自然的聲音說：『德大爺，我也不知道我算不算我們大帥的親信？不過，大帥的上房裡我常去；我管大帥夫人叫二嬸。』

『呀！』德祿大出意外，『原來你是吳總督的姪子？』

『是。』吳守備說：『五服以內的。』

『五服以內的姪子，又派來當差官，替兩宮太后和皇上進貢，自然是親信。那就好辦了。』

德祿說著便站定了腳，大有馬上轉回去告訴安德海之意；但吳守備這時反倒不亟亟乎了，『德大爺，』他用商量的語氣說：『我有個主意你看行不行？我們大帥另外交了二百兩銀子給我；有該送炭敬而事先沒有想到的，讓我酌量補送。我打算著，把這二百兩銀子送了給安總管；至於德大爺你這兒……』

得。』

『不！不！』德祿搖著手打斷了他的話，『我是無功不受祿，安總管那兒也不必，你送了他也不肯收；替太后辦事，他挺小心的。我看這麼樣吧，如果你帶得有土產，送幾樣表示表示意思，那倒使得。』

『土產有的是，只怕太菲薄了，』

『就土產好，你聽我的話！』德祿想了想又說，『這樣吧，明天安總管要出宮替太后辦事；你下午到他家去好了！我先替你約一約，請他把太后要的衣料，開個單子給你；如果太后另外還有甚麼話交代，也在那個時候說給你。』

『那太好了。承情不盡！不過德大爺，明兒還要勞你的駕，帶我到安總管府上。』

『這……』德祿躊躇著說：『我明兒有要緊公事，怕分不開身。可是安總管家你又不認得，那就只好我匀出功夫來陪你走一趟了。』

如此幫忙，吳守備自然千恩萬謝。回到提塘公所，立刻派人到通州，在漕船上取了幾樣南方的土儀，如紹興酒、火腿之類，包紮停當。第二天早早吃了午飯，守在公所；約莫兩點鐘左右，德祿果然應約而至，兩個人坐了車，繞東城往北而去。

等一到了安家，德祿託辭有要緊公事，原車走了；這是他有意如此，好避去勾結的形跡。吳守備不知就裡，心中卻還有些嘀咕；怕安德海的脾氣大，或者話會說僵了，少個人轉圜。

還好，安德海算是相當客氣，看著送來的禮物，不斷稱謝。然後肅客上坐；一個俊俏小廝，用個福建漆的托盤，端來兩碗茶，四碟乾果——茶碗是乾隆窯的五彩蓋碗；果碟是高腳鏨花的銀盆。吳守備心想，這比大帥待客還講究。

『請！』安德海很斯文地招呼。

吳守備爲了表示欣賞，端著那蓋碗茶不喝，只轉來轉去看那碗上精工細畫的『玉堂富貴』的花樣，一面嘴裡發出『嘖、嘖』的聲音，似乎是想不出適當的話來讚美的神情。

安德海矜持地微笑著；等他快要揭碗蓋時，才說了句：『茶碗倒平常；你喝喝這茶！只怕外面不容易找。』

聽到這話，吳守備格外愼重將事了，揭開碗蓋，先聞了一下，果然別有一股清香，便脫口讚了一個字：『好！』又笑著說：『在安總管這兒，我眞成了鄉巴佬了。這茶葉眞還沒有見過。』

『這叫「君山茶」，是上用的。』

『上用』就是御用，吳守備聽到這一句，不由得把身子坐正了，看著安德海，希望他再說下去。

『前幾天，湖南惲巡撫才專差給太后進了來。一共才八罐，太后賞了我兩罐。今天是頭一回打開來嚐。』

『那可眞不敢當了。』吳守備受寵若驚地說；接著便喝了一口，做出咙嘴咂舌的姿態，眞像是在品嘗甚麼似地。

『這樣吧，我算是回禮，分一罐兒這個茶葉，勞你駕帶回去，讓你們大帥也嚐嚐。他當然喝過君山茶；不過，不見得有這麼好。』

這是給了吳守備一個誇耀表功的機會，自然不必推辭，便站起身來，笑嘻嘻地說：『那我就替我們大帥謝謝安總管了。』

於是安德海叫小廝取來一個簇新如銀的錫罐，巨腹長頸，紅綢子封著口，約莫可容兩斤茶葉；蓋上和罐腹都鏨出『五福捧壽』的圖案，另外貼一張鮮紅的紅紙條，正楷四字：『神品貢茶』——安德海不是胡吹，這罐茶葉，無論從哪一點看，都是湖南巡撫惲世臨進貢的御用之物。

這一番酬酢，主客雙方都感到極度的滿意；也就因爲這一番酬酢，片刻之間成了交情極厚的老友。安德海說話，盡去稜角，十分懇切；拿出一張單子來交給吳守備說：『最好全照單子上辦。如果趕不及，先把春天夏天用得著的進了來，別的隨後再說。』

吳守備把單子約略看了一下，品目雖多。好在時間上有伸縮的餘地，也就不礙，於是把單子收好，放在小褂子的口袋裡，還伸手在衣服外面拍了兩下，生怕不曾放妥會得掉了。

『另外還有件事兒。』安德海朝左右看了一下，湊近吳守備，放低了聲音說：『是太后娘家的來頭，我還不十分清楚；太后交代，讓你們大帥給瞧著辦。』

『喔！』吳守備睜大了眼，『請吩咐。』

『有個姓趙的候補知縣，叫趙甚麼來著？』他從靴頁子裡，掏出由德祿轉來的那份節略看了又看說，『喔，叫趙開榜。原來在你們大帥那裡辦稅差，出了紕漏要抓他，曾經奏報有案。現在大亂已平，朝廷寬大爲懷，好些個有案的，都開復了處分；趙開榜大概也動了心，走了太后娘家的路子，想求個恩典。太后的意思，候補知縣的官兒太小了，沒有法子交給軍機去辦，讓你們大帥上個摺子才好批。』

這一大片話，從頭到底，吳守備只有最後一句不明白，『請問安總管，』他說：『我們大帥那個摺子上說些甚麼？』

聽得這一問，安德海啼笑皆非！千里來龍，到此結穴，就在這句話上，這句話不明白，前面的都算白說。這原是只可意會的一回事，直說出來便沒有意味，也減弱了從窺伺意旨中，自動發生的說服力量；所以安德海特為反問一句：『你看呢？』

這是有意難人！吳守備有些緊張；把他的話從頭想了一遍，終於明白了——原是不難明白的事，吳守備深深自責，這樣子不夠機敏，如何能辦大事？

『是這個樣，』他敲敲太陽穴，『讓我們大帥給他保一保。安總管，是這個意思嗎？』

安德海平靜地點一點頭：『我看太后也就是這一個意思。反正你回去一說，你們大帥一定明白。』

『是，是！我一回去，馬上當面稟報上頭。』

『好！』他把手裡的節略遞了過去，『這玩意是太后交下來的；你帶回去吧！』

因為是慈禧太后交下來的，吳守備便雙手接了過來，摺疊整齊，與蘇繡衣料的單子放在一起。

『安總管如果沒有別的吩咐，我就告辭了。』

『你請等一等。』

安德海進去了好半天，拿出一個鼓了起來的大信封；封緘嚴固，但封面上甚麼字也沒有。這是他從內奏事處抄出來的，所有奏劾吳棠的摺子的事由及處置經過。遞到吳守備手裡，又交代了幾句話：『這個信封，請你當面遞給你們大帥。我沒有別的意思，只因為你們大帥是太后特別提拔的人；我在太后面前當差，秉承太后的意思，對你們大帥，自然跟對別的督撫不同。』

吳守備猜想其中是極緊要的機密文件，越發慎重，把它緊緊捏在手裡，不斷稱『是』。

送走了吳守備，安德海回想著他那受寵若驚，誠惶誠恐的神氣，十分得意。他相信經吳守備的一番渲染，吳棠一定信他的話是太后的授意，豈有不立即照辦之理？看樣子這筆財是發定了。

當然，那是過了年以後的事。等吳守備離京不久，各衙門都封了印，大小官員收起公事，打點過年。這年因爲金陵一下，『大功告成』，過年的興致特別好，同時南北交通，可說完全恢復；蘇浙兩省有親戚在京的，紛紛前來投靠。崇文門肩摩轂擊，格外熱鬧。四郊農民，趁著農閒時節，也都手提肩挑，要趕年下來做筆好生意，順帶備辦年貨。越發烘托出一片昇平盛世的景象。

唯一的例外是軍機處。軍機大臣和章京，是連大年初一都要入直的，不過封了印以後，例行公事都壓下不辦，僅僅處理軍報以及突發而必須及時解決的事件，比較清閒而已。

對一年忙到頭的軍機章京來說，這幾天就算最舒服的時候；不特公務清閒，而且所獲甚豐。外省的『冰敬』以外，恭王和那些入息優厚的大臣，像戶部、工部的堂官，內務府大臣，還有兼領『崇文門監督』的額駙景壽，看關係深淺，都有或多或少的餽贈，作爲『卒歲』之資。至於宮中年節對侍從近臣的賞賚，軍機章京照例也有一份；特別是簡在『后』心的那幾個紅章京，常有格外的恩典，尤其教那些爲要帳、要債的所包圍的窮京官羨慕。

京官最窮的是兩種人，翰林和御史。翰林有紅有黑；不走運的翰林，開門七件事，件件要賒帳，如果一年大大小小的『考差』，一個都撈不到，那到了年下的日子就難過了——一年三節結帳，端午節和中秋，都還有託詞：『得了考差，馬上就給』；一交臘月甚麼考試都過了，哪裡還有當考官的差使？於是只好找同年、找同鄉告幫。

御史的情形也是一樣，但『都老爺』三個字，在京城裡很有些用處，起碼煤舖、油鹽店的掌櫃，跟『都老爺』去要帳，不敢像對窮翰林那麼不客氣。因爲逼得他惱羞成了怒，喝一聲：『來啊！拿我的片子，把這個混帳東西送到兵馬司去嚴辦！』就眞要倒楣——京師九城都有兵馬司，專管捕治盜賊；送到那裡，被打一頓屁股，是司空見慣的事。

當然，御史有正有邪；正派的御史，憂心天下，硜硜自守，不要說窮，死也不怕，那種風骨，就是帝后也不能不敬憚。走邪路的御史就不同了，一種是只要給錢，唯命所從；於是有人便利用此輩作為打擊政敵的工具，其名稱為『買參』。一種是譁眾取寵，別有用心——在這『大功告成』的同治三年年底，便正有些人想找這樣的御史，掀起一場政海中的大波瀾，來打擊恭王和曾國藩。

這些人便是八旗的將領。旗人對於恭王的不滿由來已久；肅順看不起旗人，所以他們支持恭王，清除肅順，不想恭王執政，依舊走的是肅順的路子，倚任曾國藩，有過之無不及。加以八旗兵丁的糧餉，一直是打折扣發放；金陵未下，猶有可說，洪楊已滅，在上者加官晉爵，而旗民的生計，困苦依舊，這就越發使得他們忿忿不平了。

有些人認為湘軍的勢力太大，已到了『動搖國本』的危險程度；這是一批足跡未出京畿，只嚮往著他們祖宗進關時的威風的人的想法。而這個想法，在頭腦比較清楚的人看，恰好用來作為抑制漢人的一個有力的理由。他們並不以為曾國藩、李鴻章、左宗棠、曾國荃等人的事功，旗人辦不到；他們也不以為官文的封伯爵是儻來的富貴，反覺得只有一個旗人封爵，是不公平而大失面子的事。於是反對恭王和曾國藩的暗流就在這半年之中逐漸形成了。其中有些出於妒嫉，想去之而後快；有些為了實際的利益，更明確地體認到，唯有去掉恭王和曾國藩，他們才有掌握政權和軍權的機會。

這股倒恭王的暗流，漸漸又匯合了蒙古人的反對勢力。四年前，恭王與肅順爭權，蒙古人的傾向，有舉足輕重之勢；肅順既誅，恭王為了穩定朝局，特別拉攏蒙古人；倭仁內召，入閣拜相，對科爾沁郡王僧格林沁，優禮有加。一向講道學的倭仁，十分守舊，對於兼領總理通商衙門，經常與洋人打交道的恭王，原有成見；僧王是國戚，本來支持恭王，但最近的態度也改變了。蒙古人中一文一武的兩個領袖，至此都站在恭王的對方。

僧格林沁的不滿恭王，起於這年十月間的一道上諭，以曾國藩為欽差大臣，督兵赴安徽、湖北邊境上，剿治捻匪。僧格林沁透過在京蒙古籍大臣，和他的兒子伯彥訥謨祜的關係，表示反對；他認為剿治捻匪，已有一王一伯──大學士湖廣總督果威伯官文，再加上一個侯爵來會辦軍務，豈不是把捻匪看得太重？這樣為匪張目，有害無益。恭王總算『從善如流』，很快地撤消了原來的命令；但是，僧格林沁的自尊心，已經受了很大的損傷。

僧格林沁以他的驃悍的蒙古馬隊為主力，轉戰千里，自負驍勇，素來看不起湘軍，而且對黃河以南的漢人，懷著莫名其妙的敵意。洪楊既平，曾國藩勳名蓋世，他心裡已經很不舒服；而以七、八月間河南光山一戰的偶爾失利，朝命曾國藩移師會剿，在他看是恭王有意滅他的威風。於是別有用心的一批人，也就正好利用他的憤懣，從中挑撥──挑撥的花樣極多，甚至已死的多隆阿，被誅的勝保，也被利用到了。

翦除悍將

勝保的被誅，是咎由自取。他平生最仰慕的一個人，就是為雍正所殺的年羹堯；當同治元年秋天，陝西回亂，勝保受命為欽差大臣，督軍入陝；對河南、陝西巡撫行文，不用平行的『諮』，用下行的『札』；軍中的文案，勸他絕不可如此，他說：『你知道不知道，欽差大臣就是從前的大將軍。

大將軍對督撫行文，照例用札，不以品級論的。』這就是他學年羹堯的例子。

在西安的時候，有個副都統叫高福，不知怎麼，出言頂撞了他。勝保大怒，命令材官打高福的軍棍；高福大為駭異，說是同為二品官職，如何能打我？勝保冷笑答道：『我是欽差大臣，以軍法殺你都可以，何況是打軍棍？』那高福到底是被打了。這是他學年羹堯的又一個例子。

他這個欽差大臣，行軍彷彿御駕親征；每天吃飯，仿傳膳的辦法，每樣菜都是一式兩碗，哪樣菜好，便傳諭，拿這樣菜賞給某文案，居然上仿玉食的賜膳之例。入陝之初，為了區區一味韭黃，曾殺過一個廚子，此也是學年羹堯的一個例子。

但是，他得罪了慈禧太后，就非死不可了。他的奏摺，常常自己起稿，有幾句常用的話，一句叫做：『古語有云：「閫以外將軍治之」，非朝廷所能遙制。』還有一句話是：『漢周亞夫壁細柳時，軍中但聞將軍令，不聞天子詔。』那是漢文帝時的故事；勝保常在奏摺中提到這話，等於說軍令高於詔令，已犯大忌，而且也有藐視太后婦人，皇帝童稚的意思在內。因此，湖北巡撫嚴樹森參他『觀其平日奏章，不臣之心，已可概見』；從而以為『回捻癬疥之疾，粵寇亦不過支體之患，惟勝保為腹心大患』。這是所有參劾勝保的奏摺中，最厲害的一個。

那時彈劾勝保的奏章，京內京外，不計其數；歸納起來，不外『冒功侵餉，漁色害民』八個大字。勝保的好色是有名的；隨軍的侍妾有三十多個，最得寵的一個是洪楊『英王』陳玉成的妻子，此外軍行所經，強佔民婦，更是不足為奇的事。

他的侵餉也是有名的。那時的軍餉，多靠比較平靖的各省支援，稱為『協餉』；某省解某省若干，朝廷歸定了數目，但各自為政，實際上協餉的多寡遲速，要看封疆大吏與欽差大臣間的私人交情。勝保驕恣狂妄，與各省督撫，多不和睦，所以協餉常不能按時收到，偶然有一筆款子到了，他百事不問，信手揮霍個夠，多下的才撥歸軍用。一次官軍在同州遇伏大敗，死傷枕藉，一個姓雷的帶兵官，跪在他面前，痛哭流涕，要他發錢撫恤；但實在沒有錢，以致他的受傷的部下，睡在轅門外，呻吟徹夜。治軍如此，他的部下，早就離心離德了。

如果說勝保還有長處，那就是因爲他自己頗知翰墨，所以愛才重士。當然，肯在勝保軍營中當文案的，也不會是甚麼潔身自好之士——沒有一個潔身自好的讀書人，願意跟他一起蹚渾水；更沒有一個敦品勵行的讀書人，能夠眼看他在軍營中的一切作爲而無動於衷。不過，京中的一些名士，以及有才氣的軍機章京，因爲路隔得遠，見聞不眞，所以還很有幾個看重他的。在他初入陝時，一方面有人劾奏，一方面由於他動輒以『漢周亞夫』如何如何的話入奏，慈禧太后對他已深爲不滿，但顧念他在誅肅順的一重公案中，立過大功，所以還想放他一個實缺。這時便有軍機章京寫信告訴他，叫他最近少上奏摺；因爲恭王已經跟兩宮太后回奏過，準備就陝甘總督或者陝西巡撫這兩個缺，挑一個給他。如果他依舊在奏摺中大放厥詞，觸怒了『上頭』，事情會有變化。

這封信遞到西安，勝保正與他的文案們在大談風月；拆信一看，毫不在乎地傳示文案，不作表示。這樣等了幾天，沒有消息，他沉不住氣了。

『事恐有變！』他的上奏摺自炫文采的癮頭又發作了，『不得不剖陳利害，催一催。』

『何苦，何苦，大帥且再等一等！』所有看過軍機章京來信的文案，都認爲他此舉異常不智，交口相勸。但勝保不聽，自己動手擬了一道奏摺；立刻以四百里加緊，發了出去。

這道奏摺上說，凡是帶兵剿匪，如果不是本省大吏，則呼應不靈；並列舉湖廣總督官文，湖北巡撫胡林翼，兩江總督曾國藩，江蘇巡撫李鴻章，浙江巡撫左宗棠作爲例證，他們都是以本省的地方長官，主持本省的軍務，所以事半而功倍。接著說到他自己，是『以客官辦西北軍務』，無論糧餉也好，招兵也好，事事不能湊手，因此率直上言：『若欲使臣專顧西北，則非得一實缺封疆，不足集事。』

奏摺到京，自然是慈禧太后先看——那時肅順被殺，還不到一年，她對權臣的跋扈犯上，警惕特深；湘軍將領屢敗屢戰，艱苦備嘗，亦不敢作這樣冒昧的陳請；僧格林沁身爲國戚，威望素著，對於朝命，奉行唯謹，哪有像勝保這樣子的？如果不及時制裁，豈非又是一個肅順？

於是她把他的摺子留下來，第二天召見軍機大臣，當面發交恭王；冷笑著說：『如果照勝保的說法，朝廷要派兵到哪一省，就先得換哪一省的督撫。你們想想看，有這個道理嗎？』

恭王這時的宗旨，以求朝局平靜爲第一，所以對勝保還存著幾分迴護的心，當時還想放他一個陝西巡撫；但慈禧太后也有個堅定的宗旨，勝保的權力絕不能再增加，最好能解除兵權，另外給他一個適當的職務，作爲他上年統兵入衛，到熱河向肅順示威的酬庸。

經過一番研議折衝，爲了維持朝廷的威信，杜絕帶兵大臣的要挾，勝保自然受到了極嚴厲的申斥；而在另一方面又授意前次寫信給勝保的軍機章京，跟他商量，如果他願意內調，讓他在兵部尚書和內務府大臣這兩個職位中挑一個，要做官是當尙書；卻又知道他揮霍成性，內務府大臣有許多陋規收入，勉強可以維持他的排場，所以特意爲他多預算一條退路，看他自己怎麼走？這樣的設想，也算是煞費苦心了。

這一道申斥的廷寄，一封善意的私函，把勝保氣得暴跳如雷；親自寫了一封信給曹毓瑛：『欲縛保者，可即執付「司敗」，何庸以言爲餌？唯紀辛酉間事，非保則諸公何以有今日？』所謂『司敗』就是『司寇』，意指刑部；他誤會那封信的作用，是要先解除了他的兵權，把他騙到京師然後治罪，所以有此怒斥。而『非保則諸公何以有今日』，不僅指他統兵爲辛酉政變的後盾，而且也指他所上『請太后垂簾並簡近支親王輔政』的一道奏摺，這就連慈禧太后和恭王都一起罵在裡頭了。

這封信，曹毓瑛送了給恭王，恭王又呈上御案，慈禧太后只是微微冷笑了一聲：『怪不得有人說勝保像年羹堯，果然不錯！』

雍正帝殺年羹堯之前，因爲得位不正，內疚神明，外則唯恐有甚麼清議，所以對年羹堯的籠絡，到了大爲失態的地步，一直被人在背地裡譏議；慈禧太后和恭王自然不會蹈此覆轍，要殺勝保，另有佈置。

恭王與文祥、曹毓瑛等人統籌全局，反覆研究的結果，作了解除勝保兵權的最後準備；但還存著期望他有所警悟，立功自新的心，所以洋洋千言，指授方略的廷寄，幾乎每日遞到軍前，但勝保我行我素，毫不在意。

那時回亂最烈的地區，是在同州、朝邑一帶，離河洛重險的潼關，只有幾十里路，而河南的大股捻匪，正在往西竄擾，萬一捻回合力猛撲潼關，關係到陝西、山西、河南三省的安危。朝中凡是了解中原形勢的人，無不憂形於色；朝廷亦不斷督催勝保領兵東援。只是他不知有甚麼成竹在胸？安坐西安，漫不經心，而且依然作威作福，有他看不順眼的京營將官，不是參奏降革，就是奏請撤回。恭王一看這情形，必須要採取那不得已的最後手段了。

這最後手段，就是命令在豫西湘川的多隆阿，兼程北上，援救潼關；另外頒了一道密旨，封交多隆阿親自開拆，遵旨行事。多隆阿原是勝保的部將，後來受知於胡林翼；驍勇善戰，與鮑超齊名，合稱『多鮑』。這年——同治元年四月，進克安徽廬州，洪軍悍將『英王』陳玉成，投奔壽州，依附陰鷙驃悍的練總苗沛霖；恰好成就了勝保一件大功——苗沛霖與勝保有交結，看看洪軍自安慶一破，大勢不妙；把窮無所歸的陳玉成做人情，縛送勝保大營。勝保喜不可言，一面接收了陳玉成的有國色之稱的妻子；一面在奏摺中大事鋪張，以爲陳玉成是洪軍的第一勇將，既已被擒，洪軍從此不足平，意思中要親送陳玉成入京，舉行『獻俘大典』。結果弄了個很大的沒趣；朝廷批答，申斥他胡鬧，同時命令，即在軍前正法。好大喜功的勝保，大失所望，從此對朝中柄政的大臣，越發不滿。

等陝西回亂一起，恭王的原意是要派多隆阿入陝，因爲他遠在豫西，緩不濟急，才改派了勝保。這時朝旨派他兼程援救潼關，對勝保來說，自然是件很失面子的事；所以更加負氣，不大理潼關這方面的戰局。同時由於『甘督』、『陝撫』這兩個實缺封疆，完全落空；失意之餘，想到這年春天在安徽奏請『以安徽、河南兩巡撫幫辦軍務』的花樣；照樣再耍一套，奏請以陝西巡撫瑛棨幫辦軍務。如果奉准，則不但陝西巡撫成了他的部屬；而且權足以指揮巡撫，便成了總督的身分，可以稍稍彌補他實缺督撫不曾到手的遺憾。

可想而知的，從兩宮太后到軍機處，沒有一個人會准他的要求，責問他道：『若以軍務、地方，必須聯爲一氣，方能剿賊，如官文、曾國藩等，以統帥而兼封圻；則僧格林沁之在豫省，未聞必以撫臣幫辦。豫省官吏，尤稱疲玩；僧格林沁督軍，所向有功，則又何說？』從而很乾脆地答覆他：『所請斷不准行。』不但不准，而且督催馳援同州、朝邑的語氣也更嚴厲了！

除此以外，督催赴援的話也頗見聲色了，先是議駁：『勝保督兵日久，平時自詡方略，所謂「通盤籌劃，洞悉賊情」者安在？』繼而詰責：『倘或有失，該大臣自問，當得何罪？並何顏面以對天下！』終於提出警告：『該大臣務即力圖補救，毋再玩忽！謂朝廷寬典之可幸邀也。』軍機章京擬旨，雖然下筆如飛，但片言隻字，皆有分寸；再經過軍機大臣的推敲，上呈御覽。經過這三道手續發出來的諭旨，在意旨的表達上，幾乎不可能發生錯誤。勝保也是深通翰墨的人，看到最後那一段話，不但暗示將要交部議處；而且處分擬呈之後，不可能邀得寬免。所以他心裡雖憤不可遏，卻也不免著急，眞的不能『再玩忽』，得要『力圖補救』了。

『好吧！』他對他的幕僚說：『看我「補救」！補救好了，再跟他們算帳。』

但是，他要補救卻甚難。馭下無恩，士卒不肯用命；濫作威福，同官不願支持，這才眞的到了呼應不靈的窘境。最苦惱的是他沒有自己的嫡系部隊——連『子弟兵』都沒有。事急無奈，想起一著棋：在安徽的苗沛霖。

苗沛霖的包藏禍心，中外大僚，無不深知；他以辦團練保地方起家，但劫持巡撫，通洪軍、通捻匪，反跡早露，只以用『英王』陳玉成結交了勝保，勝保爲他『乞恩免罪』，勉強就撫。當政的大臣，因爲江南軍務吃緊，而河南的捻匪、陝西的回亂，在在需要剿治；所以雖有袁甲三等人，對苗沛霖力主痛剿，仍不得不加姑息，可是防範得極嚴。哪知勝保計無所出，派了個提督，拿了用督辦陝西軍務欽差大臣關防所發的護照，調苗沛霖所部到陝西助剿。

消息一傳，安徽、江蘇、山東、河南各地負有治安責任的地方官和帶兵官，無不大起恐慌，飛章告警；因爲苗沛霖正苦監視太嚴，動彈不得，經勝保檄調到陝，恰好給了他一個竄擾的機會。於是軍機處搞得手忙腳亂，用六百里加緊的廷寄，『嚴飭勝保速行阻止』；同時分別命令僧格林沁及有關各省的大員，阻攔苗沛霖，『妥為開導，剛柔互用。如不聽阻止，即著分撥兵勇，併力兜剿，毋許一人一騎，闖入境內。』

這還不算，還把苗沛霖的一個『剋星』找了出來。這個人就是湘軍羅澤南的舊部李續宜，一向在皖北打仗，地形極熟，苗沛霖對他相當忌憚。後來調到湖北，當胡林翼病重時，專摺保薦他接任；不久，由湖北調為安徽巡撫，用意就在責成他專門對付苗沛霖。到任不久，丁憂奏請開缺，朝中不肯放他，只准假百日，尚未期滿。現在因為勝保的荒唐，怕苗沛霖蠢動，所以特旨催促，『剋日啓程赴皖任事，斷不可拘泥假期未滿，稍涉遲延，致皖省大局，或有變遷貽誤。』

為了勝保的輕舉妄動，惹起了極大的麻煩，朝中大臣，各省大吏，無不對他深恨痛絕，『皆曰可殺』！

於是各處彈劾密告勝保的章奏文書，又如雪片飛到。恭王派了專人處理，把那些文件分別處理，雖有少數誇大其詞，意在報復的；但大致都可信其實在，因為一項劣跡，常有幾個人指出，經過仔細比對，逐條開列，總計有十來款之多。

為了整飭紀律，軍機大臣沒有一個不主張嚴辦的。第一步當然是查明實在情形，可是怕打草驚蛇，勝保得知其事，激出變故；而且正派他負責剿平回匪，也不能打擊他的威信，這樣就不便公然遣派大臣查辦。

會商的結果，採納了文祥的主意，向僧格林沁查問；奏准兩宮太后，隨即下了一道密諭：

前有人奏：勝保去春督師京東，以至入皖，入陝，所過州縣，非索餽千金或數千金，不能出境，稍有羈留，官民尤困。隨營之妓甚多，供億之資不少。又有人奏：勝保上年督兵直隸，路過衡水，悅民間女子，招至營中閱看。又縱容委員，濫賣『功牌』，至今直省拿獲馬賊，多帶有勝保營中藍翎或花翎，以及頂戴執照。又有人奏：勝保以一寒士，自帶兵以來，家貲驟富，姬妾眾多，揆厥由來，總由濫保人員，以取賄賂；虛報名額，以冒口糧；勒派捐稅，以充私囊。本年督兵赴皖，挈帶眷屬，煊赫道路；其拔營赴陝，同行女眷大轎有數十乘，聞『四眼狗』陳玉成家眷，亦為勝保所有，隨從車輛，不知多少？各州縣不勝苦累等語。以上勝保貪漁欺罔各劣款，係近日節次有人參奏，情節大同小異，似非虛罔。僧格林沁久駐河南、安徽交界處，見聞自必較確，著即按照所參各款，據實覆奏。

以外還有陝西紳士的『公稟』——是由多隆阿抄呈的；這些公稟是要求多隆阿回陝西去平回亂；當然也就提到了勝保，除去貪污、好色的劣跡以外，還指出『諱敗為勝』，說渭河北岸，『匪巢林立』；西路鳳翔，東路同州，為回匪集結之處，而勝保安坐省城，揑造獲勝的戰報。朝中這才明白，中原的局勢，比想像中要嚴重得多。

整個情況是四面作戰，剿捻匪、平回亂、對付勝保，還要攔截苗沛霖。這些任務，分別落在僧格林沁和多隆阿身上，而急務是不准苗沛霖入陝，怕在回亂以外，別生『苗亂』。

朝中的佈置是以僧格林沁為第一線；這一線在河南如果擋不住苗沛霖，那就要靠多隆阿扼守潼關。此地自古就是一夫當關，萬人莫敵的重險；多隆阿如果不能及時趕到，後患不堪設想。

而多隆阿的全部兵力不到七千人，從紫荊關北上，且戰且走，星夜疾馳，趕往潼關。

這時的勝保，到同州、朝邑一帶視察了一番，已經回到西安，還在要兵要餉。親自動手的奏摺，已不是『非朝廷所能遙制』的話了，改了一個說法：『先皇帝曾獎臣以「忠勇性成，赤心報國」，』這是指英法聯軍內犯時，勝保曾在通州『與洋人接仗』而言。接下來便鋪敘他這次同州之行的戰功，說是一個名叫王閣村的地方，爲回匪老巢，進剿大勝，得意洋洋地寫道：『臣抵同未及三日，獲此全捷，差可壯我軍威。』然後就提到軍餉了，除了照例指責各省協餉，未能如數撥解，兵勇口糧，積欠累累以外，因爲關中已是『西風吹渭水，落葉滿長安』的季節，特意加了一筆：『現在天氣日寒，兵丁時虞飢潰。』另外加了三個『附片』，一個是參奏署理陝西藩司劉齊銜籌餉不力，辦事玩忽；一個是奏請開復三名革職人員的處分，隨營效力；再一個是請催新任西安將軍穆騰阿迅即赴任，並幫辦陝西軍務。

等這個奏摺到京；僧格林沁奉旨查明勝保劣跡的覆奏也到了，不但上諭中所指出的幾條，都是事實，另外還查出了許多秘密。最駭人聽聞的是，陳玉成的兩個弟弟被捕送到勝保軍營，獻上金銀數千兩之多。勝保得了這麼一筆豐厚的賄賂，全力庇護，饒了那兩個『要犯』的命，並還派在營裡當差。

這個秘密的揭露，爲軍機大臣帶來的隱憂，不下於勝保的擅調苗沛霖入陝。當即以緊急驛遞，分飭僧格林沁和多隆阿遣派專人訪查詳情；同時再一次催促多隆阿星夜兼程，說他早一日到潼關，便可早一日『抒朝廷西顧之憂』。

潼關當然有人在坐守，那是署理陝甘總督熙麟，他的任命，在七月間與勝保的任命同時下達；陝甘總督駐蘭州，赴任途中奉旨留在陝西處理回亂。西安有了一個跋扈異常的勝保；還有身爲『地主』的巡撫瑛棨，他不便去自討沒趣，因而留在潼關。堂堂總督，侷促一隅之地；而勝保有所知會，動輒以朱筆下札，把他的身分貶成了一個總兵，因此，這個老實人抑鬱萬狀。但總算是一個總督，所以軍機處所發的，有關指示處置勝保的密旨，大致他也有一份；跟恭王和軍機大臣們一樣，他日夕所盼望的，也就是多隆阿早到潼關。

多隆阿終於在十一月十九，依照他自己所預定的期限，領兵到了。這是一支好軍隊，因爲多隆阿軍令嚴肅而馭下有恩，所以連營十餘里，闤闠不驚。在潼關，他除了會見熙麟以外，還特地找了個人來會面——駐紮黃河對岸，山西境內，自風陵渡到蒲州，沿河佈防的西安右翼副都統德興阿。

德興阿跟多隆阿一樣，都是黑龍江出身，都不識漢文，都是旗將中的佼佼者；所不同的，多隆阿是大將之才，而德興阿僅得一勇字，他以善騎射受知於文宗；五六年前在揚州一帶頗有戰功，這是得力於翁同龢的長兄翁同書爲他幫辦軍務，及至翁同書調任安徽巡撫，左右無人，軍勢不振，於是連戰皆北，被革了職。不久，賞給六品頂戴交僧格林沁差遣，慢慢地又爬到了二品大員的副都統職位，不想偏偏遇著了一個勝保。

勝保看不起德興阿，德興阿也看不起他。他雖沒有像另一個副都統那樣被打軍棍，但爲勝保攆出陝西；西安的副都統去防守客地的山西，自然是件很難堪的事，所以他對勝保早存著報復之心。

德興阿與多隆阿是舊交，一見面照滿洲的風俗行『抱見禮』；德興阿微屈一膝，抱著多隆阿的腰，興奮得近乎激動了。『大哥，』他說：『你可來了！可把你盼望到了！』

『已經晚了。』多隆阿撫著他的背問：『你那兒怎麼樣？』

『嗐！眞正是一言難盡。』

兩人執著手就在簷前談話。德興阿賦性粗魯，口沫橫飛地大罵勝保；多隆阿靜靜地聽著，等聽完了，不動聲色地說道：『勝克齋是立過大功的人，朝廷格外給面子；你也忍著一點兒吧！』

一聽這話，德興阿愕然不知所答；多隆阿卻做個肅容的姿勢，旋即揚著頭走了進去。

『大哥！』德興阿跟到『簽押房』裡，不勝詫異地追問：『怎麼著，你不是來拿勝保？』

『老三！』多隆阿以微帶責備的聲音說：『這麼多年，你的脾氣還是不改。這兒是他們替我預備的「公館」，難保其中沒有勝克齋的人在偷聽；你這麼一嚷嚷，叫我能說甚麼？』

『是！』德興阿接受了他的責備，不好意思地笑道：『大哥是「諸葛一生唯謹慎」。』

這兩個人熟『聽』三國演義——清朝未入關前，太宗以三國演義爲兵法，命精通滿漢文的達海和范文程，把這部書譯成滿文，頒行諸將。多隆阿和德興阿在軍營中，每遇閒暇，總請文案來講三國演義，作爲消遣；因此，用諸葛亮的典故來恭維多隆阿，他自然感到得意。

『我就算是個莽張飛，可要請教「軍師」，我這西安右翼副都統，哪一天可以回任啊？』

『快了，快了！』多隆阿顧而言他地說：『同州、朝邑的情形怎麼樣？』

提到這一點，兩人的表情都顯得很嚴肅了。多隆阿與軍機大臣的看法不同，朝旨以堵截苗沛霖列爲當務之急；多隆阿卻以入陝平亂視爲自己的重任，所以特別要先問匪情。而德興阿防守河東，主要的責任也就在防備回匪渡河，竄擾山西；現在多隆阿問到這方面，他自然知無不言，言無不盡。

深沉的多隆阿，極注意地聽著；偶爾在緊要關鍵上插問一兩句話。等了解了全部情況，他作了一個決定，下令總兵陶茂林率隊出擊。

陶茂林和雷正綰是多隆阿手下的兩員大將；雷正綰在幫辦勝保的軍務，負責解西路鳳翔之圍，但以勝保的驕橫乖張，士卒怨恨不已，所以至今無功。陶茂林的運氣比他好，跟著多隆阿從豫西一路打過來，又立下了許多戰功；此時雖然安營剛走，未得休息，但知道多隆阿用兵決勝，素來神速，因而奉令毫無難色。率領來自吉林的所謂『烏拉馬隊』，自渭南渡河，經故市北上，迂道南擊，成了『拊敵之背』。

包圍同州的回匪，一直只注意著南面、東面據河而守的官軍，不防北面受敵，在馬隊洋槍的衝殺之下，一戰而潰，同州就此解圍了。

多隆阿這一仗，既爲了先聲奪人，樹立威名；也爲了讓勝保知道，以爲他只不過入陝助剿回匪，別無他意。等同州解圍，他從潼關率全軍進駐，掃蕩匪巢，又打了兩個勝仗。

他是好整以暇，不忙著到西安；軍機處卻急壞了，因爲預計他一到潼關，就會依計行事，所以拿問勝保的上諭，已交內閣明發，至多半個月的功夫，就會通國皆知。勝保本人不怕他插翅飛上天去，只怕他部下除了雷正綰的兩千人是官軍，並且原爲多隆阿所屬，可保無虞，此外都是『降眾』，平時的軍紀就極壞，一旦樹倒猢猻散，若與回匪合流，則是亂上加亂；而流竄所經，姦淫擄掠，地方亦必大受其害。果然有此不幸之事，都壞在多隆阿手裡；所以恭王又氣又急，傳旨嚴行申飭；同時用六百里加緊的密諭，命令駐紮蒲州，與同州一河之隔的山西巡撫英桂，『迅速據實具奏。』

英桂原來也就著急，多隆阿的逗留不進，萬一生變，勝保部下譁潰流竄，山西首當其衝。只是此時仰望多隆阿如長城，怕催得緊了他會不高興；現在奉到廷寄，正好有了藉口，所以一面奏報多隆阿進駐同州，與回匪接仗三次，均獲全勝；一面派德興阿渡河去看多隆阿，相機催促。

『大哥！你看吧，』德興阿把那道密諭交了給多隆阿，『你再不走，只怕面子上要不好看了。』

『已經不好看了！』多隆阿也從桌上拿起一通廷寄，遞給德興阿。

『這上面說的是甚麼？』

『你這玩意上面，』多隆阿指著德興阿交來的上諭問道：『又說的是甚麼？』

彼此瞠目相視，哈哈大笑——兩個人都不識漢文，而用滿文寫廷寄的規矩早已廢止；所以有旨意必須請文案來唸了才能明白。

『上面說我「於此等要緊之事，豈可任意遷延？」又說我「不知緩急」，勝保何日拿問，如何查抄，軍務如何佈置，「剋日具奏，不准再涉遷延，致干重咎！」你看，厲害不厲害？』

『這也怪不得上面。勝保怕已經得到消息了！』

『那怎麼會？摺差驛遞，都讓我在潼關截住了，他從哪兒去得消息？』

德興阿恍然大悟，從京師到西安，最近的路就是經山西入潼關；這一道關口過不去，那麼這個月十四和十七所發的，拿問勝保及宣佈勝保罪狀的兩道上諭，自然就到不了西安。

『怪不得大哥你不著急。不過……』德興阿說：『勝保在朝裡也有耳目，截住了驛遞，難保沒有別的路子通消息。』

這一下提醒了多隆阿，『啊！』他翹著大拇指誇讚德興阿，『老三，你這個莽張飛，眞還粗中有細啊！好，事不宜遲，我今天就走。』

十一月底的天氣，顧不得霜濃馬滑，多隆阿抽調了兩千人，連夜拔營西進；同時派了一名材官，專程趕到鳳翔，通知雷正綰到西安會齊，聽候差遣。

那勝保對於京中的佈置，一無所聞，日日置酒高會，酒到酣時，大罵軍機處辦事顢頇，請糧請兵的奏摺，積壓不批。當然，多隆阿兵到潼關，出擊同州的情形，他已接得報告；但心裡越覺得不是滋味，表面越要做得不在乎，依然豪情勝概，擺出曹孟德橫槊賦詩的派頭。此外當然也作了一番部署，遣派親信分出河南、山西，出河南的是去催苗沛霖間道西進；出山西的是轉到天津，催運向洋商訂購的鋼炮彈藥。

這天下午大有雪意，彤雲漠漠，天黑得早；勝保老早就派人生起十幾個炭盆，點起明晃晃的巨燭，在滿室生春的西花廳，召集文案吃火鍋和燒羊肉。剛剛開席，便有派出去打探敵情的一個把總，氣急敗壞地來報告消息，說是灞橋南岸，出現了十幾座營帳，不知是哪一路的兵馬？

消息是報到勝保的一個貼身材官那裡。他知道『大帥』的脾氣，若非緊急軍情，不准在他飲酒的時候去稟報；敗了他的清興，說不定就要人頭落地。既然是在南岸紮營，必屬官軍無疑，無需驚惶。

過了一會又報來了，說那十幾座營帳是多隆阿的部下。證實了是入關的援軍，越發放心。等勝保的宴會將終，那材官才悄悄到他耳邊說了兩句。

多隆阿的官銜是荊州將軍，在勝保看來不當一回事。『他不是在同州嗎？進省來幹甚麼？』他拈著兩撇八字鬍子沉吟著說：『莫非來聽節制？怎麼先忙著紮營，不來參謁？姑且看一看再說。』

他的那些部屬跟他不一樣，個個心裡嘀咕，得知消息，悄悄上城探望；霜空無月，只見暗沉沉一帶營壘，燈號錯落，刁斗無聲，氣象嚴肅，一看便知不是件好事。於是三三兩兩聚在一起，低聲密語，大家都在心裡打好了主意，一回營悄悄兒收拾好了行李，預備隨時開溜。

滿營都已在打算著各奔前程了，勝保卻還如蒙在鼓中；擁著陳玉成的那個姓呂的老婆，好夢正酣。五更時分，笳角初鳴，親信的材官來叩房門，高聲喊道：『大帥，大帥，多將軍進轅門了！』

這時的多隆阿豈僅已進轅門，而且已下了馬；手中高持黃封，昂然直入中門，大聲說了句：『勝保接旨！』

一報到上房裡，勝保大吃一驚；有旨意倒平常，多隆阿這來的時候不好！於是一面由姬妾侍候著穿上袍褂，著靴升冠，一面在心裡盤算。等穿戴整齊，他對瑟瑟在發抖的呂氏姨太太說：『大概是多將軍來接我的事，說不定內調兵部尚書，年內就得動身。』

他也不知道這話是寬慰自己，還是安慰別人；反正說了這句話，心裡覺得好過得多。這時材官又來催了，等他走到大堂，香案早已設好，多隆阿神色肅穆地站在上方等待。

其時多隆阿隨帶的勁卒，已包圍了整個欽差大臣的行轅；中門洞開，一直望到門外照牆，刀光耀眼，如臨大敵。不管勝保平日如何跋扈，甚麼人都不放在他眼裡，見此光景，也不由得膽戰心驚，乖乖兒在香案面前跪了下來。

於是多隆阿把黃綾封套中的上諭取了出來，高捧在手——這只是裝個樣子，他不識漢文，上諭全文早由文案教他默誦得滾瓜爛熟了；這時如銀瓶瀉水般，一口氣背了下來：

諭內閣：前因陝西回匪猖獗，特命勝保以欽差大臣督辦陝西軍務，責重任專，宜如何迅掃賊氛，力圖報效？乃抵陝已經數月，所報勝仗，多係捏飾；且納賄漁色之案，被人糾參，不一而足，實屬不知自愛，有負委任！勝保著即行革職，交多隆阿拿問，派員迅速移解來京議罪，不准逗留。多隆阿著即授為欽差大臣，所有關防，即著勝保交多隆阿統領；所部員弁兵勇，均著歸多隆阿接統調遣。欽此！

把上諭唸完，勝保已經面無人色；磕頭謝恩的動作，顯得相當蹣跚。等他把臃腫的身軀抬起來，多隆阿問道：『勝保！遵不遵旨？』

『哪有不遵之理。』勝保悽然相答。

『那就取關防來！』

用不著勝保再轉囑，早有人見機討好，捧過一個紅綢包好的印盒來，交到勝保手裡；勝保捧交多隆阿，他雙手接過，解開紅綢，裡面是三寸二分長，兩寸寬的一方銅關防，拿起來交了給他身邊的文案說：『你看看，對不對？』

驗了滿漢文尚方大篆的印文，那文案答道：『不錯！』

『好！』多隆阿揚起頭來，環顧他的隨員，大聲下令：『奉旨查抄！不准徇情買放；不遵令的軍法從事。』

這一下把勝保急得神色大變，上來牽住多隆阿的黃馬褂，不斷地喊：『禮帥，禮帥！』多隆阿號禮堂，勝保平日一直是叫他的號的；這時改了稱呼。

『怎麼樣？』

『禮帥！』勝保長揖哀懇：『念在多年同袍之雅，總求高抬貴手，法外施恩。』

多隆阿想了想說：『給你八馱行李。』

『這，這，這……』勝保結結巴巴地說：『這不管用啊！』

『管夠可不行！』多隆阿使勁搖著頭，『八馱也不少了；你把你那麼多姨太太打發掉幾個，不就夠用了嗎？』說到這裡向身邊的材官吩咐：『摘頂戴吧！』

於是勝保的珊瑚頂子，白玉翎管連著雙眼花翎，二品武官的獅子補褂，一起褫奪，換上待罪的素服，被軟禁在他日日高張盛宴的西花廳。多隆阿又派了一百名兵丁，日夜看守；同時一再叮囑，務需小心，倒像生怕會有人來把他劫走似地。

這因為多隆阿久知勝保自己雖不練兵，但他為了求個人儀從的威武煊赫，特意挑了二百人，個個體魄魁梧，配備了精美的器械服裝，厚給糧餉，常有賞賜，把這個『元戎小隊』，以恩結成他的死士。而他的部下宋景詩之流，出身不正，只知有勝保，不知有國法；萬一起了個不顧一切救勝保的念頭，以勝保的毫無心肝，說不定就會在劫持之下，甘受利用，與回捻同流合污。那一來自己的責任就太重了，所以不得不選精兵看守。

誰知他把勝保看得太重了。就在傳旨拿問的那一刻，勝保的文武部下，溜的溜，躲的躲，餘下的都向新任欽差大臣報了到。二百親兵，四十八名廚役，走了一大半；跟在勝保身邊的，只有一名老僕，兩名馬伕，還是他當翰林時的舊人。

這時雷正綰已從鳳翔前線趕回西安，重投故主，萬感交集，但無暇去細訴他在勝保節制下所受的委屈；多隆阿交給他一個相當艱巨的任務，安撫各營，申明朝廷的本意，完全因為勝保跋扈得不成話說，不能不振飭紀綱。除了勝保一個人以外，絕不會有牽涉株連的情事；新任的欽差大臣也絕不會有所歧視，勸大家安心，只要立功，必有恩賞。

儘管他苦口婆心地勸慰，終於還是有宋景詩所部八百人，呼嘯過河，另投山東，一路騷擾，不在話下。多隆阿接得報告，不願分兵追擊；因為他要集中兵力對付回匪。

回匪多在渭河北岸，與勝保隔河相持，已有四十多天。多隆阿召集將領集議，了解了情況，下令開炮；隆隆然一夜，把西安的老百姓驚擾得魂夢不安。第二天早晨一打聽，說渭河北岸的匪巢完全蕩平。接著便有許多人哭哭啼啼到西安來尋親覓友報喪，說是南岸官軍的炮火，玉石不分，把老百姓也轟在裡頭了。

而軍機處只知道多隆阿連番大捷，下詔褒獎；同時催促移解勝保——查抄已告一段落，勝保的姨太太，各攜細軟，走散了許多，剩下的幾個也是惴惴不安；倘促在特為劃出來的一座院子裡，要想打聽打聽消息都不容易。這樣度日如年地過了五六天，忽然雷正綰來了，這一下如見親人，大家圍著他七嘴八舌地訴苦；雷正綰也只有報之以苦笑。

好不容易才有了容他開口的機會：『明天要走了。』他說：『請大家收拾收拾，明天我派人送你們過河到山西。以後各自小心。』

大家都沒有留心他最後這句話中的警告意味，只問：『到哪裡呀？』

『自然是跟著勝大人到京裡。』

到京裡以後如何呢？雷正綰無法回答；大家也無法想像。各人收拾好了行李，第二天一早，坐車先走。勝保接著東下，依然坐了八抬綠呢大轎，只在轎槓上拴一條鐵鏈子，表示轎內是革職拿問的犯官。

雷正綰派的人，護送出關，隨即折回。勝保的眷屬從風陵渡過河，進了山西境界；天色已經不早，投宿在蒲州城外的一座荒村裡。

這是一個名副其實的荒村；而原來不是。河東富庶之區，卻以數經兵燹，匪來如梭、兵來如梳、輪番的騷擾劫掠，把稍稍過得去的人家都攆跑了；所以空房子倒是很多。勝保的眷屬連同少數的舊部，加上多隆阿所派的護送官兵，一共佔了兩座人去樓空的大宅。

天氣冷，又沒有月亮；最主要的一點是在前途茫茫的抑鬱憂懼心情之中，因而除去那二十多名護送官兵以外，其餘的都草草設榻，鑽入被窩，聽遠處傳來的狗哭狼嗥，把顆心都擠得發酸了。

勝保的那個呂氏姨太太，一直不曾睡著，獨擁寒衾，望著一盞豆大的油燈火燄出神。她在想勝保，也想著陳玉成，一度是『王妃』，忽然又變成欽差大臣的『姨太太』，而她曾親耳聽見過別人在背後叫她『賊婆』。以後呢？她在想，勝保的人緣不好，說不定會充軍，充到冰天雪地的邊疆；自己當然也要跟著去，說甚麼雪膚花貌，都付與陰寒窮荒；一輩子就這麼完了，想想眞有些不能甘心。

正這樣惘惘然萬般無奈時，忽然聽得狗叫，叫得極其獰厲，然後又是長號著奔遠了，彷彿被人打跑了似地；她的一顆心，驀地裡提了起來，側耳靜聽，彷彿是有人聲，便喚那在她床前打地舖的丫頭：『小珠，小珠！』

小珠爲她喚醒，夢頭裡著了驚，猛然翻身坐起，慌慌張張地問：『哪兒失火，哪兒失火？』

失火倒不曾，有火光是眞的；霎時間人聲雜沓，湧進來一群人，燈籠火把照耀著，看得清楚是官兵，她才略略放心。

『都起來，起來！』有個官長模樣的壯漢大聲吆喝：『搜查奸細！』

這種情況她以前也遇見過，懂得應付的方法，趕緊輕聲喊道：『小珠快起來！把那包碎銀子拿給我。』

她是預備拿一包碎銀子送給來搜查的官兵，買得個清靜；成算在胸，動作便比較從容了，下床穿好衣服，剔亮了燈，卻聽小珠急促地喊道：『奶奶，妳看！』

急急扭頭從嵌在冰紋格子窗上的那塊玻璃望出去，只見官兵正從各個房間裡把箱籠抬了出來，堆在院子裡，『這是幹甚麼？』她失聲而問；一句話不曾完，聽得房門上猛然一腳，立刻便是一個洞。

『開門，開門！』外面大喝。

小珠抖抖索索地去拔開了門閂，雙扉大開，正是那個大聲吆喝的官長；舉一盞燈籠往她臉上一照，神色頓時不同：『就是她，就是她，一看就知道了。好好侍候著！』

不由分說，把她推推拉拉地擁了出去；弄上轎子，鎖了轎門，連同那些箱籠行李，一起抬出村子，往北而去。

她驚疑不定地好半天，終於想明白，定是德興阿幹的好事！只怪護送的官兵不管用；縱而轉念也難怪，二十多人到了德興阿大軍所駐的防地，還能反抗嗎？

這時的勝保，還未出關，正走到臨潼地方，住在東門外的關帝廟裡；欽命要犯只是防守嚴密，除去行動不能自由，此外生活起居不受干涉，加以勝保出手素來闊綽，押解的官兵得了他的豐厚犒賞，格外優容，居然可以會客了。

所會的客，自然是他的那一班文案——當他初被拿問時，群情驚惶，以爲會像上年拿問肅順那樣，凡是勝保的黨羽，皆在逮捕之列；所以都存著避一避風頭，躲開了看一看再說的打算。及至多隆阿派人安撫各營，申明只抓勝保一個，大家比較心定了。有些則平日倚仗勝保的勢力，爲非作歹，自知遲早難逃逮問的命運，依舊不敢出面；比較謹飭安分的，看朝廷既無進一步的行動，而多隆阿待勝保也還客氣，見得事態並不嚴重。

株連之憂一消，僥倖之心又生；朝好的方面去想，勝保在去年的擁兵京畿，聲言『清君側』而爲恭王的後盾，是能夠打倒肅順的關鍵所在。有此大功，就該像賜『丹書鐵劵』那樣，赦他不死；而況他到底不曾喪師失地，與兩江總督何桂清的情況不同。朝廷拿問議罪，多半只是臨之以威，略施膺懲；至多革職，也還有戴罪圖功的可能。此時正不妨好好替他出把力，至少也要見一面，說幾句安慰的話，好爲他將來復起時，留下歡然道故的餘地。

於是從勝保一離西安，沿路便有人來相會；患難之際，易見交情，勝保十分心感。同時這對他確也是一種極大的安慰和鼓勵，沮喪憂疑的心情，減消了一大半，他很沉著地與來客密議免禍的方法。連著談了幾晚，談出一個結論：到京愈晚愈好！一則可以把事情冷下來；再則好爭取時間，多方活動，預作佈置。

勝保是個說做就做的人，從商定了這個辦法，便儘量在路上拖延。最簡單的辦法是裝病，但他的身體其壯如牛，裝病也只能裝些感冒、腹痛之類的小病，同時也不能總是裝病；這天清早從臨潼的關帝廟起身，正無可奈何地要上轎時，他那隨護眷口的老僕，一騎快馬，氣急敗壞地趕到了。

他是奔波了一日一夜，趕回來報告消息的——果然是德興阿幹的好事，八馱行李，四個美妾，都落在別人手中了。被搶的地方名叫東鹽郭村，在蒲州城外；德興阿的部下也還搶了別家，逼得那家的年輕婦女投了井。

勝保自出生以來，何嘗受過這樣的欺侮？但此時如虎落平陽，發不出威；首先想到的是，告訴押解的軍官：『出了這麼檔子無法無天的事，我不能走了。我得回西安看你們大帥；聽他怎麼說？』

押解官如何容得他回西安？只答應在臨潼暫時留下。勝保那時，就好比吳三桂聽說陳圓圓為李自成部下所劫那樣；想像著豔絕人寰的呂氏姨太太，偎倚在德興阿懷裡的情形，五中如焚，是說不出的那種又酸又痛，簡直都不想活了的心情。

『大帥！』有個文案勸他：『此刻急也無用，氣更不必，得要趕緊想辦法；事不宜遲，遲則生變。』

怎麼叫『遲則生變』？勝保楞了一下，才想到是指呂氏姨太太而言；事隔兩天，必已遭德興阿玷污，已經『遲』了，已經『變』了！他嘆口氣說：『我方寸已亂，有甚麼好辦法，你說吧！』

『自然是向禮師申訴。』

『對啊！』勝保的精神陡然一振，他拿德興阿無可奈何，但可以賴上了多隆阿，『他得給我句話，不然我專摺參他，縱容部屬，公然搶劫，到底是官兵還是土匪？』

『正是這話。』

『來，來！那就拜煩大筆。』

勝保口授大意，託那文案執筆，寫了封極其切實的信給多隆阿。等信寫完，他也盤算好了辦法；取了一百兩銀子，連信放在一起，叫人把負責押解的武官請了來。

『勞你的駕，給跑一趟西安。』他把信和銀子往前一推，『把我的這封信，面呈你們大帥，信裡說的甚麼，你總也該知道。』

看在一百兩銀子份上；而且也算是公事，那武官很爽快地答應，立刻動身去投信。

『再有句話，得請你要個切切實實的回信。』

『勝大人的吩咐，我不敢不遵。信，我一定面呈多大人；不過，這個回信，可不一定討得著。如果多大人說一聲：「好，我知道了，你回去吧！」請想想，我還能說甚麼？』

『那我可不是嚇唬你。』勝保斬釘截鐵地說：『沒有切實回信，我在這兒不走。鬧出事兒來，別說是你，只怕你們大帥的頂戴也保不住。我這話甚麼意思，你自己琢磨去吧！』

說完，勝保管自己退入別室，把那武官僵在那裡，不知何以為計？於是那文案便走到他身邊，用驚惶的眼色作神秘的低語。

『勝大人的意思，你還不明白？落到今天這一步，他還在乎甚麼？冷不防一索子上了吊，你想想，那是多大的漏子！』

這兩句話說得他毛骨悚然，欽命要犯，途中自盡，押解官的處分極重，前程所關，不是開玩笑的事；所以『喏、喏』連聲，受教而去。

看見那武官一走，估量著多隆阿治軍素嚴，得信一定會有妥善處置，勝保的心情比較輕鬆了些。但對德興阿卻是越想越恨，就算眷口行李，能夠完整不缺地要回來，這個仇也還是非報不可。

左思右想，想出來一著狠棋，親自擬了一道奏摺——犯官有冤申訴，仍許上奏；奏摺中說：『德興阿縱兵搶劫，在蒲州城外東鹽郭村，藉口盤查奸細，親帶馬隊、步兵，黌夜進莊，將居民銀錢衣物等件，搶掠一空；該民人等均在英桂行轅控告，請飭查辦。』寫完奏摺；又替他的老僕寫了張狀子，命他趕回蒲州，到山西巡撫英桂的行轅去控告德興阿。奏摺則專人送到西安，請陝西巡撫瑛棨代為拜發；瑛棨跟他有交情，這件事一定肯幫忙。

能想的辦法都已想到，該做的事也都做了，在臨潼關帝廟等待消息的滋味卻不好受；無事枯坐，不是苦思愛妾，就是想到入京以後的結果，眞個是度日如年。

就這時候，有個想不到的客，深夜相訪，此人叫蔡壽祺，字紫翔，號梅庵，江西德化人。道光二十年的進士，一直在京裡當窮翰林，中間一度在勝保營裡幫忙；咸豐八年冬天丁憂，因為九江淪陷，道路不通，只好在京守制，境況非常艱窘，勝保也曾接濟過他。以後聽說他到四川去了，混得還算得意。不想卻又在這裡相會，他鄉遇故人，且在患難之中，勝保特有一份空谷足音的欣慰親切之感，趕緊叫請了進來。

兩人見了面，相對一揖，都覺悽然，『梅庵，』勝保強笑著吟了兩句杜詩：『「今夕復何夕，共此燈燭光？」』

『聽得克帥的消息，寢食難安。』蔡壽祺也強露寬慰的笑容，『總算見著面了。』

勝保又是一揖，感激不已：『故人情重，何以克當？』他又問：『聽說你在蜀中，近況如何？』

『我的遭際，也跟克帥一樣委屈。』

『怎麼？』勝保反替他難過，『駱籲門總算是忠厚長者，何以你也受委屈？』

『唉！一言難盡！』

不僅是一言難盡，也還有難言之隱。燈下杯酒，細敘往事；蔡壽祺當然有些假話；他是咸豐九年夏天出京的——出京的原因，無非賦閒的日子過不下去，想到外省看看機會，從軍功上弄條升官發財的路子出來。他的打算是由山西入關中；再到四川，然後出三峽順流而下，如果沒有甚麼機會，便回江西，在家鄉總比在京的路子要寬些。

於是以翰林的身分，一路打秋風弄盤纏，走了一年才到四川；四川不設巡撫，只有總督，這時的總督黃宗漢，因爲在兩廣總督任內與英國人的交涉沒有辦好，正革職在京，由成都將軍崇厚署理川督。崇厚雖是旗人，卻謹慎開明；對蔡壽祺那套浮誇虛妄的治軍辦法，不甚欣賞。於是他弄了幾百兩銀子的『程儀』，由成都到重慶，準備浮江東下。

在重慶得到消息，陝西巡撫曾望顏調升川督。蔡壽祺跟曾望顏是熟人，便留在重慶不走；等曾望顏到了任，他也在第二年三月裡，重回成都。那時一方面有雲南的土匪藍朝柱竄擾川南富庶之區；一方面又有石達開由湖北窺川的威脅，於是蔡壽祺大上條陳，以總督『上客』的身分，把持公事，頗爲招搖。不久，曾望顏被革了職，仍舊由崇厚署理，參劾蔡壽祺，奉旨驅逐回籍。又不久，川督放了駱秉章。

駱秉章字籲門，雖是廣東人，與湘軍的淵源極深，入川履任時，把湘軍將領劉蓉帶了去，信任極專；以一個知府，保薦爲四川藩司。劉蓉看見奉旨驅逐回籍的蔡壽祺，依然逗留成都，私刻關防，招募鄉勇，十分討厭，便老實不客氣提出警告：蔡壽祺再不走，他可眞要下令驅逐了。

當然，蔡壽祺對他的本意是有所掩飾的，他有一套冠冕堂皇的說法，把四川看成他的家鄉一樣，急公好義，所以忘掉該避嫌疑。遭當道所忌，正由於他的任事之勇。一面說，一面不斷大口喝酒，就彷彿眞有一肚皮的不合時宜，要借酒來澆一澆似地。

『天下事原是如此！』勝保也有牢騷，『急人之難，別人不記得你的任事之勇；用不著你的時候，就說你處處攬權。去他的，我才不信他們那一套。』

『克帥！』蔡壽祺忽然勸他，『大丈夫能屈能伸，此時務宜收斂。等將來復起掌權，有仇報仇，有冤報冤，也還不晚。』

勝保倒是把他的話好好想了一遍，嘆口氣答道：『我何嘗不明白這個道理？無奈就是嚥不下這口氣。』

『無論如何要忍一時之氣。』蔡壽祺放低了聲音說：『克帥，你有的是本錢；留得青山在，不怕沒柴燒。』

這『本錢』兩字，意何所指，勝保倒有些想不透，便率直說道：『梅庵，何謂「本錢」，在哪兒？』

蔡壽祺看了一下，用筷子蘸著酒，在桌上寫了一個字：『苗。』

『咳！』勝保皺著眉說：『就是從他身上起的禍！』

『禍者福所倚！只看存乎一心的運用。』

『啊，啊！』勝保大爲點頭：『「運用之妙，存乎一心！」這話，見教得是。』

『還有，』蔡壽祺說了這兩個字；接著又寫了兩個字：『李、宋。』

李是指李世忠；宋，自然是指宋景詩，勝保又點點頭表示會意，聽他再往下說。

『擁以自重。』蔡壽祺抹了這四個字，又寫：『應示朝廷以無公則降者必復叛之意。』

『嗯！』勝保肅然舉杯，『謹受教。』

蔡壽祺矜持地把筷子往桌上一丟，身子往後一仰；頗有昂首天外的氣概。勝保卻正好相反，低著頭悄然無語——就這片刻，他已有所決定，但沒有說出口來。

『梅庵，』他換了個話題，『此行何往？』

『本想浮江東下，因爲想來看看克帥，特意出劍門入陝。』蔡壽祺想了一下說：『「長安居，大不易」，我想先回家看看。』

『不！』勝保很快、很堅決地表示不贊成，『還是應該進京，才有機會。至於「長安居，大不易」，也是實話。這樣吧，我助你一臂；不過，此刻的我，只能略表微忱，你莫嫌菲薄。』說著，他伸手到衣襟裡，好半天才掏出一張銀票，隔燈遞了過去。

銀票上寫著的數目是一千兩；蔡壽祺接在手裡，不知該如何道謝？好半天，擠出兩點眼淚，擺出一臉悽惶，搖搖頭說：『叫我受之不可，拒之不能。何以爲計？』

『梅庵，這就是你的迂腐了。要在身外之物上計較，反倒貶低了你我的患難交情。』

『責備得是，責備得是！』蔡壽祺一面說，一面把手縮了回來；手裡拿著那張銀票。

接著又談了些各地的軍情，朝中的變動，直到深夜，方始各道安置。勝保在那古廟中獨對孤燈，聽著尖厲的風聲，想起隨營二三十名姬妾，粉白黛綠，玉笑珠香的旖旎風光，眞個淒涼萬狀，不知如何是好？

於是繞室徬徨，整整一夜，把蔡壽祺的那些話，以及自己所打的主意，反覆思量，連細微末節都盤算到了。直到天色微明，方始倚枕假寐；不久，人聲漸雜，門上剝啄作響，開門出來一看，隨帶的聽差來報，說那負責押解的武官已從西安回來了。

『好！』勝保依然是當欽差大臣的口吻：『傳他進來！』

押解武官就在不遠之處的走廊上，不等聽差來傳，走過來請了個安：『跟勝大人回話，信投到了。』

『你們大帥怎麼說？』

『多大人也很生氣，說一定給辦。』

『喔！』勝保覺得這話動聽，點著頭說：『他倒還明白。可是，辦了沒有呢？』

『辦了，辦了。已經派人到蒲州去了。』

『那好。我在這兒等，等他辦出個起落來。』

『那不必了。』押解武官陪著笑說：『勝大人請想，一路迎了上去有多好呢？』

這打算原是不錯的，但勝保一則別有用心，正好借故逗留；再則積習未忘，還要擺擺威風，所以只是使勁搖著頭，掉轉身子，走入屋裡，表示毫無通融的餘地。

押解武官這時可拿出公事公辦的臉嘴來了，搶上兩步，走到門口向屋裡大聲說道：『跟勝大人老實說了吧，多大人有話：聖命難違，請勝大人早早動身，免得彼此不便。』

如果是在十天以前，有人敢這樣跟他說話，馬上就可以送命；而就在此刻，勝保的脾氣也還不小，『混帳東西！』他瞪眼吹鬍子地罵：『甚麼叫「彼此不便」？你給我滾出去！』

『我可是好話。』

勝保越發生氣：『滾，滾！你膽敢來脅制我！你甚麼東西？』

這一吵，聲音極大；有個他的文案，名叫吳台朗的正好來訪，趕緊奔進來把那押解武官先拉了出去，略略問了緣由，便又匆匆回進來解勸。

『眞正豈有此理！』勝保還在發威，『我就是不走，看多隆阿拿我怎麼樣？』

『這不能怪禮帥。』吳台朗說：『那個小子不知天高地厚，衝撞了大帥，犯不著跟他一般見識；回頭我叫他來領責。』

勝保聽他這一說，不能再鬧了，苦笑著只是搖頭。

於是吳台朗又走了出去，找著那押解武官，說了許多好話，讓他來替勝保賠罪；費了半天唇舌，總算把他說動了，但有個交換條件，勝保得要立刻啓程。這一下又商量半天，最後才說定規，準定再留一天。

經過這一陣折衝，勝保雖未佔著便宜，可是畢竟有了一個台階可下，也就不再多說甚麼。但經此刺激，他越覺得俗語中『大丈夫不可一日無權』這句話，眞是顚撲不破的『至理名言』。暗暗咬牙，有一天得勢再起，要把那班狐假虎威的勢利小人，狠狠懲治一番。

其實他身邊就多的是狐假虎威的勢利小人；只是看他的老虎皮將被剝奪，紛紛四散，各奔生路。

像吳台朗和蔡壽祺這班人，只是無路可投而已。不過既然還有倚附勝保之心，自然休戚相關；所以儘這一日逗留的機會，自早盤桓到晚，也談了許多知心話。

這三個人都是滿腹的牢騷，吳台朗是軍前被革的道員，把湘軍的首腦，恨如刺骨；蔡壽祺與劉蓉結了怨家，而劉蓉與曾國藩的關係不同泛泛，所以也大罵湘軍。勝保當然更不用說，他始終輕視湘軍，以爲他們的聲名震動朝野，東南仰望曾、李、左、彭等人如長城，無非因爲他們善結黨援，互相標榜。

『著啊！』吳台朗連連拍著自己的腿說，『克帥的話，眞是一針見血。即以眼前而論，克帥文武兼資，「三十入詞林，四十爲大將」，一向獨往獨來，此雖是豪傑之士的作爲，到底吃虧。』

『也不見得，走著瞧吧！』勝保說了這一句，又扯開他自己，『你再往下說！』

『再說梅老。』吳台朗手指點點蔡壽祺，『梅老，你那一科得人不盛，吃虧最大。』

『就是這話囉，「科運」不好。』

『梅庵是哪一科？』勝保問。

『道光二十年庚子恩科。』

『這一科，怕就只出了一個貴同鄉萬藕老？』吳台朗是指也是江西德化人的萬青藜。

『是啊！』勝保也替他們這一科嘆息：『二十年了，就出一個尙書，科運是不好。』

眼光都落在蔡壽祺臉上，而他搖搖頭不願作答，獨自引杯，大有借他人的酒澆自己的塊壘的意味——他內心也是如此；這兩年秋風打下來，他才眞正知道一榜及第的那『同年』二字的可貴；道光二十年的進士，論年資早就應該出督撫了；有督撫做同年；何致於在四川鎩羽而歸？

於是由於各人所同感的孤獨，對於勝保今後爲求脫罪的做法，便集中在援結黨羽，多方呼應這個宗旨上，商定了應該去活動的地區和人物；直到天色微明，方始散去。

勝保睡到近午方起身，慢慢漱洗飲食，想多挨些時刻，這天便好不走；誰知那押解武官，毫不容情，早就備好了車馬，一遍一遍來催，一交未初時分，硬逼著上路，往東而去。

走了十幾里路，但見前面塵頭大起，好幾匹騾子馱著箱籠，迎面而來；走近了互相問訊，才知道那正是多隆阿派人從德興阿那裡，替勝保要回來的行李。

於是雙方都停了下來。勝保手下的一個親信，保升到正三品參領銜，而實際上等於馬弁的護軍校，名叫拉達哈的旗人，原來奉派護眷進京的，這時一起押運行李而來，走到勝保轎前來請安回話。

少不得要報告一些當時被劫的經過，話說得很嚕囌；勝保不耐煩了，『反正你當的好差使；』他冷笑著打斷他的話，『這會兒我也沒功夫聽你的！你倒是說吧，現在怎麼樣了？』

『多大人派了人去，辦了好大的交涉，把八馱行李拿回來了。』

『東西少不少啊？』

『大概不少甚麼。』

『怎麼叫「大概」？到底少了甚麼？』

『就一口箱子動了。其餘的，封條都還貼得好好的。』

『哪一口箱子？』勝保急急問道：『箱子不編了號了嗎？』

『是第一號那一口。』

還好！勝保頗感安慰；第一號箱子裡的東西，不值甚麼錢。裝箱的時候有意使其名實不符，號碼越前越是不關緊要，這小小的一番心思，還真收了大效用。但是，再値錢也不過身外之物，所以他緊接著又問：『人呢？』

『幾位姨太太帶著丫頭，都還住在蒲州城裡，等大帥到了一起走。』

『喔！』勝保終於把最要緊的一句話問了出來：『呂姨太還好吧？』

問到這一句，拉達哈的臉色，比死了父母還難看，只動著嘴唇，不知在說些甚麼？

『怎麼啦？』勝保大聲喝問：『沒有聽見我的話？我問呂姨太！』

『叫，叫德大人給留下了。』

『啊！』勝保在轎子裡跳腳，摘下大墨鏡，氣急敗壞地指著拉達哈問：『他怎麼說？』

『德大人的話很難聽。』拉達哈囁嚅著，『大帥還，還是不要問的好。』

『混帳！我怎麼能不問。』

『德大人說……』拉達哈把頭低著，也放低了聲音，『他說，呂姨太是逆犯的老婆，他得公事公辦！』

這『公事公辦』四個字，擊中了勝保的要害。明知德興阿會假『公』濟『私』，也拿他無可如何。於是頹然往後一靠，甚麼事都懶得問了。

這樣，過了好幾天，才能把想念呂姨太的心思，略略放開。在山西過了年，本想多留幾日，禁不住朝廷一再催促，過了年初七只得動身。正月底到京，隨即送入刑部。主辦司官接收了多隆阿奉旨拿問解京的諮文，把勝保交給了『提牢廳』，暫且在『火房』安頓；關門下鎖，已有牢獄之實，這下勝保才眞的著慌了。

這一關關了好幾天也沒有人來問，只教他『遞親供』；在無數被參劾的罪名中，他只承認了一條：隨帶營妓。

『親供』是遞上來了，而且軍機處已根據刑部的奏報擬旨『派議政王、軍機大臣、大學士會同刑部審訊，按律定擬具奏』，但恭王遲遲未有行動，因爲投鼠忌器，顧慮甚多。

在勝保未到京以前，他們預定的營救計劃，即已發動；一馬當先的是西安將軍穆騰阿和陝西巡撫瑛棨會銜的奏摺，用六百里加緊飛遞。奏摺送到，慈禧太后已經歸寢；因爲在傳遞順序上，屬於第一等緊急，內奏事處絲毫不敢耽擱，夜叩宮門，由安德海接了摺，再去敲開慈禧太后的寢宮，把黃匣子送了進去。

這時慈禧太后，雖只有一年兩個多月的聽政經驗，可是對內外辦事的程序，已經非常熟悉。看到是穆騰阿和瑛棨會銜，並用六百里加緊呈遞的奏摺，不由得大吃一驚，失聲而呼：『莫非多隆阿陣亡了？』

這不怪她如此想，因爲倘是緊急軍報，則應由主持軍務的欽差大臣多隆阿奏報；駐防將軍和督撫會銜的奏摺，除非呈報統兵大員或者學政出缺，不得用六百里加緊。因此，她直覺地想到了多隆阿有何不測。哪知拆開來一看，說的竟是『直隸軍務吃緊，請飭勝保前往剿辦。』

『混帳東西！』慈禧太后氣得把奏摺摔在地上。

這種情形，安德海難得見到；但奏摺摔在地上，不能不管，悄悄兒把它拾了起來，正不知如何處置時，慈禧太后有了指示。

『拿筆來！』

安德海答應著，取來硃筆；她親自批了八個字：『均著傳旨嚴行申飭。』然後命他立即送還給內奏事處。

第二天一早，軍機章京接了摺回到軍機處；自然先把最緊急的放在上面，送到恭王那裡拿起來一看，也有啼笑皆非之感。不過，他比慈禧太后要冷靜些，得先要跟同僚把穆騰阿和瑛棨會銜上此摺的用意，推敲個明白，再作道理。

『穆騰阿是勝保的死黨；瑛棨是個糊塗蟲——他必是受了穆騰阿的指使，跟著來碰這個大釘子，何苦？』寶鋆皺著眉說。

『我是說上這個摺子的用意。難道他們不知道，這麼荒唐，會得到怎麼樣兒的一個結果？』

『那也無非意在報答勝保而已。』

『不然！』文祥另有看法，『這是「投石問路」，探測朝廷的意旨。倘或批駁的口氣鬆動，替勝保說話的人，就一個跟著一個都來了。』

『不錯，不錯！』在座的人，無不深深點頭。

『那就擬旨痛斥吧！』恭王作了決定。

這道『嚴行申飭』的上諭，由內閣明發。京裡京外受了勝保活動的人，一看風色不妙，便都觀望不前。可是間接也有消息傳到恭王耳朵裡，說是勝保所招降的那批人，不懂得甚麼為國為民的大義，只知道對勝保感恩圖報，倘或處置失宜，操之過急，只怕會激出變故，那一來，大局就更棘手了。

掌權一年多以來，恭王的宗旨依然是穩定局勢為第一；對於苗沛霖尚且可以委屈求全，只要他能受羈縻，哪怕就在壽州一帶做『土皇帝』，也可以容忍，然則因為勝保而激起意外的變故，自然是他所引以爲切戒的。

而且，對勝保的感情，恭王也畢竟與人不同──前年勒兵京畿，遙控行在，勝保那一支雜湊的軍隊，到底能予肅順多少威脅，固然難言，但是，恭王卻確確實實因爲勝保的態度，增加了信心；同時也表示出有勝保的人馬可以運用，使得那些原來徘徊在肅順與他之間的人，倒向自己這一面。得失成敗，寸心自知；恭王覺得是欠著勝保的情的。

爲了這公與私的雙重窒礙，處事一向果斷明快的恭王，在這一件繼『誅三兇』以後，爲京裡京外矚目關懷的大案子上，顯得十分黏滯；彷彿竟忘了這件事似地。

他的心情，最了解的是文祥和曹毓瑛，然後才數到寶鋆。寶鋆一向以恭王的意旨爲意旨；曹毓瑛資格尚淺，進言要看機會；唯有文祥，認爲恭王這樣拖延著不是辦法，覺得非要說話不可。

凡是有所主張，他一向措詞緩和而宗旨堅定，他爲恭王指出，勝保的被革職拿問，重要的是在一個『問』字。革而不問，就整飭紀綱而言，比『曲予優容』更壞。而且，不問也不行，兩宮太后口中不說，心裡已經不滿；內閣也在等消息，等他們來催問，在面子上就不好看了。

大臣議罪，一向是由重臣會同吏、刑兩部，在內閣集議；審訊勝保，明發上諭上規定由議政王、大學士會同刑部辦理，更是非同小可的事。不管如何，議政王應先召集會議，才是正辦。所以恭王接納了文祥的意見，諮會內閣，定期集議。

事先，當然有一番私底下的接觸；恭王得到報告：大學士周祖培和軍機大臣李棠階，態度都很激烈，已經有了表示，非嚴辦勝保，不足以伸國法。

『這是爲甚麼呢？』恭王皺眉問道：『莫非？……』

寶鋆說話向來無保留，大聲接口：『河南人嘛！勝克齋在河南搞得太不像話了，周、李兩公，不如此表示，對他們的老鄉，怎麼交代？』

這倒是心直口快，一語破的，恭王心裡有數了；所以在內閣會議的那一天，儘讓周祖培和李棠階痛斥勝保，先教他們洩了憤再說。

『總而言之，言而總之一句話，』周祖培拍著桌子說：『像這樣縱兵殃民，貪污瀆職，辜負朝廷的統兵大員，百死不足蔽其辜！』

『芝老說得是。』恭王胸有成竹地徐徐發言，附和之後，陡然一轉，『不過，俗語說得好，「投鼠忌器」，勝保已經在刑部獄中，隨時可誅。我想……我們還是先撇開勝保來談吧！』

周祖培一楞，不知道撇開勝保，還有甚麼人、甚麼事要扯在這件案子裡來談？

廟堂之上，不便說甚麼不夠冠冕堂皇的，還就現實的話；於是撇開勝保這個人，談他所隱匿的財產。這件事歸寶鋆管，他像聊閒天，談新聞似地，把多隆阿奉旨查抄的情形，以及從他處得到的消息，勝保在誰那裡可能隱匿了些甚麼財產？派甚麼人搜查？用甚麼方法？諸如此類，娓娓言來，雖嫌瑣碎，聽來倒也有些趣味。

第一次集議，就這樣糊裡糊塗結束了。不多幾天，兩江總督曾國藩的一道奏摺，為恭王和他的同僚，帶來了新的困擾和憂慮——勝保在苗沛霖、宋景詩以外，又下了一著狠棋。

曾國藩的奏摺中說：江南提督李世忠上書，願意褫奪自己的職務，為勝保贖罪。這是件異想天開的事，而以前方的一個武官，干預朝廷處置獲罪大臣的威權，不但冒昧，而且荒唐。照道理說，在曾國藩那裡就應該受到一頓申斥；可是曾國藩未作處置，據實代奏，只略略聲明他所以代奏的原因是：

『不敢壅於上聞。』

這輕描淡寫的一句話，在了解李世忠與勝保的關係的人看，其中大有文章；曾國藩的意思是表示，如果不爲李世忠代陳他的請求，可能就會有麻煩，而這個麻煩是連他這個節制四省兵權的兩江總督都料理不了的，所以『不敢壅於上聞』。

『你們三位先商量商量！』恭王把奏摺交給了文祥、寶鋆和曹毓瑛，搖著頭說：『我頭痛得很！』

他們那三個人又何嘗不頭痛？聚在一起，把曾國藩的那道奏摺，反覆看了幾遍，不知如何批答。終於，文祥說了這麼一句：『我看，李世忠的用意，也不盡是報私恩；有個替勝克齋表功的意思在內。』

寶鋆不甚明白他的意思，曹毓瑛卻大有領悟，連連點頭：『這看得深了！』

『怎麼呢？』

『咸豐八年九月，勝克齋招降李世忠，裨益大局，確非等閒。那時李世忠不叫李世忠，叫李昭壽……』

李昭壽原是捻匪，與洪軍合流，在長江北岸的滁州、六合一帶與官兵作戰。咸豐八年秋天，李秀成與陳玉成合力穩定了長江北岸，進窺皖北；滁州交李昭壽防守——他部下的紀律極壞，而且不是洪軍的嫡系，所以陳玉成一向輕視他，使得李昭壽起了異心。

於是勝保設法俘獲了他的全家，相待極厚；李昭壽考慮了切身利害，獻出滁州城，接受了勝保的招降。奏報到京，賞給二品花翎，賜名世忠，授職總兵，仍舊讓他駐軍六合一帶。

『從那個時候起，江寧的洪軍與皖北不能連成一氣，未始不是李世忠阻隔之功。這論起來，也算是勝克齋的功勞。』

『但要挾制朝廷就不對了！』文祥皺著眉說：『李世忠只怕也是第二個苗沛霖，聽說那一帶的土匪鹽梟，都出入其門，李世忠的外號叫做「壽王」。』

『那，』寶鋆驚訝地說：『不又要造反了嗎？』

其餘兩個人都不作聲；好久，文祥握著拳，神色痛苦地說：『絕不能把李世忠逼反了！其中關係，太大，太大，太大！』

這樣，自然而然就提出了一個結論，只有安撫一法；但批答的諭旨，甚難措詞，寶鋆便指著曹毓瑛說：『琢如，這非你的大手筆不可。』

『等見了王爺再說吧！』曹毓瑛答道：『怕在諭旨以外，還得有別的佈置。』

『對！』文祥深深點頭，『談了半天，琢如這句話很有用。走，咱們上鑑園去。』

到了大翔鳳胡同鑑園，恭王正在宴客，特為告個罪離席，在小書房裡接見密談。一路來，文祥已成竹在胸，此時便從容地提出了他的辦法。

『安撫固為勢所必然，但這個奏摺不必急著批……』

『對了！』恭王不由得插了句嘴，『這個宗旨好，先讓李世忠存著一份指望，咱們再從長計議。』

『是。』文祥接著他自己的話說：『琢如以為還得有別的佈置，這是老謀深算的話。我看，今天就用六爺的名義，先給曾滌生去封信。』

『信上怎麼說？』

『李世忠所請，絕不可行。讓他善加安撫，而且，』文祥加重了語氣說：『要嚴加防備！』

『好！』恭王立即作了決定：『就請琢如辛苦一下子，在這兒寫了就發。』

因爲決定了把李世忠的請求，暫時擱置；所以第二天早晨在養心殿見兩宮太后時，恭王便根本不提這件事。而慈禧太后偏偏記得，等把其他的章奏處理完畢，她和顏悅色地問：『好像曾國藩還有一個摺子；那個李世忠怎麼啦？』

『這是個麻煩。』恭王使勁搖著頭。

『麻煩可也得有辦法。到底該怎麼辦，總得有個下文。』慈禧太后轉臉看著慈安太后問：『姊姊，妳說是嗎？』

『我，』慈安太后歉意地笑著答道：『我還弄不清是怎麼回事兒哪！』

慈禧太后對李世忠的出身，以及目前的情形也不甚明白，趁此機會看著文祥說道：『你一定清楚，給講一講吧！』

文祥便出班奏答，把勝保招降李世忠的經過，扼要地說了一遍，然後提到他的現況：『李世忠目前駐紮六合，那裡的鹽課、釐金都歸他收了用；這麼優容他的原因，就是要教他感恩圖報，別學苗沛霖的樣，絕了那顆降而復叛的心。李秀成去年十一月帶了三十萬人，從江西到皖北，分兵南下，想從背後打曾國荃，替江寧解圍，如果李世忠變了心，投了過去，舉足重輕，大局會起變化。』

『那就得跟他說好的囉？』

慈禧太后這句話中，自嘲的意味十足，恭王覺得臉上有些發燙，便接口答了句：『「小不忍則亂大謀」，兩位太后聖明。』

看見恭王面有窘色，慈禧太后不斷點頭，作爲安慰；但她有她的看法，卻依然說了出來。

『我常常在想，』慈禧太后辭色雍容地，用她那特有的，清脆而沉著有威的聲音說：『京裡京外那麼多的人在辦事，說到頭來，就歸咱們君臣幾個拿主意，事情，不一定樣樣都能辦通；人，不見得個個都能心服，只要咱們自己良心上交代得過去，也就管不得那許多了。六爺，你說是這話不是？』

『聖母皇太后見得是。』恭王把垂著的手舉了起來，指著自己的心說：『臣也就是憑一顆心，報答天恩祖德。』

『是啊！可就是怎麼才對得起自己良心呢？我看，只有一個「公」字。』

她停了下來，以沉靜的眼光環視每一個軍機大臣，令人有不怒而威之感；配合著她那兩句語意深沉的話，不由得都惴惴然，不知她有甚麼責備的話要說。

『就拿何桂清這件案子來說吧，』慈禧太后依然閒閒地，彷彿談家常的那種語氣，『照我看，是辦得太重了一點兒。喪師失地，也不只他一個人，何以就該他砍腦袋？去年夏天從上海押解到京，朝裡有些人幫他說話，有些要嚴辦，我們姊妹也鬧不清誰的理對，誰的理不對——光講理好辦；存著私心，這面一套說法，那面一套說法，把理路搞亂了，事情可就難辦了。當時我就想，倘或何桂清這件案子，由我一個人作主，我一定饒了他；革職永不敘用，也就夠他受的了。可是有好些人說，大局正有起色，一定得要整飭紀綱，才能平定大亂。這話說的是大道理，沒有得可駁的，我們姊妹心裡想饒何桂清的，也辦不到，只好准了「秋後處決」的罪名。本來去年改元，秋決停勾，何桂清還可以多活一年；又有人說，何桂清罪情重大，不能按常例辦理，到底把他綁到了菜市口。朝廷大法，自然沒有得可說的。不過……』

一轉要說到正題上，慈禧太后偏偏停了下來，好整以暇地，端起康熙窯綠地黃龍的蓋碗，揭開碗蓋，送到口邊；卻又嫌茶不燙，招呼在殿外侍候的太監重換。這一耽擱，別的人倒還好；吳廷棟卻眞如芒刺在背，異常侷促，因爲嚴辦何桂清，他的主張最力，現在看慈禧太后，大有不滿之意，而且又不能冒昧申辯，所以在那料峭春寒的二月天氣，背上竟出了汗。

喝了一口茶，慈禧太后拿塊絲手絹拭一拭嘴唇上的水漬，接著往下說：『我也是由何桂清這件案子，想到勝保。封疆大吏，守土有責，不能與城共存亡，說是爲了整飭紀綱，辦他的死罪；話是不錯，可是人家何桂清到底不過一個文弱唸書人，聽見長毛來了，嚇得發抖，也不算是件怪事。倒是勝保——如今甚麼年頭兒？他還在學年羹堯，把朝廷當作甚麼看了，這不是怪事嗎？這也不去提它；我就有一句話，忍不住要說，甚麼叫紀綱？殺何桂清就有紀綱，辦勝保就不提紀綱了？這就是不公，不能叫人心服，也對不起自己的良心。六爺，』她揚一揚頭，高瞻遠矚地看著所有的軍機大臣：『你們大家，看我的話，說得可還公平？』

『是！』恭王不由得把頭一低：『臣等敬聆懿旨。』

『我不過說說。』慈禧太后越發謙抑，『你們商量著辦吧！』

這個釘子碰得夠厲害的，大家都不免生出戒心；只有恭王不同，雖然覺察到慈禧太后話中的鋒芒，卻不拿它當回事，依然照自己的想法，認爲不宜操之過急；且讓勝保在刑部火房中住些日子再說。

到底是讀過幾句書的，雖在待罪監禁之中，居然不失尊嚴，勝保在刑部火房裡，讀書以消長日。讀的不是怡情養性的詩詞，更不是破愁遣悶的筆記，而是兵書史籍；不但細讀，還點硃加墨，好好用了一番功。

像他這樣的情形，是所謂『浮繫』，僅僅行動失去自由，親友的訪晤，並不禁止。起初因爲諭旨嚴厲，看上去就彷彿前年拿問『三兇』那樣，一經被捕，便要處決；大家都還不敢造次去探望，怕惹禍上身。慢慢地，看見情況並不如想像中那樣嚴重；加以恭王的態度，已爲外間明瞭，推斷勝保的將來，不會有甚麼嚴譴。於是，親友故舊，顧忌漸消；勝保那裡便不冷落了。

那些訪客中，有的不過慰問一番，有的卻是來報告消息，商量正事的。由於軍機處有消息傳出來，說勝保營中有好些『革員』，假借權勢，爲非作歹，爲恭王及軍機大臣們所痛恨，所以如吳台朗等人，都不敢露面；但蔡壽祺與勝保脫離關係已久，形跡比較不爲人所注意，因而居間聯絡的責任，就自然而然地落在他肩上了。

曾國藩代陳李世忠自請褫職，爲勝保贖罪的奏摺到京，是個秘密消息，但也爲蔡壽祺打聽到了，特爲去看勝保，報告這個『喜訊』。

『倒是草莽出身的，還知道世間有「義」之一字。』勝保不勝感慨地說；話中是指慈禧太后和恭王負義。

『恭王倒還好。』蔡壽祺放低了聲音說：『他一直壓著不肯辦。不過究竟其意何居，卻費猜疑。也許是因爲「西邊」正在氣頭上，等她消了氣，事情就比較易於措手了。』

『你是說要等？』勝保微皺著眉說：『要等到哪一天？』

『看曾滌生的那個摺子，批下來是怎麼說？便可窺知端倪。』

勝保想了想說：『也還得有人說話才好。』

『有個人應該可以上摺言事……』

蔡壽祺指的是吳台朗的胞弟，掌山東道御史的吳台壽。勝保也認爲這是個理想人選，請蔡壽祺轉告吳台朗，儘快進行。

『照我看，』蔡壽祺又說：『只要兩個人少說句把話，事情很快就會有轉機。』

『哪兩個？』

『克帥倒想一想。』蔡壽祺說：『都是河南人。』

『那……』勝保答道：『無非商城跟河內。』

『正是。』蔡壽祺點點頭——『商城』是指大學士周祖培；『河內』是指軍機大臣李棠階。

『哼！』勝保的壞脾氣又發作了，『等著看吧！我偏不買這兩個人的帳。』

『克帥！』蔡壽祺勸他，『俗語道得好：「在人簷下過，怎敢不低頭？」絳侯曾將百萬兵，一旦失志，不能不畏獄吏；何況這兩個人位高權重！』

那是指的漢朝開國名將絳侯周勃的典故。勝保桌上正有本攤開的《史記》，周勃的典故就在裡面；他搖搖頭，不以爲然，把史記拿起來一翻，翻到〈陳丞相世家〉，傲然說道：『陳平六出奇計，以脫漢高之危；我就不相信我不如陳平。』

蔡壽祺默然。見他依舊是如此自大自傲的脾氣，心裡頗爲失望。這一下，當然也有話不投機之感，略略談了些不相干的話，告辭而去。

出了刑部，逕自來訪吳台朗，他住在他胞弟吳台壽家；三個人在一起密談，他轉述了勝保的要求。吳台壽面有難色，但禁不住他老兄，一面說好話，一面以長兄的身分硬壓，吳台壽無可奈何，擬了一個爲勝保辯冤的奏稿，三個人斟酌了一番，定稿謄正，第二天就遞了上去。

慈禧太后一看自然非常生氣，但言官的奏摺，她不敢像處理瑛棨的摺子那樣，拿起筆來就批『嚴行申飭』。同時她也奇怪，不知道吳台壽為何上這一個摺子？一年多的功夫，她對御史科道已經很了解，誰是鯁直敢言的；誰是喜歡聞風言事的；誰的脾氣暴躁，誰的黨羽最多？從他們的奏摺裡，便可以猜出他們的本意。這吳台壽，在她的記憶中，是個默默無聞的人，現在替勝保說話，是為了甚麼？得先查一查清楚。

把摺子交了下去，恭王發覺自己對勝保的處置態度，確有未妥。遷延不決，啓人僥倖一逞之心，吳台壽的這個摺子，就是最明白不過的例子。再這樣下去，為勝保出力的人，越來越多，豈不是自找麻煩？

因此，他一面決定了要痛駁吳台壽的所請，並且予以必要的處分；一面改變了過去的態度，把勝保這件案子交給周祖培和李棠階去管。不過，他向李棠階作了這樣的表示：以大局為重！而勝保如有一線可原，不妨酌予從寬。

李棠階是個相當方正的人，他受了慈禧太后的指責，耿耿於心，這時見恭王授權，自然不會耽擱；立即去拜訪『商城相國』——周祖培以大學士兼領『管理刑部』的差使，辦事極其方便，當時就派了人到刑部去通知，第二天上午，傳勝保到內閣問話。

刑部司官見是管部的周中堂的命令，不敢怠慢；半夜裡就把勝保喊了起來，帶到內閣，天還不亮，借了聽差、車伕休息待命的一間小屋子，把他禁閉在那裡。一直到近午時分，才開門將他帶了出來。

一帶帶到周祖培面前；一肚子不高興的勝保，說不得只好大禮參見，周祖培不理他；他也就不理周祖培，未曾吩咐『起來說話』，管自己起身，昂然站在當地。

『潘大人的原摺呢？』周祖培向左右問。

『潘大人』是指潘祖蔭，參劾勝保，以他所上的那個摺子，列舉的事實最詳盡，所以周祖培就以他的原摺作爲審問勝保的依據。

『勝保！』周祖培問道：『你縱兵殃民，貪瀆驕恣，已非一日，問心有愧嗎？』

『既非一日，何不早日拿問？』勝保微微冷笑。

一上來就是譏嘲頂撞，周祖培心中異常不快，問得也就格外苛細；光是入陝以後，揑報戰功一節，就問了兩個時辰，然後吩咐送回刑部。

於是隔幾天提出來問一次，每次都只問一兩件事，或者重複印證以前問過的話。問的人也多寡不一，但大致每次都有周祖培。這樣兩個月拖下來，李世忠被安撫好了；爲了朝廷的威信，予以『革職留任』的處分，可是誰都知道，不需多少時候，軍機處就會隨便找一個理由，爲他奏請開復。至於吳台朗、吳台壽兄弟，可就沒有那麼便宜了！

吳台壽新升御史不久，資望尙淺，他那個奏摺中，最失策的地方，是攻擊另一個御史趙樹吉——趙樹吉亦曾參劾勝保，並以『京內外謠諑紛傳』，主張對勝保從速定罪；吳台壽針對他的話，有所批評，招致了同僚的不滿，因而另外有些剛直的御史，毫不容情地指出了吳台壽與勝保的間接關係，而吳台朗指使他的胞弟爲勝保辯寃，說他『但有私罪，並無公罪』是『感激私恩』。朝廷對言官的處分，一向愼重；現在看吳台壽孤立無援，那就不必客氣了，明發上諭，痛斥他『無恥』，革了他的職。吳台朗的命運與他兄弟相同，由勝保爲他設法開復的『道員』職銜，再度被革，同時『拔去花翎』。

這一道嚴旨，對於蔡壽祺之流，頗有嚇阻的作用；自此銷聲匿跡，噤若寒蟬。可是京外與勝保有關聯，而情勢不穩的那些軍隊，仍舊不能不顧忌，所以依然在諭旨中一再聲明，對於審問勝保一節，務需傳集人證，逐款查核，表示出絕無要殺勝保的成見。

這也算是恭王的苦心迴護，只望慈禧太后不再督催，周祖培和李棠階的態度比較緩和些，清議也能逐漸平息，等把這件事冷了下來，勝保便有活命之望。

雖知勝保自己卻已沉不住氣，對周祖培的反感尤其深。勝保的想法是：『沒有我，你何來今日？』周祖培當年爲肅順壓得抬不起頭來，而打倒肅順，勝保認爲是他的功勞；這就等於替周祖培報了仇，然則今日事事苛求，竟成恩將仇報！想起傳說中，周祖培與肅順同在戶部作尚書，司官抱牘上堂，肅順把周祖培畫了行的文稿，打一條紅槓子廢棄不用，周祖培居然也忍了下去，則今日高坐堂皇，頤指氣使，豈不令人齒冷？

不平和輕視之感，積累在心裡已非一日；這一天提到他縱容部下在河南姦淫婦女這一款罪名，周祖培問他可有這回事？勝保突然衝動，大聲答道：『有的！河南商城周祖培家，河內李棠階家的婦女，不分老幼，統統被污，無一倖免！』

這兩句刻毒得到了頭的話，把周祖培氣得嘴唇發白，四肢冷冰，幾乎中風。事後傳到了恭王耳朵裡，他向文祥、寶鋆長嘆一聲說：『勝克齋死定了！誰也救不了他了！』

如此公然侮辱『相國』，可以想見勝保平日的跋扈！光是這一點，就可以定他的死罪；而『不分老幼』這四個字，簡直蔑絕倫常，亦爲清議所萬萬不容，更爲身爲婦女的兩宮太后認爲罪大惡極。

勝保該死！但怎樣死法呢？死刑有好幾種，是斬、是絞？是『立決』還是『監候』？

『自然是「斬立決」！』周祖培摸著鬍子，斷然決然地說。

這個原則是大家所同意的，除非不教他死，要死就要快。不管是『斬監候』還是『絞監候』，到秋後勾決處斬，還有兩三個月的時間，只怕夜長夢多，別生枝節。但是綁到菜市口有肅順的前車之鑑；勝保臨死之前，少不得也有一場破口大罵，抖露許多內幕，那跟肅順的亂罵又自不同，所以大多數的人都不贊成斬立決。

只以周祖培年高位尊，雖以恭王的身分，亦不便當面反對他的意見，因而他向文祥遞了個眼色——文祥自然明白，點點頭，把身子朝前俯一俯，表示有話要說。

寶鋆性子急，本想開口，看到文祥這個動作，便讓他發言：『博川，』他爲他作先容，『你必是有話，你說吧！』

『論勝保的種種不法，立正刑誅，亦是咎有應得。』文祥看著周祖培說：『不過，我想上頭或許會派老中堂監斬；這麼熱的天，轟動九城，傾巷來觀，老中堂這趟差使太累，叫人放心不下。』

話說得異常委婉，而且也提供了一個極好的建議——二品大員獲罪處決，監刑的不是王公，就是大學士；周祖培主殺勝保最力，正好把這個差使派給他，所以恭王連連點頭：『不錯，不錯！我一定面奏兩宮，請芝公監視；另外再派一個綿森吧！』

周祖培自己也知道。當著『管理刑部』的差使，多半會奉旨監刑；便即問題：『這一說，要請上頭賞他一個全屍？』

『對了！』文祥趕緊接口：『請上頭從寬賜令自盡吧！』

大家都不再開口，就此定議；等第二天進養心殿，恭王把具報會議結果的奏摺以及明發上諭都準備好了。

等聽完了恭王的陳奏，慈禧轉臉望著慈安太后問道：『姊姊，妳看呢？』

要讓慈安太后殺人，她總覺得心有未忍，所以皺著眉答道：『勝保實在也鬧得太不像話。如果……』

話沒有完，她的意思卻很明白，如果罪無可赦，也就只好殺了！慈禧太后想了想，莊容宣示：『就從寬賜令自盡。』

『再跟兩位太后回話，』恭王又談勝保的案子，『想請旨，派大學士周祖培、刑部尙書綿森，監視勝保自盡。』

『可以！』

於是恭王從寶鋆手裡，接過預先擬就的旨稿，捧呈御案；兩宮太后蓋了『御賞』和『同道堂』的圖章，發了下來；由軍機處派專人送交內閣，內閣轉送刑部。

刑部大堂中，周祖培和綿森都衣冠整肅地在等著；提牢廳的官員已略有所聞，也在侍候待命。等上諭一到，周祖培從封套裡抽出來略微看了一下，便向綿森說道：『叫他們預備吧！』

刑部提牢廳，專有一間屋子，作爲賜令自盡之用；有清以來，畢命於此的大臣也不少，和珅就死在這裡。所謂『預備』，極其簡單，用塊白綾子從樑上掛下來，打個死結就行了。

然後便要去傳喚勝保來就死。七月十幾的天氣，名爲『秋老虎』，又當中午，熱不可當。勝保是個胖子，特別怕熱；光著上身，在磚地上鋪一領涼蓆，正要午睡；傳喚的差役，便在窗外喊道：『勝大人，請穿上衣服吧！』

錯！』

『幹嘛？』

『還不是那一套嗎？請勝大人到內閣去走一趟──天這麼熱，那裡的房子大，涼快；去走一趟也不

『出去溜溜也好。』勝保蹣跚地從涼蓆上起身，『我正想吃「沙鍋居」的白肉。』

『好啊！回頭我侍候你老上「沙鍋居」。』

『你叫人打盆水來！』

勝保的手面闊，經常有賞賜，所以刑部的差役都願意巴結他；但此時不便叫他們來服役，怕言語或神色之間有所洩漏，讓他發覺疑竇，引起許多麻煩，所以那司官親自拿銅盆去打了一盆冰涼的井水來。勝保大洗大抹了一番，換上杭紡小褂袴，細白布襪子，雙樑緞鞋；然後穿上江西萬載出的細夏布長衫，外套一件玄色實地紗『臥龍袋』。頭上戴一頂竹胎亮紗的小帽，帽結子是櫻桃大的一顆珊瑚，帽簷上綴一塊綠如春水的翡翠。左手大拇指上一隻白玉扳指；右手拿一把梅鹿竹的摺扇，扇面上一邊是王麓台的山水，一邊是惲南田的小楷。完全是一生下來就有爵位的『旗下大爺』的打扮。

美中不足的是那根辮子不能重新梳一梳，好在他自己看不見；只低頭看一看前面衣襟，問道：

『車套好了沒有？』

『早就在侍候了。』

『咱們走吧！』

出了屋子，原該往南，那司官卻往北走，一面走，一面說：『從提牢廳邊上那道門走吧，近一點兒。』

勝保沒有說甚麼，輕搖摺扇，踱著八字步，跟著他走；一走走進一座小院落，驀地站住腳說：

『怎麼走到這兒來啦？這是甚麼地方？』

『那不有道門嗎？』

門倒是有道門，那道門，輕易不開；一開必有棺材進出。勝保似乎對他的答語不能滿意，正站著發楞，一響碰撞聲，等他回過頭去，剛進來的那道門已經關上了。

於是有人高聲喝道：『勝保帶到！』

北面一明兩暗的三間官廳，當中一間原來懸著竹簾；此時捲了起來，大學士周祖培、刑部尚書綿森，紅頂花翎，仙鶴補褂，全副公服出臨。勝保一見，便有些支持不住，額上冒的汗如黃豆般大。

『勝保接旨！』綿森神色凜然地說。

兩名差役已經趕了上來，一左一右扶掖著他。把他攙到院子裡；就在火燙的青石板上，揿著他跪下，聽宣旨意。

這時的勝保，雖已臉色大變，但似乎有所警覺，不能倒了『大將』的威風，所以雙臂掙扎了一下，意思是不要差役扶持。果然，等他們放開了手，他把身子挺了挺，跪得像個樣子了。

綿森從司官手裡接過上諭，站在正中。等他從『前因中外諸臣，交章奏參勝保貪污欺罔各款』唸起，一直唸到『姑念其從前剿辦髮捻有年，尚有戰功足錄，勝保著從寬賜令自盡，即派周祖培、綿森前往監視』爲止；勝保背上的汗，把他那件『臥龍袋』都已濕透。

『勝保！』綿森又說：『這是兩宮太后和皇上賞你的恩典。還不叩頭謝恩？』

『不！』勝保氣急敗壞地喊道：『這不能算完！』

『甚麼？』綿森厲聲責問：『你要抗旨嗎？』

『我有冤屈，何以不能申訴？』

不等勝保把話說完，侍候在周祖培和綿森左右的司官，已揮手命令差役把勝保扶了起來；兩個人掖著他，半推半拉地，弄入後院中樑上懸著白綾的那間空屋。

勝保似乎意有所待，一面扶著窗戶喘氣；一面雙眼亂轉著，彷彿急於要找甚麼人，或是尋一樣甚麼東西。等周祖培和綿森踱了進來，他拔腳迎了出去，守在門口的差役想阻攔，無奈他身軀臃腫，而且是不顧一切地直衝，所以沒有能攔得住。

一見他這神氣，監視的兩大臣，不由得都站住了腳，往後一縮，神色緊張地看著；那些司官和差役，自然更加著忙，紛紛趕了上來，團團把他圍住。

『周中堂！』勝保也站住了，高聲叫道：『我有冤狀，請中堂代遞兩宮太后。』

周祖培微閉著眼使勁搖頭，慢吞吞地答了四個字：『天意難違。』

勝保好像氣餒了，把個頭垂了下來。差役們更不怠慢，依舊像原來那樣，一左一右掖著他進了屋。

一個端張方凳，擺在白綾下面，讓他墊腳；一個便半跪著腿說道：『請勝大人升天。』

勝保呆了半晌，一步一步走向白綾下面；兩名差役扶著他踏上方凳，看他踮起腳把頭套了進去——那個圈套做得恰到好處，一套進去便不用再想退出來；只見他腳一蹬，踢翻了方凳，胖胖一個身子晃蕩了一下，兩隻手微微抽搐了一陣，便不再動。

兩名差役交換著眼色，年紀輕的那個說：『行了！』

『等一等！』年紀大的那個說：『你再去找兩個人。他的身坯重，咱們倆弄他不下來。』

等他喚了人來，勝保左手大拇指上的那個白玉扳指，已經不翼而飛；年紀輕的那差役不作聲，扶起方凳，站了上去，探手摸一摸屍身的胸口，回頭說道：『來吧！』

解下屍身，放平在地上，照例要請監視的大臣親臨察看；周祖培和綿森自然也不會去看，只吩咐司官好好料理，隨即相偕踱了出去。

一路走，一路談，周祖培不勝感慨地說：『勝保事事要學年大將軍，下場也跟年羹堯一樣。』

賢王被黜

從上年臘月中回南以後，不過一個多月的功夫，吳守備又到了京城。吳棠在年底送了一批『炭敬』，開年又有餽贈，但都是些『土儀』，其中自然有安德海的一份；跟送部院大臣的一樣，只是沒有問候的私函。吳守備是去過安德海家的，親自把禮物送交他的家人，還留下一張吳棠的名片。

另有一份送給軍機章京方鼎銳。禮沒有送給安德海的那份厚，卻有厚甸甸的一封信。這封信中附著安德海交給吳守備的，關於趙開榜的『節略』；信上敘了始末經過，最後道出他的本意，說趙開榜在江蘇候補、奉委稅差，因爲劣跡昭彰，由他奏報革職查辦。如今懸案尙無歸宿，忽又報請開復，出爾反爾，甚難措詞；字裡行間又隱約指出，此是安德海奉懿旨交辦的案件，更覺爲難，特意向方鼎銳請教，如何處置？同時一再叮囑，無論如何，請守秘密。

方鼎銳看了信，大爲詫異。在江南的大員，都跟他有交情，他知道吳棠的困擾，不能替他解決難題，至少不能替他惹是非，添麻煩；所以特加愼重，悄悄派人把吳守備請了來，一問經過，他明白了！

已有八分把握，是安德海搞的把戲，但此事對吳棠關係重大，半點都錯不得；對安德海是不是假傳懿旨這一點，非把它弄得明明白白不可。想來想去，只有去跟曹毓瑛商量。

『琢公，你看！』他把吳棠的信攤開在他面前，苦笑著說：『怪事年年有，沒有今年多。』

看不到幾行，曹毓瑛的臉色，馬上換了一換樣子，顯得極爲重視的神氣；等把信看完，他一拍桌子說：『這非辦不可！』

看到是這樣的結果，方鼎銳相當失悔，趕緊問道：『辦誰啊？』

『都要辦！第一小安子；第二趟開榜。』

方鼎銳大吃一驚！要照這樣子做，大非吳棠的本意；也就是自己負了別人的重託，所以呆在那裡，半晌作聲不得。

『你把信交給我。』曹毓瑛站起身來，是準備出門的神情。

『琢公！』方鼎銳一把拉住他問：『去哪裡？』

『我去拜恭王。』

『琢公！』他一揖到地。『乞賜成全。』

『咦！』曹毓瑛驚疑地問：『這是怎麼說？』

『信中的意思，瞞不過法眼。吳仲宣只求公私兩全，原想辦得圓到些才託了我；結果比不託還要壞。琢公，你留一個將來讓我跟吳仲宣見面的餘地，行不行？』

這一說，讓曹毓瑛嘆了口氣，廢然坐下，把吳棠的信往前推了推說：『你自己去料理吧！一切都不用我多說了。』

於是，方鼎銳回了吳棠一封信，告訴他絕無此事，不必理睬。同時又告訴他一個消息，說兩廣總督毛鴻賓降調，已成定局；吳棠由漕督調署粵督，大致亦已內定，總在十天半個月內就有好音。

安德海和德祿，卻不知這事已經擱淺，先找著吳守備去問——他是曾受了吳棠囑咐的，如果安德海來問，只這樣告訴他：太后交下來的，採辦『蘇繡新樣衣料』的單子，正在趕辦；趙開榜開復一案，已經另外委託妥當的人代爲辦理。德祿聽得吳守備這樣說，還不覺得甚麼；轉到安德海那裡，他比德祿在行，聽出話風不妙，更不明白他是託了甚麼人『代爲辦理』，難道是在京找個人，就近替他辦一個奏摺？沒有這個規矩啊！

不多幾天，倒是德祿打聽到了消息，把安德海約了出來，告訴他說，吳棠是託的方鼎銳，方鼎銳跟曹毓瑛商量，不知怎麼回了吳棠一封信。『安二爺！』最後他說：『我看，八成兒吹了！』

照這情形看，安德海心裡明白，自然是吹了！吹了不要緊，第一，已知他假傳懿旨；第二，趙開榜的形跡已露，這兩件事要追究起來，可是個絕大麻煩。所以當時的神色就顯得異樣，青紅不定地好一會，也沒有聽清德祿再說些甚麼。

直到德祿大聲喊了句：『安二爺！』他才能勉強定定神去聽他的話；德祿愁眉苦臉地說道：『這下子，我跟趙四不好交代。』

『怎麼不好交代？你不是說，年下收的銀子不算定錢；既不是定錢，就不欠他甚麼，有甚麼不好交代。』

『不是這個。我是說，吳棠那兒，還有軍機處，都知道趙四露面兒了，一查問，著落在我身上要趙開榜那麼個人，我可跟人家怎麼交代？』

『這個……』安德海嘴還硬：『不要緊，有我！』

話是這麼說，心裡卻是七上八下，片刻不得妥帖；別的事都不要緊，總可以想辦法鼓動『主子』出來做擋箭牌，偏偏這件事就不能在她面前露一點風聲。想到慈禧太后翻臉不認人的威嚴，安德海驀地裡打個寒噤；這一夜就沒有能睡著。

苦思焦慮，總覺得先要把情況弄清楚了再說，那就只有去問方鼎銳了。於是抽個空，想好一個藉口去看方鼎銳；門上一報到裡面，方鼎銳便知他的來意，吩咐請在小書房坐。

平時，安德海見了軍機章京就彷彿熟不拘禮的朋友似地，態度極其隨便；這天有求於人，便謹守規矩，一見方鼎銳揭簾進門，立即請了個安，恭恭敬敬地叫一聲：『方老爺！』

『不敢當，不敢當，請坐。』

等聽差獻茶奉煙，兩個人寒暄過一陣，安德海提到來意：『我接到漕運總督吳大人的信，說讓我來看方老爺，有話跟我說。』

這小子！方鼎銳在心裡罵，當面撒謊！外官結交太監，大干禁例，吳棠怎麼會有信給他？但轉念想一想，他不如此措詞，又如何啓齒？不過諒解是諒解了，卻不能太便宜他。所以裝作訝然地問：『啊！我倒還想不起來有這回事。』

不說『不知道』，說『想不起來』，安德海也明白，是有意作難；只得紅著臉說：『就爲趙開榜那一案。方老爺想必知道？』

『喔，這一案。對了，』方鼎銳慢條斯理地說：『吳大人託了我：我得替他好好兒辦。不過，有一層難處，這裡面的情節，似乎不大相符。』

說著，方鼎銳很冷靜地盯著他看；安德海不由得低下頭去，避開了他的視線。心裡在想那『情節不大相符』是指的哪一點？是趙開榜的節略中所敘的情節，還是指自己假傳懿旨？

看到他這副神情，方鼎銳越發了然於眞相，他主要的是幫吳棠的忙；事情沒有替安德海辦成，卻也犯不著得罪他，所以話風一轉，用很懇切的聲音說：『你也知道，大家辦事，總有個規矩，趙開榜這件案子，實在幫不上忙。這麼樣吧，你把他的那個節略拿了回去；咱們只當根本沒有這麼回事兒。趙開榜人在哪兒，幹些甚麼，咱們不聞不問；吳大人那兒，當然也不會再追。你看這個樣子好不好？』

到了這個時候，方鼎銳有此一番話，安德海可以安然無事，已是喜出望外，趕緊答應一聲：『是！聽方老爺的吩咐！』說著，又離座請了個安。

等把那份節略拿到，就像收回了一樣賊贓那樣，心裡一塊石頭落地。坐在車上定神細想，發覺不僅安然無事，而且還有收穫，頓時又大感欣慰；一回宮先到內務府來找德祿。

『怎麼樣？安二爺，挺得意似地。』

德祿一說，安德海才知道自己臉上的表情；既然他如此說，索性擺出極高興的樣子，一把拉著德祿就走。

『趙四的事兒，辦成了一半。』

『喔！』德祿驚喜地問：『怎麼？莫非……』

『你聽我說！』安德海搶著說道：『趙四不是想洗一洗身子嗎？這一個，我替他辦到了，豈不是辦成一半。』

『那好極了。安二爺，你把詳細情形告訴我，我馬上跟他去說。』

『我剛才去看了軍機章京方老爺了，他親口跟我說，包趙開榜沒有事，吳大人那兒也不會再追。你叫他放心大膽露面兒好了。』

『是！我這就去。』

『慢著！』安德海一把拉住他，低聲說道：『他原來答應的那個數得給啊！』

這一下德祿爲難了，空口說白話，要人上萬的銀子捧出來，怕不容易。考慮了一會，覺得從中傳話，辦不圓滿會遭怪，不如把趙四約了來，一起談的好。

於是，他提議找趙四出來吃小館子，當面說明經過，安德海知道他的用意，也就答應了。

第二天一早，德祿便送了個帖子來，由趙開榜出面，請安德海在福興居小酌。依時赴約，寒暄了一會，入席飲酒；敬過兩巡酒，德祿便把主人拉到一邊，悄悄耳語。安德海在一傍獨酌，卻不斷藉故回頭偷窺，先看到趙開榜有遲疑的神氣，說到後來，終於很勉強地點了點頭，知道事情定局了。雖然有些強人所難的樣子，也管不得他那許多。

等散出來時，德祿在車中把跟趙四交涉的結果，細細說了給安德海聽。趙四答應過，只要把他『身子洗乾淨』，他願酬謝兩萬銀子；不過那得奉了明發上諭，撤銷拿問的處分，才能算數，照現在的情形，仍有後患。

還只聽到這裡，安德海就冒火了，『好吧！』他鐵青著臉，憤憤地說：『口說無憑，本來就不能叫人相信。那就走著瞧好了。』

『安二爺，安二爺！』德祿搖著他的手，著急地說：『你別急嘛！我的話還沒有完。人家也不是不通氣的人；再說我，替你辦事，也不能沒有個交代。你總得讓我說完了，再發脾氣也不晚。』

『好，好，你說，你說！』

於是德祿便丑表功似地，只說自己如何開導趙四；終於把趙四說服了，答應先送一萬銀子，『那一萬也少不了！』他說：『趙四有話，哪一天奉了旨，哪一天就找補那一萬銀子。』

安德海覺得這話也還在理，點點頭算是答應了；停了一下又問：『那麼你呢？』

『我嗎？』德祿斜著眼看安德海，『我替安二爺當差！』

話外有話，安德海心裡明白。照規矩說，應該對半勻分；但實在有些心疼，便先不作決定：『等拿到了再說吧。他說甚麼時候給？』

『一萬銀子不是個小數目，人家也得去湊；總要四、五天以後才拿得來。』

到了第四天，內務府來了個『蘇拉』，到『御茶房』託人進去找安德海；他以爲是德祿派了來的，請他去收銀子，所以興匆匆地奔了來，那蘇拉跟他哈著腰說：『安二爺，王爺有請；在內務府等著。』

他口中的『王爺』，自然是指恭王；『王爺有請』這四個字聽在耳中，好不舒服！在御茶房的太監，也越發對他另眼相看，安德海臉上飛金，腳步輕捷，跟著來人一起到了內務府。

恭王這天穿的是便衣，但神色比穿了官服還要威嚴；安德海一看，心裡不免嘀咕，走到門口，在簾子外面報名說道：『安德海給王爺請安！』

『進來。』

掀簾進去，向坐在匟床上的恭王磕了頭；剛抬起頭來，看見恭王把足狠狠一頓，不由得又把頭低了下去。

『我問你，你幹的好事！』

一開口更不妙，安德海心裡著慌，不知恭王指的是哪一件——他幹的『好事』太多了！

『你簡直無法無天！你還想留著腦袋吃飯不要？你膽子好大，啊！』

到底是說的甚麼呢？安德海硬著頭皮問道：『奴才犯了甚麼錯？請王爺示下。』

『哼！』恭王冷笑道：『你還裝糊塗！我問你，有懿旨傳給漕運總督吳大人，我怎麼不知道？』

壞了！安德海嚇得手足冰冷，急忙取下帽子，在地上碰響頭。

『你當你自己是甚麼東西？你以爲倚仗太后，就可以胡作非爲嗎？』

恭王越罵越氣，整整痛斥了半個時辰，最後嚴厲告誡：如果以後再發現安德海有不法情事，一定嚴辦！

安德海一句話不敢響，等恭王說了聲：『滾吧！』才磕頭退出。到得門外，只見影綽綽地，好些人探頭探腦在看熱鬧，自覺臉上無光，把個頭低到胸前，側著身子，一溜煙似地回到宮裡。

宮裡也已經得到消息了。他的同事奉承他的雖多；跟他不和的也不少，便故意拉住他說：『怎麼樣？六爺跟你說了些甚麼？』

『沒有甚麼，沒有甚麼！』安德海強自敷衍著，奪身便走；他身後響起一片笑聲。

也正巧，笑聲未停，剛剛小皇帝從弘德殿書房裡回春耦齋，與兩宮太后同進早膳；他這年十歲，頗懂得皇帝的威儀了，一見這樣子，便瞪著眼罵道：『沒有規矩！』

『是！沒有規矩。』張文亮順著他的意思哄他：『回頭叫敬事房責罰他們。』一面向跪著的太監大聲地：『還不快滾！』

但是，小皇帝卻又好奇心起，『慢著！』他叫得出其中一個的名字：『彭二順，你們笑甚麼？』

彭二順知道小皇帝最恨安德海，據實陳奏不妨：『跟萬歲爺回話，』他說：『小安子讓六爺臭罵了一頓。』

『噢！』小皇帝也笑了，『罵得好！爲甚麼呀？』

『爲……』剛說了一個字，彭二順猛然打個寒噤，這個原因要說了出來，事情就鬧大了，追究起來是誰說的？彭二順！這一牽涉在內，不死也得充軍；所以趕緊磕頭答道：『奴才不知道。』

不知道就算了。到了春耦齋與慈安皇太后一桌用膳；她照例要問問書房的功課，小皇帝有時回聲，有時不作聲，倘是不作聲，便不必再問，定是背書背不出來。

這一天答得很好，慈安太后也高興，母子倆說的話特別多；談到後來，小皇帝忽然回頭看著，大聲問道：『小安子呢？』

『對了！』慈安太后看了看也問：『小安子怎麼不來侍候傳膳吶？』

隔著一張膳桌的慈禧太后答道：『跟我請了假，說是病了！』

『不是病。』小皇帝很有把握地說：『小安子一定躲在他自己屋子裡哭。』

『你怎麼知道？』

當慈安太后問這句話時，慈禧太后正用金鑲牙筷夾了一塊春筍在手裡，先顧不得吃，轉臉看著小皇帝，等候他的答語。

『小安子讓六叔臭罵了一頓，那還不該哭啊？』小皇帝得意洋洋地說。

一聽這話，慈安太后不由得轉過臉去看慈禧；她的臉色很難看，但只瞬息的功夫，偏這瞬間，讓慈安太后看得很清楚，心裡失悔，不該轉臉去看！應該裝得若無其事才對。

爲了緩和僵硬的氣氛，她便捏著小皇帝的手笑道：『孩子話！挨了罵非哭不可嗎？』

雖是『孩子話』，其實倒說對了，安德海眞個躲在他自己屋子裡哭了一場；哭得雙眼微腫，不能見人。好在已請了假，便索性關起門來想心事；從在熱河的情形想起，把肅順和恭王連在一起想，想他們相同的地方。

到得第二天一早，依舊進寢宮侍候，等慈禧太后起身，進去跪安；她看著他問道：『你的病好了？』

安德海是早就盤算好了的，聽這一問，便跪下來答道：『奴才不敢騙主子，奴才實在沒有病。』

『喔！』慈禧太后平靜地問：『那麼，怎麼不進來當差呢？』

『跟主子回話，奴才受了好大好大的委屈；自己知道臉色不好看，怕惹主子生氣，不敢進來，所以告了一天病。』

這幾句話說得很婉轉，慈禧太后便有憐惜之意；但是她不願露在表面上，同時也不願問他受了甚麼委屈？因爲她已經知道他的委屈，是挨了恭王的罵，既不能安慰安德海說恭王不對；也不能說他該罵，不如不問。

看這樣子，安德海怕她情緒不好，不敢多說——慈禧太后有個如俗語所說的『被頭風』的毛病；倘或頭一天晚上，孤燈夜雨，或者明月窺人，忽有淒清之感，以致輾轉反側，不能成眠，第二天一早就要發『被頭風』，不知該誰遭殃？所以太監、宮女一看她起床不愛說話，便都提心弔膽；連安德海也不例外。

然而這是他錯會了意思，這時慈禧太后不但不會發脾氣，而且很體恤他，『小安子！』她給了他一個小小的恩典：『我給你半天假；侍候了早膳，你回家看看去吧！』

安德海頗感意外。太監的疑心病都重，雖叩了頭謝恩，卻還不敢高興；直待看清了她的臉色，確知是個恩典，別無他意，才算放了心。

於是等侍候過早膳，便到內務府來找德祿。一見面便看出德祿的神色不妙；兩人目視會意，相偕走到僻靜之處，安德海站住腳問道：『怎麼樣，「那玩意」送來了沒有？』

『唉！』德祿頓足嘆氣，『真正想不到的事！』

『怎麼？』安德海把雙眼睛緊盯在他臉上，先要弄清楚他是不是要搗鬼？

『姓趙的那小子變了卦了，真可惡！』德祿哭喪著臉說：『也不知道他哪兒打聽到的消息；六王爺昨兒跟你發那一頓脾氣，趙四已經知道了。他說：事兒還不知道怎麼樣呢？要看一看再說。』

一聽這話，安德海勃然變色；但隨即想起恭王聲色俱厲的神態，頓時氣餒，好半天說不出話來。

『我也有點怕！』德祿又說：『這些王爺，哪一個惹得起啊？安二爺，運氣不好，咱們大家都小心點兒吧！真的鬧出事來，吃不了兜著走；那時候再來後悔，可就晚了。』

『哼！』安德海唯有付之冷笑，『好吧，「看一看再說」！擺著他的，擱著我的，倒要看一看，到底誰行誰不行？』

聽這口風，怕要逼出事故來，德祿心裡有些發慌；趙四是他的好朋友，雖在這件事上變了卦，可是留得青山在，不怕沒柴燒，得要盡力維護他。而且鬧出事來，自己一定會牽涉在裡頭，更是非同小可！所以他低聲下氣地相勸：『安二爺！大人不記小人過，你賞我一個薄面，千萬高抬貴手；趙四這小子，不夠朋友，等我來想辦法，總得要從他身上榨些甚麼出來。安二爺，你身分貴重，犯不上跟他較勁。』

『誰跟他較勁啊！』安德海脫口答說：『我在說別人，跟趙四甚麼相干？』

這兩句話讓德祿又驚又喜，但也不免困惑；如此寬宏大量，不像安德海平日的性情，所以將信將疑地問道：『安二爺，你不是說的反話吧？』

『甚麼反話？』安德海想了想，終於忍不住說了句：『你等著瞧好了，不怕他是王爺，我也得碰他一碰！』說完，他撇著嘴，管自己走了。

留下德祿一個人在那裡，越發驚疑不定。安德海所指的王爺，自然是指恭王；他有那麼大的膽子，敢跟手操生殺大權的議政王碰？而且他也不相信他有那麼大的力量！跟恭王去碰，不等於雞蛋碰石頭嗎？獨自發了半天楞，越想越不能相信；認定安德海只是一時說說大話，聊以發洩，當不得眞。

因此，在那些極熟的朋友的宴聚之中，他把安德海的『大話』當作笑話來說；然而也有人不認爲是個笑話，尤其是那些對恭王不滿的旗營武官，很注意這個消息，認爲安德海與恭王的身分，雖談不上『碰一碰』，可是他後面有慈禧太后；這位太后與恭王不甚和諧，是大家都知道的，如果有她的支持，安德海亦未嘗不能與恭王『碰』一下。

於是，志在倒恭王的那一班人，便經常在談這件事；想要弄清楚，慈禧太后對恭王究竟持何態度？這一班人中，尤其起勁的是蔡壽祺；他以翰林院編修，新近補上了『日講起居注官』，照例可以專摺言事，想找一個大題目，做篇好文章，既以沽名，亦以修怨；爲勝保報仇，要好好參倒幾個冤家對頭，消一消心中的惡氣。

機會來了！一個月前——正月十三，正是上燈的那天，河北廣平、順德；河南開封、歸德；山東曹州等地，忽然打雷，又下冰雹，這些反常的現象，多少年來被認爲是『天象示儆』，因而朝廷根據御史的奏陳降旨，說是：『總因政事或有缺失，陰陽未和，致滋變異，上天示儆，寅畏實深。惟有加戒怠荒，益加修省；於用人行政，務得其平；其內外大小臣工，亦當交相策勉，共深只懼，以迓祥和而弭災沴。』有了這道諭旨，正好作爲一個直言政事缺失的緣起。

天象示儆，應在燮理陰陽的宰相；軍機大臣是眞宰相，恰好用來攻擊恭王。但是，蔡壽祺畢竟還有顧忌；打虎不成，性命不保，腳步一定要站得穩，可進可退，才不致惹火燒身。盤算了好幾天，決定了一個辦法，先搭上安德海這條線；探明了慈禧太后的意旨再說。

經過輾轉的聯絡，蔡壽祺與安德海搭上了線；但是，他們並沒有會面，僅僅取得一種默契，安德海知道蔡壽祺要參恭王，而蔡壽祺知道安德海會替他從中調護而已。

奏摺是二月廿四送上去的。安德海事先已得到消息，特別加了幾分小心；當慈禧太后照例在燈下看摺時，他寸步不敢離開。這天西安的摺差到京，陝西巡撫劉蓉奏陳的事項甚多，看那些枯澀無味的戰報，是一大苦事；慈禧太后正昏昏欲睡時，翻開一個摺子，觸眼『請振紀綱，以尊朝廷』這一句，頓覺倦眼一開，喊了聲：『來呀！』

安德海是早就在侍候著的，一面高聲答應；一面指揮宮女打水，絞上一把熱手巾，又換了熱茶。他自己從『五更雞』上的小銀鍋裡，把煨著的燕窩粥，倒在碗裡，親自捧上御案；順便偷望了一眼，慈禧太后看的正是蔡壽祺的那個摺子。

那個洋洋三千言的奏摺，分做兩大部分，前面歷數『紀綱壞』的事實，攻擊雲貴總督勞崇光、四川總督駱秉章、兩江總督曾國藩、陜西巡撫劉蓉、總理衙門通商大臣，前任江蘇巡撫薛煥，以及湘軍的曾國荃、李元度等等，還有許多軍功出身的監司大員，指陳失職之處而以朝廷『不肯罷斥』、『不復追究』、『不加詰責』、『不及審察』、『未正典刑』爲紀綱所以而壞的緣由。然後作了這一部分的結論：

似此名器不貴，是非顚倒，紀綱何由而振？朝廷何由而尊？臣不避嫌怨，不畏誅殛，冒死直言，伏乞皇太后皇上敕下群臣會議，擇其極惡者立予逮問，置之於法；次則罷斥。其受排擠各員，擇其賢而用之，以收遺才之效。抑臣更有請者，嗣後外省督撫及統兵大臣，舉劾司道以下大員，悉下六部九卿會議，眾以爲可，則任而試之；以爲否，則立即罷斥，庶乎紀綱振而朝廷尊也。

看到這裡，慈禧太后用個水晶鎭紙，往蔡壽祺的奏摺上一壓；剛把茶碗端起來，安德海輕捷地踏上兩步，伸手把她的碗蓋揭了起來。

她便順口問道：『你知道有個叫蔡壽祺的翰林嗎？』

『奴才聽說過，是江西人。』

『喔！』她啜了口茶又問：『這個人怎麼樣？』

『挺方正，挺耿直的。』

『你怎麼知道？』

這一問出乎安德海的意外，不過他一向有急智，不慌不忙地答道：『他從前在多大人多隆阿營裡辦過文案。跟旗營裡的武將很熟，奴才是聽那些人說的。』他知道慈禧太后對勝保的印象極壞；所以把蔡壽祺的經歷改了一下，說在多隆阿營裡當過差使。

慈禧太后放下茶碗，點點頭說：『這姓蔡的，說的話倒有點兒見識。不過……』她停了下來，終於輕輕自語，『我要把他這個摺子發了下去，可有人饒不了他。』這當然是指恭王；蔡壽祺的摺子裡，雖未直接提到他的名字，但意思間指責恭王攬權包庇是很明顯的。

看看是時候了，安德海小心翼翼地說了句：『奴才不知道主子說的是誰的摺子？不過，奴才勸主子，還是把摺子發下去的好。』

『這是爲甚麼？』

『奴才怕六爺會來要「留中」的摺子，那就不合適了。』

聽他這一說，慈禧太后勃然生怒，『噢！』她說：『會有這種事？』

於是安德海裝出惶恐的神氣說：『奴才太過於膽小了。六爺——，再怎麼樣，也不敢跟肅順學啊！』

這吞吐其詞的語氣，加上肅順的前車之鑑，慈禧太后不能不疑懼，『六爺怎麼樣呀？』她問。

『奴才不敢說。』

『有甚麼不敢說的？』慈禧太后逼視著他，大聲叱斥，『沒出息的東西。』

安德海作出受了冤屈，不得不申辯的神情，踏上一步，躬著腰說：『奴才挨六爺的罵，不是一次了。奴才不敢跟主子說，是怕主子生氣。主子一定要奴才說，奴才再不能瞞著主子，實實在在，六爺也不是罵奴才。』

『那，那是罵誰？難道罵我？』

『撲通』一聲，安德海直挺挺跪下，『宰了奴才，奴才也不敢這麼說。』他說，『主子請想，六爺是甚麼身分，奴才是甚麼身分？一個天上，一個地下；六爺何苦老找奴才的麻煩？俗語說的是，「打狗看主人面」——奴才知道六爺的心思，寧願受委屈，不肯跟主子說；一說，那就正好如了六爺的願。』

慈禧太后聽了這幾句話，氣得手足都涼了，『原來這樣！』她說：『我哪一點兒虧待了他？他處處跟我作對？』

『主子千萬別生氣。』安德海自怨自艾地打著自己的嘴：『噯，我不該多嘴！既然忍了，就忍到底。怎麼又惹主子生氣，我該死，我該死！』

『你起來！』慈禧太后把自己的怒氣硬壓了下去，很冷靜地問道：『你倒說說，他到底說了我一些甚麼？』

於是安德海斷斷續續地，把恭王申斥他的話，都改動了語氣，架弄在慈禧太后頭上，說恭王指責宮裡糜費；說慈禧太后不顧大局，任用私人；又說兩宮太后當現成的皇太后還不知足，難怪當年肅順會表不滿。

他一面說，她一面冷笑。安德海看看反面文章做得夠了；轉到正面來攻擊恭王，第一件事就提到恭王受賄；他府裡的『門包』有規定的行市，督撫多少，司道多少；好缺分是多少，平常的缺分是多少，記得滾瓜爛熟，就像他曾經手似地。

『這我也聽說了。』慈禧太后說：『是桂良從前給他想的花樣。可是，到底哪些人送了門包……』

『有啊。』安德海接口說道：『薛煥、劉蓉……』他一口氣報了十幾個名字，大部分是蔡壽祺的奏摺上所提到的人。

慈禧太后對恭王的不滿，由來已非一日，但一向倚重他，優容恩禮，中外咸知，一時變不得臉；現在有了蔡壽祺這個摺子，加上安德海的那一番話，觸動久已蓄積在心的芥蒂，決定要好好來料理一番。

『你下去吧！』她說：『你可記著，不管甚麼話，不准胡亂瞎說！』

『奴才不敢。』

安德海退了出來，心裡有著無限的報復的快意；知道事情有希望了！但是他這幾年也長了些閱歷，看得出這件大事，要辦起來也很棘手；雖不比跟當年誅肅順那樣危險，可也千萬大意不得。蔡壽祺那裡最要當心，這交通的形跡一漏了出去，恭王先發制人，要對付一個小小的翰林，不必費多大的勁。那一來功敗垂成，再想找第二個敢出頭的人，也真還不容易。想到這裡，他決定暫時與蔡壽祺停止往來；好在奏摺一『留中』，宮裡是怎麼個意思？對方也可以猜想得到。

從這一刻起，他就像一頭小耗子樣，雙目灼灼地只躲在暗處窺伺。而恭王是做夢也想不到有人要暗算他，依然我行我素，內外大政，該怎麼辦就怎麼辦，在兩宮太后面前，侃侃而談，毫不遜讓。

『陝西巡撫劉蓉，「甄別府、廳、州、縣人員，分別勸懲」一摺，臣擬了獎懲的單子在這裡，請兩位太后過目。』他把一張橫單，呈上御案；一隻手還伸著，只等兩宮太后點一點頭，隨即便要把原單子拿了回來。

因爲有前一天晚上的那一番了解，慈禧太后便不肯如往日那樣『虛應故事』；很自然地把橫單移到面前，看一看，數一數，陝西的地方官，革職的七名，『勒令休致』的三名，降職的四名；另外佐雜官也有兩名被革了職。

垂簾聽政三年半，她看過不少督撫考核屬官的奏摺；一下子處分得這麼多，卻還罕見，不由得便說了句：『太嚴厲了吧？』

『不嚴厲，』恭王接口答道：『何由整飭吏治？』

『辦得嚴，也還要公平才行。』

『公平不公平，也難說得很。』恭王站在御案旁邊，半仰著臉，很隨便地答道：『豈能盡如人意，但求無愧我心！』

這種態度，慈禧太后平常也是見慣的；但這天特別覺得不順眼，便有意要跟他找麻煩了。

『話不是這麼說，也要看辦事的人，肯不肯細心考究。像這個，』她指著單子說，『清澗縣知縣喬晉福，「操守不潔，物議沸騰」，該當革職；這個候補知縣江震，用「氣質乖張，不堪造就」八個字的考語，革了人家的職，就過分了。看樣子，姓江的不過脾氣不大好，不善於逢迎，大概得罪了劉蓉，便給人家按上「氣質乖張」四個字，現在又摘了他的頂戴；你想想，這能叫人心服嗎？』

『跟聖母皇太后回話，』恭王答道：『朝廷倚重督撫；對他們，凡事也不能太認眞——臣的意思，就照劉蓉所請辦理吧！』

這話又不對了！劉蓉只是甄別優劣，並未建議如何處分；怎說『照劉蓉所請辦理』？慈禧太后這樣在想。

如果當面點破他的矛盾，彼此都會下不了台，慈禧太后很理智地克制著自己；轉臉向慈安太后低聲徵詢：『姊姊，妳看呢？』

慈安太后默然在旁邊聽了半天，覺得慈禧的看法，跟她的心意相合，處事不必過分嚴厲，更要公平；但是，她雖對恭王心以爲非，口中卻說不出甚麼峻拒的話來，於是毫無表情地答道：『這一次就照六爺的意思辦吧！』

所有的軍機大臣，都聽出這是慈安太后從未有過的語氣——這是『姑予照准』的寬容，含著『下不爲例』的警告。當然，慈禧太后對『這一次』三字的敏感，更在他人以上。

朝罷傳膳，飯後就該從養心殿各自回宮；慈禧太后知道慈安太后有午睡的習慣，便問了聲：『睏了吧？』

『倒還好。昨兒睡得早，今兒起得也晚；還不睏。』

『既這麼著，咱們就在這兒聊聊吧！』說著，慈禧太后喊了聲：『來！』

把安德海喊了上來，吩咐他回宮去取蔡壽祺那個奏摺；同時命令養心殿內所有的太監和宮女都退出去，不准在廊上窗下逗留。

關防如此嚴密，慈安太后不由得把一顆心懸了起來；猜想著必與那個姓蔡的奏摺有關。倒是甚麼機密大事，值得如此鄭重？

『姊姊！』慈禧太后憂形於色地，『昨晚上我一夜不曾好睡。我沒有想到，老六是那麼一個人！』

原來事關恭王，慈安太后心裡便是一跳，急忙問道：『怎麼啦？』

『咱們倆，全讓他給蒙在鼓裡了。只以爲他年輕，愛耍驃勁兒；人是能幹的，又好面子，總不至於做那些貪贓枉法，叫人看不起的事。嗨！咱們全想錯了。』

這確是想不到的事！在慈安太后的印象中，恭王爲人可批評之處，不過禮數脫略，說話隨便，那無非年紀輕，閱歷還不夠之故；品德是斷斷不會受人褒貶的。因此，對於慈禧的話，她欲信不能，不信不可，只皺著眉發楞。

『就拿今天來說吧，』慈禧太后的聲音越發低沉，別有一種懾服人的力量，『那句「照劉蓉所請辦理」，就是他把話說漏了；劉蓉想怎麼辦，誰革職，誰降調，早就私底下寫了信給他了。咱們今天看的那個單子，說穿了，就是劉蓉擬上來的。』

『啊！』慈安太后覺得她看得很深，『可是，老六這麼幫劉蓉；是，是因爲受了劉蓉的好處嗎？』

『那還用說麼？回頭妳看一看蔡壽祺的那個摺子就知道了。』

等安德海把那個奏摺取到，慈禧太后先命他迴避；然後半唸半講解地，讓慈安太后完全都明白了。她平常也聽見過一些關於恭王的閒言閒語，都不放在心上；而此時搜索記憶，相互印證，似乎那些閒言閒語也不是完全造謠。

『這個摺子雖沒有指出老六，可是一看就知道。蔡壽祺人挺耿直的，咱們得迴護他一點兒。姊姊，妳說是嗎？』

『這當然。』慈安太后躊躇著說：『還得要想辦法勸一勸老六才好。』

『誰能勸他，他能聽誰啊？』慈禧太后停了一下又說：『話說輕了，不管用；說重了，誰有這個資格說他？』

『這倒是眞的。』慈安太后深深點頭；提到故世的惠親王綿愉：『有老五太爺在就好了！不管怎麼樣，就那一位胞叔，話說得重一點兒，也不要緊。』

『能說他的，現在就只有兩個人了。』

『誰啊？』

『自然是姊姊妳跟我。』

『我可不成！』慈安太后苦笑道：『我放不下臉來，而且我的嘴也笨，心裡有點兒意思，就是說不出來。』

慈禧太后微微頷首，表示諒解她的困難；接著躊躇地沉吟著，故意要讓慈安太后發現她有話想說而來問她。

『妹妹！』慈安太后猜到了她所躊躇的是甚麼，『妳倒不妨找個機會勸一勸他。』

『這也不光是勸……』

『還有甚麼？』

『是保全他。』慈禧太后慢條斯理地，顯得異常沉著，『我常看各朝的「實錄」，像雍正爺跟年羹堯，跟舅舅隆科多，先是那麼好，到頭來弄得悽悽慘慘下場，照我說，這是雍正爺的錯。』

宮裡關於雍正的傳說最多；年妃與他哥哥年羹堯的故事也不少，但都是批評年羹堯跋扈，沒有說雍正不對的。所以此時慈安太后對她的話，很明顯地表示出聞所未聞的困惑。

『這都是雍正爺縱容得他那個樣子！』慈禧太后說：『倘或剛見他得意忘形，就好好兒教訓他一下子，年羹堯當然就會收著一點兒，那不是就不會鬧到那樣子不能收場了嗎？』

一連用了三個『就』字，就這樣，就那樣，把慈安太后說得心悅誠服：『一點兒不錯，一點兒不錯！』

『老六到底年紀還輕。』她又換了一副藹然長者的聲音，『現在掌這麼大權，眞正是少年得志！讓他受點兒磨練，反倒對他有好處。』

『嗯！』慈安太后口中應聲，心裡在測度她這兩句話的意思。

『我倒是爲老六好，想說一說他；不過，這件事，咱們倆總得在一起才辦得成。』

『那當然。』

有了這句話，她放心了。事情也不用急，看機會慢慢來；唯一的宗旨是，不辦則已，辦就要辦得乾淨俐落。當然，這只是她心裡的意思，對慈安太后，對任何人都是聲色不動。

然而這不動聲色，在蔡壽祺看，是個絕好的徵象。頭一個摺子是試探，如果兩宮太后交了下來，或者恭王得到消息，有所表示，他便需另作考慮；此刻留中不發，而且別無動靜，一切都如預期，那便要上第二個摺子了。

一個人抽毫構思，有了全篇大意，便先把案由寫了下來：『爲時政偏私，天象示異，人心惶惑，物議沸騰，請旨飭議政王實力奉公，虛衷省過。』筆鋒針對著恭王便掃了過去。

蔡壽祺使了個借刀殺人的手法。上月間原有一個名叫丁浩的御史，也是爲『天象示儆』上了一道『請恐懼修省』的奏摺，內中有請告誡臣工『勿貪墨、勿驕盈、勿攬權、勿徇私』的話，他借題發揮，說這是爲議政王而言，接下來便大做文章：

夫用捨者朝廷之大權，總宜名實相符，勿令是非顚倒，近來竟有貪庸誤事，因挾重貲而內膺重任者；有聚斂殃民，因善夤緣而外任封疆者。至各省監司出缺，往往用軍營驟進之人，而夙昔諳練軍務，通達吏治之員，反皆棄置不用，臣民疑慮，則以爲議政王之貪墨。

『內膺重任』和『外膺封疆』，是指通商大臣薛煥和陝西巡撫劉蓉；薛煥『挾重貲』而對朝中大老有所孝敬，盡人皆知；中傷劉蓉的話，則是蔡壽祺挾嫌報復，但薰蕕同器，相提並論，好的也成了壞的，這是蔡壽祺的『得意手筆』。他略略沉吟，又往下寫：

自金陵克復後，票擬諭旨，多有『大功告成』字樣，現在各省逆氛尚熾，軍務何嘗告竣？而以一省城之肅清，附近疆臣，咸膺懋賞；戶兵諸部，胥被褒榮，居功不疑，群相粉飾，臣民猜疑，則以為議政王之驕盈。

這一段話是『欲加之罪』，但算是為妒羨曾氏兄弟、李鴻章、左宗棠和官文等人封侯封伯的旗營武將，發了一頓牢騷。以下『攬權』、『徇私』，照恭王的勇於任事和略嫌任性的性格來說，自然不乏事例，可為攻擊的材料。所以這兩款『罪狀』，寫起來不費多大的事。

費事的是既要參劾恭王，又要迎合太后；他寫了好幾遍總覺得辭意隱晦，怕慈禧太后看不懂，於是放開筆鋒，率直寫道：

臣愚以為議政王若於此時引為己過，歸政朝廷，退居藩邸，請別擇懿親議政，多任老成，參贊密勿，方可保全名位，永荷天眷。即以為聖主沖齡，軍務未竣，不敢自耽安逸，則當虛己省過，實力奉公，於外間物議數端，有則改之，無則加勉。

後面這段話是陪襯，主旨是在『歸政朝廷』四字；蔡壽祺心裡在想，這句話必蒙慈禧太后激賞，只是『別擇懿親議政』，還要說得清楚些，但也應該有一番小小的曲折，不妨拿第一次所上的摺子來做個題目：

至臣前日封奏，如蒙皇太后皇上俯賜採納，則請飭下醇郡王、大學士、六部九卿，秉公會議，擇要施行。

件。

連改帶抄，費了一夜功夫，第二天把摺子遞了進去。軍機處已經從內奏事處得到消息，蔡壽祺頭一個摺子上去，留中不發；十天以後又上第二個摺子，倒是甚麼花樣？需得留點兒心。

因此下一天一大早，軍機章京接了摺回來；打開摺匣首先就找蔡壽祺的摺子；而偏偏就少他這一件。

『這事兒好怪啊！』寶鋆接得報告後，悄悄地跟文祥研究，『得要打聽一下子才好。』

文祥還來不及回答，一名蘇拉掀簾進來稟報，說『恭王有請』；兩人到了那裡，恭王跟他們商議江寧的善後事宜——陵西道監察御史朱鎮有個奏摺，說『金陵克復已久，善後事宜，亟應認眞辦理』，指陳『遣散兵勇，清還田宅，撫恤難民，招徠商賈』四事，請旨飭下兩江總督曾國藩切實籌辦。恭王認爲這是件大事，但所需經費，相當可觀；要先替曾國藩設身處地想一想，能不能籌措，有沒有困難？

這一談，話題扯得極廣。突然間聽得自鳴鐘打了九下，恭王不覺詫異：『怎麼，到這時候還不「叫起」？派人去看一看，怎麼回事？』

平常總在八點鐘『叫起』，這天晚了一個鐘頭，難怪恭王不解。他不知道，這正因爲兩宮太后在談他的事，尙未得到結論的緣故。

蔡壽祺的第二個摺子，連慈安太后都覺得有些驚心動魄！她認爲這個御史的膽子太大了，居然敢提出讓恭王『退居藩邸』的建議！那麼『別擇懿親議政』，是找誰來接替恭王呢？

聽慈禧太后唸到末尾，她有些明白了。毫不思索地問道：『是讓老七來當議政王？』

『他哪兒成！』慈禧太后使勁搖著頭，『得另外找人。』

『另外找人？』慈安太后越發驚詫，『妳是說不教老六管事？』

聽這口風，慈禧太后未免失望，一時無話可答，便反問一句：『那麼妳看呢？這個摺子總不能不辦呀？』

『我看小小給老六一點兒處分吧。』

『這還不如說他幾句。』

『對！』慈安太后趕緊接口，『就說他幾句好了。』

慈禧深悔失言，力圖挽救，因而又問：『說他，他不聽呢？』

『那就照妳的意思辦。』

這一次是慈安太后失言；『好！』慈禧太后欣然同意：『咱們就這麼商量定規了。』

於是『姊妹』倆又細細地研究蔡壽祺的摺子，以及兩人如何此唱彼和，勸恭王總要謹慎小心。等一切妥帖，方傳旨『叫起』。

行過了禮，照例由恭王陳奏；等他站在御案旁邊，把應該請旨事項，一一回奏明白，有了結果，該要退下去『跪安』的時候，慈禧太后從御案抽斗裡取出一個白摺子，揚了揚說：『有人參你！』

聽到這樣的宣諭，臣下便當表示惶恐，伏地請罪；那時兩宮太后便好把預先想好的一頓教訓，拿了出來。但是恭王沒有這樣做，勃然變色，大聲問道：『誰啊？』

他變色，兩宮太后對於他的無禮，也變色了！『你別管誰參你。光說參你的條款好了。』慈禧太后一面想，一面說：『貪墨、驕盈、攬權、徇情。』

『喔！是丁浩。』

慈安太后答了三個字：『不是他！』

『那麼是誰呢？』

恭王堅持著要知道參劾他的是誰，那一刻已失卻君臣的禮貌，廟堂的儀制，只像尋常百姓家叔嫂嘔氣；也就因爲有此鬧家務的模樣，侍立的軍機大臣們都急在心裡，卻不能也不敢上前貿然勸解。

由於恭王的咄咄逼人，慈禧太后只好說了：『蔡壽祺！』

『蔡壽祺！』恭王失聲抗言：『他不是好人。』

『哼！』慈禧太后微微冷笑，頗有不屑其言的樣子。

這一下惹起了恭王的無名火，把臉都脹紅了，『這個人在四川招搖撞騙，他還有案未消。』他聲色俱厲地說，『應該拿問。』

兩宮太后把臉都氣白了。慈安太后嘴唇翕動著，想要說甚麼；慈禧太后捏住了她的手，示意不必作聲——她天生有此秉性，越遇到這種時候，越有決斷；就這剎那間，她已定下處置的辦法，所以阻止慈安太后與恭王作徒勞無益，有傷體制的爭辯。

『你們退下去吧！』

慈禧太后作了這樣的宣示，不等他們跪安；隨即向慈安太后看了一眼，迅即起身離座，頭也不回地從側門出去，繞過後廊，回到聽政前後休息用的西暖閣。接著慈安太后也到了，在炕上坐了下來，一陣陣喘氣，並且不斷地用手絹擦著眼睛。

裡裡外外，鴉雀無聲，但太監、宮女，還有門外的侍衛，卻無不全神貫注在西暖閣。終於慈禧太后打破了可怕的沉寂，『我說的話不錯吧！』她看著慈安太后問。

『唉!』慈安太后拭著淚,不斷搖頭嘆息,『叫人受不了!哪興這個樣子!』

『那……,』慈禧太后以極嚴肅的神情,輕聲說了句:『我可要照我的辦法辦了!』她略略提高了聲音問:『小安子呢?』

『奴才侍候著吶!』安德海在窗外應聲;然後人影閃過,門簾掀開,他進屋來朝上一跪。

『外面有誰在?』

這是問領侍衛內大臣、御前大臣,以及『內廷行走』的王公;安德海答道:『八爺、九爺、六額駙都在。』那是指的鍾郡王奕詥,孚郡王奕譓和景壽。

慈禧太后略略沉吟了一下吩咐:『傳旨:召見大學士周祖培、瑞常;上書房的師傅。再看看朝房裡,六部的堂官有誰在?一起召見,快去!』

安德海答應著,退出西暖閣,飛快地去傳旨。他知道這是片刻耽延不得的事;而最要緊的是得把兩位老中堂找到,所以向景壽自告奮勇到內閣去傳旨。

一聽太后召見,誰也不敢怠慢,周、瑞兩人都奉賜了『紫禁城騎馬』的,立刻傳轎,抬到隆宗門前。這時上書房的總師傅,吏部尚書朱鳳標;上書房師傅,內閣學士桑春榮、殷兆鏞;以及本定了召見,在朝房待命的戶部侍郎吳廷棟、刑部侍郎王發桂都到了。

兩宮太后升座,首先指名喊道:『周祖培!』

『臣在!』周祖培出班單獨跪下。

『起來吧,站著說話。』

周祖培站起身來,一眼瞥見兩宮太后淚光瑩然,越發驚疑。本來當安德海來傳旨時,他就覺得事有蹊蹺；此刻軍機大臣一個不見，而兩宮太后似乎有無限委屈，這必是發生了甚麼糾紛？倘或猜想不錯，這場糾紛絕不會小；自己身居相位，站在一個調人的位置上，舉足重輕，疏忽不得。

他正這樣在自我警惕，慈禧太后卻已開口了，『恭王的驕狂自大，你們平日總也看見了。』她用異常憤懣的聲音說：『現在越來越不成樣子，誰也受不了他！』接著，把蔡壽祺參劾恭王，而恭王要拿問蔡壽祺的經過，扼要講了一遍，『你們大家說，這還有人臣之禮嗎？從前肅順跋扈，可也不敢這麼放肆。恭王該得何罪？你們說罷！』

沒有一個敢說話，偷眼相覷，莫非驚惶。當然，最窘迫的是周祖培；照職位來說，別人可以不開口，他非發言不可。但是，他實在不敢也不肯得罪恭王，卻又不知拿甚麼話來搪塞兩宮太后？所以三月初的天氣，急得汗流浹背，侷促不安；甚至失悔這一天根本就不該到內閣來的。

『你們說呀！』慈禧太后提高了聲音；用極有擔當決斷的聲音鼓勵大家：『你們都是先帝提拔的人，不用怕恭王；恭王貪墨、驕盈、攬權、徇私，他的罪不輕，該怎麼辦，你們快說！』

這一催，大家不約而同地把目光投注在周祖培臉上；這等於催促他回答，周祖培無可奈何，只得站出來代表群臣奏對。

『兩位皇太后明見，這只有兩位皇太后乾綱獨斷，臣等不敢有所主張。』

『那要你們幹甚麼用呢？』慈禧太后立即申斥，同時提出警告：『將來皇帝成年，追究這件事，你們想想，你們現在這個樣不負責任，怎麼交代？』

這話說得很重，周祖培知道一定無法置身事外了。但是就在此刻要定恭王的罪，是件無論如何辦不到的事，所以鼓起勇氣，提高了聲音答道：『蔡壽祺參劾議政王的那幾款，得要有實據。』

慈禧太后不曾想到他有這樣一句話，一時無言可答。周祖培一看如此，自己的話說對了；以下就比較好辦，趕緊又把想好的話說了出來。

『臣的意思，請兩位皇太后給個期限；臣等退下去以後，詳細查明了再回奏。』

看樣子，只能得到這樣一個結果，慈禧太后便點一點頭說：『你們下去，立刻就查！明天就得有回音。』

『是！』周祖培心想，這一案關係太大，不能一個人負責，便又說道：『大學士倭仁，老成練達，請兩位皇太后的懿旨，可否讓倭仁主持其事？』

『好！』慈禧太后對這個建議，倒是欣然嘉納，『你們傳旨給倭仁，讓他用心辦理。』

跪安退出，個個額上見汗；等周祖培回到內閣，已有許多王公大臣在等著探聽消息，另外各衙門也都有人在窗外庭前窺視，因爲已經傳出去一個消息，說恭王將獲嚴譴，有大政潮要出現了！

這個大政潮一旦出現，必定波瀾壯闊，有許多直接、間接受恭王援引的人，將被淹沒在裡面；得失榮辱所關，所以都像熱鍋上的螞蟻似的，在平日清冷的內閣周圍打轉，遇到熟人，彼此相詢，卻都茫然無從猜測。只知道兩宮太后震怒異常，並且有蔡翰林的兩個摺子交下來；摺子裡說的甚麼？周中堂面承的懿旨如何？各衙門，包括軍機處在內，無不關切。

除了恭王已經回府，其餘的軍機大臣都還留在直廬。情勢非常尷尬——兩宮太后把大政所出的軍機處擱在一邊，特旨召見大學士，就好像替軍機大臣們抹了一臉的泥，見不得人了！而他們心裡的感覺，個個都像待罪之身，所以不便出面去打聽；照李棠階的意思，不妨各回私第，靜候上諭。但文祥、寶鋆和曹毓瑛，都不贊成；他們認爲那不是應付可能的劇變所應有的態度，而且他們相信，很快地便會得到消息。

就像辛酉政變以及拿問勝保那樣，周祖培又成了大家矚目的人物，一回內閣就爲王公大臣所包圍；爲了沖淡局勢，他不能不按捺焦灼的心情，以比較從容的態度來敷衍一番。他說兩宮太后對恭王不滿，到底這不滿從何而起？他也不明白。想來恭王誼屬懿親，縱有過失，一定能邀寬免的恩典。這些話，一方面是爲恭王開脫；一方面暗示出絕不會鬧得像誅肅順那樣嚴重。

敷衍了一陣，周祖培吩咐傳轎，去拜訪大學士倭仁；一到那裡看見吳廷棟在座，便說：『這省了我的事；想來艮翁已知其詳？』

『是的。』他慢吞吞地指著吳廷棟說，『我聽說了。』

『此事面奉懿旨，由艮翁主持。應該如何處置，請見教。』

『那也無非遵旨辦理而已。』

倭仁說得輕鬆，周祖培卻大吃一驚；照他這話，竟是眞要治恭王的罪！實不知他居心何在？『艮翁！』周祖培的臉色突顯沉重，『凡事總需憑實據說話；蔡壽祺的語氣甚爲曖昧，此人的素行，亦不見得可信。我看，當從追供著手。』

『這一步是一定要做的。不過，我看蔡壽祺如無實據，也不敢妄參親貴。』

『艮翁見得是！』周祖培不願跟他在此時爭執，站起身來說：『明日一早，我在內閣候駕。』

辭別出門，原想回府休息一會再說；現在看到倭仁的態度可慮，需要早作準備，所以臨時改了主意，去看恭王。

恭王府依舊其門如市，有的來慰問，有的借慰問來探聽消息；王府門上，一概擋駕。但周祖培自然不同，等跟班剛一投帖，便有王府的官員趕到轎前，低聲稟報，說恭王在大翔鳳胡同鑑園，曾經留下話：『如果周中堂來了，勞駕請到那裡見面。』

於是周祖培又折往鑑園；轎子一直抬到二堂滴水簷前，掀開轎簾，只見恭王穿一件外國呢子的夾袍，瀟瀟灑灑地站在台階上。

周祖培趕緊疾趨數步，走上台階，照宰輔見親王的禮節，垂手請安；等他剛要蹲下身子，恭王一把將他扶住，『芝老，不敢當！』他又轉身吩咐聽差：『侍候周中堂換便衣。』

等周府的跟班，從轎子裡取來衣包，服侍主人換好衣服，恭王親自引領，肅客到後園一座精舍去密談。恭王內心的感覺，十分複雜；三分驚懼，三分焦灼，三分憤懣，還有一分傷心，但表面上顯得很不在乎，靜靜地聽著周祖培細談召見經過。

『多承關愛！』到客人的話告一段落時，他拱拱手說：『還要仰仗鼎力。』

『凡事不能破臉，破了臉就麻煩了！』周祖培皺著眉說，『既奉懿旨，這君臣之分上，總要有個交代。這點點苦衷，要請王爺體諒。』

恭王聽他這口氣，倒有些擔心，想了想，不亢不卑地答道：『果然我罪有應得，自然甘受不辭。』

『倒不是應得不應得。』周祖培停了一下，表示了他的態度：『我總盡力維持王爺。』

『承情之至。』恭王站起身來，又抱拳作揖。

周祖培還了禮，剛要說甚麼；只見垂花門口，翎頂輝煌，全班軍機大臣由文祥帶頭，一起都到了，便跟著主人一起走到廊上來等候。

彼此見了禮，有極短的片刻沉默，寶鋆第一個開口：『會出這麼個大亂子，真沒有想到。好在有中堂主持，總算可以放心。』

『佩蘅！』周祖培立即問道：『你聽誰說的，是我主持？不是我，是倭艮翁。』

『不管誰主持，反正中堂的話，一言九鼎。』

周祖培搖搖頭，不以他的話爲然，卻又未曾作進一步的解釋。就這時候，四名妙年丫頭，端著福建漆的大托盤，嬝嬝娜娜地走了進來；盤中是有紅有綠、有黃有白的四瓶洋酒，水晶高腳杯，還有銀碟子裝的八樣乾果酒菜，兩大盤點心，都置放在中間的大理石紅木圓檯上，鋪陳了杯筷；一名二十歲模樣，長得極腴豔的丫頭，走到下方，笑吟吟地招呼：『各位大人，請用點心。』

『來吧，來吧！』恭王首先走了過去，一隻手抓了個包子，一隻手便去倒酒。

於是有的坐了過去，有的說不餓；周祖培居中上坐，等纖纖素手，捧過一盞紫紅色的酒來，他忽發感慨：『咳！「葡萄美酒夜光杯」，就是這些洋玩意，害了王爺！』

話裡的意思很深，但在座的人都明白，恭王的起居飲食，帶些洋派，久爲衛道之士所不滿。不過感慨發於此時，必有所謂；文祥趕緊向喜歡多嘴的寶鋆遞了個眼色，示意他不要打岔，聽周祖培再說下去。

『明天一早，傳蔡壽祺到內閣追供，不知道他有甚麼實據拿出來？文園！』他看著李棠階說：『你跟艮翁是一起講學的朋友，勸勸他，不必推波助瀾！』

原來如此！大家都恍然了，守舊派的領袖倭仁，是站在兩宮太后那一面的。

周祖培的話不多，但都交代在『節骨眼』上，恭王頗爲承情——這就夠了，他不必也不宜再作逗留，起身告辭。

送客到垂花門，恭王還要送；周祖培再三辭謝，主人也就『恭敬不如從命』了。但同爲客人的文、李、寶、曹四樞臣，爲了禮貌，也爲了代表主人，一直把周中堂送到二門，看他上了轎。這時曹毓瑛便對李棠階說：『文翁，我看事不宜遲；倭中堂那裡要早去招呼。』

『對了！』寶鋆接口附和，『我看，文翁這會兒就勞駕一趟吧！』

『也好。』李棠階很乾脆地答應，『我不跟主人面辭了。回頭我再送信來。』

這是曹毓瑛的『調虎離山』。李棠階爲人比較耿直；雖同爲軍機大臣，在恭王面前卻有親疏之別，把他調開了，他們才可以跟主人無話不談。

『咳！』恭王到這時才顯出本來面目：『我沒有想到栽這麼大一個跟斗！』

大家都想安慰他幾句，但在這樣尷尬意外的情勢和同船合命的關係之下，竟找不出一句合適的話可說。

『談正經吧！』文祥從靴頁子裡掏出一張紙——內閣抄來的，蔡壽祺原奏的『摺底』，遞了給恭王：『你先看這個。』

恭王一面看，一面冷笑，看完了問：『她能把我怎麼樣呢？革了我的爵？』

『革爵是不會。』寶鋆答道，『也許有意思讓七爺來幹吧！』

『那是蔡壽祺的意思。上頭不會不知道，七爺挑不動這副擔子。』

『我倒有這麼個看法。』曹毓瑛瞿然而起，『不妨讓外面有這麼個說法：上頭有意思讓七爺來幹。誰都知道七福晉是甚麼人。這一下，逼得七爺爲避嫌疑，不能不說話。』

恭王和文祥都還不曾開口，寶鋆一伸大拇指讚道：『高！』接著又自告奮勇：『我到萬藕舲那裡去一趟；讓他把姓蔡的那小子壓一壓。』

這倒是釜底抽薪之計，而且寶鋆去辦這件事也是很適當的人選；他與兵部尙書萬青藜是同年，而萬青藜與蔡壽祺是小同鄉。

就這樣，很順利地有了對策，疏通倭仁，安撫蔡壽祺，先把明天內閣會議這一關過去；然後鼓動醇王出來爲他胞兄講話，這樣雙管齊下，足可以對付得了慈禧太后。

但是，他們沒有想到慈禧太后還有更厲害的手法；她正在親自寫旨，師當年在熱河，預擬密旨，回鑾到京，召集大臣，不經由軍機而得拿問『三兇』的故智，準備第二天交內閣明發，宣達意旨，處置恭王。

這是她爲了補救第一步走錯了的有力措施。那第一步的錯誤，是她沒有把周祖培估計得正確。辛酉政變，查辦勝保，周祖培都是奉旨唯謹，格外巴結；所以她預計對於奉旨治恭王的罪，他一定也會同樣地起勁。等一召見，看到他的態度，才知道周祖培不是奉旨唯謹而是恭王的同黨。

附帶而起的另一著棋，也沒有完全走對。她把上書房總師傅、吏部尙書朱鳳標他們找來，原有民間富家的孤兒寡婦受族人欺侮，請西席出來保護講理的用意在內；但爲了怕剛有些懂人事的小皇帝驚惶不安，所以不願召見弘德殿的師傅；其實倭仁才是一個好幫手，第一，一向『忠君愛國』；第二，他是舊派，與恭王不協。如果召見當時，有他侃侃而談，說出一片大道理來，立刻就可下旨，先把恭王攆出軍機，然後議罪，這個下馬威就厲害了。

現在時機錯過了。她在想：明日內閣追供查問，到覆奏時有周祖培從中搗鬼，倭仁一定搞不過他們。等他們把輕描淡寫的一道奏摺送了上來，再想辦法來扭轉局面就很吃力了！

想起一句俗語：『先下手爲強！』慈禧太后就作好一道皇帝出面的『手詔』等著——這是她生平第一次『做文章』，上諭的款式、語氣、用詞，她都熟悉；但嘴裡唸得出來，寫到筆下，卻似乎遇到了一別多年的兒時遊伴那樣，只覺得模樣兒彷彿有些像，就叫不出名字來。

自知別字連篇，也顧不得臣下笑話了。寫完收起，恬然入夢——這是她與任何女人不同的地方，越是遭逢大事，她越能鎭靜。

深宮寂寂，禁漏沉沉，一切都如平日。而王公朱門、大臣府第，卻頗有徹夜燈火的；鑑園就是如此。文祥和曹毓瑛都還在，寶鋆卻告辭了，因爲他奉派了本年正科會試的副主考，第二天要與正主考大學士賈楨一起入闈，聽了文祥的勸，先回家休息。

到得二更時分，外面傳報進來：『五爺來了！』隨即看見惇王甩著袖子，大步而來；宮燈映著他的臉，顯得特別紅，看樣子是有幾分酒意了。

恭王和在座的人一起都站了起來，還來不及迎出去；那位向來以儀節疏略，語言粗率出了名的『五爺』，撩起衣幅，一腳跨進門，一手便指著恭王大聲說道：『老六，你怎麼把老好人的「東邊」也給得罪了！』

這問得太突兀，恭王一時無以爲答；不過這時候也還不是他們兄弟倆密談的時候，因爲文祥和曹毓瑛都趕著來向他請安寒暄。

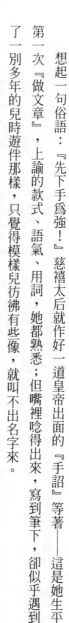

惇王也不坐，就站在那裡大發議論，意思中表示這是『鬧家務』，慈禧太后不該召見內閣，應該召見近支王公來商量。又用了句『家醜不可外揚』的成語，不倫不類，使得恭王有些啼笑皆非。

但是文祥和曹毓瑛卻都認爲惇王的所謂『鬧家務』，不失爲一個看法；太后與議政王之間是國家大事，如果能看成嫂子與小叔的爭執，那就是大事化小；小事化無就容易了。

因此，他們兩人都暗地裡向恭王拋眼色，示意他趁此拉攏惇王；恭王自能會意，很沉著地等他滔滔不絕一番議論過後，大口喝茶時，便即表示態度：『麻煩是我自己惹的，我也不必辯白甚麼！反正在外，有軍機，有內閣；在內，有咱們自己弟兄。五哥，你居長，你說吧，我該怎麼辦？』

『這要大家商量著辦。』惇王說：『我的意思得把老七找回來。』

這個主意是不錯的，蔡壽祺的原摺中，既有以醇王代恭王議政的涵意，則醇王就成了關鍵人物，他的態度能夠澄清，有助於恭王地位的穩定。但是，醇王正在盛京──瀋陽主持修理東陵的工程，不是一兩天內趕得回來的；就算能夠趕回來，他的態度如何，也很難說。因此，惇王的這個建議雖好，卻是緩不濟急。

爲了敷衍他，文祥接口問恭王說：『五爺的話該聽，咱們先給七爺送個信吧。』

『對了！馬上派專差給他送信。』惇王說說又語無倫次了，『蔡壽祺這個小子，還眞會拍馬屁！叫我，就把他找了來，先叫侍衛揍他一頓再說。』

恭王和文、曹二人都笑了。一方面是笑惇王；一方面是笑蔡壽祺，弄巧成拙，『飭下醇郡王、大學士、六部九卿秉公會議』這句話，『醇郡王』三字成了絕大的敗筆；不但得罪了惇王，而且將來也會逼得醇王非表示支持恭王不可──當然，這一點還得下功夫去運用。

『目前只有這麼辦，』文祥很扼要地作了一個結論：『等會議覆奏，看上頭是怎麼個意思？再商量下一步。五爺親貴居長，該五爺說話的時候，五爺也不是怕事的人。』

這兩句話恭維得恰到好處，『對了！』惇王拍著巴掌說：『我不怕事！有話我一定要說。欺侮人可不行！』

這當然是指慈禧太后而言。他們弟兄之間，時有齟齬；不想到了緊要關頭，惇王卻有休戚相關的手足之情，這是恭王栽了跟斗以後，最大的安慰。

等惇王一走，文祥和曹毓瑛也要告辭了——他們已經商量停當，恭王不上朝，其餘的軍機大臣依舊入直，一切政務照常推行，要這樣才能沖淡『山雨欲來』的陰沉。所以文、曹二人需要回家略微休息一下，五更時分便需進宮。

進宮一直不曾『叫起』，這也在意料之中。朝中各衙門，這一天的目光都集中在內閣；蔡壽祺出了很大的風頭，當他一到，聚集在內閣周圍的人，無不指指點點，小聲相告：『那就是參恭王的蔡翰林。』他也知道大家矚目的是他，內心不免緊張；尤其糟糕的是他不曾估計到有被召赴內閣『追供』這一個變化，有許多話不能說，有許多話不敢說，恭王不曾扳倒，自己卻先有一關難過，心裡失悔得很。

進到內閣大堂，只見正面長桌上一排坐著好幾位大臣，一眼掃過，見是昨天被召見的七個人以外，另加一位文淵閣大學士倭仁。兩殿兩閣四相，論資序是武英殿大學士賈楨、文華殿大學士官文、體仁閣大學士周祖培、文淵閣大學士倭仁；賈楨入闈，官文在湖北，在座的也還應該是周祖培爲首，但以奉旨由倭仁主持，因而由他首先發言審問。

『蔡壽祺！』倭仁用他那濃重的河南口音，慢條斯理地問道：『你是翰林，下筆措詞的輕重，你知道嗎？』

『回倭中堂的話，既是翰林，不能連這個都不知道。』

『好，那麼我要請教，』倭仁用唸文章的調子，拉長了聲音說：『「有貪庸誤事，因挾重貲而內膺重任者；有聚斂殃民，因善夤緣而外任封疆者」，這兩句話，是指誰呢？』

『是……』蔡壽祺遲疑了。

『你不能自欺！』吳廷棟鼓勵他說：『要講實話，無需顧忌。』

『聽說在「總署」行走的薛大臣，和陝西劉中丞，有此事實。』

『事實如何，請道其詳。』倭仁說。

『無非聽說而已。』

『聽說怎麼樣呢？』

『聽說……薛、劉兩位都是有了孝敬……』

『孝敬誰啊？』倭仁問道：『是議政王嗎？』

『是。』

『這得拿證據出來！』周祖培第一次發言，『是有人證，還是物證？』

『都沒有。』蔡壽祺這下答得很爽快，『我不過風聞言事而已。』

『你不必有何顧忌！』吳廷棟再一次對他鼓勵：『我們面奉兩宮太后懿旨，秉公會議具奏，絕不會難爲你。』

『是如此。確係傳聞，並無實據。』

『那麼是聽誰說的呢？』

『這不必問了。』周祖培反對吳廷棟的態度，『既是風聞，不宜株連。』

『是，不宜株連。』協辦大學士瑞常接口說：『我看讓他遞個親供，就覆奏吧！』倭、周兩閣老都點點頭，會議就算結束了。蔡壽祺借內閣的典籍廳，寫了一紙簡單的『親供』，也算是過了關了。

於是商量覆奏，由刑部侍郎王發桂擬了個稿子，交到倭仁手裡，他朗聲唸道：

> 竊臣等面奉諭旨，交下蔡壽祺奏摺二件，遵於初六日在內閣傳知蔡壽祺，將摺內緊要條件，面加詢問，令其據實逐一答覆，並親具供紙。臣詳閱供內，唯指出薛煥、劉蓉二人，並稱均係風聞。其餘驕盈，及攬權、徇私三條，據稱原摺均已敘明等語。查恭親王身膺重寄，自當恪恭敬慎，潔己奉公，如果平日律己謹敬，何至屢召物議？閱原摺內貪墨、驕盈、攬權、徇私各款，雖不能指出實據，恐未必盡出無因。況貪墨之事，本屬曖昧，非外人所能得見，至驕盈、攬權、徇私，必於召對辦事時，流露端倪，難逃聖明洞鑒。臣等伏思黜陟大權，操之自上，應如何將恭親王裁減事權，以示保全懿親之處，恭候宸斷。

大家細心聽完，商量著點竄了幾個字，發抄具名，遞了上去。第二天兩宮太后召見倭仁、周祖培等人，慈禧太后不提覆奏，先親手頒下一道硃諭。

『裡頭有白字，也有句子不通的地方，你們替我改一改！』

三十剛剛出頭的太后，作了個略帶羞澀的微笑。以她的身分，這樣的笑容，難得看見，所以格外顯得嫵媚；但倭仁茫然不見，他的近視很厲害，而在殿廷之間，照例不准帶眼鏡，所以接過太后的手詔，雙手捧著，差不多接近鼻尖，才看出上面的字跡。

這樣看東西很吃力，他便奏道：『請兩宮皇太后的旨，可否讓周祖培宣讀，咸使共聞？』

『可以！』慈禧太后點點頭。

周祖培從倭仁手裡接過硃諭，因爲聽慈禧太后說，中有別字與辭句不通之處，所以不敢冒失，先爲她檢點一遍。那書法十分拙劣，眞如小兒塗鴉；把『事』寫作『是』；『傲』寫作『敖』；『制』寫作『致』；還有錯得很費解的，『似』寫作『嗣』，『之』寫作『知』，『暗』寫作『諳』。但就是這樣如蒙童日課，掉在路上都不會有人撿起來看一看的一張紙，筆挾風雷，令人悚然。周祖培暗暗心驚之餘，強自鎭靜著，走到御案旁邊。

這天召見的還是七個人，少了個入闈的副主考桑春榮，多了個倭仁；除去周祖培，那六個人分班次跪下聽宣懿旨。

於是周祖培改正了別字，朗聲唸了出來：

諭在廷王大臣等同看：朕奉兩宮皇太后懿旨，本月初五日據蔡壽祺奏：恭親王辦事，徇情、貪墨、驕盈、攬權，多招物議，種種情形等弊。似此重情，何以能辦公事？查辦雖無實據，事出有因，究屬曖昧之事，難以懸揣。恭親王從議政以來，妄自尊大，諸多狂傲，倚仗爵高權重，目無君上；看朕沖齡，諸多挾制，往往暗使離間，不可細問。每日召見，趾高氣揚；言語之間，許多取巧，滿口亂談胡道。似此情形，以後何以能辦國事？若不即早宣示，朕歸政之時，何以能用人行政？似此種種重大情形，姑免深究，方知朕寬大之恩。恭親王著毋庸在軍機處議政，革去一切差使，不准干預公事，方是朕保全之至意：特諭。

等他唸完，個個心裡警惕，女主之威，不可輕視。也就是這一念之間，恭王猶未出軍機，慈禧太后的權威已經建立了。

『你們都聽見了，』她問：『我們姊妹沒有冤枉恭王吧？』

大家都不作聲，只有周祖培轉身說道：『臣謹請添入數字。』

『噢！你說。』

『「恭親王從議政以來」這一句，臣請改爲「恭親王議政之初，尙屬謹愼」。』

慈禧太后還不曾開口，慈安太后表示同意：『這倒是實話。』

既然都如此說，慈禧太后也覺得無所謂，准許照改，又特加囑咐：『馬上由內閣明發，儘快寄到各省，不必經過軍機處。』

『是！』這次是倭仁接口，他從容請旨：『恭親王差使甚多，不可一日廢弛，請派人接辦。』

這一點慈禧太后還未想到，爲了不願顯出她並無準備，隨即答道：『軍機上很忙，你們大家盡心辦理吧！』

這句話一出，有的困惑，有的心跳；困惑的是不知慈禧太后到底是甚麼意思？軍機處除了恭王，輪下來就該文祥領班；那麼這『你們大家』四字是作何解釋？而心跳的也正是爲了這四個字；看樣子恭王以下，全班要出軍機！『你們大家』是指此刻召見的人，指示『盡心辦理』是辦軍機處的大政，這樣，應該很快就有覆命，指派在軍機處『行走』。

覆命倒有，卻不是派那些心跳的人當軍機大臣；慈禧太后想到了辦洋務的總理通商事務衙門，那是個要緊地方，文祥比較靠得住，便特別作了指示，責成他負責。又想起召見、引見帶領押班的王公，吩咐派惇王、醇王、鍾王、孚王四兄弟輪流。

說完退朝。『你們大家』四字，依舊是個懸疑。倭仁、周祖培和瑞常略略商量了一下，邀請大家到內閣商談；把慈禧太后的硃諭，改成『明發』，多了一段話，卻少了一句話。多的那段話就是慈禧太后補充的指示，『你們大家』改成『該大臣等』，含含糊糊不知是指文祥他們四樞臣，還是這一天召見的七大臣？至於少了的一句話是頭一句：『諭在廷王大臣等同看』；因爲硃諭中別字連篇，如果讓王公大臣同看，少不得會傳出去當笑話講。爲了維護天威，以不讓人看爲宜。

等商量停當，周祖培派人把文祥請了來，當面告知其事。文祥大出意外，原以爲內閣會議，蔡壽祺的供詞於恭王有利；覆奏雖未能盡力爲恭王開脫，但至多不過『裁減事權』，撤一兩項無關緊要的差使，顯顯慈禧太后的威風；誰知這個威風顯得這麼足，差一步就要降恭王的爵！

心中有危疑震撼之感，表面卻還平靜；文祥也不多說甚麼，回到軍機處，一面派人爲恭王送信，一面與同僚商議，覺得處境尷尬。但李棠階到底是眞道學，處之坦然，認爲既未奉旨解除樞務，仍當照常供職，所以依舊靜坐待命，午間依舊三鍾黃酒，一碗白飯。飯罷休息到未初時分，照平常一樣，傳轎回府。

文祥和曹毓瑛當然要趕到鑑園，惇王也在。恭王的氣色不很好，相對自然只有苦笑。

『五爺！』曹毓瑛說道：『明天有好幾起引見，該你帶領。』

『我哪能幹這種差使？』惇王把頭一扭，搖著手說：『叫老八去！』

『閒話少說。』惇王忽又回身拉著曹毓瑛便走，『來，來，你替我寫個摺子。』

文、曹二人正就是想的這條路子；交換了一個眼色，曹毓瑛便坐到書桌上，執筆在手等惇王開口。

『不能讓她說叫誰不幹就叫誰不幹！也得大家商量商量。琢如，你就照我這個意思寫。不要緊，話要說得重。』

顯然的，惇王由兔死狐悲之感，起了『同仇敵愾』之心；文祥便勸道：『五爺，你先靜下來！話不是這麼說。』

『該怎麼說？』

『話總要說得婉轉……』

不容文祥畢其詞，惇王便偏著頭，揚著臉，大聲打斷：『她懂嗎？』

這是抬槓，不是辦事，恭王趕緊攔著他說：『五哥，你聽他們兩位先說，有不妥的，再斟酌。』

『好，好！』惇王原來就很佩服文祥，這時便把隻手臨空按一按，『你們商量著辦。寫好了我來看。』

說了這一句，他從腰帶上解下一串小件的漢玉，坐到一邊給恭王去賞鑒談論。文祥和曹毓瑛才得靜下來從長計議。

回天之力，全寄託在這個奏摺上，所以曹毓瑛筆下雖快，卻是握管躊躇，望著文祥說道：『總得大處落墨？』

『那自然，朝廷舉措，一秉至公；進退之際，必得叫人心服。』

『啊，啊！』曹毓瑛一下子有了腹稿，『就用這個做「帽子」；轉到議政以來，未聞有昭著的劣跡；被參各款，又無實據。至於說召見奏對，語氣不檢，到底不是天下臣民共見共聞；如果驟爾罷斥，恐怕引起議論，似於用人行政，大有關係。這麼說，行不行？』

文祥把他的話想了一遍，點點頭說：『就照這意思寫下來再看。』

這樣的稿子，曹毓瑛眞是一揮而就；用他自己的命意，加上惇王的意思，以『臣愚昧之見，請皇太后皇上，恩施格外，飭下王公大臣集議，請旨施行』作結。

惇王粗枝大葉地看了一遍，沒有說甚麼；恭王卻看得很仔細，提議改動一個字：『竊恐傳聞於外』改爲『竊恐傳聞中外』。這是暗示慈禧太后，在京城裡的各國使節也在關心這一次的政潮——事實也確是如此，但總有點挾外人以自重的意味；文祥有些不以爲然，可是沒有說出口來。

這個奏摺遞到慈禧太后手裡，自然掂得出分量。心裡氣憤，但能抑制，她很冷靜地估計自己的力量，決還沒有到達可以獨斷獨行的地步；因此，立刻作了一個決定，接納惇王的建議。

於是她召見文祥、李棠階和曹毓瑛，除了撫慰以外，把惇王的摺子交了下去，吩咐傳諭王公大臣，翰詹科道，明天在內閣會議。此外還有許多非常委婉的話絮絮然，藹藹然，聽來竟似慈安太后的口吻。

這一來，外面的看法就完全不同了。第一，召見三樞臣，把前兩天明發上諭中『該大臣等』這四個字，作了有力的澄清；第二，恭王逐出軍機一節，必定可以挽回。

因此，這天到內閣來赴會的，特別踴躍，而且到得極早。但是會議卻遲遲不能開始，因爲倭、周兩閣老以及『協揆』瑞常不曾到。再一打聽，說是兩宮正在召見；除他們三個人以外，還有朱鳳標、萬青藜、基溥、吳廷棟和王發桂。這是爲甚麼？莫非事情還有變化？大家都這樣在心裡懷疑。

這是因爲慈禧太后前一天又聽了安德海的挑唆，說恭王不但沒有悔過之心，而且多方聯絡王公大臣，決定反抗到底；她雖不全信他的，但自己覺得對文祥所說的那番話，顯得有些怕事，急於想收篷似地。如果這一天內閣會議下來，聯名會奏請求復用恭王，不但太便宜了他，以後怕越發難制；而且大家一定會這麼說：到底是婦道人家，只會撒潑，辦不了正經大事。如果落這樣一個名聲在外面，以後就不用再想獨掌大權了。

爲了這個緣故，慈禧太后決定把事情弄複雜些。召見的名單重新安排，在原先召見過的那一班人裡面，去了一個無足輕重的內閣學士殷兆鏞，另外加了四個人：肅親王華豐、豫親王義道、兵部尚書萬青藜、內務府大臣基溥。召見兩王是爲了增加聲勢，至於萬青藜和基溥在慈禧太后印象中，是謹愼聽話的人——她輕視滿缺的兵部尚書宗室載齡；而載齡是恭親王力保的，這也成了口實之一。

『像載齡這樣的人才，恭王一定要保他當尚書。照我看，載齡不過筆帖式的材料。萬青藜！』她問：『你跟載齡同堂辦事，總知道他的才具吧？』

萬青藜不敢駁回，但也不便附和；而且慈禧太后的批評，多少也是實情，所以只好免冠碰頭，含含糊糊地答道：『太后聖明。』

『再說惇王。』慈禧太后看著肅親王華豐說：『在熱河的那會兒，說恭王要造反的，不是他嗎？現在他又反過來維護恭王。到底是怎麼回事呢？回頭內閣會議，你們要說公道話！』

到了內閣，隨即開會。因爲此會由軍機處傳諭召集，所以由文祥首先述旨：『昨天奉兩宮皇太后面諭：恭親王在召見的時候有過失，因爲蔡壽祺參他，不能不降旨；惇親王現在上摺子，也不能不交議，可見，上頭並無成見，一切總以國事爲重。朝廷用人，一秉大公，從諫如流，亦所不吝；如果你們一定要說，國家非恭王不可，你們跟外廷各衙門去商量，聯名寫個摺子上來，讓恭王再回軍機，我准了你們的好了。天意既回，該如何仰承上指？請大家定個章程——』

話還未完，吳廷棟站起來說：『這話完全不符。』

文祥述旨，已令人不免迷惑；聽得吳廷棟這一駁，越發有石破天驚之感！他怎麼可以如此說？照他的話，豈非文祥矯詔；哪有這麼大膽？真太不可思議了！

而文祥卻比較持重，雖覺吳廷棟的話和語氣，武斷無禮，但仍舊平靜地問：『何以見得？』

『剛才兩宮皇太后召見，面奉懿旨，全無請恭王復回軍機的話。』

『那麼，上頭是怎麼說的呢？』

『說恭王必不可復用。』

『那太離奇了！』李棠階皺著眉說：『不至於出爾反爾吧？』

『此何等大事，敢有妄言？』

『不錯！』倭仁也說，『面奉懿旨，恭王不可復用。』

以倭仁的年高德劭，而且道學家最重視的是『不欺』，自無妄言之理；照此看來，莫非文祥在假傳聖旨？

正當大家越來越迷糊，也越來越著急的那片刻，李棠階說話了：『昨日軍機承旨，面聆綸音，確如文尚書所說。』

『那不是天下第一奇事？』惇王看著倭仁和吳廷棟，大聲說道：『上頭說了今天的話，就不能說昨天的那個話；說了昨天的那個話，就絕不能說今天這個話。艮老，別是你聽錯了吧？』

『王爺！』倭仁板著臉回答：『老夫雖耄，兩耳尚聰。』

『我們三個人也沒有聽錯。』

文祥接著李棠階話，補了一句：『昨天押班的八王爺可以作證。』

『巧了！』吳廷棟說：『今天也是八王爺押班。』

『那好，好，你們不用吵了！找老八來問。』惇王大聲吩咐：『看，鍾王在那兒，快把他找來。』

內閣的蘇拉分頭去覓鍾王，這等待的當兒，大家交頭接耳地小聲談著，雖聽不清說些甚麼，但臉上十九浮現著好奇的神色，好像賭場裡有豪客孤注一擲，大家都迫切希望要看那一寶開出來的是甚麼？

『寶官』鍾郡王找到了，這兩天他奉旨帶領引見，算是第一次當正式差使，打扮得一身簇新，寶石頂、團龍褂，極長的一支雙眼花翎，在日影中閃著金藍色的光芒，襯著他那張皮色白淨，微帶稚氣的臉，益顯得高貴華麗。等走進內閣大堂，抬頭望一望，立刻放下馬蹄袖，向他五哥惇王請了個安。

『老八！』惇王問道，『昨兒個軍機「叫起」，是你押班？』

『是。』

『今兒呢？』

『也是。』

『好吧！』惇王揮一揮手說：『你們問他。』

於是文祥和吳廷棟，又把所奉的懿旨說了一遍；要鍾王證明，確有其事。

『你們不錯！』他看著吳廷棟這方面說了一句；轉臉看著文祥又說：『你們也不錯。慈禧皇太后昨天和今天，是這麼說的！』

這一下，滿堂驚愕，議論紛紛，好久都靜不下來；大家都在研究同樣的一個疑問：慈禧太后何以自相矛盾？到底她的真意何在？

文祥一看這情形，知道大事壞了。內中的變化曲折，尙未深知，去打聽明白，設法化解，都得要相當時間，此事宜緩不宜急；所以提議到三月十四再議。倭仁和吳廷棟原想早早作一了斷，無奈站在恭王和文祥這面的人多，齊聲附和，只好算了。

事情看來要成僵局，政務也有停頓的模樣；軍機三樞臣苦悶不堪，每日在直廬徘徊，要等一個人來，情勢才有轉機。——這個人就是在盛京的醇王。

不過，軍機三樞臣的苦悶雖一，原因多少不同。文祥了解洋務，深知外國使節對於樞廷動態，都有報告回國；大清朝的那面黃龍旗已經有了裂痕了，全靠政局穩定，有位高望重的恭王在上籠罩一切，合力彌補，才可以不使那條裂痕擴大，如果朝局動盪，足以啓外人的異心。所以文祥不免有隱憂。

李棠階的目光是在各省。蔡壽祺的背後有些甚麼人，那兩個奏摺是怎麼來的？他完全清楚。從咸豐初年的軍機大臣文慶開始，以至於肅順專權，恭王當國，有個一以貫之的方針：泯沒滿漢的界限，而且要重用漢人。不是如此不能有曾國藩，更不能有左宗棠；如今大功初見，私嫌又生，連慈禧太后都說過『恭王植黨』的話，意思是指他外結曾國藩以自重，如今蔡壽祺的摺子中，爲旗將不平，攻擊湘軍，挑撥滿漢之間的感情，如果由恭王波及到最善於持盈保泰的曾國藩，那對大局的影響可就太嚴重了。

至於曹毓瑛，一片心思都在恭王身上；恭王一垮，他也要跟著垮，切身利害所關，格外著急。不過，這些縱橫捭闔的手法，是他懂得最多；倭仁和吳廷棟的性格，也是他最了解，講道學的人一鑽入牛角尖，簡直無藥可醫，所以去疏通這兩個人，不必跟恭王過不去，不但沒有用處，說不定還會討一場沒趣。他盤算了好幾遍，認爲最好的辦法，還是聯絡那些科甲出身的翰、詹、科、道，另外再覓一位夠地位的王公出面，到十四內閣開會那天，以多勝少，把倭仁和吳廷棟『淹』了，是爲上策。

想定了主意，他跟文祥商議，也認爲不錯。於是著手進行。這時候那班軍機章京可就發生了大作用，他們與翁同龢、李文田那些名翰林，都是三四十歲的人，敘起來不是同年，就是世交，平常看花飲酒，總在一起，此時杯酒言歡，一兩句話就拉攏在一起了。

弟爲兄援

到了三月十三，恭王周圍的人，一直在盼望的一個人到了：醇王。他從東陵工程處，星夜急馳，十三一早到京城，進宣武門回太平湖私邸，來不及換衣服就吩咐：『去請軍機上許老爺！』那是指軍機章京許庚身，下人告訴他：『入闈了！』

『那就請曹大人。』

等曹毓瑛一到，醇王大罵蔡壽祺，說他有意搗亂，然後又說：『我馬上要上摺子。』

『是。』曹毓瑛不動聲色地問：『請七爺的示，摺子上怎麼說？』

『這還要怎麼說？不是恭王不會有今天。就憑這一點，兩宮太后也得恩施格外。』

『話總還要委婉一點。』

『那是你的事。你去想。』醇王一陣衝動過後，語氣平靜了，『總也得說一兩句恭王有錯的話。他一點不錯，不就變了兩宮太后大錯而特錯了嗎？』

『七爺見得是。正是這話。』

『我想這麼說：恭王言語失檢是有的。兩宮太后不妨面加申飭，令其改過自新。』這樣說法比惇王飭下廷議又進了一步，而且公私兼顧，立言亦很得體。曹毓瑛心想，多說醇王庸懦，有此爲避嫌疑，仗義執言的舉動；而且知道如何建言才動聽有效，看來這兩年的歷練，竟大有長進了。

於是，他就在醇王府擬了個奏稿，然後問道：『七爺得先跟六爺碰個面兒吧？』他的意思是，奏稿最好先讓恭王過一過目。

『當然。咱們一塊兒走。』

曹毓瑛估量著他們弟兄相見，必有一番不足爲外人道的計議，自己夾在裡面，諸多不便；所以託詞軍機上還有事，先行告辭。但也作了交代，一會兒派人到恭王府去取這個奏稿，連同他回京宮門請安的摺子，一起包辦，不勞費心。

『好，好，那就拜託了。』醇王拱拱手說：『回頭再談吧！』

等曹毓瑛辭去，醇王回上房換衣服；夫婦交談，不提旅途種種，談的是恭王受譴的經過。醇王福晉一點不像她姊姊，對這樣震動朝野的一件大事，模模糊糊地連個概略都說不上來，只說這幾天進過一次宮，慈禧太后說了許多不滿恭王的話，主要的原因是恭王沒有規矩，有一次在御案前面奏事，談得太久，鬧了個失儀的笑話。

『我也不知六爺奏事的時候是甚麼樣兒？』醇王福晉說：『聽說每回都叫「給六爺茶」，那天不知道怎麼，忘了招呼了。六爺說了半天的話，口渴了，端起茶碗就要喝；「東邊」咳嗽了一聲，六爺才看清楚，手裡端的是黃地金龍，御用的蓋碗，趕緊又放下。他也不覺得窘。六爺就是這個樣，凡事大而化之，甚麼也不在乎，到底把上頭給惹翻了。』

『總不能爲這些小事，鬧得不可開交。該有別的緣故吧？』

『那就不知道了。』

看看問不出究竟，醇王也就不再談下去；傳話套車，直奔鑑園。恭王正故作閒豫，在廊上品茗看花；醇王一向敬畏他這位老兄，見了面總有些拘謹，斷斷續續地講了些如何在盛京得到消息，專程趕了回來的經過，接著便把曹毓瑛擬的那個奏稿遞了過去。

他的態度，在這上面已表現無遺；恭王頗爲欣慰，但也不免有濃重的感慨，『唉！』他嘆口氣說：『我眞灰心得很。』

醇王雖深知他那位『大姨子』的厲害，可是不以爲有故意打擊恭王的心，『我在想，』他說：『這檔子事兒，從中一定有人在搗鬼。這個人得把他找出來！』

『我唸一段好文章你聽。』恭王答了這一句，略想一想，朗然唸道：『部院各大臣每日預備召見，而進趨不過片時，對答不過數語，即章疏敷奏，或亦未能罄臆盡陳，寖假而左右近習，挾其私愛私憎，試其小忠小信，要結榮寵，熒惑聖聰，必至朝野之氣中隔，上下之信不孚；或和光以取聲名，或模稜以保富貴，雖深宮聽政自有權衡，意外之虞萬不致此，而其漸不可不防也！』

『這不是指的小安子嗎？』醇王失聲而言，『到此地步，那不就跟明朝末年一個樣了！』

『但願不致如此。』恭王冷笑道，『國亡家敗，都起於自相殘殺。哪一朝不然？』

接著，恭王又提起那些守舊派的有意推波助瀾。醇王這才了然，恭王的被黜出於安德海之類的中傷，和那些自命爲正色立朝的大臣的『爲虎作倀』。安德海是小人，不足深責；倭仁何以如此不明事理？醇王正對洋人的『火器』入迷，自然十分同情他哥哥講洋務的主張，覺得倭仁他們是國家求富強的一塊絆腳石，便頗想像恭王所唸的那一通奏摺那樣，要說幾句有稜角、見風骨的話。

就在這時候，曹毓瑛派了軍機章京方鼎銳來取奏稿，順便帶來了一個消息：以肅親王華豐爲宗人府宗令；派醇王總司弘德殿稽查，凡是皇帝讀書的課程及該殿一切事務，都歸他負責——這是第二次把恭王所兼的差使，分派他人兼辦。至此，恭王就像『閒散宗室』一樣，坐食皇家俸祿，甚麼事都不必管了。

醇王與方鼎銳也極熟，叫一聲：『子穎，你來！』把他拉到一邊，問他有甚麼辦法，給倭仁一點『顏色』看看？

『有件事，別人都還沒有說。七王爺要說了，大家一定佩服七王爺的眼光精細。』能出風頭露臉的事，醇王最高興，即忙問道：『哪一件事？你快說！』

『太后的硃諭，已經另外發抄了，頭一句是「內廷王大臣同看」，可是誰也沒有看見硃諭；承旨的大臣，豈可如此辦事？』

『著啊！』醇王一拍大腿說：『這不是有意違旨嗎？我參他。你馬上給弄個稿子。』說著親自打開銀墨盒，拔枝『大卷筆』送在方鼎銳手裡。

方鼎銳情不可卻，略想一想，提筆便寫：

竊臣恭讀邸抄，本月初七日奉上諭：『內廷王大臣同看，朕奉兩宮皇太后懿旨』等因，欽此；彼時臣因在差次，未能跪聆硃諭。自回京後，訪知內廷諸臣，竟無得瞻宸翰者，臣曷深駭異之至！伏思既奉旨命王大臣同看，大學士倭仁等，自應恪遵聖諭，傳集諸臣或於內閣，或於乾清門恭讀硃諭，明白宣示，然後頒行天下。何以僅交內閣發抄？顯係故違諭旨，若謂倭仁等一時未能詳審，豈有宰輔卿貳，皆不諳國體之理？即使實係疏忽，亦非尋常疏忽可比。茲當皇太后垂簾聽政，皇上沖齡之際，若大臣等皆如此任性妄為，臣竊恐將來親政之時，難於整理，謹不避嫌疑，據實糾參。

這是一筆把與倭仁同被召見的大臣，都參在裡面。但方鼎銳寫是寫了，建議等明日內閣會議以後再決定用不用？如果倭仁的態度改變，不為已甚，這個摺子也就算了。

醇王同意了他的辦法，因此這一天僅僅上了救恭王的摺子；慈禧太后要跟慈安太后商量這件事，有恭王的女兒大格格在身邊，說話不便，便借故把她遣了開去。

『唉！』慈安太后微喟著，『這孩子懂事，知道她「阿瑪」惹了麻煩。這兩天，她那雙眼睛裡的神氣，叫人看著心疼。』

『我倒看不出來。』慈禧太后很平靜地說：『妳的話不錯，這孩子最懂事，甚麼叫公，甚麼叫私，分得清清楚楚，從沒有在我面前提過她「阿瑪」的事。』

慈安太后默然。從罷黜恭王以來，她的情緒一直不大好，老怕這件事鬧得不能收場。說起來總是一家人，只有在養心殿召見，才有君臣之分；養心殿以外敘家人之禮，如果太決裂了，見面不免尷尬。現在聽慈禧太后的口風依然甚緊，心裡不以為然，但不知如何勸她？就只好不作聲了。

『老七上了一個摺子。』慈禧太后告訴她說：『還有王拯的摺子，御史孫翼謀的摺子。都替老六講話——他的勢力可真不小。』

語氣中大有譏刺之意，慈安太后心裡很不舒服，『我看不必太頂真了。』她皺著眉說。

『這會兒不頂眞也不行了。』慈禧太后答道：『既然叫大家公議，只有等他們議了上來再說。把這三個摺子也發了下去，一併交議，妳看呢？』

『嗯！這麼辦最好。』

『姊姊！』慈禧太后忽然臉色很凝重了，『其實我也不願意這麼辦！大家和和氣氣的倒不好，何苦繃著臉說話？這就是俗語說的：「做此官，行此禮。」誰叫咱們坐在那個位子上呢？現在不好好兒辦一辦，將來皇帝親政，眼看他受欺侮；那時候想幫他說話也幫不上了。與其將來後悔，倒不如現在多操一點兒的心好。』

這是深謀遠慮的打算，想想也有道理；慈安太后在心裡盤算了好一會，認爲她一個人總不能獨斷獨行，萬一處置過分，臨時阻攔也還來得及，所以微微頷首，並無別話。

等把三個摺子發了下去，值班的軍機章京知道關係重大，先錄了『摺底』，然後把原件諮送內閣。這三個『摺底』送到文祥那裡，他連夜奔走了一番。同樣地，倭仁也作了準備。彼此都知道對方有部署，卻打聽不出眞相，那就只好在內閣會議中，各顯神通了。

第二天恰逢會試第三場進場，那些翰林、御史都要爲自己的或者同鄉親友的子弟去送考，所以內閣會議改在午後。等人到齊，公推倭仁主持。他未曾開口，先從身上拿出一張紙來，揚一揚說：『今天的會議，承接初七一會而來。那天的會議，眾議紛紜，漫無邊際；所以我特意先擬了一個覆奏的稿子，在座各位，如果以爲可用，那就定議了。』說著，便要唸他的奏稿。

『慢來，慢來！』左副都御史潘祖蔭站起來說：『請教中堂，今天上頭又有三個摺子交議；總要先議過了，再談覆奏的稿子。』

『我看，那三個摺子，可以置而不議。』

倭仁的聲音很大，但是毫無反應——一堂默然，這比有反應，還要有力量。倭仁氣餒了，把他的那個奏稿，慢慢地摺了起來。

這時才有人說話，是文祥：『我看先把醇王、王少鶴、孫鵬九的那三個摺子，唸來給大家聽聽吧。』

於是先唸醇王的摺子。次唸王少鶴——王拯的摺子，他是廣西人，在軍機章京上『行走』多年，官已升到通政使，成爲『大九卿』之一。按常例來說，只要勤慎當差，很可能步焦祐瀛、曹毓瑛的後塵，『飛上枝頭作鳳凰』，由軍機章京一躍而爲軍機大臣，但以體弱多病，又沾上極深的嗜好，懶得不想動，所以不爲恭王所喜。他又參過薛煥，因而得了貶官出軍機的處分。蔡壽祺第一個奏摺中，有意拉上他，引以爲援；王拯的書生味道極重，反認爲這一來非以德報怨，仗義爲恭王執言不可。他抽足了鴉片，常多奇想，在這個摺子中便保舉倭仁和曾國藩『可勝議政之任』，大家聽了，都笑笑不響。

再下來唸孫鵬九——孫翼謀的那個奏摺，語氣黏滯不暢，但也有好文章，就是恭王曾唸給醇王聽的那一段；在內廷當差，比較熟悉宮闈情形的，都覺得女主當朝，確已有前明閹人竊政的模樣，所以對孫翼謀這個防微杜漸的遠見，都在暗暗點頭。

『現在請各抒偉見吧！』文祥等唸完三個奏摺，這樣安詳地說。

於是議論紛起。奇怪的是發言的人，不是默默無聞之輩，就是過去紅過，現在已在『局外』的那些冷衙閒曹；有趣的是有一種正面的意見，立刻便有一種反面的駁斥，然後又有正面的迴護，反面的責難，一來一往，像拉鋸似地，好久沒有定論。

看看時間差不多了，肅親王華豐站了起來，大聲說道：『我擬了個覆奏的稿子在這裡，請大家聽聽。』

這個奏稿的措詞，首先就從側面爲恭王開脫，說他『受恩深重，勉圖報效之心，爲盈廷所共見』，這雖未公然指陳國事非恭王不可，但論其本心無他，則蔡壽祺所指的四款罪名，便輕輕地卸掉了。然後，支持醇王的意見，誠如所言，『倘蒙恩施逾格，令其改過自新，以觀後效，恭親王自當益加斂抑，仰副裁成』；接著說王拯、孫翼謀的奏摺，『雖各抒己見，其以恭親王爲尚可錄用之人，似無異議』，這一筆的渲染，見得復用恭王，爲廷臣的公議。但是如何錄用，『總需出自皇太后、皇上天恩獨斷，以昭黜陟之權，實非臣下所敢妄擬』。

用意周密，措詞婉轉，而且簡潔異常，全文不足三百字；而『實非臣下所敢妄擬』這句話，又實在是請求兩宮太后，復用恭王領軍機；因爲唯有名義上的和實際上的宰輔之任——大學士和軍機大臣的任命，才非臣下所敢妄擬；王拯的保倭仁和曾國藩可當『議政大臣之任』，爲大家所竊笑的原因，正就在此。

肅王唸完，那些剛才不曾發言的人，才紛紛響應。這一下，倭仁完全失敗了，他被迫要修改他的奏稿，改了四次才使得大家滿意。而這『四削之稿』與肅王的稿子，內容已無區別。

於是擺開兩張長桌子，分列兩個奏摺，軍機大臣列名於倭仁領銜的那個奏摺；此外公王、宗室、大臣有七十餘人列名於肅王的那個摺子。不願列名的也有，如左副都御史潘祖蔭、內閣學士殷兆鏞、御史王維珍、六科給事中譚鍾麟、廣成等等，都另有話說，別具奏摺。

這許多奏摺中，最有力量的倒是六科給事中譚鍾麟、廣成他們聯名的一個，身爲言官，諫勸的措詞，不妨率直，所以說得比較透徹，以爲『海內多事之秋，全賴一德一心，共資康濟，而於懿親爲尤甚，若廊廟之上，先啓猜嫌，根本之間，未能和協，駭中外之視聽，增宵旰之憂勞，於大局實有關係』，這幾句話，鞭辟入裡，也是四方的公論。慈禧太后頗生警惕，知道應該適可而止了；否則，有理變成無理，民心清議，歸於恭王那一面，於自己的威信『實有關係』。

於是，她在與慈安太后商議以後，第二天召見軍機大臣文祥、李棠階、曹毓瑛，當面把所有的奏摺發了下來，同時反覆解釋，說這一次對恭王的責備，用意是在保全，期望恭王經此一番鞭策，收斂改過，上頭的苦心，廷臣應該體諒。如果說眞有猜嫌之心，何必把惇王的摺子交議，儘可留中不發。

『現在大家都說，恭王雖然咎由自取，到底也還可以用；這跟我們姊妹的想法一樣。』慈禧太后說到這裡，略停一停，才用很清楚的聲音宣示：『恭王仍舊在內廷行走，仍舊管總理各國事務衙門。』

三樞臣屛息聽著，以爲慈禧太后還有後命；但她未再作聲——事情就是這樣了！於是文祥才應聲：『是。』

『寫旨來看吧！』

曹毓瑛早就準備了一篇典麗堂皇的大文章，頌兩宮之聖，讚恭王之功；那是假設恭王蒙『加恩賞還一切差使』，雷轟電掣，九天風雨之後，大地清明，日麗風和的境界。此刻完全用不上了。

趁文祥和李棠階另行回奏其他政務的片刻，他退出養心殿；本想自己動筆，另外擬個旨稿，但意興闌珊，思路窘澀，只好去找借南書房待命的軍機章京執筆。

南書房密邇養心殿，文學侍從之臣，集中於此，向來是消息最靈通的地方；這一天特別熱鬧，在內廷當差的都借故來探聽恭王的消息，一見曹毓瑛出現，都要聽他說些甚麼。而他甚麼也不肯說，只向軍機章京方鼎銳招招手，把他喊到一邊，密密述旨；然後自己寫了一通短簡，封固嚴密，派人專送到恭王府。

到了日中，明發上諭已送內閣，這一下消息很快地傳佈了開去；同情恭王的人，自然大失所望，而外人也覺得詫異，不想恭王復用的結果是如此！而『內廷行走』，實在又算不上是一個差使——眞正的差使只是管理總理各國事務衙門而已。

不管怎麼樣，總算是皇恩浩蕩，照例該到恭王府去道賀。恭王心情惡劣，幾乎一概擋駕；依然只有極少數的人，能夠在鑑園見著他。

這極少數的人，包括了他的一兄一弟。惇王這天顯得很像個做哥哥的樣子，安慰他說：『老六！你別難過，一步一步來。軍機上少不了你，過些日子上頭就知道了。』

『我難過甚麼？』恭王故作豁達，『總算還教我管洋務。未到「不才明主棄」那個地步。』

醇王則是對倭仁深表不滿，尤其因爲倭仁在內閣會議中，居然倡言醇王的奏摺，可以不議，覺得形同藐視，有傷自尊。便告訴曹毓瑛，說方鼎銳替他擬了一個參劾倭仁未將硃諭明白宣示的奏稿，決意遞了上去。

文祥一向周密而持重；眼前他又代替恭王成了軍機的領袖，責任特重，更需力求穩定；所以對於那些愛耍大爺脾氣的王公，有些喜歡鼓動風潮的言官，多方疏導，希望把局面冷下來。同時他也跟恭王作了好幾次面對面的促膝密談；在整個政潮中，他雖是局中人之一，卻能站在局外冷眼旁觀。他爲恭王指出，有些人的目標是在曾國藩，幸而不曾牽連，無礙軍務，爲不幸中的大幸。

其次，薛煥、劉蓉一案還未了，倭仁另有一摺請旨，所謂『行賄夤緣』一節應否查辦？慈禧太后已面諭軍機，命薛煥、劉蓉明白回奏。頗有人唯恐天下不亂，如果處理不善，引出意外風波，會興大獄，那就大糟而特糟了。

因此，他勸恭王忍耐，先等薛、劉一案料理清楚，然後再想辦法，復回軍機。此時務宜韜光養晦，千萬不要節外生枝。恭王自然能夠領略他的深意，聽從勸告。但這一次打擊在他認爲是顏面掃地，再也無法彌補的事，所以心情抑鬱，不斷搖頭嘆息，任憑文祥百般慰勸，也難把他的興致鼓舞起來。

倒是醇王十分起勁，遞了那個摺子，一看三天還沒有下文，叫他的妻子進宮去打聽消息。七福晉還弄不清是怎麼回事，進宮請安，正好慈安太后也在，談了些閒話，她忽然冒冒失失的問道：『弈譞有個摺子，兩位太后不知看了沒有？』

慈禧太后聽這一問，臉色便不好看；慈安太后大爲詫異，看著她問道：『老七又有甚麼摺子？』

『胡扯！』

聽得這一聲斥責，七福晉一驚，心裡懊悔，該先把事情弄清楚了再開口。此刻只好不響了。

慈安太后爲人忠厚，看她們姊妹言語不投機，便也不再追問；亂以他語，把話題扯了開去。坐了片刻，她回自己宮裡去午睡；這時慈禧太后才把她妹妹喊到一邊去密談，『老七怎麼這樣子糊塗！』她沉下臉來說。

『怎麼啦？』七福晉越發不安了。

『老六的事，何用他夾在裡面瞎起鬨？妳回去告訴他，叫他少管閒事！』

『是！』七福晉辯白著：『我也不知道他在外面幹些甚麼？我也管不住他！』

『怎麼會管不住？』慈禧太后停了一下，用很清晰的聲音說：『就說我說的，叫他好好兒當差，將來有他的好處。照現在這樣子，我也不能放心讓他辦事。』

『是的。』七福晉把她姊姊的話，默唸了一遍，牢牢記在心頭。

等七福晉辭出宮去，又到了傳膳的時刻。清明已過，日子慢慢長了，晚膳既罷，天還未黑；最無聊賴的黃昏，是盛年太后最難排遣的光陰，平常逗著冰雪聰明的大格格說些閒話，也還好過些；自從下了那道硃諭，掀起絕大風潮以後，懂事的大格格固然有著無可言喻的忸怩和不安，而慈禧太后對威望驚人的親王，自命鯁直的老臣，可以作斷然處置而無所顧慮，獨於這個半大不小的女孩，總有著一種連自己都不甚捉摸得清楚的內愧，是那種生怕別人責問她：『既有今日，何必當初』的畏懼，因此，她怕見大格格的面。這一來便越發覺得孤淒了。

幸好有另一種興趣來塡補她的空虛，那就是權力！午夜夢迴，首先感覺到的，是要珍重自己。她可以很輕易地忘掉自己是個婦人；她感覺到自己是個『爺們』，而且是『雍正爺』或者『乾隆爺』，一句話可以叫一大片的老百姓張開笑臉，一句話也可以叫上百口的大宅門，哭聲震天。那多夠味？

於是，她排遣黃昏的方法就像『雍正爺』那樣，親批章奏。看那些章奏，有時就彷彿看那些恭楷抄寫的筆記小說，譬如『閱微草堂筆記』那樣引人深思。地方大吏奏報謀殺親夫等等逆倫巨案，夾敘夾議之間，措詞的輕重，引律的繁簡，在字裡行間有許多毛病；把那些毛病捉出來，或者批示，或者面諭，讓軍機大臣照自己的意思，作成一篇煌煌告諭，她覺得是最痛快不過的一件事。

這天黃昏所看的奏摺，有一件是被指爲向恭王行賄，奉旨『據實回奏』的薛煥的摺子；當然，不承認有其事是可想而知的，讓慈禧太后要考慮的是，薛煥作了『請派員審訊查辦』的要求。

這當然要准如所請，但是派誰查辦呢？如果說僅僅是薛煥和蔡壽祺之間的糾紛，至多派一個協辦大學士就可以了；但是這樣一派，豈不等於表示此案與恭王無關？慈禧太后覺得這也太便宜了恭王。想一想有個現成的人選：肅親王華豐。在親貴中，只有他以『宗人府』之長的『宗令』地位，夠資格查辦有恭王牽連在內的案子。不過華豐只能領個虛名，辦案要靠刑部和都察院，這又有顧慮了，如果不教與恭王有關的人迴避，查辦的結果是可想而知的。

索性再給他一點顏色看！她這樣在想，隨即寫了幾個名字，第一個是管刑部的大學士周祖培，第二個是都察院之長的左都御史曹毓瑛，再以下是刑部侍郎王發桂、恩齡、副都御史恆恩；這些人在慈禧太后看，都是恭王的黨羽，必須迴避。

上諭極其認眞，命令肅王與『刑部及都察院研審，務期水落石出』，然後指明那些人該當迴避，而蔡壽祺與薛煥『聽候傳質』。

於是上諭頒發的第三天，肅王在刑部傳詢蔡壽祺和薛煥，展開審問。

奉旨審問的案子，照例先要被審的人遞親供。蔡壽祺先遞的供詞，與以前無異，說是『得諸傳聞，並無實據』。但明發上諭上既有『務期水落石出』的話，而且指明某些人迴避，那就絕不能含糊了事；可也不便追得太緊，所以肅王華豐覺得很爲難。

好在還有刑部與都察院的堂官，除了奉旨迴避的以外，刑部尚書綿森、齊承彥，侍郎靈桂、譚廷襄；都察院左都御史全慶，副都御史景霖、賀壽慈、潘祖蔭都在會審。等被審的人退出以後，就在原地會議，研商案情。

座中除了華豐以外，就數全慶齒德俱尊。他與慈禧太后同族，姓葉赫那拉氏，字小汀，隸屬正白旗，翰林出身；照他的資望，早就應該當協辦大學士了，只以運氣不好，居官常常出亂子，升上來又掉下去，因此越發謹愼持重，不肯有所表示。

『那麼，伯寅，』華豐看著潘祖蔭說：『你常有高見。替大家出個主意看看。』

潘祖蔭名爲副都御史，其實常川在『南書房行走』；雖喜歡上書言事，卻是個極和平的人，恭王一向爲他所敬重。薛煥做過他們江蘇巡撫，對於這班江蘇籍的名翰林很肯敷衍，交情不錯，所以他也不肯多說甚麼，笑一笑推辭：『此案自然該聽刑部諸堂的議論，我跟我們老師，』他指著全慶說：『不過敬陪末座而已。』

於是刑部兩尙書，你看我，我看你，支支吾吾說了些不著邊際的話。華豐看看不會有甚麼結果，無可奈何地說：『那就再議吧！明天萬壽，後天仍舊在這裡問。總得想辦法，早早結了案才好。』

到了下一次再審，事情忽然起了變化。蔡壽祺突然要求撤回原供，另外改遞，指出三個人來，一個是候選知縣，此刻不在京城；另外兩個是六科給事中謝增和刑部主事朱和鈞，關於薛煥行賄的情節，蔡壽祺說是聽他們說的。

『怎麼樣？』華豐指著蔡壽祺改遞的親供問。

大庭廣眾之間，誰也不敢說一句徇私的話。刑部尙書綿森接口答道：『自然把他們傳來問。』

話是這麼說，實在沒有一個人願意這麼辦。於是刑部侍郎譚廷襄自告奮勇，站起身來說道：『既有本衙門的人牽涉在內，我馬上派人去把他找來。』

譚廷襄是紹興人，熟於刑名，而且成了進士就當刑部主事，深知其中的輕重出入，因此有他去料理一切，大家都放了心。

果然，等到下午把謝增和朱和鈞傳了來與蔡壽祺對質；謝、朱兩人一口否認，說從不知有薛煥行賄之事，更沒有跟蔡壽祺談過此案。

『蔡壽祺！』華豐已經接得報告，明白其中的『奧妙』，故意聲色俱厲地問道：『你怎麼說？』

『這兩位不肯承認，我還能說甚麼？』

『誰知道是怎麼回事？反正就看見你三翻四覆的，一會兒一個樣子！那不存心給人找麻煩嗎？』

受了申斥的蔡壽祺，既無羞慚，亦無憤慨，木然無所表示，就像不曾聽見華豐的話那樣。

這一套把戲，潘祖蔭有些看不下去，便望著譚廷襄提高了聲音催促：『看看怎麼樣結案吧！』

譚廷襄向他拋了個眼色，示意他稍安毋躁；然後又由肅王向蔡壽祺問了許多話——這些話可有可無，爲了表示認眞，似不可無；倘是爲了研審案情，則不說也罷。

天色將晚，時間磨得差不多了，肅王急轉直下地作了一個結論：『所指薛煥「挾重貲而內膺重任」，既然確實審明，並無實據，那就不必再問了。不過，蔡壽祺！』他停一停問了出來：『你的親供前後不符，你自己說，該怎麼辦吶？』

『回王爺的話，』蔡壽祺很快地答道：『我想撤回，另外改遞。』

『你們大家看，怎麼樣？』

在座的人誰也不表示反對，於是譚廷襄把蔡壽祺帶到刑部堂官休息的那間屋裡，給了紙筆，讓他寫同一案的第四次親供；內容很簡略，但措詞很扎實，說關於薛煥的這一案，『並無實據可呈，實因誤信風聞，遽行入奏，如有應得之咎，俯首無辭。』

寫完交給譚廷襄，他當然很滿意；把原來的那張親供還了他，當時撕毀。到此爲止，案子可以說是已經結束；但薛煥的態度忽然又強硬了，指責蔡壽祺誣告，要請肅王入奏，治以應得之罪。

『噯呀！』華豐皺著眉勸他，『算了，算了，再鬧就沒有意思了。你就算看我的面子，委屈一點兒。』

『是！既然王爺吩咐，我就聽王爺的。』薛煥向華豐請了個安；接著遍揖座中，十分承情的樣子。

到了第二天，由刑部辦了奏稿，送交華豐簽押，領銜呈覆。這個結果原在慈禧太后意料之中，但沒有想到蔡壽祺對他所參的人，大有賠罪之意，心裡不免警惕，恭王的勢力還是不小！不過，這也要分兩方面看，倘或不生異心，謹愼辦事，那麼正要他有這樣駕馭各方的勢力，政務的推行，才能順利。

這一念之間，她算是把掐在恭王脖子上的一隻手鬆開了！不過對蔡壽祺頗爲不滿，在召見文祥時便說：『姓蔡的倒是怎麼回事？我不知道他在玩兒甚麼花樣？』

『他新補了日講起注官，急於有所表現，不免冒失。』文祥怕她發脾氣要嚴辦蔡壽祺，那又會平地起波瀾，生出多少事故，所以不能不爲他乞恩：『太后聖明，置而不問吧！』

『不問也不能結案。薛煥算是洗刷了，劉蓉呢？讓他明白回奏，「善夤緣而外任封疆」，可有其事？這裡再讓肅王傳蔡壽祺來問——我聽說蔡壽祺跟劉蓉有仇，那倒說不定眞的是「誤信風聞」！』

顯然的，薛煥的被『洗刷』，以及蔡壽祺的奏摺和供詞，出爾反爾，跡近矛盾的原因；以及他的挾嫌攻訐劉蓉，慈禧太后無不了然於胸。深宮女主，能夠寸心自用，著實可畏。

但是，無論如何，洗刷了薛煥，也就是洗刷了恭王；這一關能夠過去，總算『皇恩浩蕩』。文祥這樣想著，因爲與恭王休戚相關的感情，所以應對之間，便越發顯得敬畏。而慈禧太后也很看重文祥，尤其是從罷黜恭王以後，千斤重擔落在他一個人身上；依然誠誠懇懇，盡力維持大局，既無爲恭王不平的悻悻之意，亦沒有任何乘機攬權的行爲，眞正是個君子人。

就因爲這樣，談得時間就長了；文祥一看這天的情形很好，覺得有個一直在找機會想提出來的請求，正好在此時奏陳。於是找了個空隙，從容說道：『臣暫領樞務，實在力不勝任，唯有以勤補拙，盡心盡力去辦。不過，蒙賞的差使實在太多，請兩位太后恩典，開掉一兩個。』

『這爲甚麼？』慈禧太后詫異地；以爲他受了甚麼委屈在發牢騷。

『實在是忙不過來。』文祥答道：『現在軍機處只有三個人……』

『寶鋆不是快出闈了嗎？』慈安太后打斷他的話題。

『是。』文祥頓了一下答道：『寶鋆一出闈，得要去看「大工」。』

『大工』是指文宗的『定陵』工程，兩宮太后不約而同地發一聲：『哦！』顯得她們都極其重視此事。

『那麼，你想開掉甚麼差使呢？』

『臣請旨開去內務府大臣的差使。』

這倒是正中下懷，慈禧太后早就聽了安德海的慫恿，說內務府大臣非要是那裡出身的人來幹，才懂『規矩』；所以點點頭說：『好吧，等我想一想。』

『「大工」現在怎麼樣？』慈安太后問道：『好久沒有派人去看了。』

『兩位太后請放心，大工由恭親王、寶鋆敬謹辦理，十分用心。目前恭親王雖然不能再管，寶鋆也在闈中，可是規章制度定得好，工程照常恭辦，並無延誤。』

『這好！你們多用點兒心，這是大行皇帝最後一件大事。』

提到先帝，三位樞臣，一齊伏地頓首。等退了出來，大家的心情都覺得比前些日子輕鬆，約好了退值以後一起去看恭王。

恭王的心情已由沉重變爲感慨，特別是在這『開到荼蘼花事了』的天氣，留春無計，特有閒愁；正憑欄獨坐，望著滿園新綠，追想那芳菲滿眼的日子，自覺榮枯之間，去來無端，恍如一場春夢。於是有兩句詩自然而然地浮上心頭，悄然吟道：『手拍闌干思往事，只愁春去不分明。』自己低聲吟哦了一番，覺得還有些寄託，便按著『八庚』的韻，繼續構思，想把它湊成一首七絕。

等文祥、李棠階、曹毓瑛一到，詩興自然被打斷了。他們三個人早就商量好了，此來的用意是要勸恭王不必灰心，天意漸回，重起大用的日子不會太遠；在韜光養晦以外，應該有所振作。

恭王對李棠階比較客氣，唯唯地敷衍著，及至李棠階告辭，在文祥和曹毓瑛面前，他說話就無需顧忌了，『你們要我如何振作？』他悻悻地問：『難道要我每天在王公朝房坐著，喝茶聊閒天，等「裡頭」隨時「叫」嗎？』

『內廷行走』原該如此，有些王公還巴結不到這一步；但對恭王來說，這樣子是太屈尊了。文祥知道他是發牢騷，便把他拉到一邊——這番密談連曹毓瑛都避開，自是腑肺之言；恭王聽了他的勸，第二天開始，到總理各國事務衙門去辦事。關於洋務交涉，或者報聞，或者請旨的奏摺，一個接一個遞了上來，很快地引起了兩宮太后的注意。

『我要說句良心話，』慈安太后對慈禧說：『老六辦事是好的。能幹，又勤快。』

『誰說不是呢！就怕他太傲。』

『這一回把他折騰得也夠受的，我看……』

『姊姊！』慈禧太后趕緊攔著她說，『妳的意思我知道，慢慢兒來。』

『我是不放心大工。我看還是得讓老六管著一點兒。』

『我已經想到了。這件事得要交給寶鋆，等他出了闈再說吧！』

兩宮太后談這些話的時候，已有無數人在琉璃廠看『紅錄』——闈中已在塡榜，聚奎堂上，總裁賈楨、副總裁寶鋆南向正坐，左首是『鈐榜大臣』、右首是『知貢舉』；十八房官，東西列坐；提調和內外監試，則面對總裁，坐在南面，堂下拆卷，拆一名，唱一名，塡一名。琉璃廠的書舖筆墨莊，早就跟闈中的雜役接頭好的，出一名新貢士便從門縫中塞一張紙條出來，一面報喜討賞，一面在自己店舖門口貼出紅報條，這就是『紅錄』。

『紅錄』所報的新貢士，照例從第六名開始。闈中塡榜也是從第六名開頭；前五名稱爲『五魁』，要到最後才揭曉，也是從第五名往上拆。拆到五魁，總在深夜，謄錄、書手、刻工、號軍、雜役，還有考官帶入闈中的聽差，總有數百人之多，人手紅燭，圍著寫榜的長桌子，照耀得滿堂華輝，喜氣洋洋，稱爲『鬧五魁』。然後鳴炮擊鼓出榜。

這就該出闈了。天亮開『龍門』，賈楨和寶鋆率領著所有的內簾官，在外簾官迎接慰勞之下，結束了歷時一個月的掄才大典。等寶鋆回到私邸，已有許多新貢士來拜『座主』，大禮參拜，奉上『贄敬』，一口一個『老師』，既恭敬，又親熱，就像得了個好兒子一樣。這原是當考官最得意，最開心的時候；但寶鋆心不在焉，吩咐門上，凡有門生來拜，贄敬照收，人卻不見。自己略問一問家事，隨即換了便衣，傳轎到恭王府。

恭王是早在盼望這一天了。他與寶鋆的交情，是常人所想像不到的；那或者可以說是緣分，否則就無法解釋了。因爲他們之間——至少在恭王是如此，不涉絲毫名位之念，或許這正是恭王與寶鋆的交情，所以特殊的原因。在宮廷以外的任何人面前，他都是第一人，舉止言語，自然而然地有著拘束或顧忌，那就像穿了一雙不合腳的靴子似地不舒服；唯有與寶鋆在一起，他才可以忘卻自己的身分，放浪形骸，領略『人貴適意』的眞趣。

這也就是知己了！一個急著要來探望，如飢如渴；一個也知道他出闈以後便會來，早就預備著盡一日之歡。寶鋆也可以算作『老饕』，最愛吃魚翅；恭王府的魚翅，就是他當浙江學政，道出山東，從窮奢極侈的河工上學來，轉授給恭王府的廚子的。那魚翅的講究，還不僅在於配料；發魚翅就匪夷所思，乾翅不用水泡，用網油包紮上籠蒸透發開，然後費多少肥雞，多少『陳腿』，花幾天的功夫，煨成一盂。這天恭王就以這味魚翅迎候寶鋆。

如果是平日相見，而座無生客，往往口沒遮攔，任何諧謔都不算意外；但這天不同，說來說去，還是因爲恭王所遭受的打擊太重了，無論如何也不可能有放開一切的輕鬆心情。

小別重逢，彷彿陌生了似地，相對添許多周旋的形跡；首先問到闈中的情形，『許星叔最得意。』寶鋆答道：『得士二十一人。』

『我也沒有打聽「紅錄」，哪些人中了？』

『杭州的汪鳴鑾、湖南的王先謙、廣西的唐景崧。』寶鋆屈著手指，一個個數給他聽。

『吳汝綸呢？』

『那自然是必中的。』

『還好！』恭王笑道：『可免主司無眼之譏。』

『不過他吃虧在書法。』寶鋆搖著頭，『殿試只怕會打在「三甲」裡面。』

『今年不知會出怎麼一個狀元？上一科的狀元，誰會想得到是個病人？』

那是指翁同龢的姪子翁曾源，身有痼疾——羊角風；經常一天發作四五次，偏偏殿試那天，精神抖擻，寫作俱佳，一本大卷子寫得黑大光圓，絲毫看不出病容。這樣才點了元，造成一段叔姪狀元的佳話。

『凡事莫如命。唉！』恭王重重嘆著氣，『我實在不知道說甚麼好了！』

寶鋆知道他感慨的是甚麼。闈中消息隔絕，急於想探聽詳情；卻又不知從何問起，便也嘆口氣說：『闈中方一月，世上已千年！如今這局棋是怎麼樣了呢？』

『反正輸定了。』

『輸定了？』寶鋆皺著眉問：『不能找個「刧」打？』

『怎麼沒有「打刧」？五爺跟老七全幫著打。總算虧他們。』恭王停了一下，說了連跟文祥都不肯說的心底的話：『前天還打贏了一個刧；這一關一過，我才鬆口氣。現在只望少輸一點兒了！』

於是在妙齡侍兒，殷勤照料之下，置酒密談。恭王把這一個月來波詭雲譎的變化，細細傾訴。在寶鋆固然一掃多少天來，不得事實眞相的鬱悶；就是恭王，能把心頭的委屈煩憂，一瀉無餘，也覺得輕鬆得多了。

『這一個月，幾乎步門不出，倒正好用了幾天功，有幾首詩，你給改一改。』

恭王叫人從書房裡拿了詩稿來，寶鋆剛接在手裡；丫頭傳報，說是文祥來了——他來得正好，寶鋆實在沒有那份閒情逸致替恭王改詩；一心盤算著要去看文祥，商量『正事』，所以這時便乘機把詩稿放下，起身迎了出去。

『辛苦，辛苦，這一個月多虧你。』寶鋆拱拱手說。

『也虧你在闈中。這一個月滋味如何？』文祥安閒的問：『只怕是「悶損」二字！』

『是啊！不過一晃眼的功夫，「流水落花春去也」！』

『也不見得。』文祥答道：『「若到江南趕上春，千萬和春住。」咱們趕一趕！』

『對！』寶鋆看一看裡面的恭王問：『咱們在哪兒談？』

『回頭就在這兒談好了。』

兩人商量好了，聲色不動，入座飲酒；文祥便談了些各地的軍情。恭王已得默悟，知道他們兩人有不便當著他談的話要說，所以借故避了開去，予人方便，自己方便。

『我實在不明白，這一場風波到底是怎麼起的呢？』寶鋆不勝扼腕地問。

『說出來你不信，「小鬼跌金剛」，是小安子搗鬼！』文祥又說：『當然囉，也怪六爺自己，平日不檢點；偏偏那天又沉不住氣。五爺的話說得好，「把老好人的東邊，也給得罪了」，這是最不智的一舉。』

『聽說蔡壽祺的那兩個摺子，跟小安子有關；那麼，是怎麼壓下來的呢？』

『無非四個大字：「威脅利誘」！』文祥放低了聲音說：『蔡壽祺那兒可以不管他了。現在的情形大有轉機；我把伏筆都安下了，只等你出闈，問問你的意思。』

『你說！』

『你知道小安子是怎麼說動了西邊的？這一番折騰，爲的是甚麼？』

『我不知道。你快說吧！』

『一言以蔽之，其志在此，』文祥拿筷子蘸著酒寫了個『內』字：『你明白了吧？』

寶鋆怎麼不明白？慈禧太后一直就想把內務府拿過去，好予取予求；而寶鋆以內務府大臣『佩印鑰』，主要的就是承恭王之命，裁抑『西邊』的需索。他想了想，很快地問道：『我明白。你有甚麼主意？我照辦！』

『我已面奏，請辭內務府大臣。』

這就是答覆，在寶鋆聽來，顯然是希望他採取同樣的步驟；他也早料到文祥是如此措置，特意一問，原是宕開一筆，得有考慮的時間。此時盤算未定，便站起身來，踱了過去，又斟一杯酒喝。

文祥並不急於得到答覆。他知道寶鋆的考慮，爲自己的成分少，爲恭王的成分多；因而又說：『雖同是內務府大臣，你跟我又不同，我不強人所同。』

『不是這話。』寶鋆轉過身來，端著酒急匆匆走過來，放低了聲音問：『剛才我還跟六爺在說，咱們要找「劫」來打。沒有把握，咱們不能隨便把好好一個劫糟蹋掉。』

『這就很難說了。』文祥徐徐答道：『咱們不打這個劫，別人也許就不會苦苦相逼了。』

『你有把握嗎？』

『有那麼六七成。』

『喔！』寶鋆點點頭，喝著酒，眨著眼問：『當時西邊怎麼說？』

『她說要「想一想」。』

『在想找甚麼人來幹吧？』

『對了！』文祥很平靜地回答。

『那麼找到了沒有呢？』

『還怕找不到嗎？』文祥笑著指寶鋆腰帶上的荷包：『不知多少人在想你的那把「印鑰」。』

『我知道。』寶鋆捏著荷包說：『唯其如此，我不能輕易出手。我先問問，西邊找的是誰啊？』

『八成兒是崇綸。』

『啊！』寶鋆失聲而呼，『這可找著財神爺了！』

內務府出身，當過鹽運使、織造、稅關監督，現任戶部侍郎的崇綸，頗有富名，所以寶鋆說他是『財神爺』。

『這一下，小安子可以吃飽了。』

『哼！』寶鋆冷笑，『總有一天「吃不了，兜著走」！』

談了半天，尚無定論，文祥還有許多事要辦，客要會，沒有功夫跟他慢慢磨，便即旁敲側擊地問了句：『你是要跟六爺商量一下？』

『不！不能跟他提。一提，就辦不成了。』

『好！』文祥站起身來說：『我先走。明兒在宮裡見吧！』

第二天黎明，寶鋆先到午門行禮──與本科會試總裁及十八房同考官，率領新貢士叩謝天恩。然後來到軍機處，與李棠階及曹毓瑛寒暄了一陣；自鳴鐘正打八下，蘇拉來通報：『叫起了！』

在養心殿『見面』，寶鋆隨班行禮以後，又單獨請兩宮太后的『聖安』。慈禧太后問了些闈中的情形，也嘉勉了一番；最後提到大工，很明白地宣示：『定陵工程，讓恭王跟你「總司稽查」。派別人，我們姊妹倆不能放心！』

這話中見得慈禧太后對恭王幾乎已不存芥蒂，天意已回，恩寵可復。寶鋆很佩服文祥的眼光，果然有『六、七成把握』。

於是寶鋆磕頭謝恩，同時正好提出請辭內務府大臣的要求；慈禧太后的答覆，跟對文祥的表示一樣，她要想一想再說。

接下來是文祥以暫領樞務的地位，呈上兩張名單；一張是翰林院教習庶吉士期滿大考的閱卷官，一張是新貢士殿試的讀卷官，都照規定名額加一倍開列名銜，等候兩宮太后鈐印欽定。慈禧太后也說要『想一想』，把單子留下了。

等退出養心殿，文祥一面吩咐軍機章京寫旨進呈；一面親筆寫了一封短簡，遣人騎一匹快馬，專程投遞恭王府。到了日中，消息外傳，王公大臣復又紛紛趨賀；這一次恭王不像以前那樣一概擋駕，大部分親自接見，小部分請熟客代為招呼。一時僕從傳呼，衣冠趨蹌，門前轎馬沿著王府圍牆，從東到西擺滿了一條胡同；恭王府恢復了一個多月以前的臣門如市的盛況。

到了下午，文祥、寶鋆和曹毓瑛，直接從宮裡來到恭王府；這時只有極少數關係特殊的客還在那裡，熟不拘禮，恭王道聲『失陪』，把他們引入小書房中，閉門密談。

『看樣子水到渠成，』文祥說了這一天召見的經過，又加上一句，『現在全瞧六爺你的了！』

『怎麼呢？』恭王環視座中，以豁達而沉著的聲音說：『我早就想過，事情不能由著我的脾氣辦。

你們大家說吧，只要於大家有益，你們怎麼說我怎麼做。』

三人相互看了一眼，依舊由文祥發言：『第一步，當然得上個謝恩的摺子。』

『嗯。』恭王點點頭，『這用不著說的。第二步呢？』

『第二步，請六爺明兒一早進宮，預備召見。』

從罷黜以來，恭王從未進宮，就復了『內廷行走』的差使，仍然如故，這原是他跟兩宮太后賭氣；事到如今，這口氣已賭不下去，而且也沒有再賭下去的必要了。恭王雖覺得這麼做，總有於心不甘之感，但既然已答應了大家維持大局，言猶在耳，無可推託，終於又點點頭表示勉為其難。

『等召見的那會兒，全在六爺自己。反正一句話：你多受委屈。』

說著，以眼色示意，曹毓瑛便從身上掏出一個空白信封來，抽出裡面的一張紙，遞給恭王。

這是個謝恩的奏摺稿，恭王看不到三、五行，臉色就變了。

『六爺！』寶鋆急忙遞了句話過去，『你也別辜負了大家的一番苦心。』

『天恩浩蕩，臣罪當誅！』恭王容顏慘淡地苦笑著，把摺稿遞還給曹毓瑛。

三個人都有同樣的感覺：對恭王抱歉！但走到這一步，不能不狠下心來逼一逼：『怎麼樣呢？』

文祥問道：『是不是遞了上去？』

『水不到、渠不成，我能說不遞嗎？』

三個人都微微低著頭，無言以解，更無言以慰。終於文祥向曹毓瑛說道：『琢如，請你馬上就辦吧！』

『是。』曹毓瑛起身告辭，為恭王去繕遞這道奏摺。

這個『謝恩』的摺子，實在是一通悔過書。自從慈禧太后發那篇手詔以來，儘管嚴旨譴責，群臣交議，恭王自己始終不辯，暗中便顯得有一份不屈的傲氣在，意思也就是說：甚麼貪墨、徇私、驕盈、攬權，都是欲加之罪。但這個謝恩摺子一上，便等於在屈打成招之下畫了供；恭王豈能甘心？而大勢所迫，非如此不足以打開僵局。除非如他自己一個人在燈下窗前，所千百遍盤算過的，大不了連爵位都可以不要，以『皇六子』的身分，終身閒廢。但考量大局，顧念許許多多牽連著他人功名得失的關係，總覺得對自己下不了棄富貴如敝屣的重手，那就只好聽文祥、寶鋆和曹毓瑛他們去擺佈了。

在曹毓瑛；恭王肯如此做，眞有如釋重負之感。派肅親王華豐會同刑部、都察院審問蔡壽祺指參薛煥行賄一案，慈禧太后交下的一紙迴避名單，他人嫌疑較輕，幾乎都是陪筆，眞正要迴避的，只有自己一個。這一點曹毓瑛心裡明白；所以對恭王的復起，他也格外關切而賣力。拿回那通奏稿，復回軍機處，找著值班的『達拉密』——軍機章京領班，立即謄正，扣準時刻，遞了上去。

所扣準的這個時刻，就是兩宮太后看完奏摺，在一起傳晚膳的時刻；這樣，慈安太后才有機會表示意見。果然，內奏事處依照軍機處傳來的話，把照例謝恩的不急之件，夾在傳遞緊急軍報的黃匣子中，一起送進宮去——多少年來立下的規矩，凡遇緊急軍報，隨到隨送。等安德海遞上膳桌，慈禧太后打開一看，頭一件就是恭王的摺子，不由得就說了句：『老六有了摺子了！』

現在慈安太后也頗了解辦事的規章制度了，便問：『那是謝恩的摺子吧？』

『不錯。』慈禧太后口中回答，目光卻注在奏摺，一面看，一面便漸漸展開了得意的神色。

隔著桌子的慈安太后，看這神情，自然關切，『彷彿長篇大論的。』她又問：『倒是說些甚麼呀?』

慈禧太后真想這樣回答:我到底把老六給降服了。但這話露了自己的本心,話到喉頭才改口:『老六也知道他自己錯了。』

於是她連唸帶講地說了給慈安太后聽。這道奏摺是曹毓瑛的苦心經營之作,悔過之忱,極其深摯;而字裡行間,又處處流露出惓惓忠愛,同時文字也不太深,所以慈禧太后講得非常透徹。心軟的慈安太后聽得眼圈都紅了。

『唉!』她嘆口氣揉著眼說:『說來說去,總是骨肉。老爺子當年最寵他,把他的脾氣慣壞了;咱們這一番折騰,也給他受的了!我看,還是讓他回軍機吧!』

『遲早要讓他回軍機的。等明兒召見了再說好了。』

重贊綸扉

第二天一早,恭王進宮,不到軍機處,在南書房坐。依然氣度雍容,跟值南書房的翰林,潘伯寅、許彭壽閒談那些名士近況,也問起張之洞、李端棻、黃體芳那些快『散館』的庶吉士;對於朝政,隻字不提。

在養心殿,軍機大臣奏對完畢,跪安之先,文祥踏上一步,莊容說道:『恭親王想當面叩謝天恩,在外候旨。』

兩宮太后相互看了一眼,接著慈禧太后便問:『還有幾起?』

召見通稱『叫起』，一批或者一個人稱爲『一起』；問『幾起』即是問預定召見的還有幾批？這需問御前大臣才知道，而軍機奏對，關防極嚴，御前大臣照例遠遠地迴避。等找了來一問，說只有戶部侍郎崇綸一起。

『那就撤了吧！』

『撤』了崇綸的『起』，自然是叫恭王的起；那些侍衛和太監，揣摩的功夫都相當到家，一看這樣子，知道這天對恭王必有『恩典』——由紅發紫，由紫發黑，現在又要紅了，所以紛紛趕到南書房來報消息。其實他們也見不著恭王的面，只在南書房外面探頭探腦，與恭王的侍從打交道。不久，醇王的好朋友，新調了右翼前鋒統領，奉派御前行走的託雲保親自來通知召見。

進了南書房，他一面向恭王請安，一面說道：『王爺請吧！上頭叫起。』

『噢！』恭王慢條斯理地站起身來，立刻有名聽差把他的帽子取了來，戴好又照一照手鏡，出門之先，回頭對潘伯寅說道：『我新得了兩方好硯，幾時來瞧瞧，說不定能考證出一點兒甚麼來！』

『是！』潘伯寅答道：『回頭我給王爺來道喜。』

恭王彷彿不曾聽見，慢慢踱了出去。從南書房到養心殿，一路都有侍衛、太監含著笑容給他行禮。但是恭王卻是越走腳步越沉重，在南書房聊了半天，還是把胸中的那口氣沉穩不下來；他一直在想，見了面兩宮太后第一句話會怎麼說？自己該怎麼答？或者不等上頭開口，自己先自陳奉職無狀？念頭沒有轉定，已經進了養心殿院子；太監把簾子一打，正好望見兩宮太后，這就沒有甚麼考慮的功夫了，趨蹌數步，進殿行禮。

那略帶惶恐的心情，那唯恐失儀的舉動，竟似初次瞻仰天顏的微末小臣，恭王自覺屈辱，鼻孔已有些發酸；等站起身來，只見兩宮太后都用可憐他的眼色望著他，便越發興起無可言喻的委屈，連眼眶也發熱了。

是慈安太后先開口，她用一種埋怨的語氣說：『六爺，從今以後再別這樣子吧！何苦，好好的弄得破臉？你想，划得來嗎？』

這句話一直說到恭王心底，多少天來積下的鬱悶，非發洩不可。於是一聲長號，撲倒在地！這一哭聲震殿屋，比他在熱河叩謁梓宮的那一哭還要傷心；新恨勾起舊怨，連他不得皇位的傷痛，都流瀉在這一副熱淚中了！

『好了，好了，別傷心！』慈禧太后安慰著他；隨又向殿外的太監大聲喝道：『你們倒是怎麼啦？還不快把六爺給扶起來！』

這一罵便有兩名太監疾趨進殿，一面一個把恭王攙扶起身；慈安太后便吩咐：『拿凳子給六爺！』太監不但拿了凳子，還絞了熱手巾給恭王；他掩著臉又抽噎了好一陣才止住眼淚。

等他坐定下來，慈禧太后才面不改色地說道：『六爺，你也別怨我們姊妹倆。家事是家事，國事是國事，這一點你總該明白？』

『是！』恭王答應著，要站起身來回話。

『坐著，坐著！』慈安太后急忙擺著手說。

恭王是受了教訓的，如果坐著回話，又說是『妄自尊大，諸多狂傲』，所以還是站起身來答道：『臣仰體兩位太后保全的至意，豈敢怨望？』

『你能體諒，那就最好了。』慈禧太后很欣慰地說：『你的才具是大家都知道的，不過，耳朵根子也別太軟。』

這等於教訓他不可信用小人，恭王依然只能答應一聲：『是！』

『定陵的工程，你要多費心。』慈安太后說：『奉安的日子也快了。』

『今年有個閏月，算起來還有半年的功夫。一定可以諸事妥帖，兩位太后請寬聖慮。』

『還有皇帝唸書的事。現在雖派了七爺總司稽查，有空兒，你還是到弘德殿走走。』

『是。』恭王答道：『醇王近來的閱歷，大有長進。派他在弘德殿總司稽查，最妥當不過。』

『唉！』慈禧太后忽然嘆口氣，『提起皇帝唸書，教人心煩。下了書房，問他功課，一問三不知；簡直就是「矇混差事」。總還得找一兩位好師傅。』

『翰林中，人才甚多，臣慢慢兒物色。』

『對了，你好好兒給找一找。年紀不能太大，怕的精神有限。』慈安太后說。

『可也不能太輕。』慈禧太后立即接口，『年紀輕的欠穩重。』

『是！』恭王總結了兩位太后的意思：『總要找個敦品勵學，年力正強，講書講得透徹，穩重有耐性的才好。』

『對了。』兩宮太后異口同聲，欣然回答。

談話到此告一段落，照常例這就是恭王該跪安告退的時刻，但他意有所待，因此出現了短暫的沉默。

『你先回去吧。』慈禧太后說：『我們姊妹倆再商量一下。』

恭王不無怏怏之意，但不敢露在臉上。等退了出來，依舊回到南書房來坐。這時隆宗門內，擠滿了人，就表面看，似乎各有任務，正在待命，實際上都把眼光落在恭王身上，要打聽他爲兩宮太后召見以後，有何後命？恭王明白他們的意思，心裡說不出的歉然與慚愧；尤其在發覺自己雙眼猶留紅腫時，更覺侷促不安，於是吩咐『傳轎』一直回府。

到了府裡，他甚麼人都不見，換了衣服，親手把小書房的門關上，一個人悄悄坐著，只覺一顆心比初聞慈禧手詔時還要亂——好久，好久都寧靜不下來，自覺從未有過像此刻這樣的患得患失。

於是他想到倭仁，還有從他一起『學程朱』的徐桐、崇綺——大學士賽尚阿的兒子，據說都有富貴不動心的養氣功夫，果然能練到這一步，倒是祛愁消憂的良方。

心潮起伏，繞室徘徊，恭王自恨連杜門謝客的涵養都不夠；一賭氣自己又開了門，門外有五、六名聽差，鴉雀無聲地在守候著，使他微感意外。略一沉吟之間，聽得垂花門外，腳步聲、說話聲，雜沓並起，接著是一名專管通報的侍衛，輕捷地疾步出現，看見恭王，就地請了一個安，高聲說道：『文大人、寶大人來了！』

寶鋆在前，文祥在後，恭王先看見寶鋆的臉色，是那種經過長途跋涉，終於安然到達地頭；疲乏中顯得無限輕鬆，微笑著不忙說話，先要歇一歇，好好喘口氣的神情。文祥雖依舊保持著慣有的從容沉著，但眼中也有掩不住的欣悅。

一看這樣子，恭王舒了口氣；回身往裡走去，寶鋆跟著進門，先把大帽子摘下來拿在手裡，然後便去解補褂的釦子；兩名聽差趕來侍候，接過他的帽子，他才能騰出手來，取出一張紙遞向恭王：『六爺，你看這個！』

是曹毓瑛的字，也有文祥勾勒增刪的筆跡；一看開頭，便知是明發上諭的草稿，他很用心地一個字一個字看下去：

諭內閣：朕奉慈安皇太后、慈禧皇太后懿旨，本日恭親王因謝恩召見，伏地痛哭，無以自容。當經面加訓誡；該王深自引咎，頗知愧悔，衷懷良用惻然。自垂簾以來，特簡恭親王在軍機處議政，已歷數年，受恩既渥，委任亦專；其與朝廷休戚相關，非在廷諸臣可比。特因位高速謗，稍不自檢，即蹈愆尤。所期望於該王者甚厚，斯責備該王也，不得不嚴。今恭親王既能領悟此意，改過自新，朝廷於內外臣工，用捨進退，本皆廓然大公，毫無成見；況恭親王為親信重臣，才堪佐理，朝廷相待，豈肯初終易轍，轉令其自耽安逸耶？恭親王著仍在軍機大臣上行走，毋庸復議政名目，以示裁抑。望其毋忘此日愧悔之心，益矢靖共，力圖報稱；仍不得意存疑畏，稍涉推諉，以副厚望！欽此。

這道上諭對恭王有開脫、有勉慰，而最後責成他『仍不得意存疑畏，稍涉推諉』，則是間接宣示於內外臣工：恭王重領軍機，雖未復『議政王』名目，而權力未打折扣，朝廷仍舊全力支持。命意措詞，綿密妥當；特別使恭王滿意的是『位高速謗』，和『朝廷相待，豈肯初終易轍，轉令其自耽安逸』的話，頗為他留身分，而這兩處都是文祥所改，恭王自然感激。

一場風波，落得這樣一個結果，總算是化險為夷；但回顧歷程，倍覺辛酸，恭王此時才眞正起了愧悔之心，向文祥和寶鋆拱拱手說：『辛苦，辛苦！不知何以言謝？』

『言重了！』文祥正色說道：『六爺，大局要緊！』

『是！』恭王也肅然答說：『明兒我就到軍機。』

『唉！』這時寶鋆才抹一抹汗，嘆了口歡喜的氣，『我算是服了西邊了！』

蒙古狀元

喧騰了一個多月的話題：恭王被慈禧太后逐出軍機的前因後果；自從那道天恩浩蕩的煌煌上諭一發，迅即消寂。這並不是因爲恭王復領樞務，沒有甚麼好談的；而是有了一個更有趣的話題：前科翰林『散館』授職，和本科的狀元落入誰家？

『散館』大考，一等第一名是張之洞，他原來就是探花，不算意外。緊接著便是殿試，照例四月二十一在保和殿，由皇帝親試。天下人才，都從此出，關係國運隆替，所以儀制極其隆重；由賈楨、寶鋆主考。會試及第的一榜新貢士共計二百六十五名，天不亮就都到了午門，各人都有兩三個送考的親友，在曉風殘月下東一堆、西一堆小聲交談著。到卯正時分，唱名進殿，單數從左掖門進，雙數從右掖門進；齊集殿前，由禮官鳴贊著行了三跪九叩首的大禮，禮部散發題紙，然後各自就座，盡平生所學，去奪那名『狀元』。

殿試照例用策論，一共問了四條，先問『正學』源流，次問吏治，再問安民弭盜之法和整頓兵制之道；說是『凡茲四端，稽古以懋修途，考課以釐政績，除莠以清里閈、詰戎以靖邊陲，皆立國之遠猷，主政之要務也。多士力學有年，其各陳讜論毋隱，朕將親覽焉！』

名爲『親覽』，其實只看十本卷子。殿試的考官，稱爲『讀卷大臣』，看得中意的，卷面上加一個圈；這一次一共派出八名『讀卷大臣』。所以最好的一本卷有八個圈，那便是壓卷之作。以下九本的次序，也是按圈圈多寡來排。然後進呈御前，硃筆欽定；有時照原來的次序不動，有時因爲某些特殊的原因，原試列入二甲的，變了第一，全看各人運氣。

殿試一天，『讀卷』兩天，到了四月二十四一早，兩宮太后帶著小皇帝臨御養心殿，宣召軍機大臣和八名讀卷大臣——八臣以協辦大學士瑞常為首，把疊得整整齊齊的十本卷子，捧上御案。慈禧太后已經在同治元年壬戌和二年癸亥，親手點過兩次狀元，所以不看文章，只看圈圈。很熟練地拿起第一本卷子，用長長的指甲挑開彌封，看狀元是甚麼人？

一看之下，不由得失聲輕呼：『是他！』接著便怔怔地望著慈安太后。

『誰啊！』

『賽尚阿的兒子崇綺。』

這一宣示，最感驚異的是那班軍機大臣；但遇到這樣的場合，唯有保持沉默，看兩宮太后的意思如何？

『怎麼辦呢？本朝從來沒有這個規矩！』慈禧太后看著瑞常說。

看大家依舊沒有表示，慈禧太后頗為不悅。自從滿、漢分榜以來，旗人不管是滿洲、蒙古，歷來不與於三鼎甲之列。因為旗人登進的路子寬，或者襲爵，或者軍功，胸無點墨亦可當到部院大臣；為了籠絡漢人起見，特意把狀元、榜眼、探花這三個人人豔羨的頭銜，列為唯有漢人可得的特權。祖宗的苦心，讀卷大臣豈能不知？雖說彌封卷子不知人名，但這本卷子出於『蒙古』，卷面卻有標示；然則這樣選取，豈非有意藐視女主不能親裁甲乙，存心破壞成法？

慈安太后也不以為然，不過她並不以為讀卷大臣有甚麼藐視之心，只是一向謹慎，總覺得『無例不可興，有例不可滅』，從來鼎甲都點漢人，不能忽而冒出一個『蒙古狀元』來！所以神色之間，對慈禧太后充分表示支持。

『怎麼辦呢？』慈禧太后低聲問她：『我看……』

『我看讓軍機跟他們八位再商量一下吧？』

這是無辦法中的辦法，慈禧太后恨自己在這些上面魄力還不夠，懂得也不夠多，不能像前朝的皇帝——特別是『乾隆爺』，可以隨自己的高興而又能說出一番大道理來，更動進呈十本的名次。那就只好同意慈安太后的主張了。

卷子仍由瑞常領了下來。這是從來沒有過的事，大家都不知道該怎麼辦？瑞常是蒙古人，不便講話；恭王驚弓之鳥，不肯講話；其餘的人心裡都在想，『狀元』是讀書人終生的夢想，而崇綺在事先連夢想的資格都沒有，一旦到手，這一喜何可以言語形容？如果打破了已成之局，另定狀元，得了便宜的人，未見得感激，而崇綺那裡一定結了個生死冤家。這又何苦來？

於是相顧默然，出現了從未有過的僵局。到底是年紀輕些的沉不住氣；內閣學士延煦便說了句：『只論文字，何分旗漢？』

『不錯！』大家同聲答應，如釋重負。

當時便由曹毓瑛動筆，擬了個簡單的摺片，由恭王和瑞常領銜覆奏，事成定局。

消息一傳出去，轟動九城，有的詫爲奇事，有的視爲佳話，當然也有些人不服氣，而唯一嚎啕大哭的卻只有一個人，那就是新科狀元崇綺。

從他父親賽尙阿在咸豐初年，以大學士軍機大臣受命爲欽差大臣，督辦廣西軍務，負責剿辦洪楊而失律革職以後；崇綺家一直門庭冷落，於今大魁天下，意料之外地揚眉吐氣，自然要喜極而泣。

略略應酬了盈門的賀客，崇綺有一件大事要辦：上表謝恩。這又要先去拜訪前科狀元翁曾源——有這樣一個相沿已久的規矩，新科狀元的謝恩表，必請前一科的狀元抄示格式；登門拜訪時要遞門生帖子，致送贄敬。這天下午他到了翁家，翁曾源正口吐白沫，躺在床上發病；而人家天大的喜事又不便擋駕，只好由翁曾源的叔叔翁同龢代見。

翁同龢也是狀元，所以平日與他稱兄道弟的崇綺，改口稱他『老前輩』，一定要行大禮。『不敢當，不敢當！』翁同龢拼命把他拉住。

主客兩人推讓了半天，終於平禮相見。翁同龢致了賀意，少不得談到殿試的情形，崇綺不但得意，而且激動；口沫橫飛地說他平日如何在寫大卷子上下功夫，殿試那天如何似得神助。又說他得狀元是異數，便這一點就可不朽。那副得意忘形的樣子，把下了十年功夫的『程、朱之學』，忘得乾乾淨淨，假道學的原形畢露，翁同龢不免齒冷。

抄了謝恩表的格式，又請教了許多第二天金殿臚唱，狀元應有的儀注；崇綺道謝告辭，回家商量請客開賀，興奮得一夜不曾闔眼。而就在這一天，蒙古的文星炳耀，將星隕落；僧王在山東中伏陣亡了。

痛失干城

僧格林沁自從上年湘軍克復金陵，建了大功；其後朝命曾國藩移師安徽、河南邊境，會同剿辦捻匪，認爲有損威名，大受刺激，越發急於收功。其時捻匪張總愚流竄到河南鄧州，僧王初戰不利，幸虧陳國瑞及時赴援，反敗爲勝，窮追不捨；那一帶多是山地，不利馬隊，屢次中伏，僧王更爲氣惱，輕騎追敵，常常一日夜走一兩百里。宿營時，衣不解帶，席地而寢；等天色微明，躍然而起，略略進些飲食，提著馬鞭子自己先上馬疾馳而去，隨行的是他的數千馬隊；把十幾萬步兵拋得遠遠地。

就這樣，半年功夫把捻匪攆得上天無路，入地無門，由河南確山竄汝寧，經開封、歸德；往北進入山東省境，自濟寧、沂州，繞回來又到曹州，捻匪表示只要官軍不追得那麼緊，讓他們能喘口氣，就可以投降。僧王不理這一套，在曹州南面打了一仗。

這一仗在捻匪是困獸之鬥，官軍失利，退入一座空堡。捻匪重重包圍，沿空堡四周，挖掘長壕。一旦挖成，官軍便無出路；因而軍心惶惶，兼以糧草不足，整個部隊有崩潰之虞。

那些將官一看情形不妙，會齊了去見僧王，要求突圍，僧王同意了。於是分頭部署，僧王與他的部將成保作一起，派一個投降的捻匪，名叫桂三的前驅作嚮導。

心力交瘁的僧王，那時全靠酒來撐持；喝得醉醺醺上馬，一上鞍子就摔了下來——這倒不是因爲他喝醉了的緣故；馬出了毛病，釘掌沒有釘好，一塊馬蹄鐵掉了，馬足受傷，怎麼樣也不肯走，只好換馬。

那夜是下弦，二更天氣，一片漆黑；跌跌衝衝出了空堡，誰知桂三與捻匪已有勾結，帶了他的一百人，勒轉馬頭直衝官軍。外圍的捻匪，乘機進擊，黑頭裡一場混戰，也不知誰殺了誰？人驚馬嘶，四散奔逃。到了天亮，各自收軍，獨不知僧王的下落。

當時亂烘烘四處尋查，只見有個捻匪，頭戴三眼花翎，揚揚得意地從遠處圩上經過。那個戰場上一共十幾萬人，只有一支三眼花翎；既然戴在捻匪頭上，僧王頭上就沒有了。於是全軍慟哭：『王爺陣亡了。』一面哭，一面去找僧王的遺體，找了一天也沒有找著。

僧王對漢人，尤其是南方的漢人有成見，部下多爲旗將；獨對陳國瑞另眼相看，他的提督，就是僧王所保。這時一方面感於知遇之恩，一方面主帥陣亡，自己亦有責任，所以召集潰兵，流涕而言，他個人決心與捻匪決一死戰，願意一起殺賊的，跟著他走，不願的他不勉強。說完，隨即就上了馬。

這一下號召了幾百人；人雖少，鬥志卻昂揚，所謂『哀師必勝』，大呼衝殺，居然把大股捻匪擊退，殺開一條很寬的血路，同時也找到了僧王的遺體。

僧王死在吳家店地方的一處麥田裡。身受八創，跟他一起被難的，只有一個馬僮。陳國瑞與部卒下馬跪拜，痛哭一場；然後他親自背負僧王的遺體，進曹州府城，摘去紅頂花翎，素服治喪。

消息報到京城，朝野震驚。兩宮太后破例於午後召見軍機，君臣相對，無不黯然；首先商議僧王的身後之事，決定遣派侍衛隨同僧王的長子伯彥訥謨祜赴山東迎喪，輟朝三日，恤典格外從優，由軍機處會同吏部、禮部、理藩院商定辦法，另行請旨。

其次要商議繼任的人選；這才是眞正的難題所在！朝廷在軍務上本來倚重三個人，東南曾國藩、西北多隆阿、而中原馳驅靠僧王；多隆阿在上年四月，戰歿於陝西，整整一年以後，僧王又蘧爾陣亡。旗營宿將雖還有幾個，但論威名將才，無一堪當專征之任。而流竄飄忽，詭譎兇悍的捻匪，如果不能及時遏制，趁大將損折，軍心惶恐之時，由山東渡河而北，直撲京畿，那時根本之地震動，可就要大費手腳了。

因此自恭王以次的軍機大臣，內心無不焦灼，但怕兩宮太后著急，對兵略形勢，還不敢指陳得太詳細；但無論如何輕描淡寫，山東連著河北，就像天津連著北京那樣，是再也清楚不過的事。所以慈禧太后也知道，如今命將代替僧王，主持剿捻的全局，是必須及時決定的一件大事。

說了幾個旗將，這也不行，那也靠不住，慈禧太后不耐煩了，『別再提咱們的那班旗下大爺了！』她向恭王說，『我看，還是非曾國藩不可。』

這是每一個人心裡都想到了的人。但剛剛發生過蔡壽祺那件隱隱然曾指責恭王植黨，結曾國藩和湘軍以自重的大參案，誰也不肯貿然舉薦。恭王尤其愼重，一接僧王陣亡的消息，就考慮過此事；他認爲曾國藩是接替僧王萬不得已的人選，能夠不用，最好不用。現在雖奉懿旨，卻仍不能不陳明其中的關係，萬一將來曾國藩師老無功，也還有個分辯責任的餘地。

『回奏兩位皇太后，』他慢吞吞地答道：『曾國藩今非昔比了。他也有許多難處，怕挑不下這副千斤重擔。』

『怎麼呢？』

『金陵克復，湘軍裁掉了許多。他手下現在也沒有甚麼兵。』

『兵可以從別地方調啊！而且李鴻章不也練了兵了嗎？』慈禧太后又說：『就照去年秋天那個樣子辦好了。』

『是！』恭王口中答應，心裡不以爲然，但目前已無復過去那種犯顏直奏，侃侃而談的膽氣了，所以先延宕一下，作爲緩衝：『容臣等通籌妥當，另行請旨。』

在奏對時一直不大發言的文祥，覺得此時有助恭王一臂的必要，因而也越班陳奏：『請兩位皇太后，准如恭親王所請。僧王殉難，關係甚大，除了軍務以外，以僧王威望素著，凶信一傳，民心士氣，皆受影響，都得要預先設法彌補。謀定後動，庶乎可保萬全，此時不宜自亂步驟。』

『對了！安定民心也很要緊。不過現在也沒有甚麼從長計議的功夫，你們連夜商量吧！明兒上午「見面」，就得「寄信」了！』

恭王退出宮來，立即派人把吏部尚書瑞常和朱鳳標，戶部尚書羅惇衍，兵部尚書載齡和萬青藜請了來，就在軍機處會談。找了這些人，要談的自然是調將、籌餉和練兵；未入正題，先有無數嗟嘆，瑞常尤其傷感，不斷揮涕，講了許多僧王的遺聞逸事，然後又談恤典，又說捻匪所經各省的地方官，未能攔截迎剿，以致僧王輕騎追敵，身陷重圍，應該有所處分。

這樣扯到旁枝上談了好半天，暮色已起，宮門將閉，恭王不得不攔住話頭，宣示了懿旨，問大家有何意見？

『也只有曾滌生的聲望，才能鎮壓得住。』瑞常問道：『那麼，江督誰去呢？』

『上頭的意思，照去年秋天的樣子辦。』

去年秋天朝命曾國藩赴安徽、河南邊境督師會剿，是由江蘇巡撫李鴻章署理兩江總督；漕運總督吳棠兼署江蘇巡撫，但現在情況不同了。

『吳仲宣已調署兩廣，目前雖未離任，不過說起來以粵督兼署蘇撫，體制似乎不合。』

大家都點點頭，但誰也不開口；吳棠是慈禧太后的人，他的出處以不作任何建議爲妙。

『博川！』恭王看這樣子，便問文祥：『你看蘇撫該找誰？』

『內舉不避親，劉松巖。』劉松巖名郇膏，現任江蘇藩司，與文祥是同年，所以他這樣說。

這一說，大家也都點頭，劉郇膏一直在江蘇，頗有能名；現任巡撫升署總督，則藩司升署巡撫也是順理成章的事。

文祥又談到吳棠。他已調署兩廣，但以彭玉麟繼他的遺缺，卻一直不肯到任，因而吳棠也就走不了，兩廣總督一直由廣州將軍瑞麟署理著。這個虛懸之局，不是久長之計，而關鍵在彭玉麟。他問：『彭雪琴到底怎麼個意思呢？如果他一定不幹漕督，不如趁此另作安排。』

『你看如何安排？』

文祥不曾開口，寶鋆說了：『吳仲宣在江蘇多年，現在曾滌生移師北上，糧台還要靠他。不如奏請留任吧！』

『話是不錯。你要知道，同為一「督」，價錢可不一樣。』恭王低聲說道：『把吳仲宣那個煮熟了的鴨子給弄飛了，上頭未見得依！』

看到恭王畏首畏尾，銳氣大消，李棠階頗為不耐，當時就把水煙袋放了下來，紙媒扔在痰盂裡；那模樣是有番緊要話要說，大家便都注目了。

『王爺！』李棠階的聲音很大，『大局動盪，兵貴神速，如何援山東，保京畿，該有個切實辦法談出來。今日之下，何暇談人的爵祿？』

話風是對著吳棠，而鋒芒畢露，在座的人都有被刺了一下的感覺；只是這一刺就像下了針砭，精神一振，都朝『援山東，保京畿』的大局上去想了。

『文翁責備得是。』恭王略帶慚愧地說；再要有話卻已被李棠階打斷。

『王爺言重！我豈敢有所指責？不過，談維持大局，在外既然少不了曾滌生，在內就少不了王爺。內外相維，局勢雖險無虞！王爺仍舊要不失任事之勇，才是兩宮太后不肯讓王爺「自耽安逸」的本意！』

這番話說得很精闢，而且是所謂『春秋責備賢者』之義，恭王深為敬服，謙抑而懇切地點著頭。同時也真的受了他的鼓勵，擺脫各種顧慮，很切實地談出了一些辦法。

會議未終，宮中又發下來幾道軍報，是山東巡撫閻敬銘和直隸總督劉長佑奏報僧王陣亡，捻匪流竄，防區告警的情形；山東自曹州以北數百里間，一片賊氛。閻敬銘已經由東昌趕回省城濟南去部署防守，此外就只有山東藩司丁寶楨的三千人，扼守濟寧，奏摺中特地聲明『能守不能戰』。『濟寧過去就是曲阜，聖蹟所在，地方自然要出死力保護，捻匪也不敢冒這個大不韙；西面大概不要緊。』

大家都同意曹毓瑛的看法；然則東面和北面呢？曹州東北就是直隸省界大名府一帶，劉長佑親自在那裡督剿，但兵力也很單薄。

『曾滌生打仗，一向先求穩當，等他出兵，恐怕緩不濟急。』恭王沉吟了一下，面色凝重地說：『又非大動干戈不可了。』

這表示調兵遣將，很有一番斟酌，天色已晚而非片言可盡；大家都主張一面商議，一面下旨。於是先把派曾國藩即行『前赴山東一帶督兵剿賊，兩江總督著李鴻章暫行署理』的上諭擬好，由軍機章京敲開宮門，送了進去。

兩宮太后正在悼念僧王，慨嘆旗將後起無人，當年進關，縱橫無敵的威風，盡掃無遺。看到進呈的旨稿，不免又提到曾國藩——虧得罷黜恭王一案，沒有上蔡壽祺的當，把曾國藩牽連進去，不然此刻就很尷尬了！且不說曾國藩自己的想法如何，朝廷也不好意思再責以重任。兩宮太后心裡都這麼在想，卻都未說出口來，只是很快地鈐了『御賞』和『同道堂』兩方圖章，仍舊送了出來，由軍機以『廷寄』的方式，交兵部連夜派專差，飛遞金陵。

軍機處的會議，移到了恭王府，但與會的人，除了軍機大臣以外，只有一個兵部尚書載齡；這個被慈禧太后譏爲『筆帖式』的大臣與會，只因爲他數字記得熟，哪裡有多少兵馬？問他便知，省得去查。

經過徹夜的會商，大致算是部署停當。那時已交丑時，在內廷值日的官員，平常在這時刻也就該起身，預備進宮，此時自不必再睡，更不必回府。恭王派人煎了極濃的參湯，備下極滋養的點心；加上一遍一遍的熱手巾把子送來擦臉，所以雖然辛勞了一晝夜，精神倒都還能支持。

一早進宮，值班的軍機章京已經把例行的事務都料理清楚；預先知道今日召見，要在御前敷陳軍務，並已預備了一張直、魯、豫、皖、蘇五省的地圖。恭王親自仔細看過，另外加上了一些記號，捲起備用。

平日軍機進見，總在辰正時分，這天特別提早，自鳴鐘上七點剛過，蘇拉就來稟報：『上頭叫起。』見了面，慈禧太后先就訝然問道：『怎麼？你們臉上的氣色都不大好！』

『臣等因爲軍情緊急，商量了一夜，到現在不曾睡過。』

『哦！』兩宮太后異口同聲地；雖未再說甚麼，但感動嘉慰的神色，相當明顯。

『臣等商議，京畿重地，務需保護，總要教捻匪一人一馬不入直隸境界，才是萬全之計。現在擬定了三方面兜剿的方略，請旨施行。』

接著恭王便在御案前展開了地圖，其餘四樞臣也立近御案，幫著講解。由兩江北上的軍隊，雖由曾國藩統帶，其實『淮軍』已代『湘軍』而起，所以李鴻章的責任甚重，除了劉銘傳一軍，原已奉旨由徐州北上，應該嚴飭加緊赴援以外，另外責成李鴻章在所屬各軍內，抽調勁旅，由上海乘輪船循海道北上，或者由膠州登岸，西趨濟南；或者由天津登岸，南下山東，這樣就可趕在捻匪前面，迎頭痛剿。

慈禧太后心中一直存著一個疑問，曾國藩出省剿賊，由南往北襲捻匪的後路，豈非把他們由山東往直隸攆？這時一聽恭王的解釋，才算明白，『對了！』她欣快地說：『是要這樣在前面攔住才是辦法。可是李鴻章的隊伍趕得上嗎？』

『火輪船走得快；只要劉長佑和閻敬銘能把捻匪擋一擋，有那麼半個月的功夫，淮勇就可以佔先。』

『那麼，劉長佑、閻敬銘能擋得住擋不住？我看直隸和山東的兵力都單薄。』

『臣等已經都核計過。』恭王從容答道：『能夠抽調精兵增援直、魯。』

恭王口中的『精兵』，是號稱知『洋務』，以兵部侍郎參贊直隸軍務，並在總理通商衙門行走的崇厚，所統帶的『洋槍隊』，預備抽調一千五百名，由崇厚親自率領，開赴前線，歸劉長佑節制；並再飭署理吉林將軍皀保、黑龍江將軍特普欽，各派五百馬隊，星夜馳入關內，會同剿賊。『洋槍隊』器利，馬隊輕捷，人數雖少，效用極大。

此外還要分會河南巡撫吳昌壽帶兵出省會剿，湖廣總督官文抽調楚北九營赴直東交界之處支援，漕運總督吳棠派屬下炮艇夾攻。諸路會師，厚集兵力，眞正是恭王所說的『大動干戈』。

慈禧太后對恭王的陳奏，非常滿意，不斷點著頭對慈安太后說：『妥當得很。』

於是恭王乘機提到吳棠的留任，『吳棠在兩淮多年，督辦糧餉，甚爲得力。』恭王停了一下，看慈禧太后傾聽而無所表示，才接下去又說：『曾國藩、李鴻章都要靠他作幫手；現在曾國藩督兵北上，更非吳棠替他辦糧台不可。臣的意思，彭玉麟情願辦理長江水師，幾次懇辭漕督，不如就讓吳棠留任，人地比較相宜。』

慈禧太后沉吟了，不過也不太久，『如果非吳棠不可，那就讓他留任好了。』她說。

看她的意思，似乎還有些替吳棠抱屈，恭王便又加了一句：『吳棠這幾年很辛苦。等局勢稍微平定些，看哪裡總督該調該補，再請旨簡放吳棠。』

這是因爲他兩廣總督不能到任，預先加以安慰；慈禧太后當然懂恭王的意思，心裡覺得他很知趣，但表面上卻不便表示，只說：『都照你的意思辦好了。今天的旨意很多；先分兩三位出去，讓他們寫旨吧！』

恭王也正想如此辦，隨即作了個分配，由文祥、李棠階、曹毓瑛先退回軍機去『述旨』；他自己和寶鋆還有關於僧王的善後事宜要請旨，仍舊留在養心殿。

等文祥他們一回去，軍機章京可真大忙而特忙了。誠如慈禧太后所說，這天的『旨意很多』，指授方略，向來愈詳愈好；但以軍情機密，除非方面大員、專征將帥，得以明瞭全盤部署，否則爲求保密，措詞詳簡不同，因人而異，所以同爲一事，發往山東的廷寄不能發往河南；而又有一事需分飭數省遵行，便得分抄數份。這都不能假手於人，全靠軍機章京的筆快。

等擬好旨稿，進呈核可，軍機大臣的曹毓瑛，分別緩急，吩咐先發『兩江』的廷寄——這是給曾國藩和李鴻章的諭旨。洋洋兩千餘言，情詞殷切，如果一個人抄繕，得要好一會功夫，所以用『點扣』的辦法。

上諭的行款是有規定的，明發每頁六行，廷寄每頁五行，每行二十字；點明全文字數，扣準每頁起訖，分開抄繕，即名爲『點扣』。等抄好校對，一字不誤，方始黏連在一起，隨即加封鈐上軍機處的銀印，不到一個時辰，便已發出。

這樣一直忙到中午，猶未完畢。在養心殿也還未退朝；僧王生前的戰功，看來並不如何輝煌；但一死便讓大家亂了手腳，才知道他眞是國之干城，因此兩宮太后悼念元勳，指示恤典特別從優。於是又召見禮部尙書，當面商定，除了發帑治喪、子孫襲爵以外，特諡爲『忠』，配享太廟，那都是安邦定國，第一等功臣才能得到的殊榮。

此外還要籌劃財源。定陵工程，已費了一筆巨款，現在軍事逆轉，爲激勵士氣，欠餉一定得發一發；這又是大費周章的事，商量的時間便久了。

這時已錯了傳膳的時刻，都是天色微明吃的早飯，至此無不飢腸轆轆；君臣爲國，枵腹從公，等退朝下來，剛回到軍機處，立刻便有小太監來傳旨：兩宮太后賞恭親王江米釀鴨子一大碗、三絲翅子一大碗、一品鍋一個、菠菜豬肉餡包子一大盤，由御膳房侍候。同時聲明：不必謝恩。

雖說『不必謝恩』，恭王還是必恭必敬地站著聽完。隨後御膳房便來開飯，照例的四盤四碗以外，加上太后所賞的菜，擺滿了一張大理石面的圓桌；恭王看在眼裡，感在心中，久矣沒有這樣的恩典了！不想一番挫折之後，復蒙眷遇，所不同的，從前傳旨是『賞議政王』，而今是『賞恭親王』，轉念到此，越覺悲歡不明。

『咱們五個人哪吃得了這麼多？』寶鋆提議：『給他們撥一半兒去吧！』

『他們』是指對面屋裡的軍機章京，恭王接口便說：『何必那麼費事？讓他們一塊兒過來吃好了。』

『怕坐不下吧?』文祥說。

『不要緊，擠一擠，倒熱鬧。』

這下眞是熱鬧了!滿漢章京各十六人，分成四班;滿漢各一班間日輪値，也有十六人之多，加上軍機大臣一共二十一個人，就換了特大號的圓桌面來，也還是坐不下。但恭王願與軍機章京會食，不便辜負他那番禮賢下士的美意;文祥便與李棠階、寶鋆、曹毓瑛，以及兩個『達拉密』坐一桌，讓其餘的陪著恭王在一起坐。

這頓飯吃得很香，一則是飢者易為食，再則是頗有『大團圓』的那種味道。恭王一高興之下，告訴寶鋆，每人送二百兩銀子的『節敬』。前方的士氣不知如何?軍機章京卻是感於恭王的體恤，人人效命，案無積牘，部署詳明;朝野之間，原以僧王陣亡，匪勢復熾，人心頗有浮動不安的跡象，現在看到恭王和軍機大臣指揮若定，總算把那些無稽的流言平息下來了。

但是曾國藩未曾帶兵出省，總是件不能叫人放心的事。連兩宮太后也已明白，自金陵一下，曾國藩唯恐位高謗重，凡有措施，無不以持盈保泰，謙讓退避爲宗旨;寧願『求闕』，不願全美，尤其是蔡壽祺放了那一把野火，雖沒有燒到曾國藩身上，而以他的謹密深沉，必具戒心，未見得肯擔此重任。如果等他上疏一辭，再責以大義，寵以殊榮，雖可挽回，終嫌落了痕跡，於民心士氣，大有關係。這樣就不如『先發制人』，所以一連又發了三道措詞十分倚重的上諭，催他出兵。同時也知道曾國藩篤於手足之情，對他的那個『老九』，曲盡維護，唯恐不周，所以特別提到請假回籍的曾國荃，希望他銷假，『來京陛見』，以便起用，作爲暗中的一種籠絡。

這還不夠，大家商量的結果，認爲曾國藩可能還會以湘軍裁撤，無可用之兵，難當重任作爲推辭的理由，因又面請兩宮太后，明發上諭：『欽差大臣協辦大學士兩江總督一等毅勇侯曾國藩，現赴山東一帶督師剿賊，所有直隸、山東、河南三省旗綠各營，及地方文武員弁，均著歸曾國藩節制調遣，如該地方文武，不遵調度者，即由該大臣指名嚴參。』

旨稿一送上御案，慈禧太后看了好一會，不能定奪；慈安太后在側面望去，見那道上諭不過三五十字，不解何以疑難如此？

她還未發問，慈禧太后卻先向她開了口：『有了這道旨意，曾國藩就跟「大將軍」一樣了！』『大將軍』是唯有近支親貴才能擔當的重任；曾一度讓年羹堯掛過這顆印，終以跋扈被誅。因爲大將軍可以指揮督撫，若有不臣之心，便可釀成臣患，所以漢人從未擁有此頭銜。在咸豐初年，『老五太爺』以惠親王的身分，被授爲『奉命大將軍』賜『銳捷刀』，其實等於一個虛銜。如今曾國藩受命節制三省，『地方文武不遵調度者，指名嚴參』，那把直隸總督劉長佑、山東巡撫閻敬銘、河南巡撫吳昌壽都包括在內，才眞正是大將軍的職權。

慈安太后明白了她躊躇的緣故。想想也是，兩江總督李鴻章是曾國藩的得意門生，陝甘總督楊岳斌替曾國藩辦過水師，閩浙總督左宗棠雖說與曾國藩不睦，但到底是一起共過患難的同鄉；加上陝西巡撫劉蓉，湖南巡撫李瀚章，廣東巡撫郭嵩燾，都與曾家有極密切的關係，看起來曾國藩的羽翼遍佈天下；自開國以來，不要說是漢人，亦從無這樣一個臣子擁有這樣的勢力，倘或要造反，這反一定造得成！

曾國藩要造反？慈安太后自己都覺得好笑了：『蓋圖章吧！』她催著慈禧太后，語氣輕鬆，顯得把這道上諭不當一回事似地。

曾侯剿捻

深宮樞庭，盼望曾國藩帶兵出省剿賊的奏報，如大旱之望雲霓；哪知倏忽半月，音信毫無。這時山東的捻匪，已由曹州往北流竄，正盤踞在『梁山泊』一帶——自從咸豐四年銅瓦廂決口，黃河奪大清河由北道出海，這裡便成了運河與黃河交會之處，地形複雜，防剿兩難；而最吃重的是壽張到張秋那一段，劉長佑就在這裡沿北岸佈防，苦苦撐持。倘或再無援師，捻匪一渡了河，自東昌而北，無險可守；雖有崇厚的一千五百洋槍隊，亦恐擋不住捻匪的馬隊。

終於曾國藩的奏摺到了，江蘇的提塘官早已接到命令，江寧摺差一到，便需報信，所以親到恭王府來通知。恭王便找了文祥等人，趕進宮去，等候召見，而且期待著會聽到極好的消息。

這時是下午三點多鐘，夏至已過，白晝正長；恭王坐了一會，未見宮裡有話傳出來，也還不急。文祥心裡有些不安，急於想知道曾國藩奏報些甚麼？便勸恭王『遞牌子』請見；正在商議著，值日的軍機章京來說：『上頭有摺子發下來；到內奏事處去領了。』

果然是曾國藩的奏摺，打開一看事由：『遵旨前赴山東剿賊，瀝陳萬難迅速情形』，恭王倒吸了一口冷氣。

寶鋆心最急，開口便問：『怎麼說？』

『「金陵楚勇裁撤殆盡」，要「另募徐州勇丁，期以數月訓練成軍」，此其不能迅速者一；』恭王一面看，一面說：『捻匪「積年戰馬甚多，馳驟平原，其鋒甚銳」，要到古北口採買戰馬，加以訓練，此其二；「拒賊北竄，唯恃黃河天險」，興辦水師，亦需數月，此其三。』

說到這裡，恭王住了口，雙眼緊盯在紙上，而眉目也舒展了；顯然的，曾國藩以下的話是動聽的。

『他也有他的道理。不過……』他把奏摺遞了給文祥，『你們先看了再說。』

文祥看著便點頭，同時為寶鋆講述內容：『曾滌生只肯管齊、豫、蘇、皖四省交界十三府州的地方，以徐州為「老營」。你聽他的話：「此十三府州者，縱橫千里，捻匪出沒最熟之區；以此責臣督辦，而以其餘責成本省督撫，則汎地各有專屬，軍務漸有歸宿。」』

『那好！』寶鋆欣然答道：『只要他肯管這十三府州就行了。』

『你慢點高興！』恭王接口說道：『聽博川唸下去。』

於是文祥便提高了聲音唸：『此賊已成流寇，飄忽靡常，宜各練有定之兵，乃可制無定之賊！方今賢帥新隕，劇寇方張，臣不能速援山東，不能兼顧畿輔，為謀迂緩，駭人聽聞，殆不免物議紛騰，交相責備。然籌思累日，計必出此。謹直陳蒭蕘，以備採擇。』

『這也沒有甚麼！無非……』

『莫忙！』恭王又說：『還有個附片。』

附片奏稱：『臣精力日衰，不任艱巨。更事愈久，心膽愈小，疏中所陳專力十三府州者，自問能言之而不能行之。懇恩另簡知兵大員，督辦北路軍務，稍寬臣之責任。臣仍當以閒散人員，效力行間。』

這一唸出來，不但寶鋆，連文祥都覺得詫異；奏摺與附片的語氣頗有不同，前面已答應了的話，到後面忽又變卦，說是『能言不能行』，那麼到底是責成他『督辦』十三府州呢，還是『另簡知兵大員，督辦北路軍務』？

三個人反覆推敲，才把曾國藩的吞吐的詞氣弄明白，照他的意思，最好讓他坐鎮徐州，練兵籌餉，居中調度；臨陣督師，應另有人。大家覺得他的打算也不錯，而且非如此不足以見其所長；無奈此時就找不出一個善於馭將而能親臨前敵，且在資望上可以成爲曾國藩副手的人。

『眞正是愛莫能助！』恭王苦笑道：『唯有催他早日出師，請他「挺」一下！』

商定了這個結論，只待明日請旨辦理，此刻就不必驚動兩宮。哪知正要出門上轎，聽得後面有人大喊：『六爺請留步。』

回身看時，是春耦齋的一名首領太監，恭王便站住了腳等他。那名太監氣喘吁吁地請了安，好半晌才能說出話來。

『兩位太后剛剛才知道六爺進宮來了。傳旨讓六爺到春耦齋見面。』

等見了面，慈禧太后一開口就問：『曾國藩到底是怎麼回事呢？』

『臣已經仔細看了他的摺子了。』恭王很謹愼地回答：『曾國藩辦事，向來講求扎實。現在盛名之下，更加小心；請兩位太后體諒他的心境。』

『六爺！曾國藩的事，咱們作個歸結，你看該怎麼辦呢？』

『自然是催他早日出師。』恭王答道：『其實曾國藩出省北上，無非借重他的威名；打仗要靠淮勇——李鴻章辦事一向周密明快，也最知好歹，君恩師恩，都不容他不盡心。讓他抽調勁旅，坐海船北上，也許已經出海，加上崇厚的洋槍隊，京畿重地，可保無虞。兩位太后，請寬聖慮。』

其時前方的局勢，已經可以令人鬆口氣了。因爲李鴻章所派的五千人，已由潘鼎新率領，從上海下船，經海道到大沽口，登岸南下，攔剿捻匪；據見過這一支兵的人說，『淮勇』器械精良，精神飽滿，如新鉶初發，頗具銳氣。此外劉銘傳一軍亦已到達濟寧，雖然一到山東就跟素以蠻橫出名的陳國瑞所部，先打了『一仗』，而從聲勢上來說，到底是官軍增援。不過最重要的，還在曾國藩力任艱巨，終於在五月廿三，江寧全城鳴炮恭送聲中，乘船出省，到山東督師。

樞臣督師

七月十二日慈安太后萬壽，宮裡唱了三天的戲。但兩宮太后的興致並不好，因爲天氣太熱，小皇帝率領王公大臣在慈寧門行慶賀禮，多曬了一會太陽，便有中暑的模樣，卻又惦念著春耦齋的好戲，不肯安靜下來，又哭又喊，在養心殿鬧得不可開交；慈安太后一遍一遍地派人去問，自然不能安心聽戲。

慈禧太后則除了惦念小皇帝以外，還惦念著東陵——清朝自世祖以下，都葬在關內，世祖的孝陵，聖祖的景陵，高宗的裕陵在京東遵化縣西北的昌瑞山，總稱東陵，世宗的泰陵，仁宗的昌陵，宣宗的慕陵在京西易縣的永寧山，總稱爲西陵。文宗的定陵也定在昌瑞山，還有兩個月就要恭行奉安大典。而關外的馬賊，居然由喜峰口竄入關內，自遵化而西，過薊州逼近三河縣，離梓宮暫時安置的隆福寺，只有三四十里路。

那怪誰呢？多少年來京兵守關，只是虛應故事；南邏長城，就延安到遵化來說，大小關口就有五十六處，而僅僅喜峰口駐有旗兵二百，加上沿線的綠營兵丁一共不會超過五百人；但是大大小小的官兒，卻與士兵的數目，相差無幾，因此，馬賊才得來去自如。

接到奏報，慈禧太后又急又氣；急的是馬賊騷擾陵寢，怕壞了風水，而且不日就要為文宗奉安山陵，如果馬賊膽敢犯蹕，看樣子官兵一樣地無計可施，這怎麼能叫人放心得下？

氣的是旗人眞不爭氣！也不過三、五百馬賊，就已無計可施。她相信有湘軍在北方，最多調一千人，便可把這些馬賊『收拾』下來。於今只見從吉林將軍到直隸總督，無不張皇失措。因此，她對軍機大臣說的話，措詞相當尖刻。

恭王跟大家商議，認為除了嚴飭地方文武官員，各就轄區加意防守以外，得要動用器械精良的神機營方可收功。但是領兵的非一員大將不可。倒有一個旗營宿將在京裡，那是明末袁崇煥的後裔，江寧將軍富明阿；不過他在揚州一帶與洪楊軍作戰，腿傷頗重，現在奉旨回旗養傷，實在無能為力。於是文祥挺身而出，負起剿治京東馬賊的全責。

文祥所倚重的一個人名叫榮祿。此人字仲華，出身八旗世家，隸屬上三旗的正白旗。他的祖父與父親都在洪楊初起時，戰歿於廣西，榮祿以蔭生補為工部主事，管理銀庫；這是個肥缺，卻不知怎麼得罪了肅順，差點以貪污的罪名下獄。等到文祥當工部尚書，榮祿的機敏頗受賞識。以後醇王接管神機營，大加整頓；榮祿由於文祥的推薦，當了『專操大臣』兼『翼長』；如鳥之兩翼，這『翼長』的職位，便等於醇王的左右手，神機營的兵權，至少有一半在他手裡。

文祥受命之日，與神機營掌印管理大臣醇王商議，決定挑一千馬兵出發；這挑選的責任，就落在榮祿身上。

在禁軍中，神機營的身價特高，是就滿洲、蒙古、漢軍八旗的前鋒營、護軍營、步軍營、火器營、健銳營中，特選精銳，另成一軍，總計馬步二十五營。但禁軍的腐敗，已非一日，所以名爲精銳，不過與那老弱殘兵，一百步與五十步之分而已。慈禧太后也聽見過許多禁軍的笑話，平時擺擺樣子，還不要緊；現在要出隊去打仗，非同小可。所以特地囑咐安德海，悄悄到南苑去看一看，到底是何光景？

南苑離著京城好幾十里路，等安德海趕到，挑選已經完畢。只見滿街的兵，有的架著鷹，有的提著鳥籠，三五成群，或者在樹蔭下談得興高采烈，或者圍著小販吃豆汁、涼粉；也有些馬兵在遛馬、刷馬，卻是光著膀子戴一頂紅纓帽，形相越發不雅。

安德海是穿了便衣去的，也不便露出身分找神機營的章京、管帶去打聽甚麼，只好把在茶棚子裡歇足時所看到、聽到的情形，向慈禧太后回奏。

『這怎麼能打仗呢？』慈禧太后憂心忡忡地說。

『奴才還聽人唸了兩句詩，也是挖苦咱們神機營的，叫作「相逢多下海，此去莫登山。」奴才問他；這兩句詩，頭一句的「下海」，當然是指下巴頦上留的鬍子……』

『甚麼？』慈禧太后打斷他的話問：『都留了鬍子了？』

『是的。奴才也見了幾個。』

她頗有不信之意，又問：『「此去莫登山」是甚麼意思呢？』

『那個人說，下一句一個「山」字，上一句一個「海」字，指的是山海關，意思是說如果出山海關去剿治馬賊，要當心才好。』

『唁，神機營叫人損成這個樣子。』慈禧太后不勝感慨地。

『奴才還聽見好些新聞……』

那確是『新聞』，說山東曹州六月裡下雪，杭州在閏五月間百花齊放。這些『新聞』不知眞假，但欽天監奏報，說立秋那天風從兵地起，主有暴亂。天象示警，而人事如此，慈禧太后的心情十分沉重。

『奴才在想，不有齣戲叫「斬竇娥」嗎？』安德海自作聰明地，『大概僧王爺在曹州死得冤枉，所以那兒也跟「斬竇娥」一樣，六月裡下雪。不過杭州閏五月百花齊開，該是個好兆頭。』

『甚麼好兆頭！』慈禧太后很不高興的斥責，『你不懂就少胡說。』

夏行春令，絕不是甚麼好兆頭。第二天慈禧太后忍不住要跟軍機大臣們談論。恭王說他也聽見了這些『新聞』，完全是謠傳。如果雨雪失時，氣候不正，地方大員必有奏報，如今時隔多日，未見山東巡撫閻敬銘，浙江巡撫蔣益灃有何報告。另外可以專摺言事的駐防將軍和學政，亦從未提及此事，可見得是荒誕不經的謠言。

慈禧太后認爲雖是謠言，亦可看出民情好惡，人心向背。又說謠言起於局勢不穩，關外的馬賊，竄入關內，侵擾畿輔，百姓何能不起恐慌？然後又提到神機營，不斷搖頭嘆息，表示失望；說是所謂『整頓』，徒託空言，並無實效，這一次文祥帶隊剿賊，能不能成功，大成疑問。

她一個人說了許多話，又像責備，又像牢騷，語氣中還牽連著醇王。恭王如今是事事小心，除了唯唯稱『是』以外，不便多說甚麼；倒是文祥，越次陳奏，頗有幾句切實的話。他說旗營的暮氣積習，由來已久；京城繁華之地，不宜練兵，現在派隊出京，恰是一個歷練的機會，他向兩宮太后保證，此去必有捷報。

果然，等文祥領兵一到，竄擾遵化、玉田一帶的馬賊，聞風先遁；他一面派兵駐守隆福寺，保護梓宮，一面派榮祿帶隊搜捕零星馬賊。同時查明了防務疏忽的情形，參劾直隸提督徐廷楷。經此一番整頓部署，東陵一帶，可保無虞，這才回京覆命。

一到京，兩宮太后立即召見，大爲獎勉。談到剿治馬賊的經過，文祥坦率陳奏，只是把馬賊驅出關外，如不能徹底清剿，難保不捲土重來。

慈禧對此特感關心。山東、河南、安徽的捻匪；陝西、新疆的回亂；以及福建、廣東的洪楊軍殘部；到底離京師還遠，只有關外的馬賊，一竄入關內便是畿輔重地，倘有疏虞，即成心腹之患。因此，聽了文祥的陳奏，她已在作派兵出關的打算。

但是，眼前已在三處用兵，再要清剿關外馬賊，既無可調之兵，亦無可籌之餉。這就非通盤籌劃不可了。

籌劃的結果，認爲剿捻的軍務，非早日收功不可。曾國藩坐鎮徐州，以有定之兵，制無定之寇，主張堅決，拿他無可如何，那就只有在李鴻章身上打主意。於是九月初下了一道密旨給曾、李，說是：『河洛現無重兵，豫省又無著名宿將可以調派；該處居天之中，空虛可慮。因思李鴻章謀勇素著，且軍力壯盛，可以親歷行間。著即親自督帶楊鼎勳等軍，馳赴河洛一帶，扼要駐紮，將豫西股匪，迅圖撲滅，兼顧山陝門戶，俾西路張總愚等股匪，不致闖入，保全完善。一俟西路剿匪事竣，即行馳回兩江總督署任。』

這就是暗示，李鴻章如果不能消滅西路捻匪，就不用想再署理兩江總督。所以又有這樣的安排：『至兩江總督，事繁任重，李鴻章帶兵出省，不可無人署理；吳棠辦事認眞，且在清淮駐守有年，於軍務亦能整頓，即著吳棠署理兩江總督，其漕運總督印務，即交與李宗羲暫行署理。江蘇巡撫與洋人交涉事件頗多，丁日昌籍隸粵東，熟悉洋務，以之署理江蘇巡撫，可期勝任。曾國藩等接奉此旨，彼此函商，如果意見相同，即著迅速覆奏，再明降諭旨。』這最後一段話，明明白白地顯示了朝廷以名位作威脅的意思，倘或曾國藩依舊師老無功，他們師弟就不必再盤踞要津。

這時奉安大典已迫在眉睫，京城及近畿各地，大爲忙碌。在京各衙門，有職司的不說，沒有職司的也要派出行禮人員；近畿地方官，則以護蹕爲第一大事，尤其因爲鬧馬賊的緣故，格外加強警戒。直隸總督劉長佑，兼署順天府府尹萬青藜，直隸提督徐廷楷，熱河都統麒慶，原已因此案得了很嚴厲的處分，倘或蹕道所經，再發生甚麼盜案，驚了大駕，非丟官不可，所以都下了極嚴厲的命令，大捕盜賊。抓到盜首，立刻請旨正法，割下腦袋傳示犯案的地方，一時宵小匿跡，頗爲清靜。

一過九月十五，車馬紛紛出東便門，在定陵有職司的官員，都取道通州，先趕去侍候。到了十七啓鑾那天，除去肅親王華豐，大學士賈楨、倭仁，軍機大臣文祥奉旨留京，分日輪班進宮辦事以外，其餘王公大臣，三品以上的文武官員，以及福晉命婦，都隨扈出京。兩宮太后的黃轎出宮，先到朝陽門外東嶽廟拈香，然後循蹕路緩緩行去。第一天駐蹕煙郊行宮，第二天駐蹕白澗行宮，第三天到了薊州；隆福寺在城北半山上，小皇帝率同文武百官叩謁梓宮。

第四天移靈，第五天皇帝謁東陵，第六天奉安定陵地宮，由大學士周祖培、協辦大學士瑞常恭題神主；生於安樂，死於憂患的咸豐皇帝，一生大事，到此結束。

大葬禮成，兩宮太后在隆福寺行宮召見恭王及軍機大臣；由於定陵工程，辦得堅固整齊，典禮亦部署得十分周到，兩宮太后都很欣悅，所以照例的恩典，格外從寬，承辦陵工的大小官員，個個加官進級。隨扈當差以及沿途護衛的兵丁員弁，各賞錢糧。一道道的諭旨發下去，無不笑逐顏開。

等處分了這一切，慈禧太后便向慈安太后笑道：『大工眞是辦得好！多虧六爺——一點兒不肯馬虎，咱們倒是怎麼謝謝六爺？』

聽得這一說，恭王趕緊說道：『臣不敢！』接著便跪了下來，『臣受恩已深，欲報無從；先帝的大事，臣理當盡心，絕不敢再叨恩光。』

『你不必辭！』慈安太后答道：『大大小小都有恩典，你功勞最大，反而例外，叫人瞧著不是不大合適嗎？』

『兩位太后如此禮恤，臣實在感激。只是這半年以來，臣捫心自問，總覺得恩典太重，報答太少，生怕器滿易盈，遭人妒嫉；臣近來也很讀了幾本書，才知道「人貴知足」，眞正是至理名言。不但臣本心如此，就是臣女蒙兩位太后，恩寵逾分，封爲固倫公主，臣也是想起來就不安，怕是福薄，當不起這個尊號。所以臣求兩位太后，不必爲臣操心，再加恩典；就是臣女的封號，亦請收回成命。這都是臣肺腑之言，絕不敢有一字虛假。』說罷，又免冠磕了一個頭。

兩宮太后爲難了，不知如何處置？低聲商量了一會，決定暫時擱下，回頭先找個人來問一問再說。

找的這個人就是固倫公主——恭王的大格格。『大妞啊！』慈安太后問道：『妳每趟回去，看妳阿瑪的意思，有甚麼不足的沒有？譬如房子嫌不好啊，護衛不夠使喚啊，甚麼的？』

已長得亭亭玉立的大格格，聽得這話，一雙極靈活的眼睛，頓時沉靜了，垂著眼皮，微微咬著手指不開腔。

『怎麼啦？』慈禧太后問。

『我在想嘛！』大格格抬起眼搖一搖頭；兩片翡翠秋葉的耳墜子直晃蕩。

『從沒有說過？』

『沒有。』大格格嘟著嘴說：『每一趟回去，只聽見他嘆氣。』

『這是爲甚麼？』慈安太后顯得很詫異地。

『從三月裡到現在就是這個樣，總是說：自己做錯了事，留下一個不好的名聲，現在懊悔也晚了！』

兩宮太后不約而同地，發出一聲：『哦！——』顯然地，她們都立即會意了。

等大格格不在面前，慈禧太后便問慈安太后：『妳懂了老六的意思了吧？』

『我懂。可是怎麼替他挽回呢？』

『找寶鋆來問一問再說。』

於是傳懿旨召見寶鋆。慈禧太后有些疑心大格格的話，是受了教導，讓她找機會進言的。所以先不透露自己的意思，只問寶鋆，有甚麼適當的辦法來加恩恭王。

寶鋆奏對得非常乾脆：『恩出自上，臣不敢妄擬。』

『不要緊，』慈禧太后的語氣極柔和，『你說說！』

寶鋆想了想答道：『恭親王蒙兩位太后栽培，時時以盈滿爲懼，實在不敢再妄邀恩典。這是臣所深知的。兩位太后果然看得恭親王襄辦先帝大事，必恭必敬，有條有理，哪怕是一句話的天語褒獎，恭親王就終身感戴不盡了。』

慈禧太后完全明白了恭王心裡所希冀的東西，點點頭說：『恭王愛惜名譽。只要他能像這幾個月一樣，事事小心，謹愼當差；我們姊妹自然保全他。看看三月初七那一道諭旨，怎麼能消掉；你們商量定了，寫旨來看。』

寶鋆一退出來便向恭王去道賀；這道優詔，少不得要曹毓瑛動筆。此外恭王堅持原意，要請兩宮太后撤銷大格格的固倫公主的封號。這一則是表示他向兩宮太后的奏陳，確爲『肺腑之言』；再則他也眞的不願在自己府裡出一個公主，在儀制上惹出許多麻煩。

巡幸在外，辦事不按常規，有事隨時可以進見，哪怕在路上亦可請旨；等擬好了旨，看看時候還早，恭王『遞牌子』說要謝恩，同時把旨稿放在黃匣子裡一併送了進去。

兩宮太后立即召見，恭王磕頭說道：『臣蒙兩位太后，逾格保全，覆載之恩，粉身難報。只是臣女濫叨非分之榮，不怕臣及臣妻五中不安，亦恐臣女折福，仰懇兩位太后，鑒察微衷，收回成命！』

『我看，』慈安太后望著右首說：『六爺的意思很誠懇，把封號改一改吧！』

兩宮太后當時便商議停當，撤銷『固倫』的名號，改封爲『榮壽公主』，一切儀制服色，與麗太妃所出的大公主一樣。

聽得這樣的宣示，恭王不便亦不必再辭，便由曹毓瑛及時擬呈上諭，兩旨並發。

不久，大駕回京，接著便是奉文宗神牌入太廟的升祔典禮。奉安大典，一切順利，偏偏最後出了花樣，豫親王義道，禮部尚書倭什琿布，派充恭送神牌的差使，不想竟誤了到京的時刻，以致欽天監所選的吉時，不曾用上。此非尋常的疏忽可比；新近接替肅親王華豐而爲宗人府宗令的惇王，具奏參劾。然後又是升祔禮成，頒發恩詔，雖都是例行公務，卻平白地替軍機上添了許多麻煩。

別人都還不在乎，身體衰弱的李棠階，卻禁不起旅途辛勞，公務繁雜，終於病倒了，而且來勢甚兇，頗有不起的模樣。延到十一月初，終於去世。

帝師大拜

李棠階一死，出了兩個缺，一個是軍機大臣，一個是禮部尙書；看起來只不過補兩個缺，但有人與事兩方面牽連不斷的關係，所以朝局又有一番變動。

李鴻藻的補軍機大臣，是恭王早就與文祥及寶鋆商量好的；預先立定一個宗旨，要起用新進，一則年富力強，勇於任事，再則科名較晚的後輩，比較易於指揮。當然，像曹毓瑛那樣，以舉人入參密勿，是因爲他辛酉政變，立了大功，而且出身軍機章京，熟於樞務的緣故，似此特例，不可援以爲法。所以起用新進，亦要有幾個條件：第一是要翰林出身；其次，官位不能太低，總要二品以上；第三，需爲謹飭君子；最後，總要有一層特殊關係，或者能取得兩宮太后的信任——倘非如此，就算力保成功，一定又有人說恭王徇私；因爲翰林出身，官位不低的謹飭君子，可以數得出來的，起碼也有四五個，則又何所甄別？李鴻藻最佔便宜的，也正是這一點，身爲帝師，受兩宮太后的尊禮；不說別項，只說酬庸師傅，兩宮太后便當欣然許諾。

禮部尙書決定由萬青藜調補；這是爲了好空出他的兵部尙書的缺來給曹毓瑛。曹毓瑛原任左都御史，這個缺雖居『八卿』之末，但總領柏台，號爲『台長』，需得科名與道德同高，行輩與年齒俱尊的耆宿來幹，所有糾彈，才能使人心服。曹毓瑛當初補這個缺，完全是爲了要替他弄個一品官兒，別人看他不像風骨稜稜的台長，他自己在都察院，聲光全爲副都御史潘祖蔭所掩，幹得也頗不是滋味。同時兵部尙書，卻又非他不可，如今遍地用兵，調軍遣將，籌餉練勇，只有在軍機多年的曹毓瑛最清楚，所以調補兵部尙書，是再適當不過的。

曹毓瑛空下來的缺，恭王要給董恂；董恂字醖卿，揚州人，人極聰明，博覽群籍，而在講理學的人來看，他搞的是『雜學』。當然像他這樣的人，必定自負，與人交接，傲慢不禮，所以有個外號叫做『董太師』，是把他比做董卓。『董太師』以戶部侍郎在總理通商衙門行走，有一套『正人君子』所不屑爲的花樣跟洋人打交道；頗受恭王的賞識，所以趁這機會拉他一把。

董恂的遺缺，以湖北巡撫鄭敦謹內調。他還是道光十五年乙未的翰林，這一科的科運，先紅後黑，咸豐初年，聲勢赫赫，於今只剩下一個年紀最輕的羅惇衍在當戶部尙書。鄭敦謹年紀大了，而湖北正在剿捻，未免力有不逮，調他來當戶部右侍郎兼管錢法堂，算是一種『調劑』。至於湖北巡撫，因爲直隸按察使李鶴年，這幾個月對剿治馬賊，頗著勞績，恭王決定保他升任。

對於這番調動，恭王覺得很滿意，相信一定可以獲得兩宮太后的批准。但是，『蘭蓀一入軍機，雖兼弘德殿的行走，皇上的功課難免照顧不到。』文祥這樣提醒恭王，『還得另外物色一位師傅吧？』

『現在稽查弘德殿的是老七，得問問他的意思。』

大家都同意恭王的主意，等問了醇王再說。『還有我，』文祥又說：『我這次出關辦馬賊，不是幾個月可以了事的。呈請開缺，還是找人署理？』

大家都不主張文祥開缺，那就得找人來署理。工部雖居六部之末，但對宮廷來說，是個極重要的衙門。不但陵寢宮殿的修建，都歸工部承辦，而且京兵的軍需，亦由工部供應；近年來神機營改用火器，總理通商大臣，號稱懂洋務的崇厚又在天津練洋槍隊，所有採辦軍裝，製造火藥等事，就是工部的急務。必得找一個靠得住的人來署理。

商量的結果，找滿缺左都御史全慶承乏。全慶字小汀，滿洲正白旗人，他是道光九年的翰林，在朝的大老，除卻賈楨，行輩就數他最高。所以這樣安排，還有尊老之意在內，就像調鄭敦謹爲戶部侍郎一樣，借此『調劑』全慶；工部亦是闊衙門，堂官的『飯食銀子』，相當優厚。

把一張名單擬好，由恭王收藏，當夜又由文祥、寶鋆去見醇王，商定了添派師傅的人選。第二天兩宮太后召見，首先談禮部爲李棠階請恤的奏摺；李棠階是慈安太后聽先帝嘉許其人，默識於心，特加簡拔的，所以他的『謚』，慈禧太后特意請她來圈定。

翰林出身的大臣，第一個字照例用『文』；第二個字，內閣擬了四字：『端、恪、肅、毅』，聽候選用。慈安太后肚子裡墨水有限，對這四個字的涵義，還不能分得清清楚楚；手裡拿著那方『御賞』的圖章，遲疑難下。但又不願跟慈禧太后商議，怕她會笑，連這麼點小事都辦不了。這樣想了半天，忽然省悟，這四個字都不中意，何妨另挑？

於是她問：『有「文清」沒有？』

『有！』恭王答道：『乾隆年間劉墉劉石庵，就謚文清。』

『那就用文清好了。李棠階眞正一清如水，我知道的。』說著，慈安太后親拈硃筆，很吃力地寫了一個『清』字。

此外恤典中還有命貝勒載治——宣宗的長孫，帶領侍衛十員，往奠茶酒；追贈太子太保；賞治喪銀二千兩，以及賜祭等等，都照禮部所擬進行。

『他的缺補誰啊？』慈禧太后問道：『你們總商量過了。』

『是！』恭王答道：『臣等公議，擬請旨，命內閣大學士李鴻藻，在軍機大臣上學習行走；仍兼弘德殿走。』

『嗯，嗯！』慈禧太后不斷點頭，看一看身旁的慈安太后亦表示首肯；便又說道：『這一來，弘德殿得要添人。』

『臣等已會同醇郡王公議。弘德殿添一位師傅；詹事府右中允翁同龢，品學端方，請旨派在弘德殿行走，必於聖學大有裨益。』

『啊！翁同龢，我知道。』慈禧太后對慈安太后說：『這個人是翁心存的小兒子，咸豐六年的狀元。』

『不就是那「叔姪狀元」嗎？』慈安太后說：『既然是狀元，想來學問是好的。不知道他爲人怎麼樣？』

『此人跟李鴻藻一樣，純孝，爲人也平和謹愼。』

『那好！』

慈安太后已有了表示，慈禧太后不便再說甚麼；其實也不能說甚麼，又是狀元又孝順，加以平和謹愼，沒有甚麼可挑剔的了。

等殿中有了決定，殿外的軍機章京已經得到消息；方鼎銳跟翁同龢是換帖弟兄，立刻派人到翁府去面報喜信。

　　這個喜信在翁同龢並不算太意外；他平日所致力的就是這條路子，人臣高貴，無如帝師，而能造就一位賢君，更是千古不磨的大事業。並且翁心存幾度充任上書房總師傅；肅順誅後復起，亦曾受命在弘德殿行走，繼志述事，對他的孝思是一大安慰；而父子雙雙啓沃一帝，更是一重佳話。所以信息之來，雖非意外，眞是大喜！

　　厚犒了來使，翁同龢第一件事是去稟告病中的老母。接著便有消息靈通的人來賀喜了，他心裡喜不可言，卻記著崇綺中了狀元，那番小人得志，輕狂不可一世的醜態，爲士林傳爲笑柄的教訓；所以力持鎭靜，說是未奉明旨，不敢受賀，而且把話題扯到金石書畫上面，倒使得來客自慚多此一賀。

　　白天不見動靜，到晚上才忙了起來；起更出門，悄悄去拜訪李鴻藻——早了不行，入軍機無異拜相，李鴻藻家的賀客，比他家又多得多，去早了，主人沒功夫跟他深談。

　　平日很熟的朋友，此時是以後輩之禮謁見，翁同龢先道了喜；然後說到他自己身上，自道驟膺艱巨，唯恐力有未逮：『一切要請蘭公指點。』

　　『那當然。』李鴻藻不肯假客氣，『說實在的，這份差使的難處，你亦非問我不可……』

　　於是他把小皇帝的性情資質，目前的功課，細細講了給翁同龢聽。自然也談到同爲弘德殿行走的倭仁和徐桐，暗示他要好好敷衍。倭仁是『理學名臣』，爲人也還算方正，翁同龢還持有相當敬意。漢軍的徐桐，當初不知怎麼靠他父親尚書徐澤醇的力量，點上了翰林；近年又依附倭仁講理學，不過妝點道貌，平日不去手的，是些《太上感應篇》、《袁了凡功過格》這類東西，這自然教翁狀元看不上眼，不過李鴻藻是一番好意，他自不便有所批評。

『你請回府吧！』李鴻藻說：『早早進宮，遞了謝恩摺子，說不定頭一起就召見。』

『是！』翁同龢又請教：『蘭公，你看摺子上如何措詞？』

『不妨這麼說：朝廷眷念舊臣，推及後裔。』

於是翁同龢一回家就照李鴻藻的指點預備謝恩摺，一面擬稿，一面叫他兒子謄清——翁同龢是天閹；他這個兒子原是他的姪子。

也不過睡得一瞼，子夜初過，便爲家人喚醒。整肅衣冠坐車到東華門，門剛剛開，一直到內奏事處遞了摺子，然後在九卿朝房，坐候天明。

十一月十二的天氣，曉寒甚重；翁同龢凍得發抖，也興奮得發抖。心裡一遍一遍在盤算，兩宮太后召見會問些甚麼話？該如何回答？這樣不知不覺到了天亮；頭一起召見的依舊是軍機大臣，然後是萬青藜、全慶等等新蒙恩命的尚書，輪到翁同龢已經九點多鐘了。

這天恰好歸醇王帶領，引入養心殿東暖閣；小皇帝也在座，等醇王把寫了翁同龢職銜姓名的『綠頭籤』捧呈御案，他便跪下行禮。

兩宮太后等他磕完頭，抬起臉時，細細端詳了一番，才由慈禧太后發問：『你是翁心存的兒子嗎？』

『是。』

『翁同書是你甚麼人？』

『是臣長兄。』翁同龢答道：『現在甘肅花馬池，都興阿軍營效力。』

『那個翁曾源呢？可是翁同書的兒子？』

『是。』

『叔姪狀元不容易。』慈安太后問：『你放過外缺沒有？』

『臣前於咸豐八年奉旨派任陝西鄉試副考官，此外未曾蒙放外缺。』

『嗅，嗅！』慈安太后似乎想再說一兩句甚麼，卻又像找不出話，只這樣點著頭，轉臉去看慈禧太后，是示意她接下去問。

『你在家讀些甚麼書？』

這話很難回答，因爲有些書名說出來，兩宮太后未必知道，想一想，提了些《朱子大全》、《綱鑑易知錄》之類，宮中常備的書。

『現在派你在弘德殿行走，你要盡心教導。』慈禧太后說：『李鴻藻在軍機上很忙，皇帝的功課，照料不過來，全靠你多費心！』

這番溫諭，使得翁同龢異常感激，便又免冠磕頭：『臣才識淺陋，蒙兩位皇太后格外識拔，深知責任重大，惶恐不安，唯有盡心盡力，啓沃聖心，上報兩位皇太后的恩典。』

『只要盡心盡力，沒有教不好的。』慈禧太后說到這裡，喊一聲：『皇帝！』

坐在御案前的小皇帝，把腰一挺，雙手往後一撐，從御榻上滑了下來；行動極快，似要傾跌，醇王急忙上前扶住。

『你要聽師傅的話，不准淘氣。』慈禧太后提高了聲音問：『聽見我的話沒有？』

侍立在御案旁的小皇帝答道：『聽見了。』

看看兩宮太后別無話說，醇王便提醒翁同龢說：『跪安！』

等跪安退出，翁同龢把奏對的話回想了一遍，暗喜並無差錯。於是轉到懋勤殿——弘德殿行走人員都以此爲起坐休息之處；只見著了徐桐，寒暄數語，告辭而去。

爲了怕兩宮太后或者還有甚麼吩咐，同時也想打聽一下召見以後，『上頭』的印象如何，所以翁同龢且不回家，一直到詹事府他平日校書之處息足。

半夜到現在，水米不曾沾牙，又渴又飢，且也相當疲倦。坐下來好好息了一會，等詹事府的小廚房開出飯來，剛拿起筷子，徐桐來告訴他一個消息；說是原派進講《治平寶鑒》的李鴻藻，在軍機上學習行走，怕他忙不過來，毋庸進講，改派翁同龢承乏其事。

聽得這個消息他非常欣慰，這不但證明兩宮太后對他的印象不壞；而且也意味著他接替了李鴻藻所遺下的一切差使。

『你預備預備吧，』徐桐又說：『明天就是你的班！』

明天？翁同龢訝然自思，這莫非兩宮太后有面試之意？等送走了客，重新拈起筷子，一面吃飯，一面思量，明天這一番御前進講，關係重大。兩宮太后面試，自然不是試自己肚子裡的貨色，那是她倆試不出來的；試的是口才、儀節，頂重要的是，要講得兩位太后能懂，能聽得津津有味，同時儀節不錯，那就算圓滿了。

啊！他又想：明天講哪一段呢？倒忘了問徐桐了。這也好辦，到徐桐那裡去一趟，細問一問，一切都可明白。

估量徐桐此時必已下值回家；他家在東江朱巷西口，出宮不遠就到。因爲有求而來，語言特別客氣；問起明天講甚麼？徐桐告訴他，該講『宋孝宗與陳俊卿論唐太宗能受忠言』一節。

『是了！』翁同龢說：『還想奉假《治平寶鑑》一用。』

聽這一說，徐桐面有難色，但終於還是答應了他的要求，取出一個抄本來，鄭重交付：『用完了即請擲還，我自己也要用。』

翁同龢雖覺得他的態度奇怪，依舊很恭敬地應諾；然後又細問了禮節，起身告辭。徐桐送到門口，徐桐說道：『叔平，你去看了艮老沒有？』

這一下倒提醒了他，『這就去！』他說。

『禮不可廢！』徐桐點點頭，『弘德殿雖不比上書房有「總師傅」的名目；不過艮老齒德俱尊，士林宗鏡，在弘德殿自然居首，連醇王也很敬重的。』

『是，是，』翁同龢連聲答應，心裡有些不明白；他這番話到底是好意指點呢，還是爲『師門』揄揚？但也不必去多問，反正在禮貌上一定少不得此一行。於是吩咐車伕：『到倭中堂府裡去！』

一見了『艮老』，他以後輩之禮謁見。倭仁的氣象自跟徐桐不同；頗有誨人不倦的修養，大談了一番『朱陸異同』，又批評了王陽明及他的門弟子，然後又勉勵翁同龢『力崇正學』，意思是今後爲皇帝講學，必以『程朱』爲依歸。

這一談談了有個把時辰，話中夾雜了許多《朱子語錄》中的話頭，甚麼『活潑潑地』之類；翁同龢雖然規行矩步，往來的卻都是些語言儁妙的名士，縱不致如魏晉的率眞放誕，卻尊崇北宋的淵雅風流，所以覺得『艮老』的話，聽來刺耳，但仍舊唯唯稱是，耐心傾聽著。

回家已經不早，而訪客陸續不絕；起更方得靜下來預備明日進講。打開借來的那冊《治平寶鑑》，見是抄得極大的字，有許多注解；不少注解是多餘的，因爲那是極平常的典故，莫說翰林，只要兩榜出身的進士，誰都應該懂得。

怪不得他不肯輕易出示此『秘本』！大概也是自知拿不出手。翁同龢對徐桐算是又有了深一層的了解。

看完該進講的那一篇，又檢宋史翻了翻，隨即解衣上床；但身閒心不閒，翻來覆去睡不著。到得剛有些怡適的睡意，突然聽得鐘打四下，一驚而起，唯恐誤了進宮的時刻。

進宮到了懋勤殿，倭仁、徐桐，以及教授『國語』——滿洲話，地位次於師傅，稱爲『諳達』的旗人奕慶，都比他早就到了。

翁同龢是第一次入値，一一見禮以外，還說了幾句客氣話，剛剛坐定下來；只見安德海疾步而來，一進懋勤殿便大聲說道：『傳懿旨！』

大家都從椅上起身，就地站著；翁同龢早就打聽過的，平日兩宮太后爲皇帝的功課傳旨，不必跪聽，所以他也很從容地站在原處。

『兩位皇太后交代，今天皇上「請平安脈」，書房撤！』安德海說完，就管自己走了。

於是奕慶告訴他，小皇帝因爲感冒，已有十幾天沒有上書房。就是平日引見，原來總要皇帝出來坐一坐的，這一陣子也免了；那天召見翁同龢，是因爲要見一見師傅的緣故，所以特爲讓小皇帝到養心殿。

這也算是一種殊榮，翁同龢越覺得自己的際遇不錯。進講還早，正好趁這一刻閉目養神；他的記憶力極好，閉著眼把今天要講的那一節默唸了一遍，隻字無誤，幾乎不需看本子也可以講了。

到了九點鐘叫起。這天是六額駙景壽帶班，進殿行了禮，開始進講——是仿照『經筵』的辦法，講官有一張小桌子，坐著講；陪侍聽講的恭王，特蒙賜坐，其餘的便都站著聽。

等講完書，兩宮太后有所垂詢，便要站著回答了；慈禧太后先問：『宋孝宗是宋高宗的兒子嗎？』

『不是。』翁同龢回答。

『那他怎麼做了皇帝了呢？』

宋孝宗如何入承大統，以及宋朝的帝系，由太宗復又回到太祖一支，情形相當複雜，一時說不清楚；翁同龢略想一想，扼要答道：『宋高宗無子，在宗室中選立太祖七世孫，諱眘爲子，就是孝宗。』

『喔！』慈禧太后點點頭又問：『他的廟號叫孝宗，想來很孝順高宗？』

這話就很難說了，反正說皇帝孝順太上皇總不錯；翁同龢便答一個：『是！』

『那宋孝宗，』慈安太后開口了，『可是賢主？』

這一問在翁同龢意料之中，因爲平日也常聽人談進講的情形；慈安太后對歷代帝王，類皆茫然，要問他們的生平也無從問起，只曉得問是『賢主』還是『昏君』。

『宋室南渡以後，賢主首推孝宗，聰明英毅，極有作爲，雖無中興之業，而有中興之志。』翁同龢停一停接下去說：『譬如陳俊卿，本是很鯁直的臣子，孝宗能容忍，而且能夠用他。倘非賢主，何能如此？』

『嗯，嗯！』兩宮太后都深深點頭；不知是贊成宋孝宗的態度，還是嘉許翁同龢講得透徹？

不論如何，反正這一次進講，十分圓滿；事後翁同龢聽人說起，兩宮太后曾向恭王和醇王表示，翁同龢講書，理路明白，口齒清楚，『挺動聽的。』

等小皇帝病癒入學，翁同龢也是第一天授讀；先以君臣之禮叩見皇帝，皇帝以尊師之禮向他作了個揖。然後各自歸座——師傅是有座位的，教滿洲文的『諳達』卻無此優待，只能站著，或者退到廊下閒坐。

第一個授讀的是倭仁，他教尚書；翁同龢冷眼旁觀，只見小皇帝愁眉苦臉，就像在受罪——本來就是受罪，十歲的孩子，怎能懂得三代以上的典謨訓詁？倭仁在這部書上，倒是有四十年的功夫，但深入不能淺出；他歸他講，看樣子小皇帝一個字也沒有能聽得進去。

接著是徐桐教大學、中庸，先背熟書，次授生書。讀完授滿文。這是所謂『膳前』的功課；小皇帝回宮傳膳，約莫半個時辰以後，再回懋勤殿讀書。

『膳後』的功課才輪到翁同龢。等他捧書上前，小皇帝似乎精神一振；這不是對翁同龢有甚麼特殊的好感，而是對他所上的書有興趣。這部書叫《帝鑒圖說》，出於明朝張居正的手筆。輯錄歷代賢主的嘉言懿行，每一段就是一個故事，加上四個字的題目，再配上工筆的圖畫，頗爲小皇帝所喜愛。

未曾上書，翁同龢先作聲明：『臣是南方人，口音跟皇上有點兒不同；皇上倘或聽不明白，儘管問。』

『我聽得懂。』小皇帝問道：『你不是翁心存的兒子嗎？』

翁同龢趕緊站起身來，恭恭敬敬地答應一聲：『是！』

『你跟你父親的聲音一樣，從前聽得懂，現在自然也聽得懂。』

這話不錯！倒顯得自己過慮，而小皇帝相當穎悟。這使得翁同龢越有信心，把書翻開來說：『臣今天進講「碎七寶器」這一段。』

小皇帝翻到他所說的那一段，不看文字，先看圖畫；見是一位狀貌魁梧的天子，拿著一把小玉斧，正在砸那『七寶器』。隨即指著圖上問道：『這是甚麼玩意？』所謂『七寶器』是一把溺器，但御前奏對，怎好直陳此不雅之物？翁同龢頗爲所窘；只好這樣答道：『等臣講完，皇上就明白了。』

於是翁同龢講宋太祖平蜀的故事，說後蜀孟昶，中年以後，如何奢靡，以致亡國。當他被俘入宋，蜀中的寶貨，盡皆運到開封，歸於大內。宋太祖發現孟昶所用的溺壺都以七寶裝飾，便拿來砸碎，說蜀主以七寶裝飾此物，當以何器貯食？所爲如此，不亡何待？

那不雅之物在講書中間，說出來不覺礙口；故事本身的趣味，加上翁同龢講得淺顯明白，小皇帝能夠始終專心傾聽，而且能夠提出許多疑問，甚麼叫『七寶』？爲甚麼宋太祖手裡常拿一把『柱斧』？翁同龢一一解答清楚。這課書上得非常圓滿。

當天宮裡就知道了，翁同龢講書講得好——兩宮太后自然要問小皇帝，翁師傅是怎麼個情形？他把『碎七寶器』的故事講了一遍，有頭有尾，誰都聽得明白。這就是翁同龢講書講得好的明證。

不過小皇帝最親近的還是李鴻藻，啓蒙的師傅，感情自然不同；他一直記得在熱河的那一年，到處是哭聲，到處是惶恐的臉和令人不安的竊竊私議，在談『奸臣』肅順，隨時都好像有大禍臨頭，只有在書房裡跟李鴻藻在一起，他才能安心。這是甚麼道理？他從來沒有想過；到現在也還是這樣，只有見了李鴻藻的面，他才比較高興。

而李鴻藻少到弘德殿來了！小皇帝常有怏怏不足之意。等過了年，越發受苦；慈禧太后認爲他已過了十歲，快成『大人』了；讀書應該加緊，面諭總司弘德殿稽查的醇王，皇帝上書房，改爲『整功課』。

整功課極其繁重，每天卯初起身，卯正上書房，初春天還未明。讀生書、背熟書、寫字、默書、溫習前兩天的熟書——最要命的是默寫尙書；半天想不起來，急得冒汗，連別的師傅都覺得於心不忍，而倭仁只瞪著眼看著，從不肯提一個字。

此外還要唸滿洲文。除卻回宮進膳那半個時辰以外，一直要到午後未時，功課才完。小皇帝沒有一天不是累得連話都懶得說；偶爾一天輕鬆些，想說幾句開心的話，或者畫個小人兒甚麼的，立刻便惹出師傅一番大道理。

也許比較舒服的是生病的那幾天——生病不舒服，但比起上書房來，這不舒服還是容易忍受的。兩宮太后對小皇帝的身體不好，自然也有些憂慮；但這話不能向臣下宣示，怕會引起絕大的不安。每次逢到翁同龢一進講，也都會問起皇帝的功課。又說他易於疲倦，胃口不開，太醫院開了甚麼藥在服。翁同龢有些知道，是功課太繁重的緣故，但是決沒有哪個師傅敢於提議減少功課，而況他在弘德殿又是資望最淺的一個。翁同龢只有自己設法鼓舞小皇帝讀書的興趣，遇到他心思阻滯不通，唸不下去時，或者改爲寫字，或者讓他下座走一走。這倒有些效果，但靠他一個這麼辦，無濟於事。

小皇帝終於得到了三天的假期，那是他生日的前後三天；文宗的山陵已安，宮中慶典可以略微恢復平時的盛況了，慈禧太后答應在重華宮給他唱兩天戲，好好讓他玩一玩。

掃興的是軍機大臣上出了缺；萬壽節的前一天，曹毓瑛積勞病故。慈禧太后對於補一個軍機大臣，自然比替小皇帝做生日看得重；連日召見恭王，也不斷跟慈安太后談論大臣的調動，不免冷落了小皇帝。

有件事使他高興的，張文亮告訴他，『李師傅升了官了！』去掉了『軍機大臣上學習行走』的『學習』字樣，也可以說是升了官。新補的軍機大臣，像焦佑瀛、曹毓瑛一樣，是由『達拉密』超擢；這個人叫胡家玉，江西人，道光二十一年的探花，照例授職編修；而入翰林再來當軍機章京，卻是很罕見的事。

曹毓瑛另外空下來的一個缺，兵部尚書由左都御史董恂調補。於是左都御史，戶部右侍郎，刑部右侍郎，連帶調動，引見謝恩，都要小皇帝出臨，越發加重了他的負擔。

於是小皇帝的精神和脾氣，都越來越壞了。而師傅和諳達，偏又各有意見和意氣，徐桐一向依傍倭仁，在翁同龢面前，卻又對倭仁大為不滿，說小皇帝的功課耽誤在他手裡。諳達則以急於想有所表現，而且認為改『整功課』所加的都是漢文的功課，頗有不平之意，因此加多了教滿洲語的時間，常常費時六刻——一個半鐘頭之久，連帶遲延了傳膳的時刻，兩宮太后不能不枵腹等待。

聽得小皇帝常有怨言，慈禧太后還以為他『不學好，不長進』；慈安太后卻於心不忍。正好醇王對此亦有所陳奏，於是商定了改良的辦法，由兩宮太后面諭李鴻藻傳旨，滿洲語功課改在膳後，時間亦不必太長，同時希望李鴻藻能抽出功夫來，常到書房。

說也奇怪，只要他到弘德殿的那天，小皇帝的功課就會不同，倦怠不免，卻能強打精神，順順利利地讀書寫字。只是剛有些起色，李鴻藻因為嗣母得病告假；接著又以天熱亢旱，小皇帝在大高殿祈雨中暑，整整鬧了個把月的病，一直過了慈安太后的萬壽，到六月底才上書房。李鴻藻傳懿旨，眼前暫且溫習，到秋涼再授生書。

未到秋涼，出了變故，李鴻藻的嗣母姚太夫人病歿，因為是軍機大臣，而且聖眷正隆，一時弔客盈門。李鴻藻一面成服，一面報丁憂奏請開缺。兩宮太后看見這個摺子，大為著急，弘德殿實在少不得這個人，便召見恭王和醇王，商量變通的辦法。

接著便由醇王帶領，召見倭仁、徐桐和翁同龢；慈禧太后溫言慰諭，說皇帝的功課，宜於三個人輪流更替，不必專定一個人上生書。顯然的，這是專指倭仁而言；接下來便索性挑明了說。

『倭仁年紀也太大了。朝廷不忍勞累老臣，以後在書房，你可以省一點兒力！』

『是！』倭仁免冠磕頭，表示感激兩宮太后的體恤。

『至於李鴻藻丁憂，』慈禧太后說道：『不必開缺！讓他百日以後，仍舊在書房當差；這一陣子你們三個，多辛苦一點兒。』

這番宣示，出人意外，倭仁隨即答道：『奏上兩位太后，父母之喪三年；穿孝百日，於禮不合。』

『國有大喪，也是這樣；也沒有誰說於禮不合。』

『人臣之禮，豈敢妄擬國喪？』

慈禧太后語塞；便問徐桐和翁同龢：『你們兩個人倒說說！』

明知事貴從權，但誰也不敢冒此天下之大不韙。徐桐磕頭不答；翁同龢便說：『臣所見與大學士倭仁相同。』

事情談不下去了，慈禧太后便示意醇王，讓倭仁等人跪安退出。翁同龢隨即又到李家代爲陪客；同時把召見的情形告訴了李鴻藻，要看看他本人的意思，倘或李鴻藻心思活動，他就犯不著像倭仁那樣固執了。

『此事萬萬不可！』哭腫了眼睛的李鴻藻，使勁搖著頭說。

一回家便聽門上告訴他說：『軍機上徐老爺來過了。』接過名帖來一看，上面的名字是『徐用儀字小雲』。翁同龢知道這個人，籍隸浙江海鹽，是個舉人，考補軍機章京以後，頗得恭王的賞識，兼值總理各國事務衙門。他跟翁同龢平日絕少往來，突然相訪，必非無因。當時就想去回拜，但累了半天，一時懶得出門，且先靜一靜再說。

不久倭仁遣人送了封信來，約他明天一早在景運門相見，有事商議；這當然是爲了李鴻藻的事。這時翁同龢才想到，徐用儀的見訪，大致亦與此有關；必得跟他見個面，問一問清楚。

到了徐家，恰好徐用儀正要派人來請。見面並無寒暄，徐用儀告訴他，是轉達恭王的邀約，請三位師傅明早入宮商談此事。話中又透露，慈禧太后是怕醇王的力量還不夠，特地命恭王出面斡旋。

翁同龢心裡頗有警惕，這件事看起來是個很大的麻煩；同在弘德殿行走，無法脫身事外。李鴻藻以孝母出名，不肯奉詔的決心已很明顯，而兩宮太后挽留他的意思又極爲殷切，其間如何是調停之計？將來不說，照眼前這樣子，恐怕先已就招致了醇王的不滿——慈禧太后命恭王出面；對總司照料皇帝讀書事宜的醇王來說，是件很失面子的事；倘或遷怒，必是怨到倭仁、徐桐和自己頭上。

那該怎麼辦呢？他心裡在想，好在自己資望最淺，只要少說話，視倭仁的態度爲轉移，便獲咎戾，亦不會太重。打定了這個主意，才比較安心。

第二天依舊是入直弘德殿的時刻，翁同龢便到了景運門，借御前侍衛的直廬坐候。不一會倭仁和徐桐結伴而至，談不了三、五句話，軍機處的一個蘇拉來說，恭王請他們在養心殿廊下相會。等他們一到，恭王、寶鋆和胡家玉接著便來；除掉文祥在關外剿馬賊，李鴻藻居喪在家，全班樞臣都在這裡了。

大家就站在走廊上談話，『兩位太后說，留李鴻藻實在是皇帝的功課要緊，有不得已的苦衷，面諭由軍機上與侍讀諸臣斟酌。』恭王說到這裡，便把手上拿的文件，遞給倭仁：『艮翁你看，這是我讓他們從舊檔裡面找出來的。』

兩件都是有關奪情的詔旨，一件是雍正四年，文華殿大學士朱軾丁父憂；一件是乾隆二十三年刑部侍郎于敏中丁本生母憂。這兩案的經過，倭仁都知道，隨即答道：『于敏中先丁本生父憂，歸宗侍服，逾年復起署刑部侍郎，又以嗣父病歿，回籍治喪；不久，又丁本生母憂，于敏中隱匿不報，爲御史朱嵇所參劾，責他兩次親喪，矇混爲一。純廟特旨原宥，此是恩出格外，與詔令奪情不同。且于敏中貪黷營私，辜恩溺職，純廟晚年，深悔錯用其人，爲盛德之玷。乾隆五十一年拿于敏中撤出賢良祠，六十年又削其輕車都尉世職。祖宗勇於補過，仰見聖德如天。如于敏中者，熱中利祿的小人，又何足道哉？』

『那麼朱文端呢？』寶鋆提出質問：『清德碩望，一時無兩。純廟御製詩中，稱之爲「可亭朱先生」而不名。難道不足爲法？』

朱軾諡文端，他不但是一代名臣，而且精研禮記，亦是一代經師，立身處世自然循規蹈矩。他的奉詔奪情，留任辦事，確有其不得不『奪』其『情』的原因。

『朱文端眞是大儒！』倭仁慢吞吞地答道：『他雍正四年丁內艱，那時正襄助怡賢親王，經營畿輔水利，此是關乎億萬生靈禍福的大事，不能不移孝作忠，當作別論。』

『皇上典學，弼成聖德，難道不是大事？』

『當然是大事。但此大事，與當時非朱文端不可的情形有別；當時朱文端治畿輔水利，倘或因循敷衍，半途而廢，則九城滔滔，化帝京爲澤國，那成何體統？』倭仁說到這裡，轉過臉來，看著徐、翁二人：『蔭軒、叔平，你們亦何妨各抒所見！』

『古人墨絰從軍……』

『唉！』徐桐剛開了個頭，便讓寶鋆打斷──對他來說，倭仁是前輩，徐桐和翁同龢是後輩；此時正好借對後輩措詞，可以比較率直的話來駁前輩：『明朝那些迂腐方嚴的習氣，往往不中事理；想來諸公必不出此！』他停了一下，索性說痛快話，『甚麼禮不禮的，都是空談。今天只問諸公之意，是願與不願？』

他的態度武斷，而語意曖昧難明，『願與不願』是指誰而言呢？難道是說眼前的這三個人不願意李鴻藻在弘德殿行走？這不是誣人忒甚了嗎？

正這樣躊躇著不知如何表明態度時，寶鋆自欺欺人地對恭王說：『好了，他們三位都無異議，可以入奏了！』

這一入奏，便又發了一道上諭，除了重複申言皇帝的功課重要，以及『機務殷繁，尤資贊畫』以外，特再溫諭慰勉：『第思該侍郎，哀痛未忘，不得不稍示區別，前有旨令朝會不必與列，尚不足以示體恤，李鴻藻著遵照雍正年間世宗憲皇帝諭旨，二十七月內不穿朝服，不與朝會筵宴；遇有祭祀典禮咸集之處，均無庸與列。該侍郎當深感朝廷曲體之情，勉抑哀思，移孝作忠，毋得再行陳請，以副委任。』

李鴻藻又何能不再『陳請』？但如果仍由自己出面，請吏部代奏，則不奉詔的意思，過於明顯，怕兩宮太后心裡越發不快。所以找了翁同龢來商議，他的意思是想請弘德殿的同事，代為出面陳情，比較得體。

見。』

『我自然義不容辭。』翁同龢答道：『就不知道倭、徐兩公如何？寶佩公對我們三個，頗有成

『且先不談這一層。叔平，勞你大筆，先擬個稿再說。』

於是翁同龢以倭仁領銜的口氣，擬了個奏稿，兩人斟酌妥善；由李鴻藻收了起來，自己求倭仁和徐桐幫忙。

代爲陳情的摺子，經過倭仁、徐桐和翁同龢一再斟酌，其中警句是，『欲固辭則跡近辜恩，欲抑情則內多負疚』，但接上『請仍准其終制』這句話，就變成寧可『辜恩』，不願『內疚』，豈非獨善其身，有失臣下事君之道？所以這篇文章實在沒有做好；但改來改去，越覺支離，結果還是用了原來的稿子，謄正遞上。

第二天膳前功課完畢，養心殿的太監來傳諭，兩宮太后召見。

到了養心殿外，依舊是醇王帶班，他的臉色非常難看，悻悻然地，好像吃了絕大的啞巴虧；大家都明白，他是爲了甚麼不滿。

等召見時，頗有御前對質的意味。垂簾玉座，本在東暖閣坐東朝西；此時與軍機大臣一起召見，南面是恭王、寶鋆和胡家玉，北面便是弘德殿行走三臣。兩宮太后的神色，也是迥異平時，板得一絲笑容都沒有。

慈禧太后面前展開一道奏摺，她指一指問道：『怎麼還會有這麼一個摺子？你們是不體諒上面的苦衷，還是另有緣故？』

『臣等依禮而言。』倭仁這樣回答。

『哪裡可以事事拘禮？』慈禧太后說：『像垂簾，難道也是禮嗎？』以垂簾亦是非禮來作譬仿，這話相當坦率，更可見出兩宮太后挽留李鴻藻的誠意；倭仁訥訥然，好久都無法說出一句答語來。

『我們姊妹難道不知禮？不過事貴從權。你們只拼命抱住一個禮字，事情就難辦了。』

『是！』恭王轉臉正對北面說道：『你們三位總要仰體聖懷，前後說的話為甚麼不同呢？』

這話責備得沒有道理，本來就是寶鋆一廂情願，飛揚浮躁搞出來的麻煩，不過殿廷之上，不是作此指責的地方；倭仁正在躊躇時，寶鋆卻搶在前面說了話。

『此事總要局中人來勸導。』他說：『倘或反唇譏刺，豈非使人難堪？』

這話尤其武斷誣賴，他的意思是說倭仁等人不體諒李鴻藻，故意用一番名教上的大道理，逼得他非出此舉動不可；倭仁本來拙於詞令，聽得這話，心裡生氣，話越發說不俐落了。

『臣等豈不願李鴻藻照常入直，俾臣等稍輕負擔。』徐桐翼言聲辯，『無奈李鴻藻執意甚堅，苦勸不從。決無譏刺之意。』

『那麼，你們怎麼替他代奏呢？』

慈禧太后這句話很厲害，問得徐桐啞口無言；倭仁便接著徐桐的意思說道：『聖學關係甚重，李鴻藻侍讀，頗為得力，臣等亦望李鴻藻回心轉意；只是親見該侍郎哀痛迫切，勢處萬難，是以代為陳請，並無他意。』

『你們也該替朝廷設想，朝廷不也是勢處萬難嗎？』

太后用這樣的語氣質問，臣下根本無話可答，一時形成僵局；於是慈安太后以解圍的姿態說道：

『這樣吧，你們依舊勸一勸李鴻藻，顧念先帝，就讓他自己委屈些！』

『是！』倭仁答道：『臣等遵懿旨辦理。』

跪安起身，醇王帶出殿外；走到門前他終於忍不住說了：『你們也該跟我商量商量，不管怎麼樣，我總領著稽查弘德殿的差使。像這樣的事，我竟絲毫不知，你們設身處地替我想一想，過得去嗎？』

倭仁在生悶氣，根本不理他的話；回到懋勤殿，憤憤地說了句：『寶佩蘅可惡，虧他還是翰林！』

『現在該怎麼辦呢？』徐桐問。

『你們兩位勞駕到蘭蓀那裡去一趟吧！』倭仁說：『我是無法啓齒的。』

『是呀！』徐桐說：『出爾反爾，現在變得我們局外人進退失據了。』

各人都有一腔無從訴說的抑鬱，此事便沒有再談下去。到了晚上，翁同龢總覺得不能放心，細想一想，還是得把這天的情形去告訴李鴻藻；萬一第二天再召見，問起來也有個交代。

到了李家，李鴻藻首先就表示歉意，這就可以知道，慈禧太后的詰責，他已經得到消息了；接著他便拿出一道『六行』來，只見上面是這樣責問：『倭仁等既以奪情爲非禮，何妨於前次召見時，據實陳奏，乃爾時並無異議，迨兩次降旨慰留後，始有此奏，殊不可解！』接著並引用倭仁和徐桐在這天上午面奏的話說：『是倭仁等亦知此次奪情之舉，係屬不得已從權辦理。想中外大小臣工，亦必能共諒此意。李鴻藻當思聖學日新，四方多故，盡忠即所以盡孝。前降諭旨，業已詳盡，其恪遵前旨，毋得拘泥常情，再行籲懇。』

『那麼，』翁同龢問道：『現在作何打算呢？』

『此時不宜再有所陳奏。好在有一百天的功夫，到時候再說了。』

翁同龢心想，目前也唯有擱置的一法。便苦笑著把那道上諭交了回去。

『叔平！』李鴻藻再一次致歉，『爲我的事，連累你們三位，眞是無妄之災，我實在不知道怎麼說才好。不過我在想，倘或我如安溪相國之所爲，你們一定不會再拿我當個朋友，是嗎？』

這話也未見得，但翁同龢此時只有順著他的意思，很認眞地點一點頭。

『那就對了——我做得對了。』

他是做對了，翁同龢覺得自己這方面做得太不對；大錯特錯是那天在養心殿走廊上，對寶鋆的武斷，應該有斷然決然的表示。怪來怪去怪倭仁不善於詞令，看來孔門四科，『語言』一道，著實要緊。

『寶佩公確是有點兒豈有此理，難怪艮峰先生對他有微詞。』

『艮峰先生怎麼說？』李鴻藻很注意地問。

翁同龢想了想，終於說了出來：『罵他可惡，說他居然也是翰林。』

李鴻藻很深沉地笑了一下，『現在……』他說：『你可以看出文博川的分量來了吧？』

這話倒是眞的，如果有文祥在這裡，事情絕不會弄得這麼糟。翁同龢把前後經過的情形細想一想，竟有不能相信之感——柄國的樞臣，行爲如此荒唐輕率；正色立朝的大臣，望之儼然，一遇上這種事，亦竟不能據理力爭。看起來還是李鴻藻最厲害。

朝士的議論，亦和翁同龢的想法相似；倭仁的無用，在前後三道諭旨表現得明明白白，『艮峰先生』的聲望，在大家心目中，大打折扣了。

相反地，李鴻藻的大節和孝思卻頗得士林嘉許，物望益高，在李棠階、祁雋藻相繼下世，老輩凋零的嗟惜聲中，他隱隱然成為『正學』宗師了。

恭王和醇王都在擔心，李鴻藻百日服滿以後，未見得肯如詔諭所示，銷假視事；但深宮不明外間的情形，卻慮不及此，好在小皇帝對翁同龢已漸漸悅服，尤其是對寫字，更有興趣，兩宮太后也就放心了。

深宮親情

深宮多暇，喜歡熱鬧的慈禧太后，想起來要辦一樁喜事，為公主及諸王的女兒擇配。清朝的制度，王公子女的婚事，由太后決定，稱為『指婚』。她第一個心願是要為大格格榮壽公主揀一個好女婿，其次是麗貴太妃所出的榮安公主，再下來是醇王的長女和惇王的兩個小女兒，年紀都到了該指婚的時候。

總管內務府大臣奉了兩宮太后的面諭，把滿洲、蒙古的貴族子弟合於『額駙』條件的，開列了一張名單，經兩宮太后核可，定期召見。懿旨一傳，幾家歡喜幾家愁；歡喜的是希望藉此希榮固寵，愁的是齊大非耦，尙主的婚姻，每非良緣。

到了九月初三，兩宮太后在御花園欽安殿召見。一共是廿三個人，都是十五歲左右的少年，有俊俏的，也有蠢笨的；由御前大臣帶領，一個個自報履歷，聽候兩宮太后物色垂詢。

其中有少數是兩宮太后所認識的，或者說是她們早就中意了的；一個是六額駙景壽的兒子一品蔭生志端，他是恭王同母的姊姊，壽恩公主所出，跟大格格是嫡親的表兄妹，生得文靜好學。一個是僧王的孫子多羅貝勒那爾蘇，跟志端正好相反，將門虎子，十分英武。

等召見過後，兩宮太后避人密議，首先談榮安公主的婚事。

慈安太后已在名單上做了記號，『這個瑞煜，我看倒挺有出息的。』她說：『就不知道甚麼出身？』

『他是太宗的十額駙輝塞的子孫。』慈禧太后說：『原出於費英東之後，費英東是太祖爺爺手下第一位功臣。』

『那，就指配給大公主吧！』

慈禧對此沒有意見，其實也是故意讓慈安太后作主；她看中的是志端和那爾蘇，要配給大格格和醇王的長女。看中志端是人才，看中那爾蘇一半是門第，醇王跟蒙古第一世家結了親，將來對她的事業有幫助。

『就是這個名字不好唸。』慈安太后又唸了兩遍：『瑞煜，不響亮。』

『那不要緊，叫他改名字好了。』

於是兩宮太后商量著替瑞煜改名字；叫安德海取了本《禮記》來，選取了十來個適合取爲名字的字，寫成方塊，拼拼湊湊好半天，拼成『符珍』二字；兩宮太后都很滿意。

提到志端，慈安太后問道：『要不要問問六爺的意思？』

『那還要問嗎？』

慈禧太后的意思是，他們是中表至親，而且志端溫文爾雅，讀書極好，恭王得此快婿，萬無不中意之理。這些，慈安太后也知道，她覺得志端樣樣都好，唯一美中不足的是，身子單薄。但在此時，自然是往好的地方去想，十三歲的大格格已是亭亭玉立，長得眞是個大妞兒了；十六歲的志端卻還在發育之中，將來自會轉弱爲強。

兩頭親事決定了，第三個是將那爾蘇指爲醇王長女的額駙。接下來再爲惇王挑兩個女婿，一個是公爵塋林，爲聖祖的外家佟國綱之後；一個是男爵恩銘，開國功臣蘇拜的後人。

指配停當，頒發上諭。第二天當事的貴族，都帶著兒子入朝謝恩；在內廷行走的王公大臣，聽得喜信，紛紛前來道賀。各宮各殿執事的太監和蘇拉，則是抱著看新郎官的心情來看額駙，把個王公朝房，擠得喜氣洋洋，熱鬧非凡。

深宮之中，也是如此，惇王和醇王的福晉，都帶著女兒來向兩宮太后謝恩；恭王福晉也來了，表面歡欣，內心不以爲然，她和恭王與慈安太后的心思相同，覺得志端的身子單薄，懷有隱憂。但木已成舟，只好甚麼話都不說；甚至也不敢問一問大格格，她對慈禧太后的安排，可覺得稱心？怕一問問出麻煩來。

眞是『知女莫若母』，大格格對她的這位表兄，並不欣賞，嫌他瘦弱無丈夫氣，不過她極懂事，心中委屈，在場面上不肯顯露，唯有暗中垂淚而已。

小皇帝卻不知她的心事。他跟兩個姊姊的感情極好，但相處的態度不同，對榮安公主，有時要欺侮她，跟她拌嘴；對大格格卻是服服貼貼，有了不痛快的事，總找她去細訴，從她那裡得到撫慰。因此一聽說禮部已在籌辦『榮壽公主釐降事宜』，不久就要出宮下嫁，心裡頓覺慌慌地好像失落了甚麼，急急忙忙要去看大格格。

十一歲的小皇帝也頗懂人事了，心裡雖依依不捨，卻也知道不宜說那些傷心的話。看見大格格在繡花，便取笑著說：『嗨，給妳自己辦嫁妝是不是？』

大格格不理他，把臉繃得如繡花繃子上那塊軟緞一樣地緊，站起身來叫了聲：『皇上！』坐下來接著說道：『你看看，這色兒是誰用的？』

那塊軟緞是明黃色，只有太后和皇帝才能用。大格格的服色賞用金黃，小皇帝是知道的；再細看繡的花樣是一條火紅色的龍，越發明白，驚喜地喊道：『啊，是我的！』

他生在咸豐六年丙辰，生肖屬龍；又聽徐師傅講過五行之說，丙丁爲火，所以他要大格格替他做一個書包，指定繡上火紅色的龍。這話說了有幾個月，他自己早已置諸腦後，大格格卻不曾忘記。

『你別跟我攪合！』大格格拈起針說：『快完工了！』

『我不鬧。』小皇帝問道：『我坐在妳旁邊看行不行？』

『那你就乖乖兒坐著！』

小皇帝聽她的話，乖乖地坐在一旁，瞅著大格格好半天不說話；他心裡空落落地，說不出的不得勁，——初次領略到離愁的滋味，卻不知道這就叫離愁。

大格格先沒有理他，只低著頭管自己繡花；等發覺好半天沒有動靜，不免奇怪，抬起頭來看見小皇帝兩眼直勾勾地只發愁，越覺詫異，『怎麼啦？』她問。

『說妳要成親了！是不是？』他答非所問地。

大格格有些窘，也有些惱，『怎麼想起來問這麼一句話？』她問：『誰說的？』

『張文亮。』

『你聽他瞎說。』

『六額駙不是帶著志端謝恩來了嗎？皇額娘把他指給妳，張文亮說快辦喜事了；又說府第都找好了，在大佛寺後身，大佛寺在哪兒啊？』

『誰知道在哪兒啊？』大格格蹙著眉說：『你別問了！我不愛聽。』

『爲甚麼？』

『不爲甚麼！就是不愛聽。』

『我知道了，』小皇帝忽然機伶了，『一定是妳不喜歡志端。』

大格格讓他無意間道破心事，越覺委屈；而且有些著急，怕他隨口亂說，傳到兩宮太后耳朵裡會鬧出事來，趕緊攔著他說：『我的小祖宗，你少管點兒閒事行不行！誰告訴你這些話？等我查明白了，面奏太后，非處罰那一個人不可。』

『沒有誰告訴我。』小皇帝說：『是我自己想出來的。』

『想得不對！』

『那妳是喜歡志端哪？』

『越說越好聽了！』一向對小皇帝最有辦法的大格格，此時大感困擾，無以應付，只好嚇唬他了，站起身來裝得很生氣地說：『我要到長春宮去回奏，說皇上不用功唸書，在這兒胡說八道欺侮我！』

這一下很有效，小皇帝急忙拉住她說：『不，不！我不說了。說別的。』

『好！』大格格這才坐下來，『說別的可以。』

『大姊！』小皇帝想起一件事，『妳跟六叔說一說，叫載澂跟我在一塊兒唸書。』

『我不去說。』

『爲甚麼?』

『載澂不學好，不能讓他跟皇上在一起。』大格格又說：『而且說了也沒有用，這得有懿旨才行。』

『那，那妳跟皇額娘求一求。』

『爲甚麼要我去求?又不是我的事。』

小皇帝覺得她的話說得不對，卻不知怎麼駁她?就這時一名宮女來說：『請皇上啓駕吧!長春宮傳膳了。』

於是小皇帝坐著軟輿到長春宮，跟慈禧太后一起用膳；同時要把這一天的功課作個交代。慈禧太后也常有許多話問。

每一問到功課，小皇帝先就心慌；功課太多，常常摸不著頭緒，回答得慢些，慈禧太后便會沉下臉來。這樣心越慌，口中便越遲鈍。安德海又每每在一旁討好太后，裝出那異常忠心的樣子，苦苦勸小皇帝要記著太后的話，少嬉戲、多用功；而就在這些諫勸中，透露了小皇帝許多淘氣的舉動，變成火上加油，更惹太后生氣。因此，小皇帝恨極了安德海，不止一次跟張文亮說：『等我大了，一定要殺小安子!』這些話，也不僅張文亮一個；侍候皇帝的小太監，無不知道。只是張文亮和總管太監深知這話一傳到安德海耳朵裡，讓慈禧太后知道了，會興起一場層層追究，株連甚廣的不測之禍，所以嚴厲告誡，不准亂說，否則就一頓板子打死!是這樣硬壓著，才得把安德海瞞住。

這一天在膳桌上問功課，小皇帝先把翁同龢教的幾首唐詩，唸得琅琅上口，慈禧太后深爲滿意。

再問到別樣就不大對勁了；她心裡明白，關鍵還是在師傅的教法如何。算一算日子，李鴻藻穿孝百日快滿了，要早早傳諭，讓他遵旨銷假。

心裡是這樣在想，但第二天召見軍機，竟沒有功夫來談此事；這一陣子的大事特別多——主要的還是在軍務方面。陝西的回亂，楊岳斌沒有處理得好，特地調了剛在廣東肅清了洪楊殘餘的閩浙總督左宗棠接替；騰出來的那個缺，由吳棠調補。但是，依然像放了兩廣總督一樣，他還不能到任。因爲曾國藩剿辦捻匪，雖已定下以靜制動的宗旨，在安徽臨淮、河南周家口、江蘇徐州、山東濟寧四鎮駐兵，另外築長牆、置柵欄，沿黃、運兩河，分段防守，這樣『長圍圈制』，使得捻匪處處碰壁，不能如以前那樣旋風似地捲來捲去，但出沒不定，遽難撲滅。吳棠的那個漕運總督，在防務吃緊之時，一時難以交卸，就無法到福建去接那有封疆的總督。

爲了這個緣故，慈禧太后心裡很不痛快，加以有些御史，對曾國藩的師老無功，不斷有所彈劾，所以她曾跟恭王提過，不妨另易主帥。可是捻匪正在作困獸之鬥，自山東沿黃河南岸竄至河南，在滎澤地方，決堤二十餘丈；官軍一面要堵塞缺口，一面要追擊捻匪，搞得手忙腳亂。但總算打了個大勝仗，捻匪的四大股被擊潰了；張總愚一股竄入陝西，任柱、賴汶光兩股回竄山東，還有個牛老洪死在亂軍之中，所部星散。

現在是到了易帥的時刻。朝廷如此想，曾國藩卻也有此打算；上了一個奏摺告病，請開協辦大學士、兩江總督的缺，請另簡欽差大臣接辦軍務，自願以『散員留營效力，不主調度。』同時有個附片，說是『剿捻無效，請將臣所得封爵，暫行註銷。』字裡行間，看得出有滿腹牢騷。而就在這時候，改調了湖北巡撫的曾國荃，以極嚴厲的措詞，參劾大學士湖廣總督官文，貪庸驕蹇，還牽涉到新任軍機大臣胡家玉，說他上年出差經過湖北時，受了官文的賄，而官文所行的賄，是提了糧台上的公款。

慈禧太后雖未見過曾氏兄弟，對他們的性情卻很了解。曾國藩雖失之迂緩，但老誠謀國，謙退謹愼，僅止於偶有牢騷；曾國荃卻不像他老兄那樣有涵養，奏劾官文正所以表示他和湘軍的不服氣，在他那個摺子以外，彷彿可以聽到這麼一句話：『像官文那樣的飯桶，也沒有好好打過一天仗，憑甚麼也得一個伯爵？』

意會到此，慈禧太后反覺歉然。同時也了解到這是一個不可疏忽的麻煩，處理不善，不說激起兵變，至少也會影響士氣；所以在把曾國荃的摺子發下去時，特地親手封緘，批了『恭親王開拆』的字樣，表示是要他親自處理的密件。

這天召見軍機，預先傳諭，只召恭王一個人進見。此是所謂『獨對』，恭王心裡有數，帶著曾國荃的那個奏摺，也盤算好了兩個辦法，看上頭的意向，擇一回奏。

『曾國荃那個摺子，到底是甚麼意思呢？』慈禧太后先這樣問。

『現在也難以揣測。』恭王很謹愼地答道：『官文雖然因人成事，到底還能持大體。不過馭下不嚴，也是有的。』

『怎麼的馭下不嚴？』

『他寵……』恭王想說：他寵一個姨太太，凡事聽她作主。話到口邊，想起大犯忌諱，立即頓住，改口說道：『寵一個門丁、一個廚子；這兩個人不免招搖。』

『曾國荃參官文，說他是肅順一黨。』慈禧太后很認眞的問：『可有這話？』

『那個廚子就是肅順薦的。』

『怪不得他那廚子那麼可惡！這得查辦。』

『是。』恭王答道：『督撫不和，是一定要派大員查辦的。』

『派誰呢？』

照正常的例規，因爲官文的官爵特高，至少也該派一個協辦大學士，但這一來便很明白，被查辦的一定是官文；會引起許多驚擾。因此恭王說明理由，建議派刑部尙書綿森、戶部侍郎譚廷襄到湖北。慈禧太后同意了。

『胡家玉呢？是怎麼回事？』

『臣已經找他來問過。他承認收了官文送的二千兩程儀；說是先不肯收，後來官文告訴他，並不是私下送的，是提的公款，好讓他沿途雇車馬，犒賞夫役。』

『不論私下也好，公款也好，反正是受賄！他這樣子，在軍機上也叫人看不起。』

『是！』恭王看慈禧太后的態度隨即答道：『臣請旨，是不是叫胡家玉先退出軍機？』

慈禧太后點點頭，轉臉徵詢慈安太后的意見；她也認爲胡家玉以退出軍機爲宜，說是：『這也算給曾國荃一個面子。不過，也別太過分了。該叫他明白回奏——到底不過二千兩銀子。』

這一案有了結果，接著便談曾國藩自請開缺的那個奏摺。

這時又是慈安太后先開口，『我有點兒不明白，曾國藩爲甚麼連他那個爵位都不要了呢？』她以微帶憂慮的聲音說：『我總覺得他這一次的摺子，說的話跟以前不同，彷彿心裡挺不舒服似的。六爺，你說是不是呢？』

『太后聖明！』恭王以頌揚的語氣答說：『曾國藩是有點兒鬧意氣。』

『這不像他的爲人呀！咱們得好好兒想一想，有甚麼委屈他的地方沒有？把好人逼急了，會出亂子！』

慈安太后這句話，說得恭王悚然心驚，慈禧太后卻大不以爲然——不是爲了『出亂子』這三個字：『也不能說是朝廷逼他；更不能說是委屈他！東南幾省，都付託在他手裡；他說甚麼就是甚麼，這能說委屈他嗎？』

看她有些負氣的樣子，恭王覺得不安；深恐兩宮太后生意見，他夾在中間爲難。於是趕緊把話岔了開去，『臣請懿旨，』他說：『曾國藩自請註銷封爵，應無庸議。』

『那當然。』慈安太后顯示了極好的風度，神色自若地看著慈禧太后說：『趁這兒沒有外人，咱們平心靜氣，好好兒商量一下。』

『是呀！』慈禧太后也發覺自己失態了，帶些忸怩地微笑著。

『我看，咱們先得想一想，到底曾國藩還能用不能用？』慈安太后旋即補充：『我是說帶兵打仗。如果不能再辦軍務，他還可以幹別的，曾國藩的長處不是很多嗎？』

恭王很佩服她的看法，而且頗有驚異之感；想不到平日婆婆媽媽，似乎不大明白外事的人，會提綱挈領，抓住局勢的關鍵。『爲難的正是這一層，』他一面深深點頭，一面答道：『竟看不出來，曾國藩還能不能帶兵打仗？說他師老無功吧，現在「長圍圈制」的法子也見效了……』

『不錯！』慈禧打斷他的話說，『曾國藩就是能穩得住，得有個人幫他；從前是他弟弟，現在是他門生。既然他力保李鴻章，就叫李鴻章接欽差大臣的關防好了。』

『那麼曾國藩呢?』慈安太后很快地又說:『讓他到京裡來一趟吧!我倒要看看他,究竟是怎麼樣一個人?』

『這個主意好!』慈禧太后欣然附和。

『是!』恭王心裡在想,曾國藩如能內用,可以抵銷倭仁的滯而不化,對於洋務的開展,大有裨益;照這個打算,便不宜讓他回任,所以這樣答道:『既然曾國藩來京陛見,一時不便開欽差大臣的缺,可否讓李鴻章暫時署理?』

兩宮太后都同意他的辦法。恭王退了出來,隨即擬上諭進呈;同時找了寶鋆來,把派綿森和譚廷襄到湖北查案,以及叫胡家玉退出軍機的決定告訴了他。

寶鋆有些驚心!一個是大學士,一個是軍機大臣,處置如此嚴厲,不免駭人聽聞;因而建議,不必下明發上諭。恭王一向最聽他的話,依言入奏;兩宮太后亦無不可。但紙包不住火,官文和胡家玉立刻就被人在談論了。

第二天兩宮太后召見軍機,只有恭王和寶鋆兩個人。慈禧太后首先交代,李鴻藻百日將滿,應該照常入值。然後商量胡家玉空出來的那個軍機大臣缺,找誰來補?

從兩宮太后垂簾以來,立下了一個不成文的規矩,兩名漢軍機大臣以地域分配,一北一南,最初是李棠階和曹毓瑛;李棠階是河南人,算是北方,他死後補了直隸的李鴻藻。曹毓瑛是江蘇人;江西的胡家玉補了他的遺缺。現在胡家玉出了事,仍舊得找一個南方人來補他的缺。

這個人很難找,又要資望夠,又要操守好,而且還要謹飭自持;像潘祖蔭那樣,名士氣味極重,座上客常滿,交遊甚廣的人,就不適宜入參樞機。因此商量了半天,竟無結果。

退朝以後，恭王親自到李鴻藻寓所去傳旨；親王駕臨，儀從甚盛，李鴻藻是早有準備的，不便再執著於禮法，便以病來推託。特地裝得形容憔悴地接待恭王；自陳哀迫憂煎，精神恍惚，心跳氣喘，難勝艱巨。然而談到胡家玉的遺缺，李鴻藻卻又保薦了一個人；這個人是左都御史汪元方，字嘯庵，浙江餘杭人，道光十三年的翰林，久任京官，庸庸碌碌。但正由於這個緣故，一保就准，上諭頒發，無不出於意外。

兩宮太后實在是很給面子了，而李鴻藻抱定主張，絕不可像李光地那樣貪位忘親，所以依然哀詞告病；慈禧太后頗爲不悅，派寶鋆去傳旨，大大地訓斥了一頓；無奈李鴻藻不爲所動，寶鋆也就只好據實覆奏。

『好在翁同龢也很得力。』恭王這樣勸道：『就讓李鴻藻在家休養吧！』

『這些人的意氣，眞叫人頭疼！』慈禧太后忽然問道：『六爺，你知道不知道，曾國藩跟李鴻章也有意見？』

恭王只知道新練的淮勇與未裁撤的湘軍，勢如水火，這也是曾國藩在周家口調度吃力的原因之一，卻不知他們師弟之間也有意見，一時竟無從回答。

『曾國藩的家眷從四月裡就搬出江督衙門，回湖南去了。』慈禧太后說：『船到武昌，曾國荃留他嫂子在那裡過夏。曾國藩跟郭嵩燾做了親家，嫁女兒從船上發的轎。賠嫁只有二百兩銀子；曾國荃不相信，親自打開嫁妝來看，壓箱底兒的可不就是二百兩銀子？』

恭王大爲詫異，一則不知此事，再則不知慈禧太后何以知道此事？正在錯愕無從回答時，慈安太后開口了。

境況這麼窘！』

『這些話都不假。唉！也難怪曾國藩心境不好。又封侯、又拜相、又是兩江總督欽差大臣，誰知道

『我就不明白，曾國藩爲甚麼把家眷搬出衙門？他以爲朝廷不會叫他回任了？還是李鴻章急於想接他老師那個缺，逼得他師母待不住了呢？六爺，』慈禧太后斷然決然地說：『朝廷不能待功臣這個樣子，讓曾國藩回兩江！叫李鴻章去打仗，由曾國藩替他籌餉，這才是正辦！』

淮軍代興

兩江總督回任與江蘇巡撫李鴻章特授爲欽差大臣的上諭，專差遞到周家口時，曾國藩正在下圍棋；就在棋枰邊上拆閱了廷寄，他不作一聲，繼續打棋上的一個『劫』。

午飯後一局棋是曾國藩唯一的嗜好，心越煩棋下得越起勁；然而黑白之間並不能使他忘憂，拈子沉吟時，棋枰往往變成了地圖——這一條『大龍』是運河、那一條『大龍』是黃河；而著著進逼，到處流竄的是捻匪。他不善於下『殺棋』；從僧王殉難以後，他更體悟出知拙善守，穩定待時的道理，然而旁觀者都不以爲然；包括他一手提攜，認爲可付以衣播缽、畀以重任的李鴻章在內。

現在要讓李鴻章來下這局棋了！他分辨不出自己的感覺，是憂是憤，是委屈還是寒心？自己也覺得三十多年持志養氣，不該有這樣的不平之情；然而他用盡克制的功夫，只能拿一個『挺』字訣來應付，卻無論如何也不能釋然於懷。

『子密！』他下完了棋，問他的幕友錢應溥，『你記不記得，去年我從江寧動身跟李少荃說的

話？』

錢應溥自然記得，上年五月把兩江總督的關防交給署理江督的李鴻章，登舟北上時，他曾說過，『絕不回任！』爲了表示決心，這年四月請彭玉麟派了船，把歐陽夫人送回湖南，而李鴻章也當仁不讓，一心就等待眞除。現在看樣子有了變化，錢應溥不知如何回答？只含含糊糊地點一點頭。

『少荃來接我的欽差；我依然一本初衷。』曾國藩揸開五指當作一把梳子樣，理著他的花白鬍鬚，『欽差大臣的關防，明天就派人送到徐州交少荃收領；我呢，請你仍照原意，替我擬個摺稿。』說著他把上諭遞了過去。

錢應溥不想他眞的如此固執！以他的身體，實在應該回江寧，好好休養；但是拿這些話來勸是無用的，且先依他，回頭大家商議了再說。

『就這樣措詞，』曾國藩慢慢唸道：『自度病體，不能勝兩江總督之任，如果離營回署，又恐不免畏難取巧之譏。所以仍在軍營照料一切，維繫湘淮諸軍軍心，庶不乖古人鞠躬盡瘁之義。』

『大帥！』錢應溥覺得有個說法，或者可以使他重作考慮，『欽差大臣的關防是交出去了，又不回任接督署的關防；以何作爲號令？』

『這話有理！』曾國藩想了想說：『有個權宜之計，先刻一顆木質關防，文曰：「協辦大學士兩江總督一等侯行營關防」，等奉旨開了缺再截角繳銷。』

手中不能無印，事實上也只好如此；錢應溥拿著上諭悄悄去找曾紀鴻——曾國藩的第二個兒子，剛到營中來省親；曾國藩原來打算第二年正月進京陛見，帶著曾紀鴻一起北上。現在有了這道上諭，指明毋庸陛見，曾紀鴻因爲免了老父一番長途跋涉，自然覺得欣慰。

『二世兄，你慢高興！老人家不肯回任，李少荃就來不了，事情會成僵局，麻煩大得很呢！』

二十一歲的曾紀鴻楞住了，好半晌才說：『錢大哥，你知道的，老人家不准我們跟他談公事。』

『這不是公事！朝廷體恤大臣，處以善地；老人家是公忠體國，做後輩的應該有做後輩的想法。』

曾紀鴻何嘗不希望父親回任？全家都是這樣希望；他母親甚至在籌劃搬出督署以前，表示寧可住周家口，不必回湖南，用意就在一有回任的消息，便可半途折回。如今消息來了，豈可不苦勸一勸？

於是兩人商量著約齊了幕友，一起去見曾國藩；他人雖方正，卻最喜談天說笑話，所以飯後在他臥室或書房聚談是常有的事。談來談去談入正題，你一句他一句都是勸他打消原意的話，曾國藩方始明白，大家是有所爲而來的，便靜靜地只是聽著。

反覆譬解的道理都說完了，他才開口：『你們的話都有理，無奈不知我的苦心。絕不回任的宗旨，是我深思熟慮所定下來的；今天我的心境如何且不說，執持原意，絕不是負氣。子密，我剛剛自己擬了一段話，你可以把它編排在奏稿裡頭。』

說著，他從抽屜中取出一頁紙來，交給錢應溥；大家圍在一起看，只見他寫的是：

若爲將帥則辭之，若爲封疆則就之，則是去危而就安，避難而就易。臣平日教訓部曲，每以堅忍盡忠爲法，以畏難取巧爲戒；今因病離營，安居金陵衙署，涉跡取巧，與平日教人之言，自相矛盾，不特清議之交譏，亦恐爲部曲所竊笑！臣內度病體，外度大義，輕減事權則可，竟回本任則不可。

部曲是不會竊笑的，不論湘軍還是淮軍；誰不知道『大帥』的爲人？至於清議交議，或恐不免；然則爲來爲去爲的是他眞道學的名聲。曾紀鴻心想，義正辭嚴的話，正面來辯，徒勞無功，得要走一走偏鋒。

『爸爸！』他說：『兒子覺得「每以堅忍盡忠爲法」這句話，似乎還有斟酌的餘地。』

曾國藩最喜歡兒子跟他談論文字學問，雖有辯駁，不以爲忤。他的教子，亦是因人而施，老二紀鴻的格局不如老大紀澤寬宏；所以每每教他，作文『總需將氣勢展得開，筆仗使得強，才不至於束縛拘滯』；現在明明一段說理圓滿的文章，卻道有瑕疵可摘，這就是平地起樓台，『筆仗使得強』，正見得他已有進境，所以欣然問道：『如何欠斟酌，你倒說個道理我聽聽！』

說完，便是半望空中，慢撚鬍鬚，大有側耳細聽的樣子；這使得曾紀鴻倒有些緊張了，略想一想，大著膽說：『憂讒畏譏，似非「堅忍」；而「盡忠」亦不在不避艱危。朝廷爲地擇人，照兒子的看法，在後路籌餉，亦並不比在前方打仗容易。』

曾國藩點著頭笑了：『前面的意思還不錯。可惜後面露了馬腳。所以你需切記，』他正一正臉色說：『知之爲知之，不知爲不知；強以爲知，立論就會站不住腳。你說朝廷爲地擇人，意思是要我回任去替李少荃籌餉；這就是你少不更事，說了外行話！李少荃用得著我替他去籌餉嗎？』

這句話一說，所有的幕友，都浮現了會心的微笑；最年輕的李鴻裔，說話比較率直，『大帥的話眞是一針見血。』他說：『不過大帥「自願以閒員留營效力」，李宮保怕不肯來！有位「太上欽差大臣」在，如何辦事？』

『不錯！這就是我的苦心。』曾國藩用低沉的聲音說：『你們去想一想我十一月初二的摺子，是如何說法？就不難體會。照日子算，發這個回任上諭的時候，還沒有看到我的摺子；現在當然看到了，所以再辭一辭，大概天意可回！』

這樣一點穿，無不恍然大悟，也無不感動！十一月初二的那個奏摺，主旨在申論『統兵大員，非身任督撫，有理財之權者，軍餉必不能應手，士卒即難用命，』接著又說：行軍太鈍，精力日衰，等病體稍痊，『約臘尾春初入京陛見，』意思就是保李鴻章實授兩江總督充任剿捻的欽差大臣——照此看來，八月間奏請『飭令李鴻章帶兩江總督關防出駐徐州，會辦軍務』，便是有意讓他先成為『統兵大員』，好為以後建言作張本。

『大帥！』李鴻裔激動地說：『這樣子為李宮保綢繆周至，實在罕見！』

『不然，不然。我是為大局著想。環顧海內，西北未必非左季高不可；東南卻非李少荃不可。而要李少荃剿捻收功，自然要依他的盤算。有封信，你們都不曾看過；到今天非讓你們看了，才知道其中的委曲關鍵。』

曾國藩說完，自己親手開了他那個存放密件的箱子，取出一封信來交給李鴻裔；信是李鴻章的，看日子是『同治四年九月十四日』——是一年以前；李鴻裔不看信，先定神想一想，那時候有甚麼大事？

一想就想起來了，那時有一道密諭，派李鴻章帶兵到河南洛陽一帶，負責剿捻的西路軍務；同時讓曾國藩與李鴻章、吳棠『彼此函商』，同意不同意這樣一個安排：漕運總督吳棠署理兩江總督；江寧藩司李宗羲署理漕督；兩淮鹽運司丁日昌署理江蘇巡撫？

果然，李鴻章的信，就是談的這件大事，他不等主持函商的曾國藩先徵詢，搶先表示了他的意見。信中一開頭就說河洛一帶是『必戰之地』，一面要防備陝西的回亂蔓延，一面要剿治捻匪，非有重兵不可，因而向曾國藩提出第一個要求，『擬懇將劉省三、楊鼎勳兩軍給還。』劉省三——劉銘傳是淮軍第一員大將；楊鼎勳是四川人，原為他的同鄉鮑超部下，以多戰功為同事所妒，在鮑超面前進讒，被迫改投淮軍。因爲是客將，怕淮軍輕視他，所以作戰特別勇敢；李鴻章克復江蘇，最得力的就是自洪楊軍投誠，原隸湘軍，由曾國藩遣去支援李鴻章的程學啓和這個楊鼎勳；他的裝備全是洋槍，在目前曾國藩所轄的剿捻各軍中，強勁第一。

然後是談餉，『朝命吾師弟各當一路，兵與餉似於合辦之中，略分界畫，目前不致推諉，日後亦易報銷。』李鴻章提出的辦法是，安徽和江寧藩司所轄的江寧、淮安、徐州等地的收入歸曾國藩；而蘇州、松江、常州、鎭江、太倉等地和上海的關稅收入歸他。

大營的幕友，把這封長達二十頁的密信，傳觀到此處，無不悚然動容！李鴻章的聰明識時務，會做官、善經營，是大家都知道的；不過他的勳業富貴，由曾國藩一手所提拔調護，因而認爲他逢人必提『老師』的尊師一念，出於至誠，亦絕無可疑。誰知如今才發現他對『老師』的面目是如此獰厲！既要精兵良將，又要膏腴餉源；倘使照他所說，『老師』在周家口就只好像『空城計』中的武侯，撫琴退敵了！

心裡雖個個憤慨，只以曾國藩最重大體，而且在大庭廣眾之間，一向只譽人之長，不論人之短，所以都不敢有甚麼話說；只盡力把自己的心情平抑下來，凝神往下看他這封措詞『當仁不讓』的信，還有些甚麼花樣？

下面談到上諭的正題，也就是李鴻章率師『馳赴河洛』以後的兩江的局面。慈禧太后一心爲了報恩，要破格提拔吳棠，以及恭王與軍機大臣不以爲然，而不便公然反對，特意用『朝中大政，密諮重臣』的傳統手法，借曾國藩來作個推託，所謂彼此函商，就是要曾國藩提出異議；這也是大營幕友無不了解的。但是，他們沒有想到，恭王是不得已把難題推到曾國藩頭上，而李鴻章竟亦忍心在千斤重擔以外，另又出此難題，讓『老師』去做。

他的主旨在反對吳棠接他的手，署理江督。同時又表示丁日昌熟於洋務，才堪大用，而擢任蘇撫，資望卻還不夠；李宗羲的才具也不過任江寧藩司爲宜。還有護理江蘇巡撫劉郇膏，必因丁日昌的擢升而引病告退，也是安排未妥，令人難以心服的事。

這些說法無非旁敲側擊，說朝廷的擬議，窒礙甚多，接著又出以後方變動，影響前方軍餉的危言，以爲『藩運易人，大營後路，恐不順手』；而吳棠『滿腹牢騷』，一旦署理江督，『用人行政，或多變局』，請曾國藩『熟籌密陳』，擋吳棠的駕。

但是，他既率師西征，也總要有人來接他；吳棠既不可，則又該誰來呢？李鴻章在這裡，便用『或謂』的語氣，爲他『老師』出了新的難題：『或謂宜調筱兄』爲江蘇巡撫兼五口通商大臣：『或筱兄署江督』，而仍以丁日昌兼江蘇巡撫——信看到這裡，李鴻裔到底忍不住了！

『李宮保眞是內舉不避親！』他冷笑道：『虧他怎麼想出來的？難道江蘇的督撫，注定了非他合肥李家的人來幹不可？』

這是說李瀚章——李鴻章的長兄，字筱荃，拔貢出身，分發湖南當知縣，以替湘軍辦糧台起家。這三、四年由於李鴻章的『聖眷』，朝廷推恩，連番超擢；同治元年還是一個道員，如今已升到湖南巡撫，如果再調署江督，他的官運就好得不能叫人相信了。

其時信已看到結尾，錢應溥大有意會，不斷點頭：『噢，噢！原來眞意在此！』

還沒有傳觀到下文的人，心急便問：『眞意是甚麼？』

看到曾國藩面色凝重，對輕率的議論有不以爲然的意思，李鴻裔不敢造次，話到口邊，復又嚥住，支吾著敷衍了過去。好在李鴻章的眞意何在，雖有知有不知；曾國藩的用意卻是大家都明瞭的，他要推薦李鴻章以兩江總督兼欽差大臣，但以過去一直向朝廷這樣表示：『廟堂之黜陟賞罰，非閫外諸臣所宜干預，』不能出爾反爾；同時也礙著『牢騷滿腹』，虎視眈眈，雖已奉調閩督，卻還不能赴任的吳棠，更不便指名密保，因而以不肯回任作側面的擠逼，希望擠出慈禧太后一句話來：『既然曾國藩說甚麼也不肯幹，那就叫李鴻章去！』

於是大家各散，錢應溥照曾國藩的意思，擬了一個摺稿；細核清繕，派定專差；第二天午間轅門鳴炮『拜摺』。曾國藩依然圍棋一局，寄煩憂於黑白之間。

但奉到的上諭，措詞懇切而嚴峻：『曾國藩爲國家心膂之臣，誠信相孚已久，當此捻逆未平，後路糧餉軍火，無人籌辦，豈能無誤事機？曾國藩仰體朝廷之意，爲國家分憂，豈可稍涉疑慮，固執己見？著即廩遵前旨，剋期回任，俾李鴻章得以專意剿賊，迅奏膚功。該督回任以後，遇有湘淮軍事，李鴻章仍當虛心諮商，以期聯絡。毋許再有固請，用慰廑念。』這『毋許再有固請』六字，已指明再無商量的餘地；否則就會在面子上搞得很不好看。

曾國藩無可奈何。安排瑣務，過了年自周家口動身；由陸路到徐州，走了十天才到。從李鴻章手裡接了印，師弟二人，細談西北的局勢——陝甘總督左宗棠尚未到任，剿西捻的責任，還在曾、李身上；而張總愚一大股已經逼近西安，朝命督催赴援，急如星火。

劉鮑爭功

西路緊急，東路亦不輕鬆；任柱、賴汶光、牛洪、李允那些『太平天國』的『王爺』，落草爲寇的捻匪，糾合馬步精銳，不下十萬之眾，在湖北安陸、德安之間，古雲夢澤一帶盤旋，狼奔豕突，拼命想打開出路。原爲湘軍後隸淮軍的郭松林一軍，中伏大敗；李鴻章嫡系的『樹軍統領』，廣西右江鎮總兵周樹珊在德安陣亡。東捻屯兵臼口——鍾祥縣南九十里，臼水入口之處；據哨探諜報，正計議分兵三支，一支渡襄河入蜀，一支出武關會合西捻，一支屯在湖北聲援各路，只待過了年便要大幹一場。

不過，比較起來還是西路吃重，而且陝西巡撫又已換了恭王的好朋友喬松年，格外可以得到朝廷的支持，所以密旨不斷嚴催，要曾國藩兄弟，督促鮑超的『霆軍』，即速援陝。一到了陝西，不久就要歸陝甘總督左宗棠節制；曾左不和，並且左宗棠跋扈任性，看不起行伍出身的武將，爲此，鮑超不願西去，託詞待餉，逗留在湖北不走。同時湖北巡撫曾國荃，一個摺子參倒了官文，革去湖廣總督，由譚廷襄署理，痛快倒是痛快，可是湖北的軍務便只有獨任其艱，也希望把鮑超留在省境。這一來，唯有另派援軍入陝。

曾國藩和李鴻章先顧眼前要緊，商量的結果，決定調老湘軍劉松山『壽軍』援陝。劉銘傳的『銘軍』二十營約一萬人；鮑超的『霆軍』二十二營約一萬六千人，此時都駐河南南陽一帶，限令剋日南下，分路進剿屯臼口的東捻。

鮑超接到命令，知道可以不必去受左宗棠的氣，大爲興奮；當時下令開拔，由樊城渡河到襄陽，沿漢水往南掃蕩。『霆軍』的打仗，與眾不同，這是由於鮑超的性格所形成；他是四川夔州人，跟宋朝黨進是一路人物——他的胸無點墨的笑話，與黨太尉也差不多；有一次從捻匪那裡俘獲四幅屏條，是董其昌寫的『江賦』和『海賦』；下款署著『臣董其昌奉敕敬書』，原爲明朝大內的珍物。有個幕友欺他不識字，意存吞沒，騙他說這四條字沒有上款，不便張掛。鮑超認爲不要緊，補一個上款好了。於是那幕友奮筆直書：『春霆軍門雅屬』；見了的人，無不是想笑不敢笑。

這樣的人，自然只有胡林翼、曾國藩才能欣賞重用；而鮑超的報答知遇，也眞是一片血誠。他帶兵只有八個字：『身先士卒，生死相共』，每次出陣，將官在前，士兵在後，也無所謂『戎裝』、『行裝』；紅頂子、雙眼花翎、黃馬褂，穿戴得極其輝煌，打仗就如上朝一般。也因此形成一種特殊的威勢；洪楊軍只見了翎頂輝煌，疾馳而至的部隊，便奔走相告：『霆軍來了！』隨即鼠竄。甚至有些官軍被圍無法脫身時，冒用『霆軍』的旗號，居然亦能化險爲夷。

因爲鮑超有這樣的威名，所以遭妒；劉銘傳就是其中之尤。他與鮑超同時領軍南下，但路線不同，銘軍由棗陽沿漢水東岸挺進，一路也打得很好。銘、霆兩軍在鍾祥會師，逼得東捻退保楊家泎、尹隆河一帶。

於是霆軍進駐臼口，銘軍進駐臼口之東的下洋港，與南面尹隆河兩岸的匪壘成鼎足之勢。方圓二、三十里之間，更鼓相聞，旌旗蔽日，在暗沉沉的凍雲下，瀰漫著一片驚心動魄的殺氣。

這樣的戰局，眞是到了短兵相接的生死關頭，自然維持不到好久的。霆、銘兩軍信使往還，秘密約定第三日辰刻——早晨八點鐘進軍夾擊。劉銘傳心想，東捻的全部兵力都已集中在此。這一仗打勝，便是呈獻新任欽差大臣的一份大大的賀禮。但轉念想到鮑超，頓時又意興闌珊了。

其實也難怪鮑超，以湘軍宿將，十年之間，大小數十戰，出生入死，威名遠播，現在與淮軍後起的劉銘傳，比肩作戰地位相等，自不免由不平而有輕視的意思；在劉銘傳，看鮑超目不識丁，有勇無謀，不過偏裨戰將，只因爲受胡林翼、曾國藩適格的寵遇，才有那麼大的名氣！自己哪一點不如他？聲名處處落在他後面！每一想起，便有無限的抑鬱。

就爲了這一份不甘心，劉銘傳盤算了又盤算，想定一個主意，他把所有的營官都找了來會議，首先說明這一仗關係重大，非勝不可；接著便問：『勝是勝了，有面子的不是我們！面子叫誰佔了？』

這還用說嗎？自然是鮑超。他的部下雖未開口，但神情之間，已經作了回答。

『不錯，鮑春霆！』他自問自答地說：『我們拼命，別人首功，這種傻事不能幹！』

然則計將安出？有人提醒他說：『已經跟霆軍約好了，不能說了不算。』

『哪個說了不算？』劉銘傳說：『不過淮軍絕不能讓人說一句，因人成事。我們各幹各的，不能落在別人後面，要趕在前面。我想不如早一個時辰出發，等我們把捻匪打垮了，叫霆軍來看看，到底誰行？』

說到這裡，他太陽穴上的青筋，不斷跳動；這是連他自己都爲未來那份揚眉吐氣的痛快情緒所激動了。部下看長官如此，誰不喜功？個個心動，你看著我，我看著你，相互用眼色認可了這個膽大的決定。

於是，接下來便是商量戰法。捻匪跟僧格林沁捉了好幾年的迷藏，而且也從官軍那裡俘獲了許多馬匹，加以熟於地形，所以飄忽如風，詭詐百出，常用的是兩種戰法，一種是用老弱誘敵，而精銳利用天然形勢遮蔽，官軍貪功深入，必中埋伏；一種是以前隊挑戰，另選精騎，繞出官軍後路，施行突襲，所以官軍總是憑藉村堡，先求不敗，再求獲勝。如今既非以自保爲足，而且要想一舉擊潰人數數倍之多的東捻，就非揚棄過去那種爲捻匪所熟悉的戰法不可。

當時議定，全軍盡出，留五營守輜重，其餘十五營盡皆渡河，分為左、中、右三軍，每軍五營，齊頭並進。這樣出其不意地以堂堂之陣、正正之旗全面出擊，為以前官軍剿捻很少有的舉動，先予敵人以一種先聲奪人的感覺；在氣勢上就佔了上風。

會議妥當，諸將辭出，各自去作準備。到了約定的那天，大家半夜裡便都起身；一到卯正，劉銘傳一馬當先，衝出營門。

於是前後馬隊，夾護步兵輜重，浩蕩南下。劉銘傳是不打算回下洋港了；東捻蟻聚，連眷口不下十萬之眾，一仗『剿洗』不完，怕乘勝追擊之際，還要派部隊回來照料輜重，未免耽誤時機，所以傾師全出。

到了一處名叫宿食橋的地方，劉銘傳駐馬等候諜報。兩三撥哨探接踵報告，說是捻匪仍在尹隆河對岸，未見動靜；似乎對官軍出擊，尚無所知。

這還等待甚麼？劉銘傳立即下令，以步兵五營留在宿食橋守護輜重，餘下的依照原來的計議，全數渡河——原來的計議是分作三路，齊頭並進；右軍先撲尹隆河北岸的楊家浲，任務特重，劉銘傳特派他手下最得力的唐殿魁擔當。左軍統帶是劉成藻；中軍則由他自己親自率領。

這一帶是眞正的古雲夢澤，湖澤縱橫，楚天遼闊，又當冬季水淺，更便馳驅。劉成藻的左軍先到河邊，人馬涉水而過；接著中軍也渡了河，拉開隊形，向前直衝。

捻匪自然已得到了警報，也分作三路迎敵，牛洪在西、任柱在東，賴汶光和李允居中策應。銘軍是劉成藻的部隊較弱，而東捻以任柱一股最強悍，所部全是馬隊，跟僧王周旋過很長的時間，轉戰數千里，能夠人自為戰。這最強的正好碰著最弱的，而且首先遭遇，剛一接觸，劉成藻那五營就穩不住陣腳向後轉了。

左軍一轉，帶動中軍；劉銘傳一看這情形，恨不得把劉成藻抓來手刃於馬前。此時無奈，唯有硬拼，下令衝鋒。

長號筒『嗚嘟嘟』地吹得好響，馬隊一路衝鋒，一路開洋槍，乒乒乓乓，夾雜著萬蹄雜沓，加上後續步兵『殺呀，殺呀』的喊聲，聲勢十分驚人；東捻中軍的賴汶光和李允，頗有憚意，正在有些躊躇，想先避一避鋒頭，忽見東面塵煙大起，遙遙一望，喜逐顏開，那些嘍囉們亦無不精神大振。

東面來的是任柱的馬隊，一部分渡過尹隆河去追擊劉成藻的部隊；一部分由任柱親自領著來攻劉銘傳的中軍。攔腰側擊，形勢最利；等劉銘傳發覺，已頗難應變——任柱的馬隊飄忽如風，轉眼迫近，攔腰被衝爲兩段。

後一段潰散，前一段恰好遇著賴汶光和李允，迎頭痛擊。劉銘傳此時方寸大亂，只由兩百親手訓練的親兵保護著，在亂軍中奪路而走。

中、左兩軍都垮了，右軍唐殿魁卻打得很好，輕易奪下楊家洚，渡河擊退牛洪一股，正遇著任柱側攻中軍，飛馬來援，阻遏了攻勢。

然而這一擋卻使他自己成爲眾矢之的。中、左兩軍死的死、逃的逃；捻匪三路合而復分，一半渡河去追官兵，一半對付唐殿魁一軍——他只得兩千五百人，捻匪則有兩三萬，重重包圍，漸漸逼緊，唐殿魁和兩名營官吳維章、田履安力戰陣亡。

銘軍整個兒崩潰了。劉銘傳和他的幕僚及親兵，陷在重圍之中，無法逃生，索性脫下冠服，坐待就擒。

這時捻匪兩翼的馬隊，渡河的還不多，大部分在尹隆河南岸對付唐殿魁一軍，以及追殺四下潰散的官軍；但中路捻匪，渡河而北的人數已有一兩萬，烏合蟻聚，遍野皆是，忽然間有人驚惶地喊道：

『霆軍，霆軍！』

但見北來的霆軍，彷彿大海潮生，初看不過一線，等聽出人喊馬嘶，已如怒潮澎湃，轉眼迫近；霆軍的排面拉得極廣，那凌厲無比的氣勢，急風驟雨般懾人心魄，捻匪先就有了怯意。

霆軍大敵當前，情況也還不甚明瞭；只從銘軍的潰卒口中，得知友軍吃了敗仗，到底敗到如何程度，先得弄個明白。因此，鮑超下令暫停，會合他手下的主要將領，婁雲慶、宋國永、孫開華、楊德琛，策馬上了一處小岡，大家拿望遠鏡四處搜索，怎麼樣也望不見銘軍的帥旗。

『壞囉，壞囉！』鮑超著急地說：『劉省三怕的是完蛋了！怎麼搞的嘛？』說著，撥轡就走。

等下了小岡，他才發令，分兵三路擊敵，而以楊德琛的馬隊爲游擊之師，迂迴包抄後路。他自領中路，又以驍勇善戰，曾經與敵周旋了兩晝夜不進飲食而始終不懈，外號『孫美人』的孫開華，居中策應。

諸將接令，各回本部，看著差不多了，鮑超親自用左手發炮，巨響一聲，哨煙四起，接著便是驚天動地的『殺』聲，三路齊發，如排山倒海般壓制捻匪。霆軍紀律雖不佳，賞罰極其分明；那些兵一上了戰場，只有一個念頭：『不死就享福。』所以此時個個奮勇爭先，挺矛舞刀，迅如疾風，當者披靡。

中路因爲有炮隊，行動比較慢；左右兩路最先接敵，往中間逼緊，把捻匪擠得不是後退，就只好拼命向前；向前的來得正好，鮑超親自率領的洋槍隊，正在等著，看捻匪將到射程以內，便即跪倒放排槍，一排放過，另一排接著來；放過的那一排一路跪，一路裝彈藥，到了前面再放。如是周而復始，名爲『連環槍』，運用得法，威力極大。

兩排槍放過，中路的捻匪就已支持不住；這時任柱和牛洪的馬隊，已渡河馳援——馬隊要靠馬，而馬有『西馬』、『北馬』之分；西馬在多少年前稱爲『代馬』，嘶風追月，固海內一世之雄，但比起生長在蒙綏大草原中的『北馬』，又不免相形見絀。官軍的馬自然是北馬，而捻匪的馬因爲都奪自官軍，所以也是北馬，餵養得卻比官馬好。只是馬雖勝過官軍，武器不堪匹敵，捻匪的馬隊多用長矛，官軍的馬隊是用洋槍，另外還有炮隊支援，這一來捻匪就要倒楣了。

『開炮！』鮑超親自下令。

炮也是『連環炮』，左右交替著往疾馳而來的捻匪馬隊中轟，頓時人仰馬翻，捻匪的陣法大亂。負策應之責的孫開華，一直按兵不動，這時遙遙看見楊德琛的馬隊，已從遠遠兩側兜了回來，包抄捻匪後路，怕玉石不分，轟了自己人，急急奔到鮑超面前報告：『霆公！不必再開炮了！該衝鋒了！』

鮑超舉起左手，用望遠鏡掃了一周，大聲說道：『要得！火候夠了。』

鮑超用兵，最講究一個『勢』字，但這個『勢』，有時只是他『存乎一心』，旁人莫名其妙；往往平地紮營，一無依傍而四面受敵，問起來說是『得勢』。此時臨敵察勢，他說『火候夠了』，果然夠了！但見楊德琛的馬隊，兩翼齊張，千槍並發，捻匪前面迫於炮火，後面又有歸路被斷之虞，紛紛回竄；孫開華一馬當先衝了出去，鮑超也由親兵護衛著，親自踏陣。

掌帥旗的那名親兵，是千萬人中特選出來的，個子生得不高，而膂力驚人，在馬上把丈餘高的一面紫色帥旗，舉得極高；馬疾風勁，旗面盡展，斗大一個白絲繡成的『鮑』字，老遠就能望見。他的部隊都以這面旗爲指引，奔馳衝殺，吶喊的聲音，傳到十幾里外。

兩翼楊德琛的馬隊，不久便合而爲一，終於隔斷了捻匪的歸路，前後夾擊，而西面是漢水，唯一的出路，只有東面一條；東面就是古稱竟陵的天門，四面皆湖，形成天然的屏障，捻匪無法進城，折而往北，霆軍卻衝過了尹隆河，變成主客易位。

捻匪的巢壘多在尹隆河南岸，東起洪水轉折之處的多寶灣，以西是拖船埠、張截港，一望無邊，亦不知內中虛實。於是鮑超暫且駐馬，一面分兵翻回尹隆河北去追敵，一面掃蕩賊壘，東捻數年的積聚，除掉燬於炮火，便都落在霆軍手裡了。

戰局到了清理戰場的階段，各軍紛紛呈報戰果。鮑超最關心的是銘軍將領的下落，派出親兵到各路去查詢，戰場遼闊，一時未得結果，卻有人送來一個珊瑚帽結子；珊瑚四周繞著一串細珠，鮑超一看，眼圈便紅了。

『省三殉難了！』他悽然向他的幕友說。

『何以見得？』那幕友不解。『有珊瑚帽結子的也多得很，不見得就是劉省帥。』

『你不知道，紅頂子多了，不值錢了；省三另外搞了個名堂，喏！』他指指圍繞珊瑚的那串細珠。

那幕友想起僧王殉難，也是先發現了他的三眼花翎，因而才找到遺屍，於是便問送帽結子來的人：『這是在哪裡找到的？』

『楊家泎以北，叫不出地名的地方。』

『快派人去找銘軍劉大帥的屍首。』

『不忙走！』鮑超站起身來，『我自己去。』

『這不必！』另有個幕友勸他，『此刻有多少事要大帥裁決。多派見過劉省帥的弟兄去找，一定可以找到。』

『這話也有理。就多派人去找，找到了馬上給我送信。』

屍首沒有找到，卻有了個好消息，劉銘傳、劉成藻還有好些幕僚，因爲霆軍的及時趕到，已經脫出重圍，回到下洋港去了。

『還好，還好！』鮑超很欣慰地；卻突然又想起一件事：『查一查，哪些東西是銘軍的？』

清點結果，奪還銘軍在宿食橋所失去的騾馬五千餘頭，洋槍四百枝，號衣八千多套，還有各種雜色軍械，再加上十幾顆紅藍頂子，廿多支花翎、藍翎。另外兩千多名陷入重圍的銘軍，也被救了回來。至於霆軍自己的戰果，奪得捻匪的輜重，照例不計，鮑超也不問，由各軍自己去分配，只計成功，照各路所報，算起來殺敵兩萬，生擒八千有餘；這裡面自然有虛頭，但照這一天這一仗來說，虛頭不算多。

亂糟糟忙到天黑，才算略微有個頭緒，各路收兵的收兵，暫駐的暫駐。捻匪已往北朝大洪山一帶逃竄，追剿還是待命？各軍紛紛前來請示。

『爲啥子不攆？』鮑超斷然決然地下令：『今天撒鍋囉，明天統統給我開拔！』

霆軍向來越打越勇，聽說明天開拔，不以爲奇，各回本營去部署。坐鎭中軍的鮑超卻上了心事——銘軍所以致此大敗的原因，他已從脫圍的銘軍將官口中，得知大概，『唉！』他重重地嘆口氣，『叫我做了劉省三，心裡也難過噢！』

如何不難過？原想露一手給霆軍看，誰知一敗塗地；不是霆軍，幾乎全軍覆沒。再往深一層看，本來會師夾擊，可操勝算；因爲兵分力弱而致敗，那時捻匪勢如狂飆，一下子把如期踐約的霆軍也捲在裡面，跟銘軍落得個兩敗俱傷，這筆帳怎麼算？

『大大小小的仗，我都記不清了，跟別軍一起打也常有，我大勝，別人小勝；我敗囉，別人也討不了好，算起來總差不多；從沒有今天這個樣，大勝大敗！老夫子，』鮑超請教他的幕友，『我倒問一問，從前有沒有這種事？』

鮑超的幕友沒有甚麼好腳色，腹笥不寬，無以爲答；欺侮他沒有吃過墨水，使勁搖著頭說：『沒有！從來沒有！』

『我倒想起來了，』鮑超突然問道：『韓世忠黃天蕩大敗，那時候，岳飛在哪裡？』

幕友答不出來，反問一句：『霆公，你問這話，是何用意？』

『學個樣嘛！』他說：『譬如說，韓世忠大敗，岳飛大勝；兩個人見了面，有些啥子言語？明天我見了劉省三，照樣好說。』

『原來如此！這也不必以古人爲法；可以想得出來的。』

『好！我請個教。』

『當然不可以得意。』

『這我知道。』

『更不可以怪他。』

『我倒不怪他，我還要謝他。』鮑超得意地笑道：『他簡直就跟李少荃拿下常州不打江寧一樣，讓功給九帥嘛！』

『霆公，』那幕友正色說道：『這話萬不宜出口！傳到劉省帥耳朵裡，會結怨。』

『不錯，不錯，』鮑超深深點頭，『自己人說說笑笑，沒有哪個要挖苦他。』

『不能挖苦他，也不必安慰他。霆公就只當沒有這回事好了！』

鮑超雖理會得不必安慰劉銘傳的意思，卻是大有難色，躊躇了一會問道：『你看我不去行不行？』

『不行！』幕友答得極乾脆，『劉省帥已經在說，霆公自居前輩，看不起他；這一來顯得架子是眞的大，不妥，不妥，不妥！』

『我也覺得不妥。唉！打仗容易做人難。』

這一夜鮑超輾轉思量，怕見了劉省三難以爲情，竟夕不能安眠。無獨有偶，劉銘傳亦復如是！勝敗兵家常事，而這個敗仗打得不但不能爲將，並且不能做人。一千遍搗床，一千遍搥枕，只是想不出明天見了鮑超，該持怎樣一種態度，該說怎樣一句話，才能使自己下得了台？

除了鮑超還有李鴻章——剛剛接欽差大臣的關防，就給他來這一下，如何交代？然而那究竟是以後的事，眼前就是一個難關；鮑超不必說別的，只拉長了四川腔問一句：『省三，你怎麼搞的？』那就連有地洞可鑽都來不及了。

想來想去，唯有希望鮑超自己不來，才得免了這場羞辱。再不然就只好託病不見。這樣在無辦法中想出一個辦法，心裡略微定了些。但到了第二天中午，聽說鮑超親自押著銘軍失去的輜重和兩千多被救的弟兄到營，他才發覺自己的想法行不通；這樣的『恩德』，哪怕病得快死了，都不能不見一見他，道一聲謝。

這一見彼此都是面無人色，忸怩萬狀。相互招呼得一聲，雙方都像喉頭堵著一樣甚麼東西，說不出話來，好不容易劉銘傳才開了口：『恭喜霆公！』

鮑超想了一晚上；一路來在馬上也不斷在想，把劉銘傳可能會說的話，以及自己如何回答才合適，都想到了，就沒有想到這一句。打了這麼一個大勝仗，不能不說是一喜；照平常的情形，遇到別人道喜，只有兩種回答，不是『彼此，彼此』就是『多謝，多謝』，而這兩種回答都不適宜，一時卻又想不出第三種答語，那就只好報以微笑了。

他不答腔，話便接不下去，當然也不能瞪著眼對看；劉銘傳避開了他的視線，偏偏一眼就看到鮑超送回來的，那個失而復得的珠圍珊瑚的帽結子，頓時心如刀割，臉色大變。

看這樣子，鮑超覺得不必再逗留了，站起身說：『走囉，走囉！』一面拱拱手，一面已向外移動腳步。

劉銘傳茫然送客，直到營門口才突然清醒，『霆公！』他說：『改日我到你營裡道謝！』

『不必客氣！』鮑超答道：『弟兄已經拔營，我現在也就往這面走囉！』說著，用手指一指北面。往北面自是乘勝追擊。劉銘傳心想，剿捻四鎮，自己獨以淮軍首席，屯四鎮之首的周家口，一年半以來，轉戰千里，大小數十戰，所向有功；爲了想聚殲捻匪，克竟全功，創議扼守沙河，誰知爲山九仞，這一簣之功竟讓給了鮑超！轉念到此，又妒又恨，心裡那股酸味，怎麼樣也消滅不掉。

就由於這股冤氣的激盪，劉銘傳把心一橫，找了他的幕友來會談；他心中已經有了主意，但即使是在親信的幕僚面前，這個主意也有些不容易出口。沉吟了好一會，決定先套一套大家的口氣。

『事情要有個歸結。』他用低沉的聲音，徐徐說道：『我有個看法，要跟大家商量；我不曉得我這個看法，大家想到過沒有？淮軍現在責任特重，爵帥又新近接了欽差大臣的關防，我們不能不替他著想，顧全大局。各位看，我的話可是與不是？』

說了半天，不著邊際；亦不知他的用意何在？不過這時自然只有順著他的口風，有的應聲：『是！』有的點點頭；靜聽他再說下去。

『鮑春霆佔便宜的，就因爲他是「客軍」，沒有甚麼責任；勝也好，敗也好，反正就要到陝西去了，無所謂！各位看，是不是這話？』

這叫甚麼話？帶兵剿匪，朝廷矚望，百姓仰賴，都殷切地在盼望捷報，如何說『勝也好，敗也好，無所謂』？因此，有些不以爲然的，便保持沉默。

『我在想，』劉銘傳硬著頭皮說下去，『爵帥的威望要維持，本軍的士氣尤其要緊。不能讓一時之挫，損害全局。請各位想一想，可有甚麼善策？』

大家都不作聲。開口以前，先要把他的意思弄明白。要說『善策』，只有不服輸，整頓人馬，跟霆軍一樣追了下去，打個大勝仗，庶幾功過相抵，可免咎戾。但這是將略，何勞問計於動筆墨的幕友？

這樣一想，旋即恍然：所謂『善策』就是要在筆墨上動手腳，出花樣。多少年來軍營的風氣，打勝仗則鋪陳戰功，打敗仗則諉過他人，此刻不妨如法炮製。

於是管章奏的幕友，點點頭說：『這一仗是先挫後勝。』

『不錯，不錯！』大家紛紛附議；『「先挫後勝」四個字確是個好說法。』

『不過，』那幕友又說：『也不宜率爾入奏，應該先具牘呈報，請爵帥作主。』

『對！高明得很。』劉銘傳說：『那就拜煩大筆。我想，今天一定得報出去，絕不可落在人家後面。』

這『人家』是指鮑超，他除了專摺奏捷以外，當然也要諮報李鴻章；如果落在他後面，李鴻章先入爲主，信了鮑超的話，自己一番心機或會落空，所以要搶在前面。

於是那名幕友，立即動筆，以『先挫後勝』這句話作爲主旨，把戰役經過大改而特改，說是『相約黎明擊賊』而非原定的『辰刻』；是『黎明』則銘軍便是按時出發而霆軍『未能應時會師』。責任屬誰，不言可知。

接著便說銘軍孤軍獨進，『先獲小勝，忽後路驚傳有賊，隊伍稍動』，下面那一句是那幕友的得意之筆：『不知實霆軍也！』霆軍不但後來，而且驚動了銘軍；妙在不直接說破，彷彿是一句不忍直指霆軍過失的恕詞，便顯得格外有力量。

至於留五營守護輜重，也改了說法，是因爲『後路驚傳有賊』，不能不抽五營過河，『還保輜重』；由於這樣一調動，陣線有了缺口，『賊瞷暇來撲，以致大敗』，但仍舊全力撐持，『會合霆軍迎擊，遂獲全勝』。這個彌天大謊，編得有頭有尾，入情入理。報到徐州欽差大臣行轅，李鴻章的幕友據以轉奏時，又加重了揚劉抑鮑的語氣，彼此的功過便越發明顯了。

這是一面之詞，還有鮑超的一面之詞；他倒是存心厚道，只敘自己的戰功，並說援救了銘軍；對於劉銘傳卸甲丟盔，坐待被擒的狼狽慘狀，略而不提。同時敘事亦不夠明晰，所以湖北巡撫曾國荃，荊州將軍巴揚阿都只知道尹隆河、楊家泠大捷，究竟是霆軍的功勞還是銘軍的功勞？不甚了了。但李鴻章一看，與劉銘傳所說頗有不符，不免懷疑，仔細一打聽，才知道銘軍所報不盡不實——他的想法跟劉銘傳一樣，寧可我負人，不可人負我；兼以新拜湖廣總督之命，正當有所答報，說不得只好顧全自己的頂戴，委屈鮑超了。

鮑超的奏摺先到，發了一道嘉勉的上諭。等李鴻章的奏摺到京，慈禧太后看出其中有接不上頭的地方，便把摺子發了下來，當面關照恭王，要查一查明白，究竟是霆軍救了銘軍，還是霆軍未能應約會師，以致銘軍先有挫敗。

遠在數千里外的戰役，而且疆場之間，不是身歷其境的人，不能道其眞相；恭王與寶鋆都認爲無法查，也不必查，因爲雖有先挫，畢竟大勝；李鴻章既未指名參劾鮑超失期，朝廷樂得不問，問了反而多事。

但新任軍機大臣汪元方的看法不同，『鮑春霆一向驕橫，最近左季高有個摺子，還提到這話。』他說，『劉省三淮軍新進，雖然官位相等，鮑春霆未見得把他放在眼裡，失期之事，我看不假。』

恭王比較沉著，笑笑不作聲；寶鋆卻是一向說話隨便，順口答道：『管他眞假呢？爭功諉過，原是兵營積習；誰也搞不清他們是怎麼回事？以後看李少荃有何表示，再來斟酌，也還不遲。』

『不然！佩翁，』汪元方平日唯唯否否，不大有主張，獨獨對這件案子，侃侃而談，『李少荃與鮑春霆有舊，而且新接欽差大臣關防，宗旨在調協湘、淮兩軍，不便指名題參；朝廷既賦以重任，該當體諒他的苦衷，爲他出面，整飭軍紀。』

『整飭軍紀？』寶鋆微吃一驚，『嘯翁，此事莫非還要大張旗鼓？』

『紀綱要緊！』汪元方越發擺出煞有介事的神態，『驕兵悍將，非痛加裁抑不可。』

恭王看他這樣子，似乎有些鬧意氣——也不知是跟鮑超還是跟寶鋆？反正此時不宜再談這一案，便敷衍他說：『這自然是正論。我們再等一兩天看；這一兩天總還有軍報來，看情形再商量吧！』

這就一兩天，鮑超、李鴻章、曾國荃、巴揚阿都有奏摺到京，鮑超連戰皆捷，戰果輝煌；李鴻章則是據情轉奏，說劉銘傳以尹隆河一役，先遭挫敗，自請參處。

鮑超拔營窮追捻匪，在安陸以北的直河、豐樂河、襄河等處，連番克敵，殺賊一萬餘，生擒四千，解散脅從一萬人，另外有兩萬難民脫出捻匪的掌握；又在大洪山區捉住任柱和賴汶光的眷屬。目前已追至河南棗陽、唐縣地界。

『鮑春霆名不虛傳！』恭王十分欣慰，『應該有所獎勵……』

『不然！』汪元方打斷他的話說：『王爺不可爲此人所蒙蔽。』

『怎麼？』恭王愕然，『何以見得是蒙蔽？』

『王爺請看湖北來的奏摺。』

湖北來的奏摺是曾國荃所上，補敘尹隆河一役的經過——這個奏摺不知出於他手下哪個幕友的手筆，糟不可言；原意是在爲銘軍的敗績有所衛護，說霆軍與銘軍約期會師，分路進剿，霆軍所剿的是賴汶光，銘軍所剿的是任柱，賴弱而任強，所以霆軍勝而銘軍敗，但鮑超的原奏是，擊破了東捻的主力任柱，始獲大勝，彼此的說法，有明顯的牴觸。

『鮑春霆功不抵過。』汪元方說：『他虛張戰功，言不符實，誤期於先，又驚動銘軍，以致大敗；如果科以失機與掩飾的罪名，應該斬決！』

『噓翁！』寶鋆大聲說道：『此論未免過苛。』

『我是就事論事，無所偏袒。』

『我亦不是偏袒鮑春霆，無非從激勵士氣著想。』

兩個人又有起爭執的模樣，恭王便作調停：『且等上頭有了話再說。』

『上頭』還是那句話，鮑超的功過要細查；兩宮太后看著來自各方，同奏一事而說法紛歧的奏摺，頗爲困惑；慈禧太后說道：『有功的該獎，有過的要處罰；可是到底是怎麼回事呢？把人都鬧糊塗了！』

『這都是因爲鮑超所報不實之故。』汪元方越次陳奏，『請旨該交部議處。』

『這不大好吧！』慈安太后說：『不管怎麼樣，鮑超總是打了勝仗。』

『他說勝仗，不盡可靠。爲了申明紀律，臣以爲非嚴辦不可。』

這時恭王不得不說話了，『汪元方所說的雖是正論，不過湖北軍務正在吃緊之際；朝廷似乎不得不放寬一步。』他說，『事在疑似之間，不宜作斷然處置。』

『事無可疑的……』

『這樣吧！』慈禧太后不讓汪元方再說下去了，『擬個上諭，申飭幾句好了。』

『是！』恭王又問：『李鴻章代奏，劉銘傳自請參處一節，請旨辦理。』

『那當然也不必問了。』

於是擬旨進呈，說是『劉銘傳於尹隆河之敗，進退失機，其自請參處，本屬咎有應得，惟誤由鮑超未照約會分路進剿，致令劉銘傳駭退挫敗，鮑超更不得辭咎。姑念劉銘傳果敢有素，鮑超屢獲大勝，過不掩功，均加恩免其議處。』

譴責的旨意，已經由兵部專差，飛遞在途；鮑超卻還興高采烈，有著好些爲人爲己的打算。他平生打過許多勝仗，但自覺這一仗最得意，最重要，也最痛快——自下洋港與劉銘傳一晤以後，親追窮寇，接連五晝夜，縱貫湖北南北，追到鄂北棗陽、唐縣一帶，東捻經桐柏山區竄至河南泌陽，鮑超方始鬆了口氣。

其實他還可以追，只是有一番報答知遇的私意——平生意氣感激的只有兩個人，一個盡瘁而死的胡林翼，一個憂讒畏譏的曾國藩，而後半段的事業，尤以得曾國藩的庇蔭爲多，因此他對『九帥』亦別有一番愛戴之意。曾國荃自復起爲湖北巡撫，不甚得意，屢奉朝旨，說他剿捻不力，與左宗棠、李鴻章的飛黃騰達，相形之下，益發令人不平；鮑超爲人打算，想留在湖北，幫『九帥』的忙；所以不肯追東捻到河南。

爲自己打算，他實在不願入陝，聽左宗棠的節制，『我是豹子，他是騾子；打夥不到一起！』他這樣說。夔州話唸鮑爲豹，所以他自稱豹子；而『湖南騾子』自是指左宗棠。

左宗棠這時正在湖北招兵買馬。他是功名之士，任勞可以，任怨不幹；而任勞亦必先較量利害得失，陝西是個爛攤子，他不肯貿貿然去收拾，要練馬隊，要造炮車，要肅清中原，確保餉源不斷；好在他有個杭州的大商人胡光墉能替他在上海向洋人借債，不要戶部替他籌款，就樂得隨他去搞了。

在湖北，左宗棠跟鮑超見過面；朝廷一直有旨意，催調鮑超一軍入陝，所以左宗棠雖未入關，已以鮑超的上司自居，當面指責他的部下驕橫不法，習氣太重。在客地尙且如此，一到陝西，正式隸於部下，以『左騾子』的脾氣，絕沒有痛快日子過，所以他千方百計拖延著不肯入陝。

爲人爲己，有這個大勝仗，便有了留在湖北的理由；而此一仗亦足以爲曾氏兄弟揚眉吐氣，因而他老早就對部下表示過：陝西可以不去了；同時必膺懋賞。他沒有期望自己再晉爵，但打算著他的部下都可以換一換頂戴，升一升官。

這天屯兵在唐縣，正在籌劃回樊城休養補充；親兵來報：『徐州有差官到，說是來傳旨。』

『等到了！』他很高興地說：『先擺香案；找大家一起來聽恩旨！』

於是先把差官接進來招待；同時分遣快馬，把他部下的驍將，宋國永、婁雲慶、孫開華、楊德琛、蘇文彪、段福、譚勝達、唐仁廉、王衍慶都找了來，恭具衣冠；紅頂子、藍頂子跪了一地，靜候宣旨。

一聽就不對！開頭一大段，全係指授方略，飭令鮑超一軍，兼程東下，會同曾國荃所部，剿辦竄至麻城的一股捻匪。接著提到劉銘傳尹隆河之敗，差官讀到『誤由鮑超未照約會分路進剿，致令劉銘傳駭退挫敗，鮑超更不得辭咎』這幾句；他渾身發抖，冷汗淋漓，幾乎昏厥。

『這搞的啥子名堂？』他惶蘧四顧，大聲問道：『你們大夥聽見了沒有？』

他的部下都不開腔，一個個臉色鐵青，眼中彷彿冒得出火來；那差官看情形不妙，草草唸完，把上諭往封套裡一塞，擺在香案上，然後走到側面，甩一甩馬蹄袖，要以他的記名參將的身分，替鮑超請安行禮。

鮑超卻顧不得主客之禮，把拜墊一腳踢開，招著手大聲說道：『你們都來，都來！出鬼囉。』不但召集將領，還找來幕友，把上諭又細讀一遍；鮑超緊閉著嘴，側耳靜聽，雙眼不住閃眨，聽到一半，猛然把桌子一拍，霍地站了起來，定睛不語。

『九帥回武昌了沒有？』他問。

『還沒有。』婁雲慶答說：『還在黃州。』

『馬上到黃州去看九帥。』鮑超對婁雲慶說：『劉省三搞啥子鬼？淮軍整我就是整湘軍；你跟我一起去看九帥！』

『霆公，』婁雲慶比較持重，這樣勸他：『現在底細還沒有摸清楚，去了也沒有用。銘軍那裡我有條路子，先把劉省三的原奏，抄個底子來看看再說。』

鮑超想了半天點點頭：『要得！』又指著幕友說：『馬上替我修起兩封書信來！一封給九帥，一封給大帥。給九帥的信，問他把霆軍的戰功朗個報的？給大帥的信？……』

給曾國藩的信，應該如何措詞，頗費躊躇，倘發怨言，於心不忍；不發怨言，又無用處。就這沉吟不語之時，宋國永冷冷地開了口。

『免了！』他也打著四川腔說：『大帥又不會跟人家拿言語，何必教他老人家心煩？』

『對頭！大帥的信不要寫了。』

於是幕友爲他寫好致曾國荃的信，詢問上諭中所謂『未照約會，分路進剿』這句話的由來；指派專差，星夜馳往黃州，信封上寫明『鵠候回玉』，而且關照專差，不得覆信，不必回來。

這樣一來一去，起碼得有四、五天功夫；鮑超滿懷抑鬱，加上部下各營，議論紛紛，群情憤慨，怕有譁變之虞，因而憂心忡忡，夜不安枕，惹得咸豐十年初，在安慶以西小池驛大破陳玉成所受的舊傷復發，右臂、左膝，形同偏廢，但仍力疾起床，等候消息。

兩處的消息，幾乎同時而至，劉銘傳呈報李鴻章的原信，底子已經抄來，鮑超聽幕友唸完，手足冰冷，渾身發抖；再聽唸到曾國荃的信，勸他顧全大局，不與淮軍計較。這才知道自己所受的委屈到了家，彷彿孤兒受人凌辱，呼籲無門似的，一時悲從中起，放聲大慟！

『劉省三龜兒子！』他一面哭罵，一面拿左手把桌面都快搥破了，『你整老子不要緊；有功不賞，你教我朗個對得起弟兄？』

這一哭驚動了全營官兵，有的來勸，有的躲到一旁去生悶氣；還有些鮑超從三峽帶出來的子弟兵，認爲劉銘傳忘恩負義，狗彘不食，決心跟銘軍開火，繳他們的洋槍。

消息傳到鮑超耳中，悲憤以外，又添一層憂慮，他把宋國永和其他數名四川籍的將領找了來，勸導不可如此，但自覺愧對部下，因而措詞極難，訥訥然無法出口；幸好持重穩健的婁雲慶，以曾國藩作爲藉口；說是果然鬧出事來，朝廷一定責成曾國藩查辦，豈不害他爲難？而且本來有理，一鬧變成無理，尤爲不智。就這樣說得舌敝唇焦，才算勉強把他們壓制下來。

由於連番刺激，五內震動，鮑超復發的傷勢，突然加重，便奏請解職調理。這時正由徐州回駐江寧的曾國藩，在旅途中得知鮑超憤鬱成疾，引發舊傷，大爲焦急，派人帶著吉林人參，兼程趕了去慰問，同時分別寫信給李鴻章和曾國荃，雖無責備的話，但語氣中亦頗表不滿，希望趕緊有所補救，慰撫霆軍。

於是曾國荃派了人把鮑超接到武昌，到漢口請了名醫來替他診治。在周家口的李鴻章，自覺此事做得有欠光明，無奈已經入奏的事，不好更改，唯有設法從別的地方，替鮑超多說好話，請朝廷優予獎護；同時也怕御史參他欺罔冒功，得要趕快派遣親信，到京裡去多方活動。

新舊水火

鮑超開缺調理的奏摺到京，汪元方認爲他別具用心，批覆的上諭，還有『鮑超一軍，追剿正當吃緊之時，遽請開缺調理，未免近於要挾；該提督素知大體，所向奮勉，何以亦沾軍營習氣』的話。也就是這通廷寄發出的第三天，寶鋆接到南方的來信，徹底了解了尹隆河之役的內幕。

事無巨細，寶鋆無不告訴恭王；這樣一件『異聞』，說大不大，說小也不小，處理不善，可能激起霆軍的譁變，也關聯著恭王所庇護的李鴻章的前程。所以雖然接信已經在晚飯以後，他仍舊坐車趕到恭王府去。

看完信，恭王半晌作聲不得，心裡懊惱萬狀；好半天才說了句：『這要怪誰啊？』

李鴻章偏袒部屬不足為奇，責任是在樞廷失察，如果不是那樣偏聽一面之詞，或者派員密查真相，或者不了了之，都不至於會引起這樣的麻煩。

『咳！』他又嘆口氣說：『世上本無事，庸人自擾之。我好悔！』

寶鋆知道，是失悔於不該聽信李鴻藻的話，舉薦汪元方入軍機；不過用汪元方也有好處，他除了無緣無故找上鮑超的麻煩以外，其他都能將順意旨，不露稜角，有這樣一個人『備位』充數，並不是一件壞事，所以這樣答道：『汪嘯庵也不過一時之誤。好在事情已經明白；曾氏兄弟和李少荃總有彌補的辦法，大家心照就是了。』

恭王想了想，把信還了給寶鋆：『你給汪嘯庵去說一說，請他以後多節勞吧！我也沒有功夫來管這件事。一個「同文館」已經夠我頭疼的了。』

『呃！』寶鋆突然想起一件事，但轉念又覺得不宜說給恭王聽；所以欲言又止。

『怎麼回事？』恭王的神色很認真，『外面有甚麼話，你別瞞我！』

『也沒有別的，無非文人輕薄而已。』寶鋆答道：『有人做了兩副對聯，一副是：「孔門弟子，鬼谷先生。」』

『還有一副呢?』

『也是四言句,』寶鋆唸道:『「未同而言,斯文將喪!」』

『挺好!』恭王冷笑道川腔說,『還是嵌字的!』

嵌的就是『同文』兩字——同文館由總理各國事務衙門擬定章程,奏准設置;這是恭王自覺辦洋務以來的一大進境;從同治五年開始,最初是派遣官生赴歐洲各國遊歷,接著在福建馬尾設廠造火輪船,並且特別打破省籍迴避之例,簡派沈葆楨爲船政大臣,得以專摺奏事,此外曾國藩、李鴻章先後在上海等處設立機器局、製造局,講求堅甲利兵,『師夷人之長技以制夷』,這樣就必須自己培養人材。因此在恭王看,設立同文館原是順理成章的事,不想會遭致守舊衛道之士,群起而攻!

也許是章程訂得不妥。原奏是『諮取翰林院並各衙門正途人員,從西人學習天文算法』;在正途人員看,這是極大的侮辱。兩榜進士出身是正途,而翰林則金馬玉堂,更是清貴無比,三年教習期滿,開坊留館,十年功夫就可以當到內閣學士;內轉侍郎,外放巡撫是指顧間事。不然轉爲言官,翰林出身的『都老爺』,王公勳戚也得買帳。至不濟大考三等,放出去當州縣,也是威風十足的『老虎班』。現在說是要拜『鬼子』爲師,把『正途人員』眞糟蹋到家了;因此老早就有一副對子,把軍機大臣連恭王一起罵在內,叫做:『鬼計本多端,使小朝廷設同文之館;軍機無遠略,誘佳子弟拜異類爲師。』同時又有個御史張盛藻奏諫,說是『天文算法宜令欽天監天文生習之,製造工作宜責成工部督匠役習之,文儒近臣,不當崇尚技能,師法夷裔』,在京朝士大夫間,傳誦甚廣,認爲是不可易的『玉論』。

這些笑罵反對，原也在恭王意料之中；使他動肝火的是，倭仁領頭反對，『你看看，』他對寶鋆說：『不都是講理學的嗎？爲甚麼會滌生就那麼通達，倭艮峰就那麼滯而不化？』

『也不能怪倭艮峰……』

『怎麼不怪他？』恭王搶著說道：『有些都老爺譁眾取寵，不足爲奇；他是大學士，不就是宰相嗎？一言一行關乎大計，怎麼能這麼糊塗……眞是老糊塗！』

『也別說他；七爺年紀不是輕嗎？一樣也有那麼點兒不明事理。』

『哼！』恭王冷笑一聲，不說下去了。

『說正經的。』寶鋆又說：『倭艮峰那個摺子，已經擱了兩天了；聽說還有一個摺子要上，該怎麼辦？得有個定見。我看先要駁他一駁！』

『當然要痛駁！』恭王想了一會，嘴角浮起狡猾而得意的笑容，『他不是說：「天下之大，不患無才，如以天文算學必須講習，博採旁求，必有精其術者」嗎？那就讓他保舉好了！』

『妙！』寶鋆撫掌笑道：『請君入甕，看他如何？』

『還應該這麼說，他如以此舉爲有窒礙，當然另有制敵的好辦法，請他拿出來；我們追隨就是了。』

『這個說法也甚妙。不過，我看此事要跟博川仔細商量一下。』

文祥此時已從關外回京，他不但剿平了馬賊，而且把所帶去的，那些久已成爲笑柄的神機營的士兵，磨練得換了副樣子，原來白而瘦，現在黑而壯，吃得苦、耐得勞，爲人視作奇蹟，因而聖眷益隆，聲望益高。設立同文館一事，實際上即由他一手策劃，命太僕寺正師徐繼畬開缺，『管理同文館事務』，亦出於他跟沈桂芬商量以後的保薦；所以，寶鋆才這樣說。

『當然。』恭王答道：『你那裡派人通知他，明兒早些個到裡頭，大家先談一談。』

第二天剛亮，恭王就已進宮；而文、寶、汪三人比他到得更早，看樣子已經談了一會；汪元方面有慚惶之色，想來劉銘傳諱敗冒功，鮑超憤鬱致疾的內幕，他已盡悉。恭王秉性厚道，不忍再作責備，便只談同文館的事。

這一談又談出許多新聞，正陽門城牆上，居然有人貼了『無頭榜』，甚麼『胡鬧，胡鬧，教人都從了天主教』之類謾罵的文字；而各衙門正途出身，五品以下的官員，都不願赴考；翰林院編修、檢討各官，更是嗤之以鼻，不屑一顧。

恭王一聽，益發動了肝火，只不便破口大罵；一個人坐著生悶氣，臉色非常難看。

『這裡面情形複雜得很。』文祥皺著眉說：『也不盡是功名利害之念，還有門戶之見、意氣之爭；加上艮翁門下有位守舊守得莫名其妙的人在，事情自然更難辦了。』

大家都意會得到，那『莫名其妙的人』是指以《太上感應篇》爲大學問的徐桐，『此人何足掛齒！』恭王滿臉不屑的神情，『翁叔平怎麼樣？』

『他？……』寶鋆輕蔑地說：『只看李蘭蓀不肯奪情那件事就知道了，凡是可以標榜爲正人君子的事，他是沒有不贊成的。再說，他那清華世家，叔姪狀元，肯「拜異類爲師」嗎？』

『這就不去談他了。』恭王轉臉又問文祥，『怎麼說還有「門戶之見」，甚麼「門戶」？』

『「朱陸異同」不是「門戶」嗎？』

『啊！』大家同聲而呼，說穿了一點不錯——理學向來以程、朱爲正統，視陸九淵、王陽明爲異端；學程、朱的只要能排斥陸、王，就算衛道之士。倭仁是程、朱一派的首領；而徐繼畬是講陸、王之學的，博覽通達，不肯墨守成規，無怪乎那班『衛道之士』跟他水火不相容。

『事情總要設法辦通。徐牧田是肯受委屈的，不妨另外找人管理同文館，作為讓步，如何？』文祥說。『牧田』是徐繼畬的號。

恭王勃然作色：『這叫甚麼話？打我這裡就不能答應。程、朱也好，陸、王也好，貴乎實踐；請他們來試試看！』

寶鋆和汪元方也認為既要考選編檢入館，非徐繼畬這樣一個前輩翰林，籠罩不住；而且除他也別無一個前輩翰林肯幹這差使。所以文祥的讓步之議，不能成立。

文祥的建議雖歸於空談，而文祥的態度卻為恭王所接受了。眾議紛紜，且不論是非，要消除阻力，亦不是一味硬幹所能濟事的；而且倭仁是慈安太后秉承先帝遺旨，特簡入閣的大臣，不到萬不得已，亦不宜予以難堪，因此忍一口氣，聽憑文祥採取比較和緩的辦法。

商定的辦法是希望倭仁能夠不再固執成見，把總理各國事務衙門關於設立同文館的原奏，以及曾國藩、李鴻章、左宗棠，還有其他各省督撫贊成此舉的奏摺及致軍機大臣的函件，交給倭仁去看，讓他知道疆臣的意見與昧於外勢的京官，大不相同。至於倭仁的原奏，不妨發交總理衙門議覆，如果倭仁不再作梗，也就算了；否則就照恭王的意思，出個難題目給他去做。

這番策劃，可進可退，而目的在使事無扞格，大家都覺得很妥當。當天便由恭王照此入奏。慈禧太后立即點頭認可——她對這方面完全信任恭王，因為她雖討厭洋人，但總理衙門原奏中『夫天下之恥，莫恥於不若人』，以及『今不以不如人為恥，而獨以學其人為恥，將安於不如而終不學，遂可雪其恥乎』這幾句話，卻很合她那爭強好勝的性格；而且洋人槍炮，足以左右戰局的情形，她也非常了解，所以贊成『師夷人之長技以制夷』的宗旨。

從養心殿退了下來，文祥、汪元方兩人，啣命到懋勤殿去訪倭仁，傳達旨意；把一大堆文件交了過去。倭仁拙於言詞，開口『人心』，閉口『義理』，談了半天，不得要領；如果換了急性子的寶鋆，早就不耐煩了，但文祥通達平和，汪元方剛剛爲尹隆河之役，受了『煩惱皆因強出頭』的教訓，特具戒心，所以都還敷衍了半天才走。

轉眼半個月過去，倭仁依舊受那班衛道之士的擁戴，『力持正論』；而『加按察使銜』的『總稅務司』英國人赫德，爲了襄助籌辦同文館的事，卻起勁得很，天天穿了三品官服到總理衙門去『回稟公事』，請教習、選教材、定功課等等，一樣樣次第辦妥，不久就可開館，但各省保送的學生未到，京裡投考的人寥寥，恭王大爲著急，文祥亦不得不同意採取他原來的辦法了。

於是奏准兩宮太后，頒了一道明發上諭：

諭內閣：總理各國事務衙門奏、遵議大學士倭仁奏：『同文館招考天文算學，請罷前議』一摺，同文館招考天文算學，既經左宗棠等歷次陳奏，該管王大臣悉心計議，意見相同，不可再涉游移，即著就現在投考人員，認眞考試，送館攻習。至倭仁原奏內稱：『天下之大，不患無才，如以天文算學必須講習，博採旁求，必有精其術者。』該大學士自必確有所知，著即酌保數員，另行擇地設館，由倭仁督飭講求；與同文館招考各員，互相砥礪，共收實效。該管王大臣等，並該大學士均當實心經理，志在必成，不可視爲具文。

等上諭發抄，衛道之士大譁，有人說恭王跟倭仁開玩笑，視國事爲兒戲，有失體統。倭仁本人當然也是啼笑皆非。

但也有少數人，看不出這道上諭的皮裡陽秋，那是比較天眞老實而又不大熟悉朝局的一批謹飭之士，他們把煌煌天語看得特別尊嚴，從不知夾縫裡還有文章。

再有極少數的人，別具用心，雖知是恭王在開玩笑，但既是上諭，誰也不敢公然說它是開玩笑；那就可以不當它玩笑看，眞的『酌保數員』，眞的『擇地設館』，要人要錢，弄假成眞，不是『死棋腹中出仙著』嗎？

徐桐就有這樣的想法，所以等倭仁來跟他商量時，他把從阮元的《疇人傳》裡現抄來的名字，說了一大串；接著便轉入正題：『老師的話一絲不假，「如以天文算學，必須講習，博採旁求」，眞正是「必有精其術者」，宣城梅家父子、祖孫、叔姪，一門精於曆算且不說；我請教老師，有位明靜庵先生，老師知道不知道其人？』

『是我們蒙古正白旗的。久任欽天監監正，曾親承仁皇帝的教導——這是古人了，你提到他也無用。』

『提到其人，見得老師的「天下之大，不患無才」八個字，無一字無來歷。康熙年間的事過去了，只說近年：從前胡文忠幕府裡就有兩個人，一個叫時日淳，江蘇嘉定人；一個叫丁取忠，湖南長沙人，都是此道好手，大可訪一訪。』

這就讓倭仁大感困擾了！想不到徐桐竟眞個把『博採旁求』四個字看實了；轉念一想，又覺內愧，言必由衷，無怪乎徐桐信以為眞！自己原就不該說沒有把握的話，所以此刻無法去反駁徐桐。

而徐桐卻是越說越起勁，『還有一個人，老師去問李蘭蓀就知道了。』他說：『此人是蘭蓀的同年，也是翰林，江西南豐的吳嘉善，撰有一部《算書》。現在不知在何處，但可決其未死。老師如果沒有功夫去拜蘭蓀打聽下落，我替老師去打聽。』

倭仁一聽他的口氣，麻煩怕會越來越大，還是另請高明的妙。於是想到翁同龢——徐桐對翁同龢頗懷妒意；這是連倭仁這樣方楞折角的人都知道的，所以當時無所表示；避開徐桐，把翁同龢邀到他家裡去商量。

『你聽蔭翁的話如何？』

翁同龢對徐桐一直腹誹，卻從不肯在倭仁面前說他一句；此時亦依然不願得罪『前輩』，只問：『要看中堂的意思，是不是願以相國之尊，去提倡天算之學？』

『我怎麼能？其勢不可！再說，恭王有意相阨，難道你也看不出來？』

『我也知道中堂必不屑爲此，必已看出恭王有意如此。』翁同龢答道：『此事照正辦，中堂絕不可有所保舉，只說「意中並無其人，不敢妄保」就是了。』

『不錯！』倭仁深深點頭：『就照此奏覆，託你替我擬個稿子。』

『這容易。』翁同龢說：『不過最好請蘭蓀前輩看一看奏稿。』

一客不煩二主，倭仁索性就請翁同龢代爲去請教李鴻藻。紙面文章，並無麻煩，李鴻藻叫人取枝筆，就在陪客的座位上，更改數字，讓語氣顯得格外簡潔和婉；然後再由翁同龢派人把摺稿送回倭仁，當夜膽清，第二天一早進宮遞了上去。

這天徐桐請假，只有倭仁和翁同龢授讀。倭仁教完《尙書》，匆匆先退，去打聽消息；留下翁同龢一個人對付小皇帝——萬壽節近，宮裡有許多玩樂的花樣；小皇帝照例精神不佳，熟書背不出，生書讀來極澀。翁同龢便設法多方鼓舞，改爲對對子，『敬天』對『法祖』，『八荒』對『萬國』，都是些簡單的成語，但小皇帝心不專注，不是字面不協，便是平仄不調；再改了寫字，卻又是一會兒嫌筆不好，一會兒罵小太監偷懶，磨的墨不夠濃。這樣好不容易糊弄到午後一點鐘，草草完功，君臣二人都有如釋重負之感。

這時小皇帝的精神倒又來了，響響亮亮地叫一聲：『翁師傅！』

『臣在。』翁同龢站起身來回答。

『明天你來不來聽戲啊？……』

聽到皇帝那拖長了的、調皮的尾音，翁同龢知道是『徒弟考師父』——皇帝十二歲了，不但頗懂人事，而且有自己的想法，常出些爲人所防不到的花樣；這一問就有作用在內；如果欣然表示願來，說不定接著就有一句堵得人無地自容的話；說是不來，則更可能板起臉來責備一兩句。

其實，皇帝萬壽賜『入座聽戲』，豈有不來之理？不過君道與師道同其尊嚴，無非要找個兩全的說法；翁同龢想了一下答道：『明天原是聽戲的日子，臣蒙恩賞，豈可不來聽戲？』

小皇帝笑一笑，彷彿有些詭計被人識穿的那種不好意思。接著，便由張文亮等人，簇擁著回宮，翁同龢也就套車回家。

車出東華門不遠，便爲倭仁派人攔住，就近一起到了東江米巷的徐桐家；倭仁先到，下車等待，見了翁同龢便搶著說道：『且借蔭軒這裡坐一坐，有事奉商。』

有事商量，何以迫不及待在半路上便要借個地方來談？所以翁同龢答道：『請見示。何以如此之急？』

『自然是很急的事。莫非你還不知道？』

『實在還不知道爲了甚麼，想來是「未同而言」？』

『唉！「斯文將喪」！』倭仁嘆口氣道：『已有旨意，命我在「總理衙門行走」。叔平，你說，可是豈有此理？』

眞是豈有此理！翁同龢詫異不止。但在人家大門口，又豈是談朝政之地？恰好徐桐迎了出來，一起到了他書房裡，翁同龢特意保持沉默，要聽徐桐作何說法？

『這明明是拖人落水！』徐桐很憤慨地說：『老師當然非辭不可！』

『當然。』

『摺子上怎麼說呢？』

『正要向你和叔平請教。』

『你看呢？』徐桐轉臉看著翁同龢問。

翁同龢謙謝，徐桐便又絮絮不休。倭仁的本意是借徐桐的地方，與翁同龢商量好了，隨即便可以寫摺子，就近呈遞；卻沒有想到在人家家裡，不能禁止主人不說話，此時聽徐桐大放厥詞，只好默不作聲地聽著。翁同龢當然更不便阻攔，但看見倭仁的神氣，心裡大有感觸，講道學的人，不經世務，一遇到麻煩，往往手足無措；同時也覺得京朝大老不易爲，必須有一班羽翼，像倭仁這樣，看起來是理學領袖，其實只是爲人利用，不能得人助力，孤立無援，可憐之至。

這樣一想，動了惻隱之心，便打斷徐桐的話說：『蔭翁該爲中堂籌一善策，如何應付，始爲得體？』

剛說到這裡，倭仁的跟班，從內閣抄了邸抄送來，除了命大學士倭仁在總理各國事務衙門行走以外，批覆倭仁的原摺，則儼然如眞有其事，說『倭仁現在既無堪保之人，仍著隨時留心，一俟諮訪有人，即行保奏，設館教習，以收實效。』可見恭王要把這個玩笑開到底，如再有任何推托，措詞千萬不能節外生枝，否則痲煩愈來愈大。

到這時候，徐桐也才看出，『弄假成眞』的如意算盤打不得！便改了放言高論的態度，『只好找個理由，請朝廷收回成命。』他說：『以宰相帝師之尊，在總理衙門行走，似非體制所宜！』

照他的說法，是蔑視總理衙門；翁同龢以爲不可，卻不便去駁他，幸好倭仁在這方面的修養，倒是夠的，從不肯以宰相帝師自炫，所以這樣答道：『不必在這上面爭。我想措詞仍應以不欺爲本；洋務性非所習，人地不宜，故請收回成命。』

說到『不欺』，假道學的徐桐，不便再多說；翁同龢以覺得實話直說，不失以臣事君之道，或者能邀得諒解，當時便照此意思，寫好辭謝的奏摺，派跟班送到內閣呈遞。

第二天是皇帝萬壽節的前一天，沒有書房功課；兩宮太后特爲皇帝唱兩天戲，地點在乾隆歸政後，頤養天年的寧壽宮，翁同龢奉旨『入座聽戲』。從早晨八點鐘一直到下午三點鐘才散，倭仁特爲又把他找到，告訴他說：『上頭不准。由恭王傳旨，非我到總理衙門不可。叔平，你看，我怎麼辦？』

『怎麼辦呢？仍舊只有力辭而已！』翁同龢說。

『是啊！只是措詞甚難。』

翁同龢想了想答道：『中堂昨日所說「不欺」二字是正辦。照此而言，或者可以感格天心。』

這就是說，昨日所擬的那個摺子，自道「性非所習」四個字，說得還不夠；倭仁很難過地答道：

『那只好這樣說了，說我素性迂拘，恐致貽誤。』

說到這樣的話，恭王仍舊放不過他，立刻便有一道明發上諭：

前派大學士倭仁在總理各國事務衙門行走，旋據該大學士奏懇請收回成命，復令軍機大臣傳旨，毋許固辭，本日復據倭仁奏，素性迂拘，恐致貽誤，仍請無庸在總理各國事務衙門行走等語。總理各國事務衙門，關繫緊要，倭仁身爲大臣，當此時事多艱，正宜竭盡心力，以副委任，豈可稍涉推諉？倭仁所奏，著毋庸議。

對宰輔之任的大學士來說，這道上諭的措詞，已是十分嚴峻！再把先前那道令倭仁酌保天算人員，擇地設館的上諭，說設同文館一事，『不可再涉游移』的話併在一起來看；參以近來報考同文館人數寥落這一點，明眼人都可看出，恭王的饒不過倭仁，有著『殺大臣立威』的意味在內。事情演變到了這一步，已經不是辭『總理衙門行走』那麼單純；而是到了乞請放歸田里的時候了！

翁同龢心裡就是這麼在想，倭仁應該『上表乞骸骨』，侃侃而談，以去就爭政見，才是正色立朝的古大臣之風。至於倭仁自己，不知是見不到此，還是戀位不捨，依然只想辭去『新命』；這一次是求教於李鴻藻，李鴻藻又派人來請翁同龢——原是商量不出結果的事，他這樣做，只是希望多一個人在座，省得賓主二人默然相對，搞成僵局而已。

一個無辦法當中的辦法：倭仁『遞牌子』請『面對』。兩宮太后自然立即召見，帶領的卻是恭王；倭仁心知不妙，先就氣餒。到養心殿跪下行禮，步履蹣跚；等太后吩咐『起來說話』時，他竟無法站得起身，兩宮太后優禮老臣，特意召喚太監進殿，把他扶了起來。

『兩位皇太后明見，』他道明請面對的本意，『臣素性迂拘，洋務也不熟悉。懇請收回派臣「總理衙門行走」的成命。』

兩宮太后還未開口，恭王搶著說道：『這一層，前後上諭已有明白宣示。』

『是啊！』慈禧太后接著說道：『左宗棠、曾國藩、李鴻章，都說該設同文館；他們在外面多年，見的事多，既然都這麼說，朝廷不能不聽。現在章程已經定了，洋教習也都聘好了，不能說了不算，教洋人笑話咱們天朝大國，辦事就跟孩子鬧著玩兒似的。你說是不是呢？』

倭仁不能說『不是』，只好答應一聲：『是！』但緊接下來又陳情，『不過臣精力衰邁，在總理衙門行走，實在力有未逮。』

『這倒也是實話。』慈安太后於心不忍，有心幫他的忙；但也不敢硬作主張，看一看慈禧太后，又看著恭王問道：『六爺，你看呢？』

『跟母后皇太后回話，』恭王慢條斯理地答道：『這原是借重倭仁的老成宿望，爲後輩倡導，做出一個上下一心，奮發圖強的樣子來。倭仁是朝廷重臣，總理衙門的日常事務，自然不會麻煩倭仁，也不必常川入直；只是在洋務上要決大疑、定大策的那一會兒，得要老成謀國的倭仁說一兩句話。除非倭仁覺得總理衙門壓根兒就不該有，不然，說甚麼也不必辭這個差使！』

這一番話擠得倭仁無法申辯，慈安太后更是無從贊一詞；慈禧太后便問：『倭仁，你聽見恭親王這番話了？』

『是！』倭仁異常委屈地答應。

『我看你就不必再固執了吧！這件事鬧得也夠了。』慈禧太后又說：『你是先帝特別賞識的人，總要體諒朝廷的苦衷才好！』

倭仁唯唯稱是，跪安退出。走到養心殿院子裡，讓撲面的南風一吹，才一下想到，剛才等於已當著兩宮太后的面，親口答應受命，這不是見面比不見面更壞嗎？不見兩宮的面，還可以繼續上奏請辭；現在可就再也沒有甚麼話好講了！

這一想悔恨不已，腳步都軟了，幸得路還不遠，進了月華門，慢慢走回懋勤殿。這時恰好是皇帝回宮進膳休息的那一刻，懋勤殿也正在開飯；正面一席，虛位以待，翁同龢空著肚子在等他——徐桐三天兩頭茹素，替皇帝講完論語，回家吃齋去了。

倭仁實在吃不下，但為了要表示雖遭橫逆，不改常度的養氣功夫，照平日一樣，吃完兩碗飯；看他那食難下嚥的樣子，翁同龢知道『面對』的結果不如意，便不肯開口去問。反是倭仁自己告訴他說：『恭王只拿話擠我！』

『喔，』翁同龢低聲問道：『他怎麼說？』

倭仁無法把恭王的話照說一遍，那受排擠的滋味，只有他自己能感受得到；想了半天，實在無法答覆他的話，唯有搖搖頭不作聲。

這也就『盡在不言中』了。翁同龢大有所感，亦有所悲，講理學講到倭仁這個樣子，實在洩氣！程、朱也好，陸、王也好，都有一班親炙弟子，翼衛師門；而倭仁講理學講成一個孤家寡人，那些平時滿口夷夏之別、義利之辨的衛道之士，起先慫恿他披掛上陣，等到看見恭王凌厲無前的氣勢，倭仁要落下風，一個個都躲在旁邊看笑話。倘或倭仁的周圍，有一兩個元祐、東林中人，早已上疏申救，何至於會使得倭仁落入這樣一個進退兩難的窘境？

看來黨羽還是要緊！不過講學只是一個門面，要固結黨羽非有權不可。如果倭仁今天在軍機，恐怕同文館那一案，早就反對掉了。翁同龢正這樣在心裡琢磨；只見蘇拉來報：『皇上出宮了。』於是倭仁、翁同龢與那些『諳達』，急忙走回弘德殿。飯後的功課，首先該由倭仁講尙書；未上生課，先背熟書。皇帝在背，倭仁在想心事；有感於中，不知不覺涕淚滿面。

小皇帝從未見過哪個大臣有此模樣；甚至太監、宮女有時受責而哭，一見了他也是趕緊抹去眼淚陪笑臉，所以一時驚駭莫名，把臉都嚇白了，只結結巴巴地喊：『怎麼啦，怎麼啦？』

這一喊，翁同龢趕緊走了進來，一時也不知如何奏答；倭仁自己當然也發覺了，拿袖子拭一拭眼淚，站起身來，帶著哭聲說道：『臣失儀！』

『倭師傅幹甚麼？』小皇帝走下座位，指著倭仁問翁同龢。

『一時感觸，不要緊，不要緊！皇上請回御座。』

『那，那……』小皇帝斜視著倭仁說：『讓倭師傅歇著去吧！』

『是！』翁同龢向倭仁使了個眼色，示意他遵旨跪安。

倭仁退了出去，而小皇帝彷彿受了極深的刺激，神色青紅不定，一直不曾開笑臉。

回到宮裡，兩宮太后見他神色有異，自然要問，小皇帝照實回答；慈禧太后頗爲詫異，也深感不快，看著慈安太后問道：『哪兒委屈他啦？』

慈安太后倒是比較了解倭仁的心理，『他心裡有話，說不出來。唉！』她搖搖頭，也不知怎麼說才好。

『這班迂夫子，實在難對付。』慈禧太后對倭仁還有許多批評；但以他是慈安太后當初首先提名重用的，所以此刻也就隱忍不言了。

那一位太后當然也有些看得出來——新舊之爭她倒不怎麼重視，只覺得大臣之間，意見不和，鬧成這個樣子，不是一件好事；這天召見過了，原以爲倭仁已經體諒朝廷的苦衷，會得跟恭王和衷共濟，現在聽說他自感委屈，竟至揮淚，只怕依舊不甘心到總理衙門到差，看來以後還有麻煩。

慈安太后看得很準，倭仁確是不甘心到總理衙門到差。在衛道之士看，這個衙門的一切作爲，都在『用夷變夏』，是離經叛道的；所以倭仁認爲只要踏進這個衙門一步，就是砸了自己的金字招牌，變成假道學。而不到差其勢又不可，總理衙門的章京來了幾次，催問『中堂哪天到衙門，好早早侍候』；倭仁不見亦不答，私底下卻是急得夜不安枕，鬍子又白了許多。

原來還有些捨不得文淵閣大學士那個榮銜，自從用易經占了一卦，卦象顯示在位不吉，便決意求去；但他也知道，此時連求去都不易，倘或奏請開去一切差使，便成了要挾，必獲嚴譴。這樣就只好以殉道之心，行苦肉之計了。

機會很好，有個地方最適宜不過——太廟時享的日子快到了。太廟時享，一年四次；孟夏享期，定在四月初一，以櫻桃、茄子、雛雞等等時新蔬果，薦於列祖列宗。期前一日，皇帝親臨上香，倭仁以大學士的身分，照例要去站班。

他是被賞了『紫禁城騎馬』的；名爲騎馬，其實可坐轎子，而這天他眞個騎了一匹馬去。這匹馬還是他從奉天帶回來的，馬如其主，規行矩步從不出亂子；倭仁卻有意要出個亂子，等皇帝上了香回弘德殿，他讓跟班扶著上了馬，走不到幾步，自己身子一晃，從馬上栽下來，如果一頭撞死在太廟前面，便是殉道；沒有摔死，就是一條苦肉計，可以不去總理衙門到差了。

有那麼多人在，自然不容他撞死，跟班的趕緊搶上前去扶住；醇王離他不遠，趕了過來問道：

『艮老！你怎麼啦？』

『頭暈得很！』他扶著腦袋說。

『唷！不該騎馬。』醇王吩咐跟在他身後的藍翎侍衛說：『趕緊找一頂椅轎來，把倭中堂送回去。』

於是借了禮親王世鐸的一頂椅轎，把倭仁送了回家。這一下便宜了小皇帝，倭仁不能替他講尙書，免了他一番受罪。

驅虎驚龍

其時三月不雨，旱象已成，兩宮太后和恭王的心境極壞；因爲這一旱，不獨本年豐收無望，明年的日子難過，而且這一旱使得運河乾涸，人馬可行，以致回竄在湖北麻城、黃州；河南南陽、信陽、羅山一帶的東捻，突破長圍，由葉縣、襄城、許昌、開封、考城，長驅入魯，恰好到了梁山泊；等於恢復了僧格林沁力戰陣亡那時的態勢——由此進逼泰安等處，連濟南都受威脅了。

京畿旱象已成，設壇祈雨，已歷多日，而每天驕陽如火，偶爾有一陣輕雷，幾點小雨，連九陌紅塵都潤濕不了，自然更無助於龜坼的農田。所以召見恭王，一談天氣，兩宮太后都是憂形於色。

『小暑都過了，』慈安太后說：『再有雨也不行了。』

『莊稼大概總是不濟事了。不過，下了雨，人心可以安定。』慈禧太后嘆口氣說：『天神、地祇、太歲、龍王都派人拈了香了，雨不下就是不下！怎麼辦呢？』

『我看要「請牌」了吧？』慈安太后問。

『還不到「請牌」的時候。』

『爲甚麼呢？』

這就讓恭王無法回答了。風雨無憑，祈而不至，有傷皇帝的威信，所以根據多少年來的經驗，訂定了一套保全天威的程序；『請牌』是最後一著——以諭旨迎請邯鄲縣龍神廟的鐵牌來京，供奉在都城隍廟，說是一定會下雨。如果請牌不靈，等於龍神不給皇帝面子，此事非同小可，所以不到觀風望色，快將下雨的時候，絕不請牌；而到了可以請牌的時機，不請也會下雨。其中妙用，慈安太后不懂，恭王也不便拆穿。正在無以爲答時，想起有件事可以代替。

『汪元方出了個新鮮主意，倒不妨試一試。』

『甚麼新鮮主意？』慈安太后很感興味地問。

恭王實在不贊成這個主意，但此時爲了搪塞，只得說了出來：『汪元方說，找一個老虎頭，扔在黑龍潭，可以起雨。』

『這主意可眞新鮮了！』慈禧太后因爲劉銘傳冒功一案，把鮑超整得舊傷復發，一病幾殆，都是汪元方的過失，所以對他印象太壞；他的話不容易讓她相信，因而又問：『他這個主意是怎麼想出來的，爲甚麼能起雨呢？』

『大概哪本書上有這個說法。』恭王答道：『臣在琢磨，易經上有「潛龍勿用」的話，把老虎頭扔下去，驚它一下子，也許就能驚潛起蟄，雲騰致雨了。』

『啊，我明白了！』慈安太后臉上是恍然大悟的神情，『那不是「龍虎鬥」嗎？』

說穿了果然不錯！但龍爲帝王的表徵，虎則『矯矯虎臣』；所以附會其說，龍虎鬥可以看作武將反叛之象。恭王怕兩宮太后多心，含含糊糊地答道：『有那麼一點兒意思。』

『唉！』果然，慈禧太后說話了，『還是不要鬥吧！總要上下一條心，才能興旺起來！』

慈安太后卻完全沒有能理會她和恭王的轉彎抹角的心思，對汪元方的新鮮主意，深爲欣賞，很起勁地說：『龍，本來有癡龍、有懶龍；必是牠睡著了，忘了該興雲佈雨。現在扔一個虎頭下去，就跟在馬槽上拴一隻猴子一樣，讓牠一淘氣，就偷不了懶啦！這個主意可以試。就一件，哪兒去找個虎頭啊？』

慈禧太后和恭王都不作聲，這是以沉默表示異議；但也不妨看作是爲了找不著虎頭而爲難。

『我聽先帝說過，康熙爺和乾隆爺在木蘭行圍，都親手用鳥槍打過老虎。』慈安太后看著恭王說：『讓內務府馬上在庫裡找一找！』

慈安太后難得有所囑咐，所以，再爲難的事，恭王也得答應；慈禧太后當然亦不好意思反對。於是李鴻藻所薦的軍機大臣汪元方，總算又有了一番獻替。

等退回軍機直廬，文祥和寶鋆都還在，提到汪元方的祈雨之方；文祥頗不以爲然，認爲一方面講求天算格致之學；一方面弄這些匪夷所思的玩意，將爲有識者所笑。但已奉旨照辦，好歹得想辦法敷衍；於是決定讓內務府去找一個虎頭，派兩名侍衛到黑龍潭一扔了事，不必聲張，更不必發上諭。

這一下，內務府的官員可又著忙了，好在皮貨庫正在翻曬皮統子，趁此機會大大翻檢了一遍；虎皮褥子倒多的是，就找不到一個完整的虎頭。

找不到虎頭便無法向慈安太后交差，內務府大臣明善和崇綸，都很著急，親自到敬事房找了年老的太監來問。有個老太監在嘉慶末年就已進宮當差，見多識廣，想了半天，記起御藥房爲了取虎骨作傷藥，浸藥酒，在道光年間開剝過一頭老虎，也許會有虎頭。

於是傳了御藥房的首領太監來，命他查檔細檢；費了整整一天的功夫，終於找到了一個虎頭，是照西法剝製，安在一塊木板上面，張牙怒目，死有餘威。內務府大臣如獲至寶，特爲奉到軍機處，請汪元方過目；然後請領侍衛內大臣『六額駙』景壽，派定兩名乾清門侍衛，把它投入西山深處黑龍潭。

誰知龍虎不鬥，雲霓不興，但知道其事的人，也沒有拿它當笑話講——實在也沒有講笑話的心情；久旱不雨，且莫說秋收無望，就眼前糧價飛漲，日子便很艱難，加以保定東南一帶，發現鹽梟殺人放火，搶了卅多個村莊，裹脅到二千餘人之多，擁有八百匹馬，二百多輛大車，以致人心越發浮動。

將次入伏，天氣慢慢在變了，本來每天驕陽如火，此時也常有陰天，以後或者城外有雨，或者城內有雨，雖然不大，亦足安慰。禮部、太常寺和欽天監的官員，看看大降甘霖的時機快要到了，於是奏請祭方澤——這是大祀，冬至南郊祭於天壇，夏至北郊祭於地壇；就是方澤。在此以前，爲祈雨祭過社稷壇，派恭王恭代致祭，祭方澤在祀典上比祭社稷又高一級，所以特派惇王代替皇帝——行禮。

期前齋戒三日，九城斷屠，宮內從皇太后開始，一律茹素，身上掛一塊玉牌，上刻滿漢合璧的『齋戒』二字。哪知祭過方澤，一連兩天，溽暑難當；兩宮太后，大爲失望，慈禧太后一向對惇王印象不佳，這時便有了怨言：『一定是老五心不誠！』

那怎麼辦呢？剛剛行過北郊大典，不能接著就南郊祭天；於是慈安太后重申『請牌』之說。

欽天監的官員細細商量，認爲天氣悶熱，不久一定有大雨，『請牌』不妨。這面鐵牌懸在邯鄲龍神廟的一口井裡；邯鄲離京師一千里，如果星夜急馳，三天可到，但『請牌』的規矩，一向按驛站走，寧慢勿快，最好未請到京，即有甘霖沛降，才算神靈助順，面子十足。因此這面鐵牌，在路上走了八天才到良鄉。

也眞巧，鐵牌眞個帶了雨來，但雖大不久，片刻即止——雨是半夜裡下的；兩宮太后從枕上驚醒，無不欣然色喜，提早起身。天氣涼爽如秋，慈禧太后吩咐把吳棠所進的蘇繡旗袍取來，挑了一件月白緞繡大紅牡丹的，對著穿衣鏡穿好；安德海便另捧一面大鏡子，在她身後左照右照；慈禧太后手中握著一塊同樣顏色花樣的手絹，扭過來，扭過去，顧盼之間，極其得意。

看夠了自己，她才想起天氣，『去看看！』她說：『天兒怎麼樣了？』

『喳！』安德海放下鏡子，到殿外去觀望天色。

雨早停了，但天黑如墨，把一鉤下弦月，遮得影子都看不見，而且有風，看樣子還有雨。

於是安德海興匆匆地回來覆奏：『天黑得像塊墨，雲厚得很；風也大。還要下大雨，非下不可。』

『下吧！』慈禧太后揚著臉，輕盈地笑著，倒像年輕了十來歲，『痛痛快快下吧！』

『主子這片誠心，感召神靈，哪能不下？一定下夠了才算數。』

『看吧！看邯鄲的那方鐵牌，靈驗到怎麼樣？』慈禧太后吩咐：『去看看那一邊，起來了沒有？』

『那一邊』是指慈安太后。兩宮太后此時同住長春宮，慈安住綏履殿在東；慈禧住平安室在西。太監、宮女私底下便用『東邊』、『西邊』的稱呼來區別。但慈禧太后卻不願說那個『東』字；所以安德海他們，也跟著她用『那一邊』來指慈安太后。

慈安太后已經出殿了，她也穿著夾旗袍，依舊是明黃色，正站在簷前觀望，一見安德海便問：『你主子起床了沒有？』

安德海先給她請早安，然後答道：『早起來了。特地叫奴才來看一看……』

『你就請她來吧！』

『喳！』安德海匆匆回去稟報。

於是慈禧太后嬝嬝娜娜地，從平安室來到長春宮後殿；一見慈安太后便笑吟吟地說：『姊姊大喜！』

『可不是大喜事嗎？』慈安太后跟她一樣高興，『現在還是給個喜信兒；鐵牌還在良鄉，等一請到京拈了香，那時候才眞有大雨。』

『說得是。』慈禧太后這天特別將就，順著她的口氣說：『今兒就把它請到京。』

『派誰去拈香呢？』

『老五、老六都派過代爲行禮的差使了，老七不在京裡。派老八去吧！』

『好，回頭就說給他們。傳膳吧！』

這時已近卯正——早晨六點鐘，依夏天來說，早該天亮了，但只有從濃雲中透下來的微弱光芒，所以殿裡殿外燈火通明；兩宮太后心情舒暢，加以天氣涼爽，越發胃口大開。吃完飯，慈禧太后照例要繞彎兒消食；從前殿到後殿，一面走，一面思索著這天召見軍機，有些甚麼話要交代？

走到後殿，大自鳴鐘正打七點，突然間，閃電如金蛇下掣，接著霹靂一聲，小錢大的雨點密密麻麻地灑了下來。安德海爲湊她的趣，便不怕喧譁失儀，領頭歡呼：『下了，下了！』

他這一嚷，便是個號令，太監、宮女紛紛跟著他歡呼；兩宮太后覺得熱鬧有趣，格外愉悅，雙雙坐在殿前望著迷濛的雨氣，心裡有著說不出來的痛快。

可惜，雨下得仍不夠多。鐵牌還是要趕快請進京，供奉在都城隍廟；派定鍾王拈香祈雨。他也知道這是兩宮廑念，萬民矚望的大事；一天功夫去上了三次香。雨雖未下，但雲氣蓊鬱，悶熱特甚；這仍舊是個好兆頭。

這樣過了兩天，天氣終於大變，一早就陰沉沉地飄著小雨，一上午未停，到了午後，狂風大起，黑雲越堆越濃，夾雜著轟隆隆的悶雷，終於落下傾江倒海似的大雨。一下便下到夜，九城百姓，無不歡然凝望；望著白茫茫的雨氣出神。

這一場快雨，解消了旱象，也移去了壓在恭王心頭的石塊；加以江浙等省奏報，入夏以來，雨水停勻，豐收有望，便越發放心。兩宮太后當然也是喜不自勝，一再向大臣表示，神靈庇佑；於是分遣諸王，到各處壇廟，拈香報謝。

吳棠督川

也就是這一場快雨，似乎把大家心頭的火氣澆滅了，倭仁已經銷假到弘德殿入直，批評同文館的話，也不大再聽見。這對恭王是一種安慰，也是鼓勵，他與文祥相約，希望文祥多關注各地的軍務，他要把全副精力投注在洋務上。

同文館的事是不礙了，另一項『船政』卻還有麻煩。在福州馬尾山麓，沿江設廠造輪船，原是左宗棠的創議；未及開辦，左宗棠調督陝甘，上奏薦賢，說非丁憂在籍的沈葆楨不能勝任——沈葆楨誠然是人才，但說非他不可，則是左宗棠的私意；左、沈二人都與曾國藩不和，而沈葆楨在江西巡撫任內，生擒洪福瑱，給了左宗棠一個足以攻擊曾國藩的口實，以此淵源，最喜鬧意氣的左宗棠，才力保沈葆楨當『總理船政大臣』。

但是，沈葆楨雖用公款結交御史和同鄉京官，他本人卻像繼閻敬銘爲山東巡撫的丁寶楨一樣，以清操爲人所稱，因此與新任閩浙總督吳棠，氣味不投。船政大臣衙門，每月有五萬兩銀子的經費，而且指定由關稅撥付，是最靠得住的來源。一切造船器材，甚至燃煤，都自外洋採辦，如果浮報價款，連查都沒處去查的。吳棠看準了這是個『利藪』，卻苦於沈葆楨不讓他染指；而船廠的提調是福建藩司，爲吳棠的屬下，他拿沈葆楨沒奈何，遷怒到藩司頭上，必欲去之而後快。沈葆楨自然不讓；他也是可以專摺奏事的，於是上疏力爭。這樣，吳、沈衝突的形跡就非常顯然了。

慈禧太后爲此又生苦惱。她當然要迴護吳棠，但也絕不能說沈葆楨不對——剛剛接事，何來功過可言？所以朝廷只能以調人的立場，勸他們『和衷商辦』。

這時吳棠已另有打算，他認爲福建地方太苦，還要受沈葆楨的氣，竟還不如當漕運總督。因此託安德海進言，活動調任；他念念不忘的是兩廣總督，而恰好兩廣總督瑞麟參劾左宗棠所保的廣東巡撫蔣益澧，『任性妄爲，劣蹟彰著；署理藩司郭祥瑞，朋比迎合，相率欺蒙』，於是慈禧太后趁此機會，先把吳棠調離福建；命他『馳赴廣東，秉公查辦』。

督撫同城，往往不和，若有彼此參揭的情事，總是由京裡特派大臣前往查辦，改派另一個疆臣去處理，是罕見的事例。但吳棠的關係不同，了解內幕的人，都在替瑞麟擔心，怕的是兩敗俱傷，便宜了查案的欽差。

但這個『內幕』，在極少數眞正了解滿洲八大貴族淵源的人看來，卻是可笑的；瑞麟的情形跟吳棠相彷彿，如果吳棠能夠不倒，瑞麟也一定不會垮。

他跟慈禧太后是同族，都姓葉赫那拉氏，筆帖式出身，在主管一切典禮的太常寺當個『讀祝贊禮郎』；道光二十七年，太廟祫祭——歲暮對祖宗的大祭，瑞麟讀滿洲話的祝文，聲音洪亮，精神十足；宣宗最注意這些小節，一高興之下，賞了他五品頂戴和花翎。不久，又升太常寺少卿；再下一年春天升內閣學士兼禮部侍郎。由九品官兒跳到二品大員，前後只有十五個月的功夫，而所得力的只是一條宜於唱黑頭的嗓子。

瑞麟後半世的富貴，得力於他的慷慨憨厚。當慈禧太后在清江浦，受了吳棠的無心之惠，扶柩回京，母女姊弟，寡婦孤兒，不大有人理睬。瑞麟念於同族之誼，常有周濟。在慈禧太后看，這雖不比吳棠的援手於窮途末路之中，也是雪中送炭的情意——其時慈禧太后的娘家，只有兩個人照應，一個是瑞麟，一個是宗室奕劻；但奕劻自己也窮，只能替她娘家幫些代筆寫寫信之類的忙，自然比不上瑞麟那樣令人心感。

因此，文宗即位，慈禧太后——那時的懿貴妃，得寵於圓明園『天地一家春』時，瑞麟的官運，便越發扶搖直上，入軍機，署直督，咸豐九年正月就是一品當朝的文淵閣大學士了。

那時正是英法聯軍入侵，以後由海道北犯，進據天津，京師大震。瑞麟奉旨率領京兵九千人守通州；朝廷和戰之議不決，而僧格林沁已一路敗退，聯軍前鋒，抵達通州張家灣，瑞麟和勝保在八里橋拒敵，接戰即潰，退守京師，在安定門外又打了一仗，依舊大敗，因此瑞麟被革了職，跟著文宗逃難到了熱河。

等和議一成，被革職的官員，紛紛起用；瑞麟以侍郎銜派到僧格林沁軍中效力，在山東剿捻，攻巨野羊山集匪巢不利，而且馬失前蹄受了傷，逃到濟寧。這一下又被革職。

第二年文宗崩逝，接著發生『辛酉政變』，瑞麟由於慈禧太后的提攜，以鑲黃旗漢軍都統，調為熱河都統，不久又調為廣州將軍。毛鴻賓降調，瑞麟更兼署兩廣總督；在廣州賣缺納賄，毫無顧忌。公事都交給一個幕友徐灝，他自己躲在衙門裡，除了講究飲食和欣賞順德女傭的天足以外，便是不斷鬧笑話，為廣州人上茶樓『一盅兩件』之餘，平添許多有趣的話題。

旗人的笑話，以認白字為最多；瑞麟的官大名氣大，所以認白字的笑話更出名。有一次遇到廣州的米價大漲，他問屬員，是何緣故？那人答了四個字：『市儈居奇。』居奇是聽懂了，市儈二字卻不懂，他詫異地問道：『「四怪」是甚麼人哪？』

不過他為人憨厚，頗有自知之明，所以一個姓宓的同知，分發到省，初次謁見總督時，他拿著『手本』老實說道：『老兄的姓太僻，我不知道是個甚麼字。請你自己說吧！』聽見的人都想笑不敢笑。

瑞麟的這些笑話，朝廷當然有所聞；他在廣州的『官聲』，朝廷更有所聞。但是他『好官自為』，能屹然不倒，這不僅因為內有慈禧太后的眷顧，而且從恭王以下，凡是滿洲的王公大臣，都願意維持瑞麟。這固然由於他出手大方，人緣極好，而最主要的一個原因是，開國至今，兩百年來，漢人勢力之大，前所未有，十五省巡撫，只有一個安徽巡撫英翰是滿洲人；包括『漕運』、『河道』在內的十個總督，亦只有湖廣總督官文和兩廣總督瑞麟是滿洲人。及至官文為曾國荃不顧一切，斷然奏劾；由查案的譚廷襄接署以後，瑞麟更成了一名碩果僅存的督臣。倘或再由吳棠接替，則天下總督，盡爲漢人，滿洲臣民，自然不服，所以不管瑞麟如何貪墨，仍舊要維持在位。誠然，瑞麟不足以勝任此職，但滿洲大員，幾乎都是一丘之貉，倒不如順從慈禧太后，把他留在任上的好。

這是內幕中的內幕，了解的只有極少數的人；而此『極少數』的人，連安德海都未包括在內——包括在內的，自然有恭王。

奉到赴廣州查案的上諭，吳棠知道自己絕不會再回任了，所以離開福州時，就像奉調那樣，把眷屬行李，掃數帶在身邊，並且親筆點派兩百名兵丁護送；由福州坐輪船到上海，派人把眷屬先送回安徽盱眙老家，然後由上海再坐輪船到香港，轉道廣州去查案。

在上海的時候，吳棠才知道瑞麟得慈禧太后眷注的原因跟自己一樣，而且他是旗人，比自己更佔便宜，所以已不存取而代之之想。也因爲如此，他把廣州查案，當作珠江攬勝，從容不迫地慢慢行去；到了廣州，也不講欽差大臣應有的『關防』，雖然表面上不便公然與總督酬酢，暗地裡卻是輕車簡從，日日歡敘快飲。

瑞麟和吳棠都是天生福人，健於飲啖，瑞麟家廚所烹調的魚翅，是連『食在廣州』的富家都自嘆不如的，所以吳棠大快朵頤之餘，對瑞麟頗有相見恨晚之感。

案子當然也要查，查明的原因是蔣益澧有左宗棠撐腰，借裁陋規與總督爭權；而杯酒言歡之間，得知瑞麟亦無意與蔣益澧爲難，只要他離開廣州，餘非所問，於是吳棠奏覆：

蔣益澧久歷戎行，初膺疆寄，到粵東以後，極思整頓地方，興利除弊；惟少年血性，勇於任事，凡事但察其當然，而不免徑情直遂，以致提支用款，覈發勇糧及與督臣商酌之事，皆未能推求例案，請交部議處。

吏部議覆，請將蔣益澧降四級調用；慈禧太后知道蔣益澧在這一案中有所委屈，改了降二級，由巡撫變爲候補按察使，發往陝甘總督左宗棠軍營差委。

不久，四川總督駱秉章病故；不用說，當然由吳棠調補。空出來的閩浙總督一缺，由浙江巡撫馬新貽升任；他是山東的荷澤人，李鴻章的同年。在陝甘回教內部大起糾紛之時，馬新貽的新命，頗爲人所矚目，因爲他是清眞。

對於這番調動，大家的看法是，吳棠的終身已定，而蜀中的百姓卻要遭殃。以吳棠的出身、才具和抱負來說，不可能拜相封侯，也不可能會調兩江或兩廣總督，這樣以天高皇帝遠的四川總督終老，儘不妨大事搜括，所以說蜀中的百姓要遭殃。

但在李鴻章來說，讓他暗暗驚心的，卻是與此同時的另一個疆臣調動的消息，曾國荃的湖北巡撫垮了，說『因病辭職』，是朝廷看他長兄曾國藩的份上，爲他留面子；直隸總督劉長佑就沒有這麼便宜，硬是革職的處分。曾、劉二人落得這樣一個下場，都是因爲剿匪無功的緣故。專責剿治東捻，現駐山東濟寧的李鴻章知道，倘或再不打一場切切實實的大勝仗以上慰朝廷，只怕將會成爲劉長佑第二。

魯東會剿

捻匪遭遇了前所未有的困境，集中在壽光以北的王胡城，北面是海，西面是防備嚴密的黃河；南面是斷層錯綜，突兀峻拔的沂、蒙諸山，唯有往東南走，卻又為一條源出臨朐縣沂山西麓的瀰水所阻斷，如果不肯投降，便只有死戰；而四面重重被圍，死戰的結果，多半是戰死。

在官軍，各路人馬都匯齊了。銘軍和武毅軍會師於瀰河兩岸，外圍自東徂西，由潘鼎新、楊鼎勳和『東軍』佈成一條防線，作為接應。如果這一次再讓東捻突圍而走，不但從此不必再談剿捻，也從此不必再談軍功，等著『革職查辦』好了。

形勢對雙方來說，都到了生死存亡，在此一役的最後關頭。決戰必須謀定後動，所以劉銘傳和郭松林都不急，調兵遣將，務求穩當。在部署將近完成時，李鴻章派了他的幼弟，也是他的『營務處』總辦李昭慶，專程趕到前方；此來的任務有兩件，一件是宣達『溫諭』，嘉獎劉銘傳『忠勇耐勞，追賊迅速，加恩賞給白玉柄小刀一把，火鐮一個，大荷包一對，小荷包兩個。』善慶和溫德勒克那兩個因僧格林沁陣亡而連帶倒楣的副都統，也時來運轉，除去『開復原官』，另有恩典。

李鴻章個人有所獎賞，每人一包，或是珍玩、或是現銀，看各人的需求愛好而定：銖錙相稱，毫無偏頗，光是安排這幾份禮物，就很花了他一些心血。

『家兄原來期望在明年能夠克竟全功；想不到諸公用命，看樣子年內就可凱旋。』李昭慶停了一下又說：『等大功告成，家兄預備步曾侯的前塵，裁撤淮軍，讓大家先好好過兩年舒服日子。』

一聽這話，除了郭松林以外，無不大感興奮；裁軍是裁兵不裁將，當提督的依舊當提督，當總兵的依舊當總兵，補成實缺，各歸建制，看看操，吃吃空；出入綠呢大轎，不必披星戴月，終年無一天不在馬上，那不是舒服日子是甚麼？

『不過家兄有句話，特別囑咐我一定要轉達：將來的舒服日子，全靠眼前的艱苦去換取。眼前這一仗非同小可，特意命我來向各位請教。』

『此刻的東捻已成甕中捉鱉之勢，請轉稟少帥，不必操心。』劉銘傳拍胸大言：『「強弩之末不足以穿魯縞」現在不是空口說白話的時候，請等著好了！』

『是的，一定等得著好消息。只請問省帥，有何破敵的妙策？』

劉銘傳心裡明白，這是李鴻章不放心，特意要問的一句話。這句話的意思，不是問破敵的計策，而是在問對敵的態度；是盡力所及，打到哪裡算哪裡，還是下定決心，非盡殲頑敵不可？

因此，他想了一下，這樣答道：『論地利、人和，是我剿捻三年以來，第一次遇到的好機會；不敢說有何「妙策」，只不過抱定宗旨，硬打、苦打，無論他上天入地，銘軍周旋到底！』

『銘軍周旋到底，武毅軍奉陪到底！』郭松林緊接著他的話說。

一聽這兩個頭品頂戴的大將，都有這樣的決心，李昭慶喜悅之色，現於眉宇；『有兩公這句話，東捻必平無疑！』說著，他仰臉抱拳，彷彿感謝上蒼庇佑似地。

『省三！』郭松林的神色很認眞，『我有句話要說在前面，官軍往往跑不過捻匪，多是爲輜重所累；這一次既然要追到底，就是先打定主意，輜重不能打算要了！』

劉銘傳連連點頭：『這才是一針見血的話。』說著，他抬眼望著李昭慶。

李昭慶當然懂他們的意思，心裡在想，只要打了勝仗甚麼都好辦，管你們把輜重如何處理？不過棄輜重而吃敗仗，要想照樣補充就很難了。這話似乎也應該說在前面；卻是甚難措詞。

其勢不容多作考慮，他硬起頭皮來答道：『凡事兩公作主，怎麼說怎麼好。我把兩公的意思轉達一聲就是了。』

劉、郭二人對他的答語都表示滿意。等把李昭慶送到了行館去休息，他們便細談裹糧出擊的細部計劃。劉銘傳這三年轉戰千里，有個極深刻的印象，打仗一定要靠老百姓幫忙，老百姓肯幫忙，消息靈通，處處措手；否則就總落在捻匪後面——其實，老百姓也不是幫捻匪，只袖手觀望，官軍便成孤立之勢。因而這一陣他特別嚴申軍紀，禁止騷擾；現在既然預備棄去輜重，不如送了給老百姓，一則示惠於眾以爭取民心，再則也免得資敵。

『這個主意好！』郭松林大為贊成，『不過要辦得切實，不可讓人中飽。』

『哪個敢中飽，我槍斃了他。』

就這樣一直談到深夜，兩情融洽，彼此都覺得九轉丹成，就在眼前。談得投機，忘了時刻，直到寒雞高唱，郭松林方始起身告辭。

『子美！』劉銘傳拉住他，指著桌上御賜的珍玩說：『這幾樣東西得來不易，我想分給大家，表表我的寸心。兩對荷包，潘、楊、善、溫各一；餘下的兩樣，讓你先挑。』

餘下一把吃肉用的白玉柄小刀，一個打火用的麂皮火鐮包；郭松林覺得卻之不恭，便伸手拿了個火鐮包，『我要這玩意吧！』他說：『我那支旱煙袋，是難得的方竹，一個翡翠咀子，花了我二百兩；配上這玩意就越發講究了。』

『好吧，你要了它。』劉銘傳看他雙眼發紅，便又說道：『不過我勸你少抽些煙，火氣太大！』

『與抽煙甚麼相干？』郭松林苦笑著說。

那麼與甚麼相干呢？劉銘傳看著郭松林壯碩的身體，忽然意會——湘軍將領沾了曾國藩的一點道學氣，生活比較樸實檢點；淮軍將領內則功名富貴，外則吃喝嫖賭，一應俱全，郭松林這幾年也染了淮軍的習氣，頗好聲色；這一次復出領軍，志在報仇雪恥，所以頗肯刻苦；但他的稟賦過人，可能跟傳說中的紀曉嵐那樣，一夕孤眠，百骸不舒，這要替他想個辦法才好。

心裡有這樣的念頭，卻不必說出口來。等送走了郭松林，劉銘傳一個人在燈下獨酌，把李昭慶的來意，以及裹糧決戰該當有的部署，又一一細想了一遍，發現有件事不妥。

這件事就是棄輜重示惠於民；如果就地以餘糧和多下的軍服散放貧民，在這數九寒天，著實可以博得一些歡聲，但附近縣民必然聞風而至，那一來會搞得秩序大亂。而且捻匪狡詐百出，說不定就混在百姓隊伍裡，乘機突襲，那時的局面就不堪設想了。

他決定改變一個辦法，隨即找來一個材官，吩咐第二天晚上備兩桌酒，再備帖子把臨近各村在辦團練的紳士都請了來。同時又交代，把糧台派駐前線的委員傳來，有緊要公事要辦。

糧台派駐銘軍大營的委員，是個佐雜出身的候補知府，姓吳，爲人極其能幹；忙到半夜，剛剛上床把被子睡暖，聽說劉銘傳召喚，趕緊披衣起床，衣冠穆肅地來謁見。

看他凍得瑟瑟發抖，劉銘傳便叫他一起喝酒；吳知府只說：『不敢，不敢，大帥請自己用。』

『不必客氣！在營裡都是弟兄，坐下來好說話。』

『是！』吳知府在下首坐下，先提壺替劉銘傳斟了杯酒。

『這一趟非把賴汶光那一夥幹掉了不可。我跟郭軍門已經商量好，輜重不打算要了——你別著急，沒有你的責任。』

『是！有大帥在擔待，我怕甚麼？』吳知府心想，不要輜重便有好處，心裡一高興，替劉銘傳又斟了一杯酒。

『不過，你也別高興！』劉銘傳笑著又說：『輜重可以不要，飯不能不吃。你要想辦法，在三天以內，趕出五萬斤乾糧來！』

吳知府心裡爲難，表面不露，盤算了一下，陪笑答道：『我想跟大帥多要一天限期。』

『可以，就是四天。』劉銘傳又說：『還有件事，郭軍門這一次沒有帶姨太太來；看他這兩天眼睛都紅了，你得想辦法給他敗敗火！』

『那好辦。交給我，包管妥當。』

『好了。請你明天一早就動手吧！』

『是！我跟大帥告假。』吳知府起身請個安，退了出去。

第二天上午，吳知府帶著人進城去辦乾糧；劉銘傳約了郭松林一路去視察防務，順便把這天晚上請附近的紳士吃飯的作用告訴了他，約他一起來當主人。

『不必了！你一個人出面也一樣。』

『來吧，來吧！聽聽他們說些甚麼。』

爲了要打聽匪情，一向跌宕不羈、憚於應酬的郭松林，到底還是赴了席。上燈時分，客人絡繹而至；名爲『紳士』，自然都有功名，不過大多數都是拿錢買來的，有些是捐班的佐雜官，有的只捐了個監生——不是想下場鄉試，只爲上得堂去，見了縣官，不必跪下磕頭；作個揖口稱『老公祖』的這點便宜。其中最體面的兩個紳士，一文一武，文的是個舉人，在浙江做過學官，姓趙；武的是個河工同知，姓李。論官位是姓李的高，但那一個是舉人，出身不同，所以連一品大員的兩個主人都另眼相看，稱他『趙老師』，奉爲首座。

赴宴的客人都懷著心事，『宴無好宴，會無好會』，年近歲逼，兩位『提督』下帖子請吃飯；這頓飯豈是容易下嚥的？所以大家事先在李同知家商量了半天，湊了兩千銀子作為『炭敬』，公推趙老師致送；等酒過三巡，他咳嗽一聲，把兩個紅封套取了出來，起身離席，要來呈遞。

劉銘傳倒很沉著，雖知是怎麼回事，要等他開了口再說；在另一桌做主人的郭松林卻忍不住了，大聲問道：『嗨，趙老師，你那是幹甚麼？』

『回兩位大人的話，附近這幾個荒寒小村，幸託蔭庇，特為預備了一點點敬意，請兩位大人賞收。』

『哎呀，眞窩囊死了！』郭松林把眉毛眼睛都皺在一起，『省三！你快跟大家說了吧！』

『趙老師請坐！』又好笑，又好氣的劉銘傳，叫戈什哈把愕然不知所措的趙老師扶回席上；說明了以輜重相贈的本意，接著又聲明：『不過目前還不能散發，等我們把這一仗打下來，留著那些糧秣被服，請各位為地方辦善後。今天備一杯水酒，先向各位說一下，心裡有個數，好早早籌劃。我再拍胸向各位說一句：要不了十天功夫，壽光就看不見一個捻匪了。』

這番話出口，被邀的客人，無不大感意外；那李同知人極能幹，隨即高聲說道：『兩位大人眞正是愛民如子，憂民如傷。趙老師，我們得要為地方叩謝兩位大人的恩德。』

『應該，應該！』

客人都站了起來，趙老師和李同知走到下方替兩位主人磕頭；劉、郭二人遜謝不遑。亂過一陣，各回席次，劉銘傳乘機提出要求，不得收留捻匪，不得供給捻匪糧食，不得把官軍的情形洩漏給捻匪！各人守住自己的圩子，不與捻匪打交道，如果發現大股捻匪，隨時來報告，以便出隊攻剿。

他說一句，大家答應一聲；看得出是各人眞心願意聽從。郭松林十分高興，也十分佩服劉銘傳，這一手幹得很漂亮。

賓主盡歡而散，只有李同知一個人留了下來，說有機密奉陳。劉銘傳便把他和郭松林邀入臥室，關起門來密談。

『有句話，本來我怕惹麻煩不敢說；兩位大人局量如此寬宏，我想說了也不要緊。』李同知說到這裡停了下來，要看他們兩人的意思再作道理。

『不妨！』劉銘傳鼓勵著他：『你儘管實說。』

『是這樣，有人傳來一句話——這個人也不必說了，反正絕非通匪；說李允有意投降。我不知他這話眞假，而且也不敢干預戎機，所以沒有理他。如果兩位大人覺得不妨一談，那條線我還可以接得上。』

『李允？』劉銘傳看著郭松林沉吟，似乎不知道怎麼說才好。

郭松林是恨極了捻匪，也極不相信捻匪；但這裡凡事到底要聽劉銘傳作主，所以雖不贊成，也不開口。

『李允跟賴汶光是曾九帥下金陵以後，一起投捻的，這兩個甚麼「王爺」都快五十歲的人了，跑也跑不動，是也該投降了。不過，』劉銘傳問道：『賴汶光怎麼樣呢？』

這句話，前幾天『接線』的人來，李同知就曾問過。據說賴汶光絕不投降，尤其不肯投降李鴻章，因爲李鴻章克復蘇州，用程學啓的計謀，招降僞納王郜雲官，殺了僞慕王譚紹光，開齊門迎降；結果那些『王爺』、『天將』，爲程學啓關閉營門，殺得光光——有此一段往事，賴汶光寧死不降。

但程學啓殺降，李鴻章縱非指使，亦是默成，所以淮軍頗諱言其事。李同知知道這個忌諱，當然不肯說實話。

『賴汶光如何，倒未聽見說起。』

如果賴汶光肯投降，劉銘傳倒願作考慮。李允雖也是東捻中的一個頭目，卻無甚作用；垂成之功，劉銘傳不願多生枝節，而且也知道郭松林絕不贊成。不過官軍總應該予匪賊以自新之路，有人投誠，拒而不納，這話傳出去不好聽，所以他便用了一條『緩兵之計』。

『這樣，拜託你老兄跟前途聯絡一下看，賴汶光怎麼說法？最好一起過來。』

『是！』李同知也看出來了，劉銘傳並無誠意，便站起身預備告辭。

『老兄等一等！』劉銘傳很鄭重地告誡他說：『這件事就我們三個人知道。同時，傳話過去的時候，請你也不必說得太肯定。』

李同知一番熱心，至此消失無餘，根本不會再去傳甚麼話，接甚麼線。所以連聲答應：『遵命，遵命！』

他是走了，郭松林卻有些擔心，怕李同知跟捻匪有甚麼勾結。劉銘傳說他不敢，安慰了幾句，一個勁催他早早回去休息。

金戈紅粉

郭松林住在兩里路外，是借用當地富戶的一重院落。疾馳到家，卸了長衣，只覺煩躁難耐；想找本閒書來看，定定心。剛取了本《七俠五義》在手裡，只聽門簾一響，頓覺眼前一亮。

進來的是個黑裡俏的麗人，不過一看她那雙眼睛，就知道是甚麼路數。正要開口問她；她身後又閃出一個人來，是辦糧台的吳知府。

他浮著滿臉的笑，卻不跟郭松林說話，叫著她的名字說：『小紅鞋，跟大帥磕頭呀！』

郭松林看到她腳下，果然穿著一雙紅鞋；聽『小紅鞋』這個名字，不知是哪裡的流娼？難為吳知府辦這種差，盛情著實可感。

那小紅鞋一面請安，一面飛媚眼；燭光閃爍之下，那雙水汪汪的眼睛，把郭松林的『火氣』越發勾了上來，一伸手就捏住了她的左臂說：『我看看妳！』

看就看！小紅鞋站起身來，退後兩步，抿一抿嘴唇，摸一摸鬢腳，低垂著眼皮，作出極沉著的神情。那吳知府便湊到他面前陪笑低聲，先表歉意：『昨兒個晚上，上頭才交代有這麼件差使；一早趕到濰縣，把她給「逮」了來——小地方，頂兒尖兒的人材，也就這個樣兒了。中吃不中看，你老將就吧！』

郭松林雖是木匠出身，卻讀得懂孫吳兵法，也會做幾句不失粘、不脫韻的詩，與劉銘傳都算是儒將；儒將一定風流，所以很灑脫地說：『多謝關愛！很好，很好。』

有了這番嘉納的表示，使得吳知府大感興奮，悄聲又說：『她還是個詩妓，語言不致可憎。』

這一說，郭松林越發中意，拱拱手說：『費心，費心，請為我拜覆省帥，說我知情。』

到此地步，再多說廢話便不知趣了，吳知府只向小紅鞋說得一聲：『好好侍候！』隨即哈一哈腰，倒走著退了出去。

這個一退出去，便另有人走了進來，是個貼身服侍的馬弁，一托盤送來了酒肴點心——那小紅鞋十分機伶，就像在自己家裡一樣，很熟練自然地幫著他把托盤裡的東西，移到匟几上，然後把明晃晃的一支紅燭也挪了過來。

『總爺，你請吧！這兒交給我了。』小紅鞋向那馬弁說，順便付以表示慰勞的一笑。她那副牙生得極好，又白又整齊，襯著一張黑裡俏的臉，格外惹眼；所以這一笑，百媚俱生，害得那個才十八、九歲的馬弁，趕快把個頭低著，轉身退了出去。

小紅鞋便斟了酒，從袖子裡抽出一塊手絹，擦一擦筷子，回身說道：『郭大人，你請過來喝酒吧！』

郭松林一直坐在旁邊，雙眼隨著她扭動的腰肢打轉，這時才拋下手中的那本七俠五義，一面起身，一面問道：『妳怎麼知道我姓郭？』

『這兒誰不知道郭大人的威名呀？』

明知是句空泛的恭維話，只因爲她也知道『威名』二字，使得郭松林大爲高興，心想，『詩妓』之名不假，寒夜寂寞，倒有個可談的人了。

有此一念，愈添酒興，盤腿上匟一坐，喝了口酒說：『看妳人倒不俗，怎麼起個名字叫「小紅鞋」，眞正是俚俗不堪！』

『都是人家叫出來的嘛！』小紅鞋作個無奈的表情，『你老不歡喜，替我另起個名字好了。』

『好！』郭松林略略一想，就有了主意，『把那個「鞋」字拿掉好了，就叫小紅。「小紅低唱我吹簫」，不是現成的一個好名字嗎？』

『小紅，小紅！』她低聲唸了兩遍，眉花眼笑地說：『眞好！謝謝郭大人，賞我這麼個好名字！』說著就要請安道謝。郭松林不讓她這麼做，順手一拉；使的勁也不怎麼大，小紅就好像站不住腳，一歪身倒在他懷裡。

在郭松林看，是她自己投懷送抱，需得領她的情，乘勢一把攬住她的腰，另一隻手端起酒杯，問道：『小紅，妳哪裡人？』

『西邊，』她說：『淄川。』

『原來跟蒲留仙同鄉。』

『你老說的誰呀？』小紅問：『說我跟誰同鄉？』

『蒲留仙，蒲松齡妳總該知道？』

『沒有聽說過。』她使勁搖著頭。

郭松林也搖搖頭把酒杯放下了。豈有詩妓而連蒲松齡都不知道的？於是問道：『小紅，妳也懂詩？』

『詩呀？』小紅笑道：『我哪兒懂！』

『那，』郭松林詫異，『怎麼說妳是「詩妓」？』

『你老別聽他們胡謅！』小紅答道：『是前年夏天，在濟陽遇上個書呆子，趕考沒有考上，回南遇上漲水，在店裡住了半個月，每天捧著書本兒唸詩；有一天我說了句：「聽你唸得有腔有調的，倒好聽，哪一天教我也唸唸。」誰知道那書呆子當眞了，一個勁磨著我，要教我唸甚麼〈琵琶行〉。這條道兒上，我認識的客人多，拿我取笑，要我安上個詩妓的名兒——幹我們這一行，出名兒總是好的，就隨他們叫去。還眞有些文謅謅的老爺們，指著名兒點我。我可不敢騙你老。』

郭松林爽然若失，酒興一掃而空，不知不覺把攬著她腰的那隻手鬆開了。

小紅不知道他爲甚麼不高興，『你老怎麼不喝酒？』她把酒杯捧到他面前。

『喝不下。』

『你老喝一杯！』小紅用央求的口氣說：『賞我個面子。』

再要峻拒便煞風景了；郭松林在想，尋歡取樂，原要自己去尋取，便即問道：『妳會唱曲不會？』

『我會唱鼓兒詞。可惜忘了帶鼓來了。』小紅略想一想說：『這麼樣，我小聲哼一段給你老下酒。』

『對了，就哼一段兒好了。』

於是小紅靠在他肩頭上，小聲唱道：

哄我自家日日受孤單，你可給人家夜夜做心肝……

『好！』她剛開口唱了兩句，郭松林便脫口讚了一聲，打斷了小紅的聲音：『妳慢一點，我來想想，這該是閨中少婦，怨責她那浪子丈夫的話。倒有點意思，妳再往下唱！』

這一說，小紅的勁兒來了，坐起身子，斜對著他，一條腿盤坐在匟上，一條腿撐著地，把手絹繞著右手食指，衝著郭松林先道一句白口：『強人呀！』接著便雨打芭蕉似地，一口氣唱：

只說我不好，只說我不賢！不看你那般；只看你這般，沒人打罵你就上天！……

接著便是眼一瞪，惡狠狠罵一聲：『強人呀！』卻又忍不住噗哧一聲笑；隨後便又飛媚眼，又害羞地帶著鼻音哼道：

你那床上吱吱呀呀，好不喜歡！

她那發膩的聲音，治豔入骨的眼波和笑靨，攪得郭松林意亂魂飛；但是他到底不比胸無點墨的草包，除了小紅的一切以外，也還能領略非她所有的曲詞，便即問道：『這是誰教妳的曲子？』

『也沒有人教，聽人家這麼在唱，學著學著就會了。』

『可惜，不知道這曲子是誰做的？』

『曲子好，』小紅問道：『我唱得不好？』

看她那不服氣的神情，郭松林趕緊一疊連聲地說：『都好，都好！曲子做得眞不錯，也得妳唱才行。』

這一說，小紅才回嗔作喜，舉著杯說：『那麼你老喝一杯。』

郭松林欣然接受，把一小杯燒刀子灌入口中，入喉火辣辣一條線，直貫丹田，加上火盆燒得正旺，覺得熱了，便即解開胸前的鈕子。

『當心受涼！』小紅說，伸手到他胸前——原意是替他掩覆衣襟，不知怎麼，伸手插入他的衣服下面，一下子就抱住了他，把臉覆在他胸前。

她那頭上的髮香和花香，受了熱氣的蒸散，一陣陣直衝鼻孔，越發蕩人心魄，他便也把她摟得緊緊地。

這樣溫存了好一會，心才又定下來，覺得小紅別有韻致，所以還想再聊聊天，『小紅，』他問：『妳家裡有些甚麼人？』

『你老問這個幹嘛？』

『問問也不要緊。』

『還是別問的好。』

『怎麼呢?』郭松林說:『有甚麼說不得的麼?』

『不是甚麼說不得。』小紅抬起頭來看著他,『我說了傷心,你老聽了替我難過,不掃興嗎?』

『妳說話倒乾脆!我就喜歡這樣的人。』

『對了,你老喜歡我就行了。』她又靠在他胸前,『你老多疼疼我吧!』

於是郭松林又抱緊了她。過不多久,聽得有人叩門,悄悄喊道:『小紅,小紅!』

『這是誰?』郭松林問。

小紅沒有回答他,只抬起身子,向外大聲說道:『門沒有閂,進來吧!』

門一開,進來一個鴇兒,有四十來歲,擦一臉白粉,簪滿頭紅花,怪模怪樣地,先給郭松林請了個安;然後管自己去替他們鋪床。

這提醒了郭松林,想看看時刻,等掏出那個李鴻章送他的金錶,不開錶蓋,只揿了一下按鈕;順手放到小紅耳邊,裡面叮叮地響了起來。

小紅從沒有見過打簧錶,大爲驚異,像個小女孩似地,磨著郭松林再爲她試一遍,又問長問短要弄清楚其中的道理;只是郭松林自己也不懂,何以錶能發聲?正在有些發窘,那鴇兒已鋪好了床,請個安說道:『請大人早早歇著吧!』又虎起了臉對小紅說:『妳可好好兒侍候!』

等她退了出去,郭松林便問:『她可是妳的親人?』

『我哪裡有甚麼親人?我的親人在這兒!』說著,小紅又一把抱住了郭松林。

明知是『米湯』，他也被灌得暈陶陶如中酒似地；因而也起了一番憐惜的心。他的性格是豪邁一路，也讀過幾句書，平時頗爲嚮往唐宋那些武將的風流豁達；此時有了幾分酒意，放縱想像，想到此番與捻匪是作最後的周旋，棄去輜重，裹糧深入，已抱定破釜沉舟的決心，槍子無眼，說不定就此陣亡，而生死莫測之際，有今宵一段意外的因緣，不可不爲可人的小紅留下一點『去思』——倘或陣亡，自然有一番哀榮，朝廷賜祭，督撫親奠以外，還有一夕之緣的紅粉雪涕，說起來也是一段『佳話』。

於是他起了拔她於火坑的心思，推著她說：『小紅，妳坐好了，我有話跟妳說。』

小紅聽他語氣鄭重，便眞個放開了手，離得他遠一些，含笑凝視著他。

『妳家裡到底有些甚麼人？』

察言觀色，知道非老實回答不可，小紅收斂了笑容，垂著眼皮說道：『就有一個瘋癱在床上的娘！』

『妳可是自由的身子？』

『不！』她搖搖頭，『若是自由的身子，何苦還吃這一碗飯？』

『對了！就是這話。』郭松林欣然地說：『妳以前嫁過人沒有？』

『沒有。不過——』

『話怎麼不說完？』

『我不敢瞞你老。』小紅低著頭說：『有個五歲的孩子。』

『男孩？』

『嗯！』小紅忽然覺得想吐一吐心事，抬起頭，掠著鬢髮，以興奮而憂傷的聲音說：『就爲的這個孩子，我願意再苦兩年，等攢夠了錢，自己把身子贖了出來，帶著孩子也下關東。』

『下關東幹甚麼？』郭松林詫異地問。

『孩子他爹在關東。』

『喔！』他又問：『在那兒幹甚麼？』

『還不是開墾嗎？』小紅又說：『他在那冰天雪地裡，苦得很，也就是爲了有一天熬得出了頭，巴望著能夠父子團圓。』

郭松林點點頭，心裡在作盤算——關外是禁地，也不知道她『下關東』是怎麼走法？想來大概是由膠、萊出海到遼東。然而弱質伶仃，風波涉險，又帶著孩子，能不能如願以償，實在大成疑問。

他的心事，小紅怎麼猜得透？見他面色憂鬱，她心裡懊悔，不該談自己的事，掃了貴客的興；所以便又笑著埋怨：『我早說了，還是別問的好。可不是嗎，到底，害得你老心煩！』她斟著酒又說：『郭大人，都是我的不好，罰我再唱一段曲子——』

『不！』郭松林握著她那執著壺的手說：『小紅，我再問妳一句，妳剛才跟我說的那些話，到底是眞是假？』

這話問得太認眞了，小紅反倒無從回答，楞了一下才說：『當然是眞的，無緣無故我編一套瞎話騙你老幹甚麼？』

『眞的就好。』郭松林沒有再說下去。

小紅實在困惑，眞不知道他的態度是甚麼意思？不過她閱人甚多，甚麼奇奇怪怪的客人都遇見過，如果像這樣每一個都要去細想，那是自討苦吃；所以練就了一套本領，隨便甚麼事，能夠在心裡說丟開就丟開。這時依舊嬌笑軟語地陪著郭松林飲酒作樂。

郭松林的心情也輕鬆了，喝酒喝到雞鳴方罷；一上床便鼾聲大起，眞個一宵無話——這才是小紅少遇見的事；而且也不像別的煩惱能夠輕易拋掉，心裡嘀嘀咕咕，不知道甚麼地方不中郭大人的意？所以侍候得格外小心，不時窺伺著他的顏色。

郭松林宿酲猶在，懶得開口；而窗外雖然聲息甚低，人影卻多，顯然的，那都是有公事要向他請示，只是怕驚擾了他，不敢高聲而已。

『妳開門吧！』

『是！』小紅輕手輕腳地去開了一扇房門，自己把身子縮在門背後。

門外那個小馬弁早就在侍候了，此時把洗臉水端了進來，小紅便幫著他照料郭松林漱洗。等諸事妥帖，郭松林一面向外走，一面向小紅說道：『我得去料理料理公事。妳別走！』

有這句話，小紅才算放了心；自己琢磨著，大概還要留一天。於是她趁郭松林用過的那盆臉水，沒有撤走以前，匆匆忙忙擦了把臉，打開梳頭匣子，好好修飾了一番，端然靜坐，等郭松林回來。

這一等等到日中，還不見蹤影，倒是那小馬弁帶著廚子，替她送了飯來。小紅悶在屋裡好半天，一見了他彷彿遇著救星，趕緊陪笑道謝，然後問道：『總爺，我求你點事行不行？』

『妳說吧！』

『不知道跟我來的那個人在哪兒？』

『妳是說那個老娘兒們？在大門外等了半天了，上頭沒有交代，不能讓她進來。』

『那就拜託總爺跟她說一聲，郭大人讓我別走，大概還得留一天，叫她放心好了。』

『在這裡有甚麼不放心的？』那小馬弁說：『好了，我替妳把話帶到就是了。妳快吃！吃完了好收傢伙。』

小紅自出娘胎，沒有這樣子吃過飯，實在有些食不下嚥，所以拿了兩個饅頭，放在一邊說：『勞駕，勞駕！我這就行了。請廚子大爺收了去吧！』

剛說到這裡，只聽窗外靴聲、人聲，是郭松林回來了；帶著一名隨從，卻只候在窗外，小紅慌忙退到一邊，很恭敬地站著。

『妳還沒有吃飯？』郭松林接著又說：『我也還沒有。正好，妳就陪著我一起吃吧！』

小馬弁一聽這話，便退了出去，向廚子吩咐：『把大帥的飯開到這兒來。』

這開來的飯，自然大不相同，肥雞大鴨子以外，還有一大碗狗肉，異香撲鼻，把小紅的食慾勾了起來。但是她不比北道上那些『生蔥生蒜生韭菜，哪裡有夜深私語口脂香？開口便唱「冤家的」，哪裡有春風一曲杜韋娘』的『蠻娘』，當著窗外那些官長『總爺』，何敢跟統馭上萬兵馬的『大帥』，對桌而食？只守著她的規矩，站在桌旁替郭松林舀湯撕餅地侍候著。

吃得一飽，郭松林很舒服地剔著牙、喝著茶說：『現在要跟妳談正事了。』

『是。』小紅答應是這樣答應，心裡又萬分困惑：紅頂子的大官兒跟我們這種人有甚麼正事好談？

『是談妳的正事。小紅，』郭松林說道：『我想拔妳出火坑。』

『這……』

『妳聽我說完，不是我想接妳回家，現在打仗，我沒得那份閒心思。我替妳還了債，把身子贖出來，另外再送妳幾兩銀子。喔，』郭松林停了一下問：『小紅，我又要問妳了。倘或妳那口子攢夠了錢來接你們母子倆，妳把妳瘋癱的老娘怎麼辦呢？』

『那……』小紅聽了他的話，心思極亂，所以得先想一想才能回答：『自然是一起接了去。』

『妳別看得那麼容易！漢人若非充軍，出關也不是說來就來，說去就去那麼容易。果眞妳娘去不了，可能送幾個錢，託人照應？』

『有錢就行。』小紅答道：『我把我娘送回淄川。』

『那就行了……』

剛說到這裡，只見劉銘傳和楊鼎勳，相偕來到；郭松林顧不得再跟小紅說話，起身迎了出去。

『省三，你來得正好！』他一見面就說：『我跟你要件公事。』

『行！甚麼公事？』

『用你的關防出一角公文：派遣差官一名，出山海關公幹，隨攜婦女、小孩各一名。名字都空在那裡，回頭我自己來塡。』

兩名來客相顧愕然，『這是幹甚麼？』劉銘傳問：『你不是自己也有關防嗎？』

『我是福建提督，你是直隸提督；雖在這裡打仗，說起來山海關也管得著，所以要用你的關防。』

『慢來！』楊鼎勳笑道：『我這個湖南提督要管一管閒事。爲何隨攜婦女一名？是何許人？』

『喏，在屋裡！』

這時小紅已經把郭松林的話想明白了，有這樣天外飛來的奇緣，眞是愛做夢的人也夢不到，所以反有點不大相信。但看到那兩位貴客的頭上，她心裡踏實了，都是紅頂子的大官，哪能開這樣的玩笑？

因此，一見貴客進門，她精神抖擻地連請了兩個雙安，盈盈笑道：『小紅給兩位大人請安。』

郭松林和楊鼎勳又相視而笑了。楊鼎勳跟郭松林是至交，戲謔慣了的，所以指著小紅向郭松林笑道：『子美，她替你「敗火」，你怎麼反倒要充她的軍？莫非侍候得不夠痛快，火上加火？』

小紅人既伶俐，兼以這些古裡古怪的風情話，聽得多了，所以一下就懂了楊鼎勳話中的意思，頓時黑裡俏的臉上，泛出紅暈，變成紫醬色。她同時也在想，這些『大帥』們在一起，開起玩笑來，比平常老百姓還隨便，哪裡有一點兒官派？因而不免深深訝異。

心有所感，臉上不免流露了狡黠的笑容。楊鼎勳正跟劉銘傳哈哈笑著，一眼瞥見，立即忍住了笑，指著小紅說：『不對！看她這笑；昨兒晚上一定還有新鮮花樣？說吧，』這是直接對著小紅來的：『妳笑的甚麼？』

『甚麼花樣也沒有。』郭松林接著說：『你們自己問她好了。』

小紅不願搞出誤會來，又看來的兩位『大人』也是好說話的人，所以輕盈地笑道：『我是想起鼓兒詞上的話好笑，沒有別的。』

『怎麼呢？』楊鼎勳問：『說出來讓我們也笑一笑。』

『鼓兒詞上提起那些個元帥，叫人害怕！一發了脾氣，把鬍子一吹，公案上摔下一支令箭來，馬上推出轅門，人頭落地。敢情這都是哄人的話！眼前就三位元帥，跟鼓兒詞上說的全不一樣。』

『那麼，妳看是像好呢，還是不像的好？』劉銘傳問。

『這我可不知道了。』小紅笑道：『反正我看得出來，三位大人全是菩薩心腸。』

『不容易。』劉銘傳笑中有牢騷：『從京裡到南邊，到處挨罵，在這兒才落得一聲好。』

『好了，閒話少說吧！我先辦完了她的正經再說。』郭松林問劉銘傳：『跟你要的公事怎麼樣？』

『那還用問嗎？派個人說給我那裡的人就是了。』

『這就行了。』郭松林轉過臉來看著小紅：『我也不知道妳欠了多少債，反正一定夠——我送妳一千銀子，另外派人幫著妳辦事。趕快還了債，把妳老娘送回淄川，到關外找妳那口子團圓去吧！』

這一說，簡直讓小紅楞住了，世間眞有這樣的事？不但沒有經過，也沒有聽說過，所以一時不知如何應對，只覺心中又酸又甜、又熱，渾身發抖，終於『哇』地一聲哭了出來；等哭出聲就又立刻警覺，這是甚麼地方？眼前是甚麼人？怎麼放聲大哭？趕緊拿手掩住了嘴，一頭撲倒地上在抽噎。

『我明白了！』楊鼎勳點點頭，輕聲說道：『子美這番豪情快舉，倒眞是菩薩心情。』

『這一千兩銀子值，無論如何比花一千兩銀子買副對聯來得值。』

劉銘傳的話是有所指的，據說郭子美的大同鄉，翰林出身的何紹基，書法名滿天下，他用一副自撰自寫的對聯向郭松林打秋風，自道是副巧對，也是絕對，非要一千兩銀子不可。那副對聯的句子是『古今雙子美，先後兩汾陽』，用杜甫和郭子儀來與郭松林相擬，馬屁拍得極足，所以郭松林欣然送了一千兩銀子。

這番快舉，欣賞的人少，不以爲然的居多；劉銘傳就是其中之一，所以有那樣的說法——事實上也說得很對，郭松林亦覺得，小紅的感激涕零，比何紹基的掀髯大樂値錢得多。

『妳別哭了！』他說：『我叫了人來，讓他陪著妳去辦事。』

接著便喊進一名親信差官來，一一交代清楚；小紅哭著向三位『大人』叩了頭，對郭松林一步三回首地跟著那差官去了。

灄河大捷

『我們談正事吧！』劉銘傳這樣說，同時親手去關上了房門。

這不用說：『正事』是關於剿捻的機密；三個人在屋角聚在一起，並頭促膝，低聲密商——未入正題以前，劉銘傳先取出一個信封，冷笑著遞給郭松林說：『你先看看這個！』

打開信封一看，是一道『廷寄』的抄本：

李鶴年奏：豫軍馬隊追賊，槍斃任逆，並西北兩路防堵情形，暨襄城匪徒滋事，現飭查辦各摺片。善慶一軍，前同劉銘傳在贛榆地方，剿捻疊勝，槍斃逆首任柱，已據李鴻章奏報獲勝情形，並將該副都統獎勵矣。

看到這裡，郭松林停了下來，皺眉說道：『這我就不懂了，槍斃任逆，完全是淮軍的事，跟豫軍甚麼相干？要河南李中丞去奏報？』

『不就是報功嗎？』楊鼎勳說。

『那又怎麼扯上善慶呢？』

『李中丞的原奏不知道怎麼說的？不過也猜想得到。』劉銘傳說：『不扯一個當時在火線的人，怎麼能夠報功？』

『喔，我明白了，是一齣「十八扯」！』郭松林笑道：『先把善慶扯上，那一支蒙古馬隊算是豫軍；再把任柱跟善慶扯上，當時他在火線上，打死任逆，他自然有分。如是一扯再扯，就算成豫軍的功勞了。』

『對了！』劉銘傳說，『我反正挨罵受氣，經歷得多了，像這樣的事，無所謂。現在我把你們兩位老大哥拉在一起，我得有個交代：拚命打來的勝仗，倘或讓人冒了功去，教我怎麼對得起兩位？所以該有個辦法。這話先不談，你再往下看！』

下面這一段提到西捻的頭目張總愚：

張逆現盤旋於延綏一帶，非東走晉疆，即南入豫境。該撫務令馬德昭等，擇要扼紮，以備不虞。梟匪近擾定州，豫省彰衛各屬，相距非遙，河北之防，尤爲吃緊。

『啊！』郭松林吃驚地說：『西捻如果回竄，倒是件很麻煩的事！西捻、鹽梟，倘或再加上東捻，那樣一合流，可就再不容易制服了。』

『就是這話！』劉銘傳說：『西捻回竄，怎麼樣跟直隸的鹽梟合在一起，淮軍管不著！淮軍只管辦東捻。不過東捻要突破運防，竄入河北，那……』他神色異常嚴肅地：『那是可以掉腦袋的事！』

『話再說回來。』郭松林說：『等西捻回竄河北，即使不能跟東捻合流，聲氣相應，我們這裡的仗也很難打了！』

劉銘傳與楊鼎勳都不作聲，但微微頷首，深深注視，彼此目語之間，取得了一致的看法，情勢擺明在那裡，對捻匪的這一仗，如果辦得不夠痛快，不夠乾淨，將會引出許多麻煩。

郭松林在想，這一次劉銘傳可眞是大徹大悟了！要論將材，此人智勇雙全，且有遠略，帶兵馭將亦有他自己能得士卒效死的一套做法，不愧爲大將之器。但他就跟李鴻章一樣，功名心太盛，喜歡用手腕，甚至也不無縱寇自重的情事。於今歷經頓挫，朝旨嚴督，輿論譏評，在他都成了鞭策的力量，激出他一個決心，要奮力自效，急於剿平東捻，替他自己、替李鴻章、替淮軍掙個面子；更難得的是他已了解到，面子要大家一起來掙，勝仗更要大家一起來打，所以一心一意講求和衷共濟，不但不像過去那樣爭功諉過，甚至寧願委屈自己，結歡友軍。光是派糧台上的委員，替自己去找窯姐兒這件小事，就可以看出他的推心置腹。這樣的朋友，得要捧捧他！

於是他慨然說道：『省三！這一仗的關係重大，我完全明白。自己弟兄，不必客氣；怎麼打法，你說吧！我全聽你的。』

『子美，少銘！』劉銘傳激動地分握著郭、楊二人的手，『有你們兩位老哥捧我，這一仗非打勝不可。生死關頭的交情，才是眞正的交情！我太高興了。』

『彼此一樣。』楊鼎勳說：『省三，你把今天所得的諜報先跟子美說一說。』

『現在各方面的情勢是如此，』劉銘傳從靴頁子裡取出一張手畫的山東地圖，指著西南方說：『運河一入東境，到利津出海，一共八百多里，目前最緊要的是從張秋到東阿魚山的六十多里，因爲這一帶已經凍得很結實了。少帥已調樹字三營增防，可保無虞。現在就怕捻匪西竄，撲齊東一帶的運河，所以我請潘琴軒，專守西面，一面防運，一面接應。』

『這樣，形勢就很明白了！』郭松林接口說道：『北面是汪洋大海，東面登、萊兩州是個「口袋」，大軍由南面往北擠，不是擠入那個「口袋」，便得往西面突圍；我們各當一路。』

『是！』劉銘傳又說：『子美，此中有天意！』他指點壽光東、西兩面的兩條河說：『東面是濰河，既深且闊；西面，你看，清水泊連著北洋河，兩河如帶，束住了捻匪，這是他的一個絕地！往東西兩面突圍都很難，要想逃生就得往南面。』

郭松林瞿然而驚，『說得不錯！』他在想，這才是眞正的生死之鬥，就像血海深仇的冤家相逢於狹路，誰打倒了誰，誰才能過得去，其間毫無閃避的餘地。

『捻匪那面的情形，今天早晨也有確實的消息來了。』劉銘傳又說：『任柱雖死，仍舊數他的「藍旗」強。』

『任柱死了，誰帶他的部隊？仍舊是他的一兄一弟？』

『是的，任定和任三厭，還有個劉三貓。』

『賴汶光呢？』郭松林問。

『賴汶光在白旗的時候居多。』劉銘傳說：『目前捻匪的部署是，藍旗在東，白旗在西；子美，我想請你……』

他的話沒有完，郭松林便搖手攔住了他：『不用提那個「請」字！等我先跟少銘商量一下。』

楊鼎勳跟郭松林配合成『一大枝』，而以郭松林爲主；他要跟楊鼎勳商量，自然有他們的不足爲外人道的打算，所以劉銘傳很知趣地起身，預備避開些好讓他們私下談話。

『你不用躲開！』郭松林卻拉住了他，『我只問問少銘，願意擔當哪一路？』

楊鼎勳打仗勇敢，私底下卻喜歡跟十幾歲的少年似地鬧著玩，於是笑道：『你先別說出來！我們倆，每人在手掌心裡寫個字，看看想法可相同？』

『這也好！』郭松林別有意會，欣然贊同，取了枝水筆來，遞給楊鼎勳。

兩人背著身子各自寫了字，楊鼎勳先伸手，掌上寫的是個『藍』字；郭松林一看，笑嘻嘻地也把手掌一翻，上面是個『東』字——『東』就是『藍』；捻匪藍旗在東面。藍旗較強，郭松林打算攻堅；倘或楊鼎勳表示願意擔當西路，攻捻匪白旗，郭松林便要另作考慮，不肯伸出手掌來，明顯地與楊鼎勳示異。

『眞是英雄所見略同！』劉銘傳極其欣慰；他也希望郭、楊能擔當東路，這倒不是爲了避強就弱，主要的是潘鼎新在西路，彼此呼應配合，比較適宜。

『倒不是甚麼英雄！』郭松林說：『人之相知，貴相知心；打這兒看，少銘跟我是一條心。』

『其實跟省三、琴軒又何嘗不是一條心？』楊鼎勳很興奮地笑著，『「三人同心，其利斷金！」這下子東捻非垮不行。』

劉銘傳緊接著說：『就爲了大家一條心，我有十二分的把握，所以……』他很謹愼地回身看了一下，低聲說道：『我想把出隊的日子提前。』

『喔，提前到哪一天？』郭松林問。

劉銘傳不答他的話，先解釋提前的理由：『我責成糧台四天以內辦齊乾糧，一半也有先聲奪人的作用在內。現在外面都知道起碼得四天以後才有一場惡戰；今天諜報回來也說，捻匪也相信這話，作的都是四天以後迎戰的打算。還有捻匪驚魂喪膽，飢寒交迫，都想好好兒歇一歇；這兩天根本沒有戒備，各人都在想辦法，怎麼能吃一頓飽的？兵法有云：「實者虛之，虛者實之」，我們提前開一寶，打他娘的一個措手不及。子美，你幹不幹？』

『怎麼不幹！甚麼時候，今天晚上？』

『今天晚上來不及。準備明天晚上，起更出隊。』劉銘傳又說：『行動務需機密！』

郭松林和楊鼎勳深深點頭。三個人又談完了一些必要的聯絡配合的步驟，各自散去，召集營官秘密下達命令。

劉銘傳綜領全局，格外辛勞，一樣樣檢點交代，直忙到深夜，方始休息。身體雖累，精神亢奮，劉銘傳輾轉反側，不能入夢，夜靜更深，忽然想起家鄉，神魂飛越，心裡是說不出的那股如渴如飢，要去看看兒時釣遊之地的欲望。這樣直到寒雞初唱，一顆鄉思如火的心，才能漸漸冷下來。

睡不到多少時候，便即驚醒。這一天有許多事要辦，依照預定的計劃，首先要找趙老師和李同知這兩個鄉紳，給他們一個信息——巧得很，剛要派人去請，趙、李二人帶了一個人來謁見。

這個人才是眞正對劉銘傳有用的，是個秀才，名叫楊錫齡；鄉團實際上是他在辦——那天劉銘傳、郭松林聯名請客，他正好到省城裡去採辦軍需，未能赴約；這天特地來致謝，順便要請示鄉團該如何幫助官軍來打捻匪？

有些鄉團可靠，有些鄉團不可靠；這一帶的老百姓，跟捻匪沒有甚麼鄉情友誼的瓜葛，而且一直吃捻匪的虧，自然可靠。但任何鄉團有個改不掉的毛病；那些年輕小伙子愛出風頭，倘或得知一樁機密，會到處去說，自炫消息靈通，所以劉銘傳不肯把這天就要出隊的決定告訴楊錫齡。只問他哪個圩子強，哪個圩子弱，以便了解能夠得到多少助力。

楊錫齡人很能幹，也很誠懇，原就開好了一張單子，預備面報劉銘傳；這時便取了出來，雙手奉上。

單子上開著各個圩子的名稱、方位、有多少人、有多少刀、矛、白蠟桿子、多少土槍；光是看人與武器的比例，就可以察知強弱。

『很好，很好；』劉銘傳對他很滿意，『總在這幾天就要見仗了，請老兄早早作個預備。』

『是！』楊錫齡說：『各圩日夜有人巡邏看守，其餘的只要鑼聲一起，個把時辰，就能成隊。現在要請大人的示，官軍一開了仗，各圩光是自保呢，還是出圩開火？』

『問得好！』劉銘傳點點頭說：『以自保爲主。如有零星逃散的捻匪，自己量力處置，不過，務必要愼重，不可輕舉妄動，更不可貪功遠出。有句話，我此刻必得跟三位言之在先，倘或哪個圩子爲捻匪攻破盤踞，官軍是無所姑息的。』

這就是說，官軍要攻入圩子剿捻，大戰之下，勢必玉石不分。趙、李、楊三人悚然動容，彼此商議著，立刻把他的命令傳達下去。

『對了，請各位趕快把我的話，通知各處。』劉銘傳又說：『我有樣小玩意相贈。』

他送了他們每人一支洋槍，名爲『後膛七響』，親自教了他們用法。趙、李、楊三人無不高興，因爲，一則這是洋槍中的利器；再則是『劉大帥』所送，足以誇耀鄉里。

等送走了三名鄉紳，劉銘傳出發視察各營；官兵的士氣極好，行動沉靜迅速。到了初更時分，各營悄悄移動；最先出發的是副都統善慶和銘軍中由記名總兵陳振邦所率領的馬隊；其次是郭、楊兩軍；最後才是劉銘傳，親領中軍壓陣。

善慶和陳振邦的馬隊，照預定的計劃，是要抄東捻的後路；這是一支奇襲的部隊，所以馬蹄上都包了草，好減低聲音。士兵雖未如古時候那樣『啣枚』——用枝竹片勒緊在雙唇之間，讓人講不了話；但也下達了嚴厲的『禁聲』的命令，所以一路由西轉北，直抵清水泊附近，都沒有甚麼驚動。

馬隊將到清水泊時，東路已經發動了攻擊。藍旗捻匪，倉皇迎戰——從任柱死後，藍旗捻匪由他的兄弟分領，任定帶的是『步賊』，這時親自持著長矛，率領三千多人，敵住了武毅軍和勳軍的先鋒；接著任柱的胞弟任三厭，帶著馬賊，一陣風似地捲了過來，抵擋郭、楊兩軍的馬隊。

在西面的白旗捻匪，爲善慶和陳振邦的馬隊一衝，上來就吃了虧，但白旗人多，而西路的官軍因爲鼎軍在外圍，銘軍又因爲劉銘傳要照應郭、楊兩軍，有意偏東，以致在人數上衆寡不同，但也還能夠扯個平。

東西兩路，都成了相持不下之勢；捻匪人多肯拼命，官軍士氣也旺，又佔了洋槍的便宜，人數雖少，仍能穩得住陣腳。但聽殺聲震天，洋槍劈劈啪啪，一陣陣地響；每響一陣，便有一排火光在暗空中閃耀，彼此像潮水一樣，一波一波地漲而復退，總在那一帶拉來拉去。

西路銘軍的步隊，由總兵唐定奎、劉克仁率領；唐定奎的胞兄唐殿魁，是劉銘傳手下第一個得力的將領，上年尹隆河一役，力戰陣亡，那時唐定奎方在合肥省親。湘軍和淮軍都是子弟兵的格局，兄死弟繼，視爲當然；所以唐定奎接統了他哥哥的部隊。跟郭松林一樣，唐定奎打捻匪，也是要報仇雪恨，當然特別打得扎實。

他的對手是牛洪，捻匪都叫他牛喜子，機警而慓悍，唐殿魁正就死在他手裡；仇人雖未相見，聽說是牛洪的部衆，唐定奎越加奮發，下定決心非打垮他不可。

於是他跟劉克仁商量，要選拔敢死之士衝鋒——就稱爲『選鋒』；挑個空曠隱蔽的地方，在燈籠火把照耀之下，宣達命令，徵募勇士。

這是玩兒命的勾當！其實打仗誰又不是玩兒命？既然都是玩兒命，得要玩出個名堂來，『選鋒』

只要不死，便有極厚的獎賞，而且馬上可以領『委札』，當上一個官兒；即令陣亡，家屬亦有優恤，何樂不爲？所以一宣佈了命令，舉手的舉手，開口的開口，站出來的站出來，立刻便有許多人應徵。

唐定奎非常高興，照花名冊點一點人數，共有五百餘名之多，臨時編組成三隊，卸下洋槍，各持大刀，靴頁子裡或者腰上插一把匕首，各用白手巾纏臂，以便於黑頭裡辨認。等部署停當，隨即分道前撲。

兩軍相峙之中，有一座小小的山崗；『選鋒』悄悄摸了上去，月黑天高，捻匪並無所知，但居高臨下的選鋒，卻影綽綽地把捻匪集中的地點，大致都已看清。這樣屏息以待，只聽後面連放兩排槍，槍聲極其整齊；這是一個訊號，第二排槍的餘響猶在，選鋒們都已一起衝了下去。後隊隨即往前移動，一面壓住陣腳，一面好相機進攻。

選鋒乘下坡之勢，飛奔直前，等捻匪發覺時，已是短兵相接，凡是選鋒，一定氣壯，裹入敵陣，見人就砍，牛洪的陣腳，頓時就鬆動了。

其時劉銘傳的中軍亦已趕到，一路吶喊而來，聲勢極盛；牛洪要分隊抵禦，就有些兼顧不到，唐定奎和劉克仁的後隊，往前猛撲，西路的捻匪，終於被擊潰。這一下牽動了全面，劉銘傳本來就打算著支援郭、楊二軍；一見西路得手，不願把兵力置於無用之地，麾軍偏東，合力去對付藍旗。

藍旗雖狠，能力敵郭、楊，但也討不了便宜，這時加上裝備極好的銘軍精粹，雖有牛洪的部眾合流，亦無濟於事，被衝成幾截，各不相顧。另一面善慶和陳振邦看白旗的馬隊，向西南逃散，並不窮追；照預定的計劃，沿北洋河而上，越過清水泊去抄東捻的後路。

後路是隨匪流竄的老弱婦孺——因爲官軍勢盛，東捻倉皇應戰，傾巢而出，所以後路極其空虛。

那些老弱婦孺，這一兩個月讓官軍由山東追到江蘇，江蘇追到山東，沿路不知死了多少人？剩下的也都筋疲力竭，一息奄奄。在這樣的數九寒天，沒有多少人身上有棉襖，加以山東對他們來說是『客地』，找糧食相當困難，本就啼飢號寒，怨地恨天；這時讓官軍馬蹄奔騰，洋槍亂放，嚇出一片哭聲——實在是瀕於絕境，自覺生不如死而又不甘於死的哀號，那悽厲的自恨生不逢辰的怨聲，隨著呼嘯的北風，散入火光閃爍的平疇暗空，入耳的感覺就像有把刀子在刮心，酸得要叫人掉眼淚！

捻匪心酸，官軍也心酸。但這不是發善心的時候，那些哭聲傳到前面可以瓦解捻匪的『士氣』，所以陳振邦下令放火；他這裡一放，那面善慶的部隊如法炮製。火光中馬隊往來馳騁，把老弱婦孺都逼了出來，披頭散髮，衣破露肉的婦人，拖著泥人兒似的孩子，一面跑，一路哭，跑不動的拖，拖不動了便都覆身在孩子身上，使勁拿手搥著地面，哭得抬不起頭來。

於是前面的捻匪整個兒垮了！背水而戰，置之死地而不生——長矛敵不過洋槍，根本無法反撲，捻匪只好一路丟輜重、丟馬匹、丟隨身所帶的搶來的東西，有金子、有珠寶首飾；有個營官想撿便宜，讓劉銘傳發現了，派人抓到馬前，親手拿馬刀砍掉了他的腦袋。

陣前執法，其效如神，官軍就此對地上的東西，看都不看——看了心裡難過；只是爭先立功，人人都像多長了兩條腿，攆得飛快。

攆到水深且闊的瀰河西岸，捻匪還能成隊形的，只有一支馬隊，向南逸出，除去投降，被擒的以外，不是被殺，就是落水，再就是伏身在屍骸堆中裝死，以求逃過這一劫。當然也有少數逃散了的。

這一場血戰下來，天已經亮了，只見瀰河中漂滿浮屍；但也有水淋淋爬上東岸，急急逃命的。在瀰河以東的，官軍無法追；瀰河以西，北洋河以東，在壽光這一帶的零星股匪，官軍還在掃蕩。

當官軍酣戰的那一夜，壽光一帶的村莊圩寨，處處鳴鑼，聚集團練壯丁，徹夜防守，有那膽大的，爬上圩牆作『壁上觀』，替官軍吶喊助威。楊錫齡等人沒有想到劉銘傳說幹就幹，當夜就會動手；急忙帶上那桿『後膛七響』，騎馬到各處傳話：務求自保，千萬不可輕舉妄動。等天亮大局已定，無所顧慮；楊錫齡自己就首先開圩，領著團練，到處攔截搜索，收拾漏網的零星捻匪。

這時郭松林和楊鼎勳已往南追了下去，劉銘傳留在壽光，清理戰場，殺敵幾何，俘獲多少，都還在其次，首先要查明的是那些匪首的下落？

第一個報到的消息是，賴汶光下了瀰河，生死不明。接著來報，找到了任定的屍體，還有不大相干的，洪秀全所封的『列王』徐昌先、『首王』范汝增的遺屍和『印信』。至於最要緊的任三厭、牛洪、李允三個人，就不知去向了。

一聽如此，劉銘傳不敢耽擱，當夜率領親軍，往南追擊；同時報捷——捷報到了李鴻章那裡，飛章入奏，少不得鋪張揚厲，大敘戰功。說壽光大捷，陣斬捻匪兩萬餘，瀰河『亂屍塡溢、水爲不流』；俘虜一萬多人，奪獲騾馬兩萬匹；賴汶光墮馬落水，已在瀰河淹斃；殘匪數百人往南流竄，不難一鼓蕩平。

實際上殘匪還有數千人，領頭的就是賴汶光，由山東往南，竄入江蘇沭陽。此時各路統兵將領，都已得到大捷的消息，眼看功成在即，無不踴躍爭援，要在這要緊關頭出一把力，不肯讓淮軍獨收全功。於是漕運總督張之萬的『漕標』；安徽巡撫英翰的皖軍；江南水師提督黃翼升的炮艇，都大起忙頭。淮軍系統的山西布政使劉秉璋和李鴻章的幼弟李昭慶，亦統兵攔截。一時八方風雨，都會集在兩淮了。

兩淮風雨

沭陽以南就是六塘河，這條河在明朝叫攔馬河，起自宿遷的駱馬湖，東流入海；經過康熙朝治河名臣靳輔的整理，遞建六壩，築堰成塘，改名六塘河。對於調節運河水位，具有極大的功用，所以在堤堰上，一向防護嚴密。但河闊可以攔馬，軍務部署就不免掉以輕心；此時守六塘河的，正是李鴻章向他同年至好，浙江巡撫馬新貽借調來的幾千浙軍，人地生疏，有隙可乘，賴汶光在一個大雪後的黃昏，悄悄偷渡過六塘河，直撲清江浦。

漕運總督張之萬駐清江浦，深夜得到消息，大驚失色，捨卻姨太太的香衾，一面派兵迎擊；一面召集幕友，商議奏報。

『大帥！』管奏摺的幕友看他臉色青黃不定，便安慰他說：『捻匪強弩之末，不足爲患。這一竄過六塘河，浙軍要倒楣；我們這裡倒好了。』

『怎麼說？』張之萬問道：『有點兒甚麼好處？』

那幕友湊到他面前，低聲說道：『李少帥的心太狠了一點兒，絲毫不給人留餘地，現在機會來了……』

『慢慢！』張之萬打斷他的話問：『何以見得，李少荃不給人留餘地？』

『大帥請想，李少帥入奏，說在壽光殲敵兩萬多，生擒萬餘，這「花帳」也報得太過分了。報花帳還不要緊，不該說殘匪只有數百。照此而論，東捻不全是淮軍所平的嗎？』

『啊，啊，吾知之矣！』張之萬深深點頭，『他是作個伏筆，爲敘功留餘地。不過，這個餘地留得太寬，擠得別人無處容身了。』

『正是這話。』那幕友又說：『如果東捻南竄途中潰散，則正符「數百」之言，現在有數千之多，而且賴汶光未死，我們這裡是遇到了「強敵」了！』

『嗯！』張之萬沉吟了一會問道：『那麼，你說該怎麼出奏？』

『我擬個稿子，向大帥求教。』

像這種飛報軍情，一向簡單扼要，才能顯得情勢緊急，所以那幕友想都用不著想，一揮而就，送了上去──大致照實奏報，不過捻匪的人數加多了，幾千變成『萬餘』。

『高明之至！』張之萬遞回摺稿，順便拱拱手：『馬上就拜發吧！』

這裡一天亮已經鳴炮拜摺，李鴻章在徐州還不知道，直到午後才接到消息，先是在六塘河北岸協同防守的劉秉璋告警；接著防守六塘河南岸的浙軍統兵官李耀南有了正式報告，說是沿河岸的長牆，有一處炮位，因爲炮身發熱，彈藥無法裝得進去，就因爲這麼一個空隙，才讓捻匪得了手。

接獲報告，李鴻章好半天作不得聲，心裡在想：『天意！』若非天意，絕不能在算無遺策之下，偏偏出這麼一個紕漏──誠如張之萬和他的幕友所判斷，李鴻章奏報瀰河一役，只逸出數百殘匪，是爲獨香大功留餘地；而這餘地雖留得太寬，卻是反覆思考過的，照他的想法，捻匪勢窮力蹇，再經此巨創，殘眾非投降不可；就算死不投降，一路爲官軍攔截打散，亦難成大股；到最後，還有一條六塘河，河上有長牆，牆上有槍炮，炮後有軍隊，還有甚麼可憂的？

誰知捻匪居然在這天寒地凍的臘月裡，能夠人馬並下，鳧水而過；偏偏浙軍又是如此不中用！最讓李鴻章有苦難言的是，浙軍是客卿，礙著馬新貽的面子，他們闖了禍還不能責備。就是責備，人家也不受；他把劉秉璋擺在北岸，還有殲敵立功的機會；浙軍在南岸，守住了是分內之事，守不住就有處分。一樣打仗賣命，何以他自己的淮軍擺在易於見功之地，特地請來的客軍替人墊背？這話付之公評，是自己的理虧。

心裡萬分抑鬱，還得打起精神來應變；東捻一向是『任勇賴智』，看賴汶光的打算還想突破運防；再有疏虞，讓捻匪到了運河西岸，由蘇入皖，則是放虎歸山，貽患無窮。因此，他一連發出上十封信，分別嚴飭各軍，合力兜剿。

當然，淮軍中最著急的是劉秉璋，不待李鴻章的命令到達，已派出親軍馬隊葉志超、楊岐珍，由六塘北河岸渡河，沿著運河向清江浦、淮安追擊，而特以賴汶光個人爲目標。

捻匪一路逃，一路爲官軍攔截，人數越打越少，但幾個主要的頭目，仍有脫身之法。大勢已去，逃也逃不遠了，然而投降也得找地方：任三厭、李允、牛洪還存著希冀之心，決定設法偷渡到運河西岸，向駐紮在洪澤湖以南的李世忠投降——這個勝保的『知己』，原是早期太平軍投降過來的；舊時夥伴，希望還能夠予以庇護。賴汶光則從李鴻章以下，淮軍將帥中，沒有一個是他看得起的，唯一的例外是一個吳毓蘭，他也是安徽合肥人，辦團練當縣丞起家，積功升到道員，頗得民心，此時正帶兵屯守揚州；賴汶光認爲投降了他，比較能得到公平的處置，所以決定奔向揚州。

於是東捻殘眾，在高郵附近，分爲兩股，一股越過運河，竄天長、六合一帶，由李昭慶派馬隊追擊；另一股就是賴汶光的十幾騎，沿運河西岸南下，但揚州雖已在望，卻因爲劉秉璋的親軍葉志超和楊岐珍追得太緊，看樣子到不了揚州就會被殺或者被擒。

於是賴汶光心生一計，弄了幾套『行裝』暖帽，扮成官兵，選個廬州府口音的捻匪，戴上一支藍翎，冒充淮軍軍官，裝得吃了敗仗，落荒而逃的模樣，每過運河閘口，倉皇喊道：『快把閘版去掉，捻匪來了！』

這一來，眞的官軍一到，得重新放下閘版，讓他們過去，自然耽誤功夫，以致距離越拉越長。到了黃昏時分，賴汶光一行抵達揚州以北四十五里的邵伯鎭，這是個水陸衝要的碼頭，有一名專司河防的巡檢駐在那裡，官兒雖小，是個肥缺；看看晚來欲雪，關津清閒，正弄了四盤一火鍋在那裡喝洋河高粱。就這時，賴汶光他們幾個到了，一下馬就用馬鞭子打門。

門是開著，故意要擺官派；巡檢慌忙趕了出來，一見領頭的『軍官』，腦後拖著藍翎，那起碼是『游擊』、『都司』之類的官兒，便口稱『大人』，接待到裡面動問來意。

來意是要吃飯，現成就是；裝了幾大盤饅頭來，連四盤一火鍋一起吃得光光，抹抹嘴道聲『叨擾』，那『軍官』接著又說：『我們得趕路去見吳大人，捻匪已抄小路，直撲揚州來了！』

『啊！』那巡檢大驚失色，『請問，捻匪離這裡多遠？』

『不會太遠。』那『軍官』放低了聲音說：『本來不管你的事。我們叨擾了你一頓，透個消息給你；捻匪鬼得很，從俘虜身上剝了衣服穿上，冒充官軍。你最好想辦法不讓他們過閘；拖延他一下子；好等吳大人派兵來痛剿——這一場功勞都是你的，吳大人報上去，起碼保你一個縣大老爺。這是因爲我們吃了你一頓好的，不然，不告訴你！再跟你說一句，捻匪既然冒充官軍，你只要不拆穿，他們絕不敢行兇，你只想辦法留難他們，不要緊！』

『是，是！』那巡檢請了個安，笑容滿面地說：『多謝大人栽培！』

等賴汶光他們一走，那巡檢隨即吩咐手下，關閉閘口，任何人不准通過。

這一來，葉、楊兩軍與邵伯鎮巡檢，必有糾紛發生，使得賴汶光更能從容處置；沿途打聽到確實信息，吳毓蘭帶兵駐紮在揚州城外瓦窯舖，於是問清了路，冒著大風雨，直投瓦窯舖而來。

一到了那個運河東岸的小鎮上，要找『吳大人』就容易了。賴汶光一行先投旅店，換去濕衣，略略休息一下，雨也住了，便即上街望著燈火明亮之處走去。到那裡一看是座廟，門口架著兩盞三腳竹架的大燈籠，一面是栲栳大的一個『吳』字；一面標明吳毓蘭的頭銜：『三品頂戴江蘇即選道華字營統帶』。燈籠旁邊，站著數名持刀的衛士，見有一群人來，隨即大聲喝住。

『你們，』為頭的一名把總問道：『七八個人成群結隊，深夜在街上遊蕩，是幹甚麼的？』

『特為來見吳大人。』仍舊是曾冒充武官的那名捻匪，用廬州府口音回答。

『你有甚麼事要見我們大人？』

『奉葉大人之命，見吳大人有機密軍情稟報。』

『是哪位葉大人？』

這時賴汶光開口了：『有緊要書信在此，請遞了進去；看吳大人是不是傳見？』說完，貼身取出一個封緘嚴密的信封遞了過去。

那把總說一聲：『等著。』拿了書信去呈遞。

吳毓蘭接到手一看，封面上只寫著一行字：『吳大人印毓蘭密升。』拆封往外一抽，一張名刺掉在地上；把總替他撿了起來，順便看了看，就像被黃蜂螫了手似地，身子一哆嗦，失聲喊道：『唷！』

見他神色有異，吳毓蘭趕快搶到手裡一看，名刺上寫著三個字：『賴汶光』，不由得也是一驚，急急問道：『來了有多少人？』

『七八個。』

『這封信是誰交給你的？』

『一個老百姓打扮的，有五十歲左右。』

『是甚麼口音？』

『是，』那把總想了想答道：『兩廣口音。』

『那就是了。』吳毓蘭說：『你別忙！』他定神想了想說：『請進來！』

『是！』

『慢著！』吳毓蘭搖搖頭，『你辦不了這件事。趕快去請杜參將來！記住，不准你多言多語。聽清了我的話沒有？』

那把總也知道這是極要緊的一件事，連聲答應著，去把參將杜長生請了來。

匆匆說了經過，吳毓蘭認爲事太突兀，交付杜長生兩件任務：第一件是立即出隊，巡查水陸關口，防著賴汶光後面還有大股捻匪混進來；第二件是賴汶光的來意莫測——看樣子是來投降，但亦難保沒有別的企圖，需要預先防備。等杜長生一走，吳毓蘭才吩咐那把總，將『來客』先讓到守衛的屋子裡休息，茶煙招待——他要借這一刻功夫先看完賴汶光的『稟帖』。

打開來看不到幾行，吳毓蘭便覺耳根發燙，就像爲人說中了隱病那樣……淮軍將領的毛病，縱兵殃民，爭功諉過，假報勝仗，吃空自肥，以及貪生怕死，無不在賴汶光的措詞尖刻的指責之下。

最後提到他的投降，自道不指望還能留下一條命來，只望吳毓蘭能夠把他投降的經過，據實上達朝廷；同時也提出了『不受辱』的要求。

越是如此，越見得他的投降有誠意；而多少紅頂花翎的大官，他不屑一顧，獨許自己爲賢，這出於窮寇的『青眼』，使得吳毓蘭自己都辨不出是何滋味？定神細想一想，唯有公事公辦，法內施仁，照這八個字來處理這一場始料所不及的功勞。

於是他一面派人召請幕友來商議，一面傳令把賴汶光帶上來。

『賴汶光投降。請吳大人替我作主。』賴汶光和他的從人都跪下磕頭。

吳毓蘭站著受了他的頭，同時伸手虛扶了扶，『起來，起來。』他說：『你的稟帖我看過了。我不難爲你！』

『謝謝吳大人。』賴汶光的神情很激動，『汶光唯求速死！』

『我知道你的心境，你先好好息一息。只要我力所能及，一定給你一個痛快！』說到這裡，吳毓蘭喊道：『來啊！給帶下去，好好安置！』

於是賴汶光被安置在一座與外隔絕的跨院裡；吳毓蘭派了他的親信看守，關防極其嚴密，而起居特別優待。一宵過去，第二天早晨拿了筆硯來，讓他寫『親供』；賴汶光趁此機會，又把淮軍大罵了一通。

吳毓蘭把他的一個稟帖，一份親供拿在手裡，頗感爲難；照幕友的建議，這兩個文件不必報上去，免得『上頭』看了不高興。同時也不必說老實話——賴汶光『就擒』，東捻就算平服了，九轉丹成，那是多大的戰功？何苦有機會而不鋪張？

『話是不錯！』吳毓蘭心想，如果照此辦法，不也就跟賴汶光所痛罵的那些人一樣了嗎？因而欲言又止地，極費躊躇。

商量的結果，吳毓蘭先辦了個簡單的公事，飛報李鴻章。這時稟帖和親供的內容已經洩漏了出去，各營官兵都以此爲話題，議論紛紛；吳毓蘭得知這種情形，覺得隱瞞眞相，甚爲不妥，決定照實呈報。

很快地，李鴻章派了一名文案到揚州，傳達秘密命令，要吳毓蘭重新呈報；主要的是要湮沒賴汶光的稟帖和親供，同時也不能說他自行投降，是爲官軍四路兜剿，力竭就擒。

到此地步，他也就不必再堅持原意；反正已經照賴汶光的話做過，可以問心無愧。於是跟派來的文案商量著另擬了一通公文；讓李鴻章據以出奏。

當然，等李鴻章奏報出去，又有一番改動。吳毓蘭的原稟是說，賴汶光一到揚州東北灣頭地方，他接得消息，立即出隊迎擊，捻匪四散潰逃，官軍分兵四路追截，親自督飭游擊梅宏勝、吳輔仁，參將杜長生，沿運河追殺，遇賊於瓦窯舖；其時正大風雨，昏黑莫辨；混戰到五更時分，捻匪看見官軍四面包圍，無路可逃，於是『縱火焚屋，冀乘之以逸』。官軍冒火衝進，吳毓蘭在火光中看見一個『騎馬老賊手黃旗指揮』，知道他是捻匪頭目，就連發數槍，把他連人帶馬，擊倒在地。擒獲一問，才知是逆首僞遵王賴汶光。

如果照此一報，生擒賴汶光的功勞以吳毓蘭爲首，就會沖淡了劉銘傳他們的戰功，所以李鴻章出奏，極力表揚劉銘傳等人的戰功，以及一路南追，如何奮勇，以致賴汶光窮無所歸；然後把吳毓蘭輕描淡寫提一筆，彷彿劉銘傳打到那個樣子，賴汶光已經半死不活，隨便甚麼人都可以把他抓住。

到了年底，京裡賞功的諭旨頒到了，膺懋賞的第一個是劉銘傳，賞給三等輕車都尉，其次是李鴻章、郭松林、楊鼎勳、善慶，都賞次輕車都尉一等的騎都尉世職。所不同的是，李鴻章原已封了伯爵，加給騎都尉的世職，便有兩個兒子可以承襲；同時伯爵並有別的世職，承襲的次數便可加多，只要大清朝皇祚綿長，李鴻章的第十九代子孫，也還是『肅毅伯』，不過此刻他連一個兒子都還沒有。

最『實惠』的是潘鼎新和張之萬等人，都賞了頭品頂戴。此外淮軍出力將領，以及與剿治東捻直接有關的大員，無不連帶叨恩。曾國藩和安徽巡撫英翰，也是賞給世職；丁寶楨和曾國荃都開復了革職的處分，比較委屈的是劉長佑，當過『疆臣之首』的直隸總督，被革了職降爲三品官兒，此刻亦不過賞加二品頂戴。

但最委屈的卻是吳毓蘭，上諭上根本就不提他的名字，更談不到獎賞。這使得李鴻章很不安，他心裡明白吳毓蘭雖未生擒賴汶光，而賴汶光卻非吳毓蘭不降，倘或賴汶光潛逃無蹤，或者悄悄自盡，生死成謎，東捻就不能算是全部肅清，這一層關係到全局的結果，他不能不承認吳毓蘭的功績。於今賞功詔令，獨獨吳毓蘭向隅，怕他心裡不平，把實際情形散播出去，會引起很大的糾紛，所以急著要加以安撫。

於是他又派了一名幕友，專程到揚州去看吳毓蘭。出人意表的是，吳毓蘭的態度異常平靜，絲毫沒有怏怏不滿之意。

屏人密談，那名幕友表達了李鴻章的關切和安慰，說吳毓蘭受了委屈，希望不必介意，等一過了年，李鴻章就會保他，好歹要給他弄一個實缺。

『多謝爵帥的美意。』吳毓蘭答道：『我亦不敢貪天之功。反倒是這樣子，能讓我安心過個年。』

還怕他是矯情，那幕友不能不問一問明白：『這倒有請教。』

『說句實話，賴汶光總算看得起我，拿他的性命來換我的頂戴，自覺不是滋味。』

李鴻章的幕友，自然都是很讀了些書的，能夠體會吳毓蘭的心境，此中有個『義』字在內，所以深深點頭稱是。好在他此來是啣命安撫，只要吳毓蘭心無不平，不會鬧出事來，他非所問；因而敷衍一陣，第二天就趕了回去覆命。

這時李鴻章已回駐山東濟寧。臘鼓聲中，將星雲集。從乾隆五十五年，高宗八十歲那年最後一次出巡，登泰山、謁孔陵以後，濟寧城內，從未見過這麼多的紅頂子；也從未見過這麼多的兵，好的是打了勝仗，不會像潰敗官兵那樣騷擾。

又是勝仗，又是過年，當然要發恩餉。不論湘軍、淮軍士兵餉多餉少，要看長官用度的奢儉，手面的鬆緊；帶兵官還有一個彼此相傳的心法，士兵的餉就算全數領到了，也不可發足，說是弟兄一有了錢，喝酒打牌逛窯子，就不肯拼命打仗了。至於那些扣著的餉，要留在緊要關頭，作爲招募死士選鋒之用。現在東捻剿平，李鴻章已立即開始裁遣的計劃；仗不必打了，發餉不該再打折扣，傳諭糧台，每人發欠餉兩個月，恩餉一個月。還有三個月欠餉，他已經找新任江蘇巡撫丁日昌，仿照左宗棠的辦法，在上海『借洋帳』；關稅已爲左宗棠捷足先登，奏准作爲借洋帳的擔保；虧得還有水陸關卡，見貨抽稅的釐金可用來還債，所以這筆洋帳一定可以借到，供他以發欠餉作路費來裁撤淮軍。

駐在濟寧四周的軍隊，過了很熱鬧的一個年；欽差大臣行轅，也是日日大排筵宴，慰勞慶功。李鴻章表面上興致很好，暗地裡心事重重。第一件是李允、任三厭等人，逃到盱眙，正爲李昭慶包圍，將次就殲時，忽然李世忠開圩收容，說是奉了安徽巡撫英翰的命令招撫。接著，果然是英翰派了差官，拿著令箭把李允、任三厭這幾個匪首捉了去，據說要由李世忠帶著他們到山西，去招降由陝西逸出的西捻張總愚。李鴻章深知李世忠就靠不住，怕英翰受愚，別生枝節，依然要牽連到他身上。

第二件是裁遣淮軍尚未奉旨，劉銘傳卻已堅決求去，酒後的牢騷極多；此外郭松林、潘鼎新也要請假回籍，變成把辦理善後的一副千斤重擔，都壓在他一個人肩上。

轉眼就是同治七年，大年初一上午，淮軍將領正替李鴻章拜完了年，突然兵部『六百里加緊』的專差到了，打開廷寄一看，不准李鴻章繳銷關防；裁遣淮軍亦只准了一半，淘汰老弱，得力可用的，仍當留營，接下來又說：

河北防務吃緊，劉銘傳所部，最爲得力，著飭該提督將所部稍微休養整頓，即移得勝之師，馳赴豫省，相機防剿，毋令晉捻得以奔突。至將士久役於外，敵愾同仇，朝廷既憫其勞，且嘉其勇，未可遽萌退志，著該大臣加意拊循，以示體恤。

淮軍大將中，就是劉銘傳去意最堅，偏偏朝中就挑上了他——然而這又不是銘軍一支的調動；不准繳銷欽差大臣的關防，則意味著打了東捻還要打西捻，這在李鴻章也是萬分不願的事。

『還是饒不過我，饒不過淮軍！』他向部將問計，『大家看，如何才搪得過去？』

『這個仗不能打！』

是劉銘傳第一個發言，他解釋了這個仗不能打的道理，第一是事權不專——張總愚已由山西竄入河南衛輝一帶，預備由大名府進窺河北。此刻奉詔保衛京畿的軍隊，有直隸的直軍、河南的豫軍、安徽的皖軍、山東的東軍、山西的晉軍、黑龍江的馬隊、崇厚的洋槍隊、神機營榮祿的威遠炮隊；而被李鴻章指爲『放賊出山』的陝甘總督左宗棠，由陝西追到山西，卻又精神抖擻地上了一道奏章，說山西澤潞一帶，積雪難行，決定不避艱險，由平陽向西，橫越太嶽山，出峻極關這一條捷徑，直趨邢台等地，往南迎擊。這麼許多將帥在大河南北，論資望，接劉長佑而任直隸總督的官文爲首；論辦事，左宗棠跋扈而不替人留餘地是出了名的；此外那些旗營的統領，沒有一個沒有來歷，誰也惹不起；所以淮軍一去，吃力而不討好。

『還有餉！』劉銘傳說：『打東捻跟兩江有關，兩江籌餉，猶有可說；此刻去打西捻，跟兩江風馬牛不相及，所以兩江籌餉，一定不會痛快，餉源不繼，這個仗怎麼打法？』

這一層，李鴻章比劉銘傳更清楚。不過他只談別人，不談自己——劉銘傳是奉旨馳赴河南會剿，糧餉用不著他擔心，不論來自何處，總有糧台替他在辦，然則他何以不談自己？開拔到河南的事，到底如何了呢？

這只要稍微多想一想，就可明白。劉銘傳不但不願到河南，甚至談都不願談；以他現在的功名勳績，說是要去受剛剛才蒙賞了頭品頂戴的河南巡撫李鶴年的節制指揮，這不是笑話嗎？

因此，李鴻章就不必再問他了。心裡打算，張總愚還未進入河北，有各路人馬，分道勤王，總可以把他擋住；賊勢一緩，朝廷不追，便可不了了之。所以對於那道『六百里加緊』的廷寄，決定置之不理。照舊讓那些將領們縱飲豪賭。

但除他以外，各地督撫和統兵大臣，卻是奉命唯謹——至少表面是如此，一個個都是飛章奏報，奉到詔旨，剋日啓程勤王。朝廷也幾乎無一日沒有指授進剿方略的廷寄；這些密諭，大多有『各論令知之』的字樣，所以李鴻章對於局勢的演變以及朝廷處置的經過，相當了解。

終於有一天，他發覺情勢不妙，不但剿西捻的各路人馬，都已兼程赴援，相形之下，自己變得很落後，而且剿平東捻的善後事宜，自己也管不到了！賴汶光奉旨正法，是漕運總督張之萬所經辦；任三厭、李允、牛喜子在安徽巡撫英翰那裡，朝旨以此『三犯流毒數省，生靈受害無數，被剿後窮蹙無路，始行投誠，勢難再事姑容』，特命英翰『審訊明確，就地盡法處治，以快人心而申國憲』，不說『正法』而說『盡法處治』，於是李世忠玩了花樣，說服英翰，只殺了一個李允；把任三厭改名爲『任三應』，說是在揚州河裡淹死了，牛喜子則說他『從逆未久，首先投誠，情稍可原』，得以免死。

『這些話是怎麼來的，我竟不知道！』李鴻章對他的幕友表示，要敷衍敷衍朝廷，免得孤立——然而，已經晚了！

京畿震動

東捻雖平，宮中的新年過得並不熱鬧，因爲西捻已由河南竄入河北。兩宮太后對咸豐年間那次逃難到熱河，創巨痛深，一想起來就會心悸，所以對京畿的刀兵戰亂，特別重視；其實張總愚還遠在數百里以外，但兩宮太后總覺得捻匪一到了河北，就彷彿到了通州、良鄉似地，寢食難安。

爲此，從元旦受賀以後就召見軍機開始，新年裡沒有一天不臨馭養心殿，也沒有一天不發調兵遣將，指授軍略的上諭；半夜裡有軍報，慈禧太后也是絲毫不敢耽擱，披衣下床，叫宮女剔亮了燈，撥旺了火，比照著『方略館』所繪進的地圖，細細閱看，西捻到了哪裡，圍剿的官軍又到了哪裡？各路勤王之師，或者已經開拔，或者因事逗留，大致都有個下落，獨獨李鴻章那裡，消息沉沉，慈禧太后最盼望的劉銘傳一軍，也不知動身了沒有？

『主子，主子！』

慈禧太后一驚而醒，聽得宮女在帳子外面輕聲喊著，知道又有軍報，便問：『哪兒來的？』

『直隸總督衙門來的。』

這一說把她的殘餘的睡意，攆得乾乾淨淨，——直隸總督駐保定，相去極近，一切奏報總是在下午送了進來；如今深夜遞摺，可知必是極緊急的消息。於是霍地坐起身來，連聲吩咐：『拿來我看！』

四名宮女，一個掛帳子，一個替她披衣服，一個掌燈，一個把黃匣子打開，拿奏摺送到她手裡。事由是『賊勢北趨，請飛調客兵入直』，說大股捻匪由平鄉等境狂竄，直向北趨，而客兵未集，蔓延甚廣，恐有震及近畿一帶之虞。

憂心忡忡的慈禧太后，就此一夜不曾闔眼；等宮門一開，隨即把摺子發了下去，又叫安德海到軍機處去傳旨，催恭王早早進宮。

平日軍機見面，總在八點鐘左右，這天提早了一個鐘頭；滴水成冰的天氣，養心殿地方又大，生上四個炭爐還不大管用，所以君臣的臉色都凍得發青，看來格外陰沉抑鬱。

『一個年也不曾好生過，今兒都初十了。』慈禧太后的聲音跟天氣一樣冷，『李鴻章打了勝仗，眼睛長在頭頂上，把我們娘兒三個給忘掉了！』

恭王一向維護李鴻章，到此地步，也不敢替他辯解，只這樣答道：『軍機上再寄信催他，如果銘軍尚未啓程，限他即日開拔，兼程併進。』

『哼！』慈禧太后冷笑道：『跟他說好的沒有用，倒像求他似的，越發端了起來。我也不知道他有良心沒有？要甚麼給甚麼，東南膏腴之地，盡供養了淮軍，朝廷哪一點兒對不起他？他就忍心這樣子置之不理？六爺，我看不用跟他客氣了，讓他親自帶隊到直隸來！再要問問他，催提銘軍的上諭下了好多天了，何以到現在沒有消息？該怎麼處分？你們說吧！』

『自然是交部議處。』恭王說。

『要嚴議！』慈禧太后這樣加上一句。

『也不能光辦李鴻章一個人。』慈安太后說了句公平話：『捻匪由山西到河南，李鶴年躲在開封不理那個碴兒，也可惡！如果河南能夠出力攔一攔，捻匪不能就這麼容易到了河北。』

『這話一點不錯。』慈禧太后深深點頭。

看樣子她還有話，恭王不容她往下說，趕緊攔在前面：『李鶴年也派張曜、宋慶追了；不過豫軍力量單薄。』

『反正李鶴年也是沒有盡力，一起交吏部嚴議。』

李鶴年跟恭王走得很近，但剿捻不力的事實俱在，而且兩宮太后異口同聲地表示不滿，恭王不便再爲他維護，唯有遵旨辦理。

在京各衙門，凡是本身能夠處理的公事，一向辦得很快，頭一天交議，第二天就有了覆奏，吏部擬議的處分是：欽差大臣李鴻章和河南巡撫李鶴年『降三級留任』；照一般的處分，『降級』是可以用『加級』的紀錄來抵銷的，所以吏部特別陳明：『事關軍務，應不准其抵銷。』這是一個鞭策的處分，如果李鴻章肯照朝廷的旨意，起勁去幹，『開復處分』，指顧間事；否則就可以順理成章地把『留任』二字取消，立刻就會像劉長佑那樣，以總督之尊，一降而爲『三品頂戴』，紅頂子都保不住了。

就在吏部的覆奏，尚未定奪之際，局勢迅速惡化了；官文飛奏，捻匪北竄衡水、定州一帶。定州就是保定府屬的完縣，這已經可令人驚駭了；而實際上，官文還隱瞞著情況，捻匪已直撲保定府治的清苑——這是安德海打聽來的消息；慈禧太后沒有理由不信。

經過徹夜的思考，她的態度變得很平靜了，『你們都說官文不能不用，他在湖北的功勞，都教曾家兄弟跟胡林翼給蓋了，現在你們說吧！』她說：『官文是不是獨當方面的人才？』

恭王、文祥和寶鋆都不作聲。官文爲曾國荃嚴劾落職，那班從未出過直隸省境一步的『旗下大爺』，無不忿忿不平，因此才讓官文去當直隸總督；事實上直隸的一切軍事調度，都出於軍機的指揮，所以慈禧太后的指責官文，恭王不宜申辯，也無可申辯，唯有付諸沉默，靜等天顏轉霽。

於是，上年十月汪元方病歿，出於文祥的保薦而奉旨『在軍機大臣上學習行走』的沈桂芬，越次陳奏：『啓奏兩位皇太后，今日的局面，亦未可完全歸罪於官文。朝廷併用恩威，一秉大公，該處分的處分，該激勵的激勵，是非分明則將士用命。如今需有嚴旨，振飭疲玩。』

『我也是這麼想。』慈禧太后點點頭，『功名富貴來得太容易，就不拿朝廷當回事了。六爺，你說，前些日子讓李鶴年是怎麼辦來著的？』

『是讓他派豫軍，繞道到直隸，「迎頭壓剿」。』

『現在呢？』慈禧太后有些激動了，『豫軍是從捻匪後面攆，由南往北，把捻匪攆到京城裡爲止。』

語言已經相當冷峻，而神色更爲可畏；慈禧太后每遇震怒時，額際的青筋就會凸起，此時天顏咫尺，清晰可見。恭王心想，不必讓她親口交代了，自己知趣吧！

於是他說：『疆臣互相推諉，有負委任，其情亦實在可惡。如今非請旨嚴譴，不能讓他們生警惕之心。臣等幾個商量好了，再跟兩位皇太后回奏。』

『好吧，你們去商量。』慈禧太后又說：『外面的情形，我都知道，官文是個自己拿不出主張的人；左宗棠跟李鴻章可又喜歡自作主張。果然把事情辦妥了，也還好說；又不辦事，又不聽話，那可不行！』

這番話聽入恭王耳中，深有所感，第一是警惕；第二是領會——慈禧太后看得很清楚，左宗棠和李鴻章的自作主張，確是令人心煩，看起來一味遷就，亦非善策。

因此回到軍機直廬，他憤憤地把帽子一摔，大聲說道：『撕破臉幹吧！』

『六爺！』文祥正一正臉色勸他，『局面很扎手，打你這兒先得沉得住氣。』

『這話得兩說。朝廷沒有一點兒聲色，何以激勵人心？』寶鋆順著恭王的意思說：『咱們商量處分吧！』

該受處分的人是很明白的，官文、左宗棠、李鴻章、李鶴年。官文和左宗棠比較好辦，有二李的現成例子在，不妨交部嚴議；費躊躇的是已經有了『降三級留任』處分的二李。

河南一李由恭王自動提議，革去新近賞加的頭品頂戴。只剩下一個李鴻章，照李鶴年的例子，自然是革去騎都尉的世職，但怕慈禧太后還會嫌處分太輕，回奏上去或許要碰釘子，所以商量的結果，除掉革騎都尉以外，另外褫奪雙眼花翎及黃馬褂；四個人當中，獲咎獨重。

於是即刻擬了明發上諭，當面奏准後由內閣發抄。在內廷辦事的官員，首先得到消息；原以爲捻匪只不過剛過黃河，而明發上諭上敘明『捻匪北竄衡水定州一帶』，那是已經到了保定府，照這樣子看，要不了三天功夫，捻匪就能撲到京城；怪不得剛剛平了東捻的李鴻章會獲此嚴譴，實在是誤了大局。

這一下，平日比較留心時局的官員，無不大起恐慌，紛紛打聽進一步的消息；消息最靈通的是軍機上的人，所以這一夜沈桂芬家，突然來了許多訪客。

主人在恭王府，到二更天還不曾回家；有些等不到的，索性丟開煩惱，上東四牌樓，地安門，或者前門外大柵欄看燈去了——這天正月十三上燈，民間還不知道匪氛已經迫近，依然熙熙攘攘，『看燈兼看看燈人』，二更天還熱鬧得很。

但另有些人，看沈桂芬在恭王府議事，到此刻還不回家，可見得局勢嚴重，越不肯走；好在這幾天金吾不禁，再晚也能通行，不怕回不了家。

二更打後打五更——這跟宋朝四更打後打六更一樣，另有道理在內；燈節的五更實在是三更，暗示夜分已深，張燈的該熄燈，看燈的該回家，所以這個三更打五更的梆鑼，名爲『催燈梆』。

春明燈市

燈市以東四牌樓爲最盛，連『催燈梆』都能打出花樣來——京師內外城治安，由步軍統領及巡城御史負責，五城八旗，各有轄地，東城北面屬於鑲黃旗，旗下又分滿洲、蒙古、洪軍三營，以東四北大街和東直門大街交會的北新橋爲界限，西滿北蒙東洪軍，各有自己的更夫；更夫都是花錢雇來的乞兒，到了該打『催燈梆』的那一刻，三營更夫數十名，不期而集在北新橋，時候一到，呼嘯聲起，頓時梆鑼齊鳴，能夠像曲牌一樣，打出極動聽的『點子』，沿著東四北大街南下，這面一套打完了，那面一套接著打，爭妍鬥勝，成爲看燈以外的一項餘興。

就在『切兒卡察、噹、噹』的梆鑼點子中，沈桂芬回家了。訪客中的翁同龢跟他很熟，迎上來直道來意；沈桂芬是個極沉的人，不慌不忙地寒暄著，心裡在想，紙包不住火，消息是瞞不住的，正好利用在座這班聲氣甚廣的人來安定人心。

於是他用低沉而誠懇的聲音，透露了眞相，捻匪不僅已出現在衡水、定州一帶；其實在前兩天的拂曉時分，已包圍了保定；『邊馬』——捻匪的前哨，一度到過固安。

固安就在永定河南岸，離京城只有百把里路，眞正是『天子腳下』了；所以客人一聽這話，相顧變色。

『危險過去了，神機營很得力，保定之圍已解。』沈桂芬說：『豫軍的宋慶、張曜已經繞出賊前；左季高所轄的劉松山、郭寶昌兩軍，馬上也可以趕到。局勢已經穩定下來，諸公可以高枕無憂了。』說著，便拱一拱手，催客回家睡覺。

他這後半段話，並不實在。保定解圍，無非捻匪怕攻破了城，反爲各路官軍所包圍，自動退去；實際上各路勤王之師，人馬未到，諮呈先來，都要直隸總督和順天府尹兩衙門，替他們準備糧草，比較起勁的是山東的丁寶楨，帶了他的得力將領王心一，已經出省；李鴻章自然還沒有消息，左宗棠則行蹤不明，只知道他在山西。爲此，民間的人心雖已穩定下來，慈禧太后卻還急得夜不安枕，食不甘味。

但她急是急在心裡，表面卻不太看得出來；元宵那天，召集近支親貴，在漱芳齋吃飯聽戲，以家人之禮，作新年團聚。宣宗屬下那一支的王公貝勒和額駙都到了，只有醇王未到。

『七爺呢，怎麼還不來？』慈安太后在問。

『已經派人去催了。』安德海回答。

一句話未完，醇王已匆匆趕到，走得太急，額上都有了汗。他向兩宮太后和皇帝行了禮，說明遲到的原因：『神機營抓住了一個奸細，臣要親自審問明白了，好來跟兩位太后回奏。』

『喔！』慈禧太后很注意地問：『奸細怎麼說？』

『說是捻匪趁這幾天民間看燈熱鬧，預備化裝成商民，混進城來鬧事。』

『那——』兩宮太后尚未有所表示，惇王在旁邊喊了起來：『那得讓步軍統領衙門，加緊巡查！』

這簡直等於廢話，慈禧太后不理他；但他的另一位嫂子爲人忠厚，怕他面子上下不來，便敷衍著說：『王爺的話不錯。』

聽得這一聲，惇王便起勁了，『如今局勢緊急，京城要講防守之道，臣與好些人商量過，要跟兩位皇太后上個條陳。』他說：『臣的條陳，一共三條。』

看他說得鄭重其事，慈禧太后覺得不妨聽聽，便點點頭：『你說吧！』同時看了看恭王與醇王，意思是讓他們也仔細聽著。

『第一條，城外要添兵駐紮，以備偵探救應之用。』

這叫甚麼條陳？他那兩個弟弟都幾乎笑出聲來，慈禧太后卻故意損他：『嗯，嗯，不錯！』

惇王不知眉眼高低，依舊提高了聲音往下說：『城內宜乎添派各旗，續練槍兵，分門防守。』

『怎麼叫「添派各旗」？』慈安太后問。

『臣的意思是，把駐紮在城外各地的，譬如香山的健銳營啊甚麼的，調到城裡來。』

一則說城外要添兵，再則又說把城外的兵調進城來，豈非自相矛盾？但誰也不願意徒費口舌去揭穿他，只有十三歲的皇帝，理路已頗清楚了，接著他的話說：『五叔，我跟你算個帳。』

『是！』

『把城外的兵調進城——你剛才不是說，城外也要添兵駐紮嗎？那從哪兒來呀？我看，把原來在城裡的兵調出去，兩面兌換一下兒，就都算添了兵了！』

兩后兩王無不莞爾，惇王卻是面不改色，『城裡的兵當然不調出去，』他說：『城外要添兵駐紮，當然得要兵部查一查；哪兒有可以挪動的兵，撥一支過來。』

『好了，好了！』慈禧太后不耐煩了，『還有一條你說吧！』

『第三條是臣親眼得見，近來城裡要飯的，比以前又添了許多，得想辦法收容，給他們飯吃。』

『這一條還差不多。』慈禧太后點點頭，轉臉看著恭王和醇王說：『你們哥兒倆商量著辦，看哪兒一有敷餘的款子，多辦幾個粥廠。不然，倒是會鬧事。』

醇王管理神機營，步軍統領衙門也歸他稽查；京師地面治安的責任一大半落在他肩上，不肯承認乞兒過多的說法，『我看要飯的也不算多。』他說。

『你看？』惇王立即抗聲相譏：『你每天坐在轎子裡，「頂馬」在前頭替你喝道，早就把閒雜人等給攆走了，你到哪兒去看去？』

醇王被駁得無話可說——大家也都相信惇王的話，因爲他別無所長，就是對外不擺王爺的架子。夏天一件粗葛布的短褂子，拿把大蒲扇，坐在十剎海納涼，能跟不相識的人聊得很熱鬧；冬天也往往會裹件老羊皮襖，一個人溜到正陽樓去吃烤羊肉，甚至在『大酒缸』跟腳伕轎班一起喝『二鍋頭』。所以闤闠間的動態，在天潢貴胄之中，誰都沒有他知道得多。

『我可又不明白了！』在沉默中，皇帝又提出疑問：『爲甚麼要飯的，一下子添了許多？是打哪兒來的呢？』

『對啊！』慈安太后誇獎皇帝，『這話問得有理！』

這下把惇王問住了，但恭王卻可以猜想得到，這件事說出來也不要緊，『怕有一半是省南逃過來的難民。』他說。

『這得想法子安頓才好。』

『也不光是安頓這些難民。』慈禧太后以低沉抑鬱的聲音說：『年已經過完了，轉眼就得下田；捻匪儘這麼衝過來、衝過去地鬧，誤了春耕，今年的直隸又是一個荒年。去年旱荒，今年又是刀兵，這樣子下去，怎麼得了？』

看見兩宮太后憂心國計民生的深切，醇王有個想了好幾天的主意，這時便忍不住要說了出來：『啓奏兩位皇太后，局勢這麼壞，上煩兩位皇太后和皇上的廑憂，臣心裡實在不安。臣這兩天在想，捻匪流竄無定，保定再過來就是易州，陵寢重地，必得保護；臣願意帶一支兵出京，防守西陵。請兩位皇太后的旨意！』

這一說，恭王心裡就是一跳，知道麻煩又來了，剛要設法阻止，發現兩宮太后都有嘉許的神色，心中越生警惕；這件事不宜在這裡談，萬一兩宮太后點頭應許，便難挽回，所以搶在前面說道：『醇王所見甚是。不過茲事體大，最好由軍機會同醇王商定了章程，再面奏請旨。』

辦事的程序本該如此，兩宮太后都表示同意。就這空隙之間，安德海疾趨而前，請示開戲的時刻。

一聽這話，皇帝第一個就坐不住；慈安太后便說：『叫他們預備吧！』

說著，便站起身來，於是所有的王公貝勒都到殿前來站班；等兩宮太后駕臨御座，才各自找著自己的位子坐下。這天的戲，無非是些由升平署侍候節令承應的吉祥戲，行頭簇新，唱得熱鬧，懂戲的慈禧太后卻不甚欣賞。唱到一半傳膳，她另外點了兩齣戲，一齣是『宮歎』；一齣是『廉頗請罪』。

『宮歎』扮起來方便，四名宮女引著一個公主上場，便唱了起來；在座的人，連恭王都不知道這是齣甚麼戲？但他身旁的醇王，是崑曲行家，於是他小聲問道：『老七，這個「公主」是誰啊？』

『長平公主。』

『啊！』恭王雖未看過這齣戲，卻讀過《倚晴樓七種曲》；想起其中有一本《帝女花》，寫的就是明思宗當李自成破京之日，引劍砍斷長平公主於壽寧宮的故事；心中困惑，不知慈禧太后為甚麼要點這麼一齣悽悽慘慘的戲。

就這時，已換了『金絡索』的曲牌；恭王因為讀過這本曲，所以凝神細聽，字字分明：

生恐長安似弈棋，五更殘魄歸消歇；三月花旛緊護持，空悲切！帝王家世太凌夷，鬧轟轟幾個兵兒，醉昏昏幾個官兒，傷盡了元陽氣！

聽得這幾句，恭王心裡很不是味；莫非慈禧太后就借著這幾句戲詞罵人，他一直這樣在想。

再看到下面那齣『廉頗請罪』，感慨就更多了！朝廷倚為長城的左宗棠和李鴻章，一個目空一世，譽己成癖，一個私心特重，見利忘義；等而下之，凡是統一路之兵的大員，無不橫行霸道。要有廉頗那樣勇於認過，和衷共濟的氣度，局面就不致搞成今天這個樣子。

為了這種種感觸，恭王這天的興致很不好。從宮中散出來，很想找個人談談，一抒積鬱。於是他自然而然地想到了寶鋆。

他是寶鋆家的常客，一到便被迎入書齋。每次來都由寶鋆夫婦所寵愛的一個丫頭五福侍候；五福是蘇州人，卻說得一口極爽脆的京片子，對於旗下大家的禮數嫻熟無比。一見面就請了個雙安，見面問好之外，又爲元宵佳節祝賀。接著便從六福晉問到大公主、大少爺、二少爺，一個不漏。最後斟了酒來——恭王有些洋派；五福用水晶杯子替他斟了一杯紅酒當茶喝。

『吃飯了沒有？』寶鋆問。

『想喝碗粥。』恭王說：『只要醬菜就行了。』

『巧了。』五福笑道：『正好熬了香梗米粥，也有錦州醬菜。』

除了醬菜以外，還有一碟蝦米拌黃瓜；瓜細如指，淺淺一碟，就這樣小菜，便抵得一桌盛饌，恭王一見，吟了兩句竹枝詞：『黃瓜初見比人參，小小如簪値數金。』吟完了搖搖頭，頗有不以爲然的神情。

『怎麼啦？』五福問道：『哪一年正月裡來，都有黃瓜；總是吃得挺香的，就今兒個不中意了！』

『唉！』恭王忽發感慨，『你們哪兒知道外面的時世？』

一提到這些事，五福便不開口了。大家的規矩嚴，凡是不知道的情形，從不許胡亂插嘴議論。

『今兒宮裡很熱鬧吧？』

『很熱鬧。』恭王吃了一口粥苦笑道：『老五上條陳，老七又要帶兵保護西陵。』

『那不是又給地方上添麻煩嗎？』寶鋆皺著眉說：『要錢可是沒有！戶部窮得要命。』

『哼！看他勁兒還足得很。今天是讓我搪過去了，明天還不知道怎麼樣？』

『明天怎麼樣？』寶鋆想了想問：『就算讓他去，有將無兵，可也不管用呀。』

『絕不能讓他去！』恭王很有決心地說：『各路人馬，齊集京畿，就爲劉張總愚那一股匪，已經很丟人了。再去一位郡王，不太長他人的志氣嗎？』

『對了！明兒七爺再要提到這話，就拿這個理由勸他好了。』

『嗐！不提這些事兒了。找點樂子！』

『看燈去吧？』寶鋆提議，『今年工部的燈，很有點兒新鮮花樣。』

恭王心想，去看『六部燈』，自然是微服私行；只怕有些言官知道了，說時世如此艱難，親貴大臣居然有閒情逸致出遊看燈，豈非毫無心肝？無緣無故挨頓罵不上算，還是安分些的好。

就這時候，內務府總管崇綸，派人送了一封信來，說工部的書辦送了許多花燈；兵部的司官又送了許多煙火花炮。他又叫了一班雜戲，有寶鋆最愛聽的『子弟書』，特意飛箋，請他去『同謀一夕之歡』。

『樂子來了！』寶鋆指著信，把崇綸的邀約，告訴了恭王。

崇綸有大富之名，這些玩的花樣，終年不斷；恭王也去過幾回，每一回都是盡興而歸。但此時忽然意興闌珊了。

『算了吧！這是甚麼年頭兒？傳出去不好聽。』

『那我辭了他。』寶鋆走到書桌面前，揭開墨盒，取枝水筆，站著寫了一個回帖；叫聽差告訴崇家來人，說是有貴客在，無法分身，心領謝謝。

『五福，』恭王站起身走到火盆旁邊坐下，『替我再倒杯酒來。』

等五福把酒和果盤拿了來，他把雙足一伸，她替他脫了靴子，取了張紅木凳子來擱腳，接著又去捧來一床俄國毯子，圍住他的下半身，把毯子掖一掖緊。

『這不也很舒服嗎？』恭王取杯在手，想談談正事，『我不明白，李少荃到底是甚麼意思？』

『他也有他的難處。第一，不願跟左季高共事；第二，怕吃力不討好——李少荃是從不做徒勞無功的事的。』

『話是不錯。不過朝廷待他不薄，就算勉爲其難，也不能不賣朝廷一個面子。一味置之不理，這叫甚麼話？』

『爲了一個張總愚，三位爵爺會剿，外加兩位一品大員，說起來也實在是笑話；再加上一位王爺，越發熱鬧了。』

『老七當然不能叫他去。』恭王停了一下說：『官、左、李三位，將來到底讓誰總其成呢？』

『官文辦糧台，左宗棠指揮前線。』

『李鴻章如之何？』

『只有勸他委屈一點兒。』

『能勸得聽，倒也好了。』

寶鋆想了想說：『有個人的話，他也許會聽。』

『曾滌生？』

『對了。』寶鋆又說：『明天我來寫封信給我這位老同年。』

『也好。不過你別許下甚麼願心。』恭王提出警告：『現在上頭的主意大得很；而且小安子替她做耳目，甚麼道聽塗說的話，都在上頭搬弄，事情是越來越難辦了。』

寶鋆默然。息了一會才說了句：『等皇上親政就好了。』

這一下提醒了恭王：『皇帝很像個大人了。』他很興奮地說：『我看找機會跟上頭提一提；每天軍機見面，讓皇帝也聽聽，學著一點兒。』

『嗯！』寶鋆又問：『聽說兩宮太后，在打算立皇后了，可有這話？』

『提是提過，預備在皇帝十六歲那年冊立皇后。還有三四年的功夫，不忙。』

『我看皇帝的身子單薄，大婚不宜過早。』

『你正說反了。』恭王放低了聲音：『皇帝的智識開得早，早早大婚的好，省得那班小太監引著他胡鬧，搞壞了身子。』

『聽說「西邊」那一位，防宮女跟皇上親近，跟防賊一樣。小安子就奉派了這樁「稽查」的差使。』

『小安子嚒，』恭王很隨便地說：『總有一天要倒大楣。』

由這裡開始，大談宮內的近況，凡是恭王想要知道的，寶鋆都能讓他滿意。就這樣正談得起勁時，聽差來報：『崇大人來了。』

人影未到，先見冰燈——用整塊的堅冰，鏤刻而成；據說加了一種獨得之秘的『藥』在裡面，能夠日久不消。這冰燈共是四盞，刻成春、夏、秋、冬四季景致的花樣，是崇綸隨身攜來的。

『你不在家看燈，聽「什不閒」、「子弟書」，跑這兒來幹甚麼？』

崇綸七十多歲了，養生有道，腰腿依然輕健，給恭王請了個乾淨俐落的安，笑嘻嘻地答道：『聽說六爺在這兒，特爲趕來侍候。』

『你別以為沒有到你家看燈，是瞧不起你。實在是亂糟糟的，沒有那份閒心思。』

『其實，那些燈年年一樣，也沒有甚麼看頭，不過借個因由，陪著說說話。』崇綸又說：『我本來也在想，時世不好，這些照例的玩意，不如蠲免了吧！可也有人說，年年玩兒慣了的，今年忽而改了樣子，必是捻匪鬧得太兇的緣故。想想是安定人心要緊，所以照常弄了些燈來掛。』

恭王知道，這是崇綸心有未安的解釋，聽聽就是，不必再往下談；不然倒像眞個耿耿於懷，未能釋然似地，所以換了個話題。

『聽說這幾天，地面兒上要飯的，比平時添了許多。可有這話？』

『那是一定的。上燈以後，家家都要出來逛逛；這時候不「做街」，還到甚麼時候？』

『甚麼叫「做街」？』寶鋆插進來問了一句。

『那是他們的「行話」。』崇綸笑道：『上街來要飯，就叫「做街」。』

『不是有難民夾在裡頭？』

『不會吧，』崇綸答道：『他們那一行，雖是末等營生，規矩可大得很，各有地段，誰也不許胡來；更不容外人插足。再說，能夠逃難到京城，不是手裡有倆錢兒，就是有至親好友可以倚靠，何致於要飯？』

恭王聽著不斷點頭，向寶鋆說道：『不經一事，不長一智。斯之謂也。』

『怎麼啦？』崇綸困惑地，『好端端的，六爺提起這個！』

『五爺今兒在上頭面奏，說最近京城裡要飯的多了，得想辦法。』恭王又說：『你有步軍統領衙門的差使，地面兒上的事，也有你一份！』

崇綸兼署步軍統領衙門左翼總兵，東半城地面歸他所管；這時很輕鬆地說：『那好辦。多不敢說，就這個大正月裡，我包管五爺上朝，看不見一個要飯的。』

他說得到，做得到，當夜派人去找『桿兒上的』──丐頭的俗稱，說是給五百吊京錢，這半個月，不准在內城『做街』。

『桿兒上的』又稱『趕兒上的』，據他們自己說，正名叫做『趕上吃』，是明太祖所封；意思是奉旨吃白食，哪家有紅白喜事，趕上了便有殘羹剩飯好吃──當然，作爲丐頭的『桿兒上的』，既不必『做街』，也不會吃討來的飯，坐享孝敬，日子過得很寬裕。

這時京城裡那個『趕兒上的』，姓丁，外號『丁判官』，家有一妻二妾，安享餘年，已不大管事，但權威仍在；聽崇綸所派去的那個筆帖式，說了究竟，丁判官表示正月裡廟會甚多，是『做街』的好時機，不過：『既然崇大人吩咐，那就認了！』

果然，第二天起內城看不見一個要飯的；都被攆到九門以外去了。對付乞兒是如此，那些統兵大員對付捻匪也是如此；尤其是革職留任的直隸總督官文，一向以一個『攆』字爲用兵的心訣，只望能把捻匪逐出直隸省境，往東到山東、往南到河南、往西到山西，均無不可，就是不能往北，因爲北面是京城。

這時各路勤王之師，山東巡撫丁寶楨首先趕到，奉旨嘉獎；接著李鴻章也有了很切實的覆奏，除劉銘傳『患病屬實，暫難成行』以外，其餘各軍已分遣馳援，他自己不久也要『由東入直』，來赴『君父之急』。這一來，加上南面的豫軍；西面自娘子關來的，左宗棠的軍隊；以及由京中所派的神機營，由天津所派的崇厚的洋槍隊，四面包圍的形勢將次形成，而官文的逐捻匪出直隸省境的希望，看來是要落空了。

照慈禧太后的想法，大軍雲集，除卻銘軍以外，所有的精銳都已集中，合圍進剿則西捻如釜底遊魂，不難一鼓蕩平。於是好整以暇地想起有件很有趣的事，應該要辦一辦了。

八旗秀色

這件事就是『挑秀女』——八旗官員人家不論滿洲、蒙古、還是漢軍，生了女兒，不能私下婚配；要準備宮內挑選秀女。照規矩分爲兩種，一種是一年一次，挑內務府『包衣』的女兒作宮婢；一種是三年一次，挑選八旗秀女，凡是文職筆帖式以上，武職驍騎校以上，年滿十三歲的都要報名候選，挑中了便等著指配王公宗室的子弟爲妻。

這一次挑的是八旗秀女，也是兩宮太后垂簾聽政以來的第一次——前兩次都因洪、楊未平，道路不靖，停止舉行；所以這一次的挑秀女，兩宮太后都很重視，早在上年十月間，就由戶部行文各省旗官，開列名字年歲，報部候選。一開了年，各省合格的秀女，都已到齊；連同在京的一共有一百二十多名，年齡都在十三、四歲之間。戶部早就具奏，請示挑選日期，因爲西捻猖獗，延擱了下去；既然局勢已可穩住，應該及早挑定，讓不中選的才女，各回原處，也算是一種體恤。

這天是二月初四，神武門前一早就有戶部和內務府的官員在當差；太監更多，有的是有職司，有的是受託來照料熟人，有的是來看熱鬧。

候選的秀女都是豆蔻梢頭的小姑娘，在剪刀樣的春風中，鼻尖凍得通紅，瑟瑟發抖。有的是要俏麗，不肯多穿衣服，受寒所致；有的卻是生怕『一朝選在君王側』，從此關入空曠幽深的宮中，心生恐懼；也有的是往好處去想，能夠指配給哪家王公的子弟，興奮得不能自已；而更多的只是從未經過這樣的場面，想到天顏咫尺，唯恐失儀，緊張得不住哆嗦。

從天不亮就到神武門前來報到，直到近午時分，還沒有『引看』的消息，彼此都在詢問：『到底甚麼時候看哪？』

『快了，快了！』戶部的官員這樣安慰著她們；其實他亦沒有把握，『反正今天一定會看；而且一定看完。』他只能這樣說。

旗下的女孩子雖是大腳，但穿著『花盆底』，就靠腳掌中心那一小塊著力之處，站上幾個時辰，這份罪也不是好受的。這時候就是宮內有熟人的好了，引到僻處，找個地方坐著休息，然而那只是少數；大多數的只有硬挺著，有那脾氣不好的，口中便發怨言，父兄勸慰呵止，到處嘈嘈切切，愁眉苦眼，把三年一次的『喜事』，搞得令人惻然不歡。

秀女初選不是一個個挑，十個一排，由戶部官員帶領著向上行禮。如果看不上眼，便甚麼話也沒有；秀女們連太后皇帝的臉都還沒有看清楚，就被『刷』了下來。

這樣的挑選，有名無實，縱使貌豔如花，但含苞初放，十分顏色只露得七分；天寒地凍，翠袖單寒，神情瑟縮，要減去一分；乍對天顏，舉止僵硬畏怯，失卻天然風致，再要減去一分，而殿廷深遠，猶如霧裡看花，剩下的五分顏色，又得打個折扣，所以匆匆一顧，了無當意。只見寫著秀女姓名年籍、父兄姓名的綠頭籤，一塊一塊，儘往安德海所捧著的銀盤裡擱。

坐在上面的皇帝，初經其事，彷彿目迷五色，茫然不能所辨——就算能夠辨別，也不能有所主張，他的入座只爲引見臣工，完成儀注而已。主持挑選的是兩宮太后，東邊的那一位，倒想放出眼光來挑，但心思太慢，覺得那一個不錯，想再看一看時，人已經過去了。她又不肯隨意留下『牌子』，因爲一留牌子，就等於留下人來聽候複選；雖說秀女赴選，戶部照例發給車價飯食銀兩，其實不過有此名目，絕不夠用，京裡的開銷大，多留一天就多一天的賠累，慈安太后於心不忍，所以沒有幾分把握，總是撂牌子放了過去。

慈禧太后卻有些神思不屬，眼望著殿下，心卻飛回到十七年前——咸豐元年的冬天。她記得那天也是這樣子冷得牙齒都會發抖的天氣；地點不是在御花園，是在慈寧宮以西的壽康宮，由先帝奉恭王的生母康慈皇貴太妃主持挑選。她只記得那天唯一使她關心的一件事，是家裡欠了一個『老西兒』三十兩銀子，這天非歸還不可，此外的記憶都模糊了；這時怎麼樣苦苦追索，都難記得起來。

回到眼前卻又有無窮感慨。十七年之前，誰曾想得到有此一天？一晃眼的功夫，眞跟一場夢一樣；如今想來，眞不知爲何在『夢』中會有那許多希奇古怪的波瀾曲折；更不明白自己如何能夠經歷了那許多希奇古怪的波瀾曲折，而有安然坐在欽安殿上挑秀女的今天？

就這樣幽渺恍惚地撫今憶昔，她一直不曾留下牌子；直到慈安太后開口說話，她才驚醒。

『快看完了！』

『喔，』慈禧太后定一定神，回頭問安德海：『還有多少？』

『還有三十多。』

已看過三分之二了，自己面前一塊牌子都不曾留下，看慈安太后那裡，也不過留下十幾個人；她不願讓人看出她心不在焉，便故意這樣問道：『怎麼辦呢？竟不大有看得上眼的！』

『寧願嚴一點兒。』慈安太后說到這裡，忽然指著一個長身玉立的說：『看那個怎麼樣？』

『留下吧！』慈禧太后第一次留下一塊牌子。

從這裡開始，她打起精神，細細挑選，一挑也挑了七、八個，兩下合在一起，恰好是二十個人。

於是宣召戶部尚書寶鋆上殿，宣示了初次入選的人名。寶鋆問道：『哪一天複選？請兩位皇太后旨，好早早預備。』

兩位太后商議了一下，決定在二月初十複選。寶鋆領旨退出，皇帝問了問時刻，仍舊趕到弘德殿去補這一天的功課；兩宮太后便在御花園內隨意瀏覽了一會，回到漱芳齋去閒談休息。

所談的自然還是脫不開秀女，兩宮太后都感嘆著沒有出色齊整的人才，好在該指婚的王公大臣的子弟，都不過是跟皇帝差不多的年齡，再等三年也還不妨。

『妹妹，』慈安太后忽然說道：『我在想，孩子們成親，還是晚一點兒的好！』

聽見她這句話，慈禧太后立刻就想到了大格格；心中便是一痛——大格格從前年指配給她嫡親表兄，六額駙景壽的長子志端，不久成親，新郎才十五歲，生得瘦弱，兼以早婚，不過一年多的功夫，弄出個咯紅的毛病，看樣子怕不能永年。設或不幸，這一頭自己一手所主持的姻緣，竟是害了大格格的終身！

『唉！』她情不自禁地嘆了口氣，由衷地點著頭：『說得是。』

『那麼，我看皇帝大婚，也不必那麼著急。晚兩年吧？』

原來是定了後年，皇帝才十五歲；晚兩年到十七歲，實在也不能算遲，慈禧太后同意了，『晚兩年也好。』她說：『日子寬裕，可以慢慢兒找。』

『對了！』慈安太后又說：『咱們倆把這話擱在肚子裡，先別說出去。要暗底下留心，才能訪著眞個是好的。』

這個宗旨慈禧太后卻不能同意，她認爲皇帝立后，不愁覓不著德容俱茂，可正中宮的名門閨秀；不必在暗底下私訪，應該通飭內外大臣留意奏聞，千中選一，才是正辦。不過時候還早，此刻用不著跟她爭執，所以含含糊糊地答應著，不置可否。

『皇帝挺像個大人的樣兒了。』慈安太后以欣慰的聲音提出勸告，『咱們也不能老拿他當孩子看待。前兒六爺提過，每天召見軍機，讓皇帝也在場聽聽，這件事兒倒可以辦。』

『還是書房要緊。』慈禧太后不以爲然，『總要能看摺子！現在可又不比從前了，興了洋務，添出來許多花樣；曾國藩、李鴻章、左宗棠、丁日昌他們的摺子，不能不仔細看。要是看不懂摺子，光聽軍機說，也還是不懂。』說到這裡她覺得也不便把慈安太后的話，完全駁回，便又加了一段話：『等過幾天，問問大家的意思；還有弘德殿的師傅們，如果大家認爲該讓皇帝一起召見軍機，自然也可以。』

天子多情

說是這樣說，慈禧太后一直不曾諮詢大臣；慈安太后也不便再提。轉眼到了二月初十，複選秀女的日子到了。

因爲複選只有二十個人，無需欽安殿那麼大的地方；所以改在漱芳齋引看。這天是個日暖風和的好天氣，而且複選的秀女，再度進宮，不似第一回那麼羞怯退縮，於是場面氣氛也都跟初選大不相同了。

初選行禮是十個人一班；複選改了五個人一班，磕過頭要報履歷，爲的是聽她們的聲音。駐防各地的旗人，儘有幾輩子在一地，與土著無異的；但一口京片子始終不敢丟下，不過有的圓轉，有的尖銳，有的低沉，好聽不好聽卻大有分別。

因爲跪得很近，而且自報履歷時，有好一會功夫，所以兩宮太后和皇帝把每一個人都看得很清楚；第二班最後那一名，瓜子臉上生了一雙很調皮的眼睛，皇帝一見便有好感，因而格外留心聽她的履歷。

『奴才旺察氏，咸豐六年生人，滿洲正白旗，杭州駐防。曾祖福舒，正藍旗漢軍副都統；祖父伊納，陝西同谷縣知縣；父赫音保，現任鑲紅旗蒙古協領。奴才恭請聖安！』

她的聲音清脆無比，在皇帝聽來，彷彿掉在地上能碎成幾截；心裡在想，這個人一定會被留下。

『妳的小名叫甚麼？』他聽見慈安太后在問。

『奴才小名桂連。』

『是哪兩個字啊？』

『桂花的桂，連環的連。』

皇帝心裡在想，身後傳下來的一句話，必是『留下』；但他所聽到的卻是兩位太后在小聲商量。

『怎麼樣？』慈安太后問。

『長得倒不賴，就是下巴頦兒太尖了。』慈禧太后又說：『才看了一半，已經留下七個了。我看，撂下吧！』

已經『撂牌子』了，皇帝脫口喊道：『慢一點兒！』話一出口，他才發覺自己的語氣不恭，急忙起身，向上請了個安說：『兩位皇額娘，把這個桂連留下吧！』

這是皇帝第一次挑人，神色不免忸怩，兩宮太后對看了一眼，都有些忍俊不禁的神情；終於是慈安太后允許了他的要求，向安德海吩咐：『把桂連的牌子拿回來！』

『喳！』安德海從銀盤裡取出一支綠頭籤，放回御案，接著便向桂連吆喝：『謝恩！』

於是桂連磕頭說道：『奴才桂連，叩謝兩位皇太后天恩！』

『怎麼不跟皇帝謝恩呢？』慈安太后用一種教導的語氣說。

這是失儀，也是不敬；桂連一半慚愧，一半惶恐，頓時滿臉飛紅，趕緊答應一聲『是』；向皇帝補磕了一個頭：『奴才桂連，叩謝皇上天恩。』

『伊里！』

這是句滿洲話，意思是『起來』；皇帝對在旗大臣向他磕頭時，照例回答這麼一句。而桂連卻聽不懂，依舊直挺挺地跪在那裡，清澈明亮如寒泉般的眼光，飛快地在皇帝臉上一繞，跟著把頭低了下去。

『起來吧！』安德海用那種大總管的神態呵斥：『別老跪在那兒了！』

於是桂連才站起來，倒退數步往後轉身，視線又順便在皇帝臉上帶過。

接著是第三班行禮。因爲已經挑中了八個人，額子有限，所以這一班只挑了兩個；第四班也是如此。總計二十名複選的秀女，入選了十分之六。

那十一個都不關皇帝的事，他只關心一個桂連；早就打好了主意，覷個便走到慈安太后那裡問道：『皇額娘，今兒挑中的人，怎麼辦哪？』

慈安太后知道他的來意，故意問道：『你看，該怎麼辦？』照他的意思，最好把桂連封做妃子。他知道這是做皇帝的一項特權，但自己覺得行使這項特權，就跟行使另一項特權——殺人那樣，都還嫌早了些，所以一時竟不知如何回答。

『你挺喜歡她的是不是？』

明明已說中了心事，他偏不肯承認，不好意思地紅著臉說：『不！』

『那你爲甚麼挑上了她呢？倒說個緣故我聽聽。』

『我看她可憐。』

『唷！原來是爲了行好兒。』慈安太后有意逗他，『誰也不可憐，就可憐她。這又怎麼說呢？』這時皇帝已想好了一個理由，神態便從容了，『她不是杭州駐防嗎？』他說：『也許家裡死過好些人。』

想不到是這樣一個理由！杭州在第二次陷於洪楊時，旗營精壯，傷亡甚眾；城破之日，將軍瑞昌舉火自焚，旗營次第火起，男女老幼，死了四千多人，爲有旗兵駐防以來最壯烈的一舉。兩宮太后這幾年，與王公大臣一談到此，總是諮嗟不絕；慈安太后心想，皇帝必是聽得多了，所以才會想到桂連家裡，怕她是劫後餘生，另眼看待，這倒是仁君之心，不可不成全他。

『對了，這一次倒是沒有看見多少杭州駐防的秀女。不過，不知道桂連家，老底兒是杭州駐防，還是從荊州調過去的？』

『皇額娘把她留在宮裡，慢慢兒問她好了。』

到底吐露了眞意，也在慈安太后意料之中，便點點頭說：『好吧，我把她要過來。』

一聽如願以償，皇帝十分高興，笑嘻嘻地請了個安：『謝謝皇額娘。』

『咦！』慈安太后笑道：『這道的是哪門子的謝？我挑了桂連來，跟你甚麼相干？』

一說破，皇帝又不免受窘；恰好榮安公主來問安，才算遮掩了過去。到第二天，戶部正式具摺，奏報入選名單，請旨辦理，兩宮太后在早膳時商量，決定暫時不指婚；十二名秀女，兩宮太后各留四人，還多下四個，撥到各宮。

『把那個杭州駐防的，叫甚麼名兒來著的，撥給我好了。』慈安太后故意這樣說。

『叫桂連。』因爲慈安太后一向不會作假；所以慈禧太后沒有想到其中存有深意，毫不遲疑地用硃筆在桂連的名字上，做了一個記號。

皇帝也在侍膳，見事已定局，暗暗心喜；從這天起，一下書房，便注意著新選的秀女，可曾入宮？等了兩天，不見動靜，忍不住問張文亮：『那些秀女，都到哪兒去啦？』

『奴才不知道。』張文亮答道：『大概是在內務府。』

『又不是包衣的秀女，怎麼會在內務府？不對！』

『奴才是這麼想，每一趟挑了秀女，都由戶部送到內務府，學習宮裡的規矩；等規矩都懂了，才能送進宮來當差，所以猜想著在內務府。』

『去打聽！』

張文亮很快地有了回話，新選秀女還有三天就要進宮到差了。到了那一天，皇帝醒得特別早，聽見淅淅瀝瀝的雨聲，便覺掃興；但一想到那張瓜子臉上的一雙調皮的眼睛，陡覺精神一振，張口便喊：『來人！』

小太監小李早就在侍候了，看了幾遍鐘，正打算去喊醒他；此時便急忙奔到床前，一面揭帳子，一面請安說道：『萬歲爺睡得香！』

『今兒有「引見」沒有？』他問。

『昨兒有，明兒也有，就是今兒沒有。』

小李喜歡耍貧嘴逗皇帝開心，但這天卻碰了釘子，『混帳東西，好嚕囌！』皇帝又問：『外頭冷不冷？』

這一次小李不敢嚕囌了，跪下答道：『跟昨兒個差不離。』

沒有引見就不需穿袍褂。皇帝有套心愛的衣服，特意傳『四執事』太監把它取了來，是一件棗兒紅的灰鼠皮袍，配上淺灰貢緞的『巴圖魯』背心，平肩一排金剛鑽的套鈕，晶光四射，把人的眼睛都閃得花了。腰間繫根明黃的絲條，拴上平金荷包、彩繡表袋，又是叮玲啷噹的許多漢玉佩件。頭上是珊瑚結子的便帽，前面鑲一塊綠得一汪水似地『玻璃翠』；辮子梳得油光閃亮，只是頭髮不多，還不夠長，皇帝叫小李在辮梢綴上極長的絲線。打扮好了，取穿衣鏡來前後照看，自己覺得比載澂還漂亮，心裡十分得意。

一到書房，師傅諳達，無不注目，只有倭仁大不以爲然，那臉色便不大好看了。

原該他講《禮記》，攤開了書卻問起別的話：『皇上在宮內，可常省覽《啓心金鑑》？』

這是倭仁特爲皇帝編製的一冊課本，輯錄歷代帝王事蹟，以及名臣奏議，加上注解，讀完以後，倭仁請皇帝攜回宮中，時時溫習。但皇帝嫌它文字枯燥，不如另一本《帝鑒圖說》——明朝張居正爲神宗授讀所編的課本，有圖有文，來得有趣，所以坦率答道：『我常看《帝鑒圖說》。』

『那也好。』倭仁徐徐說道：『請皇上告訴臣，漢文帝在宮中，穿的甚麼衣服？』

皇帝心裡在說：『老古板又來了！』但其勢又不容閃避，隨即答道：『弋綈。』

『請問甚麼叫弋綈啊？』

『黑的，很粗的綢子。』

『是！』倭仁便把皇帝從上至下又打量了一遍，『天子富有四海，漢文帝又何必穿得那麼樸素？臣再請問皇上，「安史之亂」是怎麼來的呢？』

《啓心金鑒》和《帝鑒圖說》都指出『安史之亂』是由唐玄宗驕侈淫逸而來；但皇帝不肯如此回答，『那是因爲用了李林甫這個奸臣的緣故。』他緊接著問道：『倭師傅，今兒該上生書了吧？』

倭仁拙於詞令，連個十三歲的學生都說不過；到底讓他『顧而言他』地閃了過去，把倭仁一肚子的話都封住了。

這天禮記的生書是〈匠人〉篇，一聽開頭四句：『匠人建國，水地以縣，置槷以縣，眡以景，』皇帝就有三句不懂，還有兩個字從未見過，他的頭就痛了——讀倭仁教的書，幾乎沒有一次不頭痛；他用各種方法去對付，精神好就故意找些麻煩，扯東扯西，磨到了時候完事，精神不好就只得垂頭喪氣地一味苦苦忍受。有時也想聽從師傅的勸諫，用些心思下去，從書中『啃』出點味道來，無奈那些書實在太古老了，硬得像石頭一樣，枉費氣力，只是啃它不動。

幸好倭仁在內閣中有個會議，就只教了那四句生書，再背了兩課熟書，便算結束。接下來的功課是寫字，歸翁同龢『承値』；平常遇到這時候是皇帝比較輕鬆的一刻，看看帖，聽翁同龢講用筆的方法，都不費心思。而最主要的是唯有這片刻可以借磨墨爲名，把小太監找來說說話；心裡不甚舒服，亦可以嫌墨磨得太濃太淡，把小太監罵幾句出出氣。

但這天他一改常態，規規矩矩寫完兩篇大楷，一篇小楷，送了給翁同龢看過，隨即吩咐：『進去吧！』

一天的功課分做兩節，一早六點上書房，讀到九點鐘，進宮用膳，如果有『引見』，便提早離去；然後到十點左右，復回書房，先讀滿書，再讀漢文，一直到午後一點半左右，才能放學。中間還有休息用膳的一個鐘頭，是在養心殿，那裡沒有宮女，只有太監；皇帝惦念著桂連，卻苦於不能無緣無故到慈安太后宮裡去看一看，同時他也不願意透露心事，所以不便叫張文亮或別的小太監去打聽，桂連進宮了沒有？

想來一定進宮來了；張文亮的話一向靠得住。只不知她此刻在幹些甚麼？轉念到此，發覺一件他從未想過的事，『小李，』他問：『你們閒下來的時候，幹些甚麼？』

『奴才哪兒敢偷閒哪？不整天侍候萬歲爺嗎？』

小李誤會了他的意思。『我不是說你，你當差挺巴結，好得很！』他故意這樣說，好教小李寬心說實話，『我是說別的人怎麼樣？』

『那可不一定了。』小李答道：『喝酒、下棋、賭錢、餵貓餵狗，或者養個雀兒甚麼的，各人找各人的樂子。』

『那些丫頭呢？』

架。』

『她們？』小李撇撇嘴，『還不是聚在一起，誰長誰短的說是非，要不就拌嘴；說急了還許打一

皇帝大爲詫異：『她們也打架？』

『怎麼不打？打得可兇呢，拳打腳踢嘴咬，外帶拉頭髮。』

說到拉頭髮，皇帝笑了，他就喜歡拉宮女的長辮子；吃過苦頭的宮女，一聽見後面腳步響，總是先把辮梢撈在手裡——此刻想想，那是小孩子的玩意，以後不能再玩這一套了。

『那麼，』他又問：『她們打架也沒有人管嗎？』

『管也管不得那麼多。問起來怕受罰，都說沒有打；就吃虧的也只好認了。』

『那可不行！』皇帝不假思索地說：『誰欺侮人罰誰！』

小李是個不安分的人，一聽這話，正好藉機報復，把平日仗著自己聰明伶俐，得太后喜愛，不大愛理人的幾個宮女，在皇帝面前告上一狀，於是想了想說：『萬歲爺聖明，有些個霸道的丫頭，說話行事，好不講理，連奴才都常吃她們的虧。』

『噢！』皇帝好奇的問：『連你們都欺侮？』

『是啊。』

『怎麼樣欺侮你們？』

『譬如說吧，那一次萬歲爺吩咐奴才，去要六爺進的外國糖，明明還有，慶兒硬說沒有了。奴才跟她說：「妳可弄清楚了，不是我嘴饞，假傳聖旨，是萬歲爺要。」慶兒回我一句：「誰要也沒有。不給就是不給！」奴才心想，要不來外國糖，不能跟萬歲爺交差，只好跟她苦苦央求。到後來慶兒算是

點頭了，可有一件，要我爬在地上裝三聲哈巴狗兒叫——』

皇帝大笑：『你裝了沒有？』

『不裝也不行。』小李用萬分委屈的語氣說：『萬歲爺只知道外國糖好吃；哪裡知道這外國糖是怎麼來的？奴才想起「誰要也沒有」那句話，心裡就不服！是仗誰的勢，連萬歲爺都不放在眼裡？』

這幾句話把皇帝挑撥得勃然大怒，『對了！』他臉色鐵青地問：『慶兒是仗誰的勢？』

『還不是小安子嗎？』

提到小安子，皇帝越發惱怒，咬著牙說：『好！讓他等著吧！』

爲了小李的一番話，皇帝的胃口便不好了，草草用過午膳，仍舊回到書房。小李在殿外廊上，小聲把剛才奏對的那番話，告訴了別的小太監。正談到得意之處，有人來叫：『小李，張首領找你。』

張首領就是張文亮，小李一向怕他；所以這時便問了句：『幹甚麼？』

『大概是讓你到內務府去要東西。』

凡是到外廷需索物件，都是好差使，第一可以看機會多要；第二能夠到各處散散心，或者找相好的去聊聊天，因而小李精神抖擻地答應著：『我這就去！』

等皇帝一上書房，張文亮便在弘德殿以西，鳳彩門旁一間板屋裡承値待命；小李一走到那裡，看見張文亮的臉色，就知道自己受了騙了。

『你那兩條腿，還打算要不要？』張文亮劈頭就問。

『怎麼啦？』小李哭喪了臉問：『我哪兒犯了錯啦？』

『你還嘴兇！』張文亮提腳就踹。

小李不敢逃，也不敢躲，只把身子一扭，讓他踹在肉厚的屁股上，然後借勢賴倒，當作是爲他踹倒了的。

『我問你，你剛才跟萬歲爺胡說些甚麼？』

他也想到了，必是這種大公案；要賴無法賴，早就想好了答語：『我說的是老實話。』

『不錯，老實話。』張文亮冷笑，『還有句老實話，你怎麼不說？你摸慶兒的臉，挨了一嘴巴，你怎麼不告訴萬歲爺？』

說穿了底蘊，小李才啞口無言。張文亮叫他站了起來，指著他的鼻子痛罵——太監罵人是出了名的，尖酸刻薄，務必把人保留在心底深處的那最後一絲自尊，也剝了下來，才算完結。但他們自己挨罵，卻不當一回事，有的人能練得充耳不聞；小李就有這樣的功夫，所以儘著張文亮罵，心裡只在想著慶兒那膩不留手的、剝光雞蛋似的臉。

『我可告訴你最後一句話，』張文亮提出嚴重警告：『你要是再敢在萬歲爺那兒，無事生非，瞎造謠言，惹出禍來；我就把你調戲慶兒的事，全給抖露出來，你就等著她乾哥哥收拾你吧！』

慶兒的乾哥哥是安德海，而且她最近在慈禧太后面前得寵；這件事要一敗露，皇帝也救不了自己，小李這一下才著慌了，往下一跪，哀懇著說：『張大爺，我不敢了！你老包涵。』

『我包涵不了你。』張文亮說：『你還說人家慶兒，慶兒挺厚道了，沒有把你那檔子不要臉的事，告訴她乾哥哥。可保不定哪一天，會有人到小安子那兒去搬嘴，你小心等著好了。滾！』

小李這時候才發覺闖了禍，話已經在皇帝面前說出去了；皇帝最恨安德海，非找機會發作不可。到那時候慈禧太后一定會追查。是誰在皇帝面前搬弄是非？而張文亮又未見得肯爲自己遮蓋，據實奏陳，後果不堪設想。

轉念到此，立刻回身，直挺挺地又往張文亮面前一跪：『都怪我的嘴不好！胡說八道。打，打！』他一面左右開弓打自己的嘴巴，一面又說：『張大爺，我替你老責罰了小李了。』

『怎麼樣呢？』

小李的意思是要請張文亮設法去阻止皇帝，不必找安德海或者慶兒的麻煩；但這層意思，不易措詞，結結巴巴地好半天才說清楚。

張文亮原就有這樣的打算，正好小李自己先說了出來，便趁勢又訓誡了一番，問得他心服口服，才答應了他的要求。

等皇帝一下了書房，張文亮已候在弘德殿外。這就是皇帝玩兒的時刻了，照例先去看他養在御花園的狗和猴子；張文亮便打算著在那時候相機進言。

不想皇帝吩咐：『到宮裡！』

慈安太后這時住長春宮綏壽殿，慈禧太后住翊坤宮平康室，兩宮只隔著一條西二長街；皇帝隨意往來於東西之間，所以說『到宮裡』不專指長春宮或翊坤宮，兩處皆可。張文亮只當他是到翊坤宮，預備跟安德海或者慶兒去找麻煩，所以趕緊阻攔：『萬歲爺先回寢殿吧，奴才有話面奏。』

『甚麼話？這會兒說好了。』

『是！』張文亮扶著軟轎，悄悄跟皇帝說道：『萬歲爺別聽小李瞎說，慶兒在聖母皇太后那兒當差，一向挺謹慎的，沒有甚麼錯，也沒有仗勢欺人。她是聖母皇太后跟前得寵的人，萬歲爺該有一份孝心；皇太后面前一隻貓，一隻狗，都得另眼相看。』

皇帝一向很聽張文亮的話，點點頭說：『知道了！』

張文亮還有些不放心，又叮囑了一句：『萬歲爺體恤奴才，千萬別跟那些人生氣。』

『哪些人啊？』

張文亮原就是不肯說出口來，無奈皇帝不知是有心要逼著他說，還是眞的不知道？反正這時不能不挑明了；但還只是說了半句：『聖母皇太后跟前的那些人。』

說到這話，皇帝心裡越發不舒服——他一直有這樣一個想法，慈禧太后心裡是疼他的，但以安德海擋在中間，做娘的想疼親生的兒子也不行。安德海不僅常常搬弄是非，只要他在書房裡稍微有些不規矩，或者師傅們詞色不耐，安德海無不悄悄去奏訴；最使得皇帝氣憤不平而又說不出口的是，安德海只要有機會就要顯得他比皇帝更有『孝心』，甚至打著慈禧太后的招牌，以一種長兄教導幼弟的神態或語氣跟皇帝說話。同時，他也總是處處在提醒『主子』，太后跟皇帝的關係，應該重於母子的情分；於是皇帝所見到的，不是慈母，而是一位督子甚嚴的『阿瑪』。

皇帝從小就是張文亮提抱扶掖長大的，對他自另有一種敬愛之情；所以這時便忍著自己的不快，安慰他說：『好了，我不理他們就是了。』

『這才是！』張文亮極欣慰地說：『量大福大！』

說到這裡，軟轎已將進西二長街，皇帝便說：『綏壽殿！』

『這會兒不合適吧？』張文亮提了他一句：『母后皇太后，正在歇午覺。』

『嗯，嗯！』皇帝一心想著桂連，竟把慈安太后這個習慣也忘記掉了，『那，還是看看大福、二福去！』

大福、二福是皇帝養在御花園的兩條哈巴狗；調教得極可人意，一見皇帝便甩著尾巴，搖搖擺擺地撲了上來。在平常日子，總是皇帝蹲下身去，那狗兄弟倆一跳上身，馴順地伏在他懷中，等著餵食；但這天皇帝怕弄髒了他那一身漂亮衣服，只喊：『小李，抱著！去看看小禿子。』

小禿子是一隻小猴子的名字，極其淘氣；有一次拉住一個宮女的辮子盪鞦韆，把人嚇得大哭，於是安德海獻議，慈禧太后下令，把小禿子用個籠子關起來。現在皇帝只有在籠子外面看；小禿子學會一樣本事，見了皇帝就會垂著手請安，然後吱吱亂叫，照小李說：『是小禿子討賞』，照例有栗子、花生甚麼的，扔到籠子裡去。

這天的皇帝，卻無心逗著狗和猴子玩；他心裡所一直在想的，是如何逗小安子在大庭廣眾間，大大地出一回醜？這件事不能跟張文亮商量，只有找小李。

小李詭計多端，專會想些希奇古怪的花樣來供皇帝開心；這時眉頭一皺，齜牙一笑，『奴才有個主意，萬歲爺看看行不行？』他說：『不行再想。』

『不好玩兒的，不是叫他哭不得、笑不得的，你就別說！』

『還不只這些個。』小李得意地說：『奴才這一計，智賽蕭何，包管連兩位皇太后都會樂。』

於是小李悄悄耳語了一番，皇帝大喜，連聲說道：『快去辦，快去辦！』

『是！』小李說道：『奴才請萬歲爺降旨，好去要東西。』

『好吧，我馬上寫。』

於是群從簇擁，回到了皇帝所住的養心殿西暖閣，等張文亮有事走了開去，小李才悄悄溜入殿內，鋪紙磨墨，把一管牙桿筆遞到皇帝手裡。

『怎麼寫呀？』

小李想了想，便一個字、一個字唸道：『著小李取大翡翠一塊。欽此！』

『這會給嗎？』

『誰敢不給？』小李很快地答道：『不給就是違旨。』

皇帝躊躇了一會，忽然很高興地說道：『不用了，拿那塊鎮紙去吧！』他把筆擱了下來。

小李也略略遲疑了一下，終於從多寶格上，取下一個碧綠的翡翠獅子，擺在皇帝書案上說道：『怕張文亮會查問，奴才可就不知道怎麼跟他說了。』

『不要緊，你讓他來問我好了。』說著，他把翡翠獅子遞了給小李。

有皇帝一肩承當，小李還怕甚麼？接過東西來，揣入懷中，便要跪安退出。

『到綏壽殿去吧！』

『是！』小李極精靈，心裡在想；這是第二次提綏壽殿了，這麼急著要去，是爲了甚麼？倒得留神看一看。

一看到綏壽殿新來的宮女，小李恍然大悟——慈安太后不喜歡用太監，寢宮中使喚的都是宮女，所以小李也只是在院子裡跪了安，便即退了出去。綏壽殿有自己的小廚房，主要的是爲慈安太后供應甜鹹點心和茶水；旁邊有間空屋子，小李每趟去都在那裡歇腳聽招呼，有時便直接闖入廚房。他的嘴甜，又會說笑話；所以雖有像慶兒那樣討厭他的，但也有許多宮女跟他合得來；接替雙喜的位置，在慈安太后面前『一把抓』的玉子，就跟他很對勁。

小李管玉子叫『玉子姊姊』。那是名副其實的稱呼，玉子今年二十五歲，照宮中規例，應該放出去了，但以慈安太后馭下寬厚，玉子情願耽誤自己的已晚春光，『再侍候主子一年』；而小李只有十九歲，叫『姊姊』不錯，只是叫得特別親切，旁人刺耳，玉子會心。雖然每一趟見著小李都要罵幾句，但凡有好吃的、好玩的東西，都悄悄給小李留著。有時候小李賭輸了錢，只要到玉子面前垂頭喪氣一坐，定是一頓罵過，便有銀錁子摔到他懷裡。

這天的小李，卻是精神抖擻地，『玉子姊姊，』他招招手，『妳請過來，我有要緊話說。』

一番『要緊話』說過，玉子親手取上用的明黃色的蓋碗，沏上一碗君山茶，喊道：『桂連兒啊，妳過來。』

怯怯的桂連，其實很機警，學著小李叫一聲：『玉子姊姊！』

『用托盤把這碗茶送給萬歲爺。端著茶會請安嗎？』

『會！』

『好！去吧。頭一次當差，可看妳的造化了！』

桂連沉得住氣，走到皇帝面前，不慌不忙請了個安；把一碗茶送給皇帝，嘴裡還說一句：『萬歲爺請用茶。』

『噢！』皇帝沒話找話：『妳知道我愛喝甚麼茶？』

『奴才不知道。』

『誰讓妳把茶端來的？』

『玉子姊姊。』

『嗐！』慈安太后笑著皺眉，『誰教給妳這麼個稱呼？玉子就是玉子，不興叫甚麼姊姊、妹妹的。

妳在這兒弄錯了還不要緊，如果在翊坤宮也是這麼著，準挨一頓罵。記住了沒有？』

『是！』桂連把一雙眼皮垂著，脹紅了臉，不斷咬著嘴唇，彷彿有眼淚不敢掉下來似地。

皇帝好生不忍——他猜想著她在家一定受父母疼愛，要甚麼有甚麼，從未聽過一句重話；如今第一回當差就挨了訓，必是想著在父母跟前的光景，自覺委屈。可得用句甚麼話，把她的心思扯了開去，不然一個忍不住掉了眼淚，輕則受一頓呵斥，重則攆到終年沒有人到的冷宮去當苦差，從今以後再也到不了太后跟前，那有多可惜？

於是他也教她規矩：『如果眞的要提姊姊、妹妹，得先按上妳自己的稱呼，說「奴才的姊姊」才對。』

『是！』桂連抬頭看了看皇帝說：『皇上的茶，是奴才的玉子姊姊叫奴才端了來的。』

『又弄錯了。』慈安太后大爲搖頭：『看妳的樣子，倒是挺聰明的，怎麼教不會啊？玉子又不是妳親姊姊，不該那麼叫！』

『她頭一天當差，不懂宮裡規矩。』皇帝趕緊看著慈安太后說：『過兩天就好了。』

慈安太后看見皇帝起勁維護桂連的神情，覺得有趣，但皇帝到底是皇帝，不能逗著他取笑，因而平靜地點點頭，向桂連吩咐：『妳叫玉子來替我裝煙！』

『是！』桂連請了個安，退了出去。

皇帝頗有怏怏之意。想到複選那一天，回眸一視，猛然想起西廂記中的曲文：『臨去秋波那一轉』；衷心若有意會，但領略得這句曲文的美妙，卻說不上來妙在何處？於是他又想到翁師傅講過而不甚了了的那句陶詩，這就教『欲辨已忘言』！

一下子懂了一句詞曲一句詩，完全是自己領悟得來，皇帝有著從未經驗過的得意和欣悅，恨不得就找著翁師傅，或者南書房的甚麼翰林，把自己的心得告訴他們，問他們『講得對不對』？自然對囉，翁師傅會高興得掉眼淚；就像那次對對子，用『大寶箴』對『中興頌』那樣，把翁師傅歡喜得不知怎麼才好，只捧著自己的手，不停地說：『天縱聖明，天縱聖明！』

只有想到那樣的光景，才覺得讀書有些別樣東西所帶不來的樂趣──他自我陶醉得出了神。慈安太后卻是又好笑，又好氣，還有些警惕；看樣子皇帝像他父親，將來在女色這一關上看不破。

『你一個人在笑甚麼？』

這一問才驚醒了皇帝，楞了一下才能回答：『我在想書房裡的事。』

慈安太后怎肯信他的話？只當他爲桂連神魂顛倒，心想告誡他幾句，但說得淺了他不懂；說得重了又怕他臉上掛不住，只好無可奈何地嘆口氣說：『你簡直跟你阿瑪一樣！』

這話讓皇帝困惑，像父皇有何不好，怎用這樣怏怏的語氣來說？在這位皇額娘面前，他是無話不可說的，所以立即問道：『我不該像阿瑪？』

『胡說！』慈安太后盡力要裝出生氣的神情，『怎麼說不該像阿瑪？』

皇帝自覺這話沒有問錯，不該受此呵斥；但對慈安太后，他是願受委屈的，想起諳達的教導，急忙站起身來，往地上一跪，以微帶告饒的語氣說：『皇額娘別生氣，我說錯了。』

這就是慈安太后最感到安慰之處，皇帝雖非己出，孝心卻如親子，便將他一把拉了起來；心裡想解釋自己所說的那兩句話，卻苦於無法表達，只好這樣說：『不是說你不該像阿瑪；不過有些地方，可也別跟你阿瑪一樣。』

這話在皇帝聽得懂，爲討慈安太后的歡心，便很機伶地說：『就像阿瑪身子不好，我可要養得壯壯兒的。』

『對了！』慈安太后大爲高興，『這你算是明白了。阿瑪是好皇上，就吃虧在身子單薄。』她的臉色和聲音變得沉重了，『你可要自己當心！年歲也不小了；康熙爺在你這個年紀，已經辦了好些大事。現在凡事有你六叔在外面擋著，你只管好好兒唸書；到你自己能自立了，要甚麼有甚麼，這會兒別胡思亂想！』

最後一句話又使得皇帝困惑，不知道『胡思亂想』四個字指的是甚麼？但他不願再問；因爲問下去不會有好聽的話。

在一旁拿著煙袋侍候了半天的玉子，卻了解慈安太后的深意；說出口來，傳出殿外，便是是非。所以急忙打個岔，把一支翠鑲方竹的旱煙袋伸了過去，接著便吹燃了紙熠，讓慈安太后口中騰不出空來說話。

玉子的意思是不教提到桂連，偏偏皇帝要問：『玉子，』他說：『桂連跟妳很好是不是？』

『是！』玉子含著笑問：『皇上怎麼知道？』

『我看她叫妳姊姊叫得好親熱。』

『對了！』慈安太后接口說道：『桂連還不懂規矩，妳得好好兒跟她說一說。』

『奴才已經跟她說過了。』玉子答道：『今天剛來，凡事還摸不大清楚。她挺機伶的，有那麼十天半個月，就全都懂了。』

慈安太后想了一會，慢吞吞地說道：『我看哪，桂連就是太機伶了，教人不能放心。』

這是爲甚麼？皇帝正在這樣想著，慈安太后和玉子的眼光都瞟到了他臉上；不用說，『教人不能放心』這句話是衝著自己來的。他有些羞，也有些惱，便把脾氣發到玉子身上。

『妳笑甚麼？』他瞪著眼罵玉子：『沒有規矩！』

無故挨罵在玉子不是第一次，她早就知道，既非『無故』，亦不算『挨罵』；反正皇帝的身分與年齡不配，似講理非講理的事，不知多少，無理要裝得有理的樣子，更是習慣。經驗多了，遇到這樣的情形，玉子有許多應付的方法，現在得跟太后湊合著，把皇帝的脾氣壓下來。

於是她收斂了笑容，毫無表情地作出很有規矩的樣子，靜靜地站著；然後慈安太后虎起了臉斥責：『眞是好沒有規矩！下次不許這個樣子！』

『是。』

『皇上待妳們好，妳們就不知道輕重了！看皇上年紀輕，性情隨和，就敢這個樣子；下次再讓我瞧見了，皇上不罰妳們，我也饒不了妳們。聽見了沒有？』

『聽見了。』玉子看著皇帝說：『奴才再也不敢了！』

『去！』慈安太后又說，『問問皇上，要吃點兒甚麼，喝點兒甚麼？』

『是！』玉子便走近一步，請個安說：『奴才請旨，皇上想吃點兒甚麼吶，還是想喝點兒甚麼？』

這樣子一吹一唱，往往會把皇帝弄得老大過意不去，恨不得拉著人家的手說：『沒有那麼了不得，妳別把皇太后罵妳的話，放在心上。』這時也是如此；很想給玉子一個笑臉看，但抹不下這張臉來，只是搖搖頭：『不要！』

『不吃甚麼也好；快傳膳了。』玉子又問：『皇上打算在哪兒用膳哪？』

這兩三年的慣例，除了初一、十五，多半由皇帝侍奉兩宮太后臨幸漱芳齋，聽戲侍膳以外，平常日子的晚膳，大致一天在長春宮，一天在翊坤宮。但在長春宮的時候要多些；這天有種種緣故，便更捨不得走了。

『在這兒吃。』皇帝說，『我要吃南邊的春筍。』

『哎唷，那還不知道有沒有了？』玉子略有疑難之色。

『浙江巡撫李瀚章，不是進得不少嗎？』慈安太后問。

『一共十簍。』玉子答道：『除了賞各位王爺以外，還剩下四簍；一面分了兩簍，倒有一大半是爛了的，奴才看樣子，禁不住再擱，做了筍脯了。』

『我就吃筍脯。』皇帝的脾氣變得非常好了，『只要是筍就行。』

慈安太后看著玉子笑了，而玉子卻不敢再笑。即令如此，皇帝也覺得不大對勁，便有些坐不住了。

『我去繞個彎兒再回來。』

『別走遠了。』慈安太后吩咐。

『不遠，』皇帝答道：『我到後院看金魚。』

等皇帝一走，慈安太后換了副神色，『玉子，』她把聲音放得很低：『妳看出來了沒有？皇上對桂連有了心思了。』

『奴才還看出來。』

『妳替我留點兒神。』慈安太后想了想又說：『最要緊的，叫桂連得放穩重一點兒！可不能在我這兒鬧出笑話來。』

其實就有那回事也不算鬧笑話——玉子雖是未嫁之身，但當宮女『司床』、『司帳』，對男女間事，無不明瞭；沒有見過也聽說過。皇帝看中了哪個宮女，不但不是笑話，雨露承恩，且是美事。不過皇帝到底只有十三歲，還在讀書，倘或眞的爲桂連著迷，慈禧太后一定歸咎於這一邊。爲了避免是非，玉子很重視『主子』的話。

於是她退了出來，把桂連悄悄找到僻處，告誡她說：『妳在皇上跟前，可當心點兒，少笑！』

『嗯！』桂連答應著，很快地瞟了她一眼；就像黑頭裡閃電一亮。

『要命的就是妳這雙眼睛！』

『怎麼啦？玉子姊姊！』這一次不瞟了，卻瞪大了一雙眼怔怔地望著玉子；桂圓核似地兩粒眼珠，不斷在轉。

玉子當她是個不懂事的小妹妹，有些話不便說，說了她也不懂，想了想答道：『宮裡不興像妳這個樣子看人，別老是瞟來瞟去；也別瞪著眼看——妳，妳那兩眼珠，別老是一刻不停地轉，行不行？』

『這……』桂連低著頭，嘟著嘴說：『這我可管不住我自己！』

想想也是實話，玉子無可奈何地嘆口氣，『那麼，』她問：『妳自己的那兩條腿，妳管得住，管不住？』

『那當然管得住。』

『好，妳就管住妳那兩條腿好了。第一、要離開長春宮，不管是誰叫妳，妳得先告訴我。』

『嗯，』桂連點點頭，『我知道。我一定先跟妳說。』

『第二、看見皇上來了，妳得躲得遠遠兒的。』

這句話一出口，桂連的臉色變了，『玉子姊姊！』她驚慌地問：『我第一天當差，可是出了甚麼錯兒？我自己不知道啊！妳，妳得教給我，我一定聽妳的話，好好兒的當差。』

『妳當差當得挺好的。』玉子看她神態惹憐、語言嬌軟，心裡有七分喜愛，但也有三分醋意，摸著她的臉說：『妳就是當差當得太好了。』

這叫甚麼話？桂連要去細細想一想；反正眼前照玉子的話，管住自己的兩條腿總是不錯的，因此，一見皇帝的扈從，立刻就避了開去。

越是這樣，皇帝到長春宮來的次數越多；終於，慈禧太后不能不派安德海來找了。

皇帝還戀戀不捨，問道：『有甚麼事嗎？』

『請皇上去試一試龍袍可合身？』

『拿到這兒來試！』

『不！』慈安太后接口說道：『你去！』

有了慈安太后的吩咐，皇帝才回到翊坤宮。『四執事』太監已經侍候了半天，由宮女幫著，七手八腳地把一襲新製的龍袍，替皇帝穿好。

『請皇上往亮處站站！』安德海說。

這是爲了好讓慈禧太后仔細看一看，但安德海的聲音，就像跟個不相干的人說話那樣，既無禮貌，亦無感情，皇帝心裡非常不舒服。

因此，皇帝很想藉故罵安德海一頓，但轉念想到不久就可以發生的，要安德海啼笑皆非的妙事，頓時把氣平了下去，乖乖地走向亮處。

慈禧太后也跟了過來，前後左右端詳著；這襲明黃緞子的龍袍，在五色雲頭之中，繡著九條金龍；前胸後背，是蟠著的正龍，肩臂之間，是夭矯的行龍，另外加上『五福捧壽』、『富貴不斷頭』等等花樣，下襬繡出石青色的海浪，稱爲『八寶立水』；配上朱緯東珠頂的朝冠，益發顯得威儀萬千，炫人心目。

慈禧太后非常滿意，點點頭說：『挺好的！』

怎麼好法，皇帝卻還不知道；他只能俯身下視，看到胸前的衣幅，到底穿在身上是何形相？無從想像。便忍不住大聲喊道：『拿鏡子來！』

兩名宮女拿了大鏡子來爲皇帝照著，前前後後看了半天，他在得意中有些忸怩和拘束，不由得就扭肩擺手，作出不大得勁的樣子。

『穿上龍袍更不同了。』安德海說：『皇上得要更守規矩才好。』

『是啊，要穩重！』

從這句話爲始，慈禧太后大開教訓，說正面的道理的同時，每每把皇帝『不學好』的地方拿來作比。皇帝每應一聲：『是』；心裡便說一句：『殺小安子！』

於是一件原該很高興的事，變得大殺風景，害得皇帝的胃口不開，侍膳時勉強吃下一碗飯，託詞第二天要背書，跪安退出翊坤宮。

慈禧太后的心思卻還在那件龍袍上。膳後一面在前廊後庭『繞彎子』消食，一面跟隨在身後的安德海發感慨：『皇帝也委屈，接位七年了，才有一件龍袍！』

委屈多由變亂而來，先是洪楊未平，以後又鬧捻匪，廷臣交諫，時世未靖，需當修省克己，力戒靡費；恭王、文祥等人，也常常哭窮，就這樣內外交持，抑制了她的想『敞開來花一花』的欲望。連帶使得安德海，也總覺得不大夠味，枉爲掌實權的太后面前的第一號紅人。

所以，這時候見她有此表示，自然不肯放過進言的機會。『其實，』他緊追兩步，湊在慈禧太后身邊說：『受委屈的倒不是皇上。』

『是誰呢？』

『是主子！』安德海說：『大清朝的天下，沒有主子，只怕早就玩兒完了。主子操勞，千辛萬苦，別人不知道，奴才可是親眼得見。按說，外頭就該想辦法把圓明園修起來，讓皇太后也有個散散心的地方。不說崇功報德，就說仰體皇上的孝心，不也該這麼辦嗎？奴才常在想，人人都見得到的事，怎麼六爺他們想不到？要就是想到了，故意不肯這麼辦。那都是欺負皇上年紀輕，還不懂事；如果皇上肯說一句，爲皇太后頤養天年，該怎麼怎麼辦；孝母是天經地義，誰敢說個「不」字？』

這番話，慈禧太后都聽入耳中；因爲話長，她覺得有對的，也有不對的，一時想不完，所以也就沒有開口。

不過，她的神態，在安德海是太熟悉了；他一面說，一面偷窺，始終沒有不以爲然的表示，就知道自己的話有了效用。於是接著又往下說：『奴才常想，在熱河的時候，肅順剋扣主子，不錯；不過有一句說一句，肅順對大行皇帝的孝心，那可是沒有得批駁，要甚麼有甚麼，供養得絲毫不缺。如今內務府跟戶部，手這麼緊，可又供養了誰呢？如果說是爲了供養皇上，皇上才十三歲，可憐巴巴的，當了七年皇上，才有一件龍袍。這不教人納悶兒嗎？』

『哼！』慈禧太后在鼻子裡哼了一下，又似苦笑，又似冷笑。

『再說，』安德海越起勁了，『那時候逃難在熱河，髮匪也還沒有剿平，日子是苦一點兒；現在跟當年的光景大不相同了，再說時世艱難，大庫的入項不多，不是騙人的話嗎？』

『這你不知道！』慈禧太后說：『勦捻花的錢也不少……』她突然住口，覺得國家的財政，不宜告訴太監。

『是！』安德海很快地又說：『不過奴才也聽了些閒話，不知道眞假，不敢跟主子說。』

『甚麼閒話？』

『都說朝廷撥了那麼多軍費，眞用在打仗上的，不過十成裡頭的三成。』

『呃！』慈禧站住了腳很仔細地問：『都用到哪兒去了呢？』

『還不是上上下下分著花。』

帶兵官剋扣軍餉，慈禧太后早就知道；方面大員，除了曾國藩和丁寶楨以外，其餘的操守，她也不敢相信；至於京中大僚，在逢年過節，或者各省監司以上的官員到京，照例有所餽贈，更不足爲奇。但十成中有七成落入私囊，未免駭人聽聞，她不能不注意了。

『你說的上上下下，倒是誰呀？』

『這奴才就不敢說了。』安德海很謹愼地，『只聽說六爺他們，都在外國銀行有存款。』

『噢！』慈禧太后詫異地，『把錢都放在洋鬼子那兒啦？』停了一下她喊：『小安子！』

『喳！』

『你倒去打聽打聽，他們放在洋鬼子那兒的款子有多少？』

『是！』安德海說：『洋鬼子的事兒難辦，主子得寬奴才的期限。』

『期限倒不要緊，就是得打聽實在。』慈禧太后很嚴厲地說：『你可不許胡亂謊報。』

『奴才不敢！』安德海接著又陪笑說道：『奴才還有件事，叩求天恩；可是……』

『怎麼啦？』慈禧太后斜睨著他，『有話不好好兒說，又是這副鬼樣子！』

『奴才上次也跟主子求過，主子吩咐奴才自己跟皇上去求；奴才怕跟皇上求不下來，還是得求主子的恩典。』

『又是那回事！』慈禧太后想了一下，搖搖頭：『你還是得跟皇上去求。』

『是！』安德海委委屈屈地答應著。

看他的神氣，慈禧太后於心不忍，便安慰他說：『你先跟皇上求了再說；倘或不成，再跟我說。』

有了這幾句話，安德海有恃無恐，心情便輕鬆了；細細盤算了一下，正好有個機會，三月廿三皇帝生日，借萬壽討賞，也是個名目。而且日子還有個把月，也來得及好好下一番功夫。

於是安德海一改常態，對皇帝特別巴結，一見面便先陪笑臉；也常在慈禧太后面前，頌讚皇帝的書讀得好。這樣一到了三月初，他找個機會，提議今年皇帝萬壽要大大熱鬧幾天。得到了慈禧太后的許諾，他親自到升平署去接頭，準備了好幾齣皇帝所喜愛的武戲和小丑、花旦合作的玩笑戲；然後到皇帝面前來奏報獻功。

『辦得好！』皇帝很高興地笑道：『我可眞得賞你點兒甚麼！』

一聽這話，安德海喜在心裡，表面卻很恭順地答道：『奴才侍候皇上，是應該的。只要皇上高興，比賞奴才甚麼都好。』

『總得賞點兒甚麼。』皇帝沉吟了一下問道：『小安子，你父母還在世不在世？』

『跟皇上回話，奴才父母已經故世了。』

『有了封典沒有？』

『前年蒙皇太后賞了四品封典。』

『喔，你是四品。』小皇帝問：『按規矩怎麼樣啊？』

『奴才請旨，皇上問的是哪一個規矩？』

『你們的品級啊！』

安德海不慌不忙地答道：『按規矩是四品。有特旨那就可以不按規矩了；規矩本來就是皇上定下來的。』

『噢！』皇上又沉吟了一會，躊躇著說：『我想另外賞你個頂戴，不知道行不行？』

『奴才不敢！』安德海趕緊跪下說道：『奴才絕不敢邀賞。不過，皇上要另定規矩，沒有甚麼不行。奴才說這話，絕不是取巧兒。』

『我知道你不是取巧。只要能另定規矩就行了。』皇帝指著安德海的頭說：『藍頂子暗地，太難看了，我給你換個頂戴。』

世上眞有這麼稱心如意的事！自己想換個紅頂子，偏偏皇帝就要賞這個。安德海幾乎從心底發出笑來；但無論如何得要做作一下，這個頂子才來得漂亮。

於是他免冠碰頭，口中誠惶誠恐地說道：『奴才受恩深重，來世做牛做馬都報答不來，實實在在不敢再邀皇上的恩典。求皇上體念奴才的一點誠心，收回成命！』

小皇帝有些窮於應付了，極力思索，想起上諭上對大臣的任命，常用的一句話，隨即說了出來：『毋許固辭！』

『皇上已經吩咐了。』小李在旁幫腔，『你就謝恩吧！』

『皇上天高地厚之恩，奴才不知怎麼樣報答。』安德海說：『奴才感激天恩，實在不知怎麼說才好。』他故意裝出那訥訥然的忠厚樣子。

皇帝笑笑不響。安德海亦是心滿意足，抖擻精神，幫著去照料皇帝萬壽的慶典，儘可能把排場鋪展開來，搞得花團錦簇，十分熱鬧。

這是爲了討皇帝的歡心，但也是迎合慈禧太后的心意。盛年孀居的太后，最怕的是月下花前，悄無人聲，那兜上心來的寂寞淒涼，無藥可治。唯一的辦法是別尋寄託，不讓這份寂寞淒涼的心情出現；安德海在她看來重要，就因爲他總能想些花樣出來，爲她打發閒處光陰。但是要熱鬧一番也不容易，第一要有個名目，免得外面說閒話；第二更要有那份閒情逸致——像歲尾年頭那樣，捻匪擾及西陵，直逼京畿，弄得食不甘味、夜不安枕，想熱鬧也熱鬧不起來。

這些日子不同了，西捻已越過滹沱河南竄，李鴻章由冀州移駐直、豫、魯三省樞紐的大名府，指揮郭松林、潘鼎新，以及改隸左宗棠的老湘軍劉松山，還有豫軍張曜、宋慶，以及善慶的蒙古馬隊，分路攔截追剿，打得極其起勁。不但京畿之圍已解，而且依慈禧太后這幾年天天看軍報的經驗，官軍只要不是以屯守爲名，專駐一地，養得師老，能夠不怕辛苦，窮追猛打，收功的日子就不遠了！因此，以輕鬆的心情，借皇帝萬壽好好熱鬧幾天，在她可以彌補『這個年沒有過好』的遺憾，是非常需要的。

萬壽前後七天，七品以上的官員都可以穿蟒袍，稱爲『花衣期』；當暖壽及正日在高宗養老的寧壽宮賜大臣入座聽戲之前，宮中已經熱鬧了兩天了。

御賜綠頂

是三月二十那天，平日不容易喊得醒的皇帝，很早就起身了。這天仍舊要上書房；因爲有好玩的花樣在後面，皇帝打起精神應付功課。到了九點多鐘告一段落，安德海到弘德殿來傳懿旨，說這天的功課就到此爲止。於是皇帝進宮，伺奉兩宮太后，臨御漱芳齋傳膳聽戲。

近侍的太監和宮女，就在飯前先替皇帝拜壽，皇帝各有賞賜，每人一個荷包，裡面裝著一兩重的一個金錁子；唯有安德海與眾不同。

『小安子！』皇帝響亮地喊。

『喳！』安德海答得更響亮。

『你過來，我有賞。』

『喳！』安德海踩著恭敬中不失瀟灑的步伐，走到皇帝面前，撩袍往下一跪，那姿態就像演戲，十分邊式。

『你想要換換頂戴，行！我替你換。來，把他的帽子取下來！』

說到這一句，小李立刻上前去摘安德海的帽子。皇帝便從口袋裡掏出一個頂子來；除卻小李和皇帝自己，包括兩宮太后在內，都以爲皇帝掏出來的，必是一個珊瑚紅頂子，誰知不是！

『小安子，賞你一個綠頂子！』皇帝大聲說道。

接著把手一揚，一顆用那個翡翠獅子的鎮紙改琢而成的頂子，綠得著實可愛。

『胡鬧！』慈禧太后大笑。

慈安太后也笑了。宮女、太監幾乎無不想笑；但此是何地？只准『主子』笑，不准『奴才』笑，否則便是『大不敬』。雖然情有可原，究屬禮所不許，所以一個個瞪著眼，鼓著嘴，滿臉脹得通紅，使盡吃奶的氣力要憋住自己的笑聲。那副樣子極其滑稽，惹得兩宮太后，越發笑個不止。

就像遇見緊張沉重的場面，皇帝會變得很笨拙那樣，在此輕鬆愉快的時候，皇帝特別顯得聰明，他大聲說道：『你們敞開來樂吧！逗得兩位皇太后笑一場，也是你們的孝心。笑！』

這一下就如皇恩大赦，頓時春雷乍破一般，爆發了震動殿廷的笑聲；有的捧腹而笑、有的彎著腰笑、有的閉上了眼睛笑、有的掩口而笑，奇形怪狀，變得以笑逗笑，越發沒個完結。

兩宮太后笑得腰痛，便有玉子、慶兒等人，趕來為『主子』搥背，一面搥，一面還是笑，連安德海自己也笑了。

他不能不笑，不但借此掩飾窘態，而且也為了化戾氣為祥和；太監定制，四品就是『極品』，連想戴個三品明藍頂子都為法所不容，何況是紅頂子？如果嚴格追究，禍事不小；尤其是慈禧太后只笑著罵了皇帝一句『胡鬧』，看樣子是覺得他自取其辱，這個態度，更加可慮，自己得見機些，湊合著當一場笑話看，這極可能有的一場大禍，便可以消弭在笑聲中了。

因此，別人都是開心的笑，而他是傷心的笑；事後越想越不是滋味——出了這場醜，好幾天抬不起頭來，暗中打聽，是小李出的花樣，把他恨入刺骨。但小李有皇帝護著，要動他不容易；除非『連根拔』，讓慈禧太后見皇帝討厭，然後設法告小李一狀，說他儘教唆皇帝不學好，這就至少可以一頓板子把小李打個半死。

心裡打定了主意，表面卻是絕口不提『綠頂子』的事；而且相反地，老趕著小李叫『兄弟』，彷彿是怕了他遞了『降表』，希望他不要再在皇帝面前說他壞話似地。

小李的心計，哪裡鬥得過安德海？他是個妄人，眞的以爲安德海怕了他，再也想不到安德海時時刻刻在窺探皇帝和他的一言一動，抓著了錯處好動手。皇帝更是如此，沒有把安德海放在心上；他的一顆心，都在桂連身上。

去了幾次長春宮，總不見她的影子；皇帝到底忍不住了，裝得隨便問問的神氣跟小李說：『那個叫桂連還是甚麼來著的，還在不在長春宮，怎麼老沒見這個人？』

皇帝的心事，小李早已察破，只是受了玉子的告誡，不敢再提桂連。這時見皇帝故意裝得把『心上人』的名字都記不清似地，暗中好笑；但自然不敢說破，只這樣答道：『奴才也老沒見這個人，不知道還在不在。』

『去打聽！』皇帝還要假撇清，又補上一句：『這個桂連，是杭州駐防，怪可憐的！』

小李可不知道爲甚麼杭州駐防就可憐？只知道這是皇帝的託詞。『打聽到了怎麼辦哪？』他問。

這一問似乎直抉皇帝的心事，他的臉皮薄，有些掛不住；但有個掩飾的訣竅，就是發脾氣。

『混帳東西！』皇帝虎起臉罵，『誰知道怎麼辦哪？』

小李挨罵不算回事，不動聲色地說：『奴才馬上去打聽了來回報萬歲爺。』

『不要又滿處去逛！』皇帝看了看鐘說：『這會兒三點鐘，限你三點半回來！』

『奴才多要半點鐘，萬歲爺看行不行？』

『爲甚麼？』

『也許桂連不在長春宮了，奴才得到別的地方去打聽。』小李又放低了聲音，笑嘻嘻地說：『奴才這一去，必有好消息帶回來。』

是甚麼好消息？皇帝想了一下，才覺察出他的語氣；自己的心事，小李必是知道了——這也不必再瞞他，便點頭許可；卻又神色凜然地提出警告：『你要是說瞎話，看我饒得了你！』

『奴才不敢。萬歲爺交下來的差使，奴才哪一回也沒有辦砸。』

但是，這一趟的差使卻不容易；他的打算是要說動玉子，讓桂連能夠有侍候皇帝的機會，而玉子守著慈安太后的告誡，說甚麼也不行。

於是小李問道：『明年妳就出宮了，妳要找婆家不要？』

語氣涉於輕佻，玉子不悅，冷冷地答道：『管你甚麼事？』

『我是替妳著想。妳別以爲總是兩位太后掌權，萬歲爺快親政了。妳可想過了沒有？』

『怎麼著？萬歲爺就爲這個宰了我？』

『咦！』小李做個鬼臉，『怎麼回事？儘給人釘子碰。我是好話，明擺著一條圖富貴的路子妳不走？妳不想想，妳替萬歲爺辦了這件事，將來有多大的好處？妳娘家、妳婆家，要萬歲爺照應不要？』

這番話把玉子說動了心。宮女情如姊妹的，往往私下密約，富貴毋相忘，這個承恩得寵的，就得設法提拔那一個；皇帝年紀太輕，玉子不作此想，但照小李所說，確是另一條可以讓皇帝見情的路子——她已經有了婆家，未來的夫婿就是她的表兄，在內務府當差；這個衙門能發大財的差使多得很，只要皇帝記得起名字，隨便交代一句話，就終身受用不盡了。

『好吧！』玉子毅然答應，『不過，可千萬別鬧出事來。』

『不會，不會。』小李答道：『鬧出事來，第一個就是我倒楣；我能不留神嗎？』

於是第二天慈安太后午睡的時候，皇帝悄悄到了長春宮，裝作看金魚，到了後殿偏西的樂志軒，坐定不久，小李便把他的同事都喚了出去，只有他自己守在院中。

接著桂連便捧了茶和蜜餞來，手有些發抖，臉有些蒼白；小李趕緊安慰她說：『妳別怕！萬歲爺對女孩子的脾氣最好。妳好好兒當差，別跟萬歲爺彆彆扭扭的。』

桂連點點頭，一個人進了樂志軒。她忸怩；皇帝也忸怩，卻特意裝得不在乎似地，喝著茶，吃著蜜餞，問道：『妳今年幾歲啊？』

她記得皇帝是知道她的年紀的，何以有此一問？但也不能不答：『奴才今年十三。』

『妳的生日在哪個月？』

『奴才是八月裡生的。』

『比我小。』皇帝又變得聰明了：『怪不得妳的名字有個「桂」字！』

桂連用極輕的聲音答了聲：『是。』然後垂著眼皮，輕輕咬著嘴唇，那模樣既非深沉，亦非靦腆，倒像是她自己忽然有滿腔心事要想。

皇帝也有些窘，甚至可以說是著慌；因爲他已感覺到僵局正在形成，必須得說句話來挽救，但心裡似乎有千言萬語，就找不到適當的一句。這樣越是冷場越著慌，到最後反是桂連開了口。

『萬歲爺可還有甚麼吩咐？』她說：『沒有吩咐，奴才可要走了。』

這樣說話，根本不是奏對的措詞與語氣，但皇帝絲毫不以爲忤，只脫口阻止，『妳別走！』

『是！』桂連答應著，抽出掖在腋下的手絹，擦一擦鼻尖上的汗。

這也是在主子面前不許可的動作，不想反倒給了皇帝一個話題，『我看看，』他說：『妳那塊手絹兒。』

桂連遲疑了一下，想起小李的『不要彆彆扭扭』的告誡，只好雙手把那塊手絹捧了過去。

手絹上有幽幽的香味，皇帝眞想聞一聞，但自己覺得這樣做有失尊嚴，只能看一看；雪白的杭紡，用黑絲線鎖了邊，角上繡一朵小小的紅花，用一片綠葉托著。皇帝看過的繡件，無不是色彩繁複，繡得不留餘地的花樣；所以看到桂連的這方手絹，反覺得少許勝多許，清新悅目。

『這是誰繡的？』

『奴才自己繡的。』

『繡得好！』皇帝又說：『給我也繡點兒甚麼。』

『請萬歲爺吩咐！』

皇帝一時想不出甚麼，於是問她：『妳看呢？』

『奴才給萬歲爺繡一對荷包。』

『不好！』皇帝搖搖頭，『要別致一點兒的；不然就是天天用得著的。』

『那麼，奴才給萬歲爺繡個書包。』

『也不好！』皇帝忽然想到了，『妳替我繡一對枕頭。就像妳的這塊手絹兒似的，中間不要繡甚麼，平平整整的，那樣子枕著才舒服。妳想想繡甚麼花樣？』

『嗯——。』桂連微翹著嘴，一雙靈活的眼珠，不斷轉著，『自然得用明黃緞子。繡兩條龍，用黑絲線繡，這麼沿著邊上繞過來，』她用雙手比劃著，『上面正中間，繡一顆紅絲線繡的火靈珠，這叫「二龍搶珠」，萬歲爺看行不行？』

這個花樣不新鮮，但看她講得起勁，皇帝不忍掃她的興，便這樣答道：『好！繡一對「二龍搶珠」，再繡一對甚麼？不要用明黃的了，就白緞子好，花樣不要多。』

這下把桂連考住了，想了半天想不出，窘笑著說：『奴才不知道繡甚麼好。』

『那就慢慢兒想。』皇帝記起書房中的光景，遇到背書或者考問甚麼，越逼得緊越答不出來，自己深受其苦，所以能夠體會桂連心裡的著急，安慰她說：『不要緊，不要緊！』

這一連兩個『不要緊』，使得桂連大為感動。她聽宮女們談過皇帝的許多故事，說他喜怒無常，十分任性，每每想些『拿鴨子上架』的花樣；為了教小太監翻觔斗，不知道多少孩子摔得吐血或者斷了骨頭；現在看來，那些人的話怕靠不住。不然就是小李的話不錯：『萬歲爺對女孩子的脾氣最好。』

女孩子也很多，何以單單對自己好呢？這樣想著，頓時臉上發熱，飛快地瞟了皇帝一眼；就這一眼中，把皇帝的面貌看得很清楚，大眼、高鼻梁、顴骨很高；白淨的臉皮上，淡紅的嘴唇，漆黑的眉毛，長得異常清秀，忍不住還想看一眼。

等她那雙水汪汪的眼睛再瞟過去時，皇帝也心跳氣喘了，『桂連！』他沒話找話，『妳一直住在杭州嗎？』

『是！』桂連答道：『奴才哪兒也沒有去過；是第一回到京城。』

『跟我一樣。除了熱河、東陵、西陵，哪兒也沒去過。』皇帝又問：『西湖好玩兒不？』

『滿營就在西湖邊上，天天看，也不覺得甚麼好。』

『對了！天天看都看厭了。外面沒見過的，不知道宮裡怎麼樣的了不得；照我看一點兒都不好！妳看呢，宮裡好不好玩？』

『奴才怎麼能說不好？』

『是啊，妳不能說不好。』

就這樣，皇帝不自覺地總是附和著桂連說話，十分投機；他從不曾有過這樣好的談興，也從不曾談得這樣痛快過。

就從這一天起，長春宮中無不知道皇帝對桂連情有獨鍾，就只瞞著慈安太后——這是玉子特別有過告誡的。她告訴大家，少談論皇帝與桂連的事，同時要善待桂連，『聽我的話，將來有你們的好處！』她說：『不聽我的話，將來有你們懊悔的時候。』

這話人人都懂，桂連將來一定會封為妃嬪；而且以她的模樣和性情來說，一定會得寵。不巴望有甚麼好處到自己身上，至少也不能得罪她，自招禍尤。

日子一天一天長了，傳晚膳的時刻便得往後挪；慈安太后睡了午覺起身，還有一大段時間，可以做點甚麼——這天，想起來要到各處去看看，帶著宮女從前殿開始，一間一間屋子看過去，一面口中吩咐：這裡該修，那裡的佈置如何不合適。走到樂志軒，遠遠就望見窗口有人低頭坐著，便問：『那是誰啊？』

玉子知道瞞不住了，老實答道：『是桂連。』

『在幹甚麼？』

『繡花。』

『喔，』慈安太后頗爲嘉許：『這孩子倒挺勤快的。』

進入樂志軒，等桂連跪了安，慈安太后便走過去看她的繡花繃子：四尺長，一尺多高一塊白緞，只兩頭繡著花樣，一頭是一條天驕的金龍，一頭是一隻翩翩起舞的彩鳳。

既然有龍，自是『上用』的繡件；而龍翔鳳舞的花樣，又決非太后可用，這樣一想，桂連爲誰在刺繡？是不問可知的了。

但慈安太后明知又必須故問：『這是幹甚麼用的？』

『是枕頭。』

『誰叫繡的？』

『萬歲爺叫奴才繡的。』

平平常常兩句話，而桂連的聲音，聽得出來有些發抖；慈安太后心有不忍，不肯多說甚麼，只朝玉子看了一眼，眼色中帶著明顯的詰責之意。

玉子有些不安，也頗爲懊悔，應該把這件事，早早找個機會透露；現在等慈安太后發覺了再來解釋，話就很難說得動聽，而且還不便自己先提，只能在慈安太后問到時，相機進言。

慈安太后當然會問到——每天傍晚時分，她跟玉子有一段單獨相處的時間，一切不足爲外人道的話，都在這時候談；『桂連跟皇帝是怎麼回事？』她問，微皺著眉。

『請主子責罰奴才！』玉子是一條苦肉計，自己先認罪，『不關桂連的事，她也沒有做錯了甚麼！』

一聽這話，慈安太后先就寬了心，『妳起來！』她平靜地說：『慢慢兒說給我聽。』

『是！』玉子站起身說：『那天主子吩咐了奴才，奴才當時把桂連找了來，告訴她要穩重，最好避著皇上。桂連很聽話……』

『怪不得！』慈安太后深深點頭，『我說呢，好幾回了，桂連一看見小李他們的影子就躲。以後呢？』

『以後皇上到這兒來得更勤了，來了也不言語，東張西望的，奴才知道皇上是在找桂連。奴才心想，皇上現在功課要緊，如果心裡存著甚麼念頭，嘀嘀咕咕的丟不開，那可不大好。』

說到這裡，她停了下來，先看一看慈安太后的臉色——是深爲注意和深以爲然的神色；她知道自己對了，索性再添枝添葉，說得像樣些。

『奴才也私下問過小李，皇上在書房裡的功課怎麼樣？果不其然，小李回答奴才，說皇上好像有心事，也不跟人說；他也很著急，不知道該不該跟兩位皇太后回奏？瞞著不敢；不瞞也不敢。』

『這是怎麼說？』

『要瞞著，怕皇帝眞的耽誤了功課，兩位皇太后知道了，他是個死！要不瞞，老實回奏，皇上一定罵他多事，也要受罰。所以小李儘發愁。』玉子停了一下接下去說：『奴才心想，皇上喜歡桂連，實在也不是甚麼了不得的事，就像皇上喜歡狗、喜歡猴子一樣，給了皇上不就沒事了嗎？』

『嗯！』慈安太后吩咐：『妳往下說。』

『是！』玉子又跪了下去，『奴才斗膽，自作主張，有一天皇上來了，奴才叫桂連端茶；皇上跟她說了好半天的話，後來就讓她繡枕頭。』

『說了好半天的話？我怎麼不知道！』

『那時候，』玉子低著頭說：『主子正在歇午覺。』

『原來全瞞著我！』

這句話中，責備之意甚重；玉子覺得必須申辯：『皇上全是那個時候來，吩咐不准驚醒皇太后，奴才不敢不遵旨。』

『那麼，皇上叫妳們怎麼樣，妳們全依他的？』

『奴才不敢那麼大膽。』玉子覺得跪得久了，膝蓋生疼，便挪動一下身子，緩一緩氣，還有一番道理要說。

慈安太后素來體恤下人，當然會發覺玉子跪著不舒服，便說一聲：『起來！』

『是！』玉子起身揉一揉膝蓋，卻又不忙說話，轉身取了根紙煝來爲慈安太后裝燃，借這延挨的功夫，她想好了一番很動聽的話。

『奴才心裡在想，』她徐徐說道：『主子跟皇上眞正是母慈子孝。皇上的孝心，別說奴才們天天得見，就是西邊也都在說，親得比親的還親。主子疼皇上，也是比親的還疼。皇上喜歡桂連，臉皮子薄，還不好意思跟主子開口要——而且，也還不到那個時候。奴才仰體主子疼皇上的心，過兩年一定把桂連賞了給皇上；這會兒讓桂連陪著皇上說說話甚麼的，省得皇上心裡老放不下去，耽誤了功課，不也挺不錯的嗎？』

『原是！』忠厚的慈安太后到底說了實話，『打從挑桂連那天起，我就有這個心了。就是妳說的，「還不到那個時候」，年紀都還輕，所以我不說破，怕的桂連那孩子太機伶，自以爲得了臉，不免驕狂。』

『奴才防著這一層，總是壓著桂連，拿宮裡的規矩拘著她。』玉子又說：『桂連也挺好的。看模樣兒調皮，心地倒是挺老實，一步也不敢亂走。主子儘管放心好了。』

『好吧！我知道了。』慈安太后沉吟了一會說：『妳還是照樣，教導桂連守規矩；可也別讓她跟皇帝太親近了，叫她要勸皇帝多用功唸書。』

『是！奴才會跟她好好兒說。』

就從這天起，桂連便可以公然爲皇帝執役；在長春宮凡是皇帝有所呼喚，都是她的差使。本來皇帝跟桂連接近，由於玉子的告誡，宮女們都是守口如瓶，安德海還被瞞在鼓裡；這一下形跡公開，而皇帝的默默眷注，固然很容易看得出來，就是桂連對皇帝，雖在嚴格的宮規拘束之下，不容有何輕狂的舉動，但眉梢眼角，總有消息透露，特別是桂連的那雙眼睛，到哪裡都令人注目，只要稍微留些心，就不難發覺她跟皇帝之間的蕩漾著的微妙情愫。

『怪不得，』安德海跟他的親信，小太監馬明說：『儘往那邊跑；原來是這麼一檔子事。去打聽，打聽，誰拉的縴！』

只要眞的去打聽，自然可得眞相。事實上也可以想像得出來，玉子跟小李姊弟相稱，感情極厚，是大家都知道的；而小李是皇帝的心腹，那麼，由小李跟玉子商量好了，有意安排桂連去親近皇上，豈不是順理成章的事？

『小李，你個王八羔子……』安德海在心裡罵，『你等著我的，看我收拾你！』

安德海已非昔比了，雖不是如何工於心計，但已能沉得住氣，要慢慢籌劃好了再動手。

他在慈禧太后面前，絕口不提桂連，只是旁敲側擊，有意裝作無意地說皇帝每天在長春宮的時候多；到翊坤宮來，不過照例問安，應個景而已。

這話一遍兩遍，慈禧太后還不在意；說到三遍、五遍她可忍不住了，把安德海找來問道：『皇帝每天在那邊幹些甚麼呀？』

『奴才還不清楚。奴才也不敢去打聽。』安德海答道：『那邊的人，見了奴才全像防賊似地。』

『那都是你爲人太好了！』慈禧太后挖苦他說：『所以皇上要賞你一個綠頂子戴。』

他自以爲赤膽忠心，結果落得這麼幸災樂禍的兩句譏嘲。一半眞的傷心，一半也是做作，把眼睛擠了幾下，擠出兩滴眼淚。

『怎麼啦！』慈禧太后又詫異，又生氣，但也有些歉然，揚起雙眉問道：『你哭甚麼？』

如果直訴心中委屈，這眼淚反倒不値錢了；安德海揉一揉眼說：『奴才沒有哭。是一顆沙子掉在眼裡了。』

他不肯承認，慈禧太后自然沒有再加追問的必要，也沒有再讓他『爲難』，去打聽皇帝在長春宮幹些甚麼——這樣的結果在安德海意料之中；他把慈禧太后的脾氣，揣摩得極深，要這樣三番兩次頓挫蓄勢，才能引起一場連慈安太后都勸解不了的大風波。

合肥入相

慈禧太后當然也知道皇帝這樣子留戀『東邊』，一定有些甚麼花樣在內。但此時她還沒有功夫來管，因爲剿捻的軍務，正在緊要關頭——西捻一直流竄無定，朝廷主張追剿，而李鴻章以剿治東捻的經驗，認爲『辦流寇以堅壁清野爲上策』，嘉慶年間川楚教匪，因用此策而收功；東捻流竄數省，畏圩寨甚於畏兵。同時又上疏指出：西捻『自渡黃入晉，沿途擄獲騾馬，每人二三騎，隨地擄添，狂竄無所愛惜，官軍不能也。又彼可隨地擄糧，我需隨地購糧；勞逸飢飽，皆不相及。今欲絕賊糧，斷賊馬，惟趕緊堅築圩寨，如果十里一寨，賊至無所掠食，其技漸窮，或可剋期撲滅』，因而提出八個字的方針，叫做『防守黃運，蹙賊海東』。

這八個字快要做到了，各路官軍四面兜剿，把西捻張總愚所部，攆到了滄州以南，運河以東的地區。西面運河，東面是海，南面黃河阻隔，像個朝天的口袋一樣，如果能夠把北面鎖住，西捻就成了甕中之鱉了。

恰好有一處地形可以利用，滄州南面有一道壩叫做『捷地壩』，連接一條河叫做『減河』；這條河的作用，本來是在調劑運河的水位，運河水漲則啓捷地壩宣洩洪流，通過減河，往西由『牧豬港』入海。但是減河久已淤塞，不能發生作用；李鴻章的辦法，就是加緊疏濬減河，趁四、五月間漲水之時，灌滿了減河，同時在減河北面築牆，限制西捻北竄。

限制捻匪北擾畿輔的任何辦法，朝廷都是全力支持的。這年有個閏四月，雨水特多，天時配合地利，收功在望，李鴻章格外起勁，因爲朝廷隱隱然懸了一個『賞格』在那裡；如果他不起勁，這個『賞格』就會落到左宗棠手裡。

這個『賞格』就是一名協辦大學士。從同治元年以來，軍機處和內閣都建立了一個不成文的制度，軍機大臣五員，除掉恭王領班以外，其餘四員，兩滿兩漢。兩漢則又分爲一南一北，漢人當軍機大臣的，此時只有沈桂芬一個；他雖生長在京城，但寄籍宛平，原籍是江蘇吳江——王公宗室對漢人，一向親北而疏南，所以把實際上是北方人的沈桂芬，抵用『南缺』；還留著一個『北缺』等李鴻藻丁憂服滿補用。

內閣大學士歷來是兩殿兩閣，一共四員，協辦大學士兩員，都是旗漢各半。上年體仁閣大學士周祖培出缺，遺缺由曾國藩以協辦大學士升補；空出來一個協辦，給了四川總督駱秉章。到了年底，駱秉章病歿，於是吳棠終於如願以償，當到了方面大員；而另一個協辦大學士的遺缺，以資望推論，由吏部尙書朱鳳標升補。他的官運很好，不久就有了一個大學士的缺——武英殿大學士賈楨告病，當懸缺未補之際，慈禧太后和恭王商量，決定拿一個協辦大學士作爲『賞格』，在左宗棠和李鴻章之中，誰收平西捻的全功，就是誰當協辦；因而便宜了爲醇王啓蒙授讀的朱鳳標，得以早日『扶正』。

爲了『入閣拜相』之榮，李鴻章一面請他老師曾國藩勸劉銘傳銷假赴援，一面督飭潘鼎新、郭松林、楊鼎勳的部隊，會同徵發來的民伕，日夜趕工疏濬那條從捷地壩到海邊，全長九十里的減河。而且他自己也不時輕裝簡從，到滄州去視察開河築牆的工程。

這年初夏的雨水特多，運河漲水一丈三四，等減河疏掘完工，打開捷地壩，頓時洪流滾滾，半天功夫就灌滿了減河；加上北岸的長牆，從此可以限制西捻北竄——就這一番『拱衛神京』的功勞，便知道左宗棠爭不過李鴻章了。

減河沿岸由潘鼎新、楊鼎勳兩軍扼守；但還有西面自山東到河北六百里長的一段運河，由李鴻章主持，議定淮軍、皖軍、東軍及直軍分段防守。由於黃河水亦大漲，於是濬深張秋一段的運河，引黃入運，使得楚軍的水師炮船，亦能由張秋、臨清，駛入運河，直抵德州。這一來圈制西捻的部署，全部告成。

張總愚所部，眞是成了甕中之鱉，侷促在黃、運相交的張秋北面，濟南以西、臨清以東的禹城、高唐一帶。李鴻章估計形勢，早則三月，遲則半年，一定可以撲滅西捻；論兵力也可以夠用了，但將來的功勞，必爲各省援軍所分，想獨建大功，無論如何先要造成淮軍傾全力以當艱巨的聲勢。而淮軍的大將，人人知道是劉銘傳；如果劉銘傳不出，以後鋪敘戰功，就很難著筆——一定會有人說：『淮軍大將亦未出，即能收功，可知西捻並不如傳說中那樣難辦！』這一來，心血就一半虛擲了。

爲此，李鴻章下定決心，非把劉銘傳找出來不可。劉銘傳對他有意見，他是深有所知的；所以除了請老師幫忙以外，特別又上一道奏摺，請旨『令劉銘傳總領前敵馬步各軍。』

李鴻章的奏摺中說：『劉銘傳與臣生同鄉里，少負不羈之材，血性忠勇，智略明達，近時武將中實所罕見。蘇省肅清非臣之功，劉銘傳與程學啓之功爲多；任、賴捻股，蔓延數省，幸而殄滅，亦非臣之功，劉銘傳一人之功也。』又說：『現在營中生擒賊黨，皆供稱張逆惟恐劉銘傳復出，時時探問。微臣文弱，辦賊之才，自愧不如。』這樣大捧劉銘傳，一方面是爲將來鋪敘戰功作張本；另一方面是有意貶斥左宗棠，意思是說，左宗棠自以爲威望蓋世，而捻匪怕的是劉銘傳，不是以諸葛亮自命的左宗棠。尤其請旨以劉銘傳總領『前敵馬步各軍』，原是朝廷賦予左宗棠的任務；現在由淮軍部將接手，等於表示左宗棠只好做供李鴻章驅遣的部屬。

這道奏章，除了如請降旨以外，照例抄發有關的統兵大臣『閱看』。左宗棠第一個看不起的就是李鴻章，所以看了這個『抄件』，那一氣非同小可；但眼前無奈其何，只好先忍口氣，找機會翻本。

機會很快地來了。劉銘傳自蒙『恩旨』，曾國藩又派人『勸駕』，加以李鴻章另有密札，動之以情以外，詞氣間隱隱表示，收功在即，不可放棄此可能封爵的難逢之機。於是劉銘傳心動了，延聘名醫，把兩隻腳上的濕氣治得略微好些，勉強能上馬了，隨即動身到山東德州去見李鴻章，出動銘軍助剿西捻。

十萬大軍，四面河海，圍剿萬把人的捻匪，自無不能收功之理；就在劉銘傳到達前線的一個半月，張總愚所部投降的投降，被斬的被斬，最後左右只剩下八騎，逃出重圍，被阻於山東聊城東面，運河支流的徒駭河。

等官軍趕到，張總愚不見蹤影；那八個人被殺了六個，留下兩個活口，白刃加頸之下，那兩個人說，張總愚在徒駭河畔，與他們八個人訣別，自道罪孽深重，然後悲呼涕泣，投水而死。

這天是六月二十八，李鴻章以六百里加緊的專差，飛章報捷；朝廷在七月初一就得到了消息。國有大慶，王公大臣及內廷行走人員，照例要『遞如意』祝賀；兩宮太后加上皇帝，一遞就是三柄。珠市口的珠寶店、琉璃廠的古玩舖，各式各樣的如意，被搜購一空；拜受張總愚之賜，憑空做了一筆好生意。

於是論功行賞，李鴻章的一切處分，悉行開復，還賞雙眼花翎，另外賞加太子太保銜。而那個『賞格』，也毫不吝惜地頒了下來，李鴻章步官文的後塵，以湖廣總督當了協辦大學士，封爵拜相，讀書人的第一等功名，李鴻章都有了。

對左宗棠的『恩典』，跟李鴻章一樣，只是沒有那個『賞格』。最氣人的是，劉銘傳到前線不過一個多月，因爲濕氣未痛，不良於行，幾乎沒有上過火線，結果由三等輕車都尉的『世職』，晉爲『五等爵』中的一等男。此外淮軍將領，皆膺懋賞；在左宗棠看，都是僥倖。

相形之下，以劉松山自陵西回師，首先入援畿輔的功勞，只得了一個三等輕車都尉的世職，顯失其平，更令人不服。

同時，左宗棠也不相信張總愚已經投水自殺，因爲並無屍首爲證。淮軍以時值盛暑，屍首必已腐爛，作爲找不到的理由；這樣對朝廷作交代，太便宜了李鴻章。『淮軍善於冒功諉過，天下知名。』他對劉松山和原隸陳國瑞的郭寶昌說：『我倒不信邪！你們好好搜一搜，誰把張總愚搜出來，我保誰封爵。』

於是劉松山和郭寶昌部下的馬隊，在河北、山東邊境一帶，展開搜索；大亂雖平而防線不撤，大家都搞不清是怎麼回事？同在直隸佈防的神機營，要求撤防；左宗棠置之不理。又上了一個奏摺，說是『追剿無功』，懇恩收回獎勵的成命。

這個奏摺到京，直隸總督官文和率領洋槍隊駐紮天津的三口通商大臣崇厚，把左、李失和，形成糾葛的情形，也報到了軍機處——大家都知道他難惹，無奈西北禍亂，猶待平定，而曾國藩久萌退志，李鴻章不肯出關，唯有倚重左宗棠，不能不好好籠絡他一番。

於是恭王與文祥、寶鋆、沈桂芬一連談了好幾天，統盤籌劃大局，有了初步的成議。捻匪既平，西北的軍務，列爲大政之首，而有西捻回竄的前車之鑑，則平西北與保京畿，又有密不可分的關係，所以決定調動直隸總督，並且也商定了人選。至於西征的兵力，不妨從平捻各軍中遴選，但這要先聽聽左宗棠的意見；因此，奉召入覲的，不是新建大功的李鴻章，而是自稱『追剿無功』的左宗棠。這給了左宗棠一個『翻本』的機會，親自揮汗動筆，洋洋灑灑寫了一道覆奏，把淮軍將領，批評得一文不值。

他用譏刺的語氣寫了一筆：『淮皖諸軍皆新立功，其將領皆富貴矣！』毫不客氣地指出，以淮軍西征，是移『隱患於秦隴』。接著談餉，說淮軍一年只發九個月，每人不過三兩多銀子：陝甘糧價比內地貴得多，『窮年累月，勢何能支』？倘或因此發生叛亂情事，朝廷一定責備他不善駕馭。所以他不能不預先顧慮，提出這樣的看法和做法：

現在各營將領營求入陝者，未必即爲忠勇奮發，無需招之使來。各省挑軍入陝之舉，必將有之；未必容臣挑選。臣擬俟回陝後，將陝甘餉事，悉心考究，度可養兵若干？再擇營哨各官，赴安徽、河南開募。此時誠未敢草率從事。

接下來便是力保劉松山；劉松山在左宗棠確很得力，而出於曾國藩的派遣，這一層，左宗棠在心裡是見情的，這時爲了攻擊李鴻章，更不得不暫忘前嫌，大捧曾國藩：

劉松山本湖南已故道員，賜謚壯武王鑫舊部。臣十餘年前，即知之而未之奇也。嗣由湖南從征入皖，爲曾國藩所賞拔，雖論功按階平進，而屬望有加。臣嘗私論：曾國藩素稱知人，晚得劉松山，尤徵卓識。劉松山由皖豫轉戰各省，曾國藩嘗足其軍食以相待，解餉至一百數十萬兩之多，俾其一心辦賊，無慮缺乏，用能保垂危之秦，救不支之晉，速衛畿甸，以步卒當馬賊爲天下先。即此次巨股蕩平，平心而言，何嘗非劉松山之力？臣以此服曾國藩知人之明，謀國之忠，實非臣所能及。特自各省言之，不能不目之爲秦軍，以各軍言之，不能不目之爲臣部。臣無其實而居其名，撫衷多愧。合特仰懇天恩，將曾國藩之能任劉松山，其心主於以人事君，其效歸於大裨時局，詳明宣示，以爲疆臣有用人之責者勸。

奏摺達於御前，慈禧太后大爲讚賞，『左宗棠這枝筆眞行！』她微笑著向恭王說：『總算對曾國藩也說了一句良心話。』

於是，恭王就在這時候提出調曾國藩爲直隸總督的建議——直隸總督，雖爲疆臣的首領，但地近京畿，上有政府，下有順天府尹，位尊而權輕，所以不算好缺；慈禧太后對官文久已不滿，在吳棠入覲時，曾想把他留下，但吳棠不願，認爲四川總督天高皇帝遠，可以爲所欲爲，因而陛見事畢，匆匆出京。現在調曾國藩爲直隸總督，一則利用他的威望，坐鎭京畿；再則要讓他來練兵籌餉，整飭吏治。同時朝廷有疑難的大政，可以就近諮詢，所以兩宮太后都覺得這是最適當的安排，欣然表示同意。

『那麼，兩江呢？』慈禧太后說：『這是個很要緊的地方，得有個能幹的人去才好。』

『除了曾、左、李以外，現在各省督撫，最能幹的莫過於馬新貽。』

『馬新貽？』慈安太后有些不以爲然，『資格太淺了吧？』

馬新貽是山東荷澤人，跟李鴻章同榜，道光二十七年的進士。不曾點翰林，也不曾補京官，榜下即用，分發到安徽當知縣；進士出身的知縣班子，其名叫做『老虎班』，最狠不過。馬新貽頭一天到省，第二天謁見長官，第三天藩司衙門就掛牌，補了廣德州所屬的建平知縣。從此一直在安徽做官，打長毛，打捻匪，由縣而府，由府而道，一直做到安徽藩司，有『能員』之稱，歷任巡撫都很賞識他。

洪楊平定，馬新貽調升爲浙江巡撫；上年十二月，接吳棠的遺缺，繼任閩浙總督。不過半年功夫，移督兩江，升得是太快了些，所以慈安太后說他資望不足。

『臣等幾個也商量過，實在是馬新貽最合適。』恭王從容陳奏：『馬新貽精明強幹，操守亦好。他在安徽服官多年，對兩江地方最熟悉；剿捻的大功告成，淮軍裁遣回籍，要馬新貽這樣的人，才能把那些驕兵悍將，妥爲安置。』

『這是要緊的。』慈禧太后問道：『馬新貽跟李鴻章同年，他們的交情怎麼樣？』

『他們是同年至好。』

『那好，就怕他們面和心不和。』慈禧太后轉臉看著慈安太后：『我看，兩江就叫馬新貽去吧。』

『馬新貽的那個缺呢？』

『臣等公議，』恭王接口答道：『仍舊由福州將軍英桂兼署。』

『英桂行嗎？』慈安太后表示懷疑。

『不行也沒有辦法了。』慈禧太后說：『就這樣定了吧！還有，李鴻章也得讓他進京來見個面。』

『是，臣也是這麼打算，有許多洋務上的事，找李鴻章來問一問，就清楚了。』

『好！馬上寫旨來看。』

於是恭王回身向沈桂芬使個眼色；他先跪安退出，找『達拉密』去述旨寫廷寄。

『剛才當著沈桂芬在這兒，我不便說。』慈禧太后這時才向慈安太后解釋，『連漕運、河道在內，一共十個總督，漢人倒佔了八個；如果閩浙總督不教英桂兼署，再放一個漢人，就剩下兩廣一個瑞麟了！』

慈安太后這下才明白，感慨地說：『誰教咱們旗人不爭氣！就是瑞麟在廣東，也夠瞧的！』

湘陰入覲

話雖如此，眼前的威風，卻盡歸於漢人。冠蓋京華，都不如大將入覲的令人注目；首先奉召的是左宗棠，八月初五到了天津，崇厚特地請他閱兵——神機營的洋槍隊。八旗子弟供漢大臣校閱，這幾乎是第一次。左宗棠也當仁不讓，戴了副大墨晶眼鏡看洋槍隊打靶，老實批評他們的『準頭』不好，但也放了賞。然後八月初十由蘆溝橋入崇文門；崇文門稅吏的可惡，天下聞名，然而不敢難爲『左騾子』——左宗棠新得的綽號，是神機營喊出來的。

一進城先到宮門遞摺請安，然後由打前站的差官和辦差的官員陪著，到賢良寺休息——賢良寺在東華門的冰盞胡同，本來是雍正年間怡親王允祥的府第，捨宅爲寺，世宗題名『賢良』；其地精緻而清靜，又近禁城，所以無形中成爲封疆大吏入覲述職的下榻之處，現在做了陝甘總督的行館。

人還沒有坐定，順天府屬下的首縣，大興知縣的手本遞了進來；大員過境或蒞止，照例由首縣作東道主，備辦一切供應，所有費用或由地方攤派，或者先挪用公款，務使貴賓滿意，則無事不可商量。所以當首縣的，必須長於肆應，有『十字令』的歌訣：『紅、圓融、路路通、認識古董、不怕大虧空、圍棋馬弔精工、梨園子弟殷勤奉、衣服齊整語言從容、主恩憲德滿口常稱頌、座上客常滿樽中酒不空。』這些人物，左宗棠看得多了，有他自己的一套與眾不同的處理方法。

『我們大帥跟貴縣道乏！』奉命去『擋駕』的差官，跟大興知縣說：『再要跟貴縣說一句，我們大帥向來不擾地方，貴縣不必預備甚麼；一切都是我們自己辦，不勞費心。』

『是，是！』那知縣也知道左宗棠的作風；一年上百萬的軍餉過手，要甚麼有甚麼，不肯沾地方上的小便宜，所以根本也就沒有預備。

接著，左宗棠換去行裝，穿上一品服飾，吩咐套車拜客，第一個是拜恭王。封疆大吏中，恭王唯一沒有見過的，就是左宗棠，但傾慕已久，所以一見了面，等他剛一跪下，便趕緊親手相扶；拉著他的手，細細端詳了一番笑道：『季高，神交已久！今天得睹丰采，讓我想起一個人：林少穆。』

左宗棠並不覺得自己像林則徐，便這樣答道：『林文忠公經世之才，可惜鞠躬盡瘁，賫志以歿。『幸而繼起有人，蒼生之福。』接下來，恭王問起他的行程，轉入寒暄；當面約他晚上吃『便飯』。

名爲『便飯』，其實是一桌滿漢全席，而賓主一共只有五個人：恭王只邀了軍機三大臣作陪，以便談西征的部署。左宗棠逸興遄飛，把陝甘的形勢，進兵的方略，參以乾隆『十大武功』中平回部一役的史實，口講指畫，頭頭是道：雖然滿口湘陰土腔，恭王不大聽得明白，但光看他那份氣勢，已令人心折。

談到最後，左宗棠的老脾氣發作了，開始攻擊李鴻章和淮軍；這時軍機三大臣的態度不同，寶鋆頗感興趣，沈桂芬雖跟李鴻章同年，卻能聲色不動，只有文祥覺得不妥，便找個空隙打斷他的話問：『季翁，請訓的摺子預備了沒有？』

『這……』左宗棠不大懂入覲的規矩，愕然不知所答。

『想來還不曾預備。』文祥說道：『我叫人替季翁遞吧！』

『費心，費心！』左宗棠拱拱手道謝，『那一天召見，請博翁事先給我個信。』

『當然。』文祥又問：『今年貴庚？』

『我跟胡潤芝同歲，今年五十七。』

於是文祥轉臉看著恭王說：『季翁進宮，該先請個恩典。』

恭王懂他的意思，這個『恩典』是『紫禁城騎馬』，又稱『朝馬』。按定制，大臣六十五歲以上，才能奏請；但軍興以來，名器甚濫，所以五十七歲也夠資格了。

等宴罷茶敘，談到起更時分，左宗棠起身告辭；軍機三大臣卻仍留在那裡，有所商談——當然要談左宗棠，『你們覺得這個當代諸葛亮如何？』恭王笑著問。

『自然遠勝王昭遠。』寶鋆這樣回答；王昭遠是後蜀孟昶的寵臣，一個極無用的人，而跟左宗棠一樣，好以諸葛亮自命，所以寶鋆拿他來作比。

『凡是此輩，都好大言，用奇計。』沈桂芬以極冷峭的語氣說：『召見那天，需防他信口開河，萬一上頭不明究竟，許了他甚麼，交下來辦不到，豈不麻煩？』

『顧慮得是。』文祥深深點頭，『召見那天，六爺自己帶班吧！』

『可以。』恭王又說：『不過最好找人先跟他打個招呼，比較妥當。』

『這個人倒不好找……』

『有一個。』沈桂芬打斷寶鋆的話說：『左季高一定會去拜潘伯寅，託他相機轉告好了。』

大家都認爲他的辦法很好，就託他走一趟，當夜去訪潘祖蔭，道明來意，請他第二天不必入値，在家等左宗棠來拜訪；潘祖蔭自然一口應承。

果然，沈桂芬料事甚確，第二天左宗棠專誠登門拜訪；潘祖蔭於左宗棠有恩，所以他一見面就跪了下去，但論官位，主人只是一個侍郎，連忙口稱：『不敢當，不敢當！』隨即也跪下還禮。

等聽差把兩個人攙扶了起來，左宗棠說道：『寅公！我今日一拜，拜的是你那兩句話。』隨即朗聲唸道：『「國家不可一日無湖南；湖南不可一日無左宗棠！」』

那是咸豐九年，左宗棠爲永州鎮總兵樊燮所控，湖廣總督官文上摺參劾，奉旨訊辦；潘祖蔭在南書房入値，受同官郭嵩燾所託，上疏救左宗棠的。潘祖蔭便即笑了，『實告爵帥，』他說：『我那個奏摺裡面的話，無一句不是郭筠仙所說。』

這一下把左宗棠說得愕然不知所答。潘祖蔭和郭嵩燾合力救了他，而他的報答不同，因爲他對潘祖蔭有知遇之感；對郭嵩燾則恩怨糾結，終於反目成仇。現在照潘祖蔭的話看，知己應該是郭嵩燾，這是從何說起？

看見客人有窘色，潘祖蔭倒有些自悔孟浪，便把話扯了開去，說了許多仰慕的話，順便向他道謝每年所送的巨額『炭敬』。

最後談到沈桂芬所託的事，他問：『爵帥定在哪天覲見？』

『要等軍機處替我安排。』左宗棠答道：『總要先談出個大概來，才好入奏。』

『是，是！』潘祖蔭趁機說道：『恭邸和軍機諸公，對爵帥都極推重。』

『理當如此！』左宗棠毫不考慮地答說。

這有點大言不慚的味道，潘祖蔭覺得很難說得下去，但受人之託，不能不勉爲其難，便很婉轉地說道：『樞府諸公無事不可商量，只望內外相維，有爲難之處，大家和衷共濟，從長計議。不必率爾上聞。』

吳人京語，舌頭有彎不過來的地方，但他說得很慢，所以左宗棠聽得很清楚，立即答道：『只要樞府協力，我亦無事不可商量；原就說過，「總要先談出一個大概來，才好入奏。」不過，樞府諸公如果有所軒輊偏愛，那就很難說了。』

言外之意，潘祖蔭自然明白。李鴻章說朝廷優容左宗棠，左宗棠又說軍機偏愛李鴻章，恭王和文祥等人，調停將帥，心力交瘁，結果落得兩面不討好，想想有些不平。他雖是名士領袖，但卻不是一味摩挲金石碑版的人物，有時也敢言肯言，因而率直說道：『爵帥這話，未免辜負了朝廷的苦心。諸公固然櫛風沐雨，百戰功高；殊不知朝廷在事大臣，得失縈心，食不甘味，加以通盤調度軍務政事，處處要求其妥帖，其中況味，也夠受的。』

『是，是！』左宗棠立即引咎：『我失言了。』

『不敢！』潘祖蔭拱拱手；話風一轉，談到湘陰文廟出靈芝的事。

外面有這樣一個傳說：同治三年，湘陰的文廟，忽生靈芝，而這年郭嵩燾放廣東巡撫，他家人說是應了瑞兆；左宗棠聽得這話，大爲不悅，認爲要應也要應在他封爵這件事上，所以在向郭嵩燾道賀的信上表示，平洪楊的將帥，百戰艱難，始得封疆，『而足下安坐得之』，此爲郭、左兩親家失和的主要原因。照公論其曲在左，而左宗棠不肯承認；不過此時此地，不宜談論此事，所以笑笑不答。

於是話題談到京裡的那些名士，這在潘祖蔭是最熟悉不過的；說翁同龢葬父回鄉，許彭壽早已病歿，高心夔潦倒不堪——左宗棠跟肅順所最賞識的高心夔很熟，憐念故人，問得特別仔細。

等興盡告辭，回到賢良寺，已有一名軍機章京，奉命送信，在那裡等著；當面向左宗棠報告，兩宮太后及皇帝，定於八月十五召見，同時也賞了『朝馬』。道謝過後，送客出了中門；材官接著便拿了一大把請帖進來，左宗棠看了一遍，決定只應文祥之約，其餘的一律辭謝。

請的是晚飯，他卻很早就到了文祥那裡；因爲他知道這天的飯局，人數不會太多，席間要談西征的大計，而且必有沈桂芬在座。他認爲沈桂芬事事偏袒他的同年李鴻章；早去的用意，就是要避開沈桂芬跟文祥密談。

『曾滌生、李少荃都是在好地方打仗。打西捻，李少荃有十萬之眾，數省餉源，我只得五千人馬，協辦自然該歸他得。』左宗棠先發了一頓牢騷，接著又說：『陝、甘地瘠民貧，所以談西征，第一就要談籌餉。我想先請教博翁，朝廷是怎麼個意思？』

『那得先請教季翁，每年要多少餉，可曾計算過？』

『陝、甘地方，跟各省大不相同。』左宗棠屈指數道：『第一、地瘠民貧；第二、舟楫不通；第三、漢回雜處，互相仇殺，百姓逃得光光；第四、牛馬甚少，種子、農具，兩皆缺乏，田地多荒廢了；第五、各省在地丁錢糧以外，還有釐金雜稅，可以彌補，陝西則每年釐金只收十萬兩，甘肅連這戔戔之數亦沒有；第六、長毛、捻子投降，只要給他盤纏，資遣回籍，各地自會安頓；陝甘亂民，皆是土著，得要另籌經費，幫他們自安生計。』

等左宗棠一口氣說到這裡，略停一停的空隙，文祥追問一句：『季翁，你還沒有談到軍餉？』

『這就要談到了。』他又先把淮軍將領剋扣軍餉的情形，罵了一通，然後說道：『陝甘缺糧，轉運亦難，糧價比他省貴好幾倍，一名兵勇每天吃細糧二斤，就要一錢銀子；如果照淮軍的辦法，每月關三兩銀子的餉，剛好餵飽肚子，而且只能吃白飯。』

『那當然得另有津貼。季翁先說個總數，我們再籌劃。』

『我仔細算過。』左宗棠很快地回答：『陝西每年缺餉一百五六十萬兩；甘肅每年缺餉二百餘萬兩。』

文祥嚇一大跳：『每年缺餉三百五六十萬兩？』

『是啊！』左宗棠又說：『辦屯田，以及招撫亂民的費用還不在內。』

『那是第二步的事。』文祥想了想問道：『這筆巨數，自何所出？季翁總也籌劃過？』

『當然。若無籌劃，何敢貿然當此大任？幸喜西捻已平，李少荃不必再視兩江爲禁臠了。以東南之財賦，贍西北之甲兵，且看老夫的手段！』說罷哈哈大笑。

文祥這兩天正在看晉史，心想，世間眞有桓溫、王猛這樣的人物！唯有耐心跟他細磨。於是解釋大亂平後，各省善後事宜，極其繁重；辦洋務、造輪船，講求堅甲利兵，更非巨款不可。最後答應，一定不會讓他空手而回，白來一趟，但『軍餉』的確數，要戶部仔細籌議了再說。

左宗棠當然也知道朝廷的難處，同時他也信任文祥是個實事求是的人，所以有此結果，已經相當滿意。當天賓主盡歡而散。

到了中秋那天，一大早騎馬入宮，先在軍機處休息，等照例的軍機『見面』以後，第一起召見的，就是左宗棠。由恭王親自帶班——左宗棠還是初次進入內廷，九重禁闥，肅靜無譁；一路上侍衛和太監都緊靠著牆邊走路，看見恭王，無不垂手請安，那份敬愼恐懼的天家威儀，別有懾人之處，把個從來見了甚麼人都不在乎的左宗棠，也搞得心裡七上八下，自覺肩背之間的肌肉，有些發緊發冷。

就這樣默想著覲見的儀注，不知不覺已走到了養心殿；太監打起門簾，由正殿進東暖閣，他眼中已看不見恭王，只記得幕友所教的禮節，三步走過，雙膝一跪，口中奏稱：『臣左宗棠恭請聖安。』然後免冠磕頭。照規矩帽子先放在地上，而賞過雙眼花翎的，得把翎尾朝上；這一點左宗棠倒記得，但磕過頭起身跪近御前時，卻忘了再把帽子戴上。

他這時只看到前面數步的一個墊子——這是優遇，也是提示，需跪在那裡奏對；左宗棠光著腦袋跪在墊子上。

『左宗棠，』第一個開口的是慈禧太后，『這幾年你辛苦了。』

『臣蒙先帝知遇之恩，應該竭忠盡力。』

『你是哪一天動身到京的？』

『臣八月初二從連鎮動身，初五到天津，初十到京。』

『一路上可安靜啊？』

『大亂以後，民不聊生，眼前看起來倒還安靜；全靠疆臣實心辦事，整頓吏治，百姓不吃苦就不會亂了。』

『朝廷也是這麼想。』慈禧太后接著又說：『所以把曾國藩調了來當直隸總督，你們要和衷共濟才好。』

『是！』左宗棠答道：『曾國藩的知人之明，臣是佩服的。』

這時慈安太后問了：『你跟曾國藩講過學沒有？』

『臣跟故降補河南布政使賀長齡講過學。那時曾國藩做京官，臣不曾跟他有交遊。』

『喔！』慈安太后又問：『你是哪一科的？』

『臣是道光十二年壬辰，湖南鄉試中式第十八名。』

這時慈安太后才想起來，左宗棠是個舉人，不是進士；連問兩問都沒有問對，她不願再說話了。

於是慈禧太后接著問：『你出京多少年了？』

『臣在道光年間，三次進京；最後一次是道光十八年出京，算起來整整三十年了。』

『道光十八年？』慈禧太后看著恭王問道：『曾國藩不是那年點的翰林嗎？』

『是！』恭王深知左宗棠的一生憾事，就是不能中進士，入詞林，偏偏兩宮太后觸及他的隱痛，所以乘機捧他一下：『左宗棠的學問，不輸於翰林；他是講究實學的人。』

慈禧太后非常機警，立刻便接口說道：『朝廷用人唯才，原不在科名上頭講究。左宗棠，你看，西北的軍務，得要多少時候才能成功？』

這問到要緊地方來了，左宗棠不敢疏忽，想了想答道：『西北的軍務，需剿撫兼施，一了百了，總得五年的功夫，才能班師。』

五年的功夫似乎太長了，但『一了百了』這句話，慈禧太后深爲喜悅。心裡在想，五年以後就是同治十二年，皇帝十八歲，可以親政了；那時以一片太平天下，手付皇帝，大清朝的中興，出於女主，上對得起列祖列宗，下對得起四海蒼生，說甚麼『女中堯舜』？要做女中的漢武帝、唐太宗，才眞正是獨一無二，空前絕後的聖后！

轉念到此，飄飄然像做了仙人，凌雲御風般輕快！『你總要格外出力，能早日收功最好。』她說：『這幾年百姓很苦，全靠你們幾個同心協力，早早平亂，大家才有太平日子好過。』

『是！』左宗棠不知不覺地引用了〈出師表〉上的話：『臣「鞠躬盡瘁，死而後已」！』

提到這話，慈安太后便又問了：『你快六十了吧？』

『臣今年五十七歲。』

『精神倒還挺好的。』

『託庇聖恩，殘軀頑健。』左宗棠說：『那都是這幾年在軍營裡練出來的。』

『左宗棠，』慈禧太后又提到西征，『你剿賊，總要由東往西，一路打過去！』

這話的意思很容易明白，必須由東及西，京畿始可確保安寧；事實上左宗棠的進兵方略亦是如此，所以隨即答奏：『臣謹遵慈諭。臣已飭部將在洛陽整軍待命，等臣陛辭出都，拔營到山西，再渡河入陝。』

『這樣子很好。』慈禧太后又說：『前天恭王面奏，說西征的軍餉，每年得要三百五十萬兩，這得好好籌劃。』

『西征軍餉，每年實需四百萬兩。臣仰懇天恩，交部籌撥。餉有著而軍心穩，臣無後顧之憂，才能專心注意前方。』

『話是不錯。』慈禧太后躊躇了一下，看著恭王問道：『六爺，你看怎麼樣啊？』

恭王微有不悅，原說三百五六十萬兩，現在又說『實需四百萬兩』，茲事體大，無法在這一刻商量定規，所以這樣答道：『讓左宗棠寫個摺子上來，臣跟戶、兵兩部，仔細議定章程，請旨辦理。』

『好！』慈禧太后點點頭：『就這麼辦吧！』

於是恭王跪安。左宗棠知道奏對已畢，跟著也磕了頭；站起身來，退後數步一轉身，依舊光著腦袋，跟在恭王身後退出，把頂大帽子遺忘在養心殿磚地上了。

安德海在一旁侍候，眼明手快，疾趨而前，把帽子收了起來，慈安太后便喊：『小安子！』

『喳！』安德海跪下答應。

『你把左宗棠的帽子，叫人給他送了去。』

『喳！』安德海答應著，退了下去。

於是兩宮太后又商量，因爲這天過節，特意又賞了左宗棠『四色月餅一盤十三個』。頒賞到賢良寺，謝了恩，開發賞號，頭一起太監剛走；第二起太監又到了，提著一個帽盒，要見『左大人』。

『左大人的紅頂子跟雙眼花翎都丟了，』那太監跪著說道：『我特地來送還。』

『喔！』左宗棠正爲此不安和懊惱，所以很高興地說：『眞難爲你。』

『跟左大人回話，這件事外面還不知道。』

知道了便怎麼樣呢？左宗棠還在尋思，左右的幕友機警，趕緊湊到他耳際，低聲說了兩句；他點點頭說：『可以，你看著辦。』

幕友把安德海派來的太監，請到別室，先套交情，再問來意；那太監要三千兩銀子，一文不能少。

不給怎麼樣？後果可想而知，必有滿洲御史劾奏左宗棠『失儀』；必定蒙恩免議，但劾奏的摺子也必定『發抄』，見於邸報，通國皆知。

這一下就會『鬧』成笑話；元戎西征，威望有關！那幕友替左宗棠作主，接受了太監的要求。而左宗棠本人，只知道又發了一次賞，並不知道是受了勒索；他丟開這份小事，親自動筆，上了一個『疏陳陝甘餉事艱難』的奏摺，兩宮太后發交戶部議奏，結果奉旨：在海關洋稅項下，每年指撥陝甘軍一百萬兩。

要四百萬只得一百萬，左宗棠自然失望。但此時爭亦無用；等帶兵出關，軍務部署見了實效，那時有多少人要多少餉，照實計算，指明來源，不怕朝廷不允，否則就奏請『另簡賢能』接辦。這套要挾的方法，人人知道，所以他決定學得聰明些，一句話不說，『遞牌子』覲見兩宮太后及皇帝，辭行出都。

這天是八月二十，他出京，李鴻章到京；兩人在賢良寺還有一番酬酢。然後李鴻章就『接收』了左宗棠的行館；一住住了差不多一個月。

這因爲他是來辦善後，第一要談『撤勇』；第二要談報銷。這兩件事都非常麻煩。朝廷的意思，首先要讓劉銘傳的部隊進駐京畿；劉銘傳的職務是『直隸提督』，帶兵到任，名正言順；而且曾國藩調爲直隸總督，論私人情誼，他亦不能不想辦法讓劉銘傳來幫曾國藩。無奈那位爵爺，名成利就而身心交疲，只想解甲歸田，坐擁爵銜巨資，先享兩年福再說；這已使得李鴻章左右爲難，而且他自己還有『泥菩薩過江』之虞。

『少荃！』恭王這樣對他說：『上頭的意思，怕左季高獨力難支，將來還有借重你的地方。所以淮軍應該汰弱留強，作個預備。』

李鴻章是絕不願再領兵打仗了！一方面是打仗太苦；一方面『軍功』也夠了。尤其是跟左宗棠在一起打仗，不但受苦，還要受氣，上頭這個『意思』，無論如何要把它打消。

『王爺！』他以十分鄭重的語氣答道：『軍國大計，不敢不據實奉陳。平洪楊、平捻匪，十幾年苦戰的心得，只得一句話：事權必須歸一。以平西捻而論，若非朝旨以王爺節制各軍，直隸有那麼多將帥督撫，各自爲政，只怕治絲愈棼，局面會糟不可言。』

這番話以恭維恭王來說明『事權必須歸一』，自然很動聽，因而恭王點點頭說：『這是很實在的話。尤其季高的脾氣，大家都知道；如果西征不順手，必須易帥，朝廷自然有妥善的處置。』

這一說更不得了！如果留淮軍以備助剿，還可以派部下大將入陝；照現在恭王的話，西征無功而易帥，是由自己去代左宗棠，那就得親臨前敵，怕十年都不能收功，非死在秦隴不可。

『王爺！』他說：『左季高大才槃槃，對經營西北，視爲平生志事之所在；如果他猶無功，更無人可。何況淮軍將領，不是我在王爺面前說句洩氣的話，百戰艱難，銳氣都盡，眞正是「強弩之末，不足以穿魯縞」。』

『那……』恭王看著在座的文祥說：『撤軍之議，只怕談不出結果來了。』

『在京裡本來就談不出結果來的。』文祥從全局著眼，提出建議：『善後事宜要通盤籌劃。汰弱留強是一事，糧餉從何而出？又是一事；裁勇資遣一事，另外練兵又是一事。大亂敉平，百廢待舉，尤其洋務急待開展，更要大筆款子，而況西餉才籌出一百萬，不足之數著落在何處？也得先作個準備，等左季高請餉的摺子來了，才可以應付。』

『唉！』恭王有些心煩，感慨著說：『爲來爲去爲的一個字：錢！』

『對了！正是一個錢字。所以天下的命脈在東南財賦之區的兩江；而京畿爲腹心，湖廣爲股肱。讓他們三位總督見個面，好好談一談，事情就有眉目了。』

『好！』恭王當即作了決定：『少荃，你到金陵走一趟，約了馬穀山跟曾滌生談個章程出來。朝廷的意思，反正你也知道了，只要大局能夠在穩定中有開展，你們怎麼說，怎麼好！』

『跟王爺回話，我本來的打算，也是出京以後，先到兩江，見我老師，開了年到武昌接事。不過，我那老師，只怕不肯接直督的印。』

提起這一點，恭王又心煩了。曾國藩調任直督的謝恩摺子中，雖沒有明白表示，不願到任，但有個『附片』說：『丁憂兩次，均未克在家終制；從公十年，未得一展墳墓，瞻望松楸，難安夢寐。』又說：『剿捻無功，本疚心之事；而回任以後，不克勤於其職，公事多所廢弛，皆臣抱歉之端，俟到京時，剴切具奏。』意思是盡過忠，現在該盡孝了，進京陛見時，一定會面奏，請假回籍掃墓，就此辭掉直督。現在聽李鴻章一說，那『附片』的言外之意，越發明白。這件事得要早早疏通。

於是恭王作了很堅決的表示：『少荃！平心而論，你那老師，也該休息幾時，不過局面擺在那裡，誰是可以高蹈袖手的？更何況你老師的德望才具，國家萬萬少不得此人！你們師弟的感情極好，我請你代爲勸駕，不肯接直督的話，最好不要說出來；一說，於事無補，徒傷感情。』

李鴻章的心思一直很活動，打算著『老師』眞的堅辭直督，而上頭不願強人所難，他就要設法勸曾國藩『薦賢自代』，所以到處宣揚他老師有倦勤之意。現在聽恭王的口風，非其人不可；他算是在眼前死了這條心了。

於是，他非常懇切地答應：『王爺請放心！我一定把我那老師，勸得遵照朝廷的意思，來接直督。』

恭王很見他的情，說了好些拜託的話。但是李鴻章有件事，卻無法拜託恭王斡旋；平捻的軍費，前後用去四千萬兩銀子，雖出於兩江，卻要向戶部報銷。他的想法是最好像平洪楊的軍費一樣，免予奏銷；爲此，特地去看戶部尚書寶鋆和羅惇衍，提出暗示，而寶、羅兩人，默然不應，那就只好另外想辦法了。

第一步是託人跟戶部的書辦拉交情；請到飯莊子小酌，探問口氣，要怎樣才能把這四千萬兩銀子的報銷，順利過關？

六部的實權，操在司官手中，司官又必須依賴書辦，所以要『過關』的關鍵，還在書辦身上；而戶部的書辦與吏部的書辦，比其他各部的書辦又不同——本來吏、戶、禮、兵、刑、工六部，有六個字的比擬：富貴威武貧賤。吏、戶兩部的書辦，佔個『富』字，卻眞是當之無愧。

但戶部的司官和書辦，在內部又有區分；十四個『清吏司』的職掌各各不同。這天李鴻章方面的人，邀請的主客是『江西司』和『貴州司』的書辦，就因爲江西司稽核各省協餉；貴州司稽核海關稅收，這都與淮軍平捻的軍費報銷，有密切關係。

再有一個主客，越發要緊，這人是戶部『北檔房』的筆帖式。戶部的總帳，歸北檔房所管，國家歲出、歲入的確數，只有北檔房知道，那裡的司官胥吏，歷來不准滿人插足；同時北檔房負覆核的責任，報銷的准與不准，最後就要看北檔房，因而這個名叫烏克海的筆帖式，被奉爲首座。

代作主人的是一個山西票號的掌櫃，姓毛行三；他這家票號跟淮軍糧台有往來，李鴻章在京裡有甚麼應酬餽贈，常由他出銀票過付。跟戶部的人極熟，三天兩頭在一起，不是酒食徵逐，就是聽戲『逛胡同』，下館子吃飯，照例要『叫條子』。但這天卻只是『清談』，因爲要商量『正事』，而這件正事的關係出入甚巨，不足爲外人道的緣故。

酒過三巡，毛三開口了，『烏大爺，』他說：『都不是外人，敞開來談吧！「那面」託我先請教、請教各位的意思。』

『這也用不著我說，部裡的規矩，你不是不知道。』烏克海說：『我們哥兒幾個，倒不妨先聽聽那面的意思。』

這話很難說，毛三只受託探問口氣，不能放下甚麼承諾，想了想自作聰明地說：『從前曾大人……』

剛提了這一句話，烏克海就打斷了他的話，『嗐，還提那個！』他痛心疾首地說：『那時候倭中堂「管部」。這位道學老夫子，根本就不懂甚麼叫人情世故；也不跟大家商量商量，糊裡糊塗就上了個摺子，平洪楊的軍費免予報銷。這倒也不是便宜了曾大人，是便宜了他下面的糧台。都要照倭中堂這個樣，我們家裡的耗子都得餓死了。』

『那麼，』毛三問道：『烏大爺，你也別管部裡的規矩不規矩，反正託的是我，也總不能說是非按規矩辦不可。這話是不是呢？』

『當然，熟人是熟人說話。等我們商量、商量再說。』

三個人坐到一邊，悄悄低語了一番——其實這是做作，應該開個甚麼『盤子』早就在部裡商量好了來的。

『別人來說，是這個數；毛三爺，看你的面子，這個數。』烏克海比著手勢，先伸一指，再伸三指。

『一三？』毛三問道：『一釐三毫？』

『對了，一兩銀子一釐三。報多少算多少。』

『這個……』毛三問道：『能不能再少一點兒？』

『一釐不能少。』烏克海斬釘截鐵地回答。

由於烏克海的口風甚緊，無可通融，毛三也就不必多說；散了席隨即趕到賢良寺。李鴻章對此事特別關切，降尊紆貴，特別找了毛三來親自問話。

磕過頭起身，毛三斜簽著身子坐在椅子上；把烏克海的話，照實說了一遍。李鴻章心想，兩江地方，前後數年爲平捻所支出的軍費，總在三千萬兩左右；照一兩一釐三毫扣算，一千萬就得十三萬；三千萬左右，就得四十萬兩銀子，這筆數目不小了。

『部裡原來是甚麼規矩？』李鴻章問道：『你可曉得？』

『回中堂的話，這沒有準規矩的，看人說話。』

『噢！』李鴻章要弄明白，是看報銷的人說話，還是看居間的人？這得弄清楚：『如何叫看人說話？』

『像中堂這樣，他們不敢多要。』毛三又說：『再要看各人的做法怎麼樣？我們這面漂亮，他們那面也漂亮。』

『嗯，嗯。』李鴻章雖沒有說甚麼，心裡在估量毛三到底是爲自己說話，還是爲對方說話？

『再有句話，不敢不跟中堂回，那班人眞正是又臭又硬；事情越早辦越好，晚了還花不進錢去。』

『爲甚麼呢？』

『人防虎，虎也防人。』毛三低聲說道：『晚了，那班人只當另有佈置，就不敢要了。』

由這句話，李鴻章知道毛三相當忠實；因爲他說的話很中肯。這件事一起了猜疑之心，不敢要錢，那就一定公事公辦，儘量挑剔，事情就會很棘手。

『你倒是個肯說老實話的人，很好！辛苦你了。』

說罷，李鴻章手扶一扶茶碗；廊上的戈什哈便喊『送客』；毛三趕緊站起身來要叩別，李鴻章已經哈一哈腰，往裡走了進去。

『搞他娘的！』他走到幕友辦公的那間屋子裡，坐下來便罵：『眞正是「閻王好見，小鬼難當」！』

李鴻章與左宗棠的脾氣不同，左宗棠是討厭誰罵誰；而李鴻章罵人，不一定就表示他對被罵的人不滿，所以他的幕友，明知他是罵戶部的胥吏，都不接口，要聽了他的意思再說。

『我十幾年不曾進京，來一趟也不過花了十萬銀子；那些小鬼要我四十萬，哪裡來？』

四十萬兩銀子，誠然是個巨數，但幕友中各人的想法不同；有的嚇一跳，那是不明淮軍軍餉支出的人——明瞭的，就不覺得多了。

『大帥！』管章奏的幕友，很平靜地說：『江寧的摺差剛到；滌相有封信，只怕裡頭有談到報銷的話。』

那是一定的！此事與曾國藩密切有關，而且調任直督，在兩江經手的大事，必須作一交代；從西捻平後，他與他老師函牘往還，一直就談的是撤軍與報銷。果然，曾國藩的這封信中，提出了他對報銷的處理辦法，打算『實用實銷』。

一看這四個字，李鴻章便覺刺心；知道又有麻煩了。

再取信中附來的奏摺草稿，看出是曾國藩的親筆——筆劃之間，直來直去；跟他方正的性情一樣，少波磔頓挫的捭闔搖曳之姿：

從前軍營，辦理報銷，中外吏胥，互相勾結，以爲利藪。此次臣嚴飭屬員，認定『實用實銷』四字，不准設法騰挪，不准曲爲彌縫。臣治軍十餘年，所用皆召幕之勇，與昔年專用經制弁兵者，情形迥異；其有與部例不符之處，請敕部曲爲鑒諒，臣初無絲毫意見，欲與部臣違抗也。

『我那老師，眞正是可欺其以方的君子。』李鴻章順手把奏稿遞了給幕友，『你們看看！』

『話是說得再好都沒有，招呼打在前面，戶部的堂官，心裡會很舒服；不過，司官以下的人，看了就不舒服了。』

『「中外吏胥，互相勾結，以爲利藪」，罵得倒也痛快！』李鴻章就在這片刻間，心思又已一變，心想讓老師罵一罵也好；有人在表面罵，自己在暗地裡做人情，相形之下，便越發會令對方心感；所以他接下來說：『事緩則圓，留著慢慢再說。』

這是在大庭廣眾間說的話，私底下他另有處置。派人告訴毛三，託他轉告烏克海，說這件報銷案，於公於私，都得聽曾國藩主持，目前他還不能有確實的答覆，但他個人，將來無論如何一定會有一番『意思』，請他們放心。這樣先把部裡的胥吏穩住了，然後寫信給曾國藩，隱約表示，即使有這道奏摺，部中怕仍舊要照例挑剔駁覆；與其以後『隨駁隨頂』，不勝其煩，不如早作部署爲妙。當然，勸是這樣勸，曾國藩聽不聽又是一回事；反正他已經準備花錢了，就不聽也無所謂。

於是，過了重陽，摒擋出都。一路思量，這趟入覲之行，公私兩方面都還算順手。到金陵看了老師，然後回合肥過年，等年初五做過生日，奉母到武昌接任，從此以後，又另是一番境界了。

『我半生事業，盡在兩江、山東。江蘇從上海到常州，這一片膏腴之地，是我從長毛手裡拿回來的；我哪裡還對不起江蘇人？江蘇的京官喪盡良心！』李鴻章這樣對他的幕友說；想起江蘇京官對他的種種爲難，越說越憤慨，『不是我，翁叔平哪裡去回鄉葬父？我們在前方出生入死打仗，他們在京裡升官玩古董；結果是以怨報德，眞正叫人寒心。』

大家都不明白他這樣大發牢騷，是何用意？只有默然聽著。

『安徽罵我的人也不少，不過總是家鄉。山東，雖然丁宮保處處掣我的肘，百姓對我是不錯的。我這一走，總得留下點去思才好。』

原來如此！立刻便有幕友獻議，說曲阜的孔廟丹漆剝落；尼山書院自軍興以來，久已荒廢，如果能籌一筆款子把孔廟修起來，不但山東的老百姓高興，凡是讀書人亦無不心許。

對此建議，李鴻章擊節稱賞，立刻就商定了辦法。

辦法並非他自己捐幾萬銀子——這不是捨不得，更不是拿不出來，只是一不願過於沾丁寶楨的面子；二怕有人罵他沽名釣譽。所以只上了一個奏摺，請在撤軍完畢以後，由兩江、湖廣各籌兩萬銀子，解送山東；並由山東巡撫自籌兩萬，一共六萬兩銀子修孔廟。

再有一個奏摺，是由為安徽留去思，擴大到為匪患各處的百姓請命，凡安徽、江蘇、山東、河南、湖北五省，捻匪所流竄盤踞的各地，同治六年以前的錢糧，請旨概行豁免。

這兩個奏摺就在旅途中拜發。然後到江寧與曾國藩見面，談好了撤軍、報銷兩件大事，衣錦榮歸到合肥過年。曾國藩接著也動身進京。

曾侯陛見

他不像李鴻章，不需別留去思；上船那一天，城裡城外，轎子所經的大街，擺滿了香案，各營一齊鳴炮致敬，好不熱鬧。平日善於養氣，自期不以榮辱動心的曾國藩，不由得也動心了。回想初克金陵，兄弟倆『名滿天下』，幾乎『謗亦隨之』；從來功臣的結局，多不堪聞問。那時亦有許多忌功的人，在朝中挑撥離間，禍福在不測之中，因而又記起當年為他九弟四十一歲生日，所作的十三首七絕，悄然吟道：

九載艱難下百城，漫天箕口復縱橫，今朝一酌黃花酒，始與阿連慶更生。

左列鐘銘右謗書，人間隨處有乘除；低頭一拜屠羊說，萬事浮雲過太虛。

童稚溫溫無險巇，酒人浩浩少猜疑；與君同講長生訣，且學嬰兒中酒時。

他就是這樣持著『嬰兒中酒』的心情，一路流連，直到十二月十三日才到京城；跟左宗棠和李鴻章一樣，住在賢良寺。

左宗棠的名氣不及李鴻章，李鴻章又不及曾國藩；他出京已十七年，所以在咸豐年間才登科補缺的大小官員，幾乎都不曾見過他，也幾乎都想看一看這位戡平大亂的名臣，是如何一種大英雄的丰采？所以第二天等他進宮，內廷外廷各衙門的官員伕役，紛紛招邀：『看曾中堂去！看曾中堂去！』一看之下，有的失望，有的詫異。失望的是曾國藩的丰采實在不能動人，既不如李鴻章的長身鶴立，顧盼生威；也不像左宗棠的圓臉大腹，一副福相；甚至也沒有倭仁那種道氣盎然的理學家的派頭。如果不是頭上的紅頂花翎，胸前的朝珠補子，一定會錯認他是個鄉下土老兒。

詫異的是懂些麻衣相法的人。曾國藩三角眼，倒弔眉，照相法上來說，是『刑殺』之相，誰知不死於菜市口，居然封侯拜相。到了現在這個地位，又立過大功，等於賜了『丹書鐵券』，除非謀反，決無刑殺的可能；而曾國藩一向戒慎恐懼，只怕位高招忌，名高致謗，哪裡會起謀反的心思？看些來，修心可以補相——曾國藩做夢也不曾想到，他的相貌也能教人爲善！

曾國藩進宮，先到軍機處拜恭王——除了恭王和寶鋆是同年以外，其他軍機大臣論官位、科名，都是後輩。十月間母喪服滿，回到軍機處的李鴻藻，更是晚輩；他是咸豐二年的翰林，而那年曾國藩已當到禮部侍郎，奉旨派充會試的『搜檢大臣』，如果願意拉關係，套交情，也可以叫老師。因此，文祥、沈桂芬和李鴻藻，對曾國藩都是長揖，執禮甚恭。

恭王請他『升匠』，盛道仰慕。曾國藩當然也有一番周旋。談不了多久，軍機『叫起』；接下來便是召見曾國藩，由伯彥訥謨詁帶班。

行完了禮，慈禧太后優禮勳臣，特別吩咐：『站著說話！』

於是曾國藩又免冠磕頭，謝了恩，很從容地戴上大帽，肅立在伯王下首。

『你江南的公事，都辦完了？』

『都辦完了。』

『兵勇都撤完了？』

『都撤完了。』

『撤散了多少人？』

『遣散了兩萬人。』曾國藩答道：『留下的還有三萬。』

『遣散的人，是哪省的多啊？』

『安徽人多。湖南也有，不過幾千。』曾國藩又加了一句：『安徽人極多。』

『沒有鬧事吧？』慈禧太后很注意地問。

『很安靜。』

『各省撤勇的經費，都照數撥了沒有？』

『都照數撥了。』曾國藩答道：『奉旨：浙江、江西兩省各借撥二十萬兩；湖北借撥十萬兩，都照數撥到兩江。遣散要發的欠餉，還差一點，臣會同李鴻章，籌措補足，所以撤勇很安靜。』

『很好。』慈禧太后點點頭，又問：『你一路來，路上可安靜？』

『路上很安靜。臣先怕有散兵游勇鬧事，誰知一路看過，倒是平安無事。』

『這倒也難得。』慈禧太后問道：『你出京多少年了？』

『臣出京十七年了。』

『你從前在京，直隸的事，自然知道？』

『直隸的事，臣也曉得些。』

『直隸很空虛。』慈禧太后加重了語氣說：『你要好好兒練兵。』

『是！』曾國藩肅然答道：『以臣的才力，怕辦不好。』

慈禧太后沒有再說下去，往旁邊看了一下；於是慈安太后問道：『你的身子怎麼樣？不大鬧病吧？』

『還好。』曾國藩答道：『前年在周家口很鬧了一陣子的病；去年七八月以後，才算好了。』

『現在還吃藥嗎？』

『還吃。』

接著，慈禧太后又談直隸，曾國藩因爲還不十分明白恭王他們的意思，所以回答得很謹愼。

『直隸地方要緊，一定要把兵練好！』慈禧太后加重了語氣說：『吏治也廢弛得久了，得要你認眞整頓。』

『臣也知道直隸要緊，天津海口尤關緊要；如今跟外國雖和好，也是要防備的。』曾國藩慢條斯理地答道：『臣要去了，總是先講練兵，吏治也該整頓。但是現在臣的精力不好，不能多說話，不能多見屬員；這兩年臣在江南見屬員太少，臣心裡一直抱愧。』

『在江南見甚麼太少啊？』慈禧太后沒有聽清楚；向伯彥訥謨詁問。

伯彥訥謨詁有個毛病，像猴子一樣，刻刻要活動；每次在御前當差，垂著手站半天，渾身便不得勁。這時明明已聽清楚是『屬員』二字，卻不即答奏，轉過身來走兩步，先舒散舒散筋骨，然後問明了曾國藩，再走回來向慈禧太后說道：『跟聖母皇太后回話，曾國藩奏的是：見文武官員，就是屬員。』

『喔！』慈禧太后對此並無表示，只說：『你實心實力去辦。有好的將官，儘管往這裡調。』

『是！臣遵旨竭力去辦，只怕辦不好。』

『只要盡心盡力，沒有辦不好的。』

曾國藩答應著，又等了一下，見兩宮太后沒有話；知道是跪安的時候了，便在正中免冠磕頭，仍舊由伯彥訥謨詁帶領出殿。

『妳聽出來了沒有？』慈禧太后在傳膳之前閒談時，對慈安太后說：『曾國藩怕還要辭直隸總督。』

『我也聽出來了，他老說辦不好，又說精力差，不能多說話，多見部下。』慈安太后答道：『得有個人勸勸他才好。』

那當然只有讓恭王去勸他。過了幾天，恭王覆奏，說曾國藩已到內閣和翰林院上任，分別就了武英殿大學士和翰林院掌院學士；答應過了年到開印的時候，出京到保定接直督的關防。聽這一說，兩宮太后才算放心。

『今年可得好好兒過個年了。』慈禧太后終於把存之心中已久的一句話說了出來。

原來就因爲洪楊、捻匪兩大禍患消弭，決定自軍興以來暫停的若干慶典筵宴，一概恢復；現在有了慈禧太后這句話，宮內踵事增華，特別顯得熱鬧。但是，皇帝的功課，兩宮太后仍舊查得很緊；因爲李鴻藻已經照常入值，翁同龢亦已由常熟回京銷假，升了國子監祭酒，依然值弘德殿。師傅既已到齊，正該加緊用功，所以直到臘月廿七，才傳懿旨放年學。

歲暮閒情

每年這難得有的七八天自由自在的日子，皇帝總是漫無目標地東遊西逛，與小太監在一起耗費掉；而這年不同了，變得文靜了。一早起身，先到慈禧太后宮裡問安，然後到了慈安太后那裡，就留著不走了。

綏壽殿上上下下都有默契，一見皇帝來了，便讓桂連去當差，連磨墨侍候皇帝寫字讀書，都是她的差使。

『今天我要做詩。』皇帝老氣橫秋地說：『師傅留下來兩個題目，一開年就要交卷。』

桂連還是第一次看見皇帝做詩，也不知道詩是怎麼做法，該如何侍候？便笑著問道：『該替萬歲爺拿甚麼呀？』

『先替我把書包拿來！』

於是桂連把皇帝的黃緞繡龍的書包拿了來，放在書桌上，打開它；皇帝取出一本黃綾面，紅綾題簽的『詩稿』本子來，翻開第一頁，自己輕輕唸著，搖頭晃腦地，頗為得意。

『妳看！』他指著一行字說：『李師傅給打的圈。』

接著便唸他開筆做的第一首詩，是首五絕，詩題叫做〈寒梅〉，李鴻藻在『百花皆未放，一樹獨先開』這兩句上，打了密圈。

打密圈自然是功課好，桂連便說：『那得給萬歲爺叩喜！』

她一面說，一面蹲下身去請安。手中一塊月白繡花綢子的手絹，自然而然地一揚，散出一股極濃的香味。

『好香！』皇帝有些心神飄蕩，『妳那手絹兒上是甚麼香味？』

『是外國來的香水。』桂連答道：『大格格賞的，說不能多用；大格格說她今年夏天打破了一瓶，到現在屋子裡還是香的。』

皇帝詫異：『大格格進宮來過了？多早晚的事，怎麼我不知道？』

『有七八天了，那天午間來的；萬歲爺在書房裡。』

『哭了沒有？』

『怎麼不哭？額駙的病又重了！』桂連皺著眉說。

『太后呢，跟她怎麼說？』

『太后沒有說甚麼，只陪著大格格淌眼淚。』

『唉！』皇帝的神情異常不愉，『妳別說了！』

桂連很不安，深深懊悔，不該談到大格格，把皇帝很好的興致，一掃無餘。於是怯怯地問道：『萬歲爺沒有生奴才的氣？』

『我生妳甚麼氣？』

『那……』桂連指著詩稿說：『萬歲爺就高高興興做詩吧！』

這一說卻把皇帝惹笑了：『妳說得倒容易！哪能想高興就高興，要做詩就做詩？』

桂連抿著嘴唇不作聲，自己也覺得有些不甚得勁，便搭訕著去撥炭盆中的火，加了兩塊『銀骨炭』在上面；輕輕用嘴去吹，想把火吹得旺些。

『別那麼著！』皇帝警告她說：『回頭會鬧喉疼。』

這是皇帝的體貼，她也從沒有見他對別的宮女，說過這樣的話；心中不由得浮起無限感激，站起身來，眼光瞟過，帶著那種無可言喻的、受寵若驚的神色。

皇帝最心醉於她這種眼神，就那麼一瞬的功夫，可以惹得他想好半天；而每次總是情不自禁地想拉著她的手坐在一起，低聲談些甚麼。無奈小李他們雖不在屋內，卻在廊下；一舉一動都讓人悄悄地看著，他不能沒有顧忌。

定下心來做詩吧！他自己對自己說；然後喊道：『小李！把詩韻牌子取來。』

『喳！』小李這樣答應著，一時想不起甚麼地方有這玩意？

『快去！』皇帝催促。

『快去啊！』皇帝大聲催促。

『喳！』小李響亮地回答，而且把胸脯挺得很高，但腳下卻不動。

這就表示遵行旨意有了窒礙。皇帝很明白，如果再呵斥督促，小李就要想辦法搪塞了；那些希奇古怪的搪塞，能教人吃了虧還不能罵他，只有氣得摔東西。所以，最實惠的處置，是先問一問他有何難處？

這當然不會有好言好語。皇帝偏著頭，皺著眉，用表示不耐煩的重濁的聲音問：『怎麼啦？』

小李是在等著他這一問，不慌不忙地答道：『奴才在想，快去不管用！奴才只有兩條腿，跑得再快，路遠了，還是快不了，怕萬歲爺等得心煩；所以奴才在想，近處哪兒有？想定了一拿就是。』

『想到哪會兒？你就想躲懶，沒話找話。快！上養心殿取。』皇帝告誡，『別拿錯了，要「平聲」的，看那「一東、二冬」；「一先、二蕭」的就是。』

『喳！』小李無奈，只好移動腳步了。

『慢著！』是桂連的聲音，因爲清脆無比，所以室內室外無不注意；等小李站住腳，回頭來望時，只見她比著手勢在問皇帝：『是不是那麼大，那麼高的小櫃子；有好些個小抽屜，上面刻的字，甚麼「一東、二冬、三江、四陽」的？』

『對了！』皇帝有意外的欣喜，不由得提高了聲音，『不過，不是「四陽」，是「七陽」。』

『奴才也鬧不清是四陽還是七陽？反正一東、二冬是記得挺清楚的。』桂連答道：『奴才在庫房裡見過這個東西。』

『那好！妳帶著小李，跟玉子去要。』

不多片刻，取來兩個花梨木的小櫃，每個櫃子有十五個小抽屜；每屜一韻目『上平』從『一東』到『十五刪』，『下平』從『一先』到『十五咸』，都在抽屜上刻著字。

『是這個不是？』桂連很平靜地問。

『就是這個。』皇帝說道：『妳把「十一眞」打開。』

打開上平那個櫃子的第十一個抽屜，裡面有許多疊得很整齊的牙牌；桂連掀一塊來看，是個『眞』字；再掀一塊來看是個『因』字。

『這幹嘛呀？』她問。

『這妳就不懂了！』皇帝驕傲地說：『跟妳也說不明白。妳把字牌都取出來，讓我看。』

桂連儘眨著眼，一塊一塊把字牌取出來，取一塊看一塊，手腳甚慢；皇帝等得不耐煩，將抽屜一拉，『嘩啦』聲響，把所有的字牌都傾倒在桌上。

『來！給擄齊了！』

說著他自己先伸手去理，桂連自然更要動手。四隻手在一起理牌，少不得要碰到；頭兩次還好，理到後來，皇帝故意把她面前疊好了的牌順手打亂，又趁勢把桂連的手，摸一把、捏一把；嘴裡還吆喝著：『快一點！把字順過來！』而眼睛不時看著窗外，怕小李和其他太監在注意他的動作。

窗外當然在注意，但都裝作不曾看到，刻刻躲避著他的眼光。這使得皇帝的心情輕鬆了些，拿起她的手聞了一下；看她沒有甚麼表示，便趁窗外小李轉過身子去的那一刻，很快地伸手去摸了摸她的臉。

這一摸把桂連的臉摸紅了；想起玉子囑咐過的話：要多勸皇上唸書。便即說道：『萬歲爺不是要做詩嗎？』

『嗯、嗯，做詩、做詩！』皇帝像做了甚麼虛心的事，自己都覺得有些忸怩。

看皇帝靜了下來，桂連的心也定了；一個人把字牌理好——她很聰明，這不多的功夫，已經領略到了字牌的用處；把『十一眞』中她所認得的字排在前面；彷彿見過而不認得的，放在中間；最後是那些她心目中的『怪字』：忞、歅、紃、奫之類。

這個安排，大可人意，皇帝有著小小的、意外的驚喜，『桂連！』他指著前面那些常見的字問：『妳怎麼知道我就要用這些個字？』

桂連想說：那些『怪字』，萬歲爺一定認不得，所以擱在後面。但這話要說出來，可能就是一場大禍。所以甜甜地笑道：『奴才是胡猜的。想不到就猜中了萬歲爺的心思。』

這讓皇帝想起『四郎探母』中的戲詞，隨即說道：『好，妳就猜猜我這會兒，心裡想的是甚麼？』

『奴才猜不著！』

『猜不著也不要緊。』

『那，奴才就胡猜了。』桂連偏著頭，斜著上望，含著笑容，兩隻手指輕輕捻著她自己的耳垂；這副姿態，在皇帝看來極美。尤其動人的是，她那因爲思索得出了神的眨眼，長長的睫毛就像無數小精靈，不斷在跳躍閃動。

『奴才猜萬歲爺，這會兒心裡在想的是，』她頑皮地笑著，『要賞奴才一個寶石戒指。』

這眞猜得有點兒匪夷所思了，但是皇帝很高興——眞的，爲甚麼不賞桂連一點東西？『妳猜得不錯！』他說，同時探頭望著窗外，彷彿要叫人似地。

眞的當了眞，桂連卻又不安了，『不！』她趕緊攔著，『奴才胡猜的，逗萬歲爺一個樂子，不敢跟萬歲爺討賞。』

皇帝也醒悟了，如果傳小李取寶石戒指來賞桂連，敬事房一定要『記檔』，鬧得人人都知道，說不定傳到倭師傅耳朵裡，又綳起臉來說一番大道理，多麼無趣？所以不再呼喚小李；凝神想了想問道：『妳喜歡哪一種寶石？我悄悄兒找一個來給妳！』

情竇已開的桂連，對『悄悄兒』三字，聽得特別清楚，心裡唸了幾遍，感到一種無可形容的甜醉的滋味；於是不好意思地答道：『奴才喜歡藍的。』

『可以，過年我給妳一個。』

當天也不做詩了，皇帝特意到麗貴太妃宮裡去看大公主。嬌憨的大公主，跟皇帝最好；姊弟交談，往往脫略禮節，所以她一見面就說：『嘿！稀客。』

『跟皇上不准這樣說話！』麗貴太妃呵斥女兒。

麗貴太妃也不過三十剛剛出頭，但已憔悴不堪；文宗賓天的那頭兩年，幾乎日夕以淚洗面，一半是思念先帝，一半是受了慈禧太后的氣。這幾年看樣子像是想開了，其實心如槁木，只以供佛唸經打發日子。如說還有放不下心的事，就是膝前的一個嬌女；也就因爲如此，大公主雖指配了太宗朝十額駙輝塞的後裔符珍，她卻悄悄跟慈安太后要求過，希望把女兒在身邊多留兩年。慈安太后一向很照應她，自然允許；慈禧太后則根本不愛理這件事，所以大格格早就出降，大公主的喜事在哪年辦？卻從未有人提過。

不過皇帝不像他生母，很敬重麗貴太妃；這位庶母對他也極重視。她常在想：兩宮太后垂簾聽政，總有終了的一天，等皇帝成年親政，凡事可以自己作主了，那她後半世還有幾天比較舒服的日子好過。而且女婿、女兒也要靠皇帝的恩典。由於這樣的想法，她對皇帝雖不是刻意籠絡，卻總是處處企求他有好感；甚至對皇帝左右的人，張文亮、小李等等，也很客氣，每一次都要叫宮女拿茶、拿點心。也常有賞賜——據說麗貴太妃因爲文宗在日得寵，手裡很有點東西。

但是，皇帝與先朝的妃嬪見面，形跡上應該是疏遠的；所以照例的幾句問答過後，麗貴太妃向大公主囑咐了一句：『好好兒陪著皇上說話，不許沒有規矩。』便即退回自己的屋子。

這時皇帝才道明來意：『我跟妳要樣東西，妳給不給？』

『倒是要甚麼呢？我沒有的也不行啊！』

『當然是妳有的。我跟妳要個寶石戒指。』

『幹嘛用呀？』大公主問道：『我眞不懂，皇上要我的戒指幹甚麼？』

『妳小器我就不要了。』

『誰小器來著？』大公主的聲音提高了，『我不過……』

『別嚷嚷！』皇帝趕緊搖著手說：『我跟妳鬧著玩兒的，妳就急了。』

『當然要急了！我最恨人說我小器。皇上倒看我小器不小器？』

大公主還眞大方，很快地把她的首飾箱捧了出來；打開蓋子，推到皇帝面前。

『妳的嫁妝還眞不少！』皇帝笑道：『妳別心疼，我只要一個藍寶石的。』

『不管藍的、紅的；由著性兒挑吧！』

『也甭挑了，反正都是好的，妳給一個不大不小的好了。』

大公主有些賭氣，挑了個最大的送到皇帝手裡：戒面有蠶豆那麼大，色澤極純，其名叫做『藍柱玉』，是翡翠的變種。

『我拿是拿了，可有一句話，妳能不能答應？妳要不依，我就不要。』皇帝接著又說：『我跟妳要了這個戒指，妳可別告訴人；要是看見甚麼人戴在手上，妳就裝作沒有瞧見，也別跟人說。』

『行！』大公主答得很爽脆，但有一個條件：『皇上得告訴我，這個戒指給誰？』

皇帝略一躊躇，點點頭說：『妳把手伸出來！』等大公主攤開手心，他寫了『桂連』兩字。

『我猜也是她。』

皇帝笑笑走了。第二天又到綏壽殿，找個機會把那戒指給了桂連；她給他請安謝賞，把玩著那樣珍飾，臉上一直浮著笑容。皇帝看在眼裡，心中有著說不出的那種踏實舒坦的感覺。

但桂連的笑容終於消失了，眼中依稀有悵惘之色；這時候的皇帝，對她的一顰一笑，無不注意，不知道她爲何不高興？想問問她，卻似乎有些礙口；因而他的臉色也陰沉了。

桂連很機警，知道是爲了自己的緣故，立即又綻開了笑容，輕聲問道：『萬歲爺怎麼又不高興了？』

皇帝正在想一句適當的話，要反問她爲何不高興？只見小李匆匆出現在門口，屈著一條腿，高聲說道：『啓奏萬歲爺，聖母皇太后找！』

這是不常有的事，而且看見小李臉色驚惶；不由得也有些著慌，站起來就走；聽見桂連喊道：『萬歲爺！帽子！』

他站住了腳，只見桂連一手托著他那頂貂皮便帽走了過來；於是把頭一低，讓桂連替他戴好，匆匆忙忙坐上軟轎，由小李扶著轎槓，指向翊坤宮。

『怎麼回事？』皇帝忍不住問了一句。

『聖母皇太后不知道爲甚麼發脾氣?』小李低聲答道:『把茶杯都摔了!』

這一說,皇帝越發提心弔膽;一到翊坤宮,就發現慈禧太后臉上像罩了一層霜,便硬著頭皮進殿請安,怯怯地喊一聲:『額娘!』

慈禧太后不響,一面剔著指甲,一面斜著身子,把皇帝從上到下打量了一遍,才冷笑說道:『哼!上書房的日子,倒還見得著人;不上書房,連影兒都瞧不見了。』

皇帝不敢響,把個頭低著,只拿腳尖在地毯上畫圈圈。

『甚麼樣子!有一點兒威儀沒有?跟你說了多少遍了,要用功,要學規矩,走到哪兒,像個皇上的樣子。反正你一句也沒有聽進去,滿處亂逛,跟外面的野孩子,有甚麼兩樣?』

『野孩子』三字,太傷皇帝的自尊心,雖不敢爭辯,卻把頭扭了過去。

『你看你!我跟你說話,你跟我這個樣!』慈禧太后把匟几一拍,『你心裡可放明白些,別以爲有人護著,就敢爬到我頭上來!』

『主子何必跟萬歲爺生氣?』安德海不知怎麼一下子出現了;『好了,好了!萬歲爺給賠個罪吧,說「下次不敢了。」』說著便來扶皇帝的身子,意思是要把他的身子轉過來,面朝著慈禧太后好磕頭。

殺機初動

皇帝最恨安德海以這種欺壓他來討好太后的行徑,頓時怒不可遏,就想反手一掌打在他臉上再說;皇帝的身體羸弱,但常跟小太監在一起練劈磚之類的玩意,手勁甚足,這一掌要打了過去,非把安德海牙齒打掉，外帶摔個跟斗不可。但就在要出手的刹那，想起母后正在火頭上，說不定再受一頓訓斥，反教小安子心裡快意，這是無論如何划不來的事！因而硬忍住了，只瞪著眼問：『你拉拉扯扯的幹甚麼？』

慈禧太后看在眼裡，心中明白；安德海如果不知趣，皇帝正好把怨氣發在他頭上，爲了迴護他，便即大聲申斥：『你走開！沒有你的事。』

安德海變成兩面不討好，討了個老大的沒趣，但他臉皮甚厚，不動聲色地答應著：『喳！』然後垂手退到一旁。

『過了年就是十四歲了！』慈禧太后接著又訓示：『到現在連個親疏遠近都分不出來，也不知道你的書是怎麼唸的？』說到這裡，她突然吩咐安德海：『把跟皇上的人找來！』

『喳！』安德海響亮地答應一聲，疾趨而出，走到廊上大聲問道：『跟皇上的人在哪兒？』

他明明看見小李他們一班人遠遠站著，卻故意這樣問，這便表示來意不妙；張文亮不在，小李只得挺身而出，跑上來問道：『幹嘛？』

『奉懿旨找！只怕有賞。』

小李心想，糟了！說不定就得挨頓板子。跟安德海沒有甚麼好說的，唯有硬著頭皮進殿；在門口報名請安。

『你過來！』慈禧太后說。

『喳！』小李急行數步，跪在她面前。

『下了書房，你們帶著皇上到哪兒去了呀？』

『奴才不敢帶著皇上亂走。皇上吩咐到哪兒，奴才只有小心侍候。』

『嗯！』慈禧太后的語氣，意外地柔和，反帶著譏嘲的意味：『你們很好，侍候得很小心，我全知道。你們就再小心一點兒好了！』

說完，她把頭扭了過去。小李不敢多說，只有唯唯稱是，連連磕頭。

『傳膳！』

這一聲眞如皇恩大赦；不然小李跪在地上，太后不叫『起來』便不能起身，因而他機警地代爲應聲，接著便磕個頭，起身退出，高呼：『傳膳！』

皇帝侍膳已完，請了晚安，回到養心殿西暖閣；小李便來密奏：已經打聽到了，慈禧太后因爲皇帝這一陣子總在慈安太后那裡盤桓，大爲不悅；這天大發脾氣，完全是聽了安德海的挑撥。

『我就知道是這個王八蛋幹的好事！』皇帝一怒之下，把個成化窯的青花花瓶，狠狠砸在地上，

『非殺這個王八蛋不可！』

『萬歲爺息怒！』小李跪下來抱著皇帝的腿說：『打草驚蛇犯不著。』

皇帝醒悟了，想了半天，咬一咬牙說：『聽說小安子在外面幹了許多壞事，你悄悄兒去打聽了來！』

『是！』小李答道：『這容易打聽。不過打聽到了，也沒有用。』

『怎麼說沒有用？』

『沒有證據也不行；有了證據還是不行。』

『胡說八道，有證據就能辦他！』

『萬歲爺！』小李的聲音越發低了，『小安子的靠山硬，萬歲爺這會兒還辦不動他。就讓他再多活三四年吧！』

這話重重撞在皇帝的心頭，他不由得要對自己的處境作一番考量。站起身來，在窗前細細思量，還眞是拿安德海沒有辦法。——雖然眼前召見軍機，有時候也能說幾句話，但如說安德海橫行不法，命軍機嚴辦，這話沒有人會聽。除非等三、四年以後親政，自己眞正做了皇帝，那時一朝權在手，說甚麼就是甚麼，才能置安德海於死地。

於是他又想到倭師傅講過的《帝鑒圖說》，多少次談到列朝的宦寺之禍；又說本朝裁抑宦官，是一大賢明的措施。『乾隆爺』的辦法最好，奏事處的太監都用姓王的，這是第一個大姓，教那些想打聽消息的，搞不清『王太監』是誰？另外的太監也都改了『秦、趙、高』三姓；後世應該警惕，凡是太監都會像秦代的趙高那樣亂政禍國。自己有一天殺了安德海，就像『嘉慶爺』殺和珅那樣，必是人人稱快。

但是，這還得三四年！這口氣忍不到那麼久。『不行，』他回身對小李說：『你得想辦法，早早把這個王八蛋宰了！』

『萬歲爺，萬歲爺！』小李有些著急了，『萬歲爺這麼沉不住氣，一定會讓聖母皇太后知道；那時候小安子沒有死，奴才一條命先保不住了。』

『照你說，就儘讓他欺侮我？』

這話問得小李無言以答，心裡盤算，既然皇帝的意志如此堅決，倒不妨認眞來想一想；但現在做這件事，無論如何是個冒險，不能不萬分愼重。因而他特意把雙眼張得極大，聲音放得極低，作出那極端鄭重和機密的神態，好讓皇帝格外注意他的陳述：『奴才也聽說過這一句話：君辱臣死！小安子欺侮萬歲爺，奴才恨不得咬他一塊肉；不過，說實在話，這會兒奴才眞正不是他的對手。萬歲爺這麼吩咐，奴才盡力去想法子；可是有句話，萬歲爺得先准了奴才的，奴才方能放心辦事。』

『好，你說！』

『奴才請萬歲爺，從此不提小安子；逆來順受，要教他一點兒都不防備。』

皇帝想了想說道：『得有個日子！不能老教我這個樣，那不把人憋死？』

『萬歲爺答應了奴才的，奴才一定在明年這一年把事情辦成。』

『好！明年一年辦不成，你就甭跟我了。』

密議已成，小李一個人在肚子裡做文章；他的第一步，也是下得最深的功夫，就是把安德海種種攬權納賄的劣跡，有意無意地在幾位王爺，特別是恭王面前透露。他的措詞異常謹愼，同時言之有物，絕不胡說一句，所以安德海在宮內的一言一行，在外面的招搖勒索，軍機大臣們無不瞭如指掌。

儘管安德海已成了王公大臣側目而視的人物，他自己卻還洋洋得意；實在也怪不得他，趨炎附勢的人太多了，只遇著他從宮裡回家，頓時其門如市，有的來營謀請託，有的來聯絡感情；有的來送禮，有的來下帖子請赴宴。不是爲了眼前有求於他；就是爲即將到來的大工大差，先鋪一條路子。

這大工大差就是皇帝的大婚典禮。日子雖還沒有定，卻也可以計算得出來，早則兩年——到同治十年，皇帝十六歲可以冊后了；至晚不會過同治十二年；從『康熙爺』以來，幾乎快兩百年了，才有一位皇帝在位大婚，而況是戡平大亂，正逢承平之世，這還不該大大地熱鬧一下子？

最起勁的當然是內務府的官員。修圓明園的念頭一時不能實現；但三大殿、乾清、坤寧兩宮、養心殿，自然得修；皇帝、皇后的宮殿修了，太后的慈寧宮、寧壽宮不能不修；裡面修了，外面不能不修，光是修一座『大清門』好了，起碼就能報銷十萬兩銀子。

這些都要慈禧太后拿主意，而慈禧太后必得先問一問安德海。那眞正是一言九鼎，隨便一句話，安上一個名字，就有好大的一筆油水好撈。當然，眼前最要緊的，第一是替安德海出主意——有錢也得會花才行。其次，要安德海記住自己這個人；那就只有多跑他家，多跟他說好話，好讓他一想就能想到。

籌辦大婚

等恭王和寶鋆會同內務府大臣、工部堂官充當『恭辦大婚事宜官』的詔旨一下，內務府有張單子，由安德海轉呈慈禧太后，上面列明籌辦大婚事宜，各項事務的先後次序，第一款就是修葺宮殿；第二款是採辦物件。同時由安德海進言，說民間大族富戶，爲兒女婚事，亦需籌備數年，現在大婚期近，應該寬籌經費，及早著手。

慈禧太后深以爲然，因而召見內務府大臣兼工部侍郎的明善，首先談到的也是在宮內興工修繕。但是慈安太后卻有不同的想法，『宮裡一年到頭，哪一天也短不了修修補補、油漆粉刷。』她說：『我看動大工可以不必。』

『坤寧宮做新房，那總得重新修一修。』慈禧太后說。

這無可駁回，慈安太后點點頭：『這當然要修。』

『還有這裡養心殿。』慈禧太后又說：『親政以後，是皇帝日常視朝的地方。總也得拾奪、拾奪。』

慈安太后又點點頭，於是明善奏道：『皇上親政，承歡兩位皇太后膝下；慈寧、寧壽兩宮，總得好好修一修，才能略盡皇上的孝心。』

『那不必！』慈禧太后搶在前面說：『非修不可的地方才修，能緩的就緩一緩再說。』

『啓奏兩位皇太后，照規矩，各宮宮門，出入觀瞻所繫，理應重修。』

『喔！』慈禧太后不容慈安太后開口，緊接著問：『查一查，各宮宮門是哪一年修過的？』

『奴才已經查過了。』明善掏出一張單子唸道：『嘉慶元年，修葺內外大城；二年重修乾清宮、交泰殿；六年，重修午門；七年重修養心殿等宮、太和門、昭德門、貞度門、重華門。到現在已經七十年了。』

『七十年？該修一修了！你先派人去看一看再說。』

有了這句話，明善立刻就派司員找了工匠來，到宮內各處去勘察估價。這事傳到寶鋆那裡，大爲著急；那一張單子開出來，一定是幾十萬兩銀子，就算打個折扣，也還是一筆巨數；他是戶部尙書，首先就會遭遇麻煩，所以急急趕到恭王那裡去報告消息。

『豈有此理！』恭王拍案大怒，『馬上把這個老小子找來。等我問他。』

明善是內務府世家，對於侍候帝王貴人，另有一套手法；最著重的是籠絡下人，窺探意旨，所以等恭王派了個侍衛來請時，他不慌不忙，先以酒食款待，然後探問恭王何事相召？

『寶中堂一到，談不到幾句話，王爺就發了挺大的脾氣。吩咐馬上請明大人到府。』

『喔！』明善問道：『可知道寶中堂說了些甚麼？』

『那就不知道了。』

雖未探聽明白，也可以想像得到。明善不敢延擱，派人陪著那侍衛喝酒；自己也不坐轎，騎了一匹馬，帶著從人趕到大翔鳳胡同鑑園來見恭王。

『聽說派了你「勘估大臣」的差使，軍機上怎麼不知道啊？』

『六爺！』明善知道事已不諧，非常見機，極從容地笑道：『我是替六爺跟寶中堂做擋箭牌。』

這話令人覺得意外，而且難以索解，恭王便問：『怎麼回事？你說！』

『修各處宮門，是上頭的意思。』明善把聲音放得極低，『我不能不裝一裝樣子，把工料的單子開上去，一看錢數不少，這事兒就打銷了。倘或上頭跟六爺交代下來，那時候既不能頂回去，更不能不頂回去，不是讓六爺你老爲難嗎？』

『總是你有理。』寶鋆開玩笑地說：『照你的話，六爺還得見你一個情？』

明善跟寶鋆極熟，聽得這話便針鋒相對地答道：『戶部不也該見我一個情嗎？』

『那好！』寶鋆趁勢雙手一拱，半眞半假地說：『我正要拜託。大婚典禮，戶部籌款，內務府花錢；務求量入爲出，那就算幫了軍機上的大忙了。』

『說實話，』明善收起笑容，擺出不勝頭痛的神情，『凡有慶典，有一部《大清會典》在那兒，按譜辦事，差不到哪兒去。現在有個小安子在裡頭胡亂出主意，事情就難辦了。』

這一說，恭王和寶鋆都不開口。安德海已經『成了氣候』，相當難制，『咱們先不提這個。』寶鋆看著恭王問道：『大婚用款，該定個數目吧？』

這件事，軍機大臣已經談過好幾次，決定了數目；寶鋆說這話的用意，是暗示恭王，告知明善，好教他心裡有數，不敢放手亂花。

於是恭王報以一個領會的眼色，轉臉向明善伸了一個指頭：『這個數兒都很難！你瞧著辦吧。將來花不夠，你自己在內務府想辦法。』

一指之數，自然不會是一千萬兩；是一百萬兩。這與內務府原來的期望，大不相同；內務府估計大婚費用，起碼會有三百萬兩，如今只有三分之一，因而明善大失所望。但表面上絲毫不露，滿口答應：『是，是！我那兒請六爺放心，不該花的，一個蚌子也不行；該花的也還得看一看，能省就省，凡事將就得過去就成了。』言外之意是慈禧太后交代下來，內務府就無能爲力了。

寶鋆想了想笑道：『這些地方就用得著倭艮峰了！』

這與倭仁何干？明善困惑而恭王會意；但他不願在這時候多談，因而很快地把話扯了開去，談到選秀女的事。

這是一次特選，目的是要從八旗世族中選出一位德容並茂的皇后，所以明善對這件大事，特別留心；當時把初選的日期，備選的人數，哪家的女兒如何，如數家珍似地都說了給恭王聽——其中特別提到蒙古狀元崇綺的女兒，觸發了恭王的興趣。

『我老早就聽說了，』他矍然而起，『崇文山那個女孩子是大貴之相；唸書一目十行。可惜我沒有見過。』

親王位尊，八旗世族的婚喪喜慶，很少親臨應酬，因此，恭王沒有機會見到崇綺的女兒。但寶鋆跟崇綺家很熟；崇綺的父親賽尙阿，貴極一時，在咸豐初年，他不曾因剿治洪楊，兵敗獲罪以前，寶鋆是他家的常客。同治四年會試，寶鋆奉派爲總裁，所以崇綺又算是他的門生，自然見過這個門生的愛女；這時便接著恭王的話說道：『說她一目十行，不免過甚其詞；不過崇文山對女兒的期許甚高，親自課讀，有狀元阿瑪做老師，或者可以成爲才女。』

『長得怎麼樣？』

『長得不算太美。氣度卻是無人可及。』

『那就有入選之望了。』恭王點點頭，『不過，也得看她自己的造化。』

『可惜有一層不大合適，』明善接口：『已經十六歲了。』

這就是比皇帝長兩歲，『那有甚麼關係？』恭王不以爲然，『聖祖元后，孝誠皇后就比聖祖長一歲。皇上年輕，倒是有位大一兩歲的皇后，才能輔助聖德。』

『就不知道將來立后是誰作主？』寶鋆說道：『如果兩宮太后兩樣心思，皇上又是一樣心思，那到底聽誰的？』

『你們想呢？』恭王這樣反問。

自然是聽慈禧太后的。恭王此問，盡在不言；這個話題也就談不下去了。等明善一走，恭王才跟寶鋆談到『用得著倭艮峰』那句話；爲了掃一掃慈禧太后的興致，壓一壓安德海和內務府的貪壑，恭王同意寶鋆的建議，由他以同年的關係，說動倭仁建言：大婚禮儀，宜從節儉。

這用不著費事，方正的倭仁原有此意，不過他因爲反對設立同文館一案，開去一切差使，對實際政務，已很隔膜；所以只向寶鋆細問了問內務府近年的開支，立即答應第二天就上奏摺。

第二天是三月初八，皇帝頭一次開筆作短論，公推齒德俱尊的倭仁出題，他也當仁不讓，正楷寫了四個字：『任賢圖治』；由翁同龢捧到皇帝座前，講明題意。皇帝點點頭，打開《帝鑒圖說》，找到有關這個題目的那幾篇文章，把附在後面的論贊細看了看，東套兩句，西抄一段，湊起來想了又想，慢慢有了自己的意思。

門生天子在構思，師傅宰相也在構思。倭仁端然而坐，悄然而思，他在想，這道奏摺是給慈禧太后看的，不宜引敘經義；典故倒可以用，但必須挑她看得懂的，最好在《治平寶鑒》上找。

他很自然地想到了《治平寶鑒》上，漢文帝衣弋綈、郤千里馬的故事；爲了是諷勸太后，他又想到漢明帝馬后的節儉。再敘兩段本朝的家法，這開宗明義的一個『帽子』就有了。

於是他提筆寫道：

昔漢文帝身衣弋綈，罷露台以惜中人之產，用致兆民富庶，天下乂安；明帝馬后服大練之衣，史冊傳爲美談，此前古事之可徵者也。我朝崇尚質樸，列聖相承，無不以勤儉爲訓，伏讀世宗憲皇帝聖訓：『朕素不喜華靡，一切器具，皆以適用爲貴，此朕撙節愛惜之心，數十年如一日者。人情喜新好異，無所底止，豈可導使爲之而不防其漸乎？』宣宗成皇帝御製《愼德堂記》，亦諄諄以『不作無益害有益』示戒。聖訓昭垂，允足爲法萬世。

寫完一段，擱下筆看了一遍，接著便考慮，是從內務府寫起，還是開門見山提到宮內的奸佞小人？正在躊躇不定，打算找翁同龢去商量一下時，皇帝的文章交卷了。

那眞是短論，一共十句話不到，倭仁一看，暗暗心喜，捧著皇帝的稿本，搖頭晃腦地唸道：

治天下之道，莫大於用人。然人不同，有君子焉，有小人焉！必辨別其賢否，而後能擇賢而用之，則天下可治矣。

看一看鐘，這八句話花了皇帝一個鐘頭。但總算難為他，雖只有八句話，起承轉合，章法井然；虛字眼也還用得恰當。可是倭仁還守著多少年來督課從嚴的宗旨，不肯誇獎『學生』，怕長他的虛驕之氣；只點點頭，板著臉說：『但願皇上記著君子、小人之辨；親賢遠佞，那就是天下之福了。』

聽這兩句話，皇帝如兜頭被潑了一盆冷水。他自己覺得費了好大的勁，一個字一個字，像拼七巧板那樣，擺得妥妥帖帖；一交了卷，必定會博得大大的一番稱讚，誰知反聽了兩句教訓！想想實在無趣。用甚麼功？用功也是白用，不如對付了事。

這一來，皇帝讀『生書』便顯得無精打采了，倭仁也不作苛求。下了書房，跟翁同龢商議上那道奏摺；費了兩天功夫，才定稿繕清，遞了上去。

奏摺送進宮，慈禧太后正在審核內務府奏呈的大婚典禮採辦的單子；安德海在旁邊為她參贊，迎合著『主子』的意思，『這個太寒蠢』，『那個不夠好』地儘自挑剔。單子太多，一時看不完，談不完，慈禧太后有些倦了，揉揉眼說：『先收起來，留著慢慢兒看吧！』

『時候可是不早了。』安德海一面收拾桌子，一面說道：『東西都要到江南、廣東採辦，運到京裡，主子看著不合適，還來得及換。不然，內務府就可以馬虎了。』

『這是甚麼道理？』慈禧太后問。

『到了日子，要想換也來不及了；明看著不合適，也只好湊付著。』

『他們敢嗎？』慈禧太后懷疑，『他們還要腦袋不要？』

『大喜的事，主子也不會要人的腦袋。』安德海冷冷地答道。

想想也是，這樣的大典下來，照例執事人員，不論大小，都有恩典。辦事不力，充其量不賞，除非出了大紕漏，那也不過交部議處，不會有甚麼砍腦袋、充軍的大罪；就算自己要這麼子嚴辦，總有人出來求情，到頭來，馬虎了事，不痛快的還是自己。

於是她問：『那麼你看怎麼辦呢？』

一直在窺伺臉色的安德海，知道自己的話說動了慈禧太后。打鐵趁熱，便走近一步，躬身低語：『主子不問，奴才不敢說；主子問了，奴才不說，倒像幫著內務府欺瞞主子，那不是神鬼不容？奴才在想，最好主子派一個信得過，而且能幹的人，先到江南、廣東去一趟，摸一摸底兒。』

『摸一摸底？那倒是甚麼呀？』

『價碼兒啊！』安德海指著單子說：『這裡面的虛價，不知有多少！』

『對，對！』慈禧太后不住點頭，『可是……』她躊躇著說：『你也不能出京啊！』

唯一的窒礙就在此！安德海先不作聲，然後慢吞吞地說道：『那全得看主子的意思。主子說一句話，誰敢駁回？』

『那也不是這麼說。慢慢兒再看吧！』

事情雖未定局，但還留著希望；安德海不敢操之過急，所以閉口不語。到了上燈，侍候慈禧太后看奏摺；看到一半，只見慈禧太后，額上青筋躍動，不知道爲甚麼又生氣了？

爲的是倭仁的那道奏摺。他在那段引敘漢朝帝后和本朝聖訓的『帽子』以後，這樣寫道：

近聞內務府每年費用，逐漸加增；去歲借部款至百餘萬兩。國家經費有常，宮廷之用多，則軍國之用少；況內府金錢，堵閭閻膏血，任取求之便，踵事增華，而小民徵比箠敲之苦，上不得而見也！諮嗟愁歎之聲，上不得而聞也！念及此而痌瘝在抱，必有惻然難安者矣。方今庫款支絀，雲貴陝甘，回氛猶熾；直隸、山東、河南、浙江等省，髮捻雖平，民氣未復。八旗兵餉折減，衣食不充，此正焦心勞思之時，非豐亨豫大之日也。大婚典禮繁重應備之處甚多，恐邪佞小人，欲圖中飽，必有以鋪張體面之說進者，所宜深察而嚴斥之也。夫制節謹度，遵祖訓即以檢皇躬；崇儉去奢。惜民財即以培國脈。應請飭下總管內務府大臣，於備用之物，力爲撙節，可省則省，可裁則裁。總以時事艱危爲念，無以粉飾靡麗爲工。則聖德昭而天下實受其福矣！

『哼！』慈禧太后冷笑道：『文章倒做得不壞。』

但想到倭仁原是個『迂夫子』，便覺得爲他生氣大可不必；這一轉念間，臉色便和緩了。安德海也鬆了口氣，因爲慈禧太后生氣的樣子，實在教人害怕。

不過倭仁提到『邪佞小人，欲圖中飽』，下面又有『飭下總管內務府大臣』如何如何的話，這跟安德海所說的意思差不多。內務府中飽是免不了的，但也不能太過分；這得想個辦法，讓內務府的人適可而止。

於是她對安德海說：『你倒去打聽打聽，內務府的人怎麼說？這幾張單子是誰經手開的？』

安德海知道必出於明善父子之手，但正好借此出宮去辦一天的事，自不宜在此時回奏；因而這樣答道：『現在內務府的人，知道奴才是主子的耳目，所以一見奴才都躲得遠遠兒的。不過奴才自有法子去打聽，就是得多花點兒功夫。奴才請旨，明兒一早就去找人；當天就可以打聽確實了來回奏。』

『可以。』慈禧太后又說：『順便看看，有新樣兒的鞋沒有？』

於是第二天等慈禧太后一到養心殿，安德海就從他自作主張，新近開啓的中正殿西角門出宮，一直坐車回家。

私議出京

安德海將他家的房屋大修過了，從鄉裡把他的叔叔、妹妹，還有個姪女兒都接了來住；在原來的兩個聽差以外，另外擅自從宮裡把他一個親信的同事，名叫王添福的，找了來管家。管家不管雜務，只管替他聯絡各方，說人情的、謀差使的、放帳的，彼此勾結著搞錢的都歸王添福接頭；所以等安德海一回家，他立刻派那兩個聽差，分頭去通知，有那要當面見『安二爺』的，趕快都來！

不久，各色各樣的人，紛紛都到了安家；他們的來意，已聽王添福說過，安德海很乾脆，但也很囂張，『行』或『不行』只有一句話。不行的怏怏而去，能幫忙的，由王添福陪同到一邊去談細節——主要的是『談價錢』。

忙到下午該吃晚飯了。他家跟宮裡的規矩一樣，四點鐘就吃晚飯；安德海自己高高上座，他那個六十多歲名叫安邦太的叔叔，和王添福左右相陪。席間只有安德海一個人的話，左一個『太后』，右一個『太后』，談得興高采烈，一頓飯吃了將近一個鐘頭。

好不容易安邦太才有開口的機會：『皇后選定了沒有？』

『早著哪！』他說：『複選留下六十二個。再選一次，起碼還得刷掉一半；那一半記上名字，等過一兩年再挑。』

『大婚到底是哪一年呢？』

『還有三年。』

『日子定了沒有？』安邦太問：『那該欽天監挑日子吧？』

『當然得欽天監挑。要等皇后選定了，跟皇上的八字合在一起看一看，才知道哪一天大吉大利。』

『原來跟外頭百姓家也沒有甚麼分別。』

『誰說沒有分別？大婚的用款，戶部就撥了一百萬；還有內務府的錢；還有「傳辦」的東西呢？』安德海數著手指說：『長蘆鹽政、兩淮鹽政、粵海關、江海關，這些個有錢的衙門，誰也跑不了。』

『德海啊，』聽得眉飛色舞的安邦太，一臉的嚮往之情：『你不是說，太后要派你到江南去製辦龍袍嗎？多早晚動身啊？』

安德海在新年宴請親友，酒酣耳熱之際，曾經大吹其牛；欺侮大家不懂江寧、蘇州、杭州三個織造衙門幹些甚麼，說慈禧太后要派他到蘇州去製辦龍袍。安邦太一直把這句話記在心裡，暗底下不知道琢磨了多少遍，太后派出去就是『欽差』，那番風光，著實可觀；一心在想，要沾姪子的光去玩一趟，也享一享富貴榮華，所以這時候忍不住又提了起來。

『快了！快了！』安德海答得極爽利，就像已奉了懿旨似地，『到時候，大家一起跟我去！』

眞的獲得了承諾，安邦太反而不肯相信，怯怯地問道：『行嗎？那時候你是欽差的身分……』

『對了，欽差！』安德海搶過來說：『欽差不要帶隨員嗎？』

『喔，隨員，隨員！』安邦太連連點頭；知道了他自己的『身分』。

他們叔姪倆在交談，王添福一句話不說。等安邦太有事離座，他才低聲問道：『二爺，你眞的要下江南？』

在他面前，不能吹得太離譜，安德海略想一想答說：『我跟上頭提過了。上頭沒有說不教去；看樣子有個七成帳。』

『如果眞的能去一趟，那可是個挺大的樂子。』

那還用說？安德海心裡在想，這一趟抽豐打下來，起碼也撈它個十萬、八萬；等把一切大婚典禮採辦各物的價錢打聽清楚，回來再跟內務府算帳，好便好，不好就洩他們的底，『打翻狗食盆，大家吃不成』！

『二爺！』王添福另有想法，『咱們可以做一趟好買賣。』

『做買賣？』這是安德海所沒有想到的，『甚麼買賣？』

『珠寶買賣……』

王添福自己就有許多珠寶，幾乎全是從宮裡偷出來的。但在京城裡無法脫手，因爲哪家王公府第的福晉、格格，有些甚麼奇珍異寶；哪位貴官的夫人，有些甚麼出色的首飾，珠寶市的那些行家，能夠源源本本，道明來歷。而宮眷所用的首飾，跟民間所流行的款式又不大一樣；珠寶市怕惹事，不大敢銷這些黑貨。但到了天高皇帝遠的江南，多的是富家大戶，只要東西好，不怕價錢貴；而且聽說是大內的珍品，還可以多賣幾文。

『果然好買賣！』安德海的心思也很靈活，『這筆買賣咱們有兩個做法：一個是把他們的貨色買過來轉手，一個是讓他們跟了去，先說定規，咱們得抽成，三七、四六，或是對開。』

『一點不錯。』王添福說：『我就知道有好幾個人手裡有東西，急於想脫手。二爺，你就管想辦法，把這趟差使討下來。別的嚕囌事兒全歸我，包你辦得滴水不漏。』

安德海緊閉著嘴唇，極認眞地考慮這件事；下了決心非把它辦成不可。

王添福替安德海辦的第一件事，是替他找個太太。清朝的太監跟明朝的太監不同；明朝的太監和宮女有幾萬人之多，長日無事，太監和宮女配對兒『做夫妻』，但除了極少數六根未淨的以外，總是只有飲食，沒有男女，所以那些一對對的假夫妻，稱爲『菜戶』，或者叫做『對食』。最大的一戶『菜戶』，就是魏忠賢和客氏，對食之際想出來的花樣，荼毒六宮，把座大明江山都給搞垮了。

這個壞榜樣，清朝的皇帝最著重；雍正、乾隆兩朝，尤其認眞，太監和宮女，不准『妹妹、哥哥』地亂叫，但宮外的事，皇帝就不管了；而那些太監又是京東、京南的人居多，積了幾個錢，便在近在咫尺的家鄉買田買地，有些在京裡安了家，便從家鄉帶個女人來服侍，就算娶親，爲法所不禁。

當然，縉紳門第，殷實人家絕不會跟太監結親，就是略堪溫飽的，也絕不肯把女兒嫁給太監，因爲這不但名聲不好聽，而且斷送了女孩子的終身──跟太監做夫妻，等於守活寡；不是萬不得已，不會走上這條路。

因此太監娶親，往往是花錢買個老婆。安邦太早就在替姪子打算這件事了，所以一聽王添福提起，便力表贊成，『我勸過德海不知多少回了，』他說：『去年我從南皮上京，還帶了個女孩子來，人是再老實都沒有，模樣兒也過得去；德海嫌人家土氣，不要，這就難了。』

『那自然是在京城裡找。』

『京城裡我可不熟了，不知道上哪兒去找。』

『我知道。』王添福說：『這事本來倒不急；現在要上江南，一路上總得有個體己的人照應才方便。安大叔，咱們先託說媒的找幾個來看了再說。』

於是找了媒婆來說，也看了幾家窮家的女兒；等安德海回家，便向他一個一個地形容，哪個瘦、哪個胖、哪個調皮、哪個忠厚。安德海仔細聽完，躊躇著說：『姓馬的那家，看樣子倒還合適。』

『對了。』王添福說：『我也覺得馬家那妞兒好，今年十九歲，不大不小正配得安二爺——安二爺今年二十五？』

『不！』安邦太說：『德海是道光二十四年生人，今年二十六。先把馬家的八字拿來合一合，合上了再看。』

『不對！看不中，合上了也沒有用。』

於是決定由安德海先相親，王添福說道：『今天是來不及了。你哪天能出宮？』

『總得十天以後。』

『今天三月廿九，再過十天就是初九；那就約了在隆福寺吧！』王添福說。

東四牌樓的隆福寺，逢九、十之期廟會，約了在那裡相親，也很適當，安德海點點頭表示同意。

『下江南的事，怎麼樣？』

『有八成兒了。』安德海很興奮地說：『上頭這麼交代：得跟皇上說一聲。』

『那麼你跟皇上提了沒有呢？』

安德海不即回答，想了想才說：『我不打算跟皇上提。』

這大不妥！王添福想起皇帝去年賞安德海綠頂子戴的妙事，便提醒他說：『二爺！皇上跟你彷彿不大對勁，你可得當心一點兒！』

最後一句話，安德海認爲是藐視，很不服氣，『哼！』他冷笑一聲：『十來歲一個毛孩子，怕的甚麼？』

『話不是這麼說……』

『好了，好了！』安德海扭著臉，搖著手，頗不耐煩地，『我自己的事兒，自己不知道？何用你來教訓？』

王添福知道他是『狗熊脾氣』，便不再多說；心裡在想，他現在是仗慈禧太后的勢，還在風頭上，一旦失寵，必有殺身之禍。自己得多留點心，看出風色不對，要早早抽身——不過，那總也是皇帝親政以後的事，眼前倒還不忙。

看見王添福不作聲，安德海倒有些不安了，不管怎麼樣，總是幫著自己做事；他心裡不舒服，口中不說，暗底下在銀錢進出上搗鬼，吃虧的還是自己，所以立刻又換了一副臉嘴來敷衍王添福。

『王哥，』他叫得極親熱，『你見得事多，我有個主意你看行不行？我打算給小李一點兒甜頭，讓他在皇上面前，探探口氣。』

王添福是老狐狸，對於安德海的詞色，沒有不接受的道理；立刻以絲毫不存芥蒂的平靜聲音答道：『對！這一著兒挺高。』

『小李嘴饞，愛吃甜的，我就拿這些東西塞他的嘴。你看好不好？』

『怎麼不好？不過……』王添福說：『最好再實惠一點兒。』

『給錢？』

『給錢得有個給法。』王添福教了他一個法子。

於是安德海這天回宮，特意去找小李；手裡提著幾個木頭盒子，一進門就往上揚了揚——一望而知，盒子裡裝的是餑餑，貪嘴的小李不由得就嚥了口唾沫。

『兄弟，』安德海得意地說：『你看看，哥哥我給你捎了甚麼來了？』等把盒子一放下，小李就高興地喊道：『嘿！滋蘭齋的。』說著打開盒子，拈了一塊江米桃仁的水晶糕往嘴裡塞。

『怎麼樣？』

『眞不賴。』小李的聲音含含糊糊，不斷點著頭。

『你看這一個，』安德海唸著招貼上的一首詩：『「南楂不與北楂同，妙製金糕數匯豐；色比胭脂甜若蜜，鮮醒消食有兼功！」匯豐齋的山楂蜜糕，你嚐嚐！』

『謝謝你哪，二叔！』小李笑嘻嘻地請了個安，站起身來在衣服上擦一擦手，又吃山楂蜜糕。一面吃，一面閒談；安德海說些甚麼，他全不在意，等甜食吃得膩了，把皇帝喝剩下，他帶了回來的一壺普洱茶，嘴對嘴喝了個暢快，這才有功夫跟安德海答話。

因爲吃的是南食，話題便落入江南，安德海把康熙、乾隆南巡的故事說了些；然後突然一轉，談到來意。

『兄弟，』他問：『你可曾聽見有人說起，太后要派我一件差使。』

那話兒來了！小李恍然大悟，不敢造次回答；略想一想答道：『太后派二叔的差使很多，我不知道你說的是哪一件？』

『不就是要派我到蘇州嗎？』

『喔！』小李作出恍然意會的神氣，『是這一件。是派二叔到蘇州去製辦龍袍？』

『對了！』安德海說：『兩位太后的，還有皇上的。太后的好辦，織造衙門當差當慣了的；皇上的就費事了，不能按現在的尺寸做。』

『是啊，大婚還有三年，到那時候穿，得按那時候的尺寸辦。』

『你明白了！』安德海很欣慰地說：『大婚那年，皇上十七歲，身材有多高，織造衙門不能胡猜，所以太后的意思，要我去看著，先做個樣子，琢磨合適了，穿起來才好看。』

『對，是非得這麼辦不可。二叔，你甚麼時候動身啊？我得求你捎點兒東西回來。』

『那還用說嗎？吃的、穿的、用的，你開單子給我，包你一樣不少。不過，』安德海略停一停，接著往下說：『皇上雖然還沒有親政，咱們尊敬主子的心，萬不可少；太后是這麼說，皇上看我當差的一番孝心，也點個頭不更好嗎？』

『這個……』小李問道：『二叔，你交辦的事，沒有甚麼說的。你就吩咐吧，是讓我去代奏，還是先讓我在皇上跟前提一提，說你有事面奏，請皇上召見？』

『也不是代奏，也不是請皇上召見。兄弟，我的意思是，我雖是太后面前的人，不過皇上也是主子；請你給我探一探口氣。』

小李心中冷笑，到此刻爲止，安德海還有這樣的表示，聽命於太后，對皇帝不過尊重體制，說一聲而已！只要照實回奏，立刻就能激起皇帝的震怒。

果然，一聽小李的奏報，皇帝便拉長了嗓子說：『好啊！他眞的不要腦袋了！』

小李大爲著急，雙膝跪倒，抱住皇帝的腿，帶著埋怨的聲音說：『萬歲爺千萬別嚷嚷！一嚷，事情就辦不成了。』

皇帝也醒悟了，點點頭，放低聲音說：『來！咱們合計合計。』

於是，小李把皇帝引入極僻靜之處，把他所打聽到的，關於安德海的消息，都說了給皇帝聽；安德海預備到江南去販賣珠寶，這話已經在宮裡悄悄傳開了，皇帝聽了，只不住聲冷笑。

『奴才請旨，怎麼回答小安子？』

『你說呢？』

『奴才就說萬歲爺已經點頭了。』

『不！』皇帝還很天眞，『我點頭答應了，將來怎麼辦他？』

『這怕甚麼？』小李答道：『將來他還敢說是奉旨的嗎？證據在哪兒？萬歲爺又沒有寫手詔給他。』

『那……』皇帝想了想說：『你就這麼告訴他，說我沒那麼大的功夫，管他的閒事。』

『喳！』小李立刻就感覺到，這是一個最好的回答；說是『點頭』了，顯得皇帝對安德海還很不錯，那跟平常的情形不符，仔細想一想，就會發覺，事有蹊蹺，唯有這樣回答，正合皇帝的性情，裝得才像。

『小李啊，』皇帝又說：『你再去打聽，小安子還出了些甚麼花樣？』

『奴才一定遵旨去打聽，打聽到了，隨時來回奏。不過奴才要請萬歲爺，最好不要把這件事放在心上；小安子鬼得很，說不定暗中在瞧萬歲爺的臉色。讓他識破了，江南不去了，那就不好玩兒了！』

最後那句話，提醒了皇帝，也打動了他的心；想著有一天把安德海抓住，降旨正法，人人叫好稱快，那眞的是一件很好玩的事！

因此，小李說甚麼，他依甚麼。而小李也眞的很巴結，不斷有『新聞』去說給皇帝聽；最使他感到興趣的是，說安德海花了一百兩銀子，買了個十九歲的女孩子做妻子。

『二百兩銀子就娶個媳婦兒？』皇帝驚訝地問：『這麼便宜？』

『那是現在太平年月，荒年的女孩子，更不値錢。』

『那個女孩子長得怎麼樣？』

『奴才不知道，聽說還挺齊整的。』

『唉！』皇帝嘆口氣說：『誰不好嫁，嫁給小安子？馬上就得做寡婦了。』停了一下，皇帝又說：『你倒去看看，到底長得怎麼樣？』

小李很奇怪，不知道皇帝何以對那個女孩子如此關切？這話自然不便開口動問，只是在想，怎麼樣才能去看一看，好回來交差？

『只有一個法子，』小李覺得這是個出宮去找朋友的機會，『奴才請主子賞兩天假，到處去打聽。』

『爲甚麼要兩天？給你一天假。先去打聽了再說。』

第二天，小李被賞了一天假，大清早出宮，先到內務府，找著一個素日相好的筆帖式，名叫瑞年，跟他打聽安德海的事。

『我不知道啊！』瑞年揚著臉說了這一句，又四面看了看，才低聲說道：『兄弟，你在這兒少提小安子。』

『爲甚麼？』小李訝然，也有些不悅，『連提都提不得？』

『不是提不得，是不願意提他。』瑞年的聲音越發低了，『眼看他要闖大禍，躲遠一點兒，少提這個人的好。』

這一說，哪裡是『不知道』？是知道得很多的語氣。不過安德海一向跟內務府有勾結，少不了也有親密的朋友；像瑞年，小李就知道他也很巴結安德海，何以此刻忽有此冷漠的態度，倒不能不問個究竟。

『小安子要闖禍，你們也不勸勸他？』小李試探著問。

『你怎麼不勸他？』

『我？』小李笑道：『我要勸他，不是狗拿耗子嗎？』

『都一樣。』瑞年答道：『內務府都齊了心了，隨他怎麼樣，只在旁邊看著就行了！』

『啊！』小李明白了。

『你明白了？』瑞年也向他試探，『你倒說給我看看，你明白了甚麼？』

『小安子不懷好心。他眞的要下了江南；將來有你們受的。』

瑞年聽了他的話，先不作聲，慢慢地笑了，終於點點頭說：『你眞的明白了。』

證實了自己的想法，小李大爲興奮，『那麼，』他問：『你們怎麼治他呢？』

一句話沒有完，瑞年急忙拉他的衣服，埋怨著說：『你大呼小叫的，幹甚麼？』

『喔，』小李吐一吐舌頭，放低了聲音說：『你告訴我，你們預備怎麼治他？我絕不說出去。你知道的，我跟他是冤家對頭，勢不兩立。』

這最後一句話把瑞年說動了心，他眨著眼很鄭重地：『我跟你實說了吧，這件事連六王爺都知道了；該怎麼辦，得看他的眼色。眼前是三個字：裝糊塗！所以誰也不提他。兄弟，幾時你跟文大爺見個面，怎麼樣？』

他所說的文大爺就是文錫；小李知道了，內務府如何對付安德海，都由文錫在發號施令，而文錫又承恭王的意旨辦理。治安德海這麼個人，竟要驚動親王親自過問，可以想見，此事關係甚大；就像打一條毒蛇那樣，不是打在『七寸』上而是打草驚蛇，必被反噬。轉念到此，覺得自己的警惕還是不夠，得要好好當心。

因此，他覺得此時跟文錫見面，有害無益，所以很誠懇地答道：『不是我不願意去見文大爺，怕走漏風聲不大合適。請你先跟文大爺說，我給他請安，彼此心照。等那小子走了，我去見文大爺，有幾句要緊話說。』

『好，就這麼著！我一定把你的話說到。』

從內務府辭了出來，小李頗為高興，自覺此行大有收穫。想不到內務府上下一條心視安德海為『公敵』；更想不到恭王亦參與其事！照此看來，即使有慈禧太后這樣硬的靠山，安德海寡不敵眾，仍然非垮不可。

他越想越得意，急於要把跟內務府搭上了線的經過，回宮面奏，好博得皇帝的歡心；因而打消了原來在外面找朋友聽聽戲，吃吃小館子，好好逛一天的打算。掉轉身來，沿著宮牆，往北而去。

平地風波

回到弘德殿，只見師傅們已散出來了，這就表示皇帝已下了書房，自不必再進去。小李因為走得乏了，先回到自己屋裡休息；剛坐下在喝茶，只是一個小太監慌慌張張地奔了來，從窗口探頭一望，便即大聲說道：『嘿，你倒舒服，出了大亂子了！』

太監大都膽小，最怕突如其來，不明事實的驚嚇；所以小李聽見這話，再看到他的神氣，不由得一哆嗦，『豁朗』一聲，把個茶杯掉在地上，滾燙的茶直濺到臉上。

『甚麼大亂子？你，你快說。』

『萬歲爺把隻手壓傷了。』

聽得這一句，小李上前抓住他的手，大聲問道：『怎麼回事？』

事起偶然，也很簡單，皇帝下了書房，在御花園跟小太監舉銅鼓；舉到一半舉不上去，皇帝要面子，不肯胡亂撒手，想好好兒放回原處，誰知銅鼓太沉，縮手不及，壓傷了右手食中兩指。

闖禍的經過，幾句話可以說完；等禍闖了出來，可就麻煩了。皇帝還想瞞著兩宮太后，只叫傳『蒙古大夫』來診視。蒙古大夫不一定是蒙古人，只是上駟院的骨科大夫，官銜就叫『蒙古醫士』，凡是內廷執事人員，意外受傷，都找他們來看。這些人師承有自，手法高超，另有秘方。皇帝讓他敷了藥、裹了傷，痛楚頓減。但這不是身上的隱疾暗傷，兩宮太后面前是無論如何瞞不住的，所以張文亮決定硬著頭皮去面奏兩宮太后。

想法不錯，可惜晚了一步，而更大的錯誤是，他就近先到了長春宮！正當他在跟慈安太后面奏經過時，翊坤宮中的慈禧太后已得到了消息，要找張文亮；等聽說他在長春宮，慈禧太后便教傳敬事房總管。

『壞了！』小李跌腳失聲，『他，他怎麼這麼老實啊？』

換了小李一定先奏報慈禧太后。張文亮按著規矩辦，剛好又觸犯了慈禧太后的大忌；小李心裡在想，這一下張文亮要糟糕，連帶所有跟皇帝的人，都有了麻煩了！

那小太監還不大懂事，不了解小李所說的。張文亮『老實』是甚麼意思？他只是奉命來找小李，找到了便盡了責任，所以只催著他說：『快去吧！慈禧太后等著你問話哪。』一面說，一面拉著他飛跑。

一進了翊坤宮，便覺得毛骨竦然，因爲靜得異樣！太監在廊下，宮女在窗前；其中有玉子和長春宮的宮女，一個個面無表情，眼中卻流露出警戒恐懼之色，彷彿大禍將要臨頭似地。玉子一見小李，便拋過來一個責備的眼色，似乎在怪他不當心；然後伸兩隻指頭，按在唇上，又搖搖手，作爲警告。

小李很乖覺，貼牆一站，側耳靜聽：無奈殿廷深遠，聽不出究竟。好久，只見安德海走了出來，在殿門前問道：『跟慈安太后來的玉子呢？』

『在這兒！』玉子提著一管旱煙袋，奔了上去。

『跟我來！』安德海說：『有話要問妳。』

是誰問？問些甚麼？皇上舉銅鼓傷了手，跟玉子甚麼相干？小李心頭浮起一連串的疑問；困惑了一會，想起一個人，不由得一驚！急忙向窗前那一堆宮女細看，還好，他要找的那『一個人』不在。

這該輪到我了！小李對自己說。心裡七上八下地在盤算，慈禧太后怎麼問？慈安太后是何態度？玉子不知道說了些甚麼？自己該如何隨機應變？

果然，安德海又出現了；這一次沒有說話，只迎著小李的視線招一招手。他疾趨數步，想先探問一下，誰知等走上台階，安德海掉頭就走，明明是發覺了他的來意，有心避開。

『這小子！』小李在心裡罵，同時也省悟了；今天這件事，多半又是安德海在中間興風作浪。轉念想到安德海這幾天正有求於己，有甚麼風吹草動，他爲何不從旁相助，教自己見情；那是惠而不費的邊，何樂不爲？這樣一想，小李的膽便大了。未進殿門，先遙向朝裡一望，只見兩宮太后並坐在正面匟上，西邊站著安德海，東邊站著玉子，正替慈安太后在裝煙，可是臉上的表情不甚自然，彷彿擔著心事似地。

地上跪著敬事房的總管太監，正在回話；小李便在他身旁一跪，等他的話完了，才高聲報告：『奴才李玉明恭請兩位主子的聖安。』說著，取下帽子，『崩冬』一聲磕了個響頭。

『小李，』慈禧太后一開口就是揶揄的語氣：『你好逍遙自在啊！』

小李楞了一下，才省悟到那是指他奉旨出宮這回事，隨即竦然答道：『奴才不敢躲懶，奴才奉萬歲爺的旨意，出宮辦事去了。』

『辦甚麼事？』

小李撒了個謊：『萬歲爺命奴才到琉璃廠，買一本小本兒的詩韻，說帶在身上方便。』

『噢！』慈禧太后似乎信了他的話，但接下來卻問得更嚴厲：『奉旨出宮辦事，是怎麼個規矩？你知道不？』

這下糟了！照規矩先要到敬事房回明緣由，領了牌子才能出宮；小李是悄悄溜了出去的——可是，安德海不也常常從中正殿的西角門溜出去嗎？他怎樣想著，便瞄了安德海一眼，意思是要他出言相救，不然照實陳奏；追問起那道方便之門是誰開的？彼此都有不是。

誰知安德海把頭一偏，眼睛望著別處；這是懂了他的眼色而袖手不理的神情。小李暗中咬一咬牙，眞想把那道便門的底蘊揭穿，但話到口邊，終覺不敢，只好又碰響頭。

『奴才該死！』他說：『都因爲萬歲爺催得太急，奴才忙著辦事，忘了到敬事房回明，是奴才的疏忽。』

『此非尋常疏忽可比！』慈禧太后不知不覺地說了句上諭上習見的套語，『這是一款罪，先處分了再說；拉出去掌嘴五十！』

『喳！』總管太監答應著，爬起身來拖小李。

小李還得『謝恩』，剛要磕頭，安德海爲他求情：『奴才跟主子回話，李玉明是萬歲爺喜歡的人，求主子饒了他這一次。』

這哪裡是爲他求情？是火上加油；慈禧太后立即發怒，『怎麼著？皇上喜歡的人，我就不能處罰？』她說：『我偏要打，打一百。』

安德海不響了，神色自若地退到一邊；小李在心裡罵：果不其然，是『黃鼠狼給雞拜年，沒安著好心』，咱們走著瞧！

就這時候，玉子悄悄拉了慈安太后一把——她原來也就打算替小李說情，因而轉臉說道：『既然還要問他的話，就在這兒讓他自己掌嘴好了。』

這些小事，慈禧太后自然聽從，點點頭：『好！』她望著小李說：『你自己打吧！看你知道不知道改過？』

打得輕了，就表示並無悔意；要打得重，才算眞心改過。於是小李左右開弓，自己打自己的嘴巴，打得既重且快。

小李自責，安德海便在一旁爲他唱數；打得快，唱得慢，小李又吃了虧，多打的算是白打。慈安太后久知安德海刁惡，但都是聽人所說；這一來，卻是親眼目睹，心中十分生氣，便看著他大聲說道：『不用你數！』接著又對慈禧太后說：『也差不多夠數兒了，算了吧！』

慈禧太后這下不如剛才答得那麼爽利，慢吞吞地對小李說道：『聽見沒有？饒你少打幾下。』

第一款罪算是處分過了，還有第二款罪要問。慈禧太后吩咐敬事房總管和安德海都退了出去，同時傳諭：不准太監和宮女在窗外竊聽。小李一看，獨獨還留著一個玉子，顯見得要問的話，也與她有關；那就更證明了自己的推測不錯，桂連的事發作了！

窗外人影，迅即消失，殿廷深邃，有甚麼機密要談，再也不虞外洩；但慈禧太后卻不說話，有意無意地瞟著左方，意思是要等慈安太后先開口。而她，只儘自抽著煙，那份沉寂，令人不安；小李一直以爲有慈安太后擋在前面，安德海也會側面相助，可以放心大膽，誰知安德海存著落井下石的心，現在看慈安太后似乎也沒有甚麼擔當，果眞如此，可就完了！

這樣想著，不由得有些發抖，微微抬頭，以乞援的眼色去看玉子；她卻比他要鎭靜些，還報眼色，示以『少安毋躁』，然後推一推慈安太后輕輕說道：『該問甚麼，就問吧！』

『也沒有甚麼話好問。』慈安太后考慮了好半天了，說這麼一句話，是有意要把事情沖淡，『小李，你說實話，皇帝在別的地方召見過桂連沒有？』

全心全意在對付這件事的小李，一聽就明白了，心裡眞是感激慈安太后，這句話問得太好了；在他看，這簡直就是在爲他指路。『跟兩位主子回奏，奴才一年三百六十天，起碼有三百五十天跟在萬歲爺身邊；就是偶爾奉旨出外辦事，或是蒙萬歲爺賞假，離開一會兒，回來也必得找人問明了，萬歲爺駕幸何處，是誰跟著。奴才不敢撒謊，自己找死；確確實實，桂連除了在母后皇太后宮裡，跟萬歲爺遞個茶甚麼的以外，沒有別的事兒！』

他這樣盡力表白，語氣不免過當，特別是最後一句話說壞了。慈禧太后捉住他的漏洞駁問：『甚麼「別的事」？誰問你啦？也不過隨便問你一聲，你就嚕嚕囌囌說了一大套，倒像是讓人拿住了短處似地。哼，本來倒還沒有甚麼，聽你這一說，我還眞不能信你的話！』

小李懊喪欲死，恨不得自己再打自己兩個嘴巴，爲的是把好好一件事搞壞了；不過他也很見機，知道這時候不能辯白，更不能講理，唯有連連碰頭，表示接受訓斥。

玉子也是氣得在心裡發恨；但她比小李更機警，詞色間絲毫不露，只定下心來在想，這就該問到自己了，可不要像小李那樣，道三不著兩，反倒讓人抓住把柄。

她料得不錯，果然輪到她了；慈禧太后對她比較客氣，聲音柔和地問：『玉子啊，妳說說倒是怎麼回事兒？』

她不慌不忙地走出來，斜著跪向慈禧太后；心裡已經打算好了，越描越壞事，所以決定照實陳奏。

『跟聖母皇太后回話，』玉子的聲音極沉穩，『桂連生得很機伶，萬歲爺對她挺中意的。做奴才的總得孝敬主子，萬歲爺喜歡桂連，所以等萬歲爺一來，奴才總叫桂連去侍候。』

這番話說得很得體，慈禧太后不能不聽，但也還有要問的地方：『是怎麼個侍候啊？』

『無非端茶拿點心甚麼的。有時候萬歲爺在綏壽殿做功課，也是桂連侍候書桌。』

『喔！』慈禧太后心想：這樣子皇帝還會有心思做功課？但這話到底沒有問出來，換了一句：『桂連在屋裡侍候，外面呢？』

小李這時嘴又癢了，搶著答了一句：『外面也總短不了有人侍候。』

『誰問你啦？』慈禧太后罵道：『替我滾出去！』

這就等於赦免了，小李答應一聲，磕個頭退出殿外。

『玉子，』慈禧太后的聲音越發柔和了，『我知道妳挺懂事的，妳可不能瞞我！其實這也算不了甚麼；一瞞反倒不好了。』

『奴才吃了豹子膽也不敢瞞兩位主子。』玉子斬釘截鐵地爲她自己，也爲皇帝和桂連辯白：『萬歲爺喜歡桂連，拉著手問問話是有的；別的，絕沒有！奴才絕不是撒謊。』

『也許妳沒有看見呢？』

『那不會！』慈安太后接口說道：『我那一班丫頭，都讓玉子治服了，一舉一動她都知道。』

『那麼，』慈禧太后對玉子點點頭，表示滿意：『妳起來吧！』

等玉子站起身來，慈禧太后提議去看看皇帝的傷勢；慈安太后自然同意。於是太監、宮女一大群，簇擁著兩宮太后到了養心殿西暖閣。那裡的太監和首領太監張文亮，都在寢殿中照料，跪著接了駕，回奏說皇帝剛剛服了止疼活血的藥睡著。

『能睡得著就好！』慈安太后欣慰地說：『咱們外面坐吧，別把他吵醒了。』

到了外面，慈禧太后把張文亮極嚴厲地訓斥了一頓；又吩咐嚴格約束小李。最後追究出事的責任，平日陪著皇帝『練功夫』的小太監，一共有五名，每人打二十板子；這是從輕發落，因爲慈禧太后決定把皇帝傷手的事，瞞著師傅們，所以處罰不便過嚴，免得惹人注意。

這種公案算是料理過了，對桂連跟皇帝的親近，慈禧太后始終不能釋然；從上年年底，皇帝經常逗留在長春宮，問起緣故，聽安德海說起是為了桂連，她就決定要作斷然處置，只以礙著慈安太后，很難措詞，所以一直隱忍不言。現在事情既然挑明了，正不妨就此作個明白的表示，把桂連攆出宮去。

但是，這總得有個理由。桂連似乎沒有錯處──桂連有沒有錯處，對她本人來說，無關緊要；要顧慮的是，對慈安太后得有個交代。

『有了！』她自語著，想起有件事；大可作個『題目』。

於是第二天在召見軍機以後，慈禧太后特意問起書房的情形。這該歸李鴻藻回奏，啓沃聖聰，他自覺責任特重；只要兩宮太后問到，總是知無不言，言無不盡。他說皇帝常有神思不屬的情形，功課有時好，有時壞。聖經賢傳，不甚措意；對於吟詠風花雪月，倒頗為用心。

這番陳奏，慈禧太后恰好用得著；退朝休息，她悄悄對慈安太后說道：『姊姊，有句話，我今天可不能不說了，這樣子下去，不是回事！』

見她神色肅然，慈安太后不由得詫異：『甚麼事啊？』

『我跟妳實說了吧，桂連的事，都瞞著妳；我聽得可多了！皇帝才這麼大歲數，不能讓那麼個丫頭給迷惑住了！』

說得好難聽！慈安不由得有些皺眉，『甚麼事瞞著我？』她問：『妳又聽到了甚麼？』

『可多了！』慈禧太后想了想說：『只說一件吧，桂連跟皇帝要了個寶石戒指，妳知道不？』

『這……』慈安太后有些不信：『不會吧？』

『我本來也不信，從沒有這個規矩，桂連不敢這麼大膽，誰知道眞有那麼回事。妳知道，皇帝跟誰要了個戒指給她？』

『誰啊？』

『大公主。』

這下慈安太后不能不信了，『我眞不知道！』她不斷搖頭，顯得不以爲然地。

『哼！』慈禧太后冷笑道：『我再跟妳說了吧，桂連那麼點兒大，人可是鬼得很！她拿那個戒指，當作私情表記……』

『啊！』慈安太后失聲而呼，不安地說：『怎麼弄這些個鼓兒詞上的花樣？剛懂人事的男孩子最迷這一套。』

『可不是嗎！李鴻藻的話，就是應驗。』

『妳是說皇帝愛做風花雪月的詩？』慈安太后緊皺著眉：『這樣子下去，唸書可眞要分心了。』

『已經分心了！』慈禧太后的神色，異常不愉，『前些日子讓他唸個奏摺，結結巴巴，唸不成句；這，怎麼得了呢？』

慈安太后不響，站起身來，走了幾步，又回轉身來，扶著椅背沉吟。

慈禧太后也不作聲，看出她已落入自己所安排的圈套中，落得不作表示。

『我得問一問這回事兒！』

『問誰啊？』慈禧太后說：『問她自己？』

『不！我叫玉子問她。』

『問明白了怎麼著？』

『眞要有這回事兒，可就留不得了！』

『哼！』慈禧太后又微微冷笑，『只怕問也是白問。』

『不會！』慈安太后很有把握地說：『戒指的事，大概玉子也不知道；不然，定會告訴我。』

『這就可想而知了！』慈禧太后說：『連玉子都不知道，那不是私情表記是甚麼？』

『啊！我倒想起來了。如果眞的有了「私情」怎麼辦？那絕沒有再打發出去的道理！』

這確是個疑問，也是個麻煩。照規矩來說，宮女如曾被雨露之恩，就絕不能再放出宮去。那一來就得有封號，最起碼是個『常在』或『答應』；既然如此，也就不能禁止皇帝與桂連『常在』，或者不准桂連『答應』皇帝的宣召，反倒是由暗化明，正如皇帝所願。

於是慈禧太后想了一會，徐徐說道：『就有這回事，也算不了甚麼！』

『這不能這麼說，也得替人家女孩子想一想。』慈安太后聽出她有置之不理的打算，忍不住不平，『我聽先帝告訴過我，康熙爺手裡就有這麼回事，有個宮女也就是在康熙爺十四五歲的時候，侍候過他老人家，一直到雍正爺即位，問出來有這麼個人，才給了封號。妳想想，那五六十年在冷宮裡的日子，是怎麼個過法？』

『當然囉，』慈禧太后很見機地說：『眞的有那麼回事，咱們也不能虧待人家。不過，我想不至於。』

『好了，等我好好兒問一問再說。』

長負君恩

慈安太后回到長春宮，顧不得先坐下來息一息，先就把玉子找來，屛人密詢。問起寶石戒指的事，玉子的回答，大出她的意外。

『是有這回事……』

『啊！』慈安太后迫不及待地問，而且大表不滿：『妳怎麼瞞著我不說呢？』

『這不是甚麼要緊的事，奴才不敢胡亂奏報，惹主子心煩。』

『還說不要緊！』慈安太后皺起了眉，顯得有些煩惱，『據說桂連拿這個戒指，當作私情表記。』

『這……』玉子不免詫異：『誰說的？』

『妳別問誰說的，妳只說有這回事沒有？』

『大概不會。』玉子也有些疑疑惑惑了，『等奴才仔細去問一問桂連。』

『對了！妳都問清楚了來告訴我。還有，』慈安太后想了一下又說：『有一件事非弄明白不可，桂連到底在別的地方侍候過皇上沒有？妳——懂我的意思嗎？』

玉子怎麼不懂？不過這話要問桂連，卻有些說不出口；見了面反倒是桂連很關切地問皇帝的傷勢。

『妳少問吧！』玉子有些責怪她，『外面已經有許多閒話了。』

『說我嗎？』桂連睜大了一雙眼，天眞地問：『說我甚麼？』

『說妳……』玉子忽然想到，不妨詐她一詐，『說萬歲爺叫小李偷偷兒把妳帶了出去，也不知在甚麼地方過了一宵。』

『哪有這回事?』桂連氣得眼圈都紅了,『誰在那兒嚼舌頭?』

『眞的沒有?』

『我發誓!』

桂連眞的要跪向窗前起誓。玉子趕緊攔住她說:『我信,我信。我再問妳,皇上賞的那個戒指,妳當它是甚麼?』

『當它甚麼?這話我不懂。』

『我是說,妳可覺得皇上賞這個戒指,有甚麼意思在裡頭?』

那還用說嗎?當然是皇帝喜歡這個人,才有珍賞。不過桂連害羞,這話說不出口,只這樣答道:『這我可不知道了!』

『戒指不是妳跟萬歲爺討的嗎?』

『那是說著好玩兒的。』桂連笑道:『誰知道萬歲爺眞的賞下來了。』

『那麼妳呢?』玉子毫不放鬆地追著問:『萬歲爺賞妳這個戒指,妳心裡不能不想一想;是怎麼個想法?』

這想的可多了!尤其是半夜裡醒來,伸手到枕頭下面,摸著那個用新棉花包裹的戒指,心裡有種說不出的熨貼舒服,甚麼憂慮都能棄在九霄雲外。她總是這樣在想:天下只有一位皇上,而八旗的女孩子成千上萬,單單就是自己得了賞!光是這一點,就讓她有獨一無二,誰也比不了的驕傲與得意。然而這些話,跟玉子也是說不出口的;不過她也不願意騙她——明明是騙不過的,偏要說假話,顯得對玉子太不夠意思了！所以她只是笑笑不響。

看到她那掩抑不住的笑容，發亮的眼睛，以及那些莫名其原因而起的小小的動作：一會兒輕輕咬著嘴唇，一會兒亂眨一陣眼，一會兒又摸臉，又捻耳垂，彷彿那隻手擺在甚麼地方也不合適似的神態，玉子心裡在想：說她把那個戒指當作『私情表記』，這話倒眞也不假。

『唉！』她嘆口氣：『是非眞多！』

『怎麼啦？』桂連最靈敏，一聽這語氣，頓時驚疑不定，臉上的笑容，消失得乾乾淨淨。

看她這害怕的樣，玉子卻又於心不忍，搖搖頭說：『跟妳不相干。妳不必多問，只小心一點兒好了！』

說完她轉身就要走，桂連急忙一把拉住：『甚麼事小心？怎麼小心啊？』

『少亂走！少提萬歲爺！還有，妳把妳那個戒指給我，我替妳收著。』

這又爲的是甚麼？桂連越發驚疑；但她不敢再問，怕問下去還有許多她不敢聽的話——就這幾句話已夠她想好半天的了。

從桂連手裡接過了戒指，玉子隨即回到慈安太后那裡去覆命。她的回奏，跟慈禧太后所說所想的一樣，那可就眞的『留不得了』！

這句話是慈安太后自己所說的；說時容易做時難，她從來沒有攆過宮女，尤其是這個宮女；一攆，不但桂連會哭得淚人兒似地，也傷了皇帝的心。不攆呢，還眞怕皇帝會因此分心，不好好唸書，這關係實在不輕！

一個人在燈下想了半天，始終覺得左右爲難，委決不下。於是她重新叫人開了殿門，召玉子來商量這件事。

玉子比慈安太后有決斷，『看樣子，不攆也不行！』她說：『西邊既然有這個意思，主子把她留著，往後挑眼兒的事一定很多，桂連那日子也不好過。』

『對了！』慈安太后馬上被說動了，『替桂連想一想，也還是出去的好。』

『桂連侍候了主子一場，也沒有犯甚麼錯，總得求主子恩典。』說著，玉子跪下來爲桂連乞恩。

『起來，起來！』慈安太后很快地說：『當然得好好打發她出去。』

於是慈安太后決定爲桂連『指婚』。一時雖不知道把她嫁給甚麼人，但商量好了，要挑這樣一個人：年輕有出息，家世相當而有錢；婆婆脾氣好，免得桂連嫁過去吃苦。同時最好不在京城裡，嫁得遠遠地；省得有人知道了，當作一件新聞，傳來傳去，令人難堪。

桂連的出處倒商議停當了，但還有皇帝這一面，讓他知道了怎麼辦？他一定會尋根問底地追索遣嫁桂連的原因；那時又何詞以答？慈安太后覺得這才是最大的難題。

『當然得瞞著萬歲爺。』玉子答道：『就怕瞞不住。』

『瞞是瞞得住的。誰要走漏了消息，我絕不輕饒！看誰敢多嘴？』慈安太后又說：『可是，桂連這個人到哪兒去了呢？得編一套說詞，能教皇帝相信，不怎麼傷心才好。』

『傷心是免不了的。』玉子接口：『就說桂連得了急病，死了！萬歲爺傷心也就是這一回。』

慈安太后接納了她的意見。第二天朝罷，跟慈禧太后商量，自然同意。當時召見敬事房總管太監，秘密地作了指示，讓他到內務府傳旨明善，爲桂連找適當的婆家，密奏取旨。

『這件事，當然不是三兩天辦得了的，得先把桂連挪出去。』慈禧太后問道：『你跟內務府商量，看挪到甚麼隱秘一點兒的地方？』

『這樣，』慈安太后生怕桂連受委屈，很快地說：『就挪到明善家。你告訴他，我說的，桂連是他家的貴客，好好兒接待。』

『是！奉懿旨交下去的人，明大臣絕不敢疏忽。』敬事房總管又說：『奴才請旨，桂連那兒，是不是讓玉子去傳諭，比較合適？』

『可以。你就聽我那兒的招呼，到時候把她接出去好了。另外傳旨各處，不准提這件事！誰要是說一句，活活打死！』

慈安太后從未說過如此嚴厲的話，所以敬事房總管，懍然領旨，退了出去，立即召集各宮首領太監，很鄭重地交代了下去。但要太監宮女守口如瓶，就像磁瓶摔在磚地上能不碎一樣地難，所以當天就有人去告訴桂連，說她要被『攆出去了』！

這是爲了甚麼？桂連不能相信，卻不能置之度外；她心裡在想，果有此事，玉子一定知道，不妨到她那裡去探探口氣。

『嗨，妳來得正好！』玉子顯得特別親熱，也特別客氣；從來當她小妹妹看待，總是大模大樣地坐在那裡說話，這時卻破例站起身迎接。

這就是不妙的徵兆！桂連不由得心一酸，眼圈便紅了。

『咦！怎麼啦？莫非誰欺侮了妳？』

『我也不知道誰欺侮我，』桂連使勁咬著嘴唇，不讓眼淚掉下來，『玉子姊姊，妳得跟我說實話，是不是太后要攆我？』

一聽這話，玉子就氣了，『誰在那兒嚼舌頭？』她神色嚴重地問。

『妳甭管。妳只說有這麼一回事沒有？』

玉子省悟到自己錯了，如果自己先就發脾氣，又如何能平心靜氣來勸桂連？因而她定一定神答道：『事情是有的，可不是甚麼攆出去。兩位太后的恩典，要替妳找一份好好的人家，管教妳嫁過去稱心如意。』

桂連以先入之見，認定了是被攆，所以一聽她的話，就覺得胸膈之間有股氣直往上衝，顧不得害羞，脹紅了臉問：『這又怎麼想起來的呢？總有個原因在那兒。』

『咦！男大不當婚，女大不當嫁嗎？』

桂連心想：若說女大當嫁，妳二十多了，怎麼不嫁？但雖在氣頭上，她也知道這話說出來，就不用再打算談下去了。因而換了句話說：『我才十四歲。』

『十四歲就不能嫁嗎？』

這話強詞奪理，桂連越發不服：『這麼多人，爲甚麼偏偏挑上我？』

『這又不是甚麼壞事，怎麼叫偏偏挑上妳？』

儘是這樣不著邊際，叫人聽不進，卻又駁不倒的話，桂連又受屈、又生氣，眞的要掉眼淚了！

『哪怕教我死，總也得跟我說個緣故。現在到底爲的是甚麼呢？這麼多人，偏偏兩位太后對我這麼「好」！爲甚麼？』她一句重一句地說：『爲甚麼？』

『嗨！』玉子正色答道：『妳說這話，就算沒有良心。西邊的不說，光說咱們太后，待妳好，可不是一天的事了！』

桂連原有些自悔失言，聽得玉子這一番指責，更覺無話可答。而越是如此，心中越有抑鬱難宣之感，胸脯起伏著好半天，忽然橫下心來，起身就走。

『妳怎麼走了呢？』玉子一把拉住她，『我還有好些話沒有說吶！』

『妳也不用說了。反正我就知道，總有人看我不順眼；我教他們順了心意就是了。』

看她殘淚熒然，容顏慘淡，語言中又隱隱含著決絕的意味；玉子頓時會意，同時大吃一驚，立刻放下臉來，神色嚴重地訓斥。

『妳心裡可放明白一點兒！妳自己死不足惜，別害了妳一家子！』

她猜對了桂連的心思——氣憤不平，打算著去跳井或者上弔；但那也不過憑一股子不顧一切的勇氣；現在讓玉子迎頭一攔，想想不錯，宮女在宮中自殺，父母一定會被治罪。這一下，立刻就洩了氣了。

『天底下就有那種蠢人，好好的日子不想過，自己作死！』玉子也有些生氣，切齒罵道：『妳倒說說，嫁出去，一夫一妻過日子，有哪些兒不好？妳就願意一輩子守在那兒，』她用手往東一指，指清冷寂寞的『東六宮』：『跟那些個老妃一樣，撿些零綢子甚麼的，繡個荷包做雙鞋，叫老太監偷偷兒的拿到外面去換零用錢？妳怎麼這麼喜歡自己找罪受啊？』

說也奇怪，這一罵反倒把桂連罵得安靜了下來；坐在那裡低著頭不響。

玉子發洩過了，氣也平了，『我跟妳說的可是好話。』她說：『我在宮裡十年，甚麼慘樣兒沒有見過？』

看桂連此時已有受教的模樣，玉子不肯放過解勸的機會，拉著她一起坐在榻上，爲她細說后妃的苦楚，虛榮一時，哀怨無窮！甚麼天家富貴，都是騙人的話，只是受了騙的人，還要自己騙自己，不肯說破，以至於他人又受了騙。

『妳看，麗太妃就是一個榜樣！妳沒有見過咸豐爺在日，她是怎麼個樣子？我見過。』玉子搖著頭說：『想想從前，看看今天，簡直不能比了。』

話是說得不錯，可是桂連覺得她有些無的放矢，『我可沒有甚麼癡心妄想。』她說：『妳這些話跟我說不上。』

『不存這些妄想最好。』玉子很欣慰地，『既然這個樣子，妳還有甚麼放不下的？』

放不下的事很多，第一就是皇帝；自己的事，他知道不知道？如果知道，他是怎麼說？這些都是桂連想知道的，但無法開口向玉子探問。

『好了，話也說明白了。妳這下總該知道，不是給攆了出去，簡直就是超生了。』玉子又動以家人的感情，『我敢說，妳家大人知道了這個消息，喜歡得會掉眼淚。再說，兩位太后一再吩咐，務必替妳找一份好人家；這是「指婚」，比平常說的媒又不同，妳嫁了過去，婆家絕不敢虧負妳，妳想那有多好？』

桂連不答，但神色間明白表示出來，心神飛越，在嚮往家人團圓，樂敘天倫的光景了。

『我在想，』玉子又款款深情地說：『明年我就出去了。從此只怕再沒有進宮的日子；天天在一起的姊妹，除非夢裡見面。現在總算還有妳一個，而且還是妳先出去。將來有了女婿，可別忘了姊姊，好歹也捎個信兒給我。』

這番話把桂連說得臉紅了。原是帶著些戲謔，不便一本正經地談論，只是這樣用埋怨的語氣問道：『倒是往哪兒給妳捎信啊？誰知道妳在哪兒？』

『我有家啊！』玉子答道：『等妳明天走的時候，我寫個字給妳。』

『明天就走？』桂連失聲問說。

『是這樣，』玉子很婉轉地說：『咱們太后特別交代了，說妳是內務府大臣明大人家的貴客……』

『玉子姊姊！』桂連用很冷靜，但也很固執的聲音說：『妳一定得告訴我，爲甚麼這麼急？』

因爲桂連已接受勸告，話中也在作出宮的打算了——問往哪裡給自己捎信，就是一個明證，所以玉子決定跟她說實話。

『那麼，我跟妳說眞的吧！是要讓妳避開萬歲爺，趁萬歲爺這兩天傷了手，先把妳挪了出去。』

桂連到此時才算眞正明白，頓時臉色大變，原來皇帝對自己是如此眷注，以至於必須把自己出宮的事瞞著他！這一夜思前想後，總覺得於心不甘；皇后、貴妃的尊榮，雖不敢妄想，妃嬪的身分，將來是一定會有的。但一出宮甚麼都完了。如果皇帝知道了這件事，還可挽回；無奈如此迫促，不知道怎麼才能見皇帝一面？

一面想，一面掉眼淚，整整一夜不曾睡著。

她終於發現，這完全是枉費功夫的妄想。見不著面，只有想想別後的光景，等皇帝手傷好了，他自然會到長春宮，那時替她端茶的，也許是玉子，也許是別人，反正不會是自己。於是他會問：『桂連呢？』這話不知怎麼回答他；想是編一套說詞騙他。而他會不會相信，她就不知道了。

她所知道的——差不多可以斷定的，皇帝會傷心！想起他那白皙的額頭下，那雙重重壓著的，難得舒展的濃眉，桂連不由得心就酸了。皇帝難得有開朗的心情，只有她最清楚；要上書房、要『坐朝』、要到這裡、那裡去行禮、來回到兩宮太后那裡問安侍膳，像個木頭人兒一樣，爲御前大臣和太監擺佈來、擺佈去；還有許多禮節束縛著，像個小老頭兒似地，那些好幾個大人做著都嫌累的事，壓在他一個人肩上，彷彿把他的背都壓得彎了。

到這時候她才明白，爲甚麼皇帝跟她在一起的時候，才顯得像個孩子？同時她也明白了每次皇帝拉著她的手時，她總願意讓他多看一會？這不是求榮希寵，只是可憐他而已。

以後呢？桂連流著眼淚在想，巴望再能有個人讓皇帝喜歡；可以像自己這樣侍候他。然而，那個人可千萬不要像自己這樣，又被遣出宮去，讓皇帝又傷一回心。

『桂連、桂連！』

這突如其來的聲音，一時竟聽不清楚是誰？她迷惘地朝外一望，才發覺已經大天白亮了。回想一下門外的聲音，才辨出是玉子。急忙掀開帳子，趿著鞋去打開了門。

『睡到這會兒！』一句話未完，玉子的表情和聲音都變了：『妳的樣兒好怕人！一定是一夜沒有睡，妳看妳，眼睛都窪下去了。』

桂連不響，也不拿鏡子照一照，坐下來扶著頭；甚麼事也不想做。

『把精神打起來，別這個樣子！』玉子帶些感嘆和羨慕的聲音說：『紅牆綠瓦黑陰溝，妳算是放出去了。』

這句話使桂連想到宮牆外面的天地。平時在家總說京城裡是如何繁華熱鬧？一到了那裡，必得舒舒暢暢逛幾天；等一進宮，這些念頭自然而然地都收了起來。此刻一想，不由得浮起了無限的嚮往之情，頓時精神一振，從椅子上站起身來。

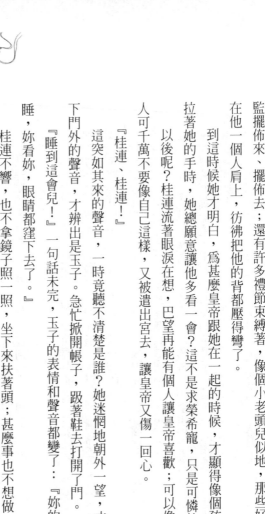

『妳快收拾收拾吧！明大人家的大鞍車快來了。桂連，』玉子又說：『上頭特別交代，不用上去磕頭了，免得傷心。等妳到了明大人那裡，上頭自然還有恩典。喏，這是我送妳的。』說著，她從身上取出一個錦盒，塞到桂連手裡。

打開來一看，是玉子最心愛的一樣首飾，一朵珠花，另外有張紙條，寫著她家的地址，在四川成都。

『玉子姊姊！』桂連不知道怎麼說；眼淚滾滾而下，也不去擦拭，讓它流到嘴角，掉在珠花上。

『幹嘛這個樣？有甚麼好傷心的！』說到最後一個字，玉子聲音也哽咽了；急忙轉過臉去，用手背抹掉眼淚。

玉子不但自己抹掉了眼淚，也警告桂連不能哭；在宮裡這是犯忌諱的，桂連當然知道。同時她也是一副爭強好勝，不願以眼淚示人的性格，所以心裡儘管悲苦，也還能聽從玉子的勸言，匆匆擦了把臉，讓玉子幫她打好辮子，換上衣服，開始收拾行李。

這時已有要好的姊妹，得到消息，趕來慰問；其實倒還是羨慕的多。當然也有人失望，打算著桂連將來能成爲皇帝的寵妃，好靠她提攜的這個希望落空了。

正在大家七手八腳幫著她整理箱籠什物時，小李也趕了來湊熱鬧；男人的力氣大，恰好爲玉子抓差，讓他幫著捆鋪蓋捲。小李一面使勁拿繩子勒緊，一面說道：『桂連啊，冤有頭，債有主，妳自己心裡可要有個數！』

一句話未完，爲玉子喝住：『死東西，你又來胡說八道！好好一件事，到了你嘴裡就變樣兒了！』

『妳也別罵小李。』桂連在一旁接口，『我心裡有數。』

『妳別聽他的，聽他的話惹是非。』玉子又轉身向那些宮女說：『都散散吧！該幹甚麼的幹甚麼去！』

玉子跟總管一樣，她的話就是命令；於是宮女們紛紛散去，屋子裡只剩下三個人。桂連眞想問一問皇帝，正躊躇著不知如何啓齒時，玉子又在訓小李了。

『桂連好好兒出宮，有了歸宿，是件喜事，你何苦又來多嘴！甚麼「冤有頭，債有主」？你可當心你那冤家，他治得了你，你治不了他。』

這是指安德海，小李冷笑一聲：『走著瞧吧！』

『對了，走著瞧，少開口……』

『玉子姊姊！』桂連攔著她說：『別爲我的事，跟小李拌嘴。』

於是把安德海丟開，談到皇帝，小李說他手傷好得多了，只是還不能上書房，對師傅們說是皇帝受了外感發燒。桂連默默地聽著，神思惘然，想跟小李說一句：『如果萬歲爺問到我，就說我得了急病死了；來生做犬做馬，報答萬歲爺！』但卻是怎麼樣也說不出口。

『大概車來了，』玉子指著遠遠走了來的敬事房總管說：『妳走吧！』

說到『走』字，彼此都覺心酸，桂連拉著玉子的手，戀戀不捨，直到敬事房總管催得有些不耐煩了，她們才放手。相偕走到廊上，桂連忽然站住腳，朝慈安太后住的綏壽殿跪下，磕了個響頭。

慈安太后這天沒有上朝，因爲慈禧太后忽感不豫，所有的『起』都『撤』掉了。她的心腸軟，幾次想把桂連找了來，安慰她幾句；終以怕桂連會淌眼淚，不忍相見，只是在殿裡走來走去，等玉子來回話。

『走了?』一見玉子，她這樣問。

『走了!』玉子低聲回答。

慈安太后默然半晌，忽然嘆口氣說：『她眞的「侍候」過皇上，倒又好了!』

『奴才不大明白主子的意思。』

『那樣子不就可以留下來了嗎?』

原來是慈安太后捨不得桂連離去。就不知是她自己喜歡桂連呢?還是她疼愛皇帝，覺得攆走了他喜歡的一個人而心懷疚歉?或者兩種心思都有?在玉子看來，桂連這樣子走了最好；不過這話她不敢說，只覺得慈安太后連一個宮女都庇護不了，得聽『西邊』拿主意，未免忠厚得可憐。

由這個念頭，想到慈安太后處處退讓，固然有些事是她辦不了，或者秉性謙和，情願讓慈禧太后作主；可是人家硬欺壓到頭上來的回數也不少。一時感觸，又是快要辭宮的人，覺得此時不說，將來或許有失悔的一天，所以決定要諫勸一番。

『主子眞正是菩薩，好說話!』她用喟嘆的聲音說：『有些事兒，奴才看在眼裡，實在不服；不過主子心軟量大，情願吃虧，奴才又怎麼敢說?說眞個的，讓人一步，能叫人見情，吃虧也還值得；自己這面總是讓，人家那面得寸進尺，一步不饒，可也不是一回事!』

慈安太后不作聲，臉上也沒有甚麼表情，好久，嘆口氣說：『不讓又怎麼辦?跟人家爭嗎?』

『該爭的時候自然要爭。』

『妳倒說說，哪些事該爭?』

『名分要爭!現在是兩位太后，當初可不是兩位皇后。』

『那是她福分好，肚子爭氣。』

『主子也不必老存著這個念頭。萬歲爺雖不是主子生的，主子到底是嫡母。再說，宮裡誰不是這麼在想，萬歲爺孝順主子，倒比親生的還親。』

『這就是我的一點兒安慰！』慈安太后欣然答說。

『話又說回來，』玉子趁勢說道：『萬歲爺孝順主子，主子也得多護著萬歲爺一點兒！』

慈安太后的笑容，頓時收斂，定睛看著玉子，彷彿要發怒的神氣；這神氣一年難得見一兩回，玉子倒有些害怕了。

誰知她不但沒有發怒，而且頗爲嘉許，『妳說得不錯，』她深深點頭，『我要多護著他一點兒。』

但桂連出宮這件事，總是無可挽回的了，唯有謹愼應付。所以第二天看見皇帝到長春宮來問安，玉子便親自遞茶；同時很小心地窺伺皇帝的臉色。

皇帝似乎有些困惑，不解何以不見桂連來侍候？但也沒有開口問，不斷注意著窗外往來的人影；坐了一會，起身辭去。

坐在軟轎上，他就問扶轎槓的小李：『怎麼不見桂連的影子？』

『桂連？』小李很輕鬆地說：『死了！』

皇帝大驚，但三四歲就開始學的規矩，把他拘束住了，不會張皇失措；只是在心裡懷疑，急著要回到宮裡，好好問一問小李。

『桂連怎麼死的？』到了養心殿，他問。

『是急病。奴才也鬧不清是甚麼病。』

『也不去打聽打聽！而且也不告訴我，眞正混帳，白養了你們這班廢物！』

一看皇帝又氣急，又傷心的樣子，小李雙膝一彎跪了下來：『都只爲萬歲爺手疼，怕萬歲爺心裡煩，不敢奏報。』

『那麼，甚麼急病，你怎麼也不去打聽呢？』

這是一個無法解釋的錯處。就算不咎既往，此刻便去『打聽』，捏造『病況』來回奏，雖能搪塞一時，但皇帝如果從別人那裡得知眞相，問起來固可用敬事房總管傳懿旨，不許洩漏實情的話來搪塞，可是皇帝一定會這樣說：你幫著別人來瞞我，我要你何用？那一來立時失寵；說不定皇帝還會隨便找個錯，傳諭敬事房打頓板子，調去當打掃茅房之類的苦差。那豈是好玩的事？別的不說，起碼安德海的仇就報不成了。

這樣一想，小李計上心來；而皇帝已經不耐煩了，用腳踢著他的膝蓋說：『怎麼啦？你是啞巴？』

小李聽說，便把臉孔拉長，嘴一撇，眼睛擠兩擠，擠出幾滴眼淚，伏在地上『嗬，嗬』地哭了起來。

皇帝大驚，而且疑慮極深，當他這副眼淚，是爲桂連而灑；然則桂連一定死得很慘，所以急急喝道：『哭甚麼？快說！』

小李一面哭，一面委委屈屈，斷斷續續地說：『奴才心裡爲難死了！不說是欺罔，奴才不能沒有天良；說了，馬上就是個死！』

『爲甚麼？』

『母后皇太后傳諭，誰要說了，活活打死！別人的話，奴才不怕；兩位皇太后的懿旨，奴才不能不怕——萬歲爺救不了奴才。』

皇帝越發詫異，定一定神細想，第一，如果是急病死了，這有甚麼不能說的？第二，慈安太后從未說過如此嚴厲的話。照這樣看來，內中一定有隱情。

皇帝對太監的性情也很了解，叫他們辦甚麼事都行，就是不能要他們的命。只要能夠不『活活打死』，小李自然肯吐實話。所以他很沉著地說：『你別哭！我先問你一句話。』

『是！』小李抹抹眼淚，把頭抬了起來。

『要怎麼樣，你才敢說實話？』

『主子體恤奴才，奴才說了實話，主子裝作不知道，奴才方始敢說。』

皇帝有些答應不下，考慮久久，迫於情勢，咬一咬牙說：『好！你說吧。』

於是小李把桂連出宮的經過，細說了一遍；當然是不盡不實的，最主要的一點改變是，說她已指配給黑龍江當差的一名藍翎侍衛，已經動身出關了。因爲如果說了實話，皇帝不肯死心，就要惹出很大的麻煩。

『那麼，』皇帝從緊閉著的嘴唇中吐出聲音來，『聖母皇太后怎麼會知道，我給了桂連一個戒指？是不是小安子搬的嘴？』

『萬歲爺聖明。』

『好！留著算總帳！』皇帝咬牙說這一句；接下來又問：『桂連呢？哭了沒有？』

『整整哭了一晚上。』

『你怎麼知道？』

『桂連的兩眼腫得桃兒那麼大。奴才幫她拾奪行李的時候，親眼得見。』

『喔，你還幫她拾奪行李？』

『是！奴才心想，桂連是萬歲爺心愛的人；奴才該盡點兒心。』

『你倒還有點良心。』皇帝又問：『她走的時候怎麼樣？』

『走的時候可不敢哭。宮裡的規矩不許。』

『那麼，』皇帝似有怏怏之意，『她就這麼走了？一點都不留戀，說走就走？』

這話如何回答，就有考慮了。小李在想，若要皇帝死了那條心，最好說得桂連如何絕情；但那不是皇帝愛聽的話，此刻總得要想辦法哄哄他，才不致有意外的麻煩出現。

於是他說：『桂連不是那種沒良心的人。走的時候，她遠遠兒的朝綏壽殿碰了個響頭……』

『怎麼？』皇帝打斷他的話問：『沒有給母后皇太后當面磕頭？』

『是！』小李答說：『母后皇太后叫玉子傳諭，不必上去了，免得見了傷心。』

皇帝默然。他原知道慈安太后一向喜歡桂連，臨別時如此傳諭，更見得她心有不忍。然則何以不說句話，把她留下來；爲何事事聽慈禧太后擺佈？

這樣想著，他對兩位太后都有些怨恨；但隨即自譴，起這個念頭便是不孝。只是一口怨氣總有些嚥不下，因此這個念頭也就橫亙在胸中消不掉，唯有再問小李些話，藉以排遣。

『她……』皇帝總覺得桂連還該有些表示，不會這樣心甘情願地揚長出宮，可是這個想法，不知如何表達？而小李卻看出來了。

『桂連心裡實在有許多委屈，不過說不出來；她也是爭強好勝的性情，走的時候，不肯掉一滴眼淚，把個頭揚得高高地，彷彿甚麼不在乎。其實呢——唉！』小李自恃得寵，居然在皇帝面前嘆氣。這有未盡之語，而皇帝無從想像，便緊接著他的話問：『其實怎麼樣呢？』

『其實，她一輩子也忘不了萬歲爺的恩寵。哪怕頭髮白了，牙齒掉了，兒孫滿堂，心坎兒裡還有萬歲爺這會兒的模樣在。』

小李這段話，說得『情文並茂』，皇帝大受感動；一下子想起許多詩句，也一下子懂了甚麼叫『情』，甚麼叫『恨』，甚麼叫『癡情』，甚麼叫『終生之恨』！

於是他眼眶有些發紅，心裡酸酸地、甜甜地、熱熱地，分辨不出是難受還是好過？只覺得想寫點兒甚麼，把自己心裡這份奇妙的感覺抓住了，說出來。

說做就做，立刻就不自覺地開始構思，坐立不安地在殿裡走來走去，眼睛直勾勾地望著；手扶著茶碗叫『拿茶』；換了熱茶卻又不喝。小李見這神氣，大起恐慌：『萬歲爺別是想偏了心思，著入魔了？』他不斷這樣在心中自問，卻又不敢言語。

到了晚上，該安置了，皇帝忽然說道：『我要做詩！』

『跟萬歲爺回話，』小李跪下說道：『今兒晚了，明兒再做吧！』

『怕甚麼？明兒又不上書房。』皇帝說：『我想了半天，腹稿已經有了。』

原來皇帝剛才在想詩，怪不得書呆子似地；小李這下放心了。反正做詩也是做功課，不怕『上頭』責備。因而欣然侍候書案。

皇帝的詩，在他這個年紀而論，算是做得過得去了。不久以前的『窗課』，倭仁出了個『松風』的題目，皇帝的結句是：『南薰能解慍，長在舜琴中』，揉合史記上的『南風之薰兮，可以解吾民之慍』，及禮記上的『舜作五弦之琴，以歌南風』這兩個典故。師傅們無不欣然色喜，走告傳觀，倭仁說是藹德仁君之言；徐桐認為是太平有道之象，將重見堯天舜日；李鴻藻覺得皇帝能活用經史的典故，且出語見得是帝者的身分，讀書確是有長進了；而最得意的是翁同龢，因為做詩的功課，歸他『承値』。而這位『門生天子』的詩，已經開竅了，說的是『道學話』，字面卻無『道學氣』，在詩的天分上來說，似乎比乾隆把『之乎者也』都搬入詩中還要高明些。

五言絕句已經學會，皇帝現在正學七絕。照他原來的想法，這個題目最好做兩首七律，題目就叫〈無題〉。但律詩要講對仗，要用典，而風花雪月，旖旎纏綿的典故，師傅們從來沒有教過；自己偷偷兒看了些在肚子裡，究竟不多。因而有自知之明，做七律還不到時候；決定仿照唐詩上的宮詞，做四首或者六首七絕。剛才琢磨了半天，意思大致有了，但跟小李說已有『腹稿』，卻是欺人之談；腹稿中只是些斷句，得要在筆下把它聯綴起來。

頭一句現成，皇帝提筆就寫：『一別音容兩渺茫。』一面寫，一面唸，音節倒還瀏亮，但有些做輓詩的味道，自己覺得喪氣；而且『別』字也不對，跟桂連又不曾話別，因而提筆把『別』字塗掉改為『去』；卻又嫌『一去』兩字不響，一不耐煩，索性把整句都勾掉了。

『挺好的詞兒嘛，』小李在旁邊說：『怎麼不要了呢？』

『你不懂！』皇帝呵斥著，『少在我旁邊嚕囌！』

碰了個釘子的小李退遠了些。皇帝一個人又翻書，又查韻，一首詩不曾做完，只見張文亮匆匆奔了進來，喊一聲：『萬歲爺！』

『幹嘛？』皇帝頭也不抬地問。

『母后皇太后來瞧萬歲爺來了。』

這一說，立刻把皇帝的詩興打斷，第一個念頭就是不能讓慈安太后看到自己的詩，於是，一手抓著詩稿往抽屜裡塞；一面向小李喊道：『快，快，把書都收起來。』

『萬歲爺，』小李疾趨而前，低聲說道：『這麼晚還做功課，母后皇太后一定會誇獎。』

小李的意思，是書不必收起來。因爲一收書，慈安太后一定會問：這麼晚了，怎麼還不請皇上安置？那時沒有理由解釋，侍候皇帝的人一定會挨罵。

皇帝被提醒了：『好，不收。』不但不收，他自己還又拿了幾本書在桌上攤開，然後跟著張文亮出殿迎接。

西一長街，兩行宮燈，自北冉冉南來；皇帝遠遠地就迎了上去，對著軟轎請了個安，然後用右手扶著轎槓問道：『這麼晚了，皇額娘還來？』

『白天睡得多了。』慈安太后說：『說你還不曾睡，我不放心，來看看。你在幹嘛呀？』

『我在看書。』皇帝陪笑說道：『我也是白天睡得多了。明兒又不上書房，捨不得睡。』

到了養心殿東暖閣，慈安太后先去看皇帝的寢宮，找了張文亮和坐更的太監來問皇帝的起居，也交代了好些話，諸如天氣漸漸炎熱，當心皇帝貪涼之類的告誡。奏對完了，太監都退了出去，宮女也都在廊下侍候；屋中只剩下太后、皇帝和玉子，三個人都覺得該說甚麼私話，這就是時候了。

慈安太后原是有所爲而來的。她跟玉子商量過，桂連這件事，遲早瞞不住皇帝；與其等事情鬧開來再哄著皇帝說好話，倒不如事先加以撫慰。玉子認爲她的主意極好，說皇帝孝順，能這樣子辦，皇帝就有委屈，也一定會仰體親心，隱忍不言，所以極力慫恿此行。但此刻看皇帝神態如常，並無不快，那就多一事不如少一事了。

慈安太后不作聲，皇帝爲顧慮小李會被『活活打死』，自然也不敢先問。但想起安德海，心境卻又不能平靜，所以口中陪著慈安太后在說閒話，心裡卻一直在盤算，要不要趁今天這個機會，告安德海一狀；如果要告，該怎麼樣才能說動慈安太后，照自己的心願來處治安德海？

盤算好了，等閒話告一段落，他突然問道：『皇額娘，當皇上到底幹點兒甚麼？』

一句話把慈安太后問得發楞，『眞是！』她大感不悅，『你的書都唸到哪兒去了？師傅沒有教過你？』

『教過。師傅們說，當皇上得要治天下，教黎民百姓都能安居樂業。可是靠誰來治呢？外面靠督撫，裡頭靠軍機、各部院；最重要的是靠六叔。皇額娘，是不是這樣子？』

『怎麼不是？你不全都明白了嗎？』

『有一點兒不明白。』皇帝問道：『是不是六叔說甚麼，就得聽甚麼？』

這話問得奇怪，慈安太后感到言外之意，十分嚴重，因而板著臉問：『你聽了甚麼話來著？你六叔是賢王，這幾年全虧他！你沒有接手辦事，就在聽小人的話了。是誰在背後挑撥？斷斷不容！』

皇帝聽出慈安太后誤會了，這個誤會非同小可！倘或追究，一定疑心到小李頭上，那無妄之災能害他掉腦袋，所以心裡著慌，急忙分辯：『沒有人挑撥，我也不是說六叔不好——正好倒個過兒，六叔太好了，心太軟了，甚麼人也不敢得罪。』

『這話又是甚麼意思呢？』慈安太后慈愛地責備：『你今天儘說些教我聽不懂的話。』

看見慈安太后神色趨於緩和，皇帝算是放了一半心；定一定神，很謹愼地答道：『我再往下說，皇額娘就明白了。師傅們說，治天下最要緊的是用人，要親賢遠佞；可是誰該用，誰不該用，得要六叔請旨。有那不該用的小人，六叔做好人，不說話，那該怎麼辦呢？』

這話問得也還在理，但必有所指；慈安太后問道：『你倒是說誰啊？』

『皇額娘，您甭管是誰。就算有那麼個人吧，連六叔都有點兒忌他，所以明知道他壞，不敢動他……』

慈安太后驀地裡會意，輕聲喝道：『你別往下說了！』

『皇額娘明白了！』皇帝逼著問：『該怎麼辦哪？』

慈安太后不知道該怎麼辦？她亦不能說。同時她也希望皇帝少談此事，但這樣的告誡，必不能爲皇帝所樂從；因而她只是抓住兒子的手，緊緊握了一下。

這一握，在皇帝是得到了極大的安慰與鼓勵。不但慈母手中的溫暖，一直傳到他的心頭；而且也讓他感到了一位太后的力量和支持！他放心了，他知道自己對安德海如有甚麼峻厲的措施，慈安太后是站在他這一面的。

慈禧全傳【精裝典藏版】

慈禧前傳

清咸豐十一年，文宗在熱河駕崩，長子載淳繼位為同治皇帝。因皇帝年幼，文宗遺命由八位顧命大臣輔佐幼主，而這位幼主的母親就是中國近代史上最具影響力的——慈禧太后！早在初入宮做貴人、後被封為懿貴妃時，她就野心勃勃，時時想效法武則天，如今被奉為『聖母皇太后』的她，當然不會讓大權旁落大臣的手中……

玉座珠簾【上、下】

同治登基後，表面上大清朝似乎國運昌隆，事實上對外割地賠款，對內則爭鬥不斷。憂心忡忡的慈禧除了日理萬機，還得控制想奪回實權的皇帝。天命難測，一心要伸展鴻圖大志的皇帝竟得天花猝死，皇后也跟著香消玉殞，原因不明。宮闈內幕永遠成為秘密，恐怕只有坐在珠簾後的慈禧了然於胸……

清宮外史【上、下】

繼俄國擾境之後，法國也屢屢進逼越南，中法糾紛四起。慈禧面對法國的挑釁，一心主戰，然而軍機要臣恭王卻主張以和為重，兩人從此有了嫌隙。於是慈禧另指派醇王參政，最後更進一步罷黜了恭王。慈安暴崩，恭王被黜，慈禧從此再無忌憚，她要趁皇帝親政前，好好掌握這分大權……

慈禧全傳【精裝典藏版】

母子君臣

光緒十三年，十七歲的光緒皇帝終於親政。雖然他力圖振作朝綱，但是慈禧實際上仍大權在握，皇帝有名無實，母子之間漸生齟齬。光緒大婚後，美貌機敏的珍嬪備受寵愛，卻因此遭忌。慈禧聽信太監李蓮英的讒言，以為珍嬪從中遊說皇上爭權，勃然大怒！在這暗潮洶湧的宮廷內，一場『母子』之間的風暴儼然將至……

胭脂井【上、下】

光緒二十四年，皇帝決議變法維新，一時之間新政展佈，新黨氣勢愈盛。但慈禧怎能容忍自己大權旁落，因此假袁世凱之手先發制人，使得康有為出逃、譚嗣同等人被殺，新政一敗塗地，慈禧重新奪回大權！面對洋人處處進逼，皇帝蠢蠢欲動，慈禧聽信載漪、徐桐建言，縱容義和團進京，卻闖下幾近滅國的大禍！……

瀛臺落日【上、下】

八國聯軍落幕、兩宮回鑾後一年，軍機大臣之首榮祿因病辭世，善用權術的袁世凱順利接掌軍機處，而袁世凱也因此穩操大權。光緒三十年，日俄在中國東北開戰。此時慈禧已年逾七旬，卻仍心繫政權，眼見東北戰事吃緊，且袁世凱聲勢日益壯大，慈禧轉而動念支持立憲，企圖穩定內政，並一舉消除袁氏擁兵自重的危機……

國家圖書館出版品預行編目資料

玉座珠簾（上）（平裝新版）／高陽 著. -- 二版.
-- 臺北市：一皇冠, 2013. 06 面；公分. --
（皇冠叢書；第4314種）（高陽慈禧全傳作品集；2）

ISBN 978-957-33-2992-3(平裝)

857.7 102009770

皇冠叢書第4314種
高陽慈禧全傳作品集 2
玉座珠簾（上）（平裝新版）

作　　者—高陽
發 行 人—平雲
出版發行—皇冠文化有限公司
台北市敦化北路120巷50號
電話◎02-27168888
郵撥帳號◎15261516號
皇冠出版社(香港)有限公司
香港銅鑼灣道180號百樂商業中心
19字樓1903室
電話◎2529-1778　傳真◎2527-0904
美術設計—王瓊瑤
著作完成日期—1971年12月
二版一刷日期—2013年6月
二版三刷日期—2022年11月
法律顧問—王惠光律師

讀者服務傳真專線◎02-27150507
電腦編號◎434102
ISBN◎978-957-33-2992-3
Printed in Taiwan
本書定價◎新台幣350元/港幣117元

慈禧全傳

讀者回函卡

高陽是當代的歷史小說大師，讀者遍及全球華人世界，有人說『有井水處有金庸，有村鎮處有高陽』，足見高陽在華人社會的受歡迎程度。《慈禧全傳》是他的代表作，此次重新推出『精裝典藏版』，希望能讓更多讀者深入體會歷史的精彩豐美和大師的經典文采。

謝謝您購買本書，請您詳細填寫資料及意見並寄回皇冠（台灣讀者免貼郵票），讓我們能出版更完美的經典作品，提供大家品味收藏。

1. 請針對下列各項目為本書打分數

	5	4	3	2	1
A. 內容題材	□	□	□	□	□
B. 封面設計	□	□	□	□	□
C. 字體大小	□	□	□	□	□
D. 編排設計	□	□	□	□	□
E. 印刷裝訂	□	□	□	□	□

2. 您購買本書的動機？
   □封面吸引 □書名吸引 □內容題材 □作者知名度
   □廣告促銷 □其他
3. 您從哪裡得知本書的消息？
   □書店 □報紙廣告 □皇冠雜誌廣告 □書評或書介
   □親友介紹 □ 其他
4. 您最喜歡看哪一種類型的小說？
   □愛情 □武俠 □歷史 □恐怖驚悚 □偵探 □奇幻
5. 您希望哪些作家的作品重新推出精裝典藏版本？ ____________

讀者資料

姓名： 生日：_____年_____月_____日

性別：□男 □女

職業：□學生 □軍公教 □工 □商 □服務業
□家管 □自由業 □其他 ____________

通訊地址：□□□ ________________________

____

聯絡電話：(公)__________分機______(宅)__________

e-mail：____________________

◎請沿虛線剪開、對摺、裝訂後寄出。

◎請沿虛線剪開、對摺、裝訂後寄出。

您對本書的其他意見：

北區郵政管理局登
記證北台字 1648 號
免　貼　郵　票

〔限國內讀者使用〕

105

台北市敦化北路 120 巷 50 號

皇冠文化出版有限公司　收